踏雪有痕

专案代号

上

刘忱 著

辽宁人民出版社

图书在版编目（ＣＩＰ）数据

专案代号：踏雪有痕 / 刘忱著 . — 沈阳：辽宁人
民出版社 , 2022.1
　ISBN 978-7-205-10307-1

　Ⅰ . ①专… Ⅱ . ①刘… Ⅲ . ①长篇小说 – 中国 – 当代
Ⅳ . ① I247.5

中国版本图书馆 CIP 数据核字 (2021) 第 214822 号

出版发行：辽宁人民出版社
　　　　　地址：沈阳市和平区十一纬路25号　邮编：110003
　　　　　电话：024-23284321（邮　购）　024-23284324（发行部）
　　　　　传真：024-23284191（发行部）　024-23284304（办公室）
　　　　　http://www.lnpph.com.cn
印　　　刷：北京长宁印刷有限公司天津分公司
幅面尺寸：170 mm × 240 mm
印　　张：33.5
字　　数：565千字
出版时间：2022年1月第1版
印刷时间：2022年1月第1次印刷
责任编辑：娄　瓴
封面设计：琥珀视觉
版式设计：鼎籍文化
责任校对：吴艳杰
书　　号：ISBN 978-7-205-10307-1

定　　价：99.80元（全两册）

目 录

第1章
踏雪无痕

———

副省长失联了!

北江省人民政府副省长贾放失联的消息一经传出,如同一声惊雷,立即震惊了省政府大院。

贾放是副省长,前不久刚刚被任命成为常务副省长,上任伊始的常务副省长,怎么会突然失联?人们带着疑惑和不解开始各种议论:跑路说、自杀说,说三道四,说什么的都有,越说越离谱,越传越邪乎。

时间:2019年3月,地点:中国北方,北江省。

北江省委书记接到报告后,立即赶到省政府听取情况汇报。汇报贾放失联的是他的秘书沈括。

"今天是星期一,我上班来到办公室后,就去开贾副省长办公室的门。贾放副省长的办公室没有上锁,我轻轻一推,门就开了,我以为贾副省长在办公室内,便轻声与他打着招呼,走进了贾副省长的办公室。进了办公室,我发现贾副省长并不在办公室里,办公室被他收拾得非常整洁,就连烟缸也擦得干干净净。他的两部手机摆放在办公桌上,手机都处于关机状态。我觉得有点不对头,便联系了贾副省长的爱人、秦川市人民医院于清华院长。于院长说,三天前,贾副省长曾给她打过电话,说他要去北京参加一个重要会议,手机需要关机,她也没有多问,就没有再与贾副省长取得过联系。我感觉事情有些不妙,就赶忙向办公厅做了汇报。"秘书沈括惨白着脸,向省委书记和省长汇报发现贾放副省长失联的经过。

"北京最近有什么重要会议需要贾放参加吗?"省委书记扭过头,向办公厅秘书长问道。

"省政府没有接到过需要贾放副省长参加会议的通知。"秘书长往前挪动了一下脚步回答道。

"你是什么时候与他分手的？"省委书记听了秘书长的回答，又来问沈括。

"3月1日，也就是上周五晚上九点左右。当晚，省政府会议结束后，我和贾放一起回到办公室，他与我闲聊了几句就让我回家。我离开时，他还独自一个人在办公室抽烟，他平时并没有抽烟的习惯。"沈括一边回忆，一边述说着三天前与贾放分手时的情景。

"他是什么时候离开省政府的？"省委书记神情严肃地追问道。

"刚才我问过了值班司机，司机说，3月2日，也就是上周六的早晨5点30分，贾副省长打电话让司机将他送回家。司机将他送到省城秦川市新开河畔的省长住宅大院门外后，贾副省长说他要在河边走一走，就打发司机回去了。我问过了省长住宅大院保卫处，他们说门卫根本没有看见贾放副省长进入大院。我又问了省政府保卫处的值班人员，值班人员说，他从楼下看见贾放副省长办公室的灯光，上周五的晚上一直亮着。"沈括汇报道。

听罢汇报，省委书记的眉头渐渐凝在了一起，他倒背着手沉思了片刻，果断地对大家说道："同志们，关于贾放同志失联的情况，请大家先不要议论，我们要做进一步的调查，我还要向中央做汇报。在没有得到中央指示之前，贾放同志的分管工作，暂时由省长同志负责。大家都回去工作吧！"书记简单说了几句以后，转身离开了省政府。

沈括目送省委书记离开省政府后，僵立在原地茶呆呆地发着愣：这是怎么了？一个堂堂的常务副省长怎么会突然失联？难道他真像传说的那样自杀了？贾放的身体和精神都没有毛病，没有自杀的理由啊！跑路了？贾放平常要求自己很严格，没发现过他插手省内哪个重大工程项目，更没有听说有哪起腐败案件牵扯到他，有跑路的必要吗？沈括百思不得其解。

"小沈，到我办公室来一趟。"沈括的思绪被身后铿锵有力的说话声打断，他回过头，只见一位身穿白衬衫、蓝夹克，个子高高的领导正轻轻地拍着他的肩头。沈括认识这位领导，知道他是北江省委常委、纪委书记铁权。

沈括很早以前就认识铁权书记，他不止一次听过铁权书记给省直机关干部做的反腐报告。铁权的报告不空洞，他通过分析省内腐败大案产生的原因，给大家详细计算了违法违纪案件的成本，既算政治账和经济账，又算亲情账和家庭账，使人听了肃然起敬，敬畏法律、警钟长鸣深入人心。在沈括眼里，铁权是一位有能力、有魅力、有魄力的好领导，他打心眼里尊重和崇拜铁权。

沈括面对面接触铁权是在他给贾放当秘书以后，首长们在一起开会的时候多，秘书见到首长的机会自然也会增多。铁权的形象很好，他身材高大、体格健壮、国字脸、宽额头，虎目、浓眉，鼻直、口方。他说话时声音洪亮，目光既锐利又睿智；他表情严肃，思考问题时紧锁眉头的表情总让人过目不忘，身上始终有一股浩然正气。

沈括一路想着对铁权书记的印记，走进了纪委书记的办公室，忐忑不安地站在了铁权的面前。

"小沈，你给贾放同志当了三年多的秘书，平常与他接触最近，在他失联之前，你有没有发现他有哪些异常的表现？"铁权示意沈括坐在自己的对面，语气平和地问着沈括。

"书记，我确实没有发现他有任何将要失联的迹象。"沈括说道。

"你们最后分手的时间是上周五的晚上，对吧？"铁权眼睛紧盯着沈括问道。

"是的。"沈括点着头。

"你认真回忆一下，当晚他都对你说了些什么？"铁权目不转睛地对沈括说道。

"他，他没说什么！省政府的会议结束后，我和他一起回到办公室。我给他倒了一杯茶水放到了茶几上，他坐在沙发上，点燃了一支香烟，边抽烟边挥手让我回去。"沈括微皱着眉头说。

"我看他有些疲劳，就要送他回家。他说要自己静一会儿，让我先回去。对了，当我走到门口回头时，看见他正全神贯注地瞅着沙发对面墙上的那幅油画发呆，就故意回来恭维了他几句。他站起身来，指着那幅油画对我说：'大雪白如银，覆盖白桦林。春风送绿时，雪融已无痕。'他的话音刚落，办公桌上的座机电话就响起了铃声，他再次示意我离开，我就关上屋门回家了。"沈括将与贾放分手前的情景，一五一十地向铁权做了描述。

铁权听着沈括的描述，好奇地问道："他看的是一幅什么油画？"

"那是一幅他自己画的油画。油画的画面是一个雪景，白皑皑的大雪覆盖着大地，雪地上是一片挺拔的白桦林，他给这幅油画取名叫'踏雪无痕'。"沈括向铁权描绘着这幅油画的意境。

"'踏雪无痕'，什么意思？"铁权眯起眼睛，不解地问着沈括。

"我不知道，他没对我解释过。"沈括神情紧张地回答。

送走了沈括，铁权锁着眉头、倒背着手，在办公室内反复思量着：踏雪无痕？这幅画与贾放失联会有什么关联吗？

常言道："事出反常必有妖。这个妖不就是不同于常态的表象吗？"铁权陷入了沉思。多年的纪委工作经历，使他练就了临危不乱、处事果断的严谨作风，不管遇到多么重大的事件，他总是能高屋建瓴，一针见血地看透事件得实质；不管遇到多么复杂的难题，他也总能拨云见日，快速找到解决问题的办法。

铁权静静地思索了一会儿，一套完整的工作方案在他脑海里迅速形成。于是，他抓起办公桌上的红色电话机，将自己的想法向省委书记做了汇报，然后又拨通了省公安厅刘厅长的电话："刘厅长，你马上给我选派一个侦查经验丰富的一线指挥员过来，我有重要任务要向他部署。"

铁权放下刘厅长的电话，又把电话打给了省国家安全厅陈厅长，又向他部署了同样的任务。

第二天一早，两辆黑色轿车一前一后驶进了省委大院，北江省秦川市公安局副局长李彪和北江省国家安全厅一处处长田媛芳，几乎是同时下了车。

"你们好！铁书记正在办公室等着你们，我带你们去见他。"铁权书记的秘书迎上前来，热情地与两人打着招呼，将两人带到了铁权书记的办公室。

"哈哈，欢迎、欢迎！不用介绍，我就知道你们都是谁了。"铁权书记笑着，请李彪和田媛芳坐在了他办公桌前面的座椅上。

"李彪同志、田媛芳同志，你们是刘厅长和陈厅长特意给我选派到省纪委来的警界精英，你们来到省纪委是要执行一项特殊的任务。"铁权书记收起了笑容，开门见山地说道。

"你们可能听说了，我们省的常务副省长贾放神秘地失踪了，中央和省委指示我们，立即查清贾放失踪的原因和他目前的下落。省委已经组成了调查组，开始对他展开调查。贾放在我们省工作了近二十年，关系网盘根错节，况且我们目前还不掌握他有任何违法违纪的线索，所以调查起来会有相当大的难度。经过与省委主要领导研究决定，由你们两人组成秘密调查组，开展秘密侦查。你们一定要在最短的时间内，查清贾放失踪的原因和目前的下落，这可是一项十分艰巨的政治任务啊！"铁权目不转睛地看着李彪和田媛芳，向他们做了工作部署。

听了铁权书记的话，李彪和田媛芳立即起身敬礼："我们保证完成任务！"

铁权向李彪和田媛芳摆了摆手，示意他们坐下，然后站起身来，习惯性地背着手自语道："今天是贾放失踪的第三天，他失踪的原因也越来越扑朔迷离，腐败原因？工作原因？身体原因？家庭原因？这些方面我们都考虑过了，可是仍然找不出个答案。每个人在做出一项决定之前，都要瞻前顾后、思前想后，凡事总该有个原因，可这个原因是什么？这是非常难以破解的难题。你们侦查破案讲究要获取痕迹物证，我今天就把获取贾放痕迹的任务交给你们，你们要剥茧抽丝、剥皮见瓤，去发现痕迹、获取证据，给我做出这道难题的答案。"

"书记，贾放在失联之前，有什么异常表现吗？"李彪凝视着铁权问道。

铁权停住脚步，眼望窗外，轻轻地摇着头："没有，一点迹象都没有。"

"他失联之前见到的最后一个人是谁？他们之间都谈了什么？"田媛芳也在按照她的思路，轻声问着铁权。

"在他失联7个小时之前，秘书沈括与他有过简短交谈，话题是一幅画。"铁权说道。

"一幅画？什么画？"李彪急切地问道。

"一幅他自己画的油画，是一个雪景。贾放对秘书说，这是他的得意之作，具有毕加索的画风，他给这幅画题名为'踏雪无痕'，你们看看这幅画中有什么奥秘吧。"铁权说着，将油画《踏雪无痕》的照片，递给李彪和田媛芳传看。

"书记，我记得有这么一个故事，有个人曾经问过毕加索：你的画我为什么看不懂？毕加索回答说：'你听过鸟叫吗？'那人回答说：'听过。'毕加索又问那个人：'好听吗？'那人回答说'好听。'毕加索又接着问：'你听得懂吗？'听了毕加索的问话，那个人一脸的茫然。"李彪对铁权讲着毕加索的故事。

"李彪同志，我明白你讲这个故事的意思。贾放画了一幅画，取名为'踏雪无痕'他自诩是毕加索，藐视我们读不懂他。"铁权书记说道。

"对，我就是这个意思。"李彪点了点头。

"俗话说得好，近水识鱼性，近山识鸟音。贾放之所以蔑视我们，是因为我们没有接近他，才听不懂他的鸟音。所以我们要走进他的世界，身临其境地去读懂他，识破他耍的伎俩，找出他失联的原因。他不是把'踏雪无痕'留给了我们吗？我们不妨把'踏雪无痕'改名为'踏雪有痕'，让我们和他一起去踏雪，看看他走过的雪地里，到底是无痕还是有痕？我现在已经想好了，要给你们这次侦查任务起个代号，这个代号就叫'踏雪有痕'！"铁权将拳头重重地砸在了办公桌上，语气坚定地说道……

铁权给贾放失联专案取名为"踏雪有痕",还真是猜透了贾放的心事,三天前,贾放之所以将他的油画题名为"踏雪无痕",就是想给他的失联留下一个悬念。

在他出逃前的那个晚上,贾放的心境坏到了极点。他打发走了秘书沈括以后,依依不舍地待在办公室里转着圈,他一会儿抚摸着办公座椅的扶手,一会儿又用纸巾擦拭着办公桌上的电话机,对办公室内的每一件物品似乎都非常留恋。他久久凝视着墙上挂着的《踏雪无痕》油画,一想到要告别眼前的一切,去到一个完全陌生的世界,顿时伤感起来。

"就让它和我的'踏雪无痕'留在这里吧!"贾放说着,打开了保险柜,拿出了事先准备好的身份证和护照,仔细地端详着上面的照片。

这张身份证和护照,是他让省公安厅一个非常可靠的小兄弟办理的,那个小兄弟在全省人口信息网里找到了一个与他年龄相仿的老妪,用他化装成老妪的照片做了替换,按照那个老妪的人口信息,为他办好了身份证和护照。

贾放又拿出预定好飞往美国西雅图的飞机票,认真核对着出发的时间。

夜深人静,贾放闭着眼睛静静地思考着。他把在出逃过程中可能发生的意外情况,做了一个又一个的假设,对每一个假设,他都制定了应对的预案。最后,他又将事先准备好的化装用具,在身上做了反复的比试,当他确信万无一失的时候,天已经渐渐发亮了。

贾放看了看手表,已经是次日的凌晨,他关掉了手机,将办公室收拾整洁以后,依依不舍地离开了办公室。

他让司机将他送到住所附近的新开河畔,目送司机离开后,独自在新开河边漫步了一小会儿,便走进了河边的一个公厕。几分钟之后,待他走出公厕时,已经是一个气质高雅的白发老妪了。

白发老妪来到了附近的公交车站,上了一辆开往火车站的公交车。车上的乘客不是很多,路上的行人也很稀少,公交车一会儿工夫就开到了火车站。

贾放乘坐由秦川开往上海的高铁,直接到达了上海。当天晚上,他便来到了上海浦东国际机场。

"这是您的身份证吗?"浦东机场的安检人员,上下打量着眼前这位白发老妪,将她与贾放身份证上的老妪照片做着对照。

"请您跟我过来一下。"安检人员站起身来对贾放说道。

贾放心里一惊:"难道安检发现了自己是个乔装改扮的老妪?难道自己的精心

伪装这么快就露了馅？"贾放的双腿轻轻地颤抖了起来。

安检人员将贾放"请"到了安检办公室。

"请您在这里等一下，我们要对您的身份进行核实。"安检人员对贾放说着，拿着他的身份证，转身去了机场公安值班室。

贾放心里开始有些发慌。

难道身份证会有了纰漏？不太可能！身份证出自公安厅，绝对不会出差。贾放脑子里画着问号，他在努力镇定着自己紧张的情绪。

难道是自己化装露出了破绽？也不可能。自己昨晚已经反复试装，与那个老妪几乎就是同一个人，不会有人看破。贾放努力调整着心跳的速度，几乎要跳出来的心，渐渐平静了下来。

十几分钟以后，一名机场公安警察拿着贾放的身份证，又回到了贾放的身旁。"大妈，这是您的身份证吗？"警察问着贾放。

"没错，这是我的身份证，有什么问题吗？"贾放站起身来，习惯地用手推了一下架在鼻梁上的金丝边眼镜，微笑着问道。

"对不起，您的身份证和我们边控的一个逃犯是重名，刚才我们反复做了核实，确定您不是那个逃犯，您可以通关了。"公安人员冲贾放笑着说道。

"好、好、好。"贾放爽快地答应着，拉着行李箱，走出了安检办公室。

"等等。"机场公安又突然想起了什么，赶紧又喊住了刚走出屋门的贾放。

"啊？还有什么事情吗？"贾放听到了身后的喊声，刚刚平静了的心一下子又提到了嗓子眼儿。

"我听您的说话声怎么像男人？"公安人员警惕地问。

"哦，我的声带做过手术，所以听起来确实像男人。"贾放笑着回答。

"那您再配合我们拍一张照片吧。"公安人员说着，又将贾放领到了旁边的照相室。

贾放紧走几步来到照相机前，一想到北江省还没有引入人脸识别系统。他刚才发颤的双腿才乖巧地停止了抖动，强装着笑脸配合公安人员照了相。

"好了，祝您旅途愉快！"安检警察礼貌地冲贾放点了点头，示意他通过了安检。

"好险啊！"贾放倒吸一口凉气，他庆幸自己靠沉着和冷静混过了安检这一关。

"看来昨晚的一系列彩排都没有白练，要想当好一个演员还真是不容易啊！"贾放自言自语道。

一架飞往美国的波音777客机，迅疾驶离了跑道冲上了云霄。

贾放望着窗外渐渐远离的大陆，嘴角上露出了一丝不易察觉的冷笑。

别了，生养我的祖国！别了，那些令我憎恨的面孔！别了，闪烁在我身上的无数光环！再过十几个小时，我就要飞到那个令我向往已久的自由世界了。贾放一声长叹，仰靠在舒适的机舱座椅上。

贾放闭上了眼睛，眼前仿佛出现了父亲那张慈祥的面孔，还有母亲亲切的笑容……

突然，一阵狂笑声伴着飞机的轰鸣，传入贾放的耳朵。他的眼前，出现了前妻赵月娥那双滴着鲜血的眼睛，进而又传来她愤怒的吼叫声："贾放，你不能走，你不能把我丢在荒郊野外当孤魂野鬼！你就是跑到天边，我也不会放过你，你快回来，我们两个人的情缘还没有了断！"

"不！不要！"贾放"激灵"打了一个冷战，嘴里不停地叫喊着，身子往前一倾，险些站了起来，额头上沁出了大滴大滴的冷汗。

"奶奶，您不舒服吗？"身穿粉色制服的空姐欠着身子，用中文轻声问着贾放。

"你在跟我说话吗？"贾放从梦中惊醒，他愣愣地看着空姐问道。

"奶奶，我看您额头上大汗淋漓，刚才好像还在喊着什么，您是不是生病了？"空姐又用中文重复着刚才说过的话。

"哦，没事儿！刚才只是做了个噩梦，给你添麻烦了！"贾放迅速从惊恐中清醒过来，他伸手接过空姐递过来的湿巾，礼貌地回应着空姐的问话。此时他才意识到，自己还在扮演着化装出逃大戏中的老妪角色，所以空姐才称他为奶奶。

看着空姐远去的背影，贾放又将身子靠在了座椅上，再次闭上了双眼，前妻赵月娥的面孔又浮现在他的眼前，怎么也挥之不去。

第 2 章
违心婚姻

———

    波音 777 客机在银白色的云层里平稳地飞行，贾放前妻赵月娥的身影就像空中白皑皑的云朵，始终萦绕在他的眼前。

    贾放和赵月娥的婚姻可以追溯到 20 世纪 80 年代。贾放是汉族，赵月娥是侗族，两人从小一起在湘西的大山里长大，他们的婚姻就如同大山里流传千古的故事，既离奇又曲折。在贾放的故事里，赵月娥曾经是他的恩人，是赵月娥成就了贾放美好的人生，恩人没有经过恋爱就变成了妻子，贾放是白捡了个媳妇。后来，妻子突然变成了他生活中的恶魔，这个从恩人到恶魔的角色转变，彻彻底底改变了贾放的人生，就连他这次化装出逃，也跟这个恶魔脱不了干系，难怪赵月娥的阴影在贾放的心中总也挥之不去。

    1959 年 1 月，贾放出生在湘西武陵山脉的一座大山里，他的父母都是大字不识的农民，只能靠在悬崖峭壁上打炮眼，放炮崩山、背石头修路为生。贾放是父母的独生子，他的童年是在武陵山区里度过的。他天资聪颖，从小就喜欢听老人讲故事，令他敬佩的明代文人吴鹤、北洋武将傅良左，就是从武陵大山里走出来的著名文臣武将，这一文一武的励志故事，对贾放的人生产生极大的影响，他从小就立志要效仿榜样，走出大山成为武陵山新时代的名人。到了读书的年龄，贾放想读书，于是天天央求着父母要上学，父母倒是很开明，他们见儿子天生是块读书的料，就省吃俭用供他读书。贾放住的村子里没有学校，他每天都要翻山越岭、跋山涉水到十几里地以外的县城去上学。贾放博闻强记，老师讲的课文，他听一遍就能倒背如流；贾放的理解能力超强，老师讲的数学题，他一点就通。老师喜欢他，同学尊重他，他很快就成为全校的学习尖子。贾放学习非常刻苦，他把同伴玩的时间都用在了学习上，立志靠自己的努力走出这座贫困的大山，出人头地。

幼小的贾放虽然还不懂得天道酬勤的道理，但却在顽强奋斗中体味到了天道酬勤的真谛。

书山有路勤为径，学海无涯苦作舟。20世纪70年代末恢复高考后，贾放成了全县唯一一个考上北京财经大学的大学生。大学毕业以后，他被公派到德国留学，又靠奖学金在德国获得了博士学位，回国后，贾放被分配到母校担任了讲师。湘西大山的鸡窝里终于飞出了金凤凰。

贾放是幸运的，他在北京财经大学任教没几年，正赶上湖南省政府要在湖南籍大学毕业生中选拔优秀人才，担任县、处级领导干部。贾放的国外留学经历和博士学位吸引了家乡的领导，于是他顺利地被选调到湖南省的一个县级市，当上了主管经济工作的副市长。

贾放的仕途一帆风顺，他所在的县级市没多久就被升格为地级市，水涨船高，贾放很快就由副处升为正处。在副市长的官位上，贾放的聪明才智得到了淋漓尽致的发挥。又过了几年，便由副市长转正成为这个地级市的主官。37岁的贾放，如愿以偿地当上了地级市的市长。

生活总不能十全十美，有一得便会有一失。贾放是改革开放初期幸运的时代宠儿，上天给他开启了一步登天的大门，却给他关上了追求志同道合爱情的窗子。贾放在官场上虽然顺风顺水，但在婚姻上却是逆风逆水很不得意。

贾放的幸福人生起源于他考上北京财经大学的时候，他是在全村人羡慕的目光中离开这座大山的。当他第一次来到北京，在天安门前留影时，他感到自己已经触摸到了太阳；当太阳的光芒照在他身上的时候，他感到只有他才是这个世界上最幸福的人。然而，当一场突如其来的灾难无情地降临在他身上以后，他才意识到追求幸福和获得幸福，原来还有着很长的距离，而这距离可能就是一条永远也越不过去的鸿沟。

那是在他上大三的时候，湘西突发地质灾害，母亲被崩塌的山体泥石流冲到咆哮的河水中丧了命，父亲也被滚落的碎石砸断了腰。当贾放拿着父亲的好友赵大叔发给他的电报时，顿觉天崩地裂。

贾放从北京回到湘西奔丧，他的整个人都要崩溃了。

"孩子，快起来吧！别哭坏了身子，今后的日子还很长，我们全村人都指望着你能为我们光宗耀祖呢！"赵大叔拉起了跪在母亲坟前、哭得死去活来的贾放，将他领回了侗族村寨。赵大叔的家就住在寨子里的一个木楼上。

"爹，我要退学回家侍候您，我失去了妈妈可再不能失去您，儿子要侍候您一辈子。"贾放跪在了瘫痪在床的父亲身旁，他抚摸着父亲瘫痪的身体，一把鼻涕一把眼泪，哭成了泪人。

"儿子，你……"贾放父亲用布满老茧的手，紧紧攥住儿子的手，想要儿子将他扶起来，可他整个身子已经毫无知觉，只有纵横的老泪和哽咽的抽泣声。

"唉！"赵大叔一声长叹！他蹲在地上，不停地抽着手里的竹筒烟枪。赵大叔刚上高中和正在读初中的一女一儿也都扭过脸去，不愿再看到眼前这悲伤的场景。

"孩子，你是贾家的男子汉，快把眼泪擦干，挺起腰板像个男子汉的样子。记住，男儿有泪不轻弹，男儿膝下有黄金。"赵大叔站起身来，他走到贾放的身旁，伸手拉起了跪在父亲身边的贾放。

"大叔！"贾放扑倒在赵大叔的怀里，悲痛的哭声近似号啕。

"孩子，男儿要有男儿的担当。你妈的后事我已经料理完毕，你爹也被我接到了我们寨子里，住进了我家后院的木楼。今后你爹就由我们家来照顾，你安心回北京去上学，家里的事情就不用你再操心了。"赵大叔摸着贾放的头，语重心长地安慰着贾放。

"大叔，这可不行！给我妈下葬，已经花费了您家里很多钱，这些我都记在心上，将来会报答您的。侍候我爹是我的事儿，不能再连累你们了，你们家的生活也不宽裕，月娥妹妹刚上高中，月亮弟弟还在读初中，哪儿不得用钱呢？这几天我已经想好了，我不回北京上学啦，我要退学在家侍候我爹一辈子。"贾放止住了哭声，抹了一把眼泪坚定地说着。

赵大叔手里端着土烟枪，不停地往竹筒里添着烟丝。

"孩子，你不能退学，在我们这座大山里，好不容易才出了你这么一个大学生，而且还是在北京上大学，你家的祖坟都冒了青烟，你不能半途而废，你要给月娥妹妹和月亮弟弟当好榜样，他们都以你为荣耀呢！"赵大叔一边抽着土烟，一边对贾放说道。

"月娥，你过来！我和你妈已经商量好了，打今天起，我们就把你过继给贾家当女儿，你明天也不用再去上学，侍候贾放爹的事情就包在你身上了。你过去给你干爹磕个头吧！"赵大叔话语哽咽地说着。

"爹，你和妈不要我了吗？你们怎么这么心狠？我不要给贾叔当女儿，我就要给你们做女儿！"赵月娥惊诧地噘着嘴，瞪着大眼睛与父亲嚷了起来。

"孩子，不是你爹娘狠心，你婶子不在了，你大叔又瘫痪在床，是不是得有人侍候？"赵大叔沉下脸，对女儿说道。

"爹，有人侍候就得是我吗？我刚刚上了高中，还要考大学，我要像贾放哥哥那样，将来去北京上大学。"赵月娥涨红了脸，带着哭腔与父亲理论着。

"孩子，从小我就教你下象棋，丢卒保车的道理你不是不懂。你贾放哥哥已经在北京念上了大学，我们都指望他将来有个出息，给大家争口气，他不能半途而废。你是个女孩子，女孩子早晚都得嫁人，嫁汉嫁汉穿衣吃饭，赶明儿我给你找个好人家，你若嫁给了一个好丈夫，不比什么都强嘛！"赵大叔抚摸着女儿的头，不住地劝说着女儿。

"不行，就是不行！侍候贾叔可以，可当女儿不行，退学更不行。"赵月娥一把推开父亲，转身跑下了木楼。

"大叔，您的好心贾放已经铭记在心，您就不要为难月娥妹妹啦！"贾放给赵大叔深深地鞠了一个躬，含着感激的泪水，目送赵大叔一家离开了木楼。

贾放要退学回家侍候父亲，是他的真实想法，他是父亲唯一的亲人，不能撇下瘫痪的父亲不管。赵大叔要让女儿退学侍候贾放爹，也是他深思熟虑后的抉择，他虽然是一位生活在大山里的侗族农民，却对什么事情都能看透。他是侗寨里一位很有远见的"超人"，这一点从他省吃俭用，培养一双儿女读书中，即可窥见一斑。

赵大叔回到家里，将月娥和月亮叫到了身旁，嘴里不停地"吧嗒"着他的土烟说道："孩子，你们都过来，今天爹爹给你们亮亮底牌。"

月娥和月亮瞪大了眼睛，他们不知道平常蔫头蔫脑、土烟筒不离手的父亲，到底有什么底牌要给他们亮。

"孩子，假如地上同时躺着两个快要饿死的人，一个是讨饭人，另一个是庄稼汉，而你只有一块饼子，你们说说该给谁吃？"赵大叔眯着眼睛问着姐弟俩。

"谁可怜就给谁。"月娥不假思索地回答着爹爹的问话。

"孩子，你如果把这块饼子送给了讨饭人，只能让他多活一会儿，但是救不了他的命，因为讨饭人没有生存的本领。可你要把这块饼子送给了那个庄稼汉，他爬起来就能回家去种庄稼，等庄稼成熟后，他不但自己能养活自己，有朝一日还能回报你。所以，同样是救人，也得看看他是不是具有潜力才对。"赵大叔慢声慢语地说着，姐弟俩面面相觑，不知道爹爹话语中的含义。

"孩子，眼下贾家发生了灾难，是特别需要帮助的时候。贾放他爹就好比是那个讨饭人，贾放就好比是那个庄稼汉，我们现在出手相助，一下子就能救活他们爷俩，既能救活贾放他爹，又能同时拴住贾放，这可是一箭双雕的大好时机呀！你们可别小看了这个贾放，这小子虽然貌不出众，一副弱不禁风的样子，但他天庭饱满、地阁方圆，将来肯定是个君临天下的大富大贵之人，能救活这个'庄稼汉'，他将来就能富甲一方。你爹不敢说能掐会算，可相面的功夫，决不在我们湖南的风水大师'不过五'之下啊！"赵大叔"吧嗒、吧嗒"抽着他的土烟，摇晃着脑袋在儿女面前卖弄着学问。

"月娥，你是个姑娘家，你就是满湖南去找，也找不到像贾放这样具有大富大贵之相的人。我把你过继给贾家，就是让你将来能成为贾家的儿媳妇。如果贾家不是遭了难，这桩亲事怎么也不会轮到咱们家，在他们家遇难的时候，我们出手相助，我相信贾放他爹是不会忘恩负义的！"赵大叔看着月娥，深谋远虑地说着。

"爹！"赵月娥红着脸，低下了头。

"月娥，你过继到贾家以后，只要好好地侍候老爷子，我们就站在了道德的制高点上，你将来就能享清福。"赵大叔终于捅破了窗户纸，他"呵呵"地笑着，脸上的皱纹都舒展了许多。

几天以后，赵月娥过继到了贾家，贾放爹也被赵大叔安顿在了侗寨。贾放爹白捡了一个闺女，贾放也收了一个妹妹，他安心地回北京上学了。

日子过得飞快，一转眼暑假到了，贾放离开瘫痪的父亲已经两个月有余，他心里一直挂念着父亲，归心似箭地赶回了老家。刚一进门，贾放就觉得屋里臭气扑鼻，只见赵月娥正伏着身子，在用手给父亲抠着大便。

"爹！"贾放将行李往地上一扔，疾步上前，去端放在父亲身旁的屎尿盆。

"贾放哥，你回来了！"月娥妹妹回头看见了贾放，立即羞红了脸。她下意识地抬起胳膊去擦脸上的汗水，竟忘了手上还沾着刚抠出来的粪便。

"贾放哥，咱爹这几天消化不好，大便总是干燥，没办法，我只好帮他老人家抠。"月娥说着，又急忙用清水去给贾放爹洗屁股。

贾放被眼前的一切深深打动，如果不是亲眼所见，即使是父亲将这个场面描绘得再生动，他都不会相信。

"贾放哥，你先歇着，等我收拾完了就去给你做饭。"月娥头也不回地对贾放说着，贾放顿感一股暖流涌遍了全身。

"儿子，你走后这两个多月，月娥屎一把、尿一把，侍候我比亲姑娘都强啊！"

爹爹对贾放说着，他开心地笑着。

赵月娥将一个折叠饭桌摆在了父亲的床前，一会儿工夫，饭菜就摆到了贾放和父亲的眼前。

"哈哈，贾放回来了吧！我打老远就闻到了你家灶膛里冒出的香气，一猜就知道是咱们的大学生回来了。"赵大叔一脚门里一脚门外地说着，人已经进了屋。

"老哥，有一双儿女在堂前尽孝，你好有福气哟！难怪你的气色这么好，老弟都开始嫉妒你喽！"赵大叔偷眼看了一眼月娥，快言快语地说着。

"爹！当初是您不要我的，现在后悔已经晚喽！"月娥羞红了脸，与亲爹开着玩笑，紧接着又将酒杯分别放在了两个爹爹的面前。

"爹，您还喝酒？"贾放望着爹爹，好奇地问着，他知道爹爹以往是不喝酒的。

"孩子，自打月娥姑娘进了家门以后，每天都变着法儿的给我做好吃的。你赵大叔也时不时地过来陪我喝两盅，他说喝酒能舒筋活血，我这不就学会喝酒了嘛！"贾放爹笑盈盈地说着，端起了酒杯。

"孩子，给你爹汇报一下你的学业怎么样了？"赵大叔一杯酒下肚，高兴地问起了贾放的学习情况。

"赵大叔，在北京上大学，我的眼界可开阔了，我学到了很多原来不懂的东西，我的学习成绩在全校都是数一数二的，前不久还拿到了学校的奖学金。最近，学校要选派几个优秀学生去德国留学，听说我的名字就在其中。"贾放端坐在桌前，向赵大叔做着汇报。

"对了，我用奖学金还给您和妹妹买了礼物呢！"贾放突然像想起了什么，赶忙打开行李箱，将一件粉红色的连衣裙和米色丝袜递给了月娥。

"哎呀，真漂亮！"月娥接过连衣裙和丝袜，又将连衣裙贴在脸上，兴奋得涨红了脸。

"月娥，快穿上，让你贾放哥看看！"赵大叔催着月娥。月娥拿着连衣裙跑进了里屋。

"哎哟，这可真是人配衣服马配鞍，这身连衣裙穿在我女儿身上，真比新娘子还漂亮！"赵大叔一语双关，笑得合不拢嘴。贾放爹也不住地点着头。

"月娥妹妹，还有这本书，是刚出版的《青年知识手册》，书里面什么知识都有，抽空看看会长知识的。"贾放又将从北京王府井新华书店里买的一本《青年知识手册》递给了月娥。

"谢谢贾放哥，我一定好好学习，如果没有文化，将来你就不愿意听我说话了。贾放哥，你说是不是？"月娥甜甜地说着，又将《青年知识手册》贴在了胸前摆了一个造型。她笔直地站着，端庄美丽的红衣少女，含情脉脉地立在了贾放的面前。

"来来来，喝酒，喝酒。"赵大叔偷眼看了一眼茫然的贾放，心里一阵欢喜。

一年以后，贾放大学毕业了，他如愿以偿地被学校选派到德国公费留学，临行前回到家乡向父亲告别。

"儿子，这次你到德国学习得好几年不回家吧？"父亲躺在床上，瞅着贾放问道。

"嗯！不过有月娥妹妹照顾您，我也放心了！"贾放拿过一条毛巾，一边给父亲擦汗，一边对父亲说着。

"儿子，老爸一直有个想法要对你说。"父亲转过身来对儿子轻声说道。

"爹，您有什么心里话儿就跟儿子说，我一定会满足您老人家的心愿。"贾放笑着对父亲说道。

"我想让月娥给你当媳妇，我怕她嫁了别人，以后就没人再侍候我了。"父亲认真地对贾放说着。

"爹，这可不行！我一直都把月娥当成妹妹，从来就没有想过要娶她当媳妇啊！"贾放连连摆手，拒绝着父亲。

"儿子，咱们贾家不能忘恩负义！在咱家最困难的时候，是你赵大叔和月娥撑起了咱们这个家。现在你有出息了，可不能忘了恩人啊！"父亲动情地说着。

"爹，儿子不是忘恩负义之人，儿子是顶天立地的男子汉。可是我这次是定向留学，回来后就会留在北京教书，你总不能让我娶个没有户口的农村媳妇进北京吧？"贾放板起了脸很不情愿地说着。

"混账！什么叫农村媳妇？当初人家不帮咱家，不过来侍候你爹，你不一样在这个大山里当一辈子农民吗？现在你还没飞黄腾达，就嫌弃人家月娥了？你这不是忘恩负义是什么？这件事就这么定了，你要是不同意，你前脚出国，后脚就会接到我的死讯。何去何从？你看着办吧！"父亲愤愤地说着，贾放的脸一阵红一阵白地听着。

"爹，您不能逼我呀！"贾放劝说着父亲。

"人家月娥是个黄花大姑娘，她为了你能有出息，自己宁愿退学来侍候你这个瘫子爹，我能活到今天多亏了有月娥。做人得讲良心，不能忘本，这个儿媳妇我是娶定了，没有什么商量的余地！"父亲越说越激动，脸上的青筋都在跳动。

贾放双手捂住面颊，嘴角开始不住地抽搐："爹，婚姻是我一辈子的大事，不能因为月娥对我们家有恩，就让我娶她为妻，我和她不般配。"

"什么般配不般配的？老话儿说得好：丑妻近地家中宝！我看你们两个人挺般配，为了你爹能再多活几年，也为了你九泉之下的妈妈能够安息，你必须娶月娥为妻。你马上就要出国留学了，这一去还不知道得几年才能回来，如果你心里再有了别的女人，月娥还不得寻死上吊哇？不行，儿子的婚姻爹做主，你们马上完婚。"贾放爹指着贾放的鼻子，大声喊叫着。

"爹……"贾放神情茫然地叫着爹爹。

"女士们，先生们！本次航班就要在美国西雅图塔科马国际机场降落了。飞机正在下降高度，机组成员提醒您系好安全带，注意安全！"

贾放的思绪被空姐的广播提醒所打断，他睁开眼睛看了看窗外满眼的春色，长叹一声：一朝春尽红颜老，花落人亡两不知。

贾放嘴里念叨着，走下了飞机。

第3章
一起冤案

————

贾放副省长失联的消息传到了北江省秦山市，副市长、公安局长沈寒冰额头上立即沁出一滴又一滴的冷汗，一个副省级干部突然失联，上级机关是不会无动于衷的，如果组织上对贾放开展调查，自己会不会受到牵连？她心里非常清楚，她之所以能从省公安厅经侦总队副总队长的岗位上空降到秦山市，成为市公安局的"一把手"，是贾放副省长暗中运作的结果，至于他为什么能够提拔自己？沈寒冰自己是再清楚不过了。

沈寒冰回到办公室，将自己反锁在屋内，抑制着心脏的狂跳回想起14年前，自己与贾放搭上关系的那一幕情景。

那是2005年的一个夏天，这天下午，沈寒冰突然接到了贾放副省长秘书钱同打来的电话。

"沈总队长，我是贾放副省长的秘书钱同，下班后我请你喝个茶，请您无论如何也要赏光！"沈寒冰接着电话，心里有些蒙。她和钱同并不认识，钱同身为副省长的大秘书，为什么要请她喝茶？

在北江省省会秦川市一个不太起眼的茶楼里，钱同一边自报着家门，一边热情地向沈寒冰伸出了手："沈总队长，你好！认识一下，我是省政府办公厅的钱同，是贾放副省长的秘书。"

"哦！久闻钱秘书大名，今日相见甚是荣幸！"沈寒冰握着钱同伸过来的大手，她感到钱同的手是那样温暖。

"早就听说我们省公安厅有一位如花似玉的美女总队长，今日相见果然名不虚传。"钱同站在沈寒冰的对面，仔细地端详着眼前这位端庄秀丽的美女警官，嘴上不住地赞美着。

沈寒冰中等个子，生得一张白皙的脸，弯弯的柳叶眉下，长着一双会说话的杏核眼，她面容冷峻、不苟言笑，让人看了有些威严。

"钱秘书，客气了！您找我来，该不会就是为了恭维我吧？"沈寒冰淡淡地笑着，端庄地坐在了钱同的对面。

"还是沈队长智慧，既然我们之间的交流已无障碍，我就开门见山了。"钱同虽然也是第一次与沈寒冰见面，但他从沈寒冰的谈吐中，感到她是一位非常爽快的人，便直来直去地开了腔。

"贾放副省长的妻子在秦川市人民医院当院长，最近，这个医院接连发生医疗事故，引起了媒体的广泛关注，她的压力非常大。可屋漏偏遭连夜雨，前几天又有一位女童死在了她的医院，医院认定女童之死，不是医疗事故而是药品出了问题。你们总队是我省分管食品药品犯罪侦查的专业部门，你又是分管领导，这件事还要麻烦沈队长亲自过问一下。"钱同直截了当地对沈寒冰说明了来意。

"你是说医院使用了假药？"沈寒冰微颦了一下弯眉问道。

"没错，沈队长果然聪明，医院就是这个意思。"钱同十分肯定地说道。

"药品是不是假药，不能听医院怎么说，得需要药监部门鉴定。这个不是我该管的事情，恕我爱莫能助！"沈寒冰摊开了双手，笑了笑说道。

"我已经与省药监局打了招呼，药监局封存了相关药品，他们会把认定假药的鉴定书交给你的。现在需要你亲自出马去秦山，将制造假药的元亨制药有限责任公司的总经理华博抓起来，以平民愤。"钱同的语气中带着几分命令。

"这是贾放副省长的意见吗？"沈寒冰收起了笑容，面容又开始变得冷峻起来。

"你这么聪明，怎么又犯起了糊涂？这是你的意见！"钱同嘴角露出一丝冷笑说道。

"让我去秦山抓人？这得有立案报告才行，这件事不太好办！"沈寒冰冷峻的脸上露出了难色。

"沈总队长，你怎么办案是你的事，我只要结果不问过程。"钱同端起了茶盅喝了一口茶，手里摆弄着手工制作的茶盅傲慢地说道。

"钱秘书，是贾放副省长让你来找我的吗？"沈寒冰试探着问钱同。

"沈总队长，我知道这件事有一定的困难，但我相信办法总会比困难多，你是警界的精英，我相信你的办案能力，否则也不会亲自过来与你见面沟通。"钱同十分老练地避开了沈寒冰的问话，又用不容商量的口吻对沈寒冰说道。

"好吧！让我回去想想。"沈寒冰也端起了茶盅，她细细地品着茶香，两人撇开了正题唠起了茶道。

沈寒冰与钱同分手后陷入了沉思，她反复寻思着钱同对她说过的每一句话。沈寒冰心里十分清楚，钱同之所以亲自来找她，是要让她办假案，办假案的风险明摆着，后果不言而喻，问题是自己值不值得去冒这个风险，一旦冒了这个风险，又会获得什么利益？沈寒冰在风险与利益中做着权衡。贾放身为一省之长，竟然能明目张胆地要求自己办假案，说明他对自己还是完全信任的，如果能为他办了这起假案，无疑将会取悦于他，就此抱上他的大腿，为自己寻来靠山。有了贾放这个靠山，自己的仕途就将一帆风顺，一步登天的可能性也是说不定的。不知为什么？沈寒冰一想到向上爬，心里就异常兴奋。

第二天一上班，沈寒冰便看到了省药监局的假药鉴定书，她迅速在鉴定书上签上了"同意立案侦查"几个字，转身招呼手下人，要到秦山市去抓人。

"同志们，我省秦山市元亨制药有限责任公司涉嫌生产和销售假药致死人命，省公安厅已经决定立案侦查。我们今天的任务是，立即赶赴秦山市元亨制药公司，传唤总经理华博。"沈寒冰冠冕堂皇地向手下人下达了命令。

在省城通往秦山市的高速公路上，一辆蓝白相间的警车闪着警灯在前面开道，两辆墨绿色的北京牌吉普车紧随其后，由秦川市驶向了秦山市元亨制药公司。

秦山市地处东北平原，因背靠长白山余脉的秦山而得名。秦山市山清水秀，气候非常宜人，素有北国江南之美誉。蜿蜒曲折的秦河自西向东流经市中心，将秦山市自然分成了河南与河北两大区域，于是秦山市就有了秦南区和秦北区的划分。元亨制药有限责任公司位于秦山市的秦北区，它曾经是一个老牌的国营制药厂，几年前，陷入困境宣布破产，最近被外商以一元钱收购，现已经是外资私人企业。

夏天的天气就犹如孩子的脸说变就变，刚才还是烈日当空，转瞬便乌云遮日、电闪雷鸣，狂风像发了脾气般任意肆虐，路边的大树在阵阵狂风中使劲地摇曳。一道闪电撕裂了天空，倾盆大雨伴随着"隆隆"的雷声，顷刻间便将整个秦山市浇成了一片汪洋。

秦川市距离秦山市元亨制药厂不足200公里，车队一路狂奔很快就来到了秦山市元亨制药公司。

警车和吉普车溅着马路上的积水，鱼贯而入元亨制药公司院内，十几名穿着警服的警察从车上跳下，径直走向了元亨制药有限责任公司二楼的会议室。

"你们……"正在主持办公会的总经理华博，被突然闯入的警察弄得莫名其妙，联想到不久前公司曾发生过药品失窃案，猜想这些警察一定是前来办案。于是他站起身来，微笑着向为首的沈寒冰走了过去。

"欢迎你们！你们是为了药品失窃案而来的吧？"华博伸出手去，从会议桌的尽头走到了带队的沈寒冰警官面前，与她打着招呼。

"你是华博？"沈寒冰威风凛凛地问道。

"我是华博。你们是……"华博很有礼貌地去握沈寒冰的手。

"我们是省公安厅经侦总队的，我是副总队长沈寒冰，我要找你核实一个情况，其他人暂时都不要离开这间会议室。"沈寒冰避开了华博伸过来的手，与华博一前一后来到了会议室旁的总经理室。

"沈总队长，辛苦了，我给你倒杯茶吧。"华博一边说着，一边要去拿茶几上的暖瓶。

"华博，你看看这份委托合同是你的签字吗？"沈寒冰说着，从提包里拿出一份文件递给了华博。

华博放下暖瓶，接过沈寒冰递过来的文件坐在了沙发上。他看了一眼面容冷峻的沈寒冰问道："沈总队长，你们不是为了药品失窃案而来的呀？"

"华总，我不是跟你说了嘛，让你看看这份合同是不是你签的字。"沈寒冰指着华博手里的合同文件，严厉地说道。

"沈总队长，我看了这个合同，合同是我签的字。不过，这个被委托的制药厂不对，合同上的乙方与我们的委托不相符。"华博将合同还给了沈寒冰。

"什么？你再说一遍。"沈寒冰好像没有听懂华博的话，她审视着华博的面部表情追问道。

"沈总队长，这是我们公司委托生产药品的合同文本，但这份合同上被委托的制药厂并不是我们委托的那家制药厂，我们委托的药厂是光明制药厂，而这份合同中的制药厂却是雨景制药厂。不过，这个合同第三页的法人签字是我的笔迹，这倒是没错。"华博指着合同的第一页和第三页对沈寒冰做着解释。

"华总，你是不是在开玩笑？合同是你签的字，加盖的也是你们元亨制药公司的公章，被委托的厂家却不是你们公司委托的，这个玩笑是不是开大了？"沈寒冰正气凛然地说着，嘴角上露出了一丝冷笑。

"沈总队长，我是说……"华博还要做着解释。

"华博，我不听你的解释，这份合同不是假的吧？"沈寒冰不耐烦地指了指合同，紧盯着华博的眼睛问道。

"沈总队长，这份合同虽然不假，但这个合同的内容有问题！"华博不明白沈寒冰让他看合同的用意，他在继续向沈寒冰做着分辩。

"华总，雨景制药厂生产和销售假药致死人命，我们从他们厂里查到了你们双方签的这份合同，既然你已经确认了这份合同的真实性，你们公司就要负连带责任。你是公司的总经理，我们现在要对你依法进行传唤。"说着，沈寒冰又从提包里掏出一张事先准备好的传唤证，递到了华博的眼前。

"雨景制药厂生产和销售假药，与我们元亨制药公司有什么关系？我不知道合同中的这家雨景制药厂是怎么回事。这么着吧，等我问问副总经理凌丽，这个合同是她起草的。"华博皱着眉头对沈寒冰说着。

"行，你就在这儿问，当着我的面问。"沈寒冰站起身来，吩咐站在门口的警察去叫凌丽。

"当当当。"随着一阵敲门声，一位留着披肩长发、身穿粉色风衣的美女推门而入。

"华总，你找我？"美女说话的声音很轻，语音也很甜。她看着坐在沙发上一脸苦相的华博，微微欠了一下身子冲着华博说着。

沈寒冰上下打量着这位美女问道："你就是副总？"

"是的，我叫凌丽。"凌丽看着沈寒冰，轻声说道。

"凌丽，你看看这份合同，是不是你起草的？"沈寒冰板着面孔说道。她的眼睛也配合着说话声，从华博身上转向了凌丽。

凌丽从华博手中接过合同书，仔细地看着，连沈寒冰让她"请坐"的话，都好像没有听到。

"这个合同是我起草的，是华总亲笔签的字，这有什么问题吗？"凌丽的目光在华博和沈寒冰身上来回扫视，她似乎并不清楚警察找她过来的目的。

"好了，你回去吧！"沈寒冰对凌丽挥了挥手。

沈寒冰没有再看凌丽，她用眼睛斜了一眼坐在一旁的华博说道："华博，你还有什么狡辩的？"

凌丽转过身向屋门走去，她刚走到屋门口，就听见身后的华博在大声地喊着她："凌丽，你先别急着走，我问你这个雨景制药厂是怎么回事？我们委托的制药厂不是光明制药厂吗？从哪儿又冒出这么个雨景制药厂？我签字的委托合同是委托光明制药厂，并不是委托雨景制药厂啊！"华博抓起凌丽放在茶几上的合同，大声质问着凌丽。

凌丽止住脚步回过头来，斯文地对华博说道："华总，您签字的就是这份合同，委托生产药品的制药厂不是光明制药厂，而是雨景制药厂。"

"不对，我分明记得是你向我推荐的光明制药厂，而不是这家雨景制药厂。"华博"腾"地一下站起身来，声音都有些发抖。

"华总，我没有向您推荐过光明制药厂，这份合同就是您让我起草的，您再好好回想吧，是不是您记错了。"凌丽语速平缓，面色平静地对华博说道。

"警察同志，我可以走了吗？"凌丽又把目光转向了沈寒冰，再也没有看华博那张愤怒的脸。

华博僵直地站着，他微闭双目气得浑身发抖。他已经从凌丽将"你"改成了"您"的称呼中，觉察到了事情有些不妙，一时间竟张着嘴说不出话来。

"华博，请你在传唤证上签字。"沈寒冰也站起身来，示意华博在传唤证上签字。

"你们立即把华博带走。"沈寒冰转身向警察命令道。

华博被戴上了手铐，在两名警察的夹拥下，向办公楼下的警车走去。

"报告沈总队长，不好了！公司院子里突然来了一帮工人，把我们警车的轮胎都扎瘪了，车子开不走了。"一名警察气喘吁吁地从楼下跑上楼，向沈寒冰做着报告。

沈寒冰推开办公楼的大门，只见药厂的大门已经被人上了锁，上百名工人正手挽着手站在雨中，挡住了警察的去路。停在办公楼前的吉普车和警车，也像泄了气的皮球，各自瘫在了办公楼前，车轮胎已经被浸泡在水坑里。

"不许你们带走华总！华总不能走！"工人们在大雨中纷乱地高喊着，一步步向着警察逼近。

"快上楼，关上楼门，立即调特警队增援！"沈寒冰一边后撤，一边向身边的警察发出了命令。

"弟兄们，我们不能让他们带走华总，华总要是走了，谁给我们开工资呀！"院内，一个声音高喊着。华博听得出，这是生产车间主任李大虎的声音。

沈寒冰带着华博又回到了二楼的办公室，她焦急地看着手表，等待着增援警力的到来。

"呜哇，呜哇！"不大一会儿，几辆警车响着警笛载着全副武装的特警风驰电掣地赶来增援，元亨制药公司的大门被特警围了个水泄不通。

"工友们，请你们打开大门，不要妨碍人民警察执行公务，请你们马上打开大门，不要妨碍人民警察执行公务！"警车的高音喇叭里传来特警的喊话声。

沈寒冰站在二楼的窗户前，看着厂区院里被雨水淋得落汤鸡一般的工人，转身对身旁的华博说道："华总，你到窗前对工人们喊话，让他们赶快开门散开，否则我们就要以聚众闹事，妨碍民警执行公务的罪名，将他们全部拘留！"

"沈总队长，工人们情绪非常激动，你们这个时候抓人不是火上浇油吗！事态一旦扩大就不好收场了。"华博眼睛里噙着眼泪，他在央求着沈寒冰。

华博站在了窗前，从屋内隔着玻璃窗望着个个被大雨淋透的工人师傅，声音哽咽着对沈寒冰继续说道："这些工人们都是吃苦耐劳的老实人，请你们不要动不动就抓人，行不行？"华博声音里带着哭腔说着。

"华博，你过去喊话，让他们散开！否则再给你加上个煽动闹事妨碍公务的罪名。"沈寒冰果断地命令着华博。

"好、好、好，我去劝说，我去劝说他们。"华博推开窗户，一瓢大雨倾泻而入，华博脸上的雨水和泪水瞬间就交织到了一块儿。

"工人师傅们，你们都是我的好兄弟、好姐妹！你们对我的好，华博心领了，我给大家鞠个躬，谢谢你们！"华博说着，情急之下竟跳到了窗台上，向着雨中的工人们深深地鞠了一躬。

一股大风夹着雨柱刮进屋内，华博和两扇玻璃窗一起在雨中摇晃着，此时华博已经泪流满面成了泪人。

"华博，你下来。"沈寒冰一把抱住险些坠入楼下的华博，将他拽到屋内。

"各位工人师傅们，你们听我一句话，我的事儿由我自己去说明白，你们都回车间干活儿去，不要淋坏了身体。你们都到食堂去喝点姜汤，换换衣服可别感冒了。"华博在窗户里探着身子，挥动着戴着手铐的双手，迎着风雨一遍遍喊着话。

风雨中，百余名工人仍然不停地叫喊着："华博是好人，不要带走他！"

大门外，警车仍在喊话："工友们，请你们立即打开大门，请你们立即打开大门！"

大门内，工人们依然站在雨中，没有一个人离开。

楼内，沈寒冰急得团团转，一时间也没了主意。

"沈总队长，沈总队长，听到请回答！"一名警察将一个手台递给了沈寒冰，手台里正呼叫着沈寒冰。

"我是秦山市公安局特警队的马队长，处理这种群体事件我们有经验，只要你一声令下，我马上派人跳进院内抓人。不把组织闹事的人抓获，局面将越来越难控制，请你下令！请你下令！"沈寒冰手中的手台里传出了马队长急切的请示声。

"我是沈寒冰，马上进攻！"沈寒冰接过手台，与手台另一端通着话。

"不可，不行！"华博一边声嘶力竭地叫着，一边疯了似的去抢沈寒冰的手台。

"叭叭叭！"院内，翻墙而入的特警已经开始向空中鸣枪示警。

华博将围在他左右的两名民警往两边一推，戴着手铐跑出办公楼，冲进了工人队伍之中。

"工人师傅们，你们听我的话，赶快回到车间去干活，不要犯大错误啊！"华博叫喊着，大雨顷刻从头到脚将他淋了个透。

"华总，我们不相信你会犯罪！"车间主任李大虎立即跑上前来，紧紧抱住华博，竟"呜呜"地哭了起来。

华博伸手握住李大虎的手，声音颤抖地说道："听我的话，快让大家回到车间去，千万不要感情用事。"

"华总，你走了，就没有人给我们开工资了，我们可都是上有老下有小，全靠这点工资养家糊口哇！"李大虎说着泪如雨下。

"你们赶紧回去，要相信我，也要相信政府。我们的政府是不会冤枉好人的，你们不要采取这样的过激行为来与政府对抗，一定要相信我，更要相信政府！"华博扬起戴着手铐的双手，一会儿抱拳，一会儿作揖，他声嘶力竭地大声对工人们喊着话，双脚蹚着地上的积水，吃力地向前挪着步。

院内工人师傅们渐渐安静了下来，他们自动闪在了两旁，给华博让出了一条路。

雨中，华博被带上了特警的警车，他从警车的车窗里凝望着雨中的工人师傅，望着陪伴了他快两年的元亨制药厂，心里有说不出的惆怅。

警车响着警笛，闪着警灯，瞬间便消失在风雨之中。

第 4 章
女童之死

————

"丁零零，丁零零。"秦川市人民医院院长室的电话响起了清脆的铃声。

"院长，不好了！内科病房正在住院治疗的 13 岁小女孩突然昏厥，现在正在抢救！"院长于清华放下电话，赶紧跑向抢救室。

"怎么回事？"于清华来到抢救室，她看着躺在救护床上、身上插满医疗器械管子的小女孩，急切地问着抢救医生。

"院长，可能是输液出了问题，我们正在全力抢救，不过恐怕已经回天无力了。"听了抢救医生的话，于清华微微闭上眼睛，无力地瘫坐在一把椅子上，瞬间觉得天旋地转。

"你们还我女儿！还我女儿啊！可怜的女儿，你才只有 13 岁呀，怎么扔下妈妈就走了？"于清华刚刚回到办公室不久，就听到走廊里传来一阵阵撕心裂肺的哭喊声，于清华再一次闭上了眼睛。

于清华稍微稳定了一下情绪，她睁开眼睛拨通了北江省贾放副省长秘书钱同的电话："老弟呀！姐姐……"

"大姐，大姐，怎么了？您说话呀！"电话听筒里传出秘书钱同近似呼喊的声音。

"老弟呀！你看姐姐这是怎么了？我们医院刚刚又有一个小女孩……走了！"于清华欲言又止，声音竟有些哽咽，她断断续续地说着。

"大姐，别急！女孩得的是什么病？"钱秘书从于清华的声音中，已经意识到医院又发生了医疗事故，于是他在电话里追问着于清华。

"她是因为哮喘病住的院，才两天就……"于清华拿电话听筒的手都有些发抖。

"哮喘病怎么会死人？"钱秘书愣了愣神，遗憾地摇了摇头。

"我也在纳闷，输液怎么会……"于清华有些语无伦次了。

过了一会儿，于清华的声音有些颤抖地又开了腔："弟弟，上个月的医疗事故还没有处理完，这又走一个。我上任才两个多月，走了两个孩子，我无法向社会交代呀！"

"大姐，您冷静一下，我马上向贾副省长汇报，然后再沟通公安厅和药监局来处理。您可注意保重身体呀！"钱秘书稍微犹豫了一下，在电话里不住地安慰着于清华。

于清华听到钱同说到药监局三个字，就像打了一针强心剂，顿时来了精神。她就像抓住了一根救命稻草一般，急着问道："小钱，你刚才说什么？你是不是说了药监局？"

"是啊！大姐，我刚才是说了药监局，药监局是监督药品生产和销售的专业部门，我让他们想想办法，看看你们医院输液的药是不是假药？"钱同脑子非常灵光，他的话立即点醒了懵懂中的于清华。

"小钱，你说得对，要是药品有问题，医院的责任就没有那么严重了。要是假药的话，那就是另外一个说法了。谢谢弟弟的提醒，拜托了！回头到家里来，我向你姐夫好好推荐你。"于清华似乎走出了梦境，她放下电话，挺直了腰板向院办走去……

北江省公安厅会议室内，常务副厅长李冰岩正在主持女童之死事件的汇报会。

"同志们，秦川市人民医院女童死亡的事件发生后，省委、省政府高度重视，书记、省长都做了重要批示和指示，组成了由张副省长负责的领导小组来专门处理此事。按照省政府办公会议的要求，省政府领导小组下设两个工作组，一个是调查组，一个是专案组。调查组由省卫生厅长负责组织医疗专家，进驻医院开展调查，认定责任、处理善后；专案组由我负责，拿出对这起事件的处理意见。"李冰岩副厅长说着，拿出省领导的重要批示复印件给大家传阅。

"同志们，大家把这几天对制药厂开展调查工作的情况分别汇报一下，为医院提供药品的制药厂，在生产和销售过程中，有哪些违法犯罪行为？又应该如何处理？"李冰岩炯炯的目光扫视了在座的每一位专案组成员后做了开场白。

"李厅长，我们接到秦川市人民医院举报雨景制药厂生产和销售假药的报案后，立即会同省药监局对雨景制药厂开展了调查和侦查。现在，我就将调查和侦查的结果向大家汇报一下。"省公安厅经侦总队副总队长沈寒冰翻开笔记本，她看了一眼坐在她身旁的省药监局王海处长开始汇报。

"医院报案称：秦山市雨景制药厂向秦川市人民医院销售的药品是假药，于是我们进驻该药厂开展了调查。"沈寒冰从提包中拿出厚厚的一叠卷宗，摊在了会议桌上，她一边翻看着调查材料一边汇报。

"雨景制药厂是一家民营制药厂，前不久，他们厂与秦山市元亨制药公司签订了委托生产和销售治疗哮喘病的'哮喘灵'合同。元亨制药公司委托雨景制药厂生产和销售的'哮喘灵'是个系列药品，有口服颗粒和注射针剂，正是这批针剂销售到了秦川市人民医院，医院在使用这批药品针剂治疗哮喘病时发生了意外，出现了致死女童的事件，现在药品已经被封存。"省药监局王海处长接过沈寒冰的话茬补充道。

"《刑法》在生产和销售假药上是如何界定的？"李冰岩副厅长面无表情地问沈寒冰。

"《刑法》中规定的生产、销售假药罪，是指生产、销售假药，足以严重危害人体健康的行为。本罪是选择性罪名，生产假药构成犯罪的，是生产假药罪；销售假药构成犯罪的，是销售假药罪；既生产又销售假药构成犯罪的，是生产、销售假药罪。"沈寒冰翻开《刑法》，对照着条款字正腔圆地读着罪名认定原文。

"根据《中华人民共和国药品管理法》之规定，生产销售药品必须取得药品的批准文号，未取得批准文号的原料药品，即视为假药；以一种低价药品冒充一种高价药品的，同样视为假药。本案中涉及的药品符合上述两点，所以应该以生产、销售假药立案侦查。"沈寒冰合上《刑法》，她看着李冰岩又看了看在座的其他办案人员，一副专家解读的样子。

李冰岩端起会议桌上的茶杯喝了一口茶水问道："那你们就说说制药厂的具体违法犯罪行为吧。"

"雨景制药厂是在没有取得生产'哮喘灵'生产批准文号的前提下，生产'哮喘灵'的。他们不具备生产资质，属于生产假药；他们将药品加价销售到秦川市人民医院，属于销售假药。"省药监局王海处长展开笔记本做着补充。

"元亨制药公司虽然取得了生产'哮喘灵'的批准文号，但他们委托给没有生产资质的雨景制药厂生产该药品的行为是违法行为，需要负连带责任。而雨景制药厂在与元亨制药公司签订委托生产合同以后，将原来该厂的同类药品偷换上了元亨制药公司的批准文号，又加价进行销售，属于生产、销售假药行为，雨景制药厂和元亨制药公司都应该受到查处。"王海合上笔记本，说出了他的处理意见。

"我认为，雨景制药厂和元亨制药公司已经构成生产、销售假药的犯罪要件，所以对这两个制药厂的涉案人员采取了强制措施。"沈寒冰接过王海的话茬说道，"经过对元亨制药有限责任公司总经理华博传唤讯问，他不承认曾经委托过雨景制药厂生产、销售'哮喘灵'。按照华博的说法，他们公司委托生产的厂家是秦山市的光明制药厂，可经过我们调查取证，光明制药厂没有接到过元亨制药公司的任何委托，他们之间也没有过合作的经历。经过对起草委托合同的元亨制药公司副总凌丽的询问，凌丽证明他们委托的就是雨景制药厂，因此，元亨制药公司与雨景制药厂的委托合同是真实可信的。经过华博的辨认和对他的笔迹鉴定，法人签名也是华博的亲笔签字，所以应该对这两家制药厂的法人刑事拘留。"沈寒冰将调查和讯问当事人的情况汇报后，提出了对华博采取刑事拘留的意见。

"好，我同意大家的意见，待我向省政府领导小组汇报后，马上召开新闻发布会，将生产、销售假药案的处理结果向社会公布。"李冰岩听了汇报以后一锤定音。

"丁零零，丁零零。"于清华办公室的电话响起了清脆的铃声。

"大姐，您看到今天的《北江日报》了吗？"电话听筒里传来钱同兴奋的声音。

"老弟，大姐正在看报，这个处理结果太好了。谢谢你呀！你可帮了大姐的大忙了，周日到家里来做客，大姐亲自给你烧几个好菜犒劳犒劳你。"于清华脸上露出了久违的笑靥，白净的脸上像盛开的牡丹花一样灿烂。

周日，风和日丽，碧空如洗。蓝色的天空中，几朵白云在潇洒地游弋，将蓝天点缀成画卷一般美丽。

省会秦川市北运河畔省政府领导家属大院的一座小楼的院子里，副省长贾放戴着大草帽，正站在一个两米多高的三角形叉梯子上，修剪着树枝。

贾放今年46岁，六年前，他从湖南省的一个地级市调到了北江省秦山市，职务也由原来的市长升任为市委书记，他在秦山市委书记的任上又官运亨通，不到五年便被提拔到北江省政府担任副省长，贾放来到北江省后的秘书一直就是钱同。

"首长在家呢！您的腰不好，快下来歇着，这个剪树枝的活儿就交给我吧！"钱同走进了贾放家的院子，他一眼看见了站在叉梯上的贾放。他将带来的"君山银针"茶叶，往树下的石桌上一放，紧走几步，一只手扶住叉梯，另一只手则挽扶着贾放从叉梯上走了下来。

贾放个子不高，皮肤很白，一件宽松的灰色半袖对襟粗布褂子，包裹着他清瘦的身体，看上去老成干练。他目光深邃，高高的鼻梁上架着一副金丝边眼镜，看上去很像是一位学识渊博的文人。

钱同站在橘子树下，抬眼望着枝头的一簇簇白色花瓣、黄色花蕊，嗅着橘树枝头绽放的芳香，顿感神清气爽。他手指着高大茂密的橘树，向贾放请教道："首长，这三棵果树是橘树吧？"

"算你有眼力！一点不错，这三棵树就是橘树。'橘树生南国，花开挂满枝。愿君莫采撷，此物最相思。'唐代诗人王维的《相思》经过我的窜改，不就是我们眼前的美好景色吗！"贾放"呵呵"笑着，拉着钱同坐在了橘子树下的石头茶桌前。

贾放给钱同倒了一杯茶水，眯起眼睛问道："能喝出这是什么茶吗？"

"首长，您这茶好像是绿茶吧？我喝着有点像银针。"钱同品着茶，微欠着身子说道。

"没错，这就是我们家乡的银针，我看你拎来了'君山银针'，就再故意考考你懂不懂茶。"贾放喝着茶，与钱同拉着话。

"'君山银针'产地在湖南洞庭湖畔，它芽头壮实笔直，色泽金黄光亮，内质香气高纯，汤色杏黄明澈，滋味十分甘爽。我喜欢喝银针，因为我是湖南人，对家乡的一草一木总有忘不掉的情怀，所以我把家乡的橘树也移植到了北江。"贾放很有情趣地说着，看样子他今天兴致很高。

"北方的气候也适合种植橘树？这倒是很稀奇。"钱同谦恭地问着贾放。

"橘树对气温、土壤、雨水、湿度都有很高的要求，这些条件北方是不具备的，可世上无难事，只怕有心人。我通过施肥，将土壤改良成了酸性；通过喷洒，代替了雨水；又在树旁修了鱼池解决了湿度。冬天将大棚一扣，室温就可以达到10摄氏度以上，这不就满足了橘树的生长条件了吗！"贾放"呵呵"笑着，不住地环视着他家的小院，那表情就像是在欣赏自己的得意作品一般惬意。

"首长，您的小院太有江南气息了，简直就是活生生的北方江南。"钱同的眼睛不停地在小院中扫视，翠竹青青、牡丹芳菲、白墙灰瓦。眼前的江南景色让他目不暇接，他已经被贾放的情志所折服，他对首长的匠心独运更加佩服得五体投地。

"那几棵竹子叫斑竹，你看竹子身上是不是有星星点点的斑痕？"钱同顺着贾放的手指方向望去，果然看见了院墙旁边竹子上的点点斑痕。

"传说虞舜到南方巡游，死于苍梧之野，他的妃子是一对姐妹，叫作娥皇和女英。她们站在湘江边苦等舜的归来，落下的相思泪滴在了竹子上，成了竹身上的斑点，所以这竹子既叫斑竹，还叫湘妃竹。"贾放饶有兴趣地向钱同介绍。

"走，我们到书房去，我的楷书不错，我给你写了一首屈原的《橘颂》，看看喜不喜欢。"贾放摘掉草帽，带着钱同来到书房。

贾放展开一幅 8 尺条幅的书法长卷，只见上面工工整整地写着屈原的《橘颂》。

钱同看了贾放隽秀的楷书长卷，情不自禁地高声朗读起来：

"后皇嘉树，橘徕服兮。受命不迁，生南国兮。深固难徙，更壹志兮。绿叶素荣，纷其可喜兮。曾枝剡棘，圜果抟兮。青黄杂糅，文章烂兮。精色内白，类任道兮。纷缊宜脩，姱而不丑兮。嗟尔幼志，有以异兮。独立不迁，岂不可喜兮？深固难徙，廓其无求兮。苏世独立，横而不流兮。闭心自慎，终不失过兮。秉德无私，参天地兮。愿岁并谢，与长友兮。淑离不淫，梗其有理兮。年岁虽少，可师长兮。行比伯夷，置以为像兮。"

钱同到贾放家里来，是事先做足了功课的，他知道他的这位首长喜欢橘树和斑竹，还喜欢湖南花鼓，更喜欢从湘江大地上走出的那些伟人和诗人，所以他将有关湖南的诗词歌赋、名人逸事的背景资料收集殆尽，有些诗词已经背得滚瓜烂熟，所以面对《楚辞》中的这首《橘颂》，他朗诵得抑扬顿挫、朗朗上口。

钱同知道，给领导当秘书，既要具备敏锐的观察力，又要有超出常人的智慧；展示才华要做到漫不经心，取悦领导更要做到不留痕迹。这就是大音希声，大象无形；只有做到大智若愚，才能够大器晚成。钱同通过朗读《橘颂》，一下子拉近了他与贾放的距离，他不禁暗暗自喜起来。

"你还懂《楚辞》？"听了钱同的朗诵，贾放瞪大了眼睛，他开始重新审视眼前这位每天跟在他身后，毕恭毕敬的大秘来。

《橘颂》是一首咏物抒情诗。诗的前半部分缘情咏物，以描写为主；后半部分缘物抒情，以抒情为主。屈原生活在战国时期的楚国，他是贵族出身，任楚王的三间大夫，他用拟人的手法塑造了橘树的完美形象，借颂橘来激励自己坚守节操做世间的榜样。"钱同又找到了卖弄学问的机会，于是他恰到好处地向自己的首长展示了一下压抑很久的才华。

"好、好、好，说得好！一点不错。"贾放笑着，拿起一支小号毛笔，中锋行走，写上了"钱同雅正"的题款，并签上了自己的名字落了款，加盖名章、闲章后，将这幅《橘颂》送给了钱同。

"老贾，小钱，饭菜都已经做好了，你们到餐厅里边吃边聊。"贾放的妻子于清华轻手轻脚地来到书房，招呼这一对已经有了共同语言，又恰似志同道合的领导和下属。

"哈哈，小钱，你知道我不善于喝酒，既然你大姐准备好了茅台，我就陪你喝上一杯。"贾放很高兴地举起了酒杯。

钱同用手挡了一下酒杯慢慢地喝下了酒。贾放观察着钱同的动作，心里给钱同做着评语：官场上，这小子能够把他的意图领会得淋漓尽致；私下里，又能与他沟通到心有灵犀。人前，他能隐藏自己的锋芒，做到含而不露；人后，他变脸如同翻书，出手干净利索一点痕迹都不留。贾放眯着眼睛欣赏着他的得意门生，他暗下决心，准备让钱同在仕途上走得更远。

"老贾，小钱人品好又聪明，今后可得关照关照我这个弟弟呀！"于清华冲贾放说着，偷偷地与钱同点着头。

钱同领会了于清华的意思，他从于清华的表情和称自己为弟弟的话语中，已经感到她对自己做事的满意程度。

"橘树受命不迁，生南国兮。秉德无私，参天地兮。而你年岁虽少，可师长兮。我愿岁并谢，与长友兮。"贾放一边借着橘颂称赞钱同，一边又高兴地举起了酒杯。

"来，小钱，我再敬你一杯。"说着，他将一小盅茅台一饮而尽。

"九嶷山上白云飞，帝子乘风下翠微。斑竹一枝千滴泪，红霞万朵百重衣。洞庭波涌连天雪，长岛人歌动地诗。我欲因之梦寥廓，芙蓉国里尽朝晖。"贾放放下酒杯站起身来，倒背着手又高声朗诵起了毛泽东这首《七律·答友人》，这首诗好像一下子把他带到了阔别良久的家乡。

钱同认真听着贾放的朗诵，他感到眼前的贾放不是一言九鼎的一省之长，而是一位气质优雅的文人、一位满腹经纶的学者，他更加庆幸自己跟对了眼前这位和蔼可亲的好首长。

第 5 章
深谋远虑

————

"丁零零，丁零零。"贾放的手机响起了清脆的铃声。贾放看了一眼来电显示，他知道，这是他的露西回来了。

"贾省长吗？我是露西！我现在已经从美国西雅图赶回了秦川，住在秦川大饭店的 105 套房，你过来吧！"电话听筒里传来露西娇嗔的声音。

贾放放下电话，又把电话打给了妻子于清华："清华，晚上我有个重要的会议，会议要进行得很晚，我就住在单位了。"

于清华在电话里应了一声，放下了电话。

于清华和贾放是北京财大的同学，在学校时，她半拉眼睛都没有看上貌不出众的贾放，她理想的白马王子是那种风流倜傥的男人，她的心愿是自己能够管人、管事。虽然于清华的心境很高，可她的命运却比纸还薄，她在与贾放结婚之前，先后成过两次家，两任丈夫一个比一个帅气，却一个赛一个的风流。两位公爹一个比一个官大，可谁都不能满足她当官的愿望。当她得知最不起眼的贾放，40 岁就当上了主政一方的官员时，她怀疑上了自己的眼光。当她得知贾放的妻子过世以后，便义无反顾地追着贾放来到了秦山市。于清华如愿嫁给了贾放，也实现了"管人、管事"的愿望，当上了秦川市人民医院的院长，她指望攀着贾放这棵大树，还能继续向上爬，至于贾放回不回家，她一点都不在乎。

贾放安排好了手头的事务，心急火燎地来到秦川大饭店。刚一进套房，就被裹着睡衣的露西紧紧地抱住："老公，你可想死我了！"

贾放脱去了外套，一把抱起了久别的露西，两人的嘴唇瞬间便紧紧贴合在了一起。

"老公，飞机应该昨天晚上到达秦川，可经停韩国时晚点了，到秦川的时候都快天亮了。宝宝睡了一整天的觉，才倒过来时差。"露西双手紧紧勾住贾放的脖子，伸手摘掉贾放架在鼻梁上的金丝边眼镜，将他按倒在了沙发上。

"露西，别急！老夫的身体不行了，经不起折腾啦。"贾放倒在沙发里，嘴里故意说着，却把露西紧紧地揽在了怀里。

"我们到床上去吧，沙发上不舒服。"露西起身给贾放脱去了内衣，又将睡衣披在了他的身上，自己哼着小曲，摇摆着光滑的肥臀走进了浴室。

"老公，快过来呀，水温正好！"露西在浴室里召唤着贾放。

浴室里传出了"哗哗"的流水声，两人嬉笑着，缠在了一起。

卧室的大床上，两人一番云雨过后，露西趴在贾放充满骨感的怀里嗲声说道："老公，接了你的电话，我马上就订了机票，第一时间赶了回来。你是不是有什么好消息要告诉我？"

"是啊！露西，两年前，你卷走了元亨制药厂工人几百万元的集资款，跑回了美国。你跑了以后，那几百名工人到处上访告状，弄得我一天焦头烂额，生怕他们把事情闹大了，上级会派人来追查，再给你以诈骗的罪名列为网上逃犯，你恐怕就再也回不来了。事情也凑巧，那天我去省中医院按摩，给我按摩的那个华博医生发明了特效中药'哮喘灵'，于是，我就把他挖到了元亨制药厂来当厂长，我用他的目的就是让他来替你顶缸。"贾放将后背靠在了床头，慢条斯理地说着。

"你在电话里不是告诉我，华博把集资的事情摆平了，又将元亨制药厂改制成立了元亨有限责任公司吗？"露西眨着眼睛问贾放。

"是啊，华博这小子确实很有经商头脑，他将元亨制药厂进行了改制，把工人们被你卷走的集资款，变成了他们入股企业的股份，一下子就稳定了闹事工人们的情绪，企业也开始步入正轨，出现了健康发展的良好势头。"贾放用手轻轻地刮了一下露西高翘的鼻子说道。

"老公，他能给你挣钱，你坐享其成，这不是很好的事情嘛！干吗又叫我回来？那帮工人要是见我回来，非把我给吃了不可，他们嚼碎我的骨头可能都不解恨。"露西将头埋在了贾放的怀里，假装生气地说着。

"露西，你说得没错，可工人们得到的股权是吃我们碗里的肉啊！现在，大股东投了资，他们占了公司49%的股权，在剩下的51%股权当中，又被工人们分走了21%，余下的30%当中，还有华博技术入股的20%，你算算我们还剩下多少股权？"贾放理着露西的秀发，给她算着细账。

"老公，我不懂企业管理，当初，你让我接手元亨制药厂那会儿，我是被你硬赶着鸭子上架的，厂子的那些债权债务像三座大山一样，压得我连口气都喘不过来。后来，你让我集资了几百万块钱进设备，我要是不把这点钱拿走，即使进了设备都没用，还不如我在美国买房子呢。现在，华博实行了股份制，股权虽然少了，可你能挣到了钱，10%还不知足吗？"露西说着自己的看法。

"露西，你是不知道我面临的处境有多难？我在德国的小舅子和儿子是不是需要花销？你是不是需要我养，你妈妈和月娥的父母是不是需要我来赡养？我那个小舅子胃口大得很，是仨瓜俩枣就能答对他的吗？给我剩下10%的股权，还不够我还债的呢！"贾放对露西说着他的苦衷。

"那你让我回来做什么？"露西抬起头问贾放。

"我让你回来是让你收复失地，把我们失去的股份再夺回来。元亨制药厂不是改制成有限责任公司了吗？你还得去当总经理！"贾放轻轻掐着露西的鼻子说着。

"总经理不是华博吗？他都把股份分配完了，你又让我向他要回股份，华博会听我的吗？这不是天方夜谭嘛！"露西噘着小嘴说道。

"哈哈！露西，你还有所不知，华博已经被我送进了看守所，能不能活着出来都难说啦。"贾放开心地笑着说道。

"什么？华博进去了？"露西忽闪着亮晶的眸子问贾放。

"这还有假吗？"贾放翻身下床，从衣兜里取出一份《北江日报》递给了露西，眯着眼睛看露西的表情。

"那个傻小子果真被你弄进去了？"露西惊讶地浏览着报纸，"咯咯"地笑出了声。

"老公，真有你的，你可真是一只足智多谋的老狐狸呀！"露西将报纸往床下一扔，勾着贾放的脖子，两只眼睛笑成了一条缝，那片精致的薄嘴唇又紧紧地沾在了贾放的唇上。

"露西，话可不能这么说，是他自己自作自受、咎由自取的，谁让他偷吃了老夫的奶酪？老夫的奶酪就像你一样，只可远观不可亵玩焉！再说了，这块奶酪是我们的胜利果实，怎能让他这个穷小子来摘桃子！"贾放笑着说。

"老公，华博就是进去了，我也不敢回去，那帮工人太恨我了，我怕他们生吃了我。"露西又开始在贾放的怀里撒娇。

"这个你不用担心。华博进去以后，秦山市的钱同市长已经组成工作组，进驻了元亨公司，他会配合你完成接收的工作。"贾放笃定地说。

"老公，既然你已经都安排好了，我就替你冲锋陷阵。但是我可跟你说明白，你别指望我去给你经营元亨公司，我真的不是管理企业那块料。"露西躺在了贾放的身旁，眼望天花板说道。

"这个你放心，江南制药股份公司已经派人接管了元亨公司，你只要给我看好钱袋子就行。"贾放说着，又将鼻子凑近露西的秀发，细细嗅着她的芳香。

"老公，事情都办好了以后，我们该结婚了吧？人家可在美国等了你五六年了。"露西一翻身骑在了贾放的身上，点着贾放的鼻子问道。

"这个，这个。"贾放嘴里嘟囔着。

"这个什么？当初你让我去美国之前，咱们不是都定好了要结婚吗？你还让我等到你什么时候？"露西轻轻地揪着贾放的鼻子问道。

"露西，你松手。我，我已经和我大学的同学于清华结婚啦！"贾放犹豫了半天，终于说出了实情。

"什么？贾放，你再说一遍！你结婚了？"露西使劲拧着贾放的鼻子，扯着嗓子问道。

"露西，我要是与你结婚就得辞职，你不知道，官员的媳妇有海外身份算是'裸官'，我也是没有别的办法啦。"贾放掰开了露西的手，揉着鼻子说道。

"贾放，你这个没良心的东西，我还以为你让我回来，是要与我结婚呢！结果你让我空欢喜了一场，最后，我还是你的'白手套'。"露西一骨碌翻身下床，光着身子坐在沙发上，气得哭起来。

"露西，你别生气，你等到我退休，我立马与媳妇离婚，然后到美国去跟你结婚。"贾放给露西披上了睡衣，自己坐在了地毯上，他一边给露西做足疗，一边安慰着她。

"贾放，这话还亏你说得出口？等到你退休，我这朵鲜花儿都不知道谢了几茬啦！"露西说着，"呜呜"地哭出了声。

"露西，老公是对不住你，可我对你是有补偿的。我告诉你个秘密，现在入股元亨的江南股份有限公司是一个民营企业，这家公司是我请来合作的，不是华博引进的那家上海江南制药厂。我要是帮他们吞并了北江省的全部民营药厂以后，他们会给我这个数，这些钱，我让他们全部打到你的账户里，这回你该满意了吧？"贾放说着，伸出了两个手指头。

"200万？"露西抹了一把眼泪问道。

"2000万！"贾放诡异地对露西说道。

"那我也不稀罕，我就要你！"露西嘴里说着，心里也在想，既然覆水已经难收，我何不拿到补偿款以后再说。等有了钱，我就给这老东西戴上绿帽子，我要是不给他全身抹上绿，我就不是湖南的辣妹子。

露西是在6年前与贾放相识的，那年贾放40岁，露西只有24岁，当时她的名字还叫陆湘湘。两人的相识虽属偶然，但却一见钟情，很快就碰出了火花，燃烧出了激情。

"市长，这是我们医院最好的一个套房，您住在这里治疗和休息都很方便。"市中心医院的院长将贾放领到一个套间病房，指着里屋的大床对贾放笑着介绍道。

"不错，不错，我身体没有什么大碍，打几天点滴，疏通一下血管就可以了。"贾放一边说着，一边将外套挂在了衣架上。

"湘湘，这位就是我们全市人民衷心爱戴的贾市长，在他住院期间，就由你全程陪护，你不但要配合医生为市长治疗，还要照顾好市长的生活，不要有任何闪失！"院长把年轻貌美的护士陆湘湘介绍给了贾放。

"哈哈，没有必要全程陪护，我每天只在这里打点滴，我就是找个借口放松一下自己，借机会休息一下，最近确实有点累。"贾放笑着，倒在了松软的大床上。

"好，市长，我给您输液！"陆湘湘将输液瓶挂在了床头，又用一条医用橡胶管，勒住了贾放的手腕，开始给他输液。

"湘湘，你怎么搞的？"院长见贾放微皱了一下眉头，嘴角也轻轻地颤动了一下，知道是陆湘湘手中的针头失准了，便大声地训斥陆湘湘。

"没事儿，她扎得很好，一针见血嘛！"贾放轻松地开着玩笑，为陆湘湘打个圆场，尴尬的场面顷刻间被笑声冲淡。

"院长，你忙吧，让小陆一个人陪着我就行了。"贾放躺在了病床上，催促院长离开了病房。

陆湘湘来到外屋，给贾放灌了一个热水袋，轻轻地垫在了贾放的手臂下，又将贾放身上的被子向上拉了拉，端坐在了贾放身旁轻声说道："市长，还是您善解人意为我解了围，我第一次给您这么大的领导扎针，难免有点紧张。"

"没事儿，我皮糙肉厚没那么娇贵，你去休息吧！"贾放微笑着安慰着陆湘湘。

"市长，院长说了，让我全程陪护您，我是不能离开您半步的，否则就是擅离职守了。"陆湘湘嘴角上露出了一丝笑靥，甜甜的酒窝甚是迷人。

"湘湘，你参加工作多久了？是哪个学校毕业的？"贾放侧过脸来，他觉得眼前的这位辣妹子的身材异常诱人。

"市长，我是去年才从湖南省护士学校毕业来到中心医院的，参加工作刚好一年。"陆湘湘忽闪着动人的眸子，轻声回答着贾放的问话。

贾放"哦"了一声，眼睛却始终离不开陆湘湘鼓鼓的胸脯。

陆湘湘个子不高，一副小巧玲珑的模样；她皮肤很白，白里还透着微红。她五官俊俏，笑脸犹如盛开的芙蓉；她胸部丰满，仿佛隔着护士服都能看到怀中活蹦乱跳的"小兔子"。贾放从陆湘湘的忽闪的大眼睛里，似乎看到了一个充满想象的童话世界。

"湘湘，你家都有什么人？"贾放打量了一番陆湘湘以后，又问起了她的家庭状况。

"我是单亲家庭，父亲很早以前就去世了，是我妈一手把我拉扯大的，我妈为了把我培养成人吃尽了苦头。"陆湘湘说着眼圈开始有些湿润。

"哦！"贾放又"哦"了一声，微微地点了一下头。

一连几天，陆湘湘都在贾放输液后的空闲时间，给他做头疗按摩。贾放微闭着眼睛，一边静静地享受着陆湘湘轻柔的手法，一边与她聊着天。他从来没有在赵月娥身上体会到这种无微不至的关怀。

唉！月娥，你就安息吧！贾放暗自告慰着亡妻，他一想到刚刚死去的妻子赵月娥，内心就感到一阵阵的恐惧。

"湘湘，你喜欢唱歌吗？"贾放自打失去了赵月娥以后，内心一直很压抑，他突然想一展歌喉，要"嚎"出内心的酸楚。

"市长，我最喜欢唱歌啦！不过，跟市长去唱歌，我怕别人会说您的闲话！"陆湘湘扭捏地说着。

"没关系，我朋友有个私人歌厅，那里没有人打扰。"贾放说着，掏出电话约了歌厅。

"市长，您能让我听听您的歌声吗？"

贾放看着陆湘湘，他觉得湘湘像是猜透了他的心。

桑木扁担轻又轻哎，我挑担茶叶出山村。乡亲们送我十里坡哟，都说我是幸福人。

桑木扁担轻又轻嘞，茶叶飘香歌不停咯喂，船家问我是哪来的客哟？湘江边上哎，种茶人咯喂！

贾放对着麦克风激情地唱着湖南民歌《挑担茶叶上北京》，他偷眼瞥了一眼陆湘湘，只见她竟伴着歌声，手舞足蹈地拍起了巴掌。

贾放刚唱完《挑担茶叶上北京》，陆湘湘立即拿过麦克风一边舞蹈，一边冲着贾放唱起了脍炙人口的湖南民歌《马桑树儿搭灯台》。

马桑树儿搭灯台哟，写封的书信，与耶姐带哟。郎去当兵，姐耶在家哟，我三五两年，不得来哟。你个儿移花耶，别处栽哟！

马桑树儿搭灯台哟，写封的书信，与耶郎带哟。你一年不来，我一年年等哟，你两年不来，我两年挨哟。钥匙不到，锁耶不开哟！

"啪啪啪"，贾放心花怒放地拍着巴掌。

"湘湘，你的歌声深深地打动了我。你放心，你钥匙不到，我的锁头一定不开！来，让我敬你一杯。"贾放端着酒杯，回味着歌词，一本正经地向陆湘湘敬酒。

"市长，我不会喝酒，要不您喝酒，我给您伴唱助兴吧！"陆湘湘红着脸说着。

贾放透过眼前的"芙蓉花"似乎看到了一颗纯朴、真实的心，他觉得陆湘湘才是他一直在追求的那张"白纸"。

贾放在医院度过了他人生中最美好的一段短暂时光后，接到了上级调他去北江省秦山市当书记的调令，临行前，他对陆湘湘倾诉了他的心声。

"湘湘，大哥跟你说句实话，我的妻子刚刚过世，我来住院也是为了消磨一下内心的空虚。没承想，我在这儿遇到了你，是你给我填补了空虚，让我享受到了一生中最快乐、最温暖的时光。我马上又要调到北江省秦山市工作，我准备把你移民到美国去深造，你看好吗？"贾放开始认真地与陆湘湘摊牌。

"你要把我送到美国？"陆湘湘诚惶诚恐地问道。

"是的，如果你愿意，我就让我美国的同学来安排。"贾放说着，一把握住了陆湘湘细嫩如脂的酥手。

陆湘湘的心一阵狂跳，她"嗖"的一下从贾放手里抽回了手，捂着羞红的脸蛋说道："市长，这幸福来得太突然，我没有一点思想准备，容我好好想一想吧！"

"湘湘，你太让我心动了！我今后的一生不能没有你。你移民到美国以后，要学会经商做生意，我保你一辈子有享不尽的荣华富贵，我还要娶你为妻，让你天天给我做头疗。"贾放说着，又一把抱住陆湘湘，他仿佛隐隐听到了陆湘湘胸前"小兔子"的跳动声。

"做生意？您是不是在开玩笑？我一个刚参加工作的小护士，和您这大领导能有什么生意可做呀？"陆湘湘挣脱了贾放的怀抱，扭过脸，努力平息着自己快要跳出来的心脏。

"湘湘，正因为你是个不起眼的小护士，才是你的价值所在。你就犹如一张白纸，写上什么就是什么，我就是要在你这张清纯的白纸上，书写出你人生的绚烂篇章。"贾放激动地说着，一点开玩笑的意思都没有。

"你看我会做什么生意？"陆湘湘瞪着大眼睛看着贾放，她在揣摩着贾放的心思。

"你移居到美国以后，以露西的名字注册一个离岸公司。我立住脚跟以后，会找机会帮你在秦山市拿项目挣钱，这样我们在国内赚到的钱，就可以顺理成章地转移到国外，既不失掉在国内赚钱的机会，又可以使我们的财富得到保障。将来我们成为夫妻之后，一起共享美好快乐的美满生活！"贾放信誓旦旦地向陆湘湘表着态。

"哈哈哈，我的好领导！我天生就对数字不敏感，我的性格又泼辣，不适合给您当老婆，您还是找别人吧，我在医院当个小护士挺好的。"陆湘湘连连摆手拒绝了贾放。

"湘湘，你刚参加工作没有复杂的社会关系，你为人热情、人又单纯，没有人会把你和我联想到一起，所以我才看中你。我们好了以后，我既让你赚钱，又让你为我管钱，我给你送的这个大礼包，你不会不感兴趣吧？"贾放一语道破了天机，陆湘湘这才明白，贾放并不是在与她开玩笑。

陆湘湘觉得幸福忽然从天而降，对金钱的渴望和对国外生活的美好憧憬，使她眼前豁然开朗，她顿感浑身都被幸福的毛毛雨淋得格外畅快。

贾放看中了陆湘湘的天真无邪，他要控制陆湘湘，使她成为自己的"白手套"。他知道，妻子赵月娥死了以后，他除了感情上的歉疚以外，还要背负巨额的"情债"，没有钱，他是永远也还不清这笔"孽债"的。

第 6 章
身陷囹圄

————————

华博在风雨中被沈寒冰押上了警车，带离了元亨制药公司，他被刑拘了！

华博呆坐在秦山市看守所的地板上，仰望着监舍内的小铁窗，茶茶地发着呆。今天是华博被刑事拘留的第三天，三天以来他度日如年，监舍的饭菜很单调，玉米面饼子外加白菜汤，华博实在有些吃不下。他怎么也想不明白，自己兢兢业业使一个濒临倒闭的制药厂有了转机，怎么会突然被送进了看守所？难道就是因为那份被人做了手脚的假合同？

"华博，出来。公安局来人提审你了！"华博听到看守隔着监舍铁门的小窗户，在喊着他的名字。

"华博，经秦山市人民检察院批准，你涉嫌生产、销售假药，现在对你依法逮捕。"两名身着警服的公安人员站在华博的面前，将一张逮捕证递给了他。

"华博，请你在逮捕证上签字。"公安人员命令道。

"我？被逮捕了？"华博一脸的惊恐，他颤抖着双手，从办案人员手中接过了逮捕证。

"公安同志，我是元亨制药公司的总经理，雨景制药厂生产、销售假药与我们公司没有任何关系，那份元亨制药公司委托雨景制药厂生产的合同是假的，是有人将我们公司与光明制药厂的代理生产合同，偷换成了与雨景制药厂的代理生产合同。你们可以去调查嘛！凭什么逮捕我？"华博瞪大了眼睛与公安人员做着争辩。

"你说是假合同，有什么证据？你说有人偷改合同，又有什么证据？"公安人员大声质问着华博。

"我……"华博目瞪口呆，他确实也拿不出什么证据来。

"你们公司的副总凌丽证实，合同是按照你的要求起草的，她没有做过任何改动，凌丽白纸黑字写得清清楚楚，你还有什么可以狡辩的？"公安人员义正辞严地说着，华博被问得哑口无言。

"如果是凌丽做了手脚，偷换了合同中的第一页，将原来的光明制药厂改成了现在的雨景制药厂呢？"华博语出惊人，他将自己的疑虑说了出来。

"你说什么？是凌丽私改合同？你有什么证据？"公安人员互相对视了一下目光，赶忙追问。

"我……我没有证据，只是推测！"华博嘴里嘟囔着。

连日来，华博在监舍里反复琢磨着这份置他于死地的委托合同，合同分明委托的是光明制药厂，怎么会突然变成了委托雨景制药厂？合同是凌丽起草的，现在合同出了问题，如果不是凌丽做的手脚，还会有谁？

"哈哈，华总，你是不是在开玩笑？推测能算作证据吗？我提醒你，如果没有证据，你就是诬陷！"公安人员冷笑着，示意华博赶快在逮捕证上签字。

华博呆若木鸡，他直挺挺地站在公安面前不知所措。

华博被逮捕了！他知道这个生产、销售假药的罪名恐怕是难以洗清了。

华博被带回了监舍，他再也吃不下那一天三餐的玉米饼白菜汤了。

华博绝食了！三天以后，华博被带到了看守所的医务室，医生开始给他输液。

"华博，你醒了？"看着已经进入昏迷状态的华博渐渐苏醒过来，监管医生轻轻地呼唤着他的名字。

"华博，你要挺住，公司里几百号人在等着你回去给他们发工资呢！"给华博输液的女医生摸着他的头，轻声安慰着华博。

华博闭着眼睛躺在输液床上，他似乎清楚地听到了女医生在他耳边的说话声。

华博微微睁开眼睛，无力地问着医生：“你是谁？”

"我是看守所的监管医生，我儿子就是你们公司的工人，他回家经常跟我说，他们厂子来了一个名字叫华博的好厂长，他成立了公司，把他们被骗的集资款化作了入股公司的股份，他们不但从公司的分红中收回了被骗的钱，还多得了不少钱。公司现在有了新产品，又上了新工艺，工人们实行计件工资，干活多、挣钱也多，月月都能拿到奖金，工人们还给你编出了顺口溜呢！"医生坐在华博的身旁，絮絮叨叨地对华博讲着公司工人对他的评价。

听了医生亲切的话语，看着医生慈祥的面庞，华博周身一热，他感到有一股暖流涌遍了全身。他想坐起身来，可身子确实太虚弱了。

"妖精骗钱国外跑，工人家里吃不饱，来了救星叫华博，公司政策样样好。"医生嘴里念叨着工人们编的顺口溜。

华博是个重感情的人，工人们编的这个顺口溜，他在公司不知听过有多少遍。可此时此刻，在他身陷囹圄的地方，在他奄奄一息的病榻上，在与他素昧平生的人的嘴里，听到这个顺口溜，着实令他感慨万千。

"孩子，听大姨的一句劝告：不要轻生，不要寻短见，还有那么多工人在等着你回去带领他们致富呢！等你们的新厂区建成后，工人们的小日子一定会越过越好的。"医生按摩着华博的手背和胳膊，在华博耳边轻声说着。华博听着听着，一行眼泪夺眶而出。

"这人嘛！都有个七灾八难的，没有过不去的火焰山。你还年轻，有能力、见识也广，还有全厂工人们的支持，这是多么难得的事情呀！再难的事情挺一挺就过去了。今天的事故再大，到了明天都会变成故事；昨天的事情再难，到了今天都已经是过眼云烟。"医生给华博又换了一瓶点滴，她倒了一杯热水送到华博的嘴边。

"孩子，要是委屈，你就哭出来吧！别憋坏了身体。"监管医生又接着说道。

华博静静地听着，枕边已经被他的泪水浸透，他真想大哭一场，把所有的委屈与痛苦都哭出来。可他知道，这是在监舍，不是他应该哭的地方，他想忍住眼泪，可眼泪却顺着他的眼角，止不住地流淌。

华博在监管医生无微不至的关怀下，身体渐渐得到了恢复。华博感到眼前的这位慈祥的女医生像妈妈，他想向妈妈倾诉衷肠，想让妈妈抱一抱自己，可却怎么也开不了口。

几天以后，华博能够正常进食了。

"医生，我不绝食了，我要好好地活着出去，我一定要看看是什么人又是为什么把我送进监狱的。"说罢，华博起身深深地向监管医生鞠了一个躬。

"医生，您能帮我一个忙吗？我确实很冤枉！"华博哽咽着声音，对监管医生说道。

"这要看看是什么忙了。我虽然是一名医生，但我还是一名监管警察，照顾好你的身体是我分内的职责，超出我工作范围的事情，恐怕我也帮不了你。"医生也站起身来，继续安慰着华博。

"我有一件事情求您，我给省里的贾放副省长写了一封信，把我被冤枉的情况和厂里将面临的危险，告诉给了贾副省长。贾副省长是一位很有正义感的好领导，我相信他一定会帮助我，也会帮助我们公司几百号弟兄们的！拜托您把这封信寄给他，好吗？"华博用乞求的目光望着监管医生，动情地说着。

经过监管医生的精心救治和心理治疗，华博的情绪比几天前好了许多，身体也渐渐得到了康复。他从监管医务室又回到了监舍，重新坐在监舍的地板上。

"华博，吃病号饭了。"监舍管教员将一碗稀粥送进了监舍的小铁窗，对刚刚结束绝食的人来说，吃流食就是监舍的病号饭。

华博接过稀粥，一边慢慢地喝着一边在想，监管医生能把我的求助信寄给贾省长吗？贾放省长看到信，会不会亲自过问案情，为我洗清冤屈回到元亨制药厂，来完成我未竟的事业？

华博想着想着，眼前出现了贾放那张慈祥可亲的笑脸。

那是在一年多以前的一天上午，华博正在北江省中医院理疗室值班，院长将电话打到了理疗室。

"华博吗？你们主任在不在？"院长在电话里大声地问着华博。

"主任给一个股骨头坏死的病人做手术去了，得两个小时以后才能回来。"华博说。

"你到干诊室来一趟吧。"院长在电话的另一端吩咐华博，挂断了电话。

华博放下电话，赶紧奔向干诊室，规规矩矩地站在了院长的面前："院长，您找我？"

"华博，这位是我们省的贾副省长。省长的腰脱犯了，听说你按摩的手法不错，你给省长做按摩吧。"院长指着坐在沙发上的贾放，向华博介绍道。

"院长，我行吗？"华博一听院长让他给副省长做按摩，有点儿不安。

"你家不是中医世家吗？医院里的人谁不知道你家有祖传手法？你就不要谦虚啦。"院长好像是在对华博说，实际他是向贾放传达着信息，那就是：不要看华博年轻，这小子有绝活儿。

"省长，您拍了腰部 CT 吗？"华博一边轻轻地按了按贾放的腰，一边问道。

"我这腰脱是老毛病了，坐的时间久了就有些疼。今天正好来中医院调研，顺便按一按腰，不用拍片儿。"贾放躺在按摩床上，向华博介绍着自己的病情。

"省长，我的手法与别的医生按摩手法不大一样，您可得忍住疼！"华博挽起了衣袖，开始用肘关节给贾放按压着穴位。

"哎呀，真挺疼啊！"贾放叫了一声，他感觉到华博的肘关节正在他的腰上用力。

"咯吱、咯吱。"贾放的后背发出了华博按压经络发出的"咯吱"声，贾放的头上沁出了冷汗。

"咯吱、咯吱。"华博在贾放的带脉上不住地碾压着，坐在一旁的院长都能听到贾放腰间发出的"咯吱"声响。

20分钟过后，华博结束了对贾放腰部的按摩，又开始疏通他的督脉经络。

"好了，省长。您起身活动一下，看看还疼吗？"华博搀扶着贾放下了床，让他自由地活动着腰。

"哎，别说，还真不疼了。你叫什么名字？你的按摩手法确实与众不同啊！有效果，有效果！"贾放笑眯眯地说着。

"省长，他叫华博，是我们医学院自己培养的大学生，原来在实验室搞发明，前一阵子他的妻子去世了，孟副院长就把他从实验室调到了理疗室。您感觉他的按摩手法是不是有效果？"院长见贾放问起了华博的名字，知道华博的手法得到了贾放的认可，于是就赶忙介绍起了华博，趁机还带上了孟云长副院长。

"在实验室搞发明？看来这小伙子不简单呢！说说搞了什么发明？"贾放的腰不疼了，脸上也露出了笑容，他指着身边的沙发示意华博坐下。

华博拘谨地坐下，欠着身子向贾放汇报道："报告省长，我在研发一种新药特药'哮喘灵'。我们北方气候干燥，得哮喘病的人非常多，而且一旦得了哮喘病又很难治愈，我想用一种合成药来为哮喘病人减轻痛苦。"华博一提起研发新药特药，就像扎了鸡血一样兴奋，他一口气向贾放汇报了自己的发明。

"这个'哮喘灵'研发得怎么样了？"贾放侧过脸问道，他好像对华博的发明很感兴趣。

"自打孟副院长把华博调到理疗室以后，他的发明就只好暂时搁浅了。"院长见贾放一个劲地询问华博新药特药的发明，就赶忙替他解释。

"孟云长吗？他为什么将小华调离了科研岗位？"贾放好像有些不高兴，他转过身来看着院长问道。

"省长，华博是孟副院长的女婿，前不久华博妻子在生产时产后大出血，孩子大人都没有保住。孟副院长很伤心，埋怨华博整天搞发明，没有照顾好他的女儿，一气之下就将华博调出了实验室。"院长本来就与孟云长面和心不和，于是趁机向主管副省长给孟云长打了个"小报告"。

"乱弹琴!"贾放嘴里"哼"了一声,对孟云长发出了不满意的信号。

"贾副省长,这个华博其实是很有能力的,孟副院长的爱人患了脑梗,华博用祖传针法给治好了。孟云长不但不感恩,还恩将仇报,你说他这个人的人品是不是有问题?"院长在接收到了贾放对孟云长不满意的信号以后,又添油加醋狠狠地奏了孟云长一本。

贾放听着院长的介绍,脸色一沉,喉咙里又发出了"哼"声。

"好吧,改天我再来,谢谢小华!小伙子好好干!"贾放拍着华博的肩膀,说些鼓励他的话,又同院长握了握手,转身上车离开了医院。

院长心里一阵高兴,他之所以要给孟云长奏本,目的只有一个,那就是不让孟云长接替他出任省中医院的院长。

贾放离开医院一直在思忖,这个华博既然能搞发明,一旦发明成功了,一种新药特药就将得到国家的认可。如果这种新药特药治疗哮喘病有神奇的疗效,哪个药厂生产这种药,哪个药厂都会名利双收,名扬天下不用说,丰厚的利润也会滚滚而来。贾放一直在想着秦山市的元亨制药厂,如果能把华博挖到元亨制药厂来,元亨制药厂有了新药特药立即就会扭亏为盈,露西卷走工人集资款的事情,就会大事化小、小事化了,这难道不是一举多得的好办法吗?贾放坐在车里一路想着,车子已经进入北江省政府大院。

"华博,下午贾副省长还要来做按摩,你就在这里等着他吧!"几天以后,华博又被院长叫到干诊室,让他等着贾放的到来。

"小华呀!中央现在鼓励年轻人下海经商,你们年轻人要担负起改革开放的重任,为本世纪末实现翻两番的宏伟目标建功立业。你有知识有文化,又懂传统医术,考虑一下下海经商,到制药厂去完成你的发明创造,怎么样?"贾放找了一个借口,支走了陪同他的院长,与华博聊了起来。

"省长,我的发明已经基本完成,就差取得国家认证了。我能力水平都不够,没有经验又没有阅历,恐怕难当此重任,我还是安心做一个按摩医生吧!"华博被贾放突如其来的谈话弄得莫名其妙,赶忙找理由推辞。

"我今天不需要你的回答,你回去想一想,等我下次来按摩时再答复我就行。"贾放经过反复考虑,终于向华博摊牌,他准备让华博去元亨制药厂去救火。

华博坐在看守所的角落,脑海里像过电影一样,一幕幕地回放着他和贾放的见面经过。贾放能接到我的信吗？如果他接到了我的信，会搭救我出狱吗？

"华博，出来！"过了几天，监管看守又将华博提出了监舍。

"你是怎么向监舍外传递信息的？"看守厉声呵斥着华博。

"我没有向外传递信息呀！"华博从看守的语气和表情中，预感到监管医生已经把他的求助信寄给了贾放副省长。

"华博，我警告你，你必须老老实实在监舍反省你的罪行，争取一个好态度。如果再向监舍外传递信息，就关你的禁闭！"看守恶狠狠地训斥着华博。

华博站在看守的面前，老老实实地听着看守的训诫。他在想，贾放既然收到了他的求救信，就一定会伸出手来拉他这个小兄弟一把的。

华博的猜测只对了一半，贾放确实收到了华博的求救信，但他却没有半点拉他一把的意思。

贾放坐在沙发里，反复看着华博的求救信，求救信的字里行间充满了对他的信任和期待。

贾放习惯性地闭上眼睛沉思着，华博能把这封信寄给他，说明华博目前还蒙在鼓里，可一旦这面鼓的鼓皮被捅破，华博就会到处喊冤。如果他将求救信发往中纪委，那上面就会派人来复查这起案件；如果他在审判阶段能够出示证据，被判无罪或者判缓刑的可能性都是存在的。一旦华博出了监狱，他就会像疯狗一样到处乱咬，到那个时候局面就会无法控制。小心驶得万年船！这句老话说得太对了，必须采取果断措施让华博闭嘴，让华博闭嘴还不行，凌丽也得闭嘴，最好是谁都不再张开嘴！

贾放倒背着双手在办公室里踱着步，他在酝酿着一个阴险的"闭嘴行动"。

第 7 章
英雄救美

华博久久凝视着监舍中那扇通气的小铁窗，他预感到他向贾放发出的求救信没有起到作用，他的正义还是没有得到伸张。于是，他渐渐冷静下来，他想到了凌丽，他现在不得不开始怀疑凌丽了。华博在记忆中搜寻着凌丽起草合同的经过。

"华厂长，光明制药厂是秦山市的一个比较大的民营制药厂，生产、销售的能力都很强。我们在郊外新建的厂区，已经到了收尾的阶段，接下来要进行设备搬迁和新生产线的安装调试。为了不影响产品生产和销售，我建议委托这家光明制药厂，继续生产和销售我们的'哮喘灵'，我们则要集中精力筹备新厂搬迁。"凌丽坐在华博办公桌的对面，拿出光明制药厂的宣传册页，笑盈盈地向华博做着汇报。

"好哇！"华博从凌丽手中接过宣传册页，仔细翻看着。

"你可以到光明制药厂去实地考察一下，'哮喘灵'是我们的专利产品，委托生产一定要慎重，不要让他们影响了我们'元亨'的声誉。"华博将宣传册页又递给了凌丽，笑呵呵地说道。

"好！"凌丽爽快地答应着，离开了华博的办公室。

没过几天，凌丽又来到华博的办公室，将一份委托生产、销售的合同书递给华博。

"厂长，我对光明制药厂做了实地考察，又与他们厂拟定了这份委托生产的合同，需要你在上面签字。"凌丽对华博说道。

"好，你办事我放心，既然你认为可以委托光明制药厂生产，我就签字。"华博接过合同，飞快地浏览着合同内容，在合同的尾页上面签上了自己的名字。

"你去厂办盖个章子，然后留一份合同存档。"华博又吩咐着凌丽。

华博的目光依旧停留在那扇小铁窗前，脑海里反复浮现着凌丽的身影。他在想，自己的记忆是不会错的，委托合同的生产厂家肯定是光明制药厂，而不是什么雨景制药厂。现在光明制药厂突然变成了雨景制药厂，而这雨景制药厂又偏偏出了事儿，难道这些都是巧合？这其中肯定有着不为人知的秘密，华博觉得是凌丽在合同上做了手脚。

华博的思绪又回到了几天前，他在回忆着自己被公安人员带走时的情景。

那天，省公安厅经侦总队的沈寒冰总队长说，他们是在雨景制药厂找到这份能置我于死地的合同的。这份合同当时分明有两份，一份给了光明制药厂，另一份存档在厂办，公安人员难道不会到厂办调取这份存档的原始合同？如果调取了存档合同，就会发现存档的合同和所谓在雨景制药厂里拿到的这份合同是不一样的，那不就能够说明雨景制药厂提供的是一份假合同，这样不就会发现这是一起假案了吗？不对，公安人员没有那么愚蠢，既然他们能给我定罪，一定会有他们依据。这个依据是什么？一定是一假到底的两份一样的合同，那就是有人既窜改了原本委托光明制药厂的合同，又窜改了存档的原始合同，两份被窜改的合同只有天衣无缝，才会有今天我银铛入狱的结果。那么，又有谁会有条件同时窜改这两份合同？没有别人，这个人只能是凌丽，一定是凌丽将存档合同和委托的厂家也一同做了窜改，如果真是这样，这显然就是一个阴谋！难道是凌丽在陷害我吗？如果是她在陷害我，她的动机又是什么？我和凌丽不是仇家，我和她可是即将成婚的夫妻呀！她怎么也不该把自己的未婚夫，亲手送进大牢吧！华博苦思冥想，他越发感到凌丽的所作所为，背后隐藏着不可告人的秘密。

夜深了，监舍里在押的人员已经发出了有节奏的鼾声，华博全无睡意，他想到了十几年前与凌丽相识的那个夜晚。当时，华博正在北江省医学院读大三，凌丽则是医学院刚入学的一名新生，那是一段永远也磨灭不掉的记忆。

北江省医学院地处秦川市北郊的大学城，这个大学城里有着十几所大学。在大学城外，有一条被称为"簋街"的餐饮一条街，这里有歌厅、汤泉、酒吧和咖啡屋。到了晚上，"簋街"上灯红酒绿，各家生意都好得出奇，原因就是来中国留学的外国留学生，在这里开辟了外语口语交流天地，他们借着与大学城里的中国大学生交流外语口语的机会，为这里的餐饮娱乐场所招揽生意来"赚外快"。大学城中的大学生也经常光顾此地，或是与外国留学生交流口语，或是打工赚钱贴补学费。于是，这条"篷街"成了中外大学生交流的平台，其开放程度远远超过了市内任何一家娱乐场所，因此，这里被人们称为省城的"小香港"。

20世纪80年代末的一个夜晚，华博和几个欧洲留学生正在"篷街"一家咖啡厅里喝咖啡。为了提高外语对话能力，华博经常到这里来与外国留学生用英语谈天说地。

"救命啊！救命啊！"咖啡屋隔壁一个包间内，突然传来声嘶力竭的叫喊声，喊声由大到小、声音由强到弱。

华博意识到一定是什么人遇到了危险，于是他蹑手蹑脚地来到那个包间的屋外，侧耳听着屋内的动静。

"放开我，放开我！"包间内，一个女孩子的声音还在拼命地呼喊，声音已经相当微弱，显然已经有人堵住了她的嘴。

"咣当。"华博一脚踹开包间的屋门，只见两个黑皮肤留学生，正将一个女学生按倒在沙发上，一个黑皮肤用手捂着女学生的嘴，另一个黑皮肤正在使劲地扒女生的裤子。女学生拼命地挣扎，被捂住的嘴里发出"呜呜"的呼救声。

"住手！"华博站在了黑皮肤留学生的面前，用英语大声呵斥制止。

"滚出去！你他妈的敢管闲事，是不是活腻歪了？"黑皮肤留学生嘴里喷着酒气，松手放开了沙发上的女学生，用生硬的中文冲华博吼道。

"你们赶快把人放了，给我滚出去！"华博瞪着充满血丝的眼睛大声吼叫着。

"你是哪个学校的？敢坏我们的好事？"一高一矮两个黑皮肤留学生从沙发上站起身来，用手指点着华博的鼻子，嘴里骂骂咧咧，摆出与华博武斗的架势。

"你赶快走开！"华博冲着女学生大声喊道，旋即攥紧了拳头。

"你想打架吗？看我不把你揍扁了才怪。"两个黑皮肤留学生嘴里骂着，并排向华博逼近。

"有种的，你们一个一个过来！"华博后退着，他以退为进，寻找进攻的机会。

"不用你上，我一个人就能对付他。"高个子黑皮肤留学生将同伴往旁边一推，上前一步，冲着华博的面部就是一拳。

华博机警地一闪身，躲过了高个子黑皮肤留学生的一记重拳。他的拳撑在包间的屋门上，疼得他甩着手臂"哇哇"一阵怪叫。

华博头也不回挥掌一击，这一掌不偏不斜，正击打在这个高个子黑皮肤留学生的后背上，他被华博拍得"哇"的一声怪叫，一个嘴啃泥应声倒地。矮个子黑皮肤留学生见同伴倒地，疯了一般地冲到华博的身前，抬脚踹向华博，华博又是一个急闪身，躲过了他的飞脚，还不等这个黑皮肤留学生的飞脚落地。华博就势下蹲，一个扫蹚腿，将已经失去重心的矮个子黑皮肤留学生撂倒在地。

"起来，再来一个回合！"华博活动了一下手腕，勾起一个手指，做出了让两人爬起身来的动作。

两名黑皮肤留学生从地上爬起来怪叫着："我们到外面去打，屋里的空间太小了，施展不开！"

"走，快出去！"华博伸手拉起了站在门口，已经瑟瑟发抖的女学生，转身走出了咖啡厅。

"站住，有种的你别走！"两个刚从地上爬起来的黑皮肤留学生追到了屋外，仍然冲着华博大声喊叫着。

"不服吗？这回我让你们一起上。"华博将女学生挡到了身后，再一次攥紧了拳头，摆出了战斗的架势。

"打架了！打架了！快看呢，一个大学生和两个老外打起来了！"随着喊声，一群看热闹的人不知道从哪里跑了过来，一下子将华博和那两个黑皮肤留学生围在了当中。

华博一个骑马蹲裆式，摆开了进攻的姿势。

"打他！打他！"看热闹的人群叫喊着，在给华博鼓劲儿。

听到围观人群一阵高过一阵的喊声，两个黑皮肤留学生"激灵"打了个冷战，似乎醒了几分酒劲。他们目视着围观人群愤怒的眼神，胆怯地向后退着步。

华博乘胜追击，飞快地走着碎步，脚下像生了风似的在地上打着圈，一个滑步就冲到了两个黑皮肤留学生的面前，双膀叫力抡开了手臂。

"老子今天就要教训教训你们，看你们今后还敢不敢欺负女学生！"华博步步紧逼，一边说一边就要出拳。

"这小子会武术，不跟他一般见识了。"两个黑皮肤留学生被华博的阵势和围观人群的喊声吓得有些发蒙，他们互相对视了一眼，拨开人群撒腿就跑，一转眼就消失在夜色中。

"好样的！好样的！"围观的人群见黑皮肤留学生跑得比兔子还快，便都拍着巴掌冲华博鼓起了掌。

"他们跑了，不用害怕了！你是哪个学校的？快回学校去吧！"华博一边弯腰系鞋带，一边冲着惊魂未定的女学生说。

"我是北江医学院的，谢谢你救了我！"女学生偷偷看了一眼华博，眼里满是感激。

"医学院的？我们是校友啊！我送你回去吧！"华博拉着惊恐万分的校友，分开人群向学校走去。

"你叫什么名字？大几的？"华博边走边问着被救的校友。

"我叫凌丽，刚入学的大一学生。你呢？"女大学生轻声问着华博。

"我叫华博，大三的。"华博回答道。

"你刚入学怎么会到'小香港'来？这条'篁街'很乱，三教九流五行八作什么人都有，以后不要自己一个人过来。"华博提醒凌丽，凌丽重重地点了点头。

"学长，我听说在这里打工能赚到钱，我家在偏远的农村，家里很穷，我父亲为了供我上大学都快累倒了，我想自己赚钱交学费，来减轻他的负担。"凌丽吞吞吐吐地对华博讲了家里的困难。

"你家里有困难可以向学校申请补助,也不能挣钱不要命啊！"华博劝慰着凌丽。

"学长，我懂了，你的话我记住了。今天多亏了你救了我，真不知道怎么感谢你才是！"凌丽又十分腼腆地向华博表达了谢意。

"我们都是一个学校的校友，我又是你的学长，用不着客气，以后有什么困难尽管来找我，我也会尽量帮助你的。"华博说着，侧过脸去打量了一眼身旁的凌丽。

凌丽身材高挑、匀称。那头被微风吹拂的披肩发，飘到了她的面颊，显得她格外优雅。

"你会武术吧？"凌丽甩了一下飘在眼前的长发，把羡慕的目光投向了华博。

"我爷爷是老中医,我小时候跟爷爷学过太极拳;我父亲是武术教练,长大以后,我又跟父亲学过武术,对付这两个流氓不在话下。"华博说着，握着拳头做出击打的动作。

夜空下，华博和凌丽并肩走着，两人边走边聊，一会儿工夫，就一起回到了医学院宿舍。

在华博看来，这次搭救凌丽是再平常不过的一桩小事了，有谁会眼睁睁地看着自己的同胞被外国人欺负而无动于衷？别说是华博武功在身，有把握打败这两个流氓，就是打不过，他也会奋不顾身地冲上前去，甩他们一脸大鼻涕。可令他意想不到的是，学校也不知道从哪里了解到他"英雄救美"的英勇事迹，令他更加意外的是，还有人借此大做文章，在校园里掀起了一场轩然风波。

"三陪女生挣钱忙，遇到外国大流氓，丢人现眼不要脸，赶快回家做新娘。"顺口溜像长了腿，没过几天便传遍了整个校园。在华博的武功被传得神乎其神的同时，凌丽也被流言蜚语"黑"成了"三陪女"。

"华博，你到我办公室来一趟。"华博被学校学生处处长孟云长叫到了办公室。

"华博，这几天学校都在传播着你'英雄救美'的英勇事迹，你告诉我，被你从外国留学生手中救出的那个'三陪女生'是哪个学年的？她叫什么名字？"孟处长坐在办公桌前，表情严肃地看着站在他面前的华博，他要从华博嘴里了解出这个女学生的姓名。

"我不知道。"华博不喜欢孟处长板着的那张"战斗脸"，他没有说出凌丽的名字。

"你救了她，怎么会不问她的姓名？"孟处长听了华博的回答，愣了一下。他心中暗想，男女学生都在钟情怀春之年，"英雄救美"之后，双方互留姓名也是情理之中，可华博为什么要回避？原因只有一个，就是华博在保护这位女学生。嗯！这个小伙子既见义勇为，又勇于担当，还真是一块好材料，于是，他开始认真地打量起眼前这位英雄来。

华博身材魁梧，个头在一米八开外。他五官端正、皮肤黝黑、高鼻梁、大眼睛，嘴角微微上翘，让人觉得他很像香港电视剧《上海滩》中的许文强。嗯，像个英雄人物的样子！孟处长心中暗暗欣赏华博，但表情却依然严肃。

"我听大家议论说，那个女生是刚刚入学的大一学生，是这样吗？"孟云长放平了声音问道。

"不知道，我没有问过她。"华博没好气地说道。

"哼！刚入学就去当'三陪'，败坏了校风，损害了学校的声誉，这样的学生必须开除她的学籍。你是当事人，你给她写一份证实材料吧。"孟处长绕着弯子，还是想让华博说出被救女生的名字。

"孟处长，我真不知道她的姓名，她好像不是我们学校的。"华博转过身去，不再看孟处长那张冷峻的脸。

"华博，你是学生会的干部，要勇于揭发坏人坏事嘛！"孟处长还不死心，他不相信华博会不知道那个女生的姓名。

"孟处长，这件事其实没有什么了不起的，谁遇上都会出手相救，没有必要大惊小怪，动不动就给人家扣上'三陪'的大帽子。"华博对孟云长说着。

华博不愿意把凌丽的姓名告诉孟处长，他始终很纳闷，自己没有向任何人讲过"英雄救美"的故事，凌丽自然也不会对人说起这件不光彩的事，那么学校又是怎么知道的？

"好吧，我会追查，医学院不是养'三陪女'的地方。"孟处长从华博身上收回目光，恶狠狠地说着。

"华博，再有一年你就要毕业了，有什么打算吗？"孟处长把话锋一转，又问起了华博今后的打算，他的问话又把华博弄得莫名其妙起来。

几天以后，在学生食堂的走廊上，一个叫孟欣欣的女学生，将一本《北江医学院校刊》递到了华博的手上，"华博，校刊上刊登了你的诗歌，我把我这本校刊送给你了。"

"谢谢你！"华博很有礼貌地点着头。

"噢，噢！英雄救美喽！英雄救美喽！"走廊里传来学生的起哄声，孟欣欣红着脸跑开了。

"爸爸，现在同学们都在瞎传，说被华博'英雄救美'的那个女生是我，这可怎么办？都怪你让我给华博送校刊，让我在大庭广众面前丢人。"孟欣欣把在大食堂走廊里被大家起哄的事情，说给了父亲孟云长。

孟云长听了孟欣欣的话心中暗喜，脸上也露出了一丝得意的微笑："孩子，走自己的路让别人去说吧！"

"哼！可被华博搭救的女生是个'三陪女'呀！太丢人了！"孟欣欣并没有注意到孟云长脸上那转瞬即逝的喜悦表情，她还没有领会爸爸让她在学生食堂的走廊里给华博送校刊的用意是什么。

"你就按照爸爸的要求去做就行啦，不要听同学们瞎说。"孟云长轻轻地拍了拍女儿的肩膀，对女儿的做法显然很满意。

"爸爸，你是不是看上华博了？"孟欣欣如梦初醒，她忽闪着大眼睛问着孟云长。

"华博这小子长相不错，人品好、又有正气，想不到他不仅身怀绝技，还很有责任心，你要是能嫁给他，老爸就放心了。前几天，我找过他，让他说出被他搭救的那个女学生的名字，他就是不肯说，够仗义的！这样的女婿打着灯笼也难找啊！"孟云长对女儿说。

"我不，我不喜欢华博，他长得太像许文强了。我不喜欢许文强，我喜欢杨康。"孟欣欣对孟云长撒着娇。

孟云长听着孟欣欣这东一榔头西一棒槌的话，慢慢收住了笑容，他担心女儿未来的生活，他要为女儿选一个称心如意的女婿。他坚信自己看人的眼光，他在暗自完善自己的计划，准备让华博成为他的上门女婿。

第 8 章
选中女婿

————

"华博，周日到我家来一趟，我们聊聊。"孟云长开始正式邀请华博到家里做客了。

学生处长请学生到家里做客，这会是真的吗？华博在感到受宠若惊的同时，猜想着各种缘由，可就是没想到孟处长要对他拉郎配。

"当当当，当当当。"周日上午，华博正在宿舍里睡懒觉，突然被一阵敲门声惊醒。

华博坐起身来向门口张望，只见孟欣欣正一脚门里一脚门外，推门而入，他的脸"唰"的一下红到了脖子根儿，赶紧又钻回了被窝。

孟欣欣刚迈进屋门，一眼看见了光着膀子睡觉的华博，赶忙后退几步又把门关上。

"华博，快起来，大懒蛋！太阳都照到你屁股啦。"门外传来孟欣欣刺耳的尖叫声。

华博脸臊得通红，他赶紧冲着门外大声喊："你别进来。"

过了一会儿，华博穿好了衣服，整理好了床铺，不情愿地将孟欣欣让到屋里，问道："你找我有事儿？"

"没事就不能找你吗？这是学校宿舍，又不是你的家，你就是一个赖床的大懒蛋！"孟欣欣笑盈盈地数落着华博，一屁股坐在了他的书桌前。

孟欣欣从书桌上拿过华博用钢笔抄写的一首诗，一边看一边问华博："这是你写的诗？"

"这不是我写的诗，这是何其芳的诗，我很喜欢何其芳的诗。"华博一边飞快地收拾着乱七八糟的屋子，一边偷眼看孟欣欣。

孟欣欣中等身材，体格健壮，皮肤黝黑，一张圆圆的娃娃脸，眼睛忽闪忽闪的，犹如一个真娃娃。

孟欣欣字正腔圆地朗读起来："我为少男少女们歌唱……"孟欣欣刚读了一句，脸"唰"的一下红到了脖子根儿。"哎呀！这不是黄色诗歌吗？"孟欣欣大叫着，甩手便将华博抄写的诗歌扔在了桌子上。

"你怎么说这是黄色诗歌？"华博怔怔地看着孟欣欣，脸上露出惊讶的表情。

"写的都是少男少女的事，不是黄色诗歌是什么？太恶心了！我不喜欢！"孟欣欣噘起嘴，一脸的不悦。

"不喜欢就不要看，我又没有求你朗读。"华博很不高兴地对孟欣欣说道。

"对了，你找我有事吗？"华博看了看手表，问着孟欣欣。

"我想向你请教医学上的几个问题。"孟欣欣十分认真地与华博说着话，她想起临来时爸爸对她的提醒：与华博聊天不要离开医学范畴。

"什么问题？我也不一定什么都懂。"华博心里在想，这丫头星期天跑到我的宿舍，难道就是为了向我请教医学问题？她该不是有点缺心眼儿吧！华博下意识地摇了摇头。

"人有多少颗牙齿？多少块骨头？我害怕死人，不敢上解剖课，所以来问问你。"孟欣欣提出了问题，她用手托着下巴，在等着华博的回答，那张天真的脸蛋还着实招人喜欢。

"人体共有206块骨骼，分为颅骨、躯干骨和四肢骨三大部分。其中，颅骨有29块、躯干骨有51块、四肢骨有126块，至于牙齿吗？儿童有20颗牙，成年人有28到32颗不等的牙齿。"华博对这简单的问题倒背如流，孟欣欣瞪大眼睛认真地听着，憨憨地问："成人的牙齿为什么是28到32颗不等？是被人拔掉了几颗吗？"

"唉！怎么跟你说呢？"华博又好气又好笑，他真不知道该如何才能够给她讲得更清楚，他越发感觉到眼前的这个孟欣欣确实有点缺心眼儿。

"你是学医的，怎么不敢上解剖课？人体解剖学是医学院的基础课，不上解剖课将来怎么能够当医生？"华博不愿意与孟欣欣继续纠缠下去，他感觉这女孩似乎是在拿他过着星期天。

"谁说医学院毕业就得当医生？我将来就不准备当医生。我爸爸已经给我安排好了工作，让我当团委干部。"孟欣欣很自豪地回答着。

"哈哈哈，这是医学院，又不是团校，你爸可真逗。"华博"哈哈"笑着，此时，他已经将宿舍打扫得干干净净。

"我一会儿还有事儿，如果没有别的事情，你先回去吧！"华博想起了孟处长的邀请，于是很委婉地对孟欣欣下了逐客令。

"我知道，你是要去孟处长家，对不？"孟欣欣摇晃着头，歪着脑袋问着华博。

华博听了孟欣欣的话先是一愣，当他看见孟欣欣的表情有些诡异时，心里又犯起了疑惑："你……你怎么知道的？"

"我不告诉你！不过，我猜你一定不认识他家，我可以带你去。"孟欣欣卖了个关子，没有正面回答华博的问话。

"我知道，他家就在学校后院的家属宿舍。"华博很客气地拒绝了孟欣欣。

"家属宿舍楼一个挨着一个，你知道他家是哪栋楼？是几楼几号房间？你一个在校学生，挨家挨户去打听学生处长家，也不怕别人传你的闲话？"孟欣欣一句话呛得华博顿时没了词儿。

孟云长今天起了个大早，他骑着自行车到附近的农贸市场买了一大堆菜，亲自下厨准备了一桌丰盛的午餐，就等着华博的到来。自打"英雄救美"事件发生后，孟云长就开始关注华博，经过反复考察，他发现华博确实是一个品学兼优的好学生。他是学生处处长，他有一万个理由要帮助这个好学生成就未来，但前提条件只有一个：首先得成为自己的女婿。

孟云长坐在了客厅的沙发上，拿出象棋盘摆上了一盘残局，会下棋的人都知道，能够自己摆残局又能解残局的，才是真正的高手。孟云长算是一位中国象棋的高手，他总是能在解残局中寻找到乐趣。

"这就是孟处长的家，请进吧！"孟云长手里攥着一枚红色棋子的马，正要将黑色棋子老帅的军，就听到孟欣欣在门口的说话声。

孟云长知道是华博来了，便站起身来热情地与华博打着招呼："华博来了！快请进！"

"你……你们？"华博瞅了瞅孟云长，又瞧了瞧孟欣欣，眼睛瞬间瞪得老大，他不知道说什么才好。

"见义勇为的英雄驾到，有失远迎，欢迎，欢迎！"孟云长笑容可掬，一点儿学生处长的官架子也没有。

"华博，欣欣是我的女儿，事先没有告诉你，就是要考验一下你的智商。来来来，快请坐，快请坐！"孟云长拉着华博坐在了自己的身边，那神情就像慈祥的父亲一般亲切。

"华博，你看我正在解残局，你会下象棋吗？"孟云长指着茶几上的棋盘，笑呵呵地对华博说道。

"孟处长，不好意思，我不会下象棋。"华博表情尴尬地呆坐在孟云长的身旁，他怎么也没有想到，这位大大咧咧的孟欣欣，竟会是孟云长处长的女儿。

"华博，欣欣是我的独生女儿，特别单纯，没有什么心眼儿，说起话来直来直去，你可别介意。"孟云长说着，点燃了一支香烟使劲吸了一口，吐出了一个巨大的烟圈。

华博听了孟云长的话，觉得他话里有话。他心里在想：你女儿单不单纯跟我有何相干？什么叫说话直来直去、没心眼儿？莫非这老头子要拉郎配？哼！太过分了，哪有当父亲的给女儿做红娘的道理？华博意识到孟云长是在摆鸿门宴，于是他提高了警惕。

孟云长不光是下棋的高手，察言观色同样也是高手。他看了一眼有些不高兴的华博，立即决定采取欲擒故纵的迂回战术，先不去捅破这层窗户纸。

华博虽然不能确定孟处长请他来家吃饭的真实用意，但此时他已经无心吃饭了。于是，他稍微平静了一下情绪，轻声问着孟云长："孟处长，您找我来有什么事情吗？"

"哈哈，着急了不是？我找你来呀，就是想给你一个惊喜。"孟云长话锋一转，"哈哈"笑了起来。

"惊喜？"华博嘴里嘟囔着。

"是啊，绝对是个惊喜！"孟云长收住了笑容说道。

"莫非？"华博从孟云长的表情中似乎确定了他的判断，他心里"砰砰"一阵狂跳，不知该如何应对孟云长即将说出的敏感话题。

"最近，根据省里的要求，我们医学院要组织一个老、中、青三结合的医疗队，去非洲援助缺医少药的非洲人民。这个医疗队由我们医学院附属中医院的著名老中医和医学院的中青年教师组成，另外还准备吸收两名品学兼优的在校学生参加。"孟云长有意停顿了一下话语，他在偷眼观察华博的反应。

"出国援外医疗队的政审非常严格，挑选的中医和教师都有名额限制，全校上千名学生当中也只能有两个名额，如果你愿意参加，我可以给你留一个名额。你在国外边工作、边实习，有了援外的资历，回来以后既可以入党，又可以留校任教，将来一定是前途无量啊！"孟云长一口气说出了他送给华博的惊喜，华博紧张的心终于慢慢落了地。

"谢谢孟处长的好意，可是学校优秀的学生太多了，我不够条件呀！"华博的表情也出现了惊愕的变化，他被孟云长突然抛出的"绣球"砸的有些蒙。

"谁说你不够条件？你能见义勇为，从外国流氓手中搭救女学生，这不就是品学兼优嘛！"孟云长十分肯定地表着态，华博顿觉进入了云里雾里。

孟云长口若悬河地说着，华博顺着他的思路听着。他在想：能够参加援外医疗队，这种经历可是每一名医疗工作者一生的荣誉，别说是一名在校的大学生，就是医学院的讲师、教授，附属中医院的医师、主任医师，也不是谁想去就能够去成的。华博感到孟云长为他提供了一个千载难逢的好机会，他竟有点不敢相信自己的耳朵。

华博在孟云长家里吃过了午饭，对送他出门的孟欣欣连声称谢："孟欣欣同学，你爸爸这个人真好，想不到他竟然能够把这么珍贵的名额留给了我，真是太感谢他了！"

"华博，我爸爸能把这个名额留给你，说明他欣赏你。"孟欣欣不好意思地说道。

"欣赏我？"华博似乎明白了这爷俩一唱一和的用意。

"爸爸，你说的是真的吗？华博真能够参加援外医疗队？"孟欣欣送走了华博回到了家里，她兴高采烈地问孟云长。

"那还有假？我说话算数，只要他愿意做我女婿，别说是参加援外医疗队，还有更好的事儿等着他呢！"孟云长已经从华博的表情和言谈中已经预感到，他的这发糖衣炮弹已经准确地打中了华博的"七寸"。

"爸爸，您怎么不把话跟他说明白？如果他不跟我处对象，您凭什么把这么好的机会白白给他？"孟欣欣搂着孟云长的脖子埋怨着。

"孩子，这个你就不懂了，我这叫欲擒故纵，是三十六计中的一计。找男朋友就和打仗攻山头一样，只可智取不能强攻，我今天要是把话挑明了，非鸡飞蛋打了不可。找对象要动脑筋讲策略，得想办法让他心甘情愿才行。

打蛇有个好办法就是打七寸，这个七寸就是蛇的软肋。每一个年轻人都非常看重自己的前途，前途就是他的软肋，只有击中他的软肋，才能使他乖乖就范，所以我今天才送给他一个大礼包。"孟云长耐心地对女儿讲着道理，孟欣欣不住地点着头。

"孩子，这个华博是一个很优秀的好学生，追他的女生肯定少不了，你得自己想办法主动去接近他。男孩子离家在外，生活大多不容易，你要多给他关心和体贴，别总大大咧咧像个男孩子似的。在家里爸爸能宠着你，在学校谁能无缘无故地谦让于你？"孟云长拉着女儿坐在了沙发上，他在用心教导着女儿。

"孩子，你妈妈如今已经瘫痪，在康复中心治疗了一段时间也没有见效，爸爸既要照顾你妈，又得为你操心。你马上就要毕业了，也到了处男朋友的年龄，爸爸现在有条件可以帮助你，如果不在学校找到一个好小伙儿，等参加工作以后就更难找了。记住爸爸说的话：爱拼才会赢！"孟云长皱了皱眉头，他在思考着怎么才能够让华博真正成为自己的女婿。

孟云长在官场上是非常老到的高手，他利用手中的权力，想方设法让女儿"考上"了医学院，现在，又要利用权力给自己选女婿了。

星期五的晚上，华博吃过晚饭正在宿舍里看书，就听到一阵急促的敲门声。

"请进。"华博说着，抬起头向门口张望。

"华博，我妈发高烧了，我爸爸又外出不在家，请你快到我家看看吧！"孟欣欣一进屋就拉住了华博的胳膊，她带着哭腔哀求华博。

"你先别急，说说是怎么一回事？"华博赶忙放下医书，关切地问着孟欣欣。

"我妈前一段得了脑梗，手脚都动弹不得，说话也很吃力，我爸将她送到康复医院治疗，也没有什么效果。这不，刚接回家没几天，她又发起了高烧，看着她难受的样子，我心疼死了。你快过去看看啊！"孟欣欣使劲地摇晃着华博的胳膊，声音颤抖着说着。

"我爸曾经告诉过我，遇到什么为难的事就去找华博，他说你是他最信得过的人。我知道你什么都能，快去救救我妈吧！"华博听了孟欣欣的话，背起医药箱大步流星地朝宿舍楼下走去。

"阿姨什么时候发烧的？"华博一边快步走着，一边急切地问着孟欣欣妈妈的病症。

"我下午发现她发烧的，给她吃了退烧药，可是一点也不见她退烧。"孟欣欣连跑带颠地追着华博，她的脚步显然跟不上华博的大长腿。

"你爸爸怎么不在家？"华博的脚步越走越快，孟欣欣已经追得气喘吁吁。

"我爸昨天去外地开会了，明天才能回来。看着妈妈痛苦的表情，我都快要急疯了，你说，我妈会不会有危险？"孟欣欣上气不接下气地跑上楼去开门。

"阿姨的身子好烫啊，她在发高烧。"华博用手摸了摸孟妈妈的头，眉头一皱自言自语道。

"我打电话去叫120，你快背她下楼吧！"孟欣欣望着烧红了脸的妈妈，急得直跺脚。

"等等，我先给阿姨把个脉。"华博将手指轻轻地搭在孟妈妈的手腕上，开始给孟妈妈把脉。

"你把脉准吗？"孟欣欣知道华博是医学院中医专业的高才生，可学习成绩再好，掌握的都是理论知识，没有临床经验呢！

"你瞧不起我？跟你说实话吧，我出身中医世家，从小就跟爷爷学着给人瞧病，而且专会看疑难杂症。"华博头也不抬地继续为孟妈妈看舌苔。

"阿姨是呼吸道感染引起的高烧，得马上给她退烧，时间长了会烧成肺炎的。"华博一边说着，一边打开药箱。

"阿姨，你不要怕，我有办法让你马上退烧，我们暂时不用去医院。"华博从医药箱里取出一根银针，在孟妈妈的手指尖找到了三个穴位，他在用"三商放血"的方法，给孟妈妈进行物理退烧。

"欣欣，今天你找我就算找对人了，'三商放血'针法是我家的祖传绝技，过一会儿保准退烧。你去给阿姨倒一杯热水喝，我再给阿姨刮刮痧。"华博伸手摸摸孟妈妈的额头，孟妈妈的额头渐渐不再那么烫。

"华博哥，你真神！"孟欣欣见妈妈的表情已经不那么难受，脸上也开始出现红润，从心底发出了对华博医术的赞叹。

"好了，现在阿姨的烧退了，我也得回宿舍了，明天早晨我再过来看阿姨。"华博一边收拾着药箱，一边对孟欣欣说着。

"华博，你今晚就别回宿舍了，万一我妈的病情有反复，我一个人实在有点害怕。"孟欣欣看着正在收拾医药箱的华博，挽留道。

第二天早晨，当一脸疲倦的华博背着药箱走出孟欣欣家住的宿舍楼时，他似乎听到了正在晨练的大妈们一阵阵的窃窃私语声。

没过多久，一则顺口溜又开始在学校传开："有福之人不用忙，无福之人跑断肠，华博能成援外郎，原是认了丈母娘。"

听了大家传诵的这句顺口溜，孟云长开心地笑了！

第 9 章
非洲劫案

————

　　孟云长果然聪明，他很好地利用华博来家里给妻子治病的这一突发事件，恰到好处地又做了一次宣传，将本来很平常的一件小事，又无限地进行了放大，从而加重了华博成为自己女婿的砝码。他感到女儿这次与他的配合天衣无缝，已经到了心有灵犀一点通的境地，女儿好像一夜间突然长大，竟像是一个十分有心计的情场老手。他开始重新审视自己的女儿，对女儿与华博的婚姻也充满了信心。

　　孟欣欣也听到了这则顺口溜，她在为编出顺口溜人的聪明才智啧啧称赞的同时，也体会到了爱拼才会赢的内涵。

　　凌丽不知道在什么地方也听到了这个顺口溜，她知道孟欣欣是孟云长的女儿，她想找华博问问顺口溜里说的是不是真事儿？她虽然心里喜欢华博，但她并不是非要追求华博，而是觉得华博和孟欣欣并不般配。华博是一个品学兼优的大帅哥，而孟欣欣要长相没长相，要城府没城府，他们起码不是一路人，凌丽不希望华博为了能得到援外的名额而委屈自己的婚姻。

　　"华博，我找你找得好苦呦！"医学院男生宿舍楼下，凌丽终于等到了正要回寝室的华博。

　　"怎么是你呀？"华博对凌丽的到来感到很惊讶，自从那天晚上，他在"簋街"从外国流氓手中救出凌丽以后，再也没有见到过凌丽。

　　"我来找过你几次，可你同寝室的师兄都说你不在，今天我在这儿等了你好半天，总算把你等回来了。"凌丽站在华博的面前，闪着水汪汪的眸子对他说道。

　　"我们到湖边走走吧。"华博说着，与凌丽并肩走在了通往学校葆光湖的石子儿小路上。

　　"听说你被选到援外医疗队，要去非洲了？"凌丽的声音很清脆，语音、语速掌握得像接受过专业训练一般，很是动听。

"还没有最后决定，都是传闻而已。"华博没有正眼去看凌丽，他低着头一直在看着脚下这条弯曲的小路。

"无风不起浪，这样的事儿传得快着呢！"凌丽理了理飘在眼前的秀发，她那双柔情似水的眼神一直盯着英俊潇洒的华博。

"传就传呗，走什么样的路，还不是得靠自己做出选择？"华博和凌丽来到了湖边，一阵清风从湖面吹到了两人的脸上，两人都感受到了晚风的惬意。

凌丽停住脚步，回头望着刚刚走过的这条蜿蜒小路，侧脸看着华博，温柔地问道："通往湖边的路很多，你为什么要选择走这条别人不爱走的小路？"

"走大路的人多，走小路清静。"华博不假思索地顺着凌丽的眼神，回望了一眼刚走过的小路说道。

"你这不是回避吗？大家都看好的路你不走，倒是喜欢独辟蹊径，这不符合常理！"凌丽的话抑扬顿挫，就如同电影中的配音演员在背台词，听起来很有磁性。

"独辟蹊径就是道路自信，这并不是什么坏事！我喜欢挑战自己，难道你没有感觉到走小路其实就是在走捷径吗？"华博抬头看了一眼凌丽，他突然发现月光下的凌丽，今晚甚是妩媚。

"捷径的路上充满了坎坷，刚才我就险些被石子儿崴了脚。"凌丽的声音更加甜美。

"崴脚是你自己不小心，不是每个人走小路都会崴脚。"华博说着。

"你的脚崴得严重吗？要不要去看医生？"华博又把目光瞥向了凌丽的脚。

"华博，你真逗！我说的是险些崴脚，还用看医生吗？"凌丽"咯咯"笑着，笑容很是灿烂。

"华博，我很敬佩你的道路自信，你是我的偶像，我很崇拜你！"凌丽说着，脸上微微泛起了红润，她低下头用脚尖轻轻地在地上划着圈。

华博被凌丽的柔声细语所打动，他看了一眼月光掩映下的凌丽。她的肌肤是那样丰盈，秀发是那样飘逸，就连那条黑色的短裙、白色的蝙蝠衫，在微风中飘动得都异常妩媚。

今晚的月光很柔，亭亭玉立的凌丽似乎比月光还要柔；今晚的微风很轻，缠绵蕴藉的凌丽说出话来，就如同清风夜话一般动听。葆光湖畔，俨然是一幅月上柳梢头，人约黄昏后的美丽画卷。

回到寝室，华博躺在床上，仔细地回味着凌丽与他的对话。华博知道他与凌丽都是在借走路说着弦外之音，他是触景生情的真情表露，而凌丽的话却是一语双关，听起来总有一种点拨着自己味道。与境界高的人谈话就是长学问，看破不说破，谁也不捅破窗户纸，却能把对方的内心世界看个透透亮亮。华博已经清醒地意识到凌丽的话外之音，她的这些话中话，是提醒还是告诫？是劝慰还是讥讽？还真是仁者见仁，智者见智。

又是一个星期天，华博同寝室的同学都到校外游玩去了，华博来到水房洗衣服。

"华博，你房间里那个女生是谁？"华博扭头一看，孟欣欣正站在他的身后，气呼呼地质问着自己。

"我不知道啊！"华博被孟欣欣不着边际的话，问得丈二和尚摸不着头脑，他急忙放下手中的衣服，被孟欣欣连拉带拽着向寝室走去。

孟欣欣拉着华博还没有走到门口，就听到屋内传出了朗读者的声音：

我为少男少女们歌唱，我歌唱早晨，我歌唱希望，我歌唱那些属于未来的事物，我歌唱正在生长的力量。

我的歌啊，你飞吧，飞到年轻人的心中，去找你停留的地方。所有使我像草一样颤抖过的快乐，或者好的思想，都变成声音，飞到四方八面去吧。不管它像一阵微风，或者一片阳光，轻轻地从我琴弦上，失掉了成年的忧伤。

我重新变得年轻了，我的血流得很快，对于生活我又充满了梦想，充满了渴望。

华博止住脚步静静地听着，这声音是那样熟悉，好像是夜莺在鸣，又好像是百灵在唱。

"华博，你说她是谁？为什么会在你房间里？你快说呀！"孟欣欣急得直跺脚，那张娃娃脸涨得彤红。

"你说，你是谁？"孟欣欣又转过头，厉声呵斥着正在朗读的凌丽。

"我叫凌丽，是华博的师妹，怎么了？"凌丽微笑着，一副泰然自若的神态。

"华博，快撵她出去，我不喜欢她，更不喜欢她在这儿读黄色诗歌！"孟欣欣冲华博大声叫道。

"出去，请你快出去！"孟欣欣瞪大眼睛，手指着门外，又冲凌丽吼了起来。

"我为什么要出去？"凌丽的声音很甜，即便是生气也没有高八度的调门。

"我不喜欢你！你快出去，我不想看到你。"孟欣欣仍然指着门外大声喊着。

"看呀，好热闹！沙老太太和阿庆嫂打起来了！"不知是谁在走廊里喊了一声现代京剧《沙家浜》里的台词，隔壁宿舍的男生纷纷跑到华博宿舍门口来看热闹。

"怎么回事？"围观的同学开始议论。

"华博的两个对象打起来了。"有人在回答。

"华博的对象之间打起来了？这两个女生都是他的对象？"一个男生吐着舌头在问。

"那还用说，争风吃醋还不得出人命啊！"另一个男生嘲讽着回答。

华博看了一眼异常凶猛的孟欣欣，又看了一眼文静斯文的凌丽，真是又好气又好笑。他冲孟欣欣努了努嘴，示意她消消气，可孟欣欣却噘着嘴，气呼呼地瞪着凌丽，根本不理睬华博，弄得华博好不尴尬。

"闹什么呢？成何体统！"围观人群的背后突然传来洪亮的声音。

大家扭头一看，只见孟云长处长正背着手快步走了过来，于是赶忙跑回了各自寝室。

"欣欣，闹什么闹？这是学校宿舍，在这里大声喧哗，成何体统？"孟云长板着面孔，恶狠狠地看着凌丽。他虽然说的是孟欣欣，可眼睛瞪的却是凌丽。

稍停片刻以后，他转身又对华博和孟欣欣说道："走，跟我回家去。"

一场风波就这样平息了，华博即将成为孟云长女婿的传闻，似乎在今天得到了验证。

孟云长要升官了！他即将由学生处处长被提拔为北江省医学院的副院长。孟云长听到了传闻，更加春风得意起来。

"孟处长，不，孟副院长，什么时候喝你的喜酒啊？"孟云长听到了同事的祝贺，心里十分高兴。他笑呵呵地与祝贺他高升的同事握手，一副十足的医学院副院长派头。

孟云长家里双喜临门：一喜是他被正式提拔为北江省医学院的副院长；二喜是他的准女婿华博，也被正式确定为北江省医学院援助非洲医疗队的成员。

这一天，孟云长非常高兴，他要以副院长的身份，再次设家宴欢送即将赴非洲的华博。

"来来来，祝贺我们学院优秀的大学生，即将踏上离祖国万里之遥的非洲大陆，开始人生的光辉旅途。"孟云长满脸泛着光芒，端起酒杯宣布了华博即将去非洲的喜事。

"谢谢孟叔叔，我一定不辜负您对我的期望，珍惜这次出国深造的机会，尽我的全力为非洲人民服务。"华博平生第一次喝白酒,又是在副院长家喝,难免有些紧张,一口酒下肚,便被酒精呛得"咳咳"地咳了起来。

"华博啊,这次援助非洲的医疗队共有30人参加,分别去T国和N国两个国家。N国的生活条件要好一些,所以我一直为你争取去N国的名额,可是名额太少了,这样N国你就去不成了,最后只好让你去东非的T国。T国的条件比较艰苦,你可要做好战胜各种困难的思想准备哟!"孟云长和蔼可亲地笑着,嘱咐着即将踏上援外征程的华博。

"孟叔叔,我还年轻,越是艰苦的环境越能锻炼人。您放心吧,我能吃苦!"华博春风满面,他信心满满地向孟云长表态。

一架飞往T国的中国国航航班,载着北江省医学院援外医疗队队员,飞上了万米高空。

华博从飞机的舷窗上看到了被他踩在脚下的滚滚白云,他感到自己距离太阳更近了。

飞机经过十几个小时的长途飞行,在一万公里以外的T国首都国际机场徐徐降落。

踌躇满志的华博走下飞机,他的非洲援外之行从此拉开了序幕。此时,他还不知道已经有人要暗算他了。

一天晚上,被华博胖揍一顿的那两个黑皮肤留学生,又出现在了大学城"小香港"的咖啡屋里。

"老板,上次揍我们的那小子有没有再来过?"黑人留学生用生硬的中文问咖啡屋的老板。

"你们又想打架?你们要是还不服,哪天我邀请他过来,你们再比试比试?"老板与两个黑皮肤留学生开着玩笑。

"这小子会武术,我们两个人虽然打不过他,但是这个仇得报,我们不能白吃了这个哑巴亏。我已经约了一大帮的非洲留学生,等他再来时,我们就一起打他,非把他揍扁了不可。"黑皮肤留学生挥着拳头吹着牛皮。

"这个仇你们恐怕是报不了了,我听说他已经参加了援外医疗队去非洲喽!"老板笑着端过两杯咖啡,递给了黑皮肤留学生,他还指望他们经常过来,给他的咖啡屋招揽生意。

"那小子去了非洲？他去哪个国家了？"黑皮肤留学生眨了眨眼睛，急切地问着老板。

"听说是去了 T 国，得一年以后才能回来，等他回来时，你们也该回国了，这个仇恐怕你们是报不成了，就放心过来喝咖啡吧！"老板拍着黑皮肤留学生的肩膀，带着几分讥讽笑着。

"那小子叫什么名字？"黑皮肤留学生并没有笑，虽然老板说者无意，但对他们来说却是听者有心……

黑皮肤留学生回到宿舍，急忙给远在 T 国的父亲打电话："爸爸，我在中国被医学院的大学生给揍了。"

"儿子，你被打得重不重？"父亲显然很着急，电话里就能感到他心疼儿子的那种关切声。

"打得我好几天都起不来床，痛死我了！爸爸，挨打其实不要紧，最重要的是我的面子被他打光了，今后我还怎么在中国混？非洲其他同胞怎么看我？我的面子没有了，你的面子不也跟着我丢尽了吗？爸爸，你要给我报仇！"黑皮肤留学生咬着牙，添油加醋地向父亲诉着苦。

"儿子，留学之前，我一再告诉你注意安全，千万不要与人打架，你以为是在 T 国吗？在 T 国有爸爸给你撑腰，现在你是在中国，爸爸与你有 15000 公里的距离，你让我怎么给你报仇？"黑皮肤留学生的父亲在电话里既责备又安慰着儿子。

"爸爸，这小子叫华博，是北江省医学院的大学生。前不久他参加了援助非洲医疗队，现在他就在我国的一家医院。"黑皮肤留学生将他打听到的华博的行踪告诉了父亲。

"华博，你不请自到，给我送到家门口来了！等着瞧吧，你敢在中国打我儿子，我就敢在 T 国收拾你，我要让你在 T 国死无葬身之地。"黑皮肤留学生的父亲冷笑着，掐灭了手上的雪茄。

"来人！"黑皮肤留学生的父亲咬着银牙，大声叫道。

黑皮肤留学生的父亲是 T 国的一个军方头目，在 T 国有着很强大的势力，他要替儿子出气，他要对华博展开报复行动。

这天早晨，华博向援外医疗队领导请了假，他要去街上买一些生活用品，他出医院的大门，来到附近一家超市。

华博前脚刚刚迈进超市的屋门，就听到身后一个说英语的男子在怪叫：“不许动，都举起手来！”

华博感到被一个硬邦邦的家伙顶住了后腰，他扭过头来，只见两名蒙面歹徒，正在用冲锋枪顶着他。

“都站到墙边去，举起双手，脸看着墙！”歹徒冲着超市里的人大声叫喊着，“唰”的一声，将一个黑色头套套在了华博的头上。

“玛尼，玛尼！”歹徒用手比画着数美元的样子，冲着收银员叫着。

几分钟后，歹徒在收银台里胡乱抓了一把现钞，拽着华博逃离超市。

“哒哒哒！”歹徒向空中打了一梭子子弹。

华博听到了枪响，吓得赶忙趴在了超市的门口。

“打劫了！打劫了！”惊魂未定的超市收银员立即向警方报警。

两辆警车没有多大一会儿，就赶到了超市的门前。

“劫匪开车向那边跑了！”收银员用英语向赶来的警察指着方向。

“我们还抓住了一个劫匪！”收银员用手指着躺在地上瑟瑟发抖的华博，对警察说道。

“带走！把他带到警察局去。”华博被警察连拉带扯，拽上了警车，警车鸣着刺耳的警笛，呼啸着驶向了警察局。

“医院门前超市发生抢劫案，北江省援非医疗队的华博医生被警察带走了！”中国驻T国领事馆得到了医疗队的报告，立即派人来到警察局了解情况。

“你们那个叫华博的中国医生，参与了一起持枪抢劫案，我们在抢劫现场抓住了他。抓住他的时候，他的伪装头套还戴在头上，我们要拘留他。”警察局的警官将抓捕华博的经过，通报给了中国领事馆的官员。

“我要询问华博，我要向他了解事情的经过，希望你们配合。”领事馆的官员提出了要询问华博的要求。

“好的，你们可以询问，中国是我国的好朋友，他又是前来援助我们的中国医生，我们可以特殊关照他，但是，在你们询问他的时候，必须得有我们警官在场，我们可以一起审讯他。”警察局的警官同意了领事馆外交官提出的申请。

领事馆外交官很认真地向华博了解事情发生的经过后，向T国警方提出释放华博的请求：“警官先生，经过我们的询问，华博没有参与这起抢劫案，他是去超市买东西时，正巧遇上了劫匪。”

"不行，不行！他没有参与抢劫？他的头套怎么解释？他如果是买东西，为什么不在超市内，而是与劫匪一起跑到了超市的门外？外交官先生，那个叫华博的医生肯定是在说谎。"T国警官拒绝了领事馆外交官要释放华博的请求。

与此同时，警察局的警官将拘留华博的情况，迅速报告给了黑皮肤留学生的父亲："老大，我找了两个小蟊贼，亲自导演了超市抢劫案，那个叫华博的中国医生，被我们塔宝拉警察局拘留了！"

"好哇，谢谢兄弟！"黑皮肤父亲在电话里道着谢。

"不过，中国领事馆的外交官已经来警察局要人，外交部门肯定也要介入此事，我们不会关押他太久。"省警察局的警官继续说着。

"不要紧，我会与外交部联系，让他们对华博采取限期离境的措施，这样，这小子就是回了国，也不会有什么好果子吃。凭我对中国的了解，一个被遣送回国的人是不会有前途的！在中国，没有前途的人就等于慢性自杀，活着也没有多大出息了！哈哈哈，这下子，我就算出了气，儿子的仇也就算报了！"黑皮肤留学生父亲在电话里"哈哈"地笑着。

"老弟，我会用实际行动感谢你的！"黑皮肤留学生的父亲在电话里对塔宝拉警察局的警官做着承诺。

"哈哈哈！"电话听筒的两边，同时传来两人默契的笑声。

第 10 章
获得真爱

———————

经过外交部门的交涉，华博被 T 国警察局拘留 7 天之后，获得了保释。他被限令在 72 小时之内，必须离开 T 国。

华博被遣送回国了！

他独自一个人走出机舱，一阵大风扑面而来，风吹乱了他的头发，也吹疼了他那张憔悴的脸。

医学院保卫科的工作人员将他带回了学校，给他指定了一间单独宿舍，让他继续反省。

华博垂头丧气地躺在了宿舍的硬板床上，眼睛直勾勾地望着天花板发起了呆。

华博感到像做了一场梦。半年前，他意气风发地站在飞机舷梯上，向送行人群挥手告别时的情景好像就在眼前；他漫步在 T 国湖边，与非洲水鸟嬉戏的场景也好像就在昨天。昨天他还手持银针在给 T 国病人减轻病痛，可转瞬之间，自己却成了一个"病人"，一个心灵受到严重创伤的人，身体的痛疾尚可医治，可心灵上的创伤又有何药可医呢？

"华博，我给你送饭来了！"华博正闭着眼睛，回想着半年以来在非洲的日日夜夜，突然听到耳边传来一个女生的声音。这声音既熟悉又陌生，熟悉的是他听得出来这是孟欣欣的声音；陌生的是孟欣欣的声音是那样轻柔，已经不再是往日的大嗓门。

孟欣欣放下饭盒，颤抖着双手轻轻抚摸着华博那张惨白的脸。华博感到孟欣欣的双手像一股电流，从脸到心瞬间暖遍了他的全身。

"华博，你瘦了！"孟欣欣心疼地说道。

"欣欣！"华博轻轻地吻着欣欣的手，嘴唇不住地颤抖。他转过脸去，强忍着没有让眼泪流出。

"华博，没关系，谁还没有个马高镫短的时候，关羽还败走过麦城呢！"孟欣欣一把抱住华博，她知道，此时爱的力量胜过任何美妙的语言。

"欣欣，你真傻，我现在是被遣送回国的罪人，你还过来看我干吗！"华博被孟欣欣紧紧地抱着，他似乎听到了孟欣欣"怦怦"的心跳声。

"华博，跟你说句心里话，在我第一次领你来我家的时候，我一点都不喜欢你。当时喜欢你的人是我爸，我只不过是按照我爸的意愿行事，不想伤害他的心而已。后来，我在你的宿舍见到凌丽以后，我更加觉得自卑，她长得漂亮、说话声音又好听，你和她才是郎才女貌、天生的一对儿。所以，在你去非洲这半年多，我没有给你写过一封信，我只在默默地祝福你和凌丽能走到一起。"孟欣欣说着，松开了紧抱着华博的双手，走到窗前偷偷地去擦眼泪。

"欣欣，你不要这么想，我并没有伤害过你呀？"华博跟在孟欣欣的身后，来到了窗前，主动抱住了孟欣欣。

"华博，当你春风得意、登高望远的时候，我并不是你的唯一，我是有自知之明的，我知道我配不上你！"孟欣欣转过身，她仰起头盯着华博，眸子里噙满了泪花。

"欣欣！"华博用力抱紧了孟欣欣，一句话也说不出来。

"可当我听说你在非洲出事儿以后，我好几天都吃不好饭，睡不着觉。我一直在想，你站在高峰极顶的时候有人众星捧月，如今跌入低谷了，还能有谁与你共渡难关？我觉得在你最困难的时候，才更需要我与你风雨同舟。"孟欣欣说着，将满是泪痕的脸埋在了华博的怀里。

"华博，我发誓！从今天开始，我要真心喜欢你，一辈子都爱你！"孟欣欣动情地说着。

"欣欣！"孟欣欣的温暖话语，像一股暖流顷刻间涌遍了华博的全身，他再也抑制不住自己的感情，泪水夺眶而出。

"欣欣！"华博将孟欣欣紧紧地揽在了怀中，两人的眼泪和情感瞬间便交融在一起。孟欣欣第一次感觉到了华博急促的心跳，两人烈火一般的嘴唇第一次燃烧到了一起。

"华博，你一定是饿了，快尝尝我做的饭菜可不可口？"孟欣欣擦干了面颊上的泪花，将她带过来的饭盒递到了华博的面前。

华博确实饿了，他端起孟欣欣送过来的饭菜，狼吞虎咽地吃了起来："真香，真香，好久没有吃过这么好吃的家乡菜了。"

"慢点，慢着点，没人和你抢。"孟欣欣甜甜地笑着，将一只红烧鸡腿送到了华博嚅动的嘴里。

"孟叔叔还好吗？我辜负了他对我的期望，我给他丢脸啦！"华博低着头，一边嚼着大鸡腿，一边对孟欣欣说着歉意的话。

"我爸这个人就是要面子，你见义勇为的时候，他天天在我面前唠叨，说你是一个敢于担当的好男人；你出国援外那会儿，他逢人便讲你是一个难得的人才；你在非洲出事了，他立即来了一个一百八十度大转弯，不再让我接近你。不过，我不听他的话，今后我天天来给你送饭吃。"孟欣欣收拾着饭盒，喃喃地说着。

"欣欣，你的好意我领了，我现在是被遣送回国的犯罪嫌疑人，而你是在校的大学生，马上又要迎接毕业考试。听你爸爸的话，今后不要再往我这儿跑了，免得别人再编出什么顺口溜来，影响了你的前途。"华博站起身来，他理着孟欣欣的秀发轻柔地说着。

"我不怕，别人爱怎么说就怎么说，反正我是真心爱你。你风光的时候身边可以没有我，现在你落难了，我不能离开你！"孟欣欣的话中带着坚定，华博从孟欣欣刚毅的眼神中，看到了一个柔情似水的好女人。

"欣欣，你真好！"华博又抱住了孟欣欣。

"欣欣，我爱你！"华博哽咽着声音说道。

吃罢了晚饭，华博和孟欣欣互相依偎着坐在窗前，二人望着窗外的一轮明月，两双火热的手紧紧地握在了一起。

"欣欣，我们半年多没有见面，怎么感觉你像变了一个人？"华博目不转睛地望着窗外的月亮，将手搭在了孟欣欣的肩上。

"你是说我变得温柔了，对吗？"孟欣欣依偎在华博的怀里，轻声地问着华博。

"华博，你的感觉没有错，我是温柔了，不过不是变的，女人的温柔生来具有，只是你没有体会到罢了。有的女人含情脉脉看似柔弱，其实她的内心却很刚强；有的女人板着面孔貌似强大，但她的内心却很脆弱。所以，温柔是写在女人脸上的，并不代表她的内心世界。"孟欣欣眼望着窗外那一弯明月继续说道。

"华博，你看到那弯月亮了吗？你看我像不像它，一样也有阴晴圆缺。"孟欣欣侧着脸，看着窗外的一轮弯月说道。

"欣欣！"华博紧紧地抱着孟欣欣，感激的一句话也说不出来。

"我从小生活得很憋屈，我爸热衷搞政治就怕站错队，领导说什么他就附和什么，从来就没有提过不同意见。他为了迎合领导得罪了很多人，那些人不敢与领导结怨，就拿我爸撒气。那会儿，我家里经常被人扔砖头、砸玻璃，我妈带着我成天为我爸担惊受怕，所以我一直就胆儿小。"孟欣欣倒在了华博的怀里，眼里闪着泪花。

"你胆儿小？我怎么没有看出来？"华博惶恐地问着孟欣欣。

"那时候，我和我妈常常被人家指桑骂槐，我爸却从来不敢跟人家理论。我小的时候经常被人欺负，在外面受了委屈又不敢对爸爸讲，只能在被窝里偷偷地哭，哭着哭着就睡着了。"孟欣欣说着，眼泪像断了线的珠子又滚落了下来。

孟欣欣将目光从月亮移到了华博的脸上，她望着一脸惊诧的华博继续说道："我爸听说你见义勇为的事迹以后，就把我的爱情寄托在你身上。他对我说，如果你有这样的男人当老公，爸爸就放心了，爸爸希望你找一个能为你担当的好男人，这样你就再也不会被人欺负。"孟欣欣学着父亲的腔调说着，嘴角上露出一丝笑容。

"唉！当我爸听说你在非洲出事儿以后，他唉声叹气一根接一根地抽烟，生怕连累到自己。"孟欣欣学着爸爸抽烟的神态，无可奈何地摇着头。

"这也怪不着孟叔叔，我被 T 国警察局拘留又限期离境，这可是天大的事儿啊！谁听了不害怕？不过，请你相信我，我是被冤枉的，等 T 国警察局破了案，我的冤屈自然就会被洗清了。"华博紧攥着孟欣欣的手，十分坚定地说道。

孟欣欣站起身来看了看手表说道："华博，我相信你！时间不早了，你该休息了，明天我再过来看你。"

送走了孟欣欣，华博闭上眼睛很快就进入了梦乡。自打被拘留以来，他没有睡过一个安稳觉，满脑子都是非洲警察凶神般的眼神，现在回家了，确实应该睡个踏实觉了。

"现在我宣布：将抢劫犯华博押赴刑场，执行枪决！"随着法官的一记重槌，华博被五花大绑押上了一辆卡车，卡车在警车的开道下来到了海边。华博被警察拽下卡车，按倒在了沙滩上，他的后背上插着一块写着华博名字的木牌子，名字上打着红色的大"×"。

"我冤枉！我没有参与抢劫！"华博声嘶力竭地叫喊着，行刑的警察嬉笑着，举起了手中的长枪……

"枪下留人，枪下留人！"华博听到喊声，回过头来，只见海滩上跑过来一个披头散发的女人。她一边跑一边喊，手里还挥动着一个黑色的头套。

"你是欣欣吗？"华博挣扎着站起身来，冲着奔跑过来的女人喊着。

"我不是欣欣，不是欣欣，不是欣欣！"

华博惊出了一身冷汗，他"呼"地坐起身来，嘴里喘着粗气……

华博被噩梦惊醒，他感到浑身发冷，手心里都渗出了冷汗。

第二天早晨，华博天不亮就起了床，他伸了伸懒腰，在屋里打了一套太极拳，学校保卫科便来人询问他了。

"华博，我们是医学院保卫科的，医学院要对你拿出处理意见，所以派我们来整理材料。说说你在 T 国参与抢劫的事情经过吧。"保卫科长一脸严肃地向华博宣布了来意。

"那天是星期天的早晨，我向带队领导请了假，去 T 国医学院门前的超市买日用品。我刚走到超市门口，就被后面冲进屋来的劫匪套上了伪装头套，劫匪还用冲锋枪顶住了我的后腰。劫匪抢劫了超市后，在超市门口放了一阵子枪便跑掉了。我听到枪响很害怕，就趴在了地上，不一会儿就被赶来的警察带到了警察局，紧接着就被拘留了。"华博向保卫科人员介绍了超市抢劫案的经过。

"你是怎么认识那帮劫匪的？你为什么要去抢劫？你的作案动机是什么？"保卫科长是一个很有经验的保卫干部，他向华博提出了一连串的问题。

"为什么抢劫？是啊！我为什么要抢劫呢？我们在 T 国都是集体食宿，吃的用的东西都是配发的，个人负担的只是一些生活日用品。我即使抢来钱也没有地方花，抢来东西也没有地方放，我为什么要抢劫？我又不是疯子，没有必要冒着坐牢的危险去抢劫。至于犯罪动机？我没有犯罪，何谈动机？"华博好像终于找到了说理的地方，他掰皮说瓢地向保卫科长申辩着。

保卫科长认真听着华博的辩解，不动声色地又问道："你是怎么认识这帮劫匪的？"

"我是怎么认识劫匪的？我没有参与抢劫，又怎么会认识劫匪？"华博觉得保卫科长问的话有些不讲道理，于是他没好气地回答着。

保卫科长沉默了一会儿，又提出了新的疑问："既然你不认识劫匪，那你为什么戴着和劫匪一模一样的头套？"

"这个……"华博话语哽塞了。

"我的头套是劫匪给我戴上的。"华博停顿了一下回答道。

"你不认识劫匪，又没有参与抢劫，那劫匪为什么要给你戴上头套？"保卫科长好像找到了破绽，他刨根问底地问道。

"这个，这个我无法解释。"华博无力地摊开手，轻轻地摇着头。

"警察局拘留你的理由是什么？"保卫科长并没有结束询问，他继续追问道。

"警方指控我参与了超市抢劫案，可我没有参与抢劫，我身上也没有超市的任何东西，我是被冤枉的！"华博瞪着眼睛与保卫科长解释着。

"你没有参与抢劫，当地警方会无故指控你吗？"保卫科长厉声质问。

"不知道，算我倒霉呗！但他们也没有拿出指控我的任何证据。"华博有气无力地说着。

"抢劫现场除了劫匪和你之外，还有超市的收银员和超市里的顾客，难道他们不能证明你没有参与抢劫吗？"保卫科长又向华博提出了一个疑点。

"劫匪是持枪抢劫，进门就命令所有人都将脸冲着墙，谁也没有看清楚到底是几个劫匪参与抢劫？所以他们也不能证明我不是劫匪。由于我被劫匪戴上了头套，所以我就被误认为也是劫匪。"华博也觉得这起抢劫案很蹊跷，有些情节他确实无法解释。

"华博，我想当地警方在没有任何证据的前提下，是不会对你采取拘留措施的，你怎么解释你的头套是劫匪给你戴上的？劫匪抢劫作案，难道还要多准备一份道具来诬陷你吗？"保卫科长冷笑着，他的问话让华博哑口无言。

"我在T国没有接触过外界，也没有得罪任何人，应该不会有人诬陷我。可如果没有人诬陷我，那我的头套又是什么人给我戴上的？这一情节也正是我的疑惑！"华博又对保卫科长说出了自己的疑惑。

"你现在既然不承认参与抢劫，警方也没有拿出确凿证据来证明你参与了抢劫，所以只是对你保释并限期离境。那么我再问你，你自己是怎么解释这起抢劫案的？又怎么能证明你是无辜的？"保卫科长又开始了反向思维，他也觉得这起案件有点奇怪。

"等到警方破了案，抓住了逃跑的劫匪，真相不就大白于天下了吗？"华博只好把最后的希望寄托在了警方能够破案上。

"警方要是不破案或者破不了这个案子呢？"保卫科长又作出了新的推测，他的这个推测，使华博最后的一线希望彻底破灭了。

"那，那我可就是跳进黄河也洗不清了。"华博瘫坐在椅子上低下了头。

这一天，医学院院长召开了专门会议，要研究对华博的处理意见。

"同志们，今天我们召开班子扩大会，研究一下对被遣送回国的本校学生华博该如何处理。一个即将毕业的大学生能参加援外医疗队，这本身就是一个奇迹，可到国外才半年就被遣送回国，这更是一个奇迹。华博不但丢了学校的脸，还丢了北江省的脸，更丢了国家的脸，不开除他的学籍就无法向社会交代。"院长坐在会议桌的中央，环视着与会人员做了开场白。

"大家讨论一下，对开除华博的学籍，还有什么不同意见。"院长说道。

院长见大家都不做声，便看了一眼孟云长说道："孟副院长，你的意见呢？"

"我？我的意见……"孟云长本意是想说，等T国警方破了案再做决定，可当他看到院长那张冷峻的面孔时，立即擦了擦头上的汗珠改口说道："我的意见与院长的意见一致。"

"保卫科的意见呢？"院长又将目光投向了保卫科长。

"院长，经过我对华博的询问，觉得这起抢劫案确实很蹊跷。按说华博是没有任何理由和动机参与抢劫，而且T国警察局也没有拿出指控华博抢劫的证据，所以我的意见是暂缓对华博作出处理意见，等T国警方破了案，再处理华博也不迟。"保卫科长说着，把目光转向了孟云长。

保卫科长知道华博与孟云长的翁婿关系，希望能够得到孟云长的支持，可孟云长却没有敢看保卫科长的眼睛，而是赶紧低下了头。

"孟副院长，你的意见呢？"院长再次把目光投向孟云长。

"我，我没意见！"孟云长的话引来了大家的哄堂大笑。

医学院班子会议接受了保卫科的意见，没有立即开除华博的学籍。华博被临时安排在了保卫科，工作是整理档案，其实是变相对其进行监控。

第 11 章
铲除"祸根"

————

这天，华博正在保卫科办公室内整理档案，猛然听到走廊里传来凌丽熟悉的说话声："科长，你就让我见一见华博吧，我都来过好多次了。"

"不行，上边有规定，除了家属以外，华博不能与任何人接触，请你谅解吧！"保卫科长耐心地向凌丽做着解释。

"我虽然不是他家的家属，可我是他的亲属啊！家属和亲属只有一字之差，你就通融通融，让我见见他吧！我就是问问他到底发生了什么事情？我很惦记他。"凌丽的说话声音很大，似乎有意在说给屋里的华博听。

华博听出了凌丽的声音，他赶忙来到门后侧耳细听，可凌丽与保卫科长的对话声却渐渐听不清楚，显然保卫科长已经送凌丽下了楼。

"科长，华博出国才半年，怎么会参与抢劫？现在外面传得可凶了，我对他非常担心。"凌丽的声音里带着几分焦虑，她恳切地问着华博的近况。

"这件事我曾经问过他，就连他自己都说不清楚到底发生了什么事情？反正他已经被遣返回国了，人没有事儿就好，事情慢慢会搞清楚的。"保卫科长安慰着凌丽。

"学校准备怎么处理他？"凌丽对学校的态度也十分关切，她试探着想从保卫科长嘴里了解到，学校将要给华博作出什么样的处理决定。

"依我看学校迟早都会开除他的学籍，唉！华博这个大学可算是白念了。"保卫科长叹着气，他与凌丽并肩走出了保卫科的楼门。

"走吧，回去吧！下次不要过来了，来了我也不能让你们见面。"保卫科长再一次催促凌丽离开。

"科长，我想再问问您，怎么才能够救救华博？"凌丽的说话声很轻，但保卫科长听了却吓了一跳。

"你？就凭你能救华博？"听了凌丽的话，保卫科长将脑袋摇得像个拨浪鼓。不过，他倒是从心里往外对眼前这个女生，产生了一丝敬佩。

"科长，您给我出一个主意，我要救华博，我不能眼睁睁地看着他被开除学籍。"凌丽坚定地说道。

"唉！我虽然不能给你出什么主意，但经过我对华博的询问，我也确实感觉这起案件很蹊跷,除非你能揭开这起案件背后的隐情。可就凭你……"保卫科长说着，遗憾地摇了摇头。

"啊！这么说华博确实是被冤枉的？"凌丽瞬间便瞪大了眼睛。

"他是不是被冤枉我可不敢说，你可以想一想，一个公派的援外人员，为什么会去抢劫？他没有作案的动机呀！你再想想，虽然劫匪抢劫了超市，可是在没有遇到任何抵抗的前提下，他们为什么要鸣枪？是在向警方示威？还是要告诉过路的人他们在打劫？这个情节可太戏剧化了，像是在拍电影。"保卫科长脸上也露出了疑惑不解的神情。

"啊，劫匪还有枪？"凌丽有些惊恐地问着保卫科长。

"这倒不奇怪，T国是允许公民持有枪支的，但是随意鸣枪也是不允许的呀！所以，我感到这个案子的蹊跷之处就在这里。"保卫科长皱着眉头，对凌丽说出了他的质疑。

"好了，详细情况我也说不大清楚，等T国警方破了案，一切就会真相大白了。"保卫科长舒展了紧皱的眉头，继续安慰着凌丽。

"那要是破不了案呢？"凌丽忽闪着眼睛，认真地问着保卫科长。

保卫科长听了凌丽的问话心里一惊，他在想，这孩子的感觉怎么和我的直觉惊人的相似？

凌丽告别了保卫科长，她走在学校的林荫树下，脑子里不断掂量着保卫科长话语中的分量。不知不觉，她已经走在了曾经与华博并肩走过的那条蜿蜒小路上，眼前掠过的都是华博的音容笑貌。

一阵清风吹过，凌丽打了一个"激灵"，她似乎已经意识到了保卫科长所说蹊跷的含义，她反复推敲着这起案件的隐情可能会出现在什么地方。如果华博没有作案动机，那这起抢劫案可能就会事出有因，是什么人要加害于他？华博在国外没有仇人，唯一的仇人可能就是华博为搭救自己暴打的那两个黑皮肤留学生。如果那两个黑皮肤留学生是T国人，就一定是他们利用家里的力量陷害了华博。凌丽知道，近几年能来到中国的非洲留学生，不是家里有钱，就是家里有背景，要想救华博的唯一办法，就是从他们两个人身上下手，弄清楚是否是他们利用家里的关系陷害了华博。于是，一个深入虎穴探听虚实的营救计划，立即在她的脑海中形成。

凌丽再次来到那间令她不堪回首的咖啡屋，她要为救华博挺身而出，在这里诱敌出洞，弄清真相。

"老板，我要在你这里坐台。"昏暗的灯光下，凌丽语出惊人地对老板说道。

咖啡屋老板被凌丽的说话声吓了一跳，他神情紧张地望着凌丽问道："什么？你说什么？"

"老板，我说我要在你这里坐台。"凌丽重复着刚才说过的话。

"你是不是被那个叫华博的学生从黑皮肤留学生手中搭救出来的大学生？"老板好像一下子认出了凌丽。

"没错，那天晚上被华博搭救的就是我！"凌丽将她那飘逸的披肩发往肩后一甩，露出了漂亮的脸蛋。

"姑娘，你是不是疯了？那两个流氓前几天晚上还来我这里找过你，他们要是看见你，还不把你给吃了！你快离开这里吧！"老板虽然不知道凌丽的来意，但他还是为凌丽的安全担心。

"我不怕他们，我就要在这儿等着那两个流氓，我倒要看看他们能把我怎么着？"凌丽异常坚定地说着，摆出了一副视死如归的架势。

老板愣了愣神儿，无奈地摇着头。

北江大学的一间外国留学生宿舍内，一高一矮两个黑皮肤留学生，正在宿舍里抽着雪茄。

"哥，我听说华博那小子被我国政府驱逐出境，遣送回中国了。""小个子"美滋滋地将他听到的有关华博的消息，告诉给了"大个子"。

"哼，遣送回国都是轻的，我爸告诉我了，要不是外交部门出面，华博非死在监狱里不可。他敢打我，也不打听打听我是谁？""大个子"理了理梳得油光锃亮的大背头，露出得意的奸笑。

"哥，我还听说那天被华博搭救的那个小妮子，又回到那个咖啡屋了。""小个子"挤着牛眼，冲"大个子"说。

"好哇，我刚刚报复了华博，她又给我送上门来啦，我还正愁找不到她呢。这个妮子确实挺有姿色，尤其是她的说话声音，真甜呀！我要是不把她'收拾'了，死了都不甘心。""大个子"咽着口水，脸上浮现出狰狞的坏笑。

几天以后，在"簋街"的马路上，一高一矮两个黑皮肤留学生在酒吧里喝完了酒，跟跟跄跄地推开了咖啡屋的门。

"大个子"进屋后，第一眼就看见了坐在吧台前面的凌丽，他摇晃着走近了凌丽，喷着满嘴的酒气对凌丽说道："哈哈，漂亮的小妮子，你是不是在等着老子，你可把老子馋坏了。"

凌丽扭过脸去看吧台，根本就没有理睬身后的这两个人。

"小妮子，还在生老子的气？""大个子"将手搭了凌丽的肩膀上，龇着白牙调戏凌丽。

"滚开！"凌丽甩开了"大个子"的手臂，狠狠地瞪了"大个子"一眼。

"好倔强的烈马呀！老子就喜欢骑烈马，今天老子就要骑上你这匹烈马。""大个子"张开双臂就要抱凌丽，凌丽机警地一闪身，躲开了"大个子"伸过来的手臂。

凌丽躲开了"大个子"，笑眯眯地凑到"小个子"面前，纤细的手一下子勾住了"小个子"的脖子："我不喜欢他，咱俩喝一杯怎么样？"

"小个子"被凌丽的话刺激得周身一抖，嘴里打着酒嗝问着凌丽："美女，你刚才说什么？"

"怎么？你耳朵聋了？"凌丽睁着一只眼，眯着一只眼，继续挑逗着"小个子"。

"啊？没聋，没聋，我听见了，听见了。""小个子"黝黑的脸上露出满口的白牙，嬉皮笑脸地冲着凌丽不住地点着头。

"我看你今天晚上喝多了，明天晚上你请我喝酒怎么样？"凌丽眨着眼睛冲着"小个子"妩媚地笑。

"好好好，明天晚上不见不散！""小个子"像鸡鹐碎米一样，不住地点着头。

"哥，我喝多了，我们回去吧！""小个子"得到了凌丽的暗示，他不由分说，连拉带扯地将"大个子"推出了咖啡屋。

"小个子"兴高采烈地拥着"大个子"，一路说着拜年话儿，回到了北江大学外国留学生宿舍。

"大个子"一脸沮丧地被"小个子"拉回到了宿舍，一进屋，便气急败坏地掐住了"小个子"的脖子，挥舞着拳头呵斥道："你他妈的敢坏我的好事，我他妈的废了你！"

"小个子"黝黑的脖子顷刻便被"大个子"掐出了一道血红的印子,他挣脱了"大个子"的手,一边连连咳嗽,一边向"大个子"作着揖:"哥,松手,松手,你听我说,这个小妮子看上我了,你就成全我吧！"

"我成全你个屁！我告诉你,这个妮子鬼点子多,你不要相信她的鬼话。上次我们就是因为她才挨的揍,这个仇你忘了？等我先把她'收拾'了再说。"大个子"冲着"小个子"发着狠话。

"哥,她鬼点子多又能怎么样？我又不吃亏,明天她让我请她喝酒,我先探探她的底。她要是真喜欢我,我就把她带回国做媳妇。"小个子"不停地向"大个子"说着小话,"大个子"嘴里"哼"着,闭上眼睛"呼呼"地睡着了。

第二天晚上,"小个子"在酒吧里等到了凌丽。

"你叫什么名字？你真的喜欢我吗？"酒吧内,"小个子"一边给凌丽倒啤酒,一边向凌丽献着殷勤。

"我叫凌丽,我家生活困难,供不起我上大学,所以我就来咖啡屋打工挣学费。你家有钱吗？"凌丽的英语说得很流利,一下子就迷住了这个"小个子"。

"我爸爸是开钻石矿的,我家很有钱。"小个子"拍着胸脯信誓旦旦地说着。

"你家在哪儿开矿？南非吗？"凌丽假装有了几分醉意地问。

"哈哈,这个你就不懂了,在非洲不是只有南非才有钻石,在我们 T 国也有很多的钻石矿山。我家的矿山大得很,在 T 国是数一数二的。"小个子"一扬脖子,一杯酒"咕嘟"一下进了肚。

"你是 T 国人？跟你在一起的那个'大个子'也是 T 国人吗？"凌丽不动声色地问着,手中的酒杯在小个子眼前摇晃个不停。

"我们两个都是 T 国人,他爸爸是军方头目,在 T 国很有势力,不过他家没有我家有钱,他是官二代,我是富二代。"小个子龇着雪白的牙齿,很认真地与凌丽吹嘘着。

凌丽从"小个子"嘴里证实了这两个黑皮肤留学生,都来自 T 国后,心里一阵欣喜,她心里在想,我的判断果然没有错,陷害华博的人肯定就是这两个家伙。

接下来的几天,凌丽经常与"小个子"出入"簋街",每次她都能从"小个子"

嘴里打听到他们陷害华博的有关信息。

回到宿舍，凌丽将这些信息进行了梳理，为华博写了一份又一份的上诉状，并向有关部门提供了华博遭陷害的相关证据。可这些跨国证据在有关部门那里，又该如何传递到 T 国警方？谁也没有办理过，华博的冤案真相仍然无法得到澄清。

"如果能让你家里说通警察局，向我国外交部门提供华博无罪的证明，我就嫁给你。"凌丽投诉无门，为了搭救华博，她决定要铤而走险。于是，她向"小个子"摊牌了。

"好的，我们一言为定。""小个子"重重地点着头，他向凌丽打着保票。

"小个子"将他交上了女朋友的消息告诉了家里，他的家人立即开始做起了警察局的工作。

"大个子"从爸爸的电话中得知"小个子"家人正在为华博伸冤的消息后，暴跳如雷，他一把抓住"小个子"的头发，使劲地抽着"小个子"的嘴巴："你他妈的竟然敢背叛我，你是不是被那个小妖精迷晕了头？"

"哥，你打我出出气吧！我确实喜欢上了这个小妮子。""小个子"伸出了脖子。

"妈的，过几天等我看见她，我就要了她！让你的爱情见鬼去吧！""大个子"恶狠狠地放出了狠话。

"我家为华博伸冤的事情被我那个哥知道了，他要'收拾'你！你这几天别到这里来了。""小个子"将"大个子"欲强暴凌丽的信息，迅速传递给了凌丽。

凌丽把牙一咬，决心把事情闹大，她要借助警方的力量撬开"大个子"的嘴，让他亲口说出陷害华博的真相，为华博伸冤，于是，她开始精心准备起了复仇行动。

几天以后，凌丽再次来到了咖啡屋，她见两个黑皮肤留学生醉醺醺地闯进了咖啡屋，知道一场恶战不可避免，于是将事先准备好的背包递给了老板："老板，你给我准备一个包间，然后把我这个背包先放到包间内，拜托了！"

"我不敢！"老板从凌丽喷着怒火的眼神中，预感到事情有些不妙，他双腿颤抖着对凌丽连连摆手。

"你不敢？我就把你吸毒的事儿报告给警察，看你敢不敢！"凌丽带着威胁的口吻对老板压低了声音说道。

"我敢，我敢！姑奶奶，可别整出人命来呀！"老板从凌丽的目光中似乎看到了一股复仇的火焰，于是他向凌丽比画着 201 房间的手势。

"小妮子，听说你在为华博伸冤是不是？""大个子"进了咖啡屋，几步来到了凌丽眼前，一口酒喷在了凌丽的脸上。

凌丽抹了一把脸上的酒液，强装着笑脸问着"大个子"："你知道了又能怎么样？"

"你他妈的还敢跟老子装相。老板，给我找个房间，我要和她单独谈谈。""大个子"向老板叫喊着。

"201房间，给你准备好了。"老板赶忙冲"大个子"说着。

"走，跟我上楼去！""大个子"一把抓住凌丽的胳膊，连拉带扯地将凌丽拎上了二楼。

"小个子"急忙抱住了"大个子"的大腿，苦苦地央求道："哥，你千万不要！我求你了，你饶了她吧！"

"去你妈的！等我收拾完她再跟你算账！""大个子"一脚将"小个子"踹下了楼梯，"咣当"一声关上了201房间的房门。

"大个子"酒气冲天，他嘴里骂骂咧咧，一只手掐住凌丽的脖子，另一只手胡乱着扯掉了凌丽的衣服。

"嘿嘿，你的皮肤真白呀，我今天就给你开开荤！""大个子"一把将凌丽推到了沙发里，一个箭步冲到了她的身前。

凌丽紧咬牙关，冷静地向放着自己背包的地方挪动着脚步。

"大个子"见凌丽身体在沙发里已经蜷缩成一团，便三把两把自己脱了个精光，纵身一跃猛扑向了凌丽。

凌丽一闪身，躲过了凶猛的"大个子"，敏捷地从背包里抽出事先准备好的一把手术刀藏在了背后，骂道："王八蛋。"

"记住吧，今天就是你的好日子！""大个子"光着身子"嗷嗷"叫着，再次扑向凌丽。

凌丽一只手捂住前胸，另一只手在身后攥紧了手中的手术刀，就在"大个子"的身体即将压到凌丽身体的刹那，凌丽从背后飞快地将锋利的手术刀向"大个子"的要害部位奋力削了过去。

"妈呀！"随着一声声嘶力竭的惨叫，"大个子"赤裸着身体，双手捂着要害部位，跌跌撞撞地向楼下跑去。

"咣当"一声，"大个子"跟跄了几步，便倒在了血泊之中……

警车和救护车一阵尖叫来到了咖啡屋。

经过一夜的抢救，"大个子"的生命保住了，可他却永远成了太监。

咖啡屋发生了血案，公安机关立即介入调查。经过公安机关的审理，"大个子"供认了他与家人共同策划陷害华博的阴谋，华博在非洲蒙冤的案件终于真相大白。华博被解除了监管，而等待凌丽的将是法律的判决。

"大学生凌丽在遭到性侵时，奋力反抗属于正当防卫，但防卫过当造成被害人重伤，又有主观故意行为。本法庭认为凌丽犯有伤害罪，判处有期徒刑4年。"法庭上，法官宣读了对凌丽的判决。

凌丽听到判决书后爽朗地笑了起来。她向着坐在旁听席上的华博大声喊道："华博，你救了我一次，我成就了你一生！你受了多大的委屈，将来就能成就多大的事业；我受了多大的诋毁，今后就能承受多大的赞誉。我坚信：人间永远有真情，真情永远在人间！"

凌丽的声音震撼了整个法庭，也撕碎了华博的心，她用戴着手铐的双手理了理飘落在眼前的秀发，凛然离去。

第12章
下海经商

———————

　　判刑以后，凌丽开始了服刑生活。她在监狱里日思夜想着华博，一有空就想给华博写信，可每当她拿起笔来写下华博的名字时，又不禁停下笔来。

　　自己现在是失去自由的劳改犯，有什么资格再去向华博求爱！她不敢给华博写信，心里却一直惦记着他：华博的学籍保住了吗？他这会儿也该大学毕业了，是留校当教师，还是去中医院当了医生？他现在生活得好吗？凌丽拿着钢笔的手在颤抖，她强忍着没有向华博发出去一个字。

　　学校结束了对华博审查，将他安排到了图书馆等待着毕业分配。华博在图书馆的书海中徜徉，他觉得哪一本书的封皮都仿佛是凌丽的头像。

　　"华博，你救了我一次，我成就了你一生！你受了多大的委屈，将来就能成就多大的事业；我受了多大的诋毁，今后就能承受多大的赞誉。"凌丽在法庭上铿锵有力的声音，就像飘荡在图书馆的空气中，总是不知不觉地往华博耳朵里面飞。

　　"华博，我来给你送饭啦。"孟欣欣几乎每天都准时来给华博送饭。

　　华博明白孟欣欣的良苦用心，在他濒临绝望的时候，是孟欣欣用无疆的大爱温暖了他受伤的心灵，他被孟欣欣的爱所感动。华博感激孟欣欣，但他心里却放不下凌丽，每时每刻都在牵挂着凌丽。凌丽豁出性命为自己洗清了冤屈，她却失去了自由，这份情债又该如何报答？此时，华博的心就像在大海中的漂流瓶，不知道漂到哪里才是彼岸，他心乱如麻，不知道在凌丽和孟欣欣之间该做何选择。

　　获得爱是幸福，失去爱是痛苦。华博在幸福与痛苦中挣扎着，后来竟在一本启蒙书中获得了解脱。

　　有一天，有一位刚入校的大学生来到图书馆，让华博帮助找一本叫《挑战人生》的书。华博在书架上查到了这本书，只见书的封面上写着：与其在失败挫折后暗自嗟叹，不如及早掌握驾驭人生的生存本领。华博立即就被这本书的导语所吸引，他如饥似渴地读着这本书，从字里行间得到了启发：要学会经商，掌握生存的本领，不能把自己的幸福寄托在别人身上。

从那以后，华博丢掉了烦恼，开始潜心研究起了经商之道，一门心思地钻研着厚重的《商业管理学》。读了几本书之后，他竟然对经商产生了浓厚的兴趣，对未来又充满了新的希望。

命运就是爱捉弄人，你越是不需要什么，就越能获得什么。华博在历经了非洲援外蒙受的不白之冤后，领略到了人世间的世态炎凉。他不想在别人的冷嘲热讽中生活，他想放弃当一个白衣天使的梦想，回老家开一个小店，走上一条自己能支配自己的经商之路。可偏偏就在这个时候，孟云长又出现在了他的面前。

"华博，学校经过研究决定，分配你到省中医院实验室，你马上就去报到吧。"孟云长来到了图书馆，将华博被分配工作的消息告诉给了他。

华博经商的念头瞬间破灭，他服从学校分配来到了中医院实验室。华博是个聪明的人，更是一个闲不住的人。俗话说，干一行爱一行，爱一行专一行，他翻看着厚厚的医学杂志，又对中药产生了兴趣，开始研究起了中医新药特药的发明。他开始在医学杂志上发表论文了，他的观点独树一帜，引起了专家的关注，他的兴致越来越高，研发的"哮喘灵"有了突破性的进展。

可就在这个时候，命运又跟他开了一个不大不小的玩笑，令华博望而生畏的孟云长，从医学院调到中医院来当副院长了，而在他分管的科室里就有实验室。

"华博，经过国外'超市抢劫案'的那场风波，我觉得你更加成熟了。过去你和欣欣有过很多风言风语，现在一切都风平浪静，你应该考虑你的婚姻大事了。我看得出来，欣欣非常爱你，你们结婚吧！"孟云长以顶头上司的身份命令着华博。

"孟院长，您不是不同意欣欣和我好吗？"华博坐在办公桌前，手里翻看着医学杂志，头也不抬地说道。

"我什么时候说过这种话？在我心目当中，你早就是我的女婿啦！"孟云长做着表白，好像把华博被从非洲遣送回国后，极力阻挠女儿与他接触的事情全忘到了脑后。

华博无奈地摇了摇头，在孟云长的一次又一次地"主动进攻"下，他与孟欣欣结婚了。然而，这场婚姻给他带来的却不是幸福，而是更大的悲伤。

"丁零零，丁零零。"华博办公桌上的电话响起了清脆的铃声。

华博抓起电话，听筒里顷刻传来院长的声音："华博，你马上到我办公室来一趟。"

华博急匆匆地来到院长办公室，一进门就看见了院长铁青着脸、一副不高兴的模样。

"华博，你是北江省医学院毕业的大学生，又是我们中医院重点培养的优秀医生，为什么不与院里打招呼就要跳槽？"院长不等华博落座，便冲着他大声吼了起来。

"院长，您是不是弄错了，我工作得一直很安心，没有跳槽啊！"华博见院长正在发火儿，赶紧做着解释。

"你没跳槽？你看看这是什么？"院长说着，将一个牛皮纸信封扔给了华博。

华博打开信封一看，信封里装着两份北江省卫生厅的公文：一份公文是调令；另一份公文是任命书。调令是调他到北江省秦山市卫生局的公函，任命书是任命他为秦山市卫生局信息科科长，两份公文都盖着北江省卫生厅的大红公章。

华博手里拿着这两份公文立即愣了起来，他张着嘴，不知道应该向院长做如何解释。

"华博，省中医院的庙太小了，是不是？这里已经供不下你这位尊神了是不是？"院长的语气稍微平和了一些，仍带着怒气质问着华博。

"院长，您冤枉我了，这件事我真的一点都不知情，应该是……"华博停顿了一下，他猜想这一定是贾放副省长私下里的运作。

"华博，我知道你想说什么，但我想提醒你，医生的职责是救死扶伤、是为病人减轻痛苦，这是你的专业。我并不是反对你从事行政工作，也不反对你当官走仕途，只是想对你说，丢掉了专业你会后悔的。"院长似乎消了几分气，他平静地对华博说着。

"院长，这件事来得太突然，我也一点思想准备都没有。"华博反复看着调令和任命书，有些不知所措。

"既然事已至此，我还是要告诫你一声，你到了秦山市以后一定要韬光养晦，千万不要出风头，仕途并不像你想象得那么简单。"院长欲言又止，他已经预感到华博的仕途不会是一帆风顺。

"谢谢院长，我一定牢记您的忠告，小心谨慎做事，踏踏实实做人。"华博向院长鞠了一个躬，转身走出了院长办公室。

"华博科长，恭喜你高就了！贾放副省长为你的事儿，亲自给省卫生厅打了招呼，才把你调到秦山市卫生局。"华博从院长办公室出来，刚回到办公室，就接到了贾放副省长秘书钱同的电话。

"华博科长，你明天就可以到秦山市卫生局报到，报到后立即办理一个停薪留职的手续，然后到秦山市元亨制药厂去当厂长。"钱同在电话里说着。

"不是调我到市卫生局工作吗？怎么又改去了制药厂？"华博不解地问道。

"华博，现在省里正好有政策，你被安排当了科长，保留正科级公职下海经商，不是一件很好的事情吗？贾副省长觉得你是个人才，所以他才推荐你去元亨药厂当厂长，这个制药厂是一家美国独资的外资企业，你的厂长任命书已经从美国传真到了制药厂。你当厂长以后，制药厂的责、权、利都由你一个人负责，这对你来说可是个施展才华的好机会。你懂医学有专长，又有发明创造，专业人才干起专业的事儿来，一定会得心应手、马到成功。"钱同在电话里鼓励着华博。

华博虽然还不理解贾放副省长推荐他当厂长的用意，但他还是接受了这个从天而降的好事儿，既然生米已经做成了熟饭，不听之任之又能如何？幸好前一段时间，自己通过自学对经商有了兴趣，不然，那可真要冷手抓热馒头了。

华博来元亨制药厂报到了。

厂办通知召开职工大会，接到通知后，几百名工人"呼啦"一下涌进会场。

"工人师傅们，我向大家介绍一下，这位就是我们元亨制药厂新来的厂长，请大家鼓掌，热烈欢迎华博厂长！"元亨制药厂办公室主任黄凯，扯着嗓子向全厂工人宣布着华博的到来。

会场出现了一片嘈杂之声，紧接着又是一片大呼小叫，几百名工人有节奏地高声喊着："我们不欢迎你！"

"我们不要厂长，我们要工资！我们要我们被骗的集资钱！"工人们大声地起哄，会场内更加混乱。

"下面请华博厂长讲话。"黄凯向台下摆了摆手，示意大家安静，紧接着就将华博请到了主席台。

"下去，不把那个妖精抓回来我们没完！你不给我们开工资，说什么都没用。"台下仍然胡乱喊叫着。

华博紧走几步来到主席台上，冲着台下高声说道："工人师傅们，大家静一静，我就说一句话。"

台下的喧哗声戛然而止，有人在听，更有人在问："他说一句话，听他说什么？"

"散会！"华博微笑着与大家挥了挥手，结束了尴尬的上任场面。

"怎么回事？啥也没讲就散会了？原来的厂长开大会唱红，讲的都是难懂的大道理；跑的那个厂长唱黑，卷了钱就跑。这小子上任就两个字：散会！这厂子还他妈有救吗？"工人们议论纷纷，骂骂咧咧地陆续离开了会场。

华博跟着黄凯来到了厂长办公室，只见办公室内一片狼藉，沙发、卷柜东扭西歪，办公桌也被掀翻在地，屋内的灰尘都有铜钱厚，连个下脚的地方都没有。

"厂长，你先到我办公室坐一会儿，我找人收拾一下你的办公室。你来得太突然，我接到美国传真过来你的任命书后，就立即安排开会，让你和工人们见见面，办公室都没来得及给你收拾，你可千万不要介意呀。"厂办主任黄凯不好意思地对华博说着，将华博让到了自己的办公室。

"华厂长，你是哪年生人？"黄凯一边给华博倒水，一边热情地与华博拉着话。

"我是 1964 年生人，原来在省中医院当医生。"华博礼貌地做着自我介绍。

"我是 1968 年生人，今后我就叫你大哥吧！我说大哥，你可真逗，开职工大会就说两个字：散会！"黄凯笑着将水杯递给了华博，他的思绪好像仍停留在会场。

"这个厂子怎么这么乱？我刚才听见台下工人们喊着要集资钱是怎么回事？"华博喝了一口水问道。

"我们厂是一家破产的国营企业，企业破产后被一家美国公司以一元钱收购了，厂子的债权债务也都归这家公司所有。美国公司来了一个美籍华人女厂长叫露西，她上任没几天便在厂里搞集资，答应工人的利息和分红都很有诱惑，工人们集资的热情很高，没几天就集资了好几百万元。当时露西说，她要用这笔集资款购买新设备，可钱打到美国公司后没了下文，最后设备没进来不说，她人也跑回了美国，你说工人们能不愤怒吗？"黄凯向华博介绍着厂里的情况，华博听了不住地摇着头。

"现在工厂还在生产吗？"华博问道。

"停产了！设备老化又没有新产品可生产，不停工怎么办？"黄凯坐在了华博的对面，无奈地摇了摇头。

"停工了！那工人们的工资拿什么开？没有工资，工人们靠什么吃饭？"华博没好气地"哼"了一声。

"唉，没办法！"黄凯叹着气。

"黄主任，厂长办公室打扫干净了。"两个女工推门进屋对黄凯说道。

"华厂长，你的办公室打扫干净了，我今天晚上还有个饭局，我们明天再聊吧！"黄凯对华博说了一声，便离开了办公室。

"厂长，你看看屋子打扫得干净不干净？哪块儿不干净，我们再重新打扫。"厂长办公室内，女工在问华博。

"咱们厂子有几位厂长？我今天怎么没有看见其他人呢？"华博问道。

"我们厂一共有四位厂长，露西厂长不知去向，其他三位厂长不是申请退休，就是辞职回了家，现在只有黄主任在厂里管事。"女工向华博介绍着厂领导的情况。

"你们坐吧，我们聊聊。"华博招呼两位女工落了座。

"我第一天报到，怎么感觉工人们的情绪有些不对头？"华博拿起茶几上的暖瓶，他一边给女工倒水，一边问道。

"厂长，现在厂子特别乱，工人们的集资款被露西厂长卷跑了，上访还没有人管，你说他们能不乱吗？"一个女工说着。

"厂长，你真高明！讲话就'散会'两个字，你要是长篇大论讲个没完，台下的工人非把你给轰下去不可。我不知道你听到没有，就这样还有人喊让你'下去'呢！"另一个女工抢着说道。

"大家现在关心的是要回集资款，关注的是谁给开工资？谁当厂长关他们屁事！"华博轻轻地揉着太阳穴，自言自语地说着。

"可不嘛！华厂长你说得太对了！看来你还是了解工人的需要。"女工拍着手大声说着。

送走了女工，华博在办公室里踱着脚步，他在想着该如何接手眼前这个乱摊子。

眼前急于解决的头等大事有三个：集资款、工资、生产。这些问题不解决，工人们就会继续闹下去，工人们无休止地闹个没完，我这个厂长就得卷铺盖卷滚蛋！华博听了黄凯和女工的介绍，捋出了必须着手解决的三件大事，可这三件大事样样棘手，解决起来又是谈何容易？华博越想头越大，真有些后悔不该接手这个乱摊子。

"丁零零，丁零零。"办公室响起一阵急促的电话铃声。华博抓起电话，听筒里立即传来黄凯急切的求救声："华厂长，我被派出所抓了，快来救救我吧！"

"怎么回事？"华博好像没有听明白黄凯在说些什么，他对着话筒大声地问着。

"我刚才开车肇事还被人打了，正在派出所接受处理，你赶快来一趟吧，来晚了我就被拘留了。"黄凯带着哭腔恳求着华博。

华博来到了派出所，他轻轻地叩响了所长办公室的门。

"你是元亨制药厂的华博厂长？这个人是你们厂的吗？"派出所的所长室内，所长李彪指着已经被看管在角落里的黄凯，问华博。

"是的，我是元亨制药厂的厂长华博，他是我们厂办的主任。"华博向李彪所长做自我介绍，又证实了黄凯的身份。

"华厂长，他刚才开车追尾，下车后还骂人家司机不该刹车，结果让那个司机给打了几拳，还被扭送到了派出所。"李彪所长向华博介绍黄凯追尾肇事的事情经过。

"到了派出所，我们才发现他是酒后驾车。按《道路交通安全法》的规定，酒后驾车应该行政拘留，还得赔偿人家司机的修车钱。"李彪坐着在说，华博站着在听。

"所长，通融一下，就别拘留他了，修车钱我们出！"华博向李彪连连点头道着歉。

"华厂长，我们是在执法，必须依法拘留他。"李彪所长板着脸，一点商量的余地都没有。

"李所长，我是今天下午才来元亨制药厂当厂长的，现在只有黄主任了解厂里的情况。如果他被拘留了，我一个冷手抓热馒头的门外汉，就得被工人们轰走，几百人的工资和上百万元的集资款就更无人解决了，工人们可是靠着这点钱养家糊口啊！"华博向李彪所长拱着手，十分诚恳地说着。

"你能解决工人们被骗的集资款？你有办法给工人开工资？我弟弟就在你们厂，他可两个月没有开工资了，现在全家吃饭都成了问题。"李彪所长抬头看着华博，他有些不相信华博有能力给工人开工资，更不敢相信华博能有办法为工人们解决集资款被骗的问题。

"李所长，请你给我一点时间，我现在需要黄凯主任的配合。"华博又在恳求着李彪。

李彪所长叹了口气，无奈地摇摇头。

"我以厂子的名义担保他，保证他再也不会酒后驾车，并保证厂内也要对他严肃处理。"华博对李所长表着态。

"你说话当真？回厂后会严肃处理他？"李彪所长似乎要松口。

"当真，当真。"华博再次向李彪做出了保证。

"好吧，看你态度挺恳切，就对他取保候审，交单位接回处理。"李彪所长站起身来对华博说道。

"谢谢李所长。"华博连连称谢。

"你这个厂长还挺护犊子，够哥们儿！"李彪所长说着，喊来了值班民警，开始给黄凯办理取保候审的手续。

"厂长，今天的事太谢谢你了！如果你不出面帮忙，警察非拘留我不可。"回到厂长办公室，黄凯不住地向华博作揖，对华博连声道谢。

"厂长，既然你这么够意思，我也向你保证，一定帮你渡过难关。我是元亨的老人了，我明天就去阻止工人们，不让他们再闹事。"黄凯拍着胸脯，向华博表着态。

"老弟，你参与集资了吗？"华博笑呵呵地问着黄凯。

"参与了，我集了两万块钱！"黄凯绷着脸对华博说道。

"你认可这两万块钱打了水漂吗？"华博收起了笑容，问着黄凯。

"不认可，谁会认可拿自己的血汗钱去打水漂？"黄凯看着华博，他在想着华博说这话的用意。

"你能做工作不让工人闹事，只是暂时的，能给工人发工资，解决工人们被骗的集资款，立即恢复生产，才是当务之急。"华博说着，端起水杯"咕咚咚"地喝着水。

"那你说该怎么办？"此时，黄凯已经醒了酒，他回到自己的办公室拿出茶叶，给华博泡上了好茶。

"我看这么办吧！你明天组织成立一个清欠工作组，把工人们集资的底数统计清楚，我想把元亨制药厂改制，成立股份责任公司，把工人们被骗的集资款化作工人入股企业的股权，这样工人们就和企业的生存荣辱与共了。企业一旦有了效益，他们通过分红就可以收回集资款。"华博平静地说着，眼睛里充满了自信。

"好哇！这个办法好，我明天就办。华厂长，还是你有办法啊！"黄凯脸上露出了笑容，他开始打心眼里佩服起了华博。

黄凯兴奋之余又想到了工人的工资，工资可是困扰企业的最大难题。于是，他又在试探华博有没有解决工资问题的办法："那工人们的工资怎么解决？那可不是一笔小数目啊！"

"等我好好想一想再说，车到山前必有路。"华博喝了一口茶，微微地闭上眼睛，又开始轻揉起太阳穴。

"厂长，我倒是突然想起一个办法，既然你要进行股份制改革，让工人们入股，为什么不招商引资让有资金的人也入股？这样不就摆脱眼前没钱开工资的窘境了吗！"黄凯眼珠子不停地转着，他顺着华博的思路想到了招商引资的路子。

"好办法，如果有资方进入，我们就成立董事会，更新设备上新药特药，那样元亨就会起死回生。"华博听了黄凯的献计一下子来了精神，紧皱的眉头立即舒展开来。

"新药特药？"黄凯瞪大了眼睛看着华博。

"你看我干什么？我又不是新药特药！"华博跟黄凯开着玩笑，脸上露出了轻松的表情。

"厂长，看来你是胸有成竹了，你这可真是大手笔呀！佩服，佩服！"黄凯向华博竖起了大拇哥，两人会心地笑了起来。

"黄凯，招商引资可是一件大事，得聘请能人来做，你在公安有朋友吗？"华博笑着问黄凯。

"有，你说吧，什么事儿？难道公安有人会出钱？"黄凯一脸喜悦地与华博开着玩笑。

"你找公安给我查一下这个人，我看她很适合做我们厂里招商引资的工作。"华博说着，从台历上撕下一页日历，写上了一个人的名字。

黄凯接过日历，只见华博在上面工工整整地写下了"凌丽"两个字。

第 13 章
难友重逢

————

几天后，黄凯拿着一本户口档案，兴冲冲地来见华博，自打他被华博从派出所"捞"出来以后，对华博已经是唯命是从，俨然成了华博的心腹。

"厂长，你让我查找的凌丽查到了！她现在住在黑龙江省中俄边境珍宝岛附近的熊瞎子村，你看看是不是这个人？"黄凯将通过朋友在公安局调出的凌丽户口档案以及凌丽的照片递给了华博。

"没错，就是她，她就是我要找的凌丽。"华博拍着黄凯的肩膀，微笑着点头称是。

"黄凯，你以我的名义立即给凌丽拍一份电报，让她火速赶到秦山市来。"华博确定了凌丽的住址后，急忙吩咐着黄凯。

"电报内容怎么写？"黄凯拿过笔和纸做着记录。

"'你救了我一次，我成就你一生'！请你速到北江省秦山市来救火！元亨制药厂厂长华博。"华博背着手对黄凯念着电文。

"'你救了我一次，我成就你一生'！这句话是什么意思？是你们之间的暗号吗？"黄凯皱着眉头问着华博。

"这句话是凌丽当年在法庭上的豪言壮语，她真是太爷们了，我一辈子都不会忘记她的这句话。"华博意味深长地说道。

"哦，果然是你们之间的暗语！"黄凯与华博打着趣。

"那当然了，我们之间不但有暗语，还是暗恋呢！"华博"嘿嘿"地笑了起来。

"呜呜！"一列由黑龙江开往秦山的绿皮火车鸣着汽笛，行驶在广袤的东北平原上。

凌丽坐在车厢靠窗子的座位上，凝视着窗外绿油油的庄稼地，复杂的心情久久不能平静。

北江省，这个曾经令她魂飞梦萦的北国江南，既是她梦想的起点，又是她梦灭的终点。十多年前，她怀揣着要当一名医生的梦想，从千里之外的北国边陲来到这里，踏进了北江医学院的大门。当白求恩的汉白玉雕像第一次映入她的眼帘时，她就立志要成为一名优秀的白衣天使，她感到当医生的梦想如今已经成为现实，她发誓要把自己的青春和智慧，全部献给救死扶伤的医疗事业。可一场"暴风骤雨"过后，她当医生的梦想破灭了，自己不但没有成为一名医生，反而进了监狱成为阶下囚。

四年的监狱生活中，她不止一次地在问着自己：当医生的前提应该是先学会做人，做人不就是要有良知吗？面对流氓无赖陷害自己的校友，除了拔刀相助还能做什么？面对强权给救命恩人带来的不公，我一个柔弱女子，一个刚刚进入校门的学生，除了牺牲自己还能有什么选择？她对当年的抉择无怨无悔，坚信自己走过的路没有错。

"呜呜！"火车鸣叫着开进了一条长长的隧道，隧道内漆黑一片，一点光亮都看不见。

凌丽闭上了眼睛，耳边传来车轮碾轧铁轨发出的一阵阵有节奏的"铿锵"声。"你救了我一次，我成就你一生！"这是她在法庭上对华博发出的心声，如今华博又用这句话召唤她去救火，这火势到底有多大？非要她这个刑满释放人员去救，自己又有什么能力去救火？这次北江之行是凶还是吉？

凌丽想着想着，眼前出现了华博对打黑皮肤留学生，将她从黑皮肤留学生魔爪下拯救的场面，那是她与华博第一次相识的场景。那天晚上，是华博送她回到了宿舍，他们肩并肩走着，她感到华博是一个靠得住的人，她平生第一次有了安全感；她又想到了医学院那条蜿蜒的石子路，她与华博触景生情憧憬未来时说的那些话，仿佛就在耳边。凌丽又想到了在华博宿舍与孟欣欣相见时的情景，孟欣欣让她滚出去的喊声，至今犹在耳边。凌丽从孟欣欣的身影中好像又看到了孟云长，孟云长那张龌龊的脸，是那样阴森可怕……

"你叫凌丽？"孟云长端坐在办公桌前，两只愤怒的眼睛足足盯了凌丽有一分多钟。

"凌丽，我已查明，华博从外国留学生手中搭救的学生就是你。"孟云长目不转睛地看着凌丽，恶狠狠地说道。

"处长，您今天找我来就是要告诉我这件事情吗？"凌丽镇定自若地看着孟云长，话语中带着几分鄙视。

"你！"孟云长想要发火，但很快又有了克制。

"你刚入校门就去当'三陪'小姐，还要不要脸？我现在就可以开除你的学籍，你信不信？"孟云长拍着桌子对凌丽吼。

"你凭什么开除我的学籍？"凌丽不甘示弱地问。

"就凭你当'三陪'小姐！给学校带来恶劣的影响，我就能开除你的学籍。"孟云长继续拍着桌子在说，办公桌发出"咚咚"的响声。

"孟处长，你说话要有根据，我什么时候当'三陪'小姐了？我打工赚钱交学费犯了什么王法？学校的哪条规定不允许在校学生打工？"凌丽气鼓鼓地与孟云长做着争辩。

"你！你当'三陪'还有理吗？"孟云长被凌丽气得有些理屈词穷，一时间竟找不出更好的话语来应答。

"处长，在校学生打工挣学费，违犯了哪一条法律？我请教一下，学生当家教去校外补课，违不违法？如果当家教不违法，那去咖啡屋与老外聊天也不违法。你不要动不动就给人扣大帽子，我不是'三陪'小姐，我是北江医学院的大学生。"凌丽用她那特有的说话语气，与孟云长讲着道理。

孟云长的脸被凌丽的话呛得一阵红一阵白，他站起身来，指着凌丽的鼻子命令道："我告诉你凌丽，今后不许你到男生宿舍去，更不许你再去找华博。"

凌丽感到平生第一次受了委屈，她声音哽咽着与孟云长理论道："处长，学校什么时候规定，女生不能到男生宿舍？华博又不是被看管的对象，为什么我不能见？"

"我说不能见就是不能见，你想勾引华博，也不看看你是个什么样的人？"孟云长的手指险些碰到了凌丽的鼻子，他凶狠地挖苦着凌丽。

凌丽感觉受到了侮辱，她眼睛充着血丝，从嘴角里蹦出两个字："无理！"

"你！算你嘴硬，我们走着瞧，看看是你的嘴硬，还是我的权力硬！"孟云长被凌丽弄得有些下不来台，他结巴着将凌丽"轰"出了学生处处长室……

"呜呜！"火车喘着粗气像完成了一项艰巨的任务，慢慢地停在了秦山市火车站的站台。

"凌丽，我在这儿！"华博远远地看见了刚刚走出车厢的凌丽，他挥着手向凌丽打着招呼。

凌丽身着一件米黄色的风衣，美丽的秀发在风中飘逸，这神态就像日本电影《追捕》中的"真由美"。

"你救我一次，我成就你一生！"两人几乎是同时发出了声音，好像是在对着暗号，他们开心地笑了起来。

"华博，几年没见，你变了。"凌丽上下打量着华博说道。

华博穿着一身深色的西装，蓝色的领带飘在胸前，乍看上去就像《追捕》中的"杜丘"，细看起来还是一副十足的《上海滩》中"许文强"的派头。

"我变老了，可你却越来越年轻。"华博从凌丽手中接过了提包，笑呵呵地与凌丽开着玩笑。

"你变得更像'许文强'了。"凌丽笑着，声音比几年前还要甜美。

"饿了吧？我请你吃秦山的美味小吃。"华博叫了一辆出租车，两人一起来到了秦山市的一家特色菜馆。

"凌丽，你也变了！"华博仔细地端详着凌丽，将菜单递了过去。

凌丽是变了，她变得不再天真烂漫，无情的岁月已将她洗礼得越加成熟，俊俏中散发着成熟女人的魅力。

"哈哈，你就别砢碜我了，快说说你是怎么下海的？又是怎么当上什么药厂的厂长的？"凌丽坐在华博的对面，两人边吃边聊了起来。

"凌丽，说来话长，自打你削掉了那个留学生的'祸根'以后，公安机关通过审讯，获得了那个留学生父亲买通T国警察局长的内幕，原来，T国超市抢劫案是当地警察自编自导的一出闹剧。如果不是你铲除了这小子的'祸根'，这个内幕恐怕永远也不会被揭露出来，我可能一辈子也不会再有出头之日啦。事情搞清楚以后，我顺利地毕了业，还被分配到省中医院实验室。前不久，我下海经商就来到了秦山市元亨制药厂，当上了厂长。"华博一边喝酒，一边对凌丽讲着她被投入监狱以后发生的事情。

"这么说来，你之所以能够有今天，还得感谢我呢！"凌丽瞥了华博一眼说道。

"我当然要感谢你啦！你就是我的救命恩人！"华博表情认真地说着。

"既然你还记得我是你的恩人，那你为什么这么多年都不去看我？你难道是拿我当空气吗？"凌丽红着眼圈问着华博。

"凌丽，你为我洗清了冤屈，自己却进了监狱，你说我的心能好受吗？那时候，我的精神都要崩溃了，我在暗中发誓要等你出狱，永远和你生活在一起。"华博颤抖着声音说道。

凌丽扭过头去，不再看华博，过了好半天，她才又开了口："华博，你去非洲时，我一共给你写了25封半的信，怎么不见你回过一个字？"

"我，我在感情上永远亏欠于你！"华博低着头，不敢正视凌丽天生丽质的脸蛋。

"怎么是二十五封半？"华博沉默了良久，才抬起头委婉地问着凌丽。

"你去非洲一共是215天，我每周都给你寄信，一共寄了26封信，最后一封信写完了还没等寄出，你就被遣送回来了，这不就是25封半嘛！"凌丽掐着手指计算着天数，漂亮的眸子里滚动着晶莹的泪花。

"自打你那个岳父找我谈话以后，我就发誓非把你从孟欣欣手中抢过来不可。于是我就开始给你写情书，一封接着一封地写，钢笔水都用光了两瓶，手指都磨出了老茧子。"凌丽动情地说着，眼泪扑簌簌地流了下来。

华博内心难受地低下了头。当他听到凌丽说出孟云长找过她时，瞬间瞪大了眼睛，甚至不相信自己的耳朵："孟云长找你谈过话？"

"他哪里是找我谈话，他简直是在羞辱我，说句实话，自打当初你从魔爪下救了我以后，我就喜欢上了你。当我听到有关你和孟欣欣的种种传言后，我感到很失望，我一直在劝慰着自己，不要破坏你们的爱情。可自打我在你宿舍被孟欣欣欺负，尤其是被她父亲羞辱后，我就下定决心要和她暗斗一场，非要把你抢到手不可。爱情都是自私的，我也是一个女人，我凭什么要输给她啊！"凌丽抹了一把眼泪，"咕咚"一声，将杯中的啤酒一口喝光。

"对不起，凌丽！"华博也举起酒杯，将杯中的酒一饮而尽。

"唉！都是过去的事情了，不提它了。对了，你太太还好吧？"凌丽好像从往事中清醒了过来，她向华博问起了孟欣欣，她出狱后就听说华博与孟欣欣已经结了婚。

"唉！"华博端起酒杯，一杯接一杯地喝着，眼窝里滚动着泪珠。

"怎么了？生活得不幸福？"凌丽等了好半天才又问道。

"她走了！她带着我的儿子一起离开了我，再也回不来了！"华博说着，双手捂脸竟"呜呜"地哭出了声。

沉默，凌丽和华博两人谁都没有再说话。

过了好一会儿，凌丽从华博的对面坐到了华博身边，一边给华博擦着眼泪，一边关切地问道："对不起，华博，我真的不知道发生了什么事啊！可这又是怎么回事？你倒是告诉我呀！"

"我被遣送回国，在被保卫科审查期间，孟欣欣来到了我的身边，她顶着她父亲的压力，天天给我送饭，一次次地安慰我，是她让我鼓起了生活的勇气，我从心里往外感谢她。"华博止住了哭泣，他在用湿巾擦着眼泪。

"你就是因为这个原因才跟孟欣欣结婚的吗？"凌丽低着头问着华博。

"我和欣欣的婚姻始终离不开孟云长的影子。当年，他听说是我从外国留学生手中搭救你以后，便多次找我谈话，让我说出你的名字。在遭到我的拒绝后，又请我去他家吃饭，一次次地编顺口溜来造我的谣，愣把我和欣欣往一起扯。当时我还被他的舐犊之情所感动，可当我在非洲遭到了陷害后，他的脸变得比翻书还要快，立马就和我划清了界限，生怕我影响了他的仕途，再也不让我去他家，还不住地劝欣欣离开我。后来，你为我做出了牺牲，还了我的清白，我顺利毕业被分配到省中医院实验室，他又像变色龙一样对我笑脸相迎，还让欣欣请我到他家给欣欣她妈扎针灸。孟云长又趁机到处散布说他女儿怀了孕，当时谣言漫天飞，我真是跳进黄河都洗不清了，就这样我们结婚了。"

"华博，欣欣和孩子到底怎么了？快告诉我到底发生了什么事？"凌丽迫不及待地打断了华博的话。

"我在实验室工作那会儿，对研发新药特药非常感兴趣，我研发了专门治疗我们北方人哮喘病的常用药'哮喘灵'，还在医学刊物上发表了好几篇论文。那会儿，我把全部精力都用在了研发'哮喘灵'上，给欣欣的爱太少了，现在想起来肠子都悔青了。"华博声音又有些哽咽。

"可孟云长千不该万不该对我隐瞒欣欣的病情啊！"华博咬着嘴唇，脸上的青筋都在跳。

"孟欣欣有病？她得了什么病？"凌丽越听越糊涂。

"欣欣血液有问题，她是 RH 阴性血，就是人们常说的熊猫血。这种血型的人就怕大出血，血库里没有这种血型血浆的储备，偏偏她在生产的时候出现了意外，我就只能眼睁睁地看着她们母子离开了我。她当时那渴望生存的目光，每时每刻都会在我的眼前出现，她拉着我的手对我说，她不想离开我，她还说她要一辈子爱我！我对不起他们母子呀！"华博说着再一次陷入了悲伤。

"欣欣走了以后，孟云长不但不内疚，竟把我赶出了家门，还把我调出了实验室，安排我去医院的理疗室。我失去了亲人，又失去了我心爱的工作岗位，我的心被孟云长伤透了。"华博无力地端起酒杯，不再看凌丽。

"华博，对不起！是我不好，不该提及你的伤心事。"凌丽低下头，看着脚下的地面开始发呆。

"正当我万念俱灰的时候，有一天，北江省的贾放副省长到我们医院搞调研，正好腰脱病犯了，我被院长叫去为贾省长做按摩，就这样认识了贾副省长。贾副省长跟我聊了几次以后，也没征求我的意见，就把我调到了元亨制药厂来当厂长，我就这样下海经商了。"华博一口气将他当厂长的前前后后说给了凌丽。

"你是副省长调过来的？他为什么把你调来当厂长？"凌丽好奇地问着华博。

"这个我也说不太清楚，也许是他看中了我发明的'哮喘灵'吧！"华博陷入了沉思，他也实在说不清楚贾放到底看中了他什么。

"你请我来秦山做什么？"凌丽见华博已经从悲伤中走了出来，就直截了当地问起了华博让她来的目的。

"我想请你来元亨制药厂当副厂长，帮我一起共渡难关，我们一起干一番事业，你看行吗？"华博停顿了一下，他在静静地等着凌丽的回答。

"大哥，我是一个大学没有毕业的无学历之人，我又是一个刑满释放之人，我有何德何能配当你的副厂长？"凌丽板着面孔对华博说着，心里"怦怦"乱跳个不停。

"凌丽，跟你说句心里话，我对当官也一点兴趣都没有，我就喜欢我的实验室，我真不想干这个厂长。可当我来到元亨制药厂，看到那些被骗走了钱又开不出工资的工人们一张张痛苦的脸，我就下定决心，要尽我的全部力量来帮助他们。这些工人们真是太可怜了，如果让这么一个好端端的制药厂就这样倒闭了，那真是太可惜了。"华博充满激情地说着。

"可是，我真的帮不上你什么忙啊？"凌丽摊开双手，红着脸在说。

"我要在元亨制药厂搞股份制改革，我要招商引资，我要进行设备更新，我需要钱，需要大把大把的钱！"华博胸有成竹地对凌丽说出自己的想法，他激动地看着凌丽，好像凌丽的脸上会生出钱一样。

"哈哈哈，我尊敬的大哥，我敬爱的厂长，你看我能值几个钱？你就是把我卖了，也换不来你需要的钱啊！"凌丽看着憨态可掬的华博，抿着嘴笑出了声。

"我想让你组织一个招商引资的团队去招商，把大把大把的资金给我引进来，我相信你有这个能力，我相信，只有你才会做成这件流芳千古的惊天伟业。"华博越说越激动，越说越自信。

凌丽看着华博踌躇满志的神态，就仿佛又见到了那个向黑人留学生挥动铁拳的华博，有着一种说不出来的冲动。

"你就这么相信我？"凌丽带着一种无法形容的表情看着华博，眸子里再一次溢满晶莹的泪花。

"丽丽，如果你看到那几百号即将挨饿的工人师傅们，如果你看到厂里那些破烂不堪的设备，如果你看到杂草丛生的厂房，我相信你绝不会无动于衷的！丽丽，你相信我，也相信你自己，让我们携起手来干一番事业吧！"华博举起酒杯，话语中洋溢着激情。

凌丽犹豫了片刻也举起酒杯，"砰"的一声，两只酒杯碰在了一起，发出了清脆的响声。

"凌丽，我就知道你会支持我，自打我第一天看到你的时候，就感觉到你是一个能成就未来的人。你刚入学就去咖啡屋与老外交流外语，说明你目光远大；你为了将坏人绳之以法，自己却不惜锒铛入狱，说明你既善良又正义。我从心里往外佩服你！"华博脸上放着光芒，他在对凌丽倾诉心声。

"华博，跟你说句实话，你找我还真算找对人了，在监狱里的那四年，我一刻也没有停止学习，我在监狱里自学了企业管理与营销战略，幻想着出狱后自己做点生意。不瞒你说，我还研究了直销的理论，为我的出头之日积累着知识，现在终于有了我施展才华的机会，我能不珍惜吗！你放心，挽救元亨制药厂非我莫属，你没看出来吗？我天生就是做生意的料。"凌丽喜盈盈地说道。

"哈哈，那可太好了。丽丽，等我们干成了事业，我给你买个大房子，再把你养得白白胖胖的，天天供着你。"华博也在与凌丽开着玩笑。

"去你的，谁稀罕你的大房子。"凌丽的脸上也露出了久违的笑容。她被华博的真情深深地打动，她由衷地感觉到，她大展宏图的时机到来啦！

第14章
药厂风云

———————

第二天，华博和凌丽肩并着肩，刚一走进厂部的大楼，便被急匆匆跑过来的女工拦在了楼下："厂长，你先别上楼了，你的办公室被李大虎和他妈妈占领了！"

"怎么回事？"华博不明白发生了什么事，急忙问着女工。

"我们厂的工人李大虎用担架抬着他妈，踹开了你的办公室，大呼小叫让你给报销药费呢。"女工神色慌张地向华博说着。

"谁给他这么大的胆子？竟然敢踹厂长办公室的门？"华博气愤地说着。

"他是厂里的'大哥大'，在厂里有一帮铁哥们儿，他哥又是派出所所长，所以，大家都不敢惹他，你快躲一躲吧。"女工说着转身跑开了。

华博听了女工的介绍，转头向凌丽使了一个眼神，凌丽轻轻地点了一下头，两人一前一后迈步走向了厂长室。

"厂长来了！"不知是谁在走廊里喊了一声，走廊里围观的人群立即给华博和凌丽让出了一条通道。

华博穿过人群，走进了办公室，只见办公室冰冷的水泥地上，正躺着一个60多岁的老太太。老太太闭着眼睛，蜷缩着身子，她的周围站着好几个满脸怒气的青年工人。

"李大虎，你怎么把你妈弄到厂长办公室了？这是厂长办公室不是医院，你妈有病你应该送她去医院，不能把她抬到这里，快出去，出去！"黄凯正在与一个穿着工作服的大个子工人说话。

"你们给我拿药费，我就带我妈去医院，没看见她人都快不行了吗？"李大虎冲着黄凯不停地嚷着，他的声音比黄凯的调门不知要高出多少倍。

"我是华博，你叫什么名字？有什么事情，你跟我说吧！"华博走进办公室，他径直走向了李大虎，高声说道。

"你就是华博？我叫李大虎，我妈是厂里退休的老工人，上医院看病没有钱，你是厂长，你不能见死不救吧！你给我拿医药费，拿了钱我们马上就走，不拿钱你就别想办公。"李大虎声调一会儿高、一会儿低，他瓮声瓮气的喊声一下子传遍了走廊，老远都能听得到。

"退休工人的医药费报销是怎么规定的？"华博转身去问黄凯。

"在厂子没有被收购之前，退休工人医药费能报销80%；厂子被收购以后，接收了原来工厂的所有债权债务，退休工人的报销标准还没有制定出来。"黄凯铁青着脸，悄声向华博做了介绍。

"我们厂里有多少退休工人需要报销医药费？"华博继续追问着黄凯。

"这个？还没有统计过。"黄凯脸上有些见汗，他下意识地感觉到，华博是要把责任推给他。

"黄主任，我让你统计工人集资款的明细表，你统计出来了吗？"华博话锋一转，没有再去与李大虎纠缠，他一边问着黄凯，一边转身走向了门外。

"还没有统计出来，我正在物色统计人选。"黄凯跟在华博身后，也走出了厂长办公室，走廊里围观的工人"哗"的一下把华博和黄凯围在了当中。

华博知道李大虎今天上演的这出报销药费的闹剧，是要给他来个下马威，报销医药费是假，探听是否能解决集资款才是真。

于是，他扫视了一眼围观的人群，大声对黄凯吩咐道："黄主任，你现在就从他们当中挑选10个工人代表，立即组成清欠办公室，给每一名参与集资的工人都建立一份集资档案，我要用集资款先报销医药费。"华博说着，故意停顿了一下，他环视着四周，看着围观工人们的反应。

工人们惶恐地看着华博，两个月以来，工人们为被骗的集资款朝思暮想，该想的办法他们都想到了，该去上访的地方，他们也都去遍了，可是一点结果都没有。这个新厂长刚刚上任没几天，就把集资这个老大难的问题给解决了？围观的工人简直不敢相信他们的耳朵，七嘴八舌地小声地议论着："成立清欠办？集资款有着落了？"

"厂长，不能拿集资款报销医药费，集资款是要返还给工人们的，这笔款是专款专用，不能挪作他用。"凌丽跟在华博的身后，也从厂长办公室里走了出来，她打断了华博的话，像是在对华博说，更像是在说给工人们听。

"她是谁？哪来的美女？说话怎么这么冲！"工人们看着凌丽，又开始咬起了耳朵。

"我本来是不想动用这笔钱的，可眼下工人的医药费不报销也不行，我不能眼睁睁地看着他们有病没钱医治吧！"华博无可奈何地冲凌丽解释着，他感觉到自己与凌丽已经有了心有灵犀的感觉。

"厂长，报销了医药费就没有钱返还集资款了！"凌丽的声音传出去很远，即使是站在走廊的尽头，都能听得真真切切。

"听到没？华厂长要返还集资款了！"工人们的脸上立即露出了笑容，走廊里竟传出"噼里啪啦"的鼓掌声。

"黄主任，你先从李大虎的集资款中扣除医药费，让老太太去看病。"华博拍着黄凯的肩膀说道。

黄凯感觉到华博的手在暗暗使劲，黄凯这才心领神会，原来华博不是要让他背黑锅啊！

"等等，黄主任你等等！我不着急报销医药费。"屋内传出了一个老太太的声音。

大家顺着说话声音望去，只见李大虎的妈妈一骨碌从地上爬了起来，三步并作两步来到了华博的面前，拉着华博的手连声说道："我们不报医药费了，我们要集资款，集资款是有利息的呀！"

走廊里一阵哄堂大笑，李大虎见自己的戏演砸了，便二话不说，赶紧领着妈妈灰溜溜地下了楼。

"大虎，你的担架还没拿走呢！"不知是谁喊了一声，走廊里又传出一阵戏谑的笑声。

华博和凌丽回到了办公室互相对视了一眼，开心地笑了起来。他们第一次上演的双簧戏，在一没剧本、二没导演的前提下，大获成功。

"黄凯，我给你介绍一下，这位就是凌丽，他就是厂办主任黄凯。"华博给二人互相做了介绍，三个人一起坐在了华博办公室的沙发上。

"黄主任，你准备起草一份通知，我现在就宣布，任命黄凯为副厂长，主管生产；任命凌丽为副厂长，主管营销，然后我们再把元亨制药厂改制成为有限责任公司。今后我们三个人就是厂里几百名工人的主心骨，振兴元亨制药厂的重任就落在我们三个人的身上了。"华博很严肃地宣布了对黄凯和凌丽的任命。

"厂长，工厂生产都停工了，我得先抓一下厂区秩序。现在厂内偷盗现象十分猖獗，我要组织护厂队昼夜在厂区巡逻，避免资产流失。另外，我手头有几家企业要与我们合作的意向，就让凌丽厂长去对接吧。"黄凯说着，又将一厚摞合作企业的推介书递到了华博面前。

"好，凌厂长，你看看这些资料，立刻开展招商引资工作，元亨制药厂能不能走出困境，全靠你了。"华博翻了翻黄凯送过来的资料，转手又交给了凌丽。

"厂长，你弄到钱了？"黄凯一直想着华博与凌丽刚才的对话，他不相信华博这么快就能弄到钱。

"哈哈，我和凌厂长的配合天衣无缝吧？我这是缓兵之计，厂子现在需要稳定，稳定才能压倒一切。工人们的情绪稳定了，就会给我们争取到时间，我就不相信捧着金饭碗会永远去要饭？我们有了新药特药就不会愁生产；我们招商引资成功了，就会有资金进入。有了资金，元亨就会活得越来越好。"华博笑着说，看来他对元亨制药厂的未来已经充满了信心。

"厂长，我马上去一趟北京，把你的'哮喘灵'申请专利并注册商标，然后报批'哮喘灵'药品的生产批号，批文批号一旦下来了，就不愁没有钱，到那时候，招商引资也会迎刃而解。有了资金，元亨制药厂就活了，会进入一个崭新的时代。"凌丽的脸上绽放着喜悦的光芒，看来她对元亨的未来也信心满满了。

"北京那边你有关系吗？"华博看着凌丽，说出了自己的担心。

"放心吧，我父亲是珍宝岛战役的战斗英雄，他的一个老战友在卫生部当部门领导，他当年也是珍宝岛战役的英雄。我到北京以后，通过他疏通关系，我想他会有办法帮助我们的。"凌丽胸有成竹地笑着说道。

"丁零零，丁零零。"华博办公桌上的电话响起了清脆的铃声。

"华博厂长吗？你好厉害呀！我听说你把元亨制药厂工人们被骗的集资款解决了？佩服！佩服！晚上我请你吃个饭，你可得赏光哟！"电话听筒里传来华博刚结识的派出所李彪所长的声音。

"所长，我正好有事儿要求你呢！我们厂最近经常有偷盗案件发生，你能不能给我派两名民警来破案？"华博对着电话听筒说着。

"没问题，这是我分内的事儿，我再给你派一辆警车，震慑一下那帮小偷小摸。"李彪所长在电话里爽快地答应着。

"黄凯，我提议让李大虎当你那个护厂队的队长，他哥哥是派出所的所长，启用李大虎就会借助他哥哥的力量，借助了李彪的力量就等于有了警方的帮助。如果警方进驻了我们厂，工厂偷盗问题就会迎刃而解，何乐而不为呢？"华博对黄凯说出了启用李大虎的用意，黄凯觉得华博这一人事安排也有一定的道理。

半个月以后，华博接到了凌丽从北京打来的电话。

"厂长，报告你一个好消息，我在北京上下活动了半个多月，跑断了腿、磨破了嘴，现在，'哮喘灵'的商标注册已经通过。我们的药品批号和专利申请都已经获得了专家的认可，现在已经进入了审批程序，很快就会获批。我带着这些资料马上去上海，我爸的老战友给我推荐了上海江南制药厂，他建议我们与这家企业搞合作，我们如果取得了他们的支持，资金问题就不在话下了。你快说应该怎么奖励我？"凌丽在电话里"咯咯"笑着，将在北京取得的进展情况向华博进行了汇报。

"太好了！你功不可没，要什么奖励都行。对了，我不是答应要给你大房子吗？难道你还要房子里的人吗？"华博开心地，与凌丽开着玩笑。

"去你的！我才不稀罕你的大房子，更不稀罕房子里的你，你就别做梦了！"凌丽在电话里又"咯咯"地笑了起来。

"厂长，我刚才接到我们厂原来的谢副厂长的电话，他让我转告你一声，他明天要来上班。"黄凯来到华博的办公室，将谢副厂长要来上班的消息告诉给了华博。

"他要来上班？这是好事啊，人多力量大嘛！你先给他腾出个办公室，分工的事儿，等他上了班以后再说。"华博吩咐着黄凯。

"厂长，这个谢副厂长十分阴险，他是厂里的老人，我们厂没有被收购的时候，他就是副厂长，就是他拉帮结伙与我们的老厂长明争暗斗，才把厂子搞得乱七八糟，最后工厂只好倒闭。露西厂长上任以后，他又与露西打得火热，露西还认他当了干爹。露西卷走了集资款回美国以后，他立即称病回了家，看你把厂子搞得有点模样了，他又要下山摘桃子，这种人你得多提防着他。"黄凯郑重地将谢副厂长的情况，向华博做了汇报。华博认真地听着，不住地点着头。

一个星期以后，凌丽从上海回到了秦山市，她兴高采烈地将与上海江南制药厂签订的合作意向书递给了华博。

"厂长，上海江南制药厂是上海著名的大型医药企业，不论是生产还是销售，都是制药行业的龙头。他们对你发明的'哮喘灵'非常感兴趣，很有诚意与我们合作打开北方市场，一旦我们的专利和生产批号批下来，他们马上就可以跟我们合作。"厂长办公会议上，凌丽眉飞色舞地向华博介绍了她与上海江南制药厂洽谈的成果，华博听了异常的兴奋。

"他们准备怎么与我们合作？"华博笑着问凌丽。

"你不是要成立有限责任公司，把工人们被骗的集资款核算成股份入股企业吗？我们也可以请他们资金入股，这样，我们既解决了工人们被骗的钱，又解了我们厂资金短缺的燃眉之急。"凌丽向华博描绘着蓝图。

"华厂长，成立元亨有限责任公司的申请已经获得了批准，现在我们就可以叫你总经理啦。"黄凯说着将工商局的注册批复递给了华博。

"哎呀！我说两句吧！我们厂子改制成立有限责任公司这么大的事情，怎么也不告诉我一声？要与上海江南制药厂合作又是由谁批准的？报没报给市卫生局备案呀？没有得到卫生局的批准，就擅自搞合作这是不行的。"谢副厂长阴阳怪气地讲着他老掉牙的理论，嘴里吐着烟圈。

"谢副厂长，我们厂子开不出来工资时，你怎么不去找卫生局？我们厂在向工人集资之前，我也没听说过你要报卫生局备案呀？工人到处上访告状，你怎么也不去找卫生局？现在，华厂长成立了有限责任公司，凌厂长找到了合作伙伴，你又搬出卫生局，我们是不是还要把厂里的所有决定都上报给卫生局？"黄凯对谢厂长早就看不上眼，见他又要搅局，马上与他顶撞了起来。

"小黄，别以为你当了副厂长就目中无人？你的副厂长是谁给你任命的？有没有上级的批文？你乳臭未干，还敢跟老子顶嘴，不知道你是吃几碗干饭的吧？"谢副厂长将满口的烟雾直接吐向了黄凯，黄凯被呛得脸色铁青，一时竟说不出话来。

"我是由美国公司直接指派到元亨制药厂来当厂长的，美国公司对我的任命书上写得清清楚楚，元亨制药厂由我全权负责。元亨制药厂是私企，我是厂长，我有权任命副厂长，既然我们成立有限责任公司的申请已经被批准，从今天开始，我就是元亨制药有限责任公司的总经理，黄凯、凌丽就是副总经理，公司即刻开始进行股份制改革。"华博抢过谢副厂长的话，郑重其事地宣布。

谢副厂长自讨了个没趣，厂长办公会在一片祝贺元亨制药有限责任公司成立的掌声中结束。

回到办公室，谢副厂长立即把电话打给了远在美国西雅图的露西，把华博成立元亨制药有限责任公司和要搞股份制改革，以及要与上海江南制药厂合作的事，一股脑地告诉给了露西。

露西马上拨通了贾放副省长的电话，贾放不动声色地听完了露西的诉说，伸手按响了办公桌上的送话器。

"钱同，给我订一张去上海的机票，我要马上飞上海。"贾放吩咐着秘书，他准备亲自去一趟上海……

几天以后，凌丽气冲冲地来到华博的办公室："厂长，上海江南制药厂刚才来电话，把将要来我们公司考察的计划取消了。"凌丽坐在华博办公桌的对面，一脸沮丧地对华博说道。

"他们不是定好了要来考察吗？黄凯已经做好了迎接考察的一切准备，工人们加班加点，已经把厂区收拾得干干净净了，怎么说不来就不来啦？"华博听了凌丽的话感到很是意外，他紧皱着眉头，一边对凌丽说着话，一边想着其中的原因。

"你没有问过他们不来的原因吗？"华博眉头越皱越紧，眉宇间凝成了一个川字。

"问了，他们说我们厂里的股权不清不楚，所以不能合作。"凌丽也皱起了眉头，她也感到事情有些蹊跷。

"华总，我想这一定是老谢搞的鬼。我们要改革、要融资，必须先扫清拦路虎才行，你给我几天时间，让我把他摆平了再说。"凌丽眉头一皱计上心来，她诡秘地向华博一笑，似乎已经有了摆平老谢的主意。

几天以后，华博接到了秦山市税务稽查局的通知，要对元亨制药厂开展税务稽查，紧接着税务稽查局就派人进驻了元亨制药厂。

"大家看一看，这些都是税务稽查局查出来，我们厂虚开增值税的发票，稽查局要对这些虚开增值税的项目立案侦查。"华博召开了厂长办公会，将一叠发票交给几位副厂长传阅。

"这，这个。"谢副厂长拿着发票认真地看着，额头上渐渐滚落下了豆大的汗珠，不一会儿，他的手也开始颤抖，手中的发票散落在了桌子上。

"谢厂长，您是不是有点不舒服？"凌丽看着谢副厂长那张惨白的脸，赶忙给他倒了一杯热水，嘴角上露出一丝得意的坏笑。

"谢厂长，这几百万元虚开的发票怎么都是你签的字？偷税漏税可是要判刑的呀！"黄凯从桌上捡起散落的发票，他一边翻看着，一边用眼睛斜看着谢副厂长说道。

"华厂长，我头有些发晕，得马上去医院！"谢副厂长有气无力地说着，瘫倒在了座椅上。

"快打120，叫救护车，谢厂长快不行了！"黄凯推开办公室的屋门，冲着走廊故意大声喊道。他的喊声几乎传遍了整个走廊，所有办公室里的人都听到了"谢厂长快不行了"的声音。

120急救车鸣着刺耳的笛声，拉着谢副厂长呼啸着离开了制药厂。凌丽站在窗前，望着远去的救护车，开心地笑了起来。

凌丽"智擒"谢副厂长，清除了绊脚石。华博在企业内成功地推进股份制改革，股权分配也明晰了。

一个月以后，华博发明的"哮喘灵"获得了国家药品生产的批号，凌丽也喜出望外地接到了江南制药股份公司主动打过来的电话，他们要与元亨有限责任公司进行全面合作。

第 15 章
积下怨恨

————

元亨制药有限责任公司成立了，江南制药股份公司入股元亨的合作成功了！

华博的大手笔成就了他的事业，也解决了元亨制药厂几百名职工的生存问题，工人们入股企业，对企业的未来充满了信心。

华博是一位具有远见卓识的企业家，他知道一个企业的生存是靠企业中那些勤劳奉献的劳动者，所以在分配股份比例的时候，首先考虑的是工人们的利益，却忽略了身边的黄凯和凌丽两位副总经理。

在秦山市的一个小酒馆里，黄凯和凌丽坐在一起，显然他们已经开始对华博产生了不满。

"凌副总经理，现在元亨制药有限责任公司搞活了，华博的威信如日中天了，他已经把我们这两个为他鞍前马后的老臣忘到一边了。"黄凯坐在凌丽的对面，十分伤感地对凌丽说道。

凌丽从黄凯伤心的话语中，听出了弦外之音，她知道黄凯是对华博没有给他分配股份产生了意见。别说是黄凯，就是她本人也对华博没有给自己分配股份也有些不满，只是她不像黄凯表现得那么明显罢了。于是，她明知故问道："你这话是什么意思？我怎么听你话中有话？"

"唉！凌总，不是我小心眼儿，他搞股份入股，让江南制药股份公司成为我们企业的大股东，这一点我没有意见，这年头有钱就是大爷，人家出了2亿元的资金，当大爷也行。可是他千不该万不该，不能让我们当三孙子吧！"黄凯摊开双手无奈地摇着头。

"黄总，谁说你是三孙子了？你现在可是元亨制药有限责任公司的常务副总，名副其实的二当家，你在一人之下，万人之上了，还有什么不满足？"凌丽知道黄凯是在发牢骚，于是，她没好气地打断了黄凯的话。

"凌总，你就别挖苦我了，你看看你自己吧！几个月来，你唯他马首是瞻，风餐露宿到处融资，人都累瘦了，可到头来还不是也和我一样，一分钱股份都没有吗？"黄凯在挑拨着凌丽。

"黄总，现在入股我们的江南制药股份公司不是我最初联系的那家上海江南制药厂，它们的名字虽然都叫江南，但不是一家企业。所以，这件事情不是我促成的，我没有那么大的功劳。"凌丽对黄凯解释道。

"凌总，不管是不是你联系成功的，这么大的资金入股进来了，你没功劳也该有苦劳，所以，就应该给你股份。"黄凯戳着凌丽的痛处说着。

凌丽听着黄凯刺耳的话，她也觉得华博在股份分配上对自己有所不公。

"凌总，他能将工人们的股份分得那么细致，怎么就不考虑给我们两个人股份呢？难道在他眼里，我们都是空气？"黄凯唉声叹气地喝起了闷酒。

"他有他的难处呗！不过华总也表示，要给我们两个人加薪，让我们挣最高的职务工资，外加目标管理奖金，这样算起来，实际收入也不少，你就满足吧！"凌丽劝说着黄凯。

"那不对，我们也是公司的主人，我们应该占有一定的股份。"黄凯争辩道。

"入股企业是要出资的，你拿钱了吗？"凌丽问黄凯。

"我是没拿钱，可那些工人们也没拿钱呀？"黄凯愤愤不平地说道。

"工人们是没有拿钱，但他们集资的好几百万不是让露西卷走了吗？华博同情工人的遭遇，露西又是原来的厂长，他息事宁人变相补偿了工人们被骗的集资款，也在情理之中。"凌丽替华博做着解释。

"这是两码事，他这是在给露西平事儿。对了，华博说要把自己技术入股的股份留给原厂长露西，你说是真的吗？"黄凯端起酒杯，与凌丽碰了一下杯问道。

"这件事我可不敢说是真还是假，如果是真的，他就没有股份了，自己拿出了发明却不要股份？那他可真是太仗义了！"凌丽一边喝着酒，一边回味着黄凯的话。

"拉倒吧，这鬼话你也能相信啊！我问你，他上哪儿去找露西？露西在厂里搞非法集资，卷走了工人们的血汗钱，她敢回来要股份吗？工人们要是看见她回来，还不把她给吃了？"黄凯在凌丽面前不断搬弄着是非。

"你说的也有道理，就是不给露西股份，他技术入股占有一定的股份也是应该的，毕竟没有他的'哮喘灵'，就没有这次江南制药股份公司的资金进入，人家江南制药股份公司看中的就是他发明的'哮喘灵'和未来的北方市场，不然也不会拿出2亿元的资金来入股。"凌丽虽然内心不满，但表面上还是在维护着华博的形象，她对华博表现出了足够的尊重。

北方的夏天，风和日丽，阳光下，每个工人的心都是暖意融融。阵雨过后的元亨制药有限责任公司大院内，李大虎正在指挥工人清扫院内的积水。

"嘀嘀嘀！"随着一阵汽车喇叭的鸣笛声，一辆崭新的墨绿色轿车，一个急转弯开进了工厂的大院。

李大虎让司机将轿车停在了大院的正中，他疾步跑上楼去敲华博办公室的门："华总，你的新车到了！"

华博知道这是"大股东"给他的厚礼到了，赶忙跟着李大虎下楼来看车。

黄凯和凌丽听到了李大虎与华博的对话声，他们也跟在华博的身后来到了院内。

黄凯打开轿车门，一屁股坐在了驾驶员的座位上，他一边按着车喇叭，一边抚摸着镶着桃木的方向盘，脸上显露出了羡慕的表情。

"华总，这车是最新款的丰田轿车吧？太漂亮了！整个秦山市也就只有这么一辆吧？这回我们的华总比市长还要牛喽！"黄凯从车内探出头来，歪着头问着华博。

"黄凯，我就喜欢这种轿车的墨绿颜色。"华博围着轿车转了一圈，他轻轻地敲打着轿车的金属漆车身对黄凯说道。

"华总，这车就这一辆吗？凌副总经理整天在外面跑，也得有一辆才对呀！"黄凯从车上下来，扭头问华博。

华博听出了黄凯话语中的潜台词，他这是在借凌丽说着他自己，于是赶忙解释道："过几天我去一趟上海，找'大股东'给你们两个人每人再配一辆。"

"丁零零，丁零零。"华博正与黄凯说着话儿，兜里的"大哥大"响起了清脆的铃声，华博看了一眼"大哥大"上的来电显示，转过身去接电话。

"看看，华总'大哥大'也配上了，丰田轿车也有了，人家今非昔比，鸟枪换炮喽！"黄凯酸溜溜地说着风凉话，拉着凌丽转身回到了办公室。

"凌丽，我刚才接到'大股东'的电话，他们要扩大再生产，要在秦山市的郊外再买一块地，将我们公司从市区迁出去重建新园区。这件事情事关重大，交给别人我不放心，你去办吧！"华博走进凌丽的办公室，将刚才接"大股东"电话的内容告诉给了凌丽。

"江南制药股份公司出手很阔绰呀！又买车又置地，看来，他们是要在北江省大干一场喽！"凌丽面无表情地对华博说道。

"大干一场还不好吗？振兴'元亨'，不正是你我的共同心愿嘛！军功章啊，有你的一半也有我的一半。"华博兴高采烈地一边说，一边哼起了歌曲《十五的月亮》。

"华总，他们要多少地？"凌丽没有理会手舞足蹈的华博，倒是很认真地接着华博的话茬追问着。

"按照比我们目前的厂区扩大10倍来征地。未来的新厂区，不但要有新厂房、新车间，还要有新的办公楼和家属宿舍，他们要建设一个全国一流的生产、生活产业园区。"华博向凌丽描绘着元亨未来的蓝图。

"比现在的厂区大10倍？大手笔呀！现在我们厂区的占地不到40亩地，那就是要征400亩以上的地，按照最低10万元一亩地去计算，少说也得出资4000万元以上，再加上建厂房、车间、办公楼、家属楼，不算设备也得需要投入1亿元以上的资金，要是再加上进口新设备，他们2亿元的投资就用完了。"凌丽站起身来在华博面前踱着步，一眨眼的工夫，就把江南制药股份公司投入的资金计算了出来。

"江南制药股份公司准备再追加2亿元的投入。"华博将"大股东"要追加投入的消息也告诉了凌丽。

"'大股东'股份入股投了2亿元，现在又要追加投资2亿，按照现在元亨的生产能力，他们可能需要10年收回成本。如果生产能力扩大了，产品再占领了市场，两三年就可以收回成本。到那时候，他们就白白赚了一个元亨公司，'大股东'的算盘打得精明呀！"凌丽微皱着眉头，给华博细细地算着账。

华博仔细听着，他感到不但"大股东"精明，眼前的凌丽比起"大股东"还不知道要精明多少倍。

"凌丽，你好厉害呀！连'大股东'的心思你都能猜得透，你真了不起！"华博嘴上不住地夸奖着凌丽，心里更加佩服起了凌丽。

凌丽经过算细账，不但算清了'大股东'投资的回报率，更看清了元亨制药有限责任公司股份的价值，于是，她开始越来越看重公司股份的重要性，只是她还是不想就此与华博闹掰。

"华总，把这么重要的工作交给我，你能放心吗？"凌丽将华博让到了她对面的沙发上，双手托着下巴问着华博。

华博感觉凌丽的话有点奇怪，甚至觉得凌丽今天的眼神也有点陌生，他似乎从凌丽的言行中，觉察出了凌丽的心事。

华博不动声色地对凌丽说道："看你说的，谁不知道在元亨公司，我最信任的人就是你！你就大胆去做吧，你办事，我放心！一百个放心！"

"既然你信任我，为什么在股份分配时，不征求我的意见？"凌丽对华博的股份分配一直耿耿于怀，此时，她终于当着华博的面，将压在心底的话说了出来。

"凌丽，你是不了解我的苦衷，我将元亨制药厂改制成立了元亨有限责任公司，'大股东'与我们合作占有了49%的股份；工人们被骗集资款折算了21%的股份；我技术入股占了20%的股份；余下10%的股份是给美国公司总部预留的。你说我哪里还有股份分配给你和黄凯？"华博掰着手指给凌丽算着细账。

"凌丽，我不是不考虑你们，我现在还不知道美国总部那边是个什么情况，我只预留了10%给他们，如果这10%落不到露西的名下，我该怎么办？露西是原来企业的法人，给她分配也不是，不给她分配还不行，如果现在给她分配股份，全厂立即就会炸窝，一个卷走了工人血汗钱的跑路厂长，有谁会答应给她股份？所以，我只好把我的发明以技术入股的形式，确定了股份比例，给她做了预留，这件事是不能声张出去的。"华博对凌丽说着自己的苦衷。

"华博，我能理解你的苦衷，但是黄凯可不是这么想啊！"凌丽似乎在同情着华博。

"凌丽，抽空你帮我做一做黄凯的工作，我们搞股份制改革的目的是什么？不就是要让工人们享受到改革给他们带来的阳光吗？我们搞改革首先要考虑那些流血流汗、创造劳动价值的工人们，不能让他们质疑我们股份改革的目的，如果让工人们寒了心，谁还陪我们创业？工人可是企业生存的根基啊！"华博说得很动情，他的话感动了凌丽。

华博说着，坐到了凌丽的身旁，将手搭在了凌丽的手上。凌丽感到华博的手很热，她瞬间觉得华博周身流着的血似乎比手还要热。

"凌丽，你放心，你跟我鞍前马后打天下，我心里很感动。记住，我是不会忘记老朋友的，更不会亏待你的！"华博一把抱住了凌丽的肩膀，凌丽觉得身旁这个男人身上到处都充满了真挚和力量。

"华博哥，其实我并不在意那点股份，我心里在意的就是你！"凌丽的脸一阵发热，身子一歪靠在了华博温暖的肩膀上，她感到能跟这样一位心底无私，既有责任心又敢于担当责任，还心地善良的男人在一起，心里格外的踏实。

"华博哥，你答应给我的大房子，还算不算数？我现在需要你的大房子，更需要房子里的你！"凌丽顺势倒在了华博的怀里，娇嗔地搂着华博的脖子，两人的嘴唇第一次贴在了一起……

黄凯这几天突然感觉到凌丽有点不对劲，他本来是想与凌丽结成同盟，来反对华博的股份改革，为自己争回股份。可他渐渐发现，凌丽似乎并不情愿与他合作，更不愿意与他一道向华博发难，黄凯现在感到很后悔，后悔自己不应该过早地将心里话说给凌丽听。现在凌丽又得到了开发建设新厂这么个好差事，2亿多元的资金从她手里过，就是从手指缝里漏，就能让她赚个沟满壕平，黄凯越想越觉得心里很不是滋味。

"哎！你听说没有？凌丽开始勾引华博了！凌丽是一个刑满释放人员，心狠手辣！她勾引华博的目的，就是要吸元亨制药公司的血，她就是第二个露西！"黄凯开始私下散布谣言，他要制造舆论抹黑凌丽，然后赶她走人。

华博几乎每天都能听到有关他和凌丽这样那样的流言蜚语，每次听到这些传言，他都感觉受到了莫大的侮辱。他不想生活在别人指指点点的阴影里，但却苦于无法摆脱。

凌丽并没有听到这些谣言，她专心致志地搞新厂建设，每天吃住在建筑工地，一晃就是一年多。眼看着一栋栋家属楼拔地而起，一栋栋新厂房鳞次栉比，她的内心感到特别充实。

华博没有食言，他让"大股东"给凌丽奖励了一套精装修的三室二厅大房子，还为凌丽置办了新家具，凌丽深受感动。

这天，新厂区的家属楼封顶了，凌丽也从出租房搬进了新家，她已经想好，自己可以不要股份，但却不能不要华博，只要与华博结了婚，她自然就会成为华博的"大股东"。

"华博，今晚我请你吃个饭，下班后直接到我新家来就行。"凌丽特意给华博拨打了电话。

"叮咚，叮咚。"华博按响了凌丽家的门铃。

华博刚一进屋，就被凌丽的打扮吓了一跳，只见她穿了一件淡咖啡色的丝绸睡裙，睡裙里若隐若现着黑色的蕾丝胸罩；飘逸的披肩发被她打了一个"发髻"盘在了头顶，露出了洁白如玉的脖颈。华博看到了凌丽的素颜，比浓妆粉黛还要诱人；他看到了凌丽细腻如脂的皮肤，比羊脂玉还要光润。

"华博哥，以前我做梦都在想，什么时候才能有个家？现在，我有房子了，我想要个家。"凌丽说着，将一个唇吻轻轻地烙在了华博的脸上。

听了凌丽的表白，华博心里一怔，他虽然喜欢凌丽，也深深地爱着她。但一心扑在事业上的华博，目前还不想过早地成家。

"华博哥，我爱你！我真的好爱你，我们结婚吧！"凌丽妩媚地站在了华博的面前，向他吐露着心声，顺势将柔软的身体靠在华博温暖的怀里。

"凌丽，你别这样！我知道你对我好，可我……我现在不想结婚。"华博支支吾吾地说着，竟不敢再正视凌丽那张涨得通红的面庞。

"华博哥，你……你变心了？你不要我了？"凌丽本以为华博会满心欢喜地接受自己的爱，万万没想到他会婉言拒绝，凌丽傻愣愣地看着华博，整个人都惊呆了。

"我，我现在是政协委员，明年开'两会'时，还会被推荐为市政协常委，我不想过早结婚，你再等我两年好吗？"华博真诚地说着。

"华博，你当政协常委和你结婚有什么关系？难道你是嫌弃我？"凌丽蹙着眉头，她在从华博的话语中寻找答案。

"丽丽，现在厂里风言风语都在传说着我们两个人的故事，还说我们俩在开夫妻店，如果我们现在结婚不正好授人以柄吗？我要用两年的时间把企业壮大起来，我要让工人们真正过上好日子，到那时候我们再结婚。"华博也在对凌丽说着掏心窝子的话。

"华博，你是不是忘了？你去非洲那会儿，是谁每个礼拜都给你写信倾诉衷肠？你被遣送回国，前途一片黯淡时，又是谁为你做出了牺牲，为你讨回了公道？你刚来元亨时，又是谁呕心沥血，为你跑遍大江南北，使你摆脱了困境？你现在顺风顺水了、你现在如日中天了、你现在前途光明了、开始嫌弃起我坐过牢了，对不对？你说呀，华博！"凌丽浑身在发抖，她冲着华博怒吼着。

"华博，我真不敢相信你也会变得如此世故！你还记得我曾经跟你说过的话吗？你救了我一次，我成就你一生。你受过多大委屈，就会成就多大的事业；我受到过多大的诋毁，就能带来多大的赞誉。这些话难道你都忘了吗？"凌丽越说越激动，她声嘶力竭的叫喊声，像钢刀一样直刺了华博的心上。

"凌丽，你别激动，我的内心是爱你的，只是……"凌丽不想听到华博的解释，不等华博把话说完，她已经捂着脸跑进了卧室。

"咣当！"卧室的门被她紧紧关闭了起来。

第 16 章
走投无路

————

凌丽燃烧起来的爱情火焰，被华博的说辞一下子浇灭了。她伤心至极，第二天就向华博递交了辞呈，她准备卷铺盖回家。在华博的万般挽留之下，她虽然勉强答应要继续做完新厂搬迁的收尾工程，但两人的关系已经降到了冰点。

黄凯发现了凌丽与华博关系的微妙变化，他屡次找到凌丽，希望两人联手向华博逼宫，不给股份就与华博撕破脸。凌丽虽然不想公开与华博闹掰，但内心对华博的怨恨越来越大，黄凯更是摩拳擦掌时刻寻找着暗算华博的机会。

华博的身边暗流涌动，他后院的柴火已经浇上了油，就差一根火柴了，可他仍全然不知。

"我给工人们送福祉难道错了吗？"华博一遍遍问着自己，他坚信自己的道路是正确的，他确信凌丽早晚会回心转意，他坚信黄凯迟早也会有想通的那一天。

一年以后，在凌丽快马加鞭的努力下，元亨新厂区已经全面竣工。

"华总，元亨新厂区建设已经完毕，从国外进口的几条生产线也开始调试了，为了顺利实现新老生产线的对接，我建议老厂区暂时停止生产。"凌丽把电话打给了华博。

华博一听要停产，立即皱起了眉头。一年来，凭着他的"哮喘灵"，元亨公司刚刚起死回生，如果停产岂不又会影响工人们的收入？

"需要停产多长时间？"华博问凌丽。

"两三个月，也许时间还会长一点。"凌丽估算着停产时间，对华博说道。

"停产时间太长了，没有什么补救办法吗？"华博着急地问着凌丽。

"有办法，那就是委托生产。"凌丽的头脑非常灵光，她一眨眼就想出了解决的办法。

"好，我同意委托生产，你现在就物色一个有生产资质的厂家，然后把他们厂子的相关资料拿给我看，我们最后择优选优。"华博当即拍板，同意了凌丽的建议。

华博和黄凯带着厂里的中层干部，在凌丽的陪同下来新厂区视察了。

看着一排排整齐划一的厂房、一栋栋设计别致的家属楼，新颖的办公大楼和绿毯一般的草坪，华博十分感慨地对凌丽说道："凌总，新元亨的建设速度和工程质量，在全省可能都堪称一流，你劳苦功高，功不可没呀！"

"谢谢华总的夸奖！这些成绩都是在你的正确领导下取得的，我只不过是做了一点具体工作而已。"凌丽眼睛瞟了一眼跟在华博身边的黄凯，冷冷地说着。

"凌总，你就别谦虚了，除了你以外，没有第二个人能够担当得起如此的重任，我看称你为当代巾帼英雄，也一点都不过分！"黄凯奸笑着附和华博。

黄凯见华博正手搭凉棚在欣赏着办公大楼，就赶忙凑到华博身旁，趁机又开始挑唆："华总，新厂区建成了，我们下一步是不是该将元亨有限责任公司改为股份公司，申请上市了？凌总是不是也该分到原始股了？"

华博扭头看了一眼不怀好意的黄凯，又把头转向了新厂区。

"华总，你不给凌总股份，给她重奖总该可以吧？"黄凯自讨了个没趣，他自嘲地换了一个话题，给自己找个台阶下。

华博又瞅了一眼站在黄凯身旁的凌丽，马上露出了笑脸："当然，当然！凌丽，你说说想要什么奖励？"

凌丽低下头看着自己的脚尖，习惯性地理着飘逸的披肩发，没有正脸看华博，也没有再出声。

"哈哈，人家凌总不好意思说，她是想让你给她奖励一个当家的！"黄凯皮笑肉不笑地说着，又向凌丽使了一个坏眼神。

"黄总，人家华总胸怀祖国、放眼世界，他心里装着秦山市的几百万人民，哪还有儿女情长之心！"凌丽红着脸敲打着华博，华博听了一脸的尴尬。

黄凯突然想起了一件事情，他笑嘻嘻地将凌丽拉到了一边，放低了声音对凌丽说道："凌总，我跟你说一个事情。"

"黄总，有话你就说，干吗鬼鬼祟祟的？"凌丽跟着黄凯来到了一边，不知道他要对自己说些什么。

"刚才在来的路上，我听华总说要委托厂家生产'哮喘灵'，我给你推荐一个厂家吧。"黄凯声音很小，只有他和凌丽才能听到。

"哪个厂子？"凌丽认真地听着，小声问着黄凯。

"雨景制药厂。我有一个亲属在雨景当厂长，他们厂子都快揭不开锅了，你就行行好，把委托生产的活儿交给他们吧！"黄凯凑到凌丽的耳边，压低声音对凌丽说着。

"黄总，北江省的几十家民营制药厂我心里都有数，只有光明制药厂符合'哮喘灵'的生产条件，雨景制药厂的生产资质不够，不能让他们砸了我们元亨制药公司的牌子。这件事，我还真是爱莫能助。"凌丽一听黄凯推荐的厂家是雨景制药厂，马上予以回绝。

"够不够资质，还不是你一句话的事儿？'哮喘灵'又不是什么尖端药品，凡是制药厂都能生产，就几个月的生产周期，你就给我一个面子，帮帮雨景制药厂渡过难关吧！"黄凯十分恳切地哀求着凌丽。

"凌丽，你带我过去看看生产车间。"华博见黄凯与凌丽挤眉弄眼说个没完，赶忙招呼着凌丽。

黄凯吃了凌丽一个闭门羹，心里又怨恨起了凌丽。回到厂里，他立即找来了车间主任李大虎。

"大虎，'哮喘灵'药品的生产线在你们车间，你把生产配方给我提供一下，我有用处。"黄凯见凌丽不给他面子，他立即使出了阴招。

一个月以后的一天早晨，凌丽刚刚上班，就接到了光明制药厂厂长打给她的电话："凌总，秦川市人民医院发生了致死女童的事件，现在省药监局来我们厂调查了，你赶快过来一趟。"

秦川人民医院发生死人事故与我有何相干？省药监局找我要做什么？凌丽放下电话，带着疑问立即驱车赶往光明制药厂。

"凌总，这位是省药监局的王海处长，是他要找你核实一些情况。"厂长把王海处长介绍给了凌丽，转身离开了厂长室。

"你是元亨制药公司的凌丽副总经理吧？"王海处长端坐在沙发上问着，一身赘肉堆满了整个沙发。

"我是凌丽，请问王处长找我有什么事情吗？"凌丽一脸的疑惑，她思忖着王海找她来是要核实什么情况？

"秦川市人民医院发生了致死女童的事件，这个孩子是因为哮喘病在中心医院住院的，我们怀疑她的死亡，与注射了你们公司生产的'哮喘灵'有关，所以找你核实一下你们公司委托生产'哮喘灵'的情况。"王海阴沉着脸，对凌丽说道。

凌丽头脑特别清醒，她刚听完王海所说的第一句话，就感到事情有些奇葩。于是，她立即向王海提出了质疑："核实我们生产'哮喘灵'的情况，应该到我们元亨公司去核实，怎么跑到光明制药厂来核实了？"

"哦，是这样的！我事先给你们公司打了电话，华博总经理说你们公司已经停止生产'哮喘灵'了，他还说你们已经委托光明制药厂来生产'哮喘灵'，所以我们就来到了光明制药厂。可到了光明制药厂，我才知道华博说的是假话，光明制药厂根本就没有与你们有过合作。"王海处长摇头晃脑地对凌丽说着。

"华博总经理说得没错，我们公司在一个多月以前，是委托光明制药厂生产了'哮喘灵'，当时我们公司还与光明制药厂签了委托生产合同。"凌丽白了王海一眼，毫无隐瞒地说道。

"凌丽，刚才我问过了光明制药厂的厂长，他怎么说没有这件事情？"王海处长叉着腿，表情严肃地看着凌丽的脸问道。

"没有这件事儿？笑话！当时是我一手经办的这件事儿，怎么会没有这么回事？"凌丽的脸上立即露出惊讶的表情。

"我们可是与他们签了委托生产合同的，白纸黑字写得清清楚楚，你可以让他们把合同拿出来看看，不就一清二楚了吗？"凌丽说。

"我刚才反复问过厂长，他说没有与你们签过任何合同，他们也没有生产过'哮喘灵'，而且我们还查看过他们的生产记录，光明厂确实没有生产过'哮喘灵'。"王海眼睛紧盯着凌丽，一板一眼地说着。

"这不可能啊！难道见了鬼不成？"凌丽瞪大了眼睛。

"不过，我从雨景制药厂倒是查出了一份你们与雨景制药厂签的委托生产合同，你看看这个合同是不是你经手办理的？"王海说着，伸手从皮包里掏出一份委托合同递给了凌丽。

"雨景制药厂？我们没有与雨景制药厂签过委托生产合同啊！"凌丽从王海手中接过合同，仔细地翻看着说道。

"凌总，合同上写得非常清楚，你怎么不认账呢？"王海不屑一顾地瞥了凌丽一眼说道。

"这份合同有问题，这个合同共有三页，后两页没有问题，第一页被人张冠李戴了，有人把第一页中的光明制药厂偷换成了雨景制药厂。"凌丽一眼就看出了自己起草的合同被人偷梁换柱了，于是，她手举着合同向王海做着解释。

"张冠李戴？你是说合同被偷换了？是谁偷换的？"王海紧盯着凌丽，厉声问道。

"谁偷换的我不知道，但是我们厂办档案室里有存档，那份存档合同上写得清清楚楚，我们委托的是光明制药厂，而不是雨景制药厂，我可以把存档拿给你看，你看了存档不就一目了然了吗？"凌丽冷笑着说道。

"好吧，既然你说有存档，那你马上安排人把存档送过来给我看看。"王海没好气地挥挥手，让凌丽去取存档合同。

"黄总，你马上派人去查一下厂办的存档，把我们委托光明制药厂生产'哮喘灵'的合同送到光明制药厂来。"凌丽立即拨通了黄凯的电话。

一个小时以后，司机将一份密封的档案袋，交到了凌丽的手上："凌总，黄总让我把这份材料交给你。"

凌丽接过档案袋，当着王海的面撕下了封条，拿出了档案袋里面存档的合同。

凌丽仔细地看着手中的合同，突然，她眼前一黑，拿着合同的手剧烈地抖动起来，合同"哗啦"一声散落到地上。

凌丽拍着脑门在问着自己："这，这是怎么回事？"

"我看看，这两份合同有什么不同？"王海留意到了凌丽的表情出现了异常变化，他一把从地上捡起合同，与他手中的合同做着对照。

"一模一样！这两份合同一模一样，也没有什么不同啊！"王海轻蔑地看着凌丽，将两份合同摞在一起，在她眼前摇晃着。

凌丽不说话了，她的大脑在飞速思考着，一定是黄凯做的手脚，窜改了原始合同。

"凌总，你怎么不说话了？请你告诉我这两份合同有什么不同？"王海故意挑衅地问着凌丽，脸上露出一丝得意的冷笑。

凌丽被问得哑口无言。她气鼓鼓地回到元亨制药厂，"咣当"一脚踢开黄凯办公室的门，冲着黄凯厉声呵斥道："黄凯，你为什么窜改了我存档的合同？"

黄凯正在办公桌前接电话，被踹门声吓了一跳，他抬头一看，只见凌丽正急赤白脸地质问着自己。

"我的姑奶奶啊，你可小点声，别让旁人听见。"黄凯放下电话，飞步上前一把关上了被凌丽踹开的办公室屋门。

"黄凯，明人不做暗事。你告诉我，为什么要窜改合同？"凌丽怒气冲冲地指着黄凯的鼻子大声吼道。

黄凯将凌丽拉到了沙发上，他脸色惨白地站在凌丽的面前，结结巴巴地对凌丽说道："凌总，息怒！息怒！听我跟你解释。"

"你说吧，你为什么要偷改合同？"凌丽理了理飘落到额头前面的头发，语气稍微平缓了一点儿，质问黄凯。

"凌总，我刚才接到了一位领导的电话，他让我约你到他那里去一趟，等你见了这位领导的面，就什么都清楚了。"黄凯没有正面回答凌丽的问话，他将刚才接到电话邀请的情况，告诉给了凌丽。

"什么领导？他约我要做什么？"凌丽将头发往身后一甩，直勾勾地看着黄凯问道。

"我不是跟你说了吗？你过去见了他的面，什么事情都会清楚的。"黄凯眨着眼睛，手忙脚乱地对凌丽说着。

"我不去！我不认识什么领导，我什么人都不想见，我就让你告诉我，你为什么要窜改合同？"凌丽望着惊慌失措的黄凯，仍然不依不饶地追问。

"我的姑奶奶，你就行行好，跟我过去一趟吧，我惹不起这位大领导啊！"黄凯哀求着凌丽。

"我说不去就不去！今天你不把实情告诉我，就别想出这个屋。"凌丽点着黄凯的脑门说着。

"姑奶奶，你先跟我去，回来我就告诉你实情，这还不行吗？"黄凯说着，连拉带扯地拽着凌丽走出了办公室。

"黄凯，你先到楼下等我，我去跟华总说一声。"凌丽一把挣脱了黄凯拽着她的手，转身就要去华博的办公室。

"姑奶奶，姑奶奶！你可别磨叽了，快跟我走吧！"黄凯推搡着凌丽走到了楼下。

黄凯开车拉着凌丽，风驰电掣般地行驶在了秦山大道上，没多大工夫，便来到了秦山市友谊宾馆。

黄凯将轿车停在了宾馆的后院，他拉着凌丽从宾馆后门进入到了电梯间。

"凌丽，我说的这位领导是专门从省城过来见你的，一会儿你见了他，什么事情都会清楚的。"黄凯对凌丽小声说着，来到了宾馆的一个客房门前。

"叮咚，叮咚。"黄凯看了看客房的门牌号，轻轻按响了门铃。

"领导，她就是我们元亨制药公司的凌丽副总经理。"黄凯将凌丽介绍给了一个身材消瘦，戴着眼镜的年轻人以后，转身离开了友谊宾馆的客房。

"哦！凌总，久闻大名，相见恨晚！""眼镜男"伸出手来要与凌丽握手。

"不必了！你是什么人？找我有什么事？"凌丽冷冰冰地问道，眼睛不住地上下打量着眼前这位文质彬彬的"眼镜男"。

"凌丽，我是什么人你以后会知道的，我可以明确地告诉你，我今天特意从省城过来找你，就是来与你谈合作的。""眼镜男"说着，示意凌丽坐在客房的沙发上。

"合作？我不认识你，我们之间能有什么合作？"凌丽坐在了沙发上，她看着"眼镜男"问道。

"我们之间当然会有合作了！如果没有合作，我怎么会特意从秦川市赶过来见你？""眼镜男"架着二郎腿，坐在了凌丽的对面，他不停地摆弄着手里的"大哥大"，斜着眼睛瞅凌丽，不阴不阳地说道。

凌丽感到很奇怪，她觉得眼前的这位"眼镜男"的表情有些阴阳怪气，尤其是那阴森森的眼神，实在有些吓人。

凌丽清了清嗓子，问道："你说吧，你有什么事要与我合作？"

"好，我早就听说你是个爽快之人，今天见面果然如此。现在我就把话挑明了，明天省公安厅要来人调查你们委托雨景制药厂，生产'哮喘灵'那份委托合同的事情，我听说那份合同是你起草的，所以提前跟你打个招呼。你只要承认你们与雨景制药厂签的那份合同是真实的，就算我们的合作成功。""眼镜男"说着，两道凶光隔着眼镜片直射到凌丽那张惨白的脸上。

"哈哈，我说这位兄弟，我起草的是元亨制药公司与光明制药厂的委托生产合同，并没有起草过与雨景制药厂的委托生产合同。刚才，我在光明制药厂看到了那份委托雨景制药厂的合同，但我要告诉你，那是一份被人窜改后的假合同，我正要追查此事，你要是因为这件事来找我合作，可是找错人了。"凌丽义正辞严地拒绝了"眼镜男"的合作要求。

"凌丽，我的话你是不是没有听明白？我再重复一遍，你起草的是与雨景制药厂的委托生产合同，而不是与光明制药厂，这回你听明白没有？""眼镜男"面露凶光，他恶狠狠地又重复了一遍刚才说的话。

凌丽听明白了"眼镜男"的意图以后，气得浑身直哆嗦。她此时突然明白了，王海和黄凯以及眼前的这家伙已经串通一气，窜改了合同还要嫁祸于她，让她背这个黑锅。

凌丽厉声质问着"眼镜男"："你们敢在光天化日之下逼我作伪证？还有没有王法了？"

"哈哈哈，正因为有王法，我才与你商量。不过我可告诉你，如果你知趣就与我们合作；如果你执迷不悟，可就别怪我翻脸不认人了！""眼镜男"说着站起身来，在凌丽面前用手比画出了一个下砍的动作。

"你翻脸又能怎么样？难道你还敢杀了我不成？"凌丽"腾"地一下也站起身来，毫不退缩地用手指点着"眼镜男"说道。

"我不能把你杀了，但公安局可以把你抓起来，会让你进监狱，还会判你的刑。你不要以为我是在威胁你，你已经死到临头了，怎么还不清醒？""眼镜男"说着，用"大哥大"上拨通了一个电话号码，他打开"大哥大"的免提，电话听筒里立即传出了一个女人的声音。

"喂，沈总队长吗？元亨制药公司凌丽的案子办得怎么样了？""眼镜男"对着电话免提问。

"哦，钱秘书啊！凌丽涉嫌贪污和挪用公款的证据已经确凿，过几天我就带人过去抓她。我收集到的证据足够判她十年、二十年的，你就放心吧！"电话里，一个女中音在做着承诺。

"凌丽，你听到了吧？省公安厅已经把你来到元亨制药厂以后，经手的所有财务账目查了一个底朝天。你经手了2亿多元的流水账，你敢保证没有贪污和挪用吗？你能确保你经手的每一笔账目，都经得起审查吗？""眼镜男"关掉了电话免提，目不转睛地看着站在他眼前的凌丽，抖动着嘴唇说道。

凌丽被"眼镜男"气得浑身发抖，她从牙缝里狠狠地挤出了两个字："卑鄙！"

"凌丽，话不能说得那么难听，你知道什么叫欲加之罪何患无辞吧？""眼镜男"嘴里"哼"着，他在用脚使劲地踩着地面。

"无耻！下流！"凌丽愤怒地说道，转身就要离开客房。

"凌丽，我听说你老家在黑龙江边境附近的一个风景秀丽的小山村吧？我还听说你是一个孤儿，你还有一个从小把你拉扯大的养父，你的养父要是有个三长两短的，你可不要后悔呀！""眼镜男"在凌丽的身后"嘿嘿"地狞笑着威胁道。

凌丽感觉到后背突然冒出了一股寒气，她直勾勾地站在客房门口，觉得眼前一黑，身子软软地瘫坐在了客房的地板上。

"凌总，不要坐在地上哟，快请坐！""眼镜男"伸手将凌丽拽到了沙发上，他看着凌丽苍白的脸，知道他的话在凌丽身上已经发酵。

"凌总，你是有过前科、蹲过大牢的人，不要不识时务，警方如果提供了你贪污的证据，即使你浑身都是嘴也无济于事。再说了，黄凯已经把你起草的元亨制药厂与光明制药厂的委托合同替你修改好了，只要你确认是你起草的原件，你就可以得到一笔一辈子都花不完的钱，到时候你只要远走高飞，一切都会风平浪静，何乐而不为呢？""眼镜男"乘胜追击地说着，他的话像一把钢刀一下子刺到了凌丽的要害。

凌丽顿觉天旋地转，一下子栽倒在沙发里……

第 17 章
逃离秦山

———

凌丽从宾馆出来，两眼一直冒着金花，看到什么都觉得是一片灰暗，她不知道是怎么回的家。

夜已经很深了，凌丽躺在床上，她眼望着窗外黑漆漆的天空，茶茶地发着呆。"唰"，一颗流星在她眼前划出了一道白光，白光瞬间便消失在了夜空里。

凌丽找不到那条白色的光，却看到了一片黑色的云，她不喜欢黑云，又开始寻找明亮的月亮。月亮到哪里去了？凌丽要对月亮说说心里话，可月亮却躲在了黑云的背后，与她捉起了迷藏，她觉得月亮是在嘲笑着她，嘲笑她丧失了良知，竟然与黑云一样黑。凌丽又开始寻找星星，可星星却闭着眼睛根本不理睬她。

凌丽的心情坏到了极点，她索性拉上了窗帘，可"眼镜男"的话又像一声声炸雷，不住地在她耳边炸响。

这个"眼镜男"是什么人？他为什么要陷害华博？黄凯和王海又为什么与他同流合污？凌丽想到了"眼镜男"打给公安厅人员的那个电话，电话里的那个女公安分明在称他为钱秘书。哪个钱秘书？难道是华博经常提起的贾放副省长的秘书钱同？没错！根据"眼镜男"的气质和神态，凌丽断定"眼镜男"就是钱同。一个副省长的大秘书，为什么亲自跑到秦山市来威胁自己要陷害华博？华博与钱同又有什么仇怨，才令他下此毒手？凌丽思前想后在寻找着答案，脑海中不断泛着疑云。

"当当当，当当当。"一阵阵急促的敲门声，打断了凌丽的思绪。

凌丽打开屋门，只见一胖一瘦两个凶神，迅速闪进了她的屋内。凌丽惊恐地正要大声呼叫，胖子却从后面将她紧紧抱住，一双大手顷刻堵住了她的嘴。

"不许喊叫，把灯关了！"胖子压低了声音，贴着凌丽的耳朵发出了命令。

凌丽心里"怦怦"地一阵狂跳，她后悔不应该开门，可如果敲门声不是惊天动地的响，她也不会轻易开门！

凌丽稳定了一下自己的情绪，从胖子的手指缝里发出了声音："你，你们是什么人？想要干什么？"

站在一旁的瘦子关掉了电灯，凑到了凌丽的眼前，"嘿嘿"狞笑着说道："凌丽，你是聪明人，我们来干什么，你难道不知道吗？"

"放开我！"凌丽双腿乱蹬乱踹，奋力挣脱了胖子的魔掌。

"小娘们，性格挺暴躁啊！"瘦子从兜里掏出一把明晃晃的尖刀，一边说一边逼近了凌丽。

"不要，不要！"凌丽惶恐地后退着，嘴里发出了微弱的叫声。

"凌丽，放聪明一点，只要你配合我们，我们就会成为朋友。"瘦子用尖刀将凌丽逼到了墙角，"嘿嘿"怪叫着，露出了狰狞的面目。

"你让我配合你们做什么？"凌丽颤巍巍地问着。

"明天省公安厅要到元亨制药厂来抓华博，如果问起那份合同，你就向公安人员承认这个合同就是你起草的原始合同，没有人改动过。"瘦子脸上的青筋剧烈地跳动着，他用尖刀戳着凌丽的下颌，凶狠地威胁道。

"合同不是我改的，我不能承认！华博对我有恩，我不能陷害华博！"凌丽低头瞥了一眼下颌下的尖刀，镇定了一下情绪，横眉冷对着瘦子，不屈不挠地说道。

胖子一听，气急败坏地将瘦子往旁边一推，一把掐住了凌丽的脖子，大声呵斥道："妈的！给你脸不要脸，你他妈的不想活了！是不是？"

"凌丽，我告诉你，这件事与你没有任何关系，如果你按照我们的吩咐去做，不但能确保你的生命没有危险，你还可以得到一笔数目可观的奖励钱；如果你敬酒不吃吃罚酒，可就别怪我们哥俩对你不客气了。"胖子一边说着，一边开始用力掐着凌丽的脖子。

凌丽被掐得"咳咳"地咳着，险些背过气。

"大哥，别跟她废话，这娘们长得挺好看，咱俩先把她收拾了再说！"瘦子收起了尖刀，从背后使劲拽了一下胖子的衣襟。胖子松开了掐着凌丽脖子的手，凌丽的颈下立即渗出了一道红色的手掌掐痕。

凌丽活动着被掐了半天的脖子，上气不接下气地喘着气，好半天才缓过神来。

"凌丽，记住今天的日子，我们哥俩可要开荤了。"瘦子又凑到凌丽的面前，伸手就要扒凌丽的衣服。

"住手！"凌丽挣扎着，无力地叫喊道。

"住手可以，前提是你必须得配合我们，如果你配合我们，今天就饶了你。否则，我们收拾完了你不说，还得给你拍成 A 片，让秦山人都能看到。"瘦子咧着嘴，"嘿嘿"地又奸笑起来，嘴里露出又黑又黄的牙。

凌丽双腿不住地打着战，脚下一滑瘫坐在了地板上。此时，她已经十分清楚了，这两个人一定是"眼镜男"派来的黑道人物，他们在共同对她施展着黑白两道的恫吓伎俩。

"凌丽，我问你，到底从还是不从？"两个凶神几乎是异口同声地在吼，凌丽无力地点了点头。

第二天一大早，凌丽无精打采地刚走进元亨制药厂的大门，就看见了疾驶进院的警车。

会议室内，凌丽看见了威风凛凛的沈寒冰，又听到了沈寒冰的说话声，她确信，在"眼镜男"的电话免提中与他通话的沈总队长，就是眼前的沈寒冰，她更加确信"眼镜男"不是别人，正是贾放的秘书钱同。

"凌丽，你过来一下。"凌丽听到了沈寒冰对她的吆喝声，她想到了钱同那张阴险的脸，又想到了昨夜闯进家门的两个凶神，于是，她忐忑地走进了华博的办公室，违心地向公安做了伪证。

看着华博被沈寒冰带走的背影，凌丽的头瞬间大了起来，她的心像刀绞一样难受。她来到了会议室的窗前，望着厂区院内顶风冒雨阻拦警车的纯朴工人，看着华博被公安押上警车时瞬间的回眸，凌丽的心像被警车轮子碾轧过一般成了碎片。

华博被公安带走了，喧嚣的会议室一下子平静了下来。第一个走出会议室的是黄凯，他三步并作两步回到了自己的办公室。

凌丽紧跟在黄凯的身后进了他的办公室，她抡圆了手臂"啪"的一声，给了黄凯一记响亮的耳光。

"黄凯，你真无耻！"凌丽嘴里骂着，她在解着心头之恨。

"凌丽，你疯了！你打我干什么？有本事你别承认呀！"黄凯捂着被凌丽扇红的腮帮，冲着凌丽咆哮着。

"我打你忘恩负义，我打你卑鄙下流。"凌丽说着，又往黄凯眼前跨了一步，伸出手来又要扇黄凯的耳光。

"疯了！疯了！"黄凯后退着，惊慌失措地跑出了办公室。

凌丽回到家，将自己关到屋里，一连好几天都茶饭未进，她在日夜思念着被公安带走的华博，会是一个怎样的处境？

凌丽想着华博惊恐的表情和他那渴望的眼神，她感到内心非常愧对华博。如果不是她做了伪证，华博是不会身陷囹圄的。她不住地谴责自己，骂自己丧尽天良没有人性，甚至不应该再苟且活在人世。

凌丽想到了钱同，一个道貌岸然的省长秘书，竟能勾结黑社会的流氓来恐吓她，甚至不择手段威逼她作伪证，他还有没有道德和良知？

凌丽又想起了沈寒冰和黄凯，她感到沈寒冰和黄凯一样龌龊。黄凯窜改合同以假乱真，沈寒冰将错就错陷害好人，他们都是一伙败类。

凌丽暗暗地在问着自己：凌丽，你又是一个什么人？帮凶？刽子手？一个人不能只为自己活着，活着就不能丧失道德的底线，丢掉了做人的尊严。如果我与他们同流合污，即使活着也将是行尸走肉，良心一辈子都会遭到鞭挞。不行！我必须挺身而出说出真相，我要站出来伸张正义，为华博伸冤！

"当当当，当当当。"门外传来了急促的敲门声。

"谁？"凌丽轻轻地问了一声，她不敢去开门，伸手打开了电灯，紧张地向门口张望。

"咣当"，随着一声开门声，两个黑影不知是用什么钥匙打开了她的屋门。凌丽吓得浑身发抖，她蜷曲着身子蹲在了墙角。

"啪"黑影进屋后立即关掉了电灯，屋内顷刻又变得漆黑一片。

"凌丽，华博已经被逮捕了，至于他还能活到哪天，就看他的造化了。今天我们来找你，就是向你传达老大的指示，限你三天之内必须离开秦山市。老大已经为你准备好了护照，他怜香惜玉没有要你的命，你就拿着这些钱逃命去吧！记住，这辈子你再也别想在国内露面，更别想为华博伸冤！"黑影说着，将一个沉甸甸的旅行包扔在了地板上。

"咣当。"屋门又被重重地关上，黑影转身消失在门外。

这又是什么人？不用说，他们肯定是钱同一伙儿的。他们陷害了华博又要撵我走，一定是怕我为华博伸冤，可他们还要置华博于死地，又是为什么？

凌丽想着想着，不知又过了多长时间，她眼前出现了华博高大的身影。

"凌丽，我等了你这么多年，我们结婚吧！"华博笑容可掬地站在凌丽的面前对她说道。

"华博，你不是被抓走了吗？"凌丽惊讶地问华博。

"没有，我没有被抓走。"华博摆着手对凌丽在笑。

"华博，我亲眼看见警察把你押上了警车呀？"凌丽眨着眼睛问着华博。

"凌丽，你看错了！我是要坐着他们的车去美国。"华博爽朗地大声笑道。

"你去美国干什么呀？"凌丽不解地问着。

"我去找露西，我要给她送股份，坐警车去会安全一些。"华博解释道。

"咔嚓"一声惊雷，在华博和凌丽的头上炸开了花，紧接着一道闪电划破天空，天空顿时黑暗了下来。

华博站在瓢泼大雨中，紧紧地抓着凌丽的头发："凌丽，你不是人，你是魔鬼！你陷害我，你不得好死！你还我清白！"华博声嘶力竭地叫喊着，嘴里不住地向她吐着唾沫。

"不，华博。我不是诚心陷害你！"凌丽挣扎着连连摆手。

"凌丽，我死了也要拉上你垫背，我要让你给我陪葬，我变成厉鬼，也要喝你的血，吃你的肉。你还我清白！哈哈哈！"华博龇牙咧嘴地大喊大叫，对她张开了血盆大口。

"华博，不许动！看你还往哪里跑？"随着喊声，几名全副武装的警察抓住了华博，他被五花大绑地押到了刑场。

"啪啪啪！"一阵枪声响过，华博倒在了血泊中。

"凌丽，你给我站住，看你往哪里跑！"华博一骨碌从血泊中爬了起来，他揩干了身上的血迹，一边喊一边向凌丽冲了过来。

凌丽拼命在前面跑，华博奋力在后面追。

"啪啪啪！"身后又传来一阵枪声，凌丽面如土灰，满头大汗一下子从床上滚落到了地板上。

"啪！"凌丽伸手打开床头灯，茶呆呆地看着地板上的旅行包，浑身像水捞一般被冷汗浸透。

凌丽"激灵"打了一个冷战，努力回忆着刚才的梦境。

"华博一定是遇到了危险！莫非他已经命悬一线？"凌丽不敢继续想下去，她决定无论如何也要设法搭救华博。

华博现在被押在了看守所，什么人能够搭救华博？凌丽不住地问着自己。李大虎！听说李大虎的哥哥刚刚从派出所调到了看守所，而且还是看守所的所长，他一定有办法搭救华博。凌丽想到了李大虎，她要冒着风险让李大虎去说服他的哥哥来搭救华博。

凌丽瑟瑟发抖地打开了地板上的旅行包，她看了看护照和机票的日期，觉得留给她的时间已经不多了，她必须在今天晚上离开秦山。

当天晚上，凌丽找到了警方抓捕华博时在风雨中组织工人守护华博的车间主任李大虎。

凌丽将李大虎拉到了一个隐蔽处，轻声对李大虎说道："大虎，姐求你一件事，你赶快将你哥哥李彪约到秦山火车站前的小旅馆内，我有重要事情要告诉他，晚了华博就会有生命危险。"

"凌总，你说什么？华总怎么会有生命危险？"李大虎被凌丽不着边际的话吓了一跳。

"大虎，相信姐姐的话，我们公司根本就没有委托过雨景制药厂生产'哮喘灵'，华博是被人陷害的。你知道华博是个好人，如今有人要置他于死地，拜托你求求你哥哥，让他想办法让华博越狱，晚了他的命就保不住了。"凌丽声音急促地说着。

"我哥刚刚从派出所调到看守所去当所长，我想他一定有办法把这个消息传递给华总。你到小旅馆去等着他，我马上给他打电话，然后我再去他家里等他，我一定说服他，让他帮忙救华博。"李大虎向凌丽表着态，手忙脚乱地拨通了李彪的手机。

当天晚上，风高月黑。李彪被凌丽约到了秦山火车站附近小旅馆的一个房间内。

"李大哥，我是元亨制药公司的副总凌丽，我虽然与您是第一次见面，但我从华总嘴里没少听到他对您的夸奖。他说您为人正直善良，是您帮助我们公司清除了偷盗生产资料的蛀虫，为我们公司恢复生产保驾护航，我们大家都尊重您、信任您。"凌丽落落大方地主动去与李彪握手，她忽闪着漂亮的眸子不住地给李彪戴着高帽。

"凌总，不要客气！你有什么事情就直截了当地说吧。"李彪听得出来凌丽是在恭维自己，便打断了凌丽的话。

"李大哥，有人要杀我！这些人还要杀华博！我已经买好了火车票，一会儿就要离开秦山，临行前拜托您一定要救华博。华博是被我陷害的，我是受了他人的威胁作的伪证，有了我的伪证华博才被捕入狱的。可是当时我也没有办法，如果我不作伪证，他们就要杀了我，我害怕极了！大哥，我可以一走了之，可华博却是危在旦夕呀！我知道你是好人，才冒着生命危险来求助于你！拜托您救一救华博吧！"凌丽说着"扑通"一声跪在了李彪的眼前，眼泪像断了线的珠子，顷刻便流满了她俊俏的面颊。

李彪赶忙搀扶起跪在地上的凌丽问道："凌丽，我不明白你在说什么？华博被刑拘，怎么会是你作伪证？你们公司到底发生了什么事情？我只知道华博被刑拘，可因为什么事情，我一点都不知道。"李彪听了凌丽的哭诉大吃一惊，他断定这里面一定有内幕，于是赶忙追问凌丽。

"李大哥，在华博被抓走的前一天晚上，我家里闯进了两个凶神，他们告诉我第二天省公安厅要来抓华博，让我作伪证。我不从，他们就要掐死我，还要强奸我，我实在没有办法，只好作了伪证。"凌丽一边抽泣，一边向李彪讲述着她被威逼的经过。

"你是怎么作的伪证？"李彪好像还是没有听懂凌丽的意思，于是他问凌丽作伪证的内容。

"我们公司马上就要搬迁到新厂区了，为了不影响生产，华博与我商量将我们厂生产'哮喘灵'的单子，委托给光明制药厂。当时的委托合同是我经手起草的，合同的存档资料也保存在厂办，可不知道是什么人将我们委托合同中的光明制药厂，窜改成了雨景制药厂。他们就是逼着我，让我承认当初我们的委托就是雨景制药厂，而不是光明制药厂。这就是他们让我作的伪证，他们就是凭着这份伪证刑拘的华博。"凌丽的嘴像机关枪一样，"嘟嘟嘟"一梭子道出了真相。

"凌丽，你说的他们是什么人？他们为什么要陷害华博？又为什么要杀了你和华博？"李彪感到事情有些重大，他赶紧追问。

"李大哥，我不知道他们是什么人，更不知道他们为什么要将华博置于死地，但我可以确信这些人说的话一定是真的。"凌丽犹豫了一下，她没敢对李彪说出钱同威胁她的事情，也没有说出钱同给沈寒冰打过电话，更没有告诉李彪是黄凯做的手脚。

"李大哥，我作了伪证以后心里很害怕，在家里待了十多天，没敢去厂里上班，我一直在寻找机会为华博伸冤。可昨天夜里，那两个曾来过我家的凶神，又用万能钥匙打开了我家的门，逼我马上离开秦山，他们无意间流露出要在狱中除掉华博。这伙人心狠手辣，什么事儿都干得出来，您就看在华博是个好人的分上，伸出手来救救他吧！"凌丽异常激动地说着。

"为什么？这都是为了什么？"李彪在地上打着转，嘴里不停地念叨着。

"李大哥，我得赶快走了，再不走火车就要开了！"凌丽看了看手表，急忙打断了李彪的问话，提着旅行包，转身离开了小旅馆。

凌丽在小旅馆里对李彪道出了她作伪证的真相之后，告别了李彪，登上了一辆北去的绿皮火车。

"呜！"随着火车的一声长鸣，绿皮火车慢慢地驶离了秦山市。

"别了，秦山！别了，元亨！别了，华博！"凌丽长嘘一声，闭上了眼睛。

第18章
华博越狱

李大虎安排哥哥与凌丽见面以后，又来到了哥哥李彪的家。他虽然不知道凌丽紧急约见哥哥，是要对哥哥讲些什么，但他从凌丽的神态和话语中，隐约感到华博的处境已是十分危险。在生死攸关的时刻，他要伸出手来拉华博一把，为挽救华博的生命出一把力。

李大虎坐在哥哥家里，想着他与华博朝夕相处的时光。他与华博相识的日子并不长，最多也就400多个日日夜夜，于公于私他都非常感激华博。于公是因为，华博将几百名工人被骗的集资款，转变成了工人们入股企业的股权，工人们的集资款经过年终分红，现已连本带利返到了每一名工人的手中，他和所有工人一样，都把华博当成了救星。于私是因为，华博提拔他当了车间主任，让他这个普通工人，当上了元亨制药公司的中层领导，对他有知遇之恩。受人滴水之恩当涌泉相报。现在华博遇到了危险，他不能袖手旁观，他要伸出援助之手，尽自己的微薄之力，劝说哥哥帮助华博逃出看守所。

李彪走出了小旅馆，他望着凌丽渐渐远去的背影思索了良久。他从凌丽的言谈话语中，意识到华博可能真的会遇到危险，不然，凌丽也不会选择在这样的时间和地点、采取这种方式，向他传递这么重要的信息。

李彪一路想着，回到了家中。

李彪一进家门，看见了正在等着他的李大虎，他猜想弟弟之所以不期而至，也是为了华博的事情："大虎，你怎么来了？"

李大虎在哥哥家想了很久，尽管他难以启齿，可还是向李彪开了口："大哥，我，我有事情想求你帮忙！"

"弟弟，我已经见到了凌丽，你有什么话就直说吧。"李彪拍了拍李大虎的肩膀说道。

"大哥，既然你见到了凌丽，就一定知道我要对你说些什么了。我知道你是警察，又是看守所的所长，我求你帮忙的这件事儿，是让你犯错误甚至是犯罪，所以我一直在纠结。"李大虎是个明事理的人，他知道让哥哥帮忙的这件事儿对李彪来说，是个什么性质的问题，所以他犹豫再三还是把话说了出来。

"大虎，你别吞吞吐吐的，是不是为了华博的事儿？"李彪看出了弟弟的心思，他不想浪费时间，于是就直接捅破了这层窗户纸。

"哥哥，凌丽告诉我，有人想要华博的命，你得想办法搭救他啊！"李大虎鼓足了勇气，说着他压抑在内心的话。

"大虎，这种话你也能说得出口？"李彪瞥了弟弟一眼，虽然他从凌丽嘴里知道了华博可能有危险，但此话从自己的亲弟弟口中说出，他还是吃惊不小。

"大哥，弟弟不是个混蛋之人，我知道这件事的危险有多大，可这是在救命啊！更何况需要搭救的人还是我的恩人。不，华博是全公司几百号工人弟兄们的大恩人呐！"李大虎说着，眼窝开始湿润。

"弟弟，你让哥哥去搭救一个在押的犯罪嫌疑人？你这不是要我的命吗？"李彪虽然表面上很生气，但他从弟弟祈求的目光中，还是看到了弟弟身上有一股子正气。

"大哥，我不相信华博会犯罪！"李大虎有些哽咽。

"弟弟，说句心里话，凭我对华博的印象，也不相信他会犯罪。我到看守所当所长以后，特意了解了他的罪名，他是因为生产和销售假药罪被批准逮捕的。我也实在搞不清楚，现在的元亨制药公司在秦山市已经是举足轻重的大企业了，他没有必要生产和销售假药啊！"李彪在屋里来回踱着脚步说道。

"大哥，事情是这样的，'大股东'入股我们公司以后，又在郊外建设了新厂区，在设备调试期间，雨景制药厂将他们厂生产的'哮喘灵'贴上了我们'元亨'的标签，销售到了秦川市人民医院。医院在使用这批'哮喘灵'的过程中，发生了致死女童的医疗事故，医院为了逃避责任，就拿假药说事儿，所以这个生产和销售假药的罪名就给华博扣上了，华博是在为医院背黑锅。"李大虎将他了解到的有关华博涉嫌生产和销售假药的情况对李彪讲了出来。

"大虎，你说什么？秦川市人民医院女童致死事件是医疗事故？"李彪还是第一次听到女童致死是医疗事故的说法，于是，他惊恐地问着李大虎。

"大哥，我们厂生产的'哮喘灵'是中药，中药不同于西药，直接注射到血液中会引起不良反应，一旦严重就会导致病人休克甚至死亡，所以女童致死很大可能就是用药方面出了问题。"李大虎说着停顿了话语，他在观察着李彪的表情变化。

"既然有危险，医院怎么还会采用中药来给病人输液？"李彪两道剑眉倒立了起来，他迫不及待地问道。

"唉！这是行业内的秘密，中药成本低、利润大，所以有些医院就出现了挣钱不要命的现象！"李大虎遗憾地摇着头。

"大虎，雨景制药厂将他们厂的'哮喘灵'贴上了你们元亨的标签？这件事儿是真的吗？"李彪稳定了一下情绪，又在问着李大虎。

"当然是真的了！大哥，我瞒着别人行，可是我不敢瞒着你呀！"李大虎低下头，从茶几上拿过香烟使劲地抽了起来。

"大虎，你是怎么知道这些情况的？"李所长半信半疑地看着自己的弟弟，他在想，如果弟弟说的情况属实，那华博案件的疑点就更大了。

"哥哥，雨景制药厂的厂长是我们公司黄凯副总经理的亲属，黄总早就把我们厂'哮喘灵'的生产配方，私下卖给了雨景制药厂。我是生产车间的主任，别人不知道内情，我还能不知道内情吗？"李大虎压低了声音向哥哥说出了实情。

"黄凯？是不是我当派出所所长的时候，处理的那个酒后交通肇事的黄凯？"李彪隐约想起了华博刚上任时，从他手中担保出去的那个副厂长。

"没错，就是他，这小子阴着呢！华总将元亨制药厂改制，成立元亨制药公司，把我们被原来厂长露西骗走的集资款，核算成了工人入股企业的股份，由于华总没有给他分配股份，他就一直怀恨在心。他表面上积极配合华总的工作，其实一直在暗中拆华总的台，他曾经逼着我给他提供'哮喘灵'的生产配方，所以，我知道雨景制药厂一直在偷着生产和销售假的'哮喘灵'。如果不是雨景制药厂销售这些假'哮喘灵'出了事儿，这件事就会一直隐瞒下去。"李大虎向哥哥泄露了天机，李彪听罢不禁倒吸一口凉气。

"弟弟，黄凯私自卖配方，是违法犯罪行为，这是一个个案，与元亨制药公司和华博又有什么关系呢？"李彪发现了疑点，他要一追到底。

"我听公司知情人私下议论说，我们公司在新厂址搬迁过程中，为了不影响生产，确实是在委托光明制药厂继续生产'哮喘灵'，由于光明制药厂的销售渠道在省外，因此，我们厂的'哮喘灵'根本就没有销售到省内。秦川市人民医院的进货渠道在省内，所以，他们使用'哮喘灵'的来源是雨景制药厂。可莫名其妙的是，公安部门却在雨景制药厂找到了一份我们公司给他们的委托生产合同，合同上竟然还有华博的签字，所以，警方就依据这份合同将华博抓走了。"李大虎将他听到的情况一五一十地告诉给了李彪。

"大虎，按照你的说法，这份合同应该是一份假合同。对吗？"李彪继续问道。

"大哥，合同的真假我可不知道，反正我觉得这里面有问题。我听说，凌丽曾经向警方证实这份合同是真的，可刚才凌丽又告诉我，这个合同是伪造的，是黄凯做的手脚窜改了合同，我就糊涂了。至于黄凯为什么要嫁祸凌丽，凌丽又为什么要作伪证？我就更说不清楚了，反正华博是因为这份合同被抓走的。"李大虎有板有眼地将他知道的情况说给了李彪。

"哦，弟弟，你还知道一些什么情况？"李彪掂量着李大虎说话的分量，心里犯着狐疑。

"大哥，凌丽刚才约我见面时，还对我说，我们公司根本就没有委托过雨景制药厂生产过'哮喘灵'，华博是被人陷害的。"李大虎又将凌丽对他说的话，原原本本地告诉给了李彪。

"弟弟，凌丽还告诉你了什么？"李彪在大脑中飞快地回忆着凌丽对他说过的每一句话，他还要进一步验证凌丽对他说的话，和她对李大虎说的话是不是一致。

"凌丽与我没说几句话，就去小旅馆等你去了。对了，她还反复说有人要暗害华博，让我求你救一救华博。"李大虎十分恳切地说着。

"大哥，凌丽和华总的关系非同一般，她的话不应该是假话。"李大虎又认真地补充着他的话。

"凌丽去了哪儿？"李彪感到事情有些复杂，于是向弟弟问起了凌丽的下落。

"她现在应该逃离了秦山市。"李大虎将他的判断说了出来。

"大虎，凌丽刚才也对我说有人要杀她，所以她要逃离秦山，她还对我说，有人要暗害华博。如果真是这样，那华博还真面临着危险。"李彪皱着眉头，梳理着凌丽刚才在小旅馆里与他说过的话，他此时预感到华博的案件并非那么简单。

"大哥，你说得对极了，就是这么回事。我看凌丽神不守舍的样子和她憔悴焦虑的面容，我断定她也一定遇到了很大的麻烦。"李大虎说着低下了头。

"大虎，你回去吧，这件事我还得仔细考虑考虑应该怎么办。"送走了李大虎，李彪躺在床上难以入眠。

凭着他多年的办案经验，他断定凌丽提供的华博会遇到危险的信息是准确的，可凌丽的信息来源又在哪里？她又为什么要跑路？华博到底有没有罪？难道他真是被陷害的吗？如果真有人要陷害华博，会是什么人？又想达到什么目的？李彪按照逻辑思维一步步推理，推着推着，他的眉头越皱越紧，他无法想象这背后隐藏着什么秘密，更无法判断这背后是一只黑手，还是一伙势力。他是看守所的所长，保护所有在押人员的人身安全，是他义不容辞的职责。可帮助华博越狱？就是借给他一百个胆子，他也不敢呀！

　　第二天，李彪将华博监舍的监控录像端口，悄悄接到了自己的办公室，他对华博的安全开始更加警惕起来。

　　经过几天的暗中观察，李彪渐渐发现，负责看管华博的看守所管教已经换了人，而且这个微妙的人事调整，并没有经过他这个所长的同意。

　　看来果真有人要对华博采取行动了！李彪思索着，如果华博死在了看守所内，他这个所长一定难辞其咎；如果华博越狱出逃，他这个所长同样是罪责难逃！李彪遇到了平生最难解的一道题。

　　李彪挠着脑袋，苦思冥想着搭救华博的办法。现在种种迹象表明，华博案件确实有着诸多的疑点，或许还真的是一起冤案。华博若遭遇不测，他李彪不能见死不救，可他又该怎么搭救？看守所是犯罪嫌疑人的羁押场所，外围有武警持枪把守，内部有民警层层看守，可以说是固若金汤一点漏洞都没有，别说是一个被看管的大活人，就是看守所养的狗都休想溜出大门外。华博即使有天大的本事，也飞不出这里的铁壁铜墙，看守所建立以来，还从来没有在押人员能够从这里逃脱，所以想要让华博越狱，半点可能都没有。唯一的一种可能就是给华博送个信儿，看看他敢不敢铤而走险？只要华博有了越狱的行为，就会被看守所的民警抓获关到禁闭室，到那时候，他就有了审讯华博的机会。通过审讯，他就会了解华博是否真的遭到了陷害，了解了案情，不就有了帮他洗清冤情的可能吗！想到这儿，李彪顿时有了主意。

　　"同志们，我最近在监舍的监控录像中发现监舍的秩序不太好，一些在押人员不遵守监舍监规的现象时有发生，所以从即日开始，看守所要整顿监舍秩序，加强对在押人员的监所监规教育。三天以后，我要到每个监舍中去检查落实情况。"李彪开会时对看守所全体管教人员提出了要求，他要找一个理由进入到监舍，给华博送个信儿，至于华博是否能够领会到他的意图？那就要考验他的智商了。

三天后，李彪在逐一检查了各个监舍的秩序后，来到了羁押华博的监舍。

负责华博监舍的管教人员见李所长前来检查工作，便冲着监舍内所有在押人员高声喊道："全体起立！背诵监舍监规。"

在押人员笔直地站在李彪的面前，一个挨着一个地背诵监舍的监规。华博是最后一个背监舍监规，无意间他看到了李彪那张熟悉的面孔。

华博和李彪的目光很快就定格在同一个焦距内，两人的目光对视了只有两秒，便似乎有了一点感觉。

"好！背诵得不错！越是艰险越向前，浴火重生只等闲。"李彪说着，略带笑容地离开了监舍。

夜深人静，监舍在押人员发出了一阵阵的鼾声，躺在监舍角落里的华博瞪着眼睛一点睡意都没有，他的眼前一直浮现着李彪的那双会说话的眼神。

"越是艰险越向前，浴火重生只等闲！"华博敏感地意识到李彪的这句话好像是在有意说给他听，这句话是什么意思？难道李彪是在用这句话向他传递着什么重要信息吗？

"越是艰险越向前,浴火重生只等闲！"这句话出自哪里？是什么人的七律诗？

"越是艰险越向前，浴火重生只等闲！"华博反复默念着，突然他眼前一亮。哦！这是一句藏头诗！把两句诗开头的两个字连在一起，可是"越狱"的谐音啊！华博破解了诗的含义后，一下子惊出了一身的冷汗！

华博看着监舍屋顶的监控镜头，立即闭上了眼睛，他怕有人在监控中观察到他的一举一动，再引起不必要的麻烦。越狱！华博心里默念着越狱两个字，难道有人想要我的命？李彪不能与自己开这么大的玩笑，他向自己传递的这个信息一定是有目的的。华博想着，不住地冒着虚汗，身上的囚服很快就被汗水浸湿。

连续几天，李彪在监控镜头中都在观察着华博的反应，他发现华博的眼窝有些塌陷，放风时也开始东张西望寻找着什么。他从华博的举止中发现了微妙变化，嘴角上顷刻露出一丝得意的微笑。

华博绝食了！这是他在看守所里的第二次绝食，除了绝食，他也实在没有别的办法可以选择。

被收买的管教员对华博的绝食感到十分惬意，如果华博是因为绝食慢慢地死去，就用不着他亲自动手了，这样他还不会背上杀人的罪名，这岂不是天大的好事？为了使自己与即将发生的华博之死事件不被怀疑，他还将华博绝食的情况报告给了李彪所长："报告所长，华博绝食了！"

"还不送监管医务室！"李彪所长吩咐着管教，他预感到华博要开始越狱行动了，于是他加紧了防范。

华博又被关进了他曾经因绝食去过的那个监管医务室，他开始被注射葡萄糖。

华博躺在医务室的担架床上，开始观察着屋内一切可能逃生的地方。上天？不可能，这个屋子的天棚几乎都贴在水泥棚板上，别说是一个大活人，就是一只老鼠也爬不进去。入地，看来只有入地这一种可能了。华博慢慢微睁开眼睛，开始观察起了整个屋子。

这是一间不到10平方米的医务室。医务室中央摆放着一张能活动的担架床，担架床边摆放着医疗器械柜，屋子的角落处是一个一米高的小围墙，围墙中间是一个蹲便，华博就是被反锁在这样一个封闭的空间内。

华博起身要去厕所，他双手无力地扶着矮墙，蹑手蹑脚地走到蹲便跟前。"哗哗！"华博伸手拉了一下马桶的抽水手柄，抽水桶里的积水立即打着漩，流入到蹲便池内。

华博看着蹲便池中的流水，顿时来了灵感，他伸手去撬蹲便池，蹲便池慢慢开始有些松动。

华博屏住呼吸用力撬着蹲便池，蹲便池竟被他轻轻地端了下来，一股又臊又臭的沼气扑面而来，华博险些被熏倒在地。

这不是下水道入口吗！华博像发现了新大陆，他用脚试探了一下下水道的深度，他感到深度应该不小于一米；他试着向下水道里伸脚，可宽度不够，同时下不去两只脚。他索性弯下腰将头探了下去，发现在一米深的下水道的上方，有两个碗口粗的暖气管道，管道的下方是"哗哗"流淌着的脏水沟。华博侧着身子将头和肩膀顺进了下水道，然后又用脚勾住了蹲便，原封不动地将蹲便又移到了原位。华博蜷缩着整个身子，双手抱着暖气管道，双脚盘着暖气管道，整个身子倒挂在脏水沟的水面上方，像猴子爬杆一样向前移动着身子。移动了十几米后，他发现暖气管子的上方竟有一片塌陷了的土层，脱落后的土层凹成了一块三四米长的空顶，正好能够平躺进一个人。华博一个翻身躺在了暖气管道的上面，把自己装进了棺材一般的空间里。

"华博跑了！华博跑了！"随着喊声，监舍拉响了警报。华博隐约听到了地面上急促的脚步声和警笛尖厉的嘶鸣声。

华博躺在下水道暖气管道上面的"棺材"里，吓得昏死了过去。不知过了多长时间，他才渐渐苏醒过来，耳边已经听不到了杂乱的脚步和警笛声。华博凭借着身体下方脏水沟积水反射的微弱的波光，抱着暖气管道向着远处有光亮的方向慢慢爬去。不知道又过了多久，他才爬到了光亮处。华博感到呼吸顺畅了许多，他知道这一点点光亮是这个下水道的出口，可此时他已经筋疲力尽，一点力气都没有了。他俯下身子喝了几口下水道的脏水，又爬回到"棺材"里，等待着时机。

"这个下水道检查过没有？"下水道外，不知道什么人喊道。

"从昨晚开始，我们检查过好几遍了。"有人在回答。

"打开盖子，把脏水抽干，重新搜索，我就不信他能长翅膀飞出监区！"不知什么人在说。

"咣当"下水道的马葫芦盖被打开，一缕阳光直射进马葫芦，华博感到了一丝凉意，他意识到这已经是第二天的白天。

"这里根本就不能藏住人，他不可能躲到这里。如果他躲到这里，沼气熏都能把他给熏死。"马葫芦上面有人在议论着。

"咕噜噜。"马葫芦上面有人搬来了抽水机，开始往外面抽着下水道里的脏水。华博躺在"棺材"里，眼看着抽水机将他身下的脏水抽了个精光。

下水道的脏水被抽干了，探照灯的光亮将下水道照了一个通明，管教民警探着头往下水道里张望。华博躺在"棺材"里屏住呼吸，躲过了搜查。

"轰隆隆，轰隆隆。"两天以后，精疲力竭的华博似乎听到了头顶路面上，传来一阵又一阵的汽车轮碾轧地面的声音，他静静地听着地面上的动静，感觉到下水道马葫芦的上方，应该有一个停车的地方。于是，他决定当晚趁着夜色逃出下水道。

"轰隆隆，轰隆隆。"一辆汽车停在了下水道马葫芦的井盖口，华博从"棺材"里爬出，顺着已经没有了脏水的下水道地沟，爬到了马葫芦井盖下面。他用力将马葫芦盖子推开一条缝，从马葫芦里探出头来四下张望。月光下，他看到了马葫芦井盖旁边正停着一辆运送垃圾的自卸车。

"咣当，咣当。"自卸车的司机正在往垃圾车上扔着垃圾袋，垃圾箱与垃圾车之间的距离不足 5 米。

华博趁着司机到垃圾箱取垃圾袋的空当，从下水道中钻了出来，他趴在地上一滚，滚到了垃圾车的下面。

"咣当，咣当。"华博趴在车子的底盘下，隐约感觉到司机还在从垃圾箱里取垃圾袋，一个个地往垃圾车上扔。

华博默默地计算着司机取垃圾袋和往车上扔垃圾袋之间的时间，8 秒、9 秒、10 秒，看来这个时间最多也不超过 12 秒。华博断定，只要他能在 10 秒钟之内爬进垃圾车的车厢里，就能够搭乘这辆垃圾车逃离监舍，至于垃圾车会将他拉到哪里？鬼才会知道！于是，他攒足了力气，趁着司机转身再去拎垃圾袋的空当，飞身一跃钻进了自卸垃圾车的车厢。

"嘀嘀。"垃圾车装满了垃圾，鸣着喇叭开出了看守所的大铁门。

华博躺在垃圾车的自卸车厢内，头上枕着垃圾袋，身上压着垃圾袋，一路颠簸逃出了秦山市看守所。

第 19 章
暗度陈仓

————

"丁零零，丁零零。"铁权书记办公桌上的红色电话机响起了清脆的铃声，他看了一眼来电显示，急忙接通了省委书记打过来的电话。

铁权一边听电话，一边做着电话记录，有时还不住地点着头："好的，书记同志，既然有人给我们使出调虎离山之计，我们就将计就计，给他来一个声东击西……"

当天下午，铁权书记主持召开了由各部门领导参加的碰头会，他还特意吩咐让李彪和田媛芳也列席了会议。

"同志们，我们省的贾放副省长已经失联十几天了。大家都知道，贾放是20年前，由湖南省湘西地区调到我们省的秦山市担任市委书记的。他在秦山市当了近5年的书记，然后又担任了我们北江省的副省长。在副省长的岗位上，又连续工作了15年，除了公安和国家安全工作以外，他几乎分管过全省的所有工作，前不久还被任命为常务副省长。在他失联的这十多天中，我们围绕贾放分管的部门，开展了专项审计和调查。今天，我们开一个碰头会，请调查组的同志汇报一下审计和调查的相关情况。"铁权端坐在纪委大会议室的长方形会议桌前，做了开场白。

"报告铁书记，一个月来，我们对贾放分管的部门和主管的工程项目，进行了专项审计。目前，审计工作还没有结束，暂时还没有发现什么重大问题。"调查组负责审计工作的负责人，开始汇报对贾放开展审计的情况。

"当当当"一阵轻轻的敲门声响，打断了负责人的汇报。只见两名身着检察官制服的年轻人，轻手轻脚地走到了铁权书记的身后，在铁权书记的耳边低声耳语着。

铁权书记眉头紧锁，侧耳听着检察官的耳语，重重地点着头。

"李彪同志，省检察院的同志要找你核实一个情况，请你配合一下。"铁权书记欠了欠身子，冲着坐在他对面的李彪说道。

两名检察官走到李彪的身旁，示意李彪跟着他们离开会议室。

铁权书记见检察官已经将李彪带离了会议室，便清清嗓子对在场的与会人员说道："同志们，省检察院接到举报，李彪同志在担任北江省秦山市看守所所长期间，涉嫌玩忽职守，省检察院要对他开展调查。"

铁权书记环视了大家一眼，表情严肃地对负责审计的负责人说道："我们继续开会，请你接着汇报吧。"

在省纪委的另一间小会议室内，检察官让李彪坐在了自己的对面，开始向李彪了解情况。

"李彪同志，我们是省检察院的检察官。我们接到举报，你在担任秦山市看守所所长期间，曾经放走了一名叫华博的犯罪嫌疑人，有这事儿吗？"检察官问道。

听了检察官的问话，李彪先是一愣。他看了看检察官紧板着的面孔，稳定了一下自己的情绪，向检察官解释道："在我担任秦山市看守所所长期间，看守所里确实逃脱了一个叫华博的犯罪嫌疑人，但他不是我放走的。"

"华博从看守所逃脱是在哪一年？"检察官的表情虽然严肃，但问话的语气还是很平和。

"那是 2005 年的夏天，我由分局派出所所长调到看守所当所长后不久。那天，看守所民警向我报告说，在押的犯罪嫌疑人华博逃跑了！我马上组织看守所民警和驻所武警封闭了看守所，在所内开展了地毯式的搜查，查遍了看守所的所有犄角旮旯，也没有发现他的行踪，华博就好像在人间蒸发了一般，不知下落！"李彪一边回忆着 14 年前的往事，一边对检察官讲述华博离奇的逃脱的经过。

"以前看守所发生过在押人员逃脱的事件吗？"检察官向李彪提问。

"在我担任所长期间，只有华博逃脱，以前有没有过在押人员逃脱，我不知道。"李彪冷静地回答道。

"华博是因为什么罪名被批捕的？"检察官又接着追问李彪。

"我听说，他是因为涉嫌生产和销售假药罪被批捕的。"李彪仔细听着检察官的问话，认真地在作答。

"怎么是听说？你难道不知道华博被批捕的罪名？"检察官皱了皱眉，不解地问道。

"我不是办案人，所以不知道。不过，他逃脱后，我曾经问过公安局的办案人，办案人说华博的案子是省厅经侦总队侦办的，他们只负责履行手续，具体情况他们也说不清楚。"李彪冷冷地答道。

"你对华博的案件了解多少情况？"检察官没有得到满意的回答，又换了一个角度问着李彪。

"华博从看守所逃脱以后，我被调离了看守所，到秦山市公安局刑警大队担任副大队长，专门负责追捕华博。追逃期间，我试图调取华博的案件卷宗，以便了解更多的情况对他实施抓捕，可从来就没有看到过任何卷宗或文字材料，所以对他的案件我了解得很少。"李彪清了清嗓子，向检察官述说着他所知道的情况。

"李彪同志，你说你没有看到过华博的卷宗，是这样的吗？"检察官好像并不相信李彪的回答，于是，又重复着刚才的问话。

"是的，我在负责追捕华博期间，还找过检察院的办案人，向他们了解华博被批捕的情况。办案人员对我说，他们也不知道当时的批捕材料到哪里去了。"李彪回答道。

"怎么会这样？"检察官在自言自语。

"现在你知道华博的下落吗？"检察官又问起了华博的下落。

"不知道。"李彪有些不耐烦地回答。

"好了，李彪同志！我们今天需要向你了解的情况就是这些。我们对你的调查形式是'函询'，所以给你做的是询问笔录而不是讯问笔录，你看看记录是否有误。"检察官站起身来，将他们记录的询问笔录交给了李彪。

李彪看过询问笔录以后，又将笔录递给了检察官说道："我可以走了吗？"

"李彪同志，我们只负责向你了解情况！"检察官说着，转身离开了小会议室。

李彪一个人被"晾"在了小会议室。

过了好半天，李彪听到身后开门的声响，他顺着声音回头望去，只见铁权书记正推门而入。

"李彪同志，等着急了吧？"铁权书记笑呵呵地问。

"书记！这是怎么回事？我怎么有点蒙圈？"李彪站起身来看着铁权问道。

"哈哈，你蒙圈了？跟你说句实话，不光是你蒙圈，我还被弄得蒙了圈呢！"铁权哈哈大笑了起来，打破了屋内的沉寂。

"李彪同志，刚才省检察院的同志向我汇报了他们对你的询问情况，你说的情况和他们调查的情况差不多。不过，我现在仍有三个疑点需要你解释：第一，华博逃脱一案发生在14年前，举报人为什么早不举报晚不举报，偏偏在我把你调到纪委，又把你安排到贾放失联的调查组以后才举报你？第二，华博是涉嫌生产和销售假药被批捕的，这个罪名即使判刑也判不了几年，他为什么要冒着被抓回来加刑的风险越狱？第三，华博的案件为什么连一张纸都没有留下，是什么人能把案件卷宗处理得如此干净？"铁权拉过一把椅子坐在了李彪的对面，他的话像是在问李彪，更像是在问自己。

"书记，你是说……"李彪瞪大了眼睛看着铁权，他在掂量着铁权书记说话的分量。

"铁书记，说句心里话，您刚才说的这三个疑点，也正是我的疑惑。十多年以来，我对华博的案件一直都在关注，始终在寻找着华博的下落和案件的线索。前不久，我又去省公安厅档案室查当年的档案，可仍然一无所获。"李彪稍微沉思了一下，说出了他的疑惑。

"哦？你去省厅查档了？"铁权有些惊讶地问着李彪。

"是的，因为华博的案件，当年是由省公安厅经侦总队负责侦办的，正卷既然下落不明，我想看看公安厅有没有存档的侦查副卷。"李彪对铁权不敢隐瞒，他在向铁权实话实说。

"这么说，你也在怀疑……"铁权眉头紧锁问着李彪。

"书记，我觉得华博的案件有着太多的蹊跷之处，所以，我想弄个水落石出。"李彪向铁权书记说出了他的真实想法。

"李彪，我给你的任务是让你调查贾放失联，可没有让你去调查华博案件，你为什么要擅作主张，到省公安厅查档？"铁权脸色一沉，有些不高兴地问道。

"书记，我记得你给我的任务代号叫'踏雪有痕'，既然是'踏雪有痕'，就得寻踪觅迹，不放过任何可疑的线索。现在虽然还看不出华博的案件与贾放失联有关，但当年侦办华博案件的是省厅经侦总队，而经侦总队又与秦山市公安局有着千丝万缕的联系，所以，我想通过侦查华博案件扩大一些线索，有时候歪打或许还能正着呢！"李彪虽然没有直接挑明当年办理华博案件的是沈寒冰，但他觉得凭铁权的智慧，是能够把沈寒冰与贾放联系在一起的。

"哈哈，我说李彪，你怎么一阵聪明，又一时糊涂呢？正是你的鲁莽行为，才打草惊了蛇，不然怎么会有人举报你？"铁权表面上是在埋怨着李彪，其实他早就从李彪被举报中看出了端倪。

"李彪同志，既然你认为华博的案件有些蹊跷，那你就说说这个案件的蹊跷之处都在哪里吧！"铁权显然对李彪的逻辑产生了兴趣，他也希望挖了萝卜带出泥。

"书记，说句实话，我弟弟在秦山市元亨制药公司当车间主任，我从他嘴里了解到不少有关华博的情况，所以我的疑点越来越多。"李彪看着铁权说道。

"李彪同志，既然你有疑点，那你就说说华博案件中的疑点都有哪些吧？"铁权在贾放调到省里以后当过秦山市委书记，对秦山市发生的重大事件或多或少也都有耳闻。他敏感地意识到，李彪对华博案件疑虑的原因，是因为贾放与现任秦山市公安局长沈寒冰有着剪不断理还乱的关系。而正是沈寒冰当年侦办的华博案件，难道真是无巧不成书吗？铁权也在心里画着问号。

"铁书记，我认为，华博案件疑点的核心只有两点。"李彪若有所思地说出了他的疑虑。

"两点疑虑？你说说都是哪两点？"铁权急切地问。

"这两点就是：一个人和一件事！这个人就是元亨制药公司的副总凌丽，她是华博案件的关键人物。正是凌丽作了伪证，才使华博身陷囹圄。至于这一件事嘛！那就是华博身为如日中天的制药公司的总经理，为什么要生产和销售假药？"李彪冷静地做着分析。

"李彪，你说得有点意思，继续说下去！"铁权听了李彪的分析，兴奋了起来。

李彪见铁权对他的话产生了兴趣，便绘声绘色地讲起了李大虎给他讲的有关华博和凌丽的故事。

"铁书记，根据我弟弟的介绍，凌丽和华博两个人的关系非同一般，华博在上大学期间曾经上演过'英雄救美'的大戏，他从外国流氓手中解救过凌丽。华博后来在援助非洲期间，又遭到那个外国流氓家人的报复，后来被非洲警方遣送回国。凌丽为了给华博申冤，又设计获得了外国流氓陷害华博的内幕，还削掉了那个外国流氓的要害部位，为此，凌丽被判了4年徒刑。这个'英雄救美'和铲除'祸根'的故事，20年前曾传遍整个秦川市甚至北江省，不知道书记是否听说过？"

"哦！我好像有过耳闻。李彪，你接着说下去。"铁权急着要听李彪的下文，于是他催促着李彪。

"华博来到元亨制药厂当厂长之后，想方设法找到了刑满释放的凌丽，请她来做副厂长。凌丽不负众望，为华博发明的'哮喘灵'申请了国家专利和药品生产批号，又全力支持华博将制药厂改制成立了有限责任公司，从此，元亨制药公司扭亏为盈开始蒸蒸日上。在这种背景下，身为功勋企业家的华博，有必要生产和销售假药吗？"李彪对铁权一语道破了玄机。

"李彪，我听明白了，你是在怀疑这起案件的真实性？"铁权问着李彪。

"书记，是这样的！这起案件的更大疑点就是凌丽作伪证，华博才被抓。"李彪说出了此案的关键之处。

"你有什么根据说凌丽作的是伪证？"铁权追问。

"这是凌丽亲口对我说的。凌丽作伪证以后，生命受到威胁，不得不逃离了秦山市。在她逃离之前，又把华博将要被害的信息亲口告诉了我。这样一对到了谈婚论嫁程度的搭档，却能够反目成仇到这种地步，难道不奇怪吗？所以我认定凌丽是在受到威胁以后，不得已才作出了伪证。"李彪在对铁权讲着他所归纳的"一个人和一件事"，并对凌丽伪证做出了认定。

"所以，你就放跑了在押的华博？"铁权不动声色地"敲打"着李彪。

"哎！书记同志，您不能总是变着法儿的把我往沟里带呀！华博逃跑可跟我一点关系也没有。我是看守所长，知道放走犯罪嫌疑人该当何罪，我只是借着检查监舍的机会，暗示了他一下，给自己亲自提审他找个理由，可没承想这小子还真的越狱了。"李彪表情严肃地对铁权做着解释。

"李彪同志，你是老公安了，对举报信不要太在意，你还是要把精力放在调查'踏雪有痕'专案上。"铁权怕他的话会给李彪带来压力，赶忙给他吃下了定心丸。

"华博和凌丽现在何处？你有他们的消息吗？"铁权急着想知道华博和凌丽的下落，于是他话锋一转，接着问着李彪。

"我断定，他们都已经逃到了国外！"李彪十分肯定地做着判断。

"你怎么能确定他们都逃到了国外？"铁权目不转睛地盯着李彪问道。

"八年前，我曾经接到过凌丽在泰国打来的电话，她向我举报秦山市有个地下传销组织。当时，我越级向省厅刘厅长做了汇报，刘厅长派人和我一起去泰国见到了凌丽，凌丽向我们揭发了这个地下传销组织的内幕。省厅根据凌丽提供的线索，一举摧毁了这个特大传销组织。这个情况您应该知道啊！"李彪向铁权说出了凌丽在国外的依据。

"哦！这个情况我当然知道，但我不知道是凌丽向你提供的线索。当时，我正在秦山市当市委书记，你就是因为破获了全国最大的传销大案，才被破格提拔为秦山市公安局的副局长。当时，沈寒冰局长对破格提拔你当副局长，还有不同意见，是我在常委会上拍的板，你才当上秦山市公安局的副局长。"铁权听李彪提及秦山市那起震惊全国的特大传销大案，一下子就想到了当年提拔李彪当副局长时的情形。

"哦！这回我才知道，原来提拔我的恩人就在眼前啊！书记，李彪向您敬礼了！"李彪说着站起身来，向铁权敬了一个标准的军礼。

铁权见李彪直挺挺地站在自己面前，向他敬着军礼，便连忙摆手说道："李彪同志，你破了大案理应被提拔，用不着感谢什么恩人。我们言归正传！"

"既然凌丽逃到了国外，那你又有何依据能证明华博也逃到了国外？"铁权又在问着李彪。

"当年华博越狱之后，我就判断他一定会追踪凌丽，因为只有找到了凌丽，他才能洗清不白之冤，所以我就带人来到了黑龙江省的熊瞎子村，在凌丽家里蹲坑守候着华博。果然不出我所料，凌丽前脚刚回到家里，华博后脚就追了过来，只可惜，华博来到凌丽家的那天夜里发生了意外情况，我与华博便遗憾地擦肩而过了。从那以后，一直到在泰国见到凌丽之前的五六年当中，我就再也没有获得过有关凌丽与华博的任何音讯，所以，我敢肯定，既然凌丽逃到了国外，华博也一定循着她的踪迹追到了国外。"李彪又把他在熊瞎子村追捕华博时遇到公牛群围攻的情形向铁权做了述说。

"哦，我现在明白了！凌丽作伪证陷害了华博，然后又良心发现，把有人要谋害华博的信息转告给了你。你的良知和正义促使你同情华博，对他有了暗示，他才想到了越狱，并且成功地逃离了看守所。你由此推断，华博和凌丽都已逃到了国外，对不对？"铁权书记如梦初醒，他一语道破了华博和凌丽与李彪之间的关联。

李彪听着铁权书记的分析判断，不好意思地点了点头。

"李彪同志，你之所以一直认为此案疑点重重，是怀疑这起案件的幕后有着巨大的阴谋，所以你一直在暗中寻找证据。你被我安排到了贾放失联的调查组后，有人害怕你将这个案件查个水落石出，拔出萝卜带出泥，才想借我的手让你像华博和凌丽一样销声匿迹，对吧？"铁权目光炯炯地看着李彪说道。

"李彪同志，这一切现象表明，你的判断是准确的。看来你已经揪住狐狸尾巴，打住了毒蛇的七寸，所以才有人对你实施了'举报行动'。他们举报你的目的就是要给我们放烟幕弹，以此来迷惑我们的视线，干扰我们调查贾放的注意力，这是他们为掩盖其罪恶，精心设计的一条调虎离山之计。所以，我们要将计就计，不被他们的烟幕弹所迷惑。"铁权气愤地说道。

"俗话说得好，狐狸再狡猾也斗不过好猎手。既然有人给我摆出了迷魂阵，我也要还他个障眼法，刚才，我在会议室故意将对你调查的消息传播了出去，我就是要麻痹他，给他充分的时间和空间让他施展阴谋诡计，让他及早现出原形。不管华博的案件与贾放是否有关联？我们都要一查到底。"铁权斩钉截铁地说着。

"李彪同志，现在我要双管齐下，先调转枪口，让子弹在空中飞一会儿！"铁权鼻子"哼"了一声，轻蔑地说道。

"书记，您的意思……"李彪惊诧地看着铁权。

"我的意思是明修栈道、暗度陈仓。我们表面上对你展开调查，暗中委你重任。我要你和田媛芳同志马上动身去北京。"铁权站起身来，习惯性地倒背双手，给李彪布置了新的任务。

"让我们去北京？"李彪瞪大了眼睛问着铁权，他没有理解铁权"明修栈道、暗度陈仓"的用意。

"对，派你们去北京。你们要从北京财经大学开始调查，循着贾放的人生轨迹寻踪觅迹，查一查他到底有没有违法犯罪的痕迹。我倒是要看看，贾放走过的路，到底是有痕还是无痕。"

第 20 章
湘西探秘

————

这天早上，在北京财经大学家属宿舍大门外，李彪和田媛芳身着运动服，并肩走在了通往菜市场的小路上。

李彪的想法是利用"逛早市"的机会，有意接触一些"财大"的退休教师，以便从他们嘴里了解到有关贾放当年在"财大"学习生活的一些情况。

"李彪，你看我打扮得像不像一个居家过日子的家庭主妇？"田媛芳留着齐耳的短发，穿着一身得体的蓝色运动衣裤，手里提着一个菜筐，走在了去菜市场稀稀拉拉的人群中。她对李彪精心设计的这种乔装打扮"逛早市"的做法，显得很配合。

"像，像极了！惊艳美女造访北京早市，这场景也就能在电视剧里看到吧。"李彪与媛芳拉着话儿，看起来他们就像是一对儿恩爱的夫妻。

"李彪，你说我们在早市上，能遇到认识贾放的人吗？"田媛芳虽然配合着李彪，但对是否能够大海捞针般地在早市里找到知情人，心里还是没有底。

"媛芳，你想想，贾放是在 1978 年考入北京财大的，那年他只有 19 岁。他当年的老师，现在起码都已经七八十岁了，就是同他一起留校任教的同学，也都 60 多岁了。这些教师早已退休，如果我们挨家挨户地敲门，去询问有关贾放的情况，有谁会愿意配合我们？可我们把调查的地点选择在早市，情况就大不一样了。这个早市就在'财大'家属区的门外，退休教师谁都要来早市买菜，在这个场合与他们谈天说地，他们都不会太介意，三言两语就有可能唠出一些我们所不知道的贾放。关键是看我们的语言艺术，能否取得老教师对我们的信任。只要老教师信任我们，他们就会毫无顾忌地与我们说真话。"李彪对自己的想法信心满满，他告诉田媛芳自己的思路，目的是要激发起田媛芳的聊天热情。

"嗯，有道理！还是你们干过公安的人点子多。"田媛芳点着头，会心地笑了。

"大妈，您买菜去呀？"田媛芳笑着，主动与身旁一位胖胖的老大妈打着招呼。

"哦，我去买点肉。姑娘，听口音你是北方人吧？"大妈笑盈盈地看着田媛芳，两人边走边聊了起来。

"我是北江省的，来北京串门。"田媛芳说着，又主动过去帮大妈提菜筐。

"你是北江省的？听说北江省的风光特别好，我和老头子还一直想到北江去旅游呢！"老大妈性格开朗，又非常健谈，她与田媛芳拉着话儿，好像她们早就相识一般。

"大妈，北江的风景确实很好，很适合老年人游玩，我们省有个副省长就是你们'财大'的毕业生，说不定你们还是老相识呢！你们要是去了北江，你可以找他，让他请你们吃饭。"田媛芳开始施展她的聊天艺术，三两句话就切入了正题。

"哦，你说的是贾放吧！他是上一个世纪70年代末，国家恢复高考以后，我们'财大'的第一届大学生。他能当上副省长，是我们'财大'的光荣。不过，我虽然认识他，可他早就不记得我喽！"老大妈脸上泛着自豪和喜悦，她对田媛芳侃侃而谈了起来。

"大妈，您认识贾副省长？"田媛芳故意与大妈聊着有关贾放的话题，语言的艺术就在于能通过别人嘴里，不留痕迹地了解出自己想要获得的内容。

"他上学那会儿，我在'财大'图书馆工作，每天晚上，贾放都来图书馆夜读，不论刮风下雨他从不间断。那小伙子非常用功，他不像其他学生，吃完晚饭就在操场上疯玩儿，他把别人玩儿的时间都用在了看书、查资料上，难怪人家日后会有大出息喽！"老大妈笑呵呵地向媛芳描绘着贾放当年在图书馆看书学习的样子。

"大妈，您还能回忆一下贾放副省长当年在'财大'的其他情况吗？我是《北江日报》的记者，回去在报纸上发表一篇贾放副省长当年在'财大'学习时的励志文章，对现在的青年人不也是很好的启迪吗？"田媛芳灵机一动，立即向老大妈提出了"采访"的要求。

"你们这些记者就是敏感，我刚说了两句话，你马上就要写文章了。不过也好，让大家能从贾放勤奋好学的故事中受到启发，激发年轻人的斗志，让他们学有榜样，也是我们这些老一辈教师的责任。好吧，回头我找几个当年与贾放有过接触，能讲出他当年学习生活故事的老同志，请大家在一起聊一聊，给你的文章凑一凑素材。"老大妈十分爽快地答应了田媛芳的"采访"要求。

"还有……"老大妈突然又像想起了什么，于是她也对田媛芳提出了要求："记者姑娘，大娘也向你提一个要求，在你的文章中，一定要写出我们这些老教师的名字，登报的时候，还得要让我们能够看到报纸才行。"

"这没问题，我一定将报纸寄给你们每个人。"田媛芳愉快地答应着大妈。

"姑娘，等贾放的事迹登报以后，我组织一个'财大'退休老同志赴北江省旅游团，我们拿着报纸去见贾副省长。到那时候，我们师生在一起叙叙旧，回想那些40年前的往事，不是一件很有意义的事情嘛！"老大妈对田媛芳说着，好像手里已经拿到报纸一样高兴。

"这是我家的电话和楼门号，你下午到我家里来，我把当年认识贾放的老同志邀请到我家里来，你就在我家里采访他们吧！"老大妈爽快地给田媛芳留着电话，并把家庭住址告诉了她。

"媛芳，真有你的！踏破铁鞋无觅处，得来全不费工夫！看来咱俩的配合还真是天衣无缝。"李彪笑嘻嘻地夸奖着田媛芳，田媛芳美滋滋地甩动着秀发，眼睛都笑成了弯弯的月亮。

当天晚上，李彪和田媛芳汇总了她"采访"到贾放的情况以后，第一时间将电话打给了铁权书记。

铁权的电话刚一接通，李彪便大着嗓门对着听筒喊道："铁书记，媛芳在北京立大功了！"

铁权知道，李彪办案一向认真，言语也一贯谨慎，他既然能说出媛芳立了大功，就一定是调查贾放的工作有了重大突破。于是，他赶忙追问道："哦，这么快就立功了？快说说，立了什么大功？"

"报告书记，今天下午，媛芳见到了好几位贾放当年的老师和同学，他们毫无保留地聊起了贾放当年在'财大'学习和生活的情况，这些情况太重要了！我敢向您打包票，有些情况您原来肯定不掌握。"李彪兴奋地对铁权书记说。

"什么情况？说说看！"铁权见调查贾放的工作有了进展，心里也十分高兴，他在电话里催着李彪。

"书记，据贾放当年的同学介绍，贾放在湖南湘西老家曾经结过婚，并且还有一个儿子。我在阅读贾放档案时，根本没有发现有过这方面的记载。"李彪像发现了新大陆，赶忙向铁权书记汇报了媛芳了解到的新情况。

"哦，他以前结过婚？还有个儿子？这个情况准确吗？"听了李彪的话，铁权暗暗吃了一惊。

"这个情况是和贾放一起在德国留学，又一起在'财大'留校任教的老同学介绍的，应该不会错。"李彪接着又把田媛芳听到的贾放母亲过世、父亲如何病瘫，以及贾放和他"妹妹"又是怎样结婚的经过，原原本本地向铁权书记做了汇报。

"我与贾放共事了十几年，还真没有听说过他在娶于清华之前，还有妻子和儿子。在他自己填写的履历表中，妻子于清华与他是初婚，而不是再婚哪。男婚女嫁、娶妻生子，本来就是天经地义的事情，可他为什么要隐瞒这段历史？没有必要嘛！"铁权在电话里自语道。

铁权静静地听着李彪的叙述，渐渐皱了皱眉头，他实在搞不清楚，贾放隐瞒这段婚史有何用意？他略微思考了片刻，急迫地追问着李彪："李彪同志，贾放的前妻叫什么名字？她和贾放的儿子现在何处？"

"书记，媛芳问过了贾放的那个同学，他也不知道贾放前妻的姓名，更不知道他儿子现在在做什么。我觉得要搞清楚这个问题，应该到湘西去一趟，到了湘西，可能还会有更多的发现。"李彪回答着铁权的问话，还向铁权书记提出了自己的建议。

"李彪同志，你反映的情况非常重要，我同意你们去湘西，去实地了解一下贾放当年的生活情况。他对我们隐瞒前妻和儿子的存在，背后一定有着不可告人的秘密。"铁权书记果断地做出了决定。

湘西，位于中国湖南省的西部。3.8亿万年前，大自然的鬼斧神工，用人类不可想象的时间，塑造了湘西神奇的地质地貌。连绵起伏的武陵山脉，群山巍峨、峰峦叠嶂，像一座天然屏障阻挡住了中原大地与大西南的沟通。发源于武陵山上的沅水、澧水顺山势而下，将秀丽的高山湖泊镶嵌在了大山的腰间。巧夺天工的湘西，无处不是绿水青山，宛如仙境一般精美绝伦。

李彪和田媛芳按照贾放大学同学指引的路线，由北京乘火车一路南下，踏上了寻觅贾放足迹的征程，他们到达湘西地区首府吉首市的时候，天已经大亮。

走出站台，一股南国的清风扑面而来，李彪和田媛芳都感到了沁人心扉的一丝惬意。

田媛芳和李彪仍然穿着运动装，与他们在北京有所不同是，两人的肩上都背着重重的行李包，让人一看便知这是一对情侣驴友。

"李大哥，你说说，这次到湘西来，你又有什么鬼点子？你运筹帷幄之中，我决胜千里之外。你指到哪儿，我就打到哪儿！"田媛芳往肩上耸了耸行李包，调皮地眨眨眼问李彪。

"媛芳，这次到湘西来，我们两个人来一个乾坤大换位，你指挥我执行，全程听你调遣。你让我打到哪儿，我就打到哪儿，绝不后退半步。"李彪笑着对田媛芳表着态。

"你说话当真？全程都会听我指挥？"田媛芳忽闪着美丽的眸子，认真地问李彪。

"当真！我向你保证，一定听话！"李彪见媛芳的样子十分天真，立即诚恳地表着决心。

"好吧！李彪同志，我命令你马上把我肩上的背包，背到你的肩上去，请你立即执行！"田媛芳说着，双肩一耸，摘下肩上的背包，毫不客气地交给了李彪。

"哈哈，就这么点小事儿，不在话下！"李彪哈哈笑着，将田媛芳的背包提在了手中。

"这还差不多，表现不错！"田媛芳瞥了一眼肩扛手拎两个大包的李彪，"扑哧"一下笑出了声，整个脸蛋都笑开了花。

"跟我走，前面有一家旅行社，我们去找辆车，开始向湘西进发！"田媛芳吩咐着李彪，一蹦一跳地走进了路边一家旅行社，再也不去看已是满头大汗的李彪。

李彪跟着田媛芳来到了那家旅行社的门前，他见田媛芳已经进了屋，便选择了一棵枝叶茂密的芙蓉树下，一屁股坐在背包上喘起了粗气。

过了好半天，只见田媛芳从旅行社里领出来一位穿着侗族民族服装的美女。李彪赶紧站起身来。

"李哥，我给你介绍一下，这位小姐名叫莫莉，她家就住在山里的侗族村寨，我请她来给我们做导游，她能带我们进山寨。"田媛芳兴高采烈地将莫莉介绍给了李彪。

"大哥你好！我叫莫莉，今年25岁，是这家旅行社的导游。你们有什么要求尽管跟我讲，我会尽全力来满足你们的要求。"莫莉礼貌地向李彪鞠了一个躬，她在介绍着自己。

李彪偷偷打量了一眼莫莉，只见她圆圆的脸盘，大大的眼睛，身着一套白色的粗布长襟衣裤，头上盘着发髻，发髻上扎着红色的头绳和银质装饰，浑身上下都散发着少数民族姑娘那种纯朴的气息，十分招人喜爱。

"认识你很高兴，我姓李，你就叫我李哥吧！"李彪擦了一把额头上的汗，热情地与莫莉打着招呼。

"你们要去的侗族村寨离这里很远，差不多得坐一天的车。虽然山路十分崎岖，不过沿途的风光很美，我相信，这里的美丽景色你们肯定没有见过。"莫莉落落大方地说着，说话的声音异常的动听。

媛芳包了一辆吉普车，司机姓甘，是当地一位憨厚的侗族小伙子。吃罢早饭，四个人有说有笑，开始向武陵山深处的侗族山寨出发。

车子开出吉首市不远，眼前出现了一座横跨峒河的大桥。莫莉指着大桥，对李彪和媛芳说道："请系好安全带，我们开始爬坡了，这里是'矮寨公路'爬坡的起点，我们现在行走的这段坡路，长度虽然只有6公里，但爬坡的垂直高度却有400多米，坡度也有70度，所以我们要走一段反反复复的'回头弯'，爬行一个又一个的'之'字形才行。"

李彪和田媛芳顺着莫莉手指的方向望去，吉普车已开始紧贴着人工凿开的山崖缓缓前进。此时，他们明显地感觉到，车子已经开始爬坡，而且爬升的坡度越来越陡，路幅越来越窄，弯道也越来越急。眼前关于路基沉陷、山崖落石、急弯减速的警示标志牌更是越来越密集。

吉普车前方突然出现了万丈悬崖，就在车子距离悬崖近在咫尺之际，司机小甘猛地一脚刹车，来了一个急转弯，车子"吱嘎"一声调了一个腔，擦着陡峭的峭壁，摆正了摇晃的车身。媛芳"哎呀"一声大叫，吓得闭上了眼睛。

"哈哈，姐姐不要害怕，虽然盘山公路旁边都是悬崖峭壁，满足不了车子做180度的折弯条件，但公路设计者巧妙地设置了一个仅能容一辆车子通过的圆形转车台，我们的车子在转车台中围绕圆心转过了360度后，再反折向上，就有惊无险了。在我们'矮寨公路'奇观6公里的路程中，共有15道这样的折弯，能使用转车台转向的，就有7处之多，您还是睁开眼睛，领略这段难得的公路之险吧！"莫莉话语轻松地对媛芳说着，努力缓解着媛芳的精神压力。而此时，田媛芳早已脸色苍白，心惊肉跳了。

田媛芳微微睁开眼睛，一次次地看着车子冲向了悬崖。可就在她即将闭上眼睛的瞬间，却又看到司机小甘将方向盘忽左忽右地打到极限。吉普车在悬崖峭壁之间，不断扭着一个又一个 180 度、360 度的弯，她的心一次次地提到了嗓子眼儿，手心里早已经攥满了冷汗。

一路上，车子不断地在盘山公路上爬行。一会儿，惊魂未定；一会儿，又化险为夷。黄昏时分才到达大山深处的侗族村寨。

李彪和田媛芳踩着古老的青石板路，刚走进村寨蜿蜒的寨巷里，耳边便传来悠悠的侗笛和铿锵的琵琶之声。

李彪和田媛芳被导游莫莉分别安排在了其他男女游客的房间之中。两人在回味一天的惊险刺激中，度过了在侗族古寨的第一个夜晚。

第二天天刚亮，李彪就起了床，他要在侗族古寨进入喧嚣之前，熟悉好古寨的地形地貌，以确定下一步的工作目标。

李彪在中央大街潮湿的青石板路上漫步，他发现青石板路只有寨子的中心大街上才有，其他小巷则是人们长年踩成的山间小路，小路蜿蜒崎岖形成了一条条的深街，一直延伸到远处的山脚下。

寨子中的竹楼、木屋依山而建，高矮错落，遍布在了山脚下。这些房屋都比较古朴，有的房屋门前还生长着遮天蔽日的参天古树。古树、老房、小巷在大山薄雾的笼罩下，恰是一幅原生态的生动画卷，在清新的天地之间，彰显着岁月的沧桑。

李彪远远地看见了一些习惯早起的侗族老人，老人们悠闲地抱着柴火进了屋，高耸的屋檐上，顷刻间便升起了袅袅的炊烟。

李彪在小巷中穿梭，路上有几条土狗懒洋洋地趴在土路上，伸着脖子好奇地看着他，向他投来了友好的目光。在土狗的周围，一群无拘无束的土鸡，一会儿低头在地上啄着爬行的蚯蚓，一会儿又抬起头，"咯咯"地唱起了属于它们自己的山歌儿。

新的一天开始了，太阳在远山的背后冉冉升起，将万丈霞光铺满了世外桃源一般的侗寨。

田媛芳与莫莉精心设计的"旅游"计划也正式开始了。

第 21 章
发现命案

———

"李哥、田姐，今天的天气特别好，我要带你们走进大山，让你们身临其境地了解我们湘西。"莫莉手搭凉棚眺望着远山说道。

"我们武陵山区人杰地灵，出过好多的志士名人。你们知道著名作家沈从文吧？他就是我们湘西人。他说我们湘西既有绮丽神奇的山川景色，又有古朴淳厚的民情风俗；既有精彩奇妙的神话传说，更有悲惨凄苦的人生遭遇。你们既然已经走进了湘西，就要听我给你们讲一讲湘西大山里的故事。不知二位对哪方面的故事感兴趣？"莫莉站在李彪和媛芳的中间，笑盈盈地履行着导游的职责。

"我要听一听你们侗族的神话传说。"田媛芳兴高采烈地撒着欢儿，她和李彪在莫莉的带领下，沿着崎岖的山路，向着神秘而俊俏的大山走去。

"好哇，我现在就讲给你听。在很久很久以前，有个侗族小伙叫布卡，他娶了个妻子名叫培冠。有一天，夫妻二人从山里回来，在经过一个小木桥的时候，脚下的河水突然猛涨了起来，紧接着，河水里又冒出一股黑风，一下子将培冠刮进了河里。布卡见状'扑通'一声跳入河中去救培冠。"莫莉绘声绘色地对田媛芳讲了起来。

"布卡救到培冠了吗？"田媛芳停住了脚步，全神贯注地问道。

"布卡在汹涌的河水里奋力呼叫着培冠的名字。此时，培冠已经被河中的螃蟹精卷到了河底的岩洞里，要娶她为妻，她大喊大叫就是不从。培冠的喊叫声惊动了河里面的花龙，花龙浮出水面摆了摆头，咆哮的河水顿时风平浪静了。花龙知道这是螃蟹精在兴妖作怪，便在水面上打了一个旋涡，沉到河底去斗螃蟹精。螃蟹精斗不过花龙，它化作一股黑烟从河里升上了天空，顷刻变成了一片乌云，花龙紧随其后在空中一个翻滚，将乌云压在了身下，使螃蟹精现出了原型，'扑通'

一声掉到了河里。花龙‘呼’的一下潜入到水中，摆着龙尾又开始大战螃蟹精，几个回合下来就把螃蟹精打得精疲力竭。螃蟹精再一次蹿出水面爬向了山崖，花龙见状一跃而起，冲着山崖不断地喷着水花。不一会儿工夫，山崖上便出现了一块螃蟹形状的黑石，螃蟹精就这样被花龙镇在了山崖上，那块黑石就被称作了‘螃蟹石’。”莫莉指着远处悬崖上的“螃蟹石”，生动地讲着它的由来。

“培冠得救了吗？”田媛芳急切地问。

“花龙镇住了螃蟹精，河水又恢复了往日的平静，培冠当然就被布卡救上了岸呗！这只是一个神话传说，不必当真，不必当真。”莫丽见田媛芳沉浸在了神话故事里，笑呵呵地连连摆手。

侗族、侗寨，歌声、乐曲，神奇的传说、美丽的景色。使人流连忘返，令人心旷神怡。田媛芳徜徉在奇峰峻岭的大山里，听着耳边“叽叽喳喳”的鸟语，闻着花海中的清香，早已把疲劳忘在了脑后。

一整天，李彪见田媛芳的兴致都很高，他跟在媛芳的身后，心里却一直都在想着贾放。贾放的人生是幸福还是凄苦？是喜剧还是悲剧？他一路想着，不知不觉已经到了下山的时刻。

田媛芳站在悬崖边，正要伸手去摘树上红彤彤的蛇果，却听到身后李彪絮絮叨叨的说话声：“媛芳，我只给你今天一天的游玩时间，明天开始必须进入工作状态，别忘了我们来这里的任务。”

“我说大哥，你能不能不烦？没看见人家正在忙着吗？”田媛芳头也不回地数落着李彪。

“媛芳，别介意，我是心里着急！”李彪见媛芳有些生气，又赶忙往回拉着话儿。

“我说大哥，来的时候不是说好啦，到了湘西一切听我安排，你怎么又反悔了？”田媛芳将摘下的蛇果送进了嘴里，回过头来对李彪噘起了嘴。

“我是怕你玩物丧志，所以提醒你别忘了我们的任务。”李彪一边说，一边伸手去向田媛芳要蛇果，他也要尝尝蛇果的滋味。

“不给！想吃自己去摘，不要享受别人的劳动成果。我刚才可是冒着生命危险摘到的蛇果，不能让你白吃。”田媛芳没好气地说着，轻轻撣掉了沾在手上的蛇果汁。“我说大哥，今天晚上你请我吃饭吧！你要是请我吃饭，我就把贾放的秘密告诉你。”田媛芳斜了一眼沮丧的李彪，调皮地说着。

“你？”李彪看着媛芳天真的神态，真是又好气又好笑。

"田姐，你过来看看这条短信。"听到莫莉的声音，田媛芳赶忙紧走几步，去看莫莉手机上的短信。

田媛芳看罢莫莉手机上的短信，一拍巴掌。她转过身来，满脸堆笑地喊着李彪："李哥，你说这顿饭，倒是请还是不请？"

李彪看着媛芳和莫莉互相对视的诡异眼神，一拍脑门，顿时恍然大悟。莫非田媛芳已经把调查贾放的任务，交给了开车的那个侗族小伙子？难怪这一整天，都没有见到那个司机小甘的面，看来媛芳还是蛮有心计的呀！

回到侗寨，李彪迫不及待地要请媛芳和莫莉吃饭，三人来到一家侗族风味的小餐馆。

"呵呵，这么丰盛啊！"随着说话声，司机小甘推门而入。

"李哥，田姐，给你们介绍一下，小甘是我的男朋友！"莫莉微红着脸，向李彪和媛芳介绍了两人的关系。

"哦！原来你们是一对儿恋人啊，祝贺！祝贺！"李彪站起身来一边拱手，一边说着祝福的话。

小甘坐在了莫莉的身旁，满脸喜悦地对李彪和田媛芳抱着拳："谢谢你们的祝福！我是在这个寨子里出生长大的，初中毕业我去当了兵，从部队转业回来以后，一直在旅行社开车。不久前，我和莫莉已经定了亲，就等明年举办侗族婚礼啦！"

"太好了！等你们结婚时，大姐给你们寄礼物。"田媛芳欢快地说着。

"大哥、大姐，先不说我们的事儿了，我先把田姐交给我的任务向你们汇报一下吧！"小甘收起了笑容，认真地对李彪和田媛芳说道。

"田姐交给你任务了？你知道我们是做什么的吗？"听了小甘的话，李彪眉头微微一皱，他心里在埋怨着田媛芳，不应该把身份过早地暴露给小甘。

"你们是做什么的？跟我没有什么关系，我也不想知道。我做事的准则是帮助别人幸福自己，所以，田姐说你们要给部队老首长写传记，让我帮她在寨子里寻找你们首长当年的生活足迹，我就愉快地答应了。我是当兵出身，很敬佩你们能如此尊重老首长，因此，我像完成部队首长当年交给我的任务一样，完成了田姐交给我的任务。"司机小甘如释重负地说着。

田媛芳得意地看着憨厚朴实的小甘，又偷眼瞥了一脸苦相的李彪，心里在说："李彪啊李彪，你也太小瞧我田媛芳了，我在安全局时也是首屈一指的侦查员，能犯低级错误，向陌生人暴露身份吗？"

"谢谢老弟！你快坐下！"李彪看懂了田媛芳的心事，赶忙起身拍着小甘的肩膀，请小甘坐了下来，又向田媛芳使了一个歉意的眼神儿。

"今天早上，你们上山以后，我就去找莫莉的父亲，我一说出你们首长的名字，我未来的岳父立即露出了异样的表情。我仔细一问才知道，莫大叔年轻的时候还见过贾放呢！所以，我可以确定你们要寻找的老首长，就曾经住过这个寨子。"小甘话音未落，李彪和田媛芳的脸上几乎同时放出了光芒。

"我在莫大叔的引导下，找到了寨子里的许多老人，他们一唠起贾放，都侃侃而谈，看来，你们这位老首长还真是一个有故事的人嘞！大哥、大姐，让小弟敬你们两位一杯！"小甘右手端起了桌上的酒杯，并用左手做了遮挡，彬彬有礼地敬着酒。

李彪听了小甘的话，立即兴奋了起来。他也学着小甘的样子，端着酒杯与小甘碰起了杯。

"老弟，你辛苦啦！快讲讲我们老首长的故事吧，我都等不及了！"李彪说着，将杯中的酒一饮而尽。

"贾放的父亲原来是我们邻村的汉族农民，后来娶了我们寨子里的侗族姑娘，就'入赘'到了我们侗寨。他有一个非常要好的朋友赵大叔，赵家和贾家的关系也非同一般。20世纪70年代末，贾放考上了北京的一所大学，他成了我们大山里飞出的一只金凤凰。可不等他大学毕业，他的母亲就在一次山体滑坡中失去了生命，他的父亲也在那次山崩中，被滚落的石头砸断了腰。"小甘一边喝酒，一边讲起了贾放的故事。

田媛芳听着，偷偷打开了随身携带的微型录音机。

"赵大叔为人特别热情，他帮着贾家处理了丧事，又将已经瘫痪的贾放爹接到了他家照顾。赵大叔年轻的时候，走南闯北见多识广，还有一套'相面'的绝活儿。他从贾放的面相中，看出他有贵人相，于是，就把女儿赵月娥'过继'给了贾家当女儿，其实，他的真实用意是想招贾放为'入赘'女婿。从此以后，赵月娥便担负起了侍候贾放爹的重任。"李彪和媛芳听着小甘的故事，脑子里勾勒着赵月娥的长相。

"贾放大学毕业以后，又要去国外留学。他爹怕儿子出国会留在国外，赵月娥不再侍候自己，就主张让他娶了赵月娥再出国。贾放起初并不同意父亲强加给他的这门婚姻，可架不住他爹以死相逼，这时候，赵大叔又趁机给他'相面'，说他出国后有大祸临头的迹象，必须结婚'冲喜'才能幸免于难。贾放在两位老人的威逼、恫吓下，只好答应了这门婚事。"小甘说到这儿，故意停顿了话语不再讲下去。

"喂，老弟！怎么不说了？我正听得入神，怎么给掐断了？"李彪看着小甘，直愣神儿。

"要知道后事如何，且听下回分解。我得喝点酒了，这么多美食，不吃可全浪费了。"小甘卖起了关子。

"哎，我说小甘兄弟，你这就不厚道了，不就是想喝酒吗？姐姐陪你喝！"田媛芳也正听到兴头上，她知道小甘在卖关子，于是，赶忙端起酒杯起身敬酒。

"我也敬哥哥、姐姐一杯。"莫莉打着圆场，也向李彪和田媛芳敬起了酒。四个人开心地喝了起来。

小甘几杯酒下肚，又来了精神。他把酒杯往桌上轻轻一蹾，学着说书人的样子继续开讲："且听第二回，贾放结婚！"

"贾放答应要娶赵月娥了！这下子可乐坏了好多人。最开心的当数赵月娥，这些年，她辛辛苦苦、端屎端尿地侍候老爷子，总算没白忙活。在咱们这大山里，贾放可算是一位名人，赵月娥能找这样一位前途似锦的老公，你说她能不高兴吗！赵大叔眼看着自己精心设计的'入赘'计划就要实现，他装神弄鬼、连哄带吓，终于使贾放成为了自己的乘龙快婿，心里也是异常的兴奋！贾放爹见儿子应了这门婚事，心里乐得直蹦，他瘫痪在床拖累了赵月娥这么多年，从心往外感觉对不住她，如今她一下子成了自己的儿媳妇，自己再也不用内疚啦！贾、赵两家人高兴了，寨子里的人也跟着高兴，大家眼看着自己寨子里的姑娘、小伙儿喜结连理，都喜出望外。"小甘越说越兴奋，越喝越能说，他的口才还真和说书人有一拼。

"我们侗族人向来能歌善舞，侗族婚礼更是热闹非凡。赵大叔经过精心准备，按侗族人的习俗，给贾放和赵月娥举办了一场传统的侗族婚礼，首先是建'木楼'，赵大叔请人将自己家原来的'吊脚楼'，改造成了'干栏楼'作为女儿的婚房，寓意将来女儿的婚姻会四平八稳。其次是'行歌坐月'，由于贾放和赵月娥不是经过'对歌'自由恋爱的，所以赵大叔要让贾放补上'对歌'恋爱这一课。在补办这一课的时候，赵月娥还闹出了笑话呢！"小甘生动地说着，李彪和田媛芳入迷地听着。

"'对歌'怎么还会闹出笑话？太有意思了，快说呀！"田媛芳急着听下文，她见小甘又停顿了话语，赶忙去与小甘碰杯。

"那天夜里，贾放拿着个梯子，开始往赵月娥住的三层木楼上爬。按侗族的礼节，月娥房中的窗户是应该关闭的，只有听到情郎在窗外唱歌唱对了她的心，窗户才会被她打开。可贾放蹬着梯子还没有爬到第三层，更没有先开口唱歌，月娥就急不可耐地从屋里打开了窗户。她趴在窗台上，一边伸手去拉正在向上爬的贾放，一边率先开口唱起了歌。她的这一举动，让贾放停在梯子上竟不知所措，引得院内院外的围观人群开怀大笑，'嗷嗷'地起着哄，当时的场面既热闹又尴尬。"小甘饶有兴趣地讲着，自己竟手舞足蹈地笑个不停。

小甘讲得有趣又沉迷，李彪和媛芳也忍不住大笑起来。

"按我们侗族婚娶的传统习俗，迎亲仪式要在深夜进行，新郎娶亲叫'夜娶'，新娘出嫁叫'夜嫁'。贾放家'夜娶'的迎亲队伍，要高举松明火把，吹着侗笛、侗笙，打着侗鼓，到新娘家里去迎娶赵月娥，新娘家里则要在寨门口设立'夜嫁'关卡，阻挡'夜娶'的队伍进寨。于是，两家便要在关卡前对歌，新娘家唱歌问，新郎家唱歌答，只有这一问一答应答如流，才能顺利通过关卡。可由于'夜娶'的队伍和'夜嫁'的关卡，都是由赵大叔一手操办，结果唱歌时出现了自问自答的笑话，弄得大家啼笑皆非，场面更加热烈。"小甘畅快地说着，自己也忍不住"呵呵"笑出了声。

"后来呢？"媛芳笑着问。

"后来，他们就成亲了呗！"小甘笑着答。

"有意思！有意思！"李彪津津有味地自言自语。

"好多年以后，贾放当了大官，回到了湘西。这时候，他和赵月娥已经有了两岁的儿子，他们一家三口带着贾放瘫痪的爹和月娥上高中的弟弟，一起搬出了侗寨。听老人们说，他们一家进城享清福去了。"小甘说着，从兜里掏出了手机。

"这个木楼就是贾放当年娶亲的婚房，我特意拍了照片给你们看。"小甘指着手机里面的木楼照片，对李彪和媛芳说道。

"谢谢你，小甘！你讲的故事太精彩了！"李彪端起酒杯，向小甘表示着谢意。

小甘见李彪端着酒杯，一副要收杯的架势，便赶忙摆着手说道："别呀！我的故事还没有讲完呢，别急着收杯呀。接下来，我还有更精彩的故事要讲嘞！"

"哦！还真有第三回呢？抱歉！抱歉！"李彪赶忙又坐了下来，洗耳恭听着小甘的下文。

小甘用酒润了润嗓子，接着说道："又过了几年，在一个大雨滂沱的夜晚，赵月娥的弟弟带着满身的泥水回到了侗寨，一进家门便跪在父母的身前，颤抖着声音说，他姐姐赵月娥在回家的路上，不小心掉下了山涧。"

"死了？"李彪和田媛芳几乎同时叫出了声。

"死了！和贾放结婚没有几年的侗族姑娘赵月娥，就这样离开了人世！"小甘说着，低下了头。

"怎么是个悲剧？"田媛芳瞪大了眼睛。

"赵月娥死了！她的父母经受不起这一突如其来的打击，到处寻找他们的女儿，后来，被送进了疯人院。"小甘露出了伤心的表情。

"疯了？"李彪和媛芳又几乎同时叫了起来。

"疯了！月娥的父母疯了，月娥的弟弟和贾放的儿子也不知去向。"小甘无奈地摇了摇头。

"后来，听老人们说，贾放在对面大山的山洞里，给妻子修建了一个衣冠冢，还立了一块无字碑。"小甘眼睛望着窗外绵延的大山，不再讲下去。

"赵月娥的父母现在还活着吗？他们还住在疯人院吗？"李彪迫不及待地问。

"听老人们说，他们在疯人院住了一段时间后又被人接走了，现在是死还是活，谁也说不清楚了。"小甘放低了声音说道。

"一个下落不明，一个生死未卜，这就是大结局吗？"田媛芳问。

"是的，寨子里没有人知道他们的下落。"小甘轻轻地回答。

李彪和媛芳互相对视了一下，他们谁都无法接受这个悲剧的结局，尽快破解谜团的愿望更加迫切起来。

第 22 章
死亡疑团

————

第二天，李彪让小甘向寨子里的老人打听清楚了赵月娥衣冠冢的具体位置，他和田媛芳要在小甘的带领下，去墓地看个究竟。他必须确认，贾放妻子之死，是真实存在还是传说。

赵月娥的墓地处在一座高山湖山顶的悬崖边上，登顶的山路非常艰险，小甘一行人用手抓着石缝垂落下来的藤条攀岩而上，小心翼翼地登上了山顶。在山顶的悬崖峭壁旁边，出现了一个不太大的岩洞，岩洞幽暗深邃，很像一座悬崖石窟，赵月娥的墓地就在这个石窟里。

正午时分，大家刚来到石窟的洞口，一股阴凉的冷风便从洞内袭了出来，连洞口的野草都被吹得瑟瑟发抖。小甘伸手拨开杂草，率先走进了黑黢黢的石窟，他点燃了随身携带的一束火把，火把瞬间便将洞内映得通红。

李彪和田媛芳跟在小甘的身后进了石窟，洞内阴森森、凉飕飕，很是瘆人。田媛芳下意识地抓住了李彪的手，李彪感到她的手心里都沁出了冷汗。

"这里就是赵月娥的墓地吗？"田媛芳壮着胆子问着小甘，洞内回荡着她说话的阵阵回音。

"没错，这个石窟就是贾放给赵月娥选的墓地。我们侗族有利用石窟建墓地的习俗，所以大山里的许多石窟都成了安葬逝者的墓地。"小甘说着，又将手中的火把高高举过了头顶。

李彪借着火把的亮光环视了一下洞内，只见幽暗的石窟中央，是一座用石头堆起的坟茔，坟茔有一人多高，石缝中长着野藤和野草。

"快看，坟前有墓碑。"小甘说着，将火把凑到了墓碑前。

李彪和田媛芳在火光的映照下，看清了坟前那一块一米多高的石板墓碑，墓碑上面刻着"赵月娥之墓"几个字。墓碑前，是一条前腿跪地的石狗，石狗的脖子上拴着粗大的石锁链，石狗的后背上还插着一把用石头做成的尖刀。一块二米多长的无字墓碑，重重地压在了石狗的身上，已经断裂成了两截。

李彪和田媛芳立即被石窟内的情景惊呆了！

"怎么会是这样？"李彪脑子里画着问号，他接过小甘手中的火把，像一个勘查犯罪现场的刑侦技术员，在石窟中寻找着可疑之处。

李彪从洞内石头的风化程度上已经明显地看出，刻着赵月娥名字的墓碑和躺在地上的石狗，是同一石材的新雕塑，坟茔和压在石狗身上已经断裂的无字碑，又是另一种老旧的石材。由此，李彪迅速做出了判断，赵月娥的墓碑和躺在墓碑前的石狗，显然是有人刚刚添加在石窟内的，而那块压在石狗身上的墓碑，才是贾放当初给妻子立的无字墓碑。

"有人来过这个墓地。"李彪转身看了看石窟洞口，他蹲在被人踩踏过的野草边，搜索着足迹。

"是什么人给赵月娥立了一块写着她名字的墓碑？贾放当年又为什么要给赵月娥立一块无字墓碑？"李彪用手触摸着压在石狗身上那块断裂的无字碑，又久久凝视着写着赵月娥名字的新墓碑，极力地思索着。

"太蹊跷了！一块墓地中竟有两块墓碑，这是怎么回事？贾放给妻子立无字碑，难道他是在效仿武则天，千秋功罪让后人评说？"李彪越想越觉得这座墓地里面有着很多不对劲儿的地方。

赵月娥死了！如果李彪不是亲眼看到赵月娥的墓地，他是不会轻易相信这个近似传说的故事。

"赵月娥是怎么死的？难道真是自己不小心坠崖而亡？"李彪心中的疑点越来越多，职业的敏感促使他开始怀疑起了赵月娥的死因。

"想什么呢？"田媛芳见李彪正在茶呆呆地发着愣，便用手轻轻地拍了一下李彪的后背，压低了声音问道。

"媛芳，我感到赵月娥的这个墓地有点不对劲儿，这里面存在着诸多疑点。"李彪和田媛芳并肩走在下山的路上，他一边想着墓地内的情景，一边对她说道。

"我也感到这个墓地很蹊跷。"田媛芳蹙着眉头也在思索着。

"我觉得这个无字碑在给我们传递着一个重要信息，贾放之所以要给妻子立无字碑，说明他内心中有许多难言之隐。也就是说，他与赵月娥之间，有着许多不为人知的秘密,这就给了我们无限的遐想空间。"田媛芳向李彪说出了自己的想法。

李彪品味着田媛芳的话,他的思绪一下子又跳跃到了贾放画的那幅油画:"媛芳,你还记得贾放那幅油画吗?"

"怎么不记得,踏雪无痕嘛!"田媛芳甩了一下眼前的"刘海儿",冲着李彪说道。

"我从这块无字碑中,仿佛看到了贾放做事不留痕迹的行事习惯。"李彪瞅着田媛芳,板着脸说道。

"嗯!有道理,这可能就是他做事谨慎的一贯作风,他时刻隐藏着自己的内心世界,不想留下任何痕迹。"田媛芳的脑海里反复出现着贾放的那幅油画。

"没错!这一点,我们两个人的判断是一致的。"李彪坚定地说道。

"所以,我们需要破解的第一个疑团就是,贾放和赵月娥之间究竟发生了什么?这个疑团破解了,赵月娥的死因可能就会清楚了。"李彪说着,轻轻地"哼"了一声。

"你在怀疑赵月娥的死因?"田媛芳歪着头问着李彪。通过这几天与李彪的接触,田媛芳感到李彪是一个很有智慧的人,尤其是他理性的逻辑思维方式,让她从心里往外佩服。

"是的,我是在怀疑赵月娥的死因,一段充满传奇的爱情故事、一个充满激情的生命,怎么转瞬就成为了过眼云烟?"李彪说着,脑子里的问号越画越大。

"对!赵月娥的死因确实是个谜。那第二个疑团呢?"田媛芳追问。

"这第二个疑团,就是什么人推倒了贾放立的无字碑?他为什么要推倒这块无字碑?这其中的奥秘又是什么?"李彪两道剑眉都快拧到了一起,眉宇间瞬间便凝成了一个深深的"川"字。

"你能肯定是有人故意推倒了无字碑?"田媛芳惊诧地问着李彪。

"我刚才仔细勘查了那两块墓碑,它们的用料是完全不同的,所以,一定是有人推倒了贾放原来立的无字碑,又立了这块刻着赵月娥名字的新墓碑。"李彪十分肯定地做着分析。

"所以,我的判断是,推倒无字碑与雕刻石狗是同一个人,这个人可能仇恨贾放,更痛恨这块无字碑,所以他砸断了无字碑,并把它压在了石狗的身上。你忘记了吗?贾放虽然出生在1959年,农历是猪年,可他是1月份生人,1月是狗年的腊月,他的生肖是狗,所以我断定,这个人是在用贾放的属相,暗示,要让他在赵月娥的墓前谢罪。我从那条石狗的身上,分明看到了一股仇恨的火焰在燃烧,这个人肯定是贾放的仇人。"李彪拍了拍媛芳的肩膀,信心十足地说道。

"哦！我明白了，难怪石狗身上还插着一把石头尖刀，看来这个人对贾放已经到了恨之入骨的程度，否则，他是不会在赵月娥的墓前，推碑杀狗明志复仇的！"田媛芳眼前一亮，茅塞顿开。

"媛芳，你说得太对了！这个复仇之人与贾放和赵月娥都有着特殊的关系，能够具备这种双重关系的人没有几个。虽然我们不能过早下结论，但答案离我们已经越来越近了。"李彪和田媛芳对视了一下，会心地笑了。

"我马上联系我的同学陈鑫，他在湖南省公安厅刑侦总队当副总队长，请他帮助我们立即在湖南开展侦查。贾放的做事习惯是不留痕迹，可人过留名、雁过留声，我就不信他会一点痕迹都没留下。"李彪说着，仰望着蓝天中滚动的白云，仿佛在云中看到了大雁的影子。

"对，我们去当地公安机关查找失踪人口档案，或许能找到我们需要的答案。"田媛芳说着，也学着李彪的样子，在天空中开始寻觅。

"苍天作证！"田媛芳大声喊着，她的声音在山谷中久久回荡。

"陈总队长吗？我是李彪！"李彪把电话打给了他在公安大学时的同学陈鑫。

"李彪啊！你到了湖南怎么也不告诉我一声，害得我到处查找你的行踪，我说你老兄也太不厚道了吧！"电话另一端，传来湖南省公安厅刑侦总队陈鑫副总队长的声音。

"哦？你怎么知道我在湖南？"李彪听了陈鑫的话觉得有些奇怪，他心里在问，这小子难道能掐会算，知道我到了湖南？

"湖南省公安厅接到了北江省公安厅的协查通报，这个通报是加密的，只有少数几个人知道。我们厅领导说你到了湖南，让我专程配合你的工作，所以我就在你可能落脚的地点'架网守候'了。快说，你现在何处？我马上派车去接你。"陈鑫在电话里与李彪开着玩笑，询问他的行踪。

"我在武陵山上，今天晚上能回到吉首市，咱们吉首见！"李彪兴高采烈地将行程告诉了陈鑫。

"好哇！我估计你应该在吉首，所以正在赶往吉首的路上，估计再有几个小时就能到达吉首市，今晚咱们吉首市见！"陈鑫和李彪又寒暄了一会儿，挂断了电话。

当天晚间，在吉首市公安局的会议室内，李彪将他来湘西的目的以及在赵月娥墓地内发现的可疑情况，向陈鑫以及吉首市公安局的领导作了说明和描述。

陈鑫仔细地听着李彪的介绍，嘴里不住地往空中吐着烟雾："莫非这是一起命案？"

"陈总队长，接到你的电话后，我们将湘西地区尚未侦破的命案做了认真的梳理，没有发现叫赵月娥名字的被害人。由此可见，赵月娥的家属当年并没有报案，所以我们认为赵月娥之死不是他杀。同时，我们又将 20 年内在武陵山脉坠崖的无名女尸的尸检报告做了详细分析，有两名无名女尸的坠崖时间与赵月娥的死亡时间相吻合，只要经过 DNA 鉴定，就能确定女尸是不是赵月娥。"吉首市公安局的法医一边翻看着尸检报告，一边向大家做着汇报。

"尸检中虽然没有发现他杀痕迹，但也不能排除是他杀！否则赵月娥陵墓中的疑点无法解释。"李彪看了一眼坐在身旁的陈鑫说道。

"她要是被人推下山崖呢？"田媛芳说出了她的怀疑。

会议室内一片寂静，与会人员面面相觑，谁都没有再出声。

陈鑫沉默了一会儿，将手中正在燃烧的烟头往烟缸里一拧说道："我看也不能排除这种可能。"

"这样吧，我们先不要急着下结论，李彪不是提供了赵月娥父母住进疯人院的细节吗？我们明天就派人去疯人院调查赵大叔夫妇的下落，找到了赵大叔就能做 DNA 比对，通过 DNA 比对，就能确定无名女尸是否是赵月娥。同时我们还要调取赵大叔一家的户口档案，查找赵大叔儿子的下落。"陈鑫果断地做出了部署。

"陈总队长，根据我们了解到的情况，贾放还有一个儿子。"散会以后，李彪又把陈鑫拉到了会议室的一角，将有关贾放儿子的情况通报给了陈鑫。

"贾放以及他的家庭情况，我们按北江省公安厅的协查要求，都已经做了秘密调取，户口档案根本就查不到任何信息。"陈鑫贴近了李彪的耳朵，小声说道。

"蒸发了？"李彪瞪大了眼睛，惊讶地问着陈鑫。

陈鑫拍着李彪的肩膀，接着说道："嗯！蒸发了！一点痕迹都没有了。关于贾放的情况，回头我们再到他工作过的那个城市去调查，我们先在这里搞清楚赵月娥的死因吧！"

"好，可是我们眼下还能做些什么工作？"李彪心急火燎地问着陈鑫。

"老兄，心急吃不了热豆腐，今天晚上我先请你吃个饭，我带你们去正宗的湘菜馆去吃湖南菜。好多年不见了，总得叙叙旧吧！"陈鑫与李彪简单交谈以后，便带着李彪和田媛芳去吃夜宵。

第二天上午，陈鑫和李彪在宾馆的院内散着步，两人共同回忆在公安大学的往事，他们开心的笑声，连树上的鸟儿都听得有滋有味。

"丁零零，丁零零。"陈鑫的手机传来急促的铃声。

"陈总，我们去疯人院的人来了电话，赵大叔夫妇当年在疯人院住了一年以后就被人接走了。"前去疯人院的侦查员在电话里向陈鑫汇报。

"什么人接走的？又接到了哪里？"陈鑫急切地问道。

"我们找遍了疯人院的所有登记，什么信息都没有，不过，我们询问了当年的主治医师，他记得赵大叔最后的一笔医药费，好像是一家疗养院支付的。至于是哪家疗养院？他实在记不清了。"陈鑫打开了手机的免提，李彪将侦查员的话听了一个清清楚楚。

"你们要对所有疗养院开展调查，一定查出赵大叔夫妇的下落，活要见人，死要见尸。"陈鑫对侦查员做了部署后，挂断了电话。

"哈哈，又一个不留痕迹，有意思，有意思，真是踏雪无痕哟！"李彪双手抱着双臂，嘲讽地冷笑道。

"李彪，你在说什么？我怎么不明白你的意思？"陈鑫问李彪，他实在看不懂李彪的这副表情。

中午时分，陈鑫急匆匆地来找李彪和田媛芳。他人还没有进屋，声音便已经传进了屋内："你们两个赶快跟我走，赵大叔找到了。"

"在哪儿找到的？"李彪和田媛芳问着陈鑫。

"吉首市公安局把他们管辖内所有的大小疗养院都查了个遍，也没有查到赵大叔夫妇。后来，我在全省发了协查通报，邻近市公安局根据我们提供的情况，在一个偏僻的山沟疗养院里查到了这对夫妇。不过，赵大叔早就不姓赵了，他现在的名字叫李泉。"陈鑫一口气说完了找到赵大叔的经过。

"哼，真是煞费苦心！"田媛芳鼻子里"哼"着。

李彪和田媛芳在陈鑫的带领下，来到了这家疗养院。

疗养院的医护人员指着站在窗台上目光呆滞的白发老翁，向陈鑫和李彪等人介绍道："公安同志，这位就是你们要找的李泉大叔，坐在屋里地上的那位大娘是他的老伴儿。"

李彪顺着医护人员手指的方向望去，只见那位白发老翁正双手抓着窗户栏杆，向远处的大山里眺望，而坐在地上的那位披头散发的大娘，则一针一针地在鞋垫上绣着天鹅。

"是月娥回来了吗？"大娘见有人进屋，抬起头痴呆呆地问。

"啊？月娥回来了！"听到大娘的说话声，白发老翁从窗台上"扑通"一声跳下窗台，连跑带颠地过来抱住了田媛芳。

"月娥，你可回来了，你都想死爹爹了！"老人干号着，眼泪早已哭干了。

"这两位老人患了老年痴呆症，他们在这里已经住了十多年。老爷子天天站在窗台上眺望着姑娘；老太太天天坐在地上给姑娘绣鞋垫，手指被针扎破了也不知道疼。你再看地上那几百双鞋垫，很多都是血迹斑斑，唉！真是可怜天下父母心呐！"医护人员说着，鼻子有些发酸。

"唉！这老两口儿一见到有女人进屋，就这样叫着女儿的名字，他们太想女儿啦，连我都知道了，他们的女儿叫月娥。"医护人员说着，伤感地转过头去。

"我们屋内的所有装修都是软包装，门窗也都加了铁栏杆，铁栏杆外面还包着海绵，就是怕他们出现意外。"医护人员弯下身子，搀扶起了坐在地上的大娘。

老翁搀扶着老伴儿，又摇晃着向窗台走去。

"还有别人来看过他们吗？"陈鑫轻声问着医护人员。

"从来没有人来看过他们，不过每隔几个月就有人寄钱过来。"医护人员说着，带领陈鑫一行离开了老人的房间。

第 23 章
家庭悲剧

————

回到宾馆，田媛芳茶饭不思，在她的脑海里反复浮现着赵月娥父母憔悴的面容和痛苦的表情。赵月娥父母佝偻着身躯，互相搀扶的背影，像一座雕塑深深地印在了她的脑海，成了她永久的记忆。

李彪的心境也很复杂，他从赵月娥父母的人间悲剧中，仿佛看到了天下父母那颗赤诚之心；他从赵月娥之死的种种疑团中，似乎窥到了人间的邪恶之魔。他暗暗下定决心，一定要破解疑团寻找真相，用正义之剑惩治邪恶之魔。

"陈总，我有一个提议，我们马上就去贾放当年任职的那个城市去找知情人，了解贾放本人和他的家庭情况。不过，这个安排一定要在秘密状态下进行，贾放虽然失联半个多月了，可他是死是活？是在国内隐居，还是逃到了国外？还都是个谜！如果弄大了动静，惊动了贾放，会不会再出现什么意外都不好说。"李彪把陈鑫请到了自己的房间，对陈鑫提出了自己的想法。

"李彪，你说的这些情况，我都考虑过了，我已经安排当地公安密取赵大叔夫妇的 DNA 样本，与无名女尸做比对，以便最后确定赵月娥是否死亡。DNA 鉴定需要几天以后才能出结果，所以我邀请了贾放当年在湖南当副市长时候的秘书许龙同志，他现在是贾放当年任职那个城市的政府办公室主任，他对贾放夫妇以及他的家庭情况还是很了解的，他今天晚上就能赶到我们这里。我想，他会把他知道的情况介绍给你们，这对你们或许会很有帮助。"陈鑫轻轻地拍着李彪的肩膀说道。

"你说的这位许龙主任可靠吗？秘书往往是与首长接触最近的人，更是首长信得过的人，我们找他了解情况虽然最直接，但会不会有风险？能不能走漏了风声？万一这位许主任与贾放有联系，我们开展的一切秘密侦查措施，就都将前功尽弃。"李彪对陈鑫的安排或多或少还是有些担心。

"我说你这个人怎么总是疑神疑鬼的？你不能用怀疑一切的眼光看世界吧！许主任这个人与我有过一段私交，我对他还是蛮了解的。这家伙为人忠厚老实，不会趋炎附势；他一身正气，绝不会攀附权贵。他当过领导的秘书，知道什么事情应该对外说，什么事情不该对外说，你就放心吧，他是一个非常值得信任的人。莫非你还怕我给你走漏了风声吗？"陈鑫与李彪半开着玩笑，他接着又向李彪简单介绍了许龙主任为人处世的一些小事，李彪听了他的介绍放下心来。

夜色从山梁上滑落下来，把所有的噪声都装进了深山峡谷，皎洁的月光洒在了宾馆的院内，院内一片寂静，只有草窠里，还在不时地传出蟋蟀的叫声。

两道汽车灯光沿着宾馆弯曲的小路慢慢前行，许龙开着私家车缓缓驶进了宾馆大院。他如约准时来到了陈鑫的房间。

"许主任，这二位就是北江省的李彪和田媛芳，他们的来意，想必你也一定清楚了。"陈鑫拉着许龙，将他介绍给了李彪和田媛芳。

"来来来，请坐！这么晚了，还有劳许主任开了几个小时的车，亲自过来介绍情况。抱歉，抱歉！"李彪说着，站起身来与许龙主任热情地握手。

"许主任，贾放失联的情况，外面有着许多版本的传言，这已经不是什么秘密。不过，传言归传言，官方还没有就此发声，所以李彪和田媛芳同志，专程从北江省千里迢迢来到湖南，就是想让你给他们介绍一下你所了解的贾放，这也是为回应社会关注做一些准备。毕竟贾放目前的状态还是失联，失联嘛！就是下落不明，所以我们要弄清楚他为什么会失联？"陈鑫见大家都已经落座，便直截了当地做了开场白。

"陈总，我明白你的意思。我虽然给贾放当了五年的秘书，但在很多地方对他还不是很了解，他这个人高深莫测，内心世界很难被人看透。贾放的工作能力很强，为人处世也很谦逊，表面上，他给人的印象是和蔼可亲，但内心好像总有着一种不易察觉的苦衷，我和他之间总是隔着一层看不见的薄纱。"许龙若有所思地说着，他掏出香烟开始吞云吐雾起来。

"我和贾放是20世纪90年代中期相识的。那时候他才三十四五岁，正值风华正茂、意气风发之年，我也是一个刚刚毕业不久的大学生。当时，他被省里从北京财大选调到我们市担任副市长，市里安排我当他的秘书。这一晃，20多年过去了，他由当初的'副处'干到了现在的'副省'，而且还升任到了'常务'，而我，头发都熬白了，还是一个不起眼的副处级干部。"许龙主任谈笑风生地将自己与贾放做着对比，很轻松地开始回忆起了与他在一起共事的那些日日夜夜。

"小许，这位就是我们市刚刚上任的贾放副市长，组织决定由你担任他的秘书。贾放同志毕业于北京的名牌大学，在国外获得了博士学位，他对我国市场经济建设有着很深的研究，你要好好向贾副市长学习，关心好他的生活，遇事多向他请教。"办公室主任将许龙介绍给了贾放，许龙忐忑地与贾放握了握手。

"贾副市长，这是组织上给您分配的住房，家具已经摆放好了，您看看还有什么需要？"许龙带着贾放来到了市政府的家属宿舍，将一串房门钥匙递给了贾放。

贾放没有去接钥匙，他跟在许秘书的身后，走进了这个三室一厅的住宅。他在每个房间转了转以后，对许龙慢声慢语地说道："小许，我家的人口比较多。父亲瘫痪在床，他自己得住一个房间；我内弟马上要读高中，最好能有一个自己的学习环境；我媳妇要照顾不到两岁的儿子，我又刚到市里工作，回家的时间不能固定，她和我住在一个房间也多有不便，所以，麻烦你跟组织说一下，给我换一个四室的房间，面积小一点也行。"

"好的！贾副市长，我马上就去联系给您换房子。"许龙收起了钥匙，他是第一次给市领导当秘书，贾放不紧不慢地说话语气，以商量的口吻与下属说话的神态，给他留下了深刻的印象。

贾放乔迁了！这一天，许龙跟着搬家公司，一起来给贾放搬家。

贾放的妻子赵月娥抱着儿子一迈进屋门，便像刘姥姥初进大观园，东张西望地在每一间屋子里遛来遛去。她一边看一边喊："贾放，这房子太好了！要不是嫁给了你，我这辈子也不会住上这么好的房子。"赵月娥说话的声音很大，许龙刚进屋，就听到了她的"大嗓门儿"。

"儿子，还是当官好吧！长大了你也要当官。你爸刚当上副市长就能住上这么好的房子，将来你当个省长，妈妈跟着你去住洋楼。"赵月娥不住地亲着怀里抱着的儿子，她毫不遮掩地说着，根本就没有顾忌许龙已经站在她的身后。

"贾放，我要撒尿，茅坑在哪儿？"赵月娥放下怀里的儿子，提着裤子在屋内寻找着茅坑。

"这个屋子是卫生间，屋里面有马桶！"贾放听了月娥的喊声，急忙推开卫生间的屋门，指着屋内的马桶对月娥说道。

"贾放，什么叫马桶？能撒尿吗？"赵月娥瞪着眼睛看着马桶，又转过头来问贾放。

贾放看了一眼身旁的许龙，不好意思地关上了卫生间的门。不一会儿，卫生间里便传出了抽水马桶"哗哗"的流水声。

赵月娥走出卫生间，又来到了卧室。她伸手摸了摸崭新的床罩，小心翼翼地躺在了床上。

"贾放，快过来！这床上怎么絮了这么多的棉花？我一躺下就感觉掉进棉花坑里。"赵月娥又大声喊叫着贾放。

"月娥，这是席梦思床垫，不是棉花坑，你快起来去门口接爹爹，老爹的担架马上就被抬进屋了。"贾放白了赵月娥一眼，没好气地说着，可面部表情却仍然是一副平和相。

"不嘛！你过来陪我躺一会儿，躺在这个什么'思'上面可太舒服了，我要嘛！"赵月娥嗲声嗲气地与贾放撒着娇，好像屋内只有贾放一个人存在。

贾放的脸"腾"地一下红到了脖子根，他尴尬地冲着许龙勉强地笑道："小许，谢谢你！时间不早了，你回去歇着吧。"

许龙对大家讲了他与贾放妻子赵月娥第一次相见的情景，田媛芳听着，笑得合不拢嘴。

"山里人刚进城，弄出点笑话也没什么了不起，我讲这段故事的目的是说贾放的城府。贾放的城府很深，我给他当了五年的秘书，就没有看见他在妻子面前发过火。"许龙说着，又点燃了一支香烟，嘴里吐起了烟圈。

"贾放这个人的脾气非常好，他对人也和气，整天笑呵呵的，好像从来就没有什么愁事。其实不然，他的妻子就像一个泼妇，动不动就跟他吵架，有时候还动手打他，可他从来都是打不还手、骂不还口，把所有的委屈都咽到了肚子里，真是宰相肚里能撑船哪！"许龙停顿了一下话语，嘴里不住地称赞着贾放。

"打不还手、骂不还口？莫非贾放还遭受了家庭暴力？"李彪顺着许龙的话，开始刨根问底。

"可不，有一次我陪着贾放到外地开会，他为了省钱，不让我给他开单间，我们两个就住了一个标准间。睡觉前，他去卫生间冲淋浴，我正好从房间的镜子里窥到了他的后背，只见他的后背青一块紫一块，到处都是伤痕，我忍不住地问他是怎么回事？他笑了笑对我说，你嫂子脾气不好，她动动手替我松松筋骨，这有什么大惊小怪的？谁让人家曾经是我的恩人了！咱欠了恩人的债，人家要咱怎么还？咱就得怎么还！"许主任说到这儿，又补充道，"贾放在外面风风光光，在家里却忍受着家庭暴力，真是难以想象啊！"

李彪听着许主任的讲述，似乎想起了前几天那个侗族导游小甘，他在讲贾放和赵月娥结婚的故事时，好像就提到了"恩人说"。于是，他又与许龙拉起了有关"恩人"的话题："贾放为什么说赵月娥是他的恩人？这里面有什么故事吗？"

"关于'恩人说'，我确实听贾放说过。在他在北京读大学的时候，家里发生了灾难，他母亲在一次山崩中丧了命，他父亲也被滚石砸断了腰。本来他是要退学回家侍候老爹的，可他父亲的好友赵大叔关键时刻伸出援救之手，将自己的女儿赵月娥'过继'给了贾家当女儿。赵月娥为了侍候贾放他爹退了学，屎一把尿一把地侍候他爹很多年，贾放爹感到耽误了赵月娥的青春，便以死相逼，非让贾放娶赵月娥为妻。贾放念着赵月娥有恩于贾家，就跑到大山里恸哭了一场，答应了这门婚事。后来，贾放被省里选派我市当副市长时，他和赵月娥的儿子都快两岁了。"许龙对李彪讲起了"恩人说"的来历。

李彪看了一眼坐在身旁的田媛芳，两人互相交换了一下眼神儿，他们从许龙嘴里认证了小甘所说的"恩人说"。

"哦，是这样！"李彪自言自语地说着，站起身来在屋里踱起了脚步，他对贾放的婚姻，已经有了一个初步的了解。

"许主任，赵月娥为什么对贾放实施家庭暴力？这个情况你了解吗？"李彪又想起了许龙刚才说的贾放身上的伤痕，他觉得弄清楚这个问题，能进一步了解清楚贾放与赵月娥的夫妻关系，或许对确认赵月娥的死因有所帮助，因此，他要打破砂锅问到底。

"这件事的原因实在不好说，我觉得好像是为了钱吧。"许龙皱着眉头，犹豫了好半天才说出了一个钱字。

"为了钱？"田媛芳停止了记录，她好奇地问着许龙。

"根据我的了解，赵月娥这个人非常贪婪，她是一个典型的财迷。贾放手中有一个市政府干部电话号码簿，可能是为了工作方便，就放在家里了。赵月娥对这个电话簿真是如获至宝，她按照电话簿上的电话号码，经常给贾放分管的干部打电话，什么她弟弟上学家里用钱啦！什么贾放他爹看病需要用钱啦！反正她能编出一大堆理由向人家张嘴，有时候是向人家借钱，有时候干脆就是直接向人家要钱，变着法儿的敛财。"许龙撇着嘴，讲述着赵月娥敛财的故事，脸上露出一副轻蔑的表情。

"她除了打电话以外，还对到他家来串门的干部和邻居公开要钱、要物。赵月娥这个人有个毛病，看见有人拿着东西来她家串门，便会迫不及待地当着人家的面查看东西。只要见到钱，她马上喜笑颜开；一旦没见到钱，马上就给人家摆脸子。她真像作家契诃夫笔下描写的变色龙，见到富人就摇尾，见到穷人就狂吠！"许龙生动地讲着赵月娥敛财的故事，如果不是出自许龙这个秘书之口，还真不会有人相信。

田媛芳觉得许龙眼中的赵月娥有些不可思议，于是，她想从许龙嘴里来验证赵月娥是不是病态："许主任，问句不该问的话，你是贾放的秘书，又是他家的常客，赵月娥向你'借'过钱吗？"

"唉！你就不要提我了，我经常去他家，还能少被她勒索吗？不怕你们笑话，就连卫生巾她都让我给她买。"许龙羞报地说着，无奈地摇了摇头。

"你说的这些事情，贾放知道吗？"李彪见许龙面露羞愧，便换了一个话题。"开始的时候他应该不知道，可时间一长他能不知道吗？不过，他也没有办法，他也确实管不了赵月娥。我曾经亲眼看见并且亲耳听过，他们夫妻之间为了钱经常吵架。贾放有涵养，他不与赵月娥动粗，就与赵月娥冷战，一生气就住在单位不回家了。赵月娥见贾放不回家，就抱着孩子来到贾放办公室，不管不顾地大吵大闹，弄得贾放在政府机关都抬不起头来见人。"许龙越讲越精彩，田媛芳和李彪听了真是又好气又好笑。

"赵月娥真是一个悍妇，有一次，她站在贾放的办公室门前，堵住了一个刚从贾放办公室出来的女干部，她不由分说，连打带骂非说人家勾引了贾放不可。贾放实在气急了，从办公室出来冲着赵月娥大声吼了起来，可这个赵月娥还真不惯贾放的毛病，她在大庭广众面前，竟然'啪啪'扇了贾放两记耳光，并且指着他的鼻子骂他没良心。贾放当众出尽了洋相，气得脸色铁青。所以，大家都知道贾放怕老婆，是个不折不扣的'妻管严'。"许龙活灵活现地讲着，田媛芳听着，都不忍心再记录下去。

"后来，赵月娥见再也'借'不到钱了，就不断伸手向贾放要钱，不给钱她就大吵大闹，闹得满城风雨。再后来，贾放觉得被赵月娥闹得实在工作不下去了，就向组织部门提出要调换工作的申请，没多久，他还真就被组织部门调到了北江省秦山市当了书记。从那以后，我就再也没有见过他的面。"许龙长出一口气，终于把他所知道的情况，一股脑儿地说了出来。

"贾放的父亲现在还健在吗？"李彪又关心起了贾放父亲。

"贾放的父亲和他在一起生活了几年后，由于看不惯赵月娥整天与儿子吵吵闹闹，就劝说赵月娥给儿子留点尊严，可赵月娥不但不听老爷子的话，反而变本加厉地拿贾放出气。老爷子眼看自己儿子遭受屈辱，自己又无能为力，他后悔当初逼着儿子娶了赵月娥，便用床单将自己吊在了床头，自杀了！"许龙说着，又叹起了气。

"贾放他爹自杀了？"李彪和田媛芳脑子"嗡"地一下，几乎都要爆炸了。

"是的，老爷子自杀了！"

第 24 章
神秘来客

————

贾放爹静静地躺在僵硬的木板床上，停止了呼吸。他张着嘴，似乎有许多咸酸苦辣还没有咽下；他睁着眼，好像对生活还有着割舍不掉的眷恋。

"赵月娥抱着死不瞑目的公公，将脸贴在了公公冰冷的脸上，哽咽着对公公说道：'爹爹，您是不是还没有洗漱？我现在就给您刷牙洗脸！您是不是身上发痒？我给您洗头擦背！'赵月娥一边抽泣，一边给公公洗脸、刷牙，洗头、擦背。她拿出公公平常最喜欢的米色中山装，亲手给公公穿在了身上，撕心裂肺地叫喊着'爹爹'，仿佛公公只是在熟睡。赵月娥紧握着公公已经发凉的大手拼命地摇晃，她在呼叫着公公能够醒来。"许龙一边述说着贾放爹自杀后的情景，一边悲伤地扭过脸去。

"贾放爹自杀以后，贾放十分低调地安葬了他爹，回家后，他呆呆地坐在爹爹的床前，抚摸着爹爹的遗物，眼泪像断了线的珠子，从脸上滚到了身上，他一句话也不说，任凭眼泪尽情地流淌。人常说：男儿有泪不轻弹，只缘未到伤心处，我感到贾放那天已经伤心到了极点，这个平常看起来叱咤风云的男子汉，长跪在父亲的遗像前，他有太多的心里话要对父亲述说，又有太多的酸楚要对父亲倾诉。我还是第一次看见贾放如此伤心落泪，一时间也不知道用什么话语去安慰他。赵月娥此时也像一个做错了事的孩子，用毛巾不住地给贾放擦着眼泪，她跪在贾放面前，连连说着'对不起'，那场面真让人看着心酸。"许龙生动地描述着贾放爹去世后出现的动人场面。

"赵月娥其实就是一个没心眼儿的人，你看她平常对贾放总是凶巴巴，但她的内心却十分脆弱，她就是一个没见过世面的家庭妇女。她高兴时，对贾放搂脖子抱腰的那股子亲热劲儿，都无法用语言形容；她生气时，对贾放撒起泼来骂骂咧咧的凶相，简直令人不寒而栗。她对丈夫有时体贴入微，把所有好吃的东西都留给丈夫和孩子吃，自己去吃剩饭剩菜；有时对丈夫大打出手，从来不顾忌丈夫的尊严。她心地善良，却又色厉内荏，尤其对待自己的儿子，更是溺爱到了极点。她给儿子买的各种玩具，能摆满一个屋子；她给儿子买的新衣服还没等上身，就小得不能再穿。她平常省吃俭用拼命攒钱，从来不舍得给自己买一件像样的衣服；她想方设法疯狂敛财，自己却不乱花一分钱。她对丈夫爱得很深，恨不得能把贾放供起来；她对丈夫又怨得重，恨不得让丈夫把天下的财富都带给她。唉！赵月娥真是一个既可怜又可憎的人！"许龙十分感慨地说着。

田媛芳和李彪耐心地听着许龙讲的故事，他们现在也搞不清楚，赵月娥与贾放的结合到底是悲还是喜？

田媛芳聚精会神地听着，她慨叹地问着许龙："许主任，听了你讲的故事，我怎么越发感到赵月娥更像是一个病态？"

"唉！可怜天下父母心嘛！没当过父母的人都无法想象父母的可怜，而自己一旦当上了父母，才知道自己比父母还值得怜悯！赵月娥虽然做事可恨，但我觉得她有时候也值得同情。我曾经问过一个与赵月娥交往比较密切的邻居，她这个邻居的爱人和我关系非同一般，所以她向我描述了一个真实的赵月娥。"许龙在用事实对赵月娥做评价。

"赵月娥多次对她这个闺蜜说过，前些年她吃的苦太多了，她为贾家受尽苦累还搭上了青春，现在生活好了，没有任何理由不享清福。她觉得她从小受苦、长大受累，不能到老了因为没有钱，再遭二茬罪。所以，赵月娥能有今天，都是被钱折腾的。"许龙将他了解到的赵月娥的内心世界说给了大家听。

"哼，钱钱钱，又是钱！我认为，钱就像古希腊神话中的'潘多拉魔盒'，未必是个好东西。可赵月娥却不懂得这一点，她不择手段地得到了'潘多拉魔盒'，却不知道这个'潘多拉魔盒'里虽然装着希望，但更多的还是灾难。于是，她偷偷地打开了'潘多拉魔盒'，想留下希望释放灾难，结果一不小心将希望无情地化作了灾难。她自己仅有的那一点善良也瞬间变成了贪婪，连本性都丢掉了。"田媛芳气愤地说着。

"媛芳说得没错，钱就是一个魔鬼，过分的贪吝就是与魔鬼为伍。"陈鑫随声附和着田媛芳。

"我现在最不能原谅的就是贾放，既然他看到了赵月娥的贪婪和吝啬，为什么不早一点与她离婚？"田媛芳接着问许龙。

"离婚？贾放怕媳妇都出了名，哪还敢提离婚？所以，他就这么一直忍气吞声，忍让，就是他医治家庭疾患的无奈选择。不过，说来也怪，贾放家里也非常有趣儿，自打他老父亲去世后，贾家又出现了新的变化。"许龙故意停顿了一下，他想在李彪和田媛芳面前卖个关子，以便引起他们更大的兴趣。

"什么新变化？"李彪和田媛芳果然有些沉不住气，他们异口同声地问着许龙。

"哈哈，我就知道你们会对我的话题感兴趣，大家不要急，听我慢慢说。"许龙说着端起桌上的茶杯，"咕咚、咕咚"地喝了起来。

"你们上数学课的时候，一定会听老师讲过三角形的特点吧？"许龙向李彪和田媛芳提着问题。

"三角形的特点与贾放家的变化有什么关系？"田媛芳反问着许龙。

"三角形的特点是它们之间有个稳定的关系，贾放家里不知什么时候就出现了这种三角形的稳定关系。贾放怕媳妇赵月娥，赵月娥又怕弟弟赵月亮，而赵月亮又似乎怕着贾放。贾家新构建的这个三角形之间的关系，是等边三角形之间的相互稳定关系，于是，他家便出现了新的变化。"许龙轻松地笑着，又娓娓道来。

"赵月娥的弟弟名叫赵月亮，赵月亮跟着姐姐从大山里来到城市以后，贾放把他安排到我市最好的学校去读高中。他高考差了3分，没有进入大学的录取分数线，又是贾放通过教委，把他送进了我市的一所本科大学。所以，赵月亮打心眼里感谢贾放。赵月娥对赵月亮非常抠门，从来不给赵月亮零花钱，就连学费也不给弟弟支付，所以赵月亮只好依靠贾放。贾放用自己的私房钱，供养赵月亮，因此，赵月亮对贾放言听计从。赵月亮见姐姐常常欺负姐夫，便暗暗恨起了姐姐，只要姐姐对姐夫动粗，赵月亮会立即仗义出手，为姐夫出气。赵月亮和赵月娥虽然是一奶同胞，但他们的性格却截然不同，姐姐泼辣，而弟弟却十分内向。赵月亮平常少言寡语，在学校经常被同学欺负，对欺负他的同学，他都一忍再忍，从来不敢还手。可到了家里，他就像变了一个人，只要赵月娥对贾放有过激行为，他立即就会对赵月娥拳脚相加，是个典型的'窝里横'。俗话说：一物降一物，这句话，在贾放家正好得到了应验。贾放就是靠着这个互相制约的三角形稳定关系，维系着家庭团结，使家庭出现了和平的氛围。"许龙双手比划着一个三角形形状，在李彪和田媛芳面前展示着这种相互制约的关系。

"哈哈，有意思！赵月娥能降住贾放，贾放能驾驭赵月亮，赵月亮又能镇住赵月娥！太有戏剧性了！"田媛芳前仰后合地笑着。

"许主任，你知道赵月娥是什么时候死的？又是怎么死的吗？"李彪一直在思考着赵月娥的死因，于是他想从许龙嘴里知道答案。

"赵月娥死亡的准确时间，我记不太清楚了。我只知道是在赵月亮大学毕业以后等着毕业分配的时候，他与姐姐一起回了一次老家去看父母，他们走了没几天，湘西便传来噩耗，说赵月娥坠崖身亡了。贾放得知赵月娥坠崖之后，急匆匆地赶回老家处理丧事，赵月娥坠崖的详细经过，我们谁也不知道。"许龙虽然证实了赵月娥之死，但却说不清楚赵月娥死亡的详细情况。

李彪从许龙嘴里并没有获得赵月娥的死亡细节，对赵月娥的死，他仍然是一头雾水。

"一个好端端的大活人，怎么能说没就没呢？"陈鑫也发出了疑问。

"是啊！当我们听到这个消息以后，也觉得不可思议。一个鲜活的生命怎么会突然命丧黄泉？我们大家谁也接受不了这个现实，可现实终归是现实，人死又不能复生，既然赵月娥的父母和贾放都能接受这个现实，我们又有什么理由去怀疑她的死因？"许龙偷看了一眼一脸疑惑的李彪说道。

"你们有人见到过赵月娥的尸体吗？"李彪继续追问。

"赵月娥的丧事是贾放自己操办的，见没见到尸体，只有贾放自己知道。在湘西的大山里，坠崖的事情虽不多见，但还是偶有发生，所以，没有人会不相信。"许龙解释道。

"赵月娥是和赵月亮一起回湘西的，你知道赵月亮是怎么描述姐姐坠崖的经过吗？"李彪继续追问着许龙。

"赵月娥死后，我再也没有见过赵月亮。过了很长时间，我听贾放说过，那天湘西下着大雨，他们姐弟俩翻山的时候，赵月娥脚下一滑不小心就坠了崖。赵月亮见姐姐坠崖后，大声喊着姐姐的名字，险些跳崖去寻找姐姐，还是被一个放羊的农夫抱住了后腰，才保住了性命。侗寨的人听说赵月娥坠崖后，组织很多年轻人去山下寻找尸体，找了好几天也没能找到。贾放说，赵月娥坠崖的山崖下面是一条瀑布，瀑布落差也很大，尸体可能早已被冲进了高山湖里。后来，贾放就按照当地人的习俗，在妻子坠崖的山顶给赵月娥修了一座衣冠冢。我知道的情况就是这么多。"许龙又把赵月娥坠崖的前前后后说了出来。

"你去看过赵月娥的衣冠冢吗？"田媛芳插话道。

"没有，我们都是听贾放随便一说而已。"许龙回答。

"后来呢？"田媛芳见许龙又不再说话，便又追问了一句。

"后来，贾放处理完妻子的丧事以后，感到身体有些不适便住进了医院。出院后不久，他被调到了你们北江省的秦山市去当书记。"许龙说着，又开始抽烟。

"许主任，自打赵月娥死了以后，你就再也没有见过赵月亮和贾放的儿子吗？"李彪用左手用力地搓着右手，向着许龙问道。

"他们下落不明，失踪了！"许龙说道。

"怎么会失踪？"李彪有些不敢相信。

"贾放的妻子过世以后，我们大家谁也没有再见过赵月亮和贾放儿子的面，所以，我才说他们失踪了。"许龙说着。

"失踪了！说得轻松，我怎么就不相信，两个大活人又会神奇般的消失得无影无踪？"李彪越听越糊涂，他根本就不相信赵月亮和贾放的儿子能够失踪。

"李彪同志，你不要激动，赵月亮和贾放的儿子确实失踪了，而且除了他们两人失踪以外，还有另外一个人，也神奇地失踪了。"许龙摊开了双手。

"啊！还有人失踪了？那个人是谁？在哪儿失踪的？那个人与贾放又有什么关联吗？"李彪向许龙发出了一连串的提问。

"这个失踪的人是我们市医院的美女护士，她叫陆湘湘。贾放在医院住院期间，就是由她来照顾的，你说她的失踪与贾放有没有关系？"许龙又爆出了一条爆炸性的新闻，李彪和田媛芳听后目瞪口呆了。

"美女失踪！这不是桃色新闻吗？"田媛芳自言自语道。

"没错，这就是一个桃色新闻。当时，有人私下议论说，陆湘湘跟着贾放去了北江省，贾放把她金屋藏娇了；还有人说贾放当了官，又死了老婆，一定是娶陆湘湘为妻了。反正传说的版本多了去了。"许龙摇着头说道。

"陆湘湘失踪以后，她家里报案了吗？公安机关应该对失踪人员立案侦查才对呀！"李彪又转过脸去问陈鑫。

"报什么案呢？这只是一个民间传说，我也只是听说而已，不作数的。"许龙不等陈鑫回答，便抢先说道。

"不行，对这个线索必须一追到底，要查个水落石出。"李彪直视着陈鑫，果断地说道。

"好，我马上安排人去查！"陈鑫也感到事态有些严重，转身出去打电话。

"贾放的儿子叫什么名字？他失踪的时候几岁？"李彪在屋里反复踱着脚步，

他又想起了贾放的儿子，便冲着许龙问道。

"贾放的儿子小名叫'小兔子'，他的大名叫什么，我还真不知道。"许龙微闭着眼睛想了半天，还是没有想起来"小兔子"的大名。

"蹊跷，蹊跷！"田媛芳嘴里嘀咕着，她越发感到事情越来越有些扑朔迷离。

"陈总，我觉得许龙主任介绍的情况很重要。贾放失联以后，我们即刻对他开展了调查，不论是生活上还是工作上，都没有查出他有什么问题。也就是说，在我们去北京展开调查之前，什么痕迹都没有发现。我们从北京到湖南一路走来，发现的疑点越来越多，简直是一个又一个的疑团，这些疑团不破解，就不知道贾放失联的真相。贾放一贯伪装自己，他做事不留痕迹，但他万万想不到我们在他的出生地点，发现了这些蛛丝马迹，所以，我们要顺藤摸瓜一查到底，绝不放过任何可疑之处。"李彪对陈鑫说着，脑子里反复回味着几天来获得的这些来之不易的线索。

"好吧！树欲静而风不止。俗话说得好：魔高一尺，道高一丈。就让我们看看到底是魔高，还是道高吧！"陈鑫点着头，他也感到贾放失联的背后有着一篇很大的文章。

"叮咚，叮咚。"一阵清脆的门铃声响了起来。

陈鑫疾步来到门口，他隔着猫眼门镜向外窥视，走廊里空荡荡连个人影都没有。

陈鑫慢慢地打开屋门，一个牛皮纸信封从门缝中掉在了门口。

李彪和田媛芳见有了情况，便敏捷地冲出屋门，一左一右闪身在走廊内，开始搜寻投信之人。

陈鑫从门口迅速返回到房间，他警觉地拉开窗帘的一角，向宾馆院内窥视，只见一辆黑色轿车，闪了一下红色的车尾灯，悄悄地驶出了宾馆大院。

李彪和田媛芳在走廊里搜索了一会儿后回到屋内。

"奇怪呀？走廊里没有人。"田媛芳对陈鑫说道。

"跑了！刚才你们两个冲出房间的同时，我跑过来看了一眼窗外，可惜只看见了一个轿车的车尾。"陈鑫指着窗外弯曲的小路，做出了一个汽车拐弯的动作。

"快看看，信封里面是什么东西。"陈鑫说着，打开了信封。

信封里只有一张字条，字条上面写着歪歪扭扭的几行字："杀害赵月娥的凶手是贾放，他已经逃往美国。我要杀了他！"

"果然是有备而来，这个送信的是什么人？他为什么要向我们传递这个信息？"

李彪仔细翻看着信封自言自语道。

"送信的人肯定是知情人，你们当中一定有人被他跟踪了，否则，他是不会追踪到这里来给我们送信的。"陈鑫敏锐地做着判断。

"我们从北京来到湘西已经有好几天，一路上并没有遇到什么意外的情况。这几天，我们在大山里转来转去，如有跟踪之人，早就会被我们发现的。"田媛芳回想着她和李彪到达湘西以后的行踪，做着否定的回答。

"许龙，你来的路上有没有发现后面有尾巴？"陈鑫板起脸问许龙。

"陈总，你刚才看到消失在宾馆院门口的轿车是什么颜色？"许龙也仔细地回忆着自己路上的情况。

"一辆黑色轿车，我没看清车牌号码。"陈鑫挠着脑袋回答着许龙。

"我出高速公路时，好像看到收费口旁边停着一辆黑色轿车。我当时以为那辆车是在等什么人，就没有在意，莫非那辆轿车是跟踪我的？"许龙"腾"地一下站起身来。

"有这种可能。我马上调取宾馆和高速路口的监控录像，看看进入宾馆的这辆轿车和等在高速收费口的那辆轿车是不是同一辆车。"陈鑫站起身来去调取监控录像。

金灿灿的朝阳从东方渐渐升起，将武陵山染成了绯红，暖融融的晨光照进了屋内。

陈鑫打开窗户，大山里的清新空气扑面而来。夜苏醒了，天亮了！

第 25 章
报复行动

————

李彪和田媛芳在陈鑫的带领下，来到了宾馆监控室，他们要通过回放监控录像来确认，是什么人举报贾放杀了赵月娥。

"请把我们入住宾馆以后的视频回放一下，看看走廊里都来过什么人。"陈鑫吩咐着宾馆微机操作员。

微机员熟练地操作着键盘，过了一会儿，她突然发现了一个亮点闪动在宾馆的走廊，她迅速将亮点放大了。

"没错，这是一个人影，是一位烫着卷头发的女人。看，她手里拿着一个像信封或者卡片类的东西，她将这个东西插入了你们的房间的门缝。"微机员从监控中发现了宾馆来的可疑人。

"把她的头像放大。"田媛芳眼睛紧盯着电脑屏幕，对微机员说道。

"像素不够，再放大就更看不清楚了。"微机员急得头上直冒汗。

"往回放，看看她的来去路线。"李彪平视着电脑说道。

"她从宾馆院内一辆轿车里下来，好像在服务台停顿了一下，然后乘坐电梯上楼进入走廊。她来到你们房间门口，把手里拿的东西插了门缝里，离开的时候她没有乘坐电梯，小跑着从步行楼梯下楼回到了车上。那辆轿车好像是黑色的，车牌号看不清楚，轿车开出了宾馆的大门。我这里只能看到这些。"微机员向李彪等人介绍着监控录像，然后将她调取的录像拷贝交给了田媛芳。

"陈总，请你马上帮我们查到这台车和来人，她应该是了解内情的人。"李彪拍着陈鑫的肩膀说道。

"好，我马上安排查找这个女人，你们回房间等消息去吧。"陈鑫急匆匆地离开了宾馆。

那辆可疑的黑色轿车缓缓驶离了宾馆，急速驶入了通往长沙的高速公路。

轿车的后座上，一位金发碧眼的外国美女，对坐在她身边的中国男子用德语说道："埃尔温，信封已经插到了房间的门缝里，他们只要开门就会看到。"

"尤塔，谢谢你！"被称作埃尔温的男子，轻轻地拍了拍身边金发美女的肩膀说道。

"埃尔温，你说警察看到你留给他们的字条以后，会做出什么反应？"尤塔侧过脸问埃尔温。

"尤塔，我相信中国警察的破案能力，也许用不了多久，他们就会发现贾放杀人的证据。"埃尔温低声对尤塔说着。

"埃尔温，如果我们再早一会儿赶到许主任的办公室，就用不着跟着他的车来到这里啦。"尤塔仍然在用德语说话。

"尤塔，来到这里不是有更大的收获吗？我跟着许主任在他进去的房间门口，分明听到他在屋里一直说着我爸爸的名字，所以，我才断定房间里的人，一定是追捕贾放的警察，我才留了字条，把贾放杀人逃跑的信息告诉给了他们。我留字条的目的，就是让他们尽快找到贾放杀害我妈妈的证据。"埃尔温也在用德语对尤塔说。

轿车在高速公路上一路狂奔，三个小时以后，便到达了长沙黄花国际机场。

"女士们，先生们，由长沙飞往美国西雅图的国际航班就要起飞了！请大家系好安全带，祝大家旅途愉快！"

波音飞机在跑道上滑行一会儿之后，飞上了湛蓝色的天空。

机舱内，尤塔将头歪靠在埃尔温的肩上，轻声问道："埃尔温，有一件事我一直不明白，你是怎么知道是你爸爸杀害了你的妈妈？又为什么要到美国去复仇？"

"贾放杀害我妈妈这件事，是你爸爸告诉我的。你爸爸为人忠厚老实，他绝对不会说谎。"埃尔温十分肯定地说道。

"我爸爸只是让我跟你出来，一路保护你，不让你轻举妄动。他怎么没有对我说过，你是要替母报仇？"尤塔忽闪着长长的眼睫毛，疑惑地问着埃尔温。

"你爸爸告诉我，在我 8 岁那年，我的舅舅曾亲眼看见，是我爸爸把我妈妈推下了山崖。"埃尔温说着，手里攥起了拳头。

"你爸爸为什么要把你妈妈推下山崖？难道他是魔鬼吗？"尤塔不解地问着埃尔温。

"详细情况我也说不清楚，不过前几天，当我带你去看过我妈妈的墓地之后，我就坚信了是我爸爸杀了我妈妈。你看他给我妈妈立的那块墓碑，竟是一块无字碑，难道我妈妈在他心里连一个字的分量都没有吗？所以我要砸了他的碑，要了他的狗命，替妈妈报仇！我这次到美国就是要去杀了他。"埃尔温把拳头攥得"咯咯"直响。

　　"你为什么说你爸爸是狗命？"尤塔好奇地问着埃尔温。

　　"我小时候记得我爸爸是属狗的。在我们中国，每个人都有一个属相，这个属相就是12种动物生肖，就如同西方的星座一样。"埃尔温对尤塔说道。

　　"每个人都有一个动物生肖？那你是什么动物？我又是什么动物呢？"尤塔眨着蓝眼珠问着埃尔温。

　　"我的生肖是兔子，所以，我是属兔的；你的生肖是猫，你是我的小猫咪！"埃尔温坏笑着，轻轻地掐着尤塔高隆的鼻子。

　　"我的生肖是猫，我是属猫的吗？"尤塔一脸惊诧地问着埃尔温。

　　"哈哈，跟你开个玩笑，你还当真了。中国的12生肖中没有猫这个动物。"埃尔温见尤塔信以为真，便赶忙做着纠正。

　　"埃尔温，你坏！我还以为我真是属猫的呢！可是我还是不明白，12个动物生肖中为什么没有猫？"尤塔天真地问着埃尔温。

　　"十二生肖中为什么没有猫？这里面有着一个故事。传说在很久很久以前，玉皇大帝下旨普召天下动物，他要按照六十甲子中十二地支的顺序，招聘12个动物做生肖。消息在动物界传开以后，自然惊动了猫和鼠这两个十分要好的朋友，它们决定次日早晨一同前去应聘。猫怕自己睡懒觉起不来，便叮嘱鼠睡醒后叫上自己一起去，鼠爽快地答应了猫的要求。你知道，鼠的习性是夜间活动，到了半夜，它看了一眼正在熟睡的猫，突然心生邪念——它没有叫醒睡得正酣的懒猫，自己偷偷前去应聘了。由于它来到玉皇大帝身边的时候正值子时，也就是半夜，便被玉皇大帝选为了十二生肖的首位。牛是第二个赶到的，紧接着虎和兔子，然后是龙和蛇，接下来是马和羊，后来是猴子和鸡，最后来的是狗和猪。于是，玉皇大帝就按照十二地支的时令排序，将这12个动物与十二地支排列在一起，也就是流传到今天的子鼠、丑牛、寅虎、卯兔、辰龙、巳蛇、午马、未羊、申猴、酉鸡、戌狗、亥猪。第二天一早，猫睡醒后不见了鼠，它感到很奇怪，等它赶到玉皇大帝面前的时候，十二生肖已经排列完毕，早已没有了自己的位置。猫见状大怒，当即就把鼠给吃了，从此，鼠和猫这对昔日的好朋友反目为仇，成了世代的冤家。

猫就这样在十二生肖中永远没有了一席之位。"埃尔温讲得生动有趣，尤塔听得津津有味，捂着嘴笑个不停。

"哦！我明白了，你和你爸爸就像猫和鼠一样，也是一对冤家。对吗？"尤塔开心地"咯咯"笑着。

"我和他不是冤家而是仇家，他杀了我妈妈，我要去美国为我妈妈报仇！"埃尔温怨恨地说道。

"埃尔温，我不喜欢你们拿动物做生肖，动物是人类的朋友，可在你们的故事中却不那么友好，这样很不好。我看还是星座好，什么金牛座啊、狮子座啊，听起来多浪漫。"尤塔抿着嘴在夸耀着星座。

"尤塔，这你就不懂啦。我们中国的先人是很聪明的，十二生肖中，每两个是一对儿，相互对应就成了六对儿，寓意着六种人生智慧。比如说鼠和牛相对应，鼠代表智慧，牛代表勤奋，智慧加上勤奋，做事情准能成功；老虎和兔子也是相对应的，老虎勇猛而兔子谨慎，只有勇猛和谨慎相结合，做事才能胆大心细；龙和蛇是相对应的，龙刚而蛇柔，所以做事要刚柔并济才行；马和羊也是一对儿，马勇往直前，而羊则充满了和顺，带着和顺的心态做事就能一往无前；猴子和鸡也是一样，猴子灵活而鸡却稳定，灵活与稳定连在了一起，就没有做不成的事情；最后一对儿是狗和猪，狗忠诚猪随和，忠诚加上随和就是外圆内方，是和而不同。这就是我们中国人先知先觉的大智慧。"埃尔温左右手一起比划，对尤塔讲着智慧。

尤塔似懂非懂地听着，她又想起了埃尔温给母亲雕刻墓碑时的情景，于是，她赶忙又问着埃尔温："你让老石匠在石狗的后背刻上了尖刀，难道也是先知先觉吗？"

"没错，我就是这个意思，我要用别人看不懂的方式来明志！"埃尔温语气坚定地对尤塔说。

"埃尔温，你们中国人做事情为什么总是神神秘秘，让人看也看不懂？就说给你雕刻墓碑的那个老石匠吧，当他刻上了赵月娥的名字时，就知道了你是她的儿子。可当你向他问起你爸爸当年为什么要立一块无字碑时，他却笑而不答。我看他明明知道你家当年发生的事情，却不对你说，非让你去找什么许主任去了解。害得我们花费了好几天的时间到处去找许主任。好不容易打听到了他，人家又开车出了政府大院，幸亏我们事先包了一辆私家车跟上了他，否则，那张字条怎么也递不到警察的手中啊！"尤塔不紧不慢地说着。

"唉，这都是天意吧！"埃尔温叹着气。

"亲爱的，我倒觉得你不应该这么激进，贾放毕竟是你的爸爸。你到了美国见到他，应该找他好好谈谈，了解一下事情的原委，不要一门心思去复仇。你们中国人不是常说，要化干戈为玉帛吗？我想你应该化解怨恨，不要动不动就杀气腾腾。"尤塔温情脉脉地说着。

"尤塔，你真善良！我妈妈要是能活到今天，她一定会喜欢你的。"埃尔温想到了妈妈，把脸转向了飞机的舷窗外。

"亲爱的，你妈妈长得什么样？她漂亮吗？"尤塔伸手拽着埃尔温的胳膊，翘着眉毛问道。

"我记得我妈长得很漂亮，她对我非常好。我小的时候非常喜欢汽车和枪，妈妈经常带我去买玩具汽车和玩具枪。我家里的玩具汽车可多啦，各种轿车、卡车、消防车、救护车、警车，什么车我都有，各种长短枪支也是应有尽有，这些玩具都是她给我买的。她还常常给我做好吃的，我妈做的饭菜好吃极了，她给我做的西红柿炒鸡蛋的滋味，我现在还记得。可是，如今妈妈不在了，我再也吃不到妈妈给我炒的鸡蛋了。尤塔，我现在特别想妈妈！"埃尔温说着，声音变得哽咽起来。

"对不起，亲爱的！是我不好，让你伤心了！"尤塔低下头不再说话。

"亲爱的！你来德国都 20 年啦，我们两人一起从小长到大，我怎么从来就没有见到过你舅舅呢？你当年是怎么来到我家的？"尤塔忽闪着大眼睛，又问起了 20 年前的往事。

"尤塔，不光你没有见过舅舅，我也有 20 年没见过他的面啦。听你爸爸说，当年舅舅带着我来到了法兰克福，他通过一个牧羊犬俱乐部的朋友，认识了你爸爸。他说他养活不起我，就把我送给了你爸爸，你爸爸见我长得虎头虎脑挺可爱，就收留了我，还供我上了大学，还把他的宝贝女儿许配给了我。"埃尔温说着，将手臂搭在了尤塔的肩上轻轻一揽，尤塔顺势倒在了他的怀中。

"所以，你才娶我为妻，是这样吗？"尤塔深情地望着埃尔温，娇嗔地说着。

"我从小在你家长大，我们俩青梅竹马情同手足。我除了你，还会喜欢别的女孩儿吗？"埃尔温轻轻地掐着尤塔的鼻子，宠爱地说。

"你来我家的时候我刚刚出生，我才不知道我哪来的这个中国哥哥呢！"尤塔调皮地与埃尔温开着玩笑。

"是啊！我能长这么大，多亏了你的爸爸妈妈，是你们家给了我今天的幸福和欢乐，我一辈子都不会忘记你们家对我的抚养抚育之恩。"埃尔温瞅了一眼身旁的尤塔，露出了十分感激的目光。

"亲爱的！你舅舅长得什么样？他叫什么名字？他为什么把你带到德国却又不抚养你，把你送给了我爸爸？"尤塔忽然又想起了什么，她抬起头看着埃尔温，低声问道。

"我舅舅长得什么样？叫什么名字？我都记不清楚了！"埃尔温摇着头说道。

"亲爱的！你还没有告诉我，我爸爸跟你都说了些什么，你才突然要去找你爸爸去复仇？"尤塔眨着眼睛，又在问着埃尔温。

埃尔温闭上眼睛，他在想着从法兰克福出发之前，尤塔爸爸与他的对话。

"孩子，前几天，你舅舅来找过你，可惜，那天你和尤塔带着牧羊犬'霍恩'，去汉诺威牧羊犬俱乐部去参加冠军比赛了。"尤塔父亲将埃尔温叫到了自己的房间，对他说起了舅舅。

"我舅舅来过啦？他来做什么？我都20年没有见过他啦。"埃尔温瞪大了眼睛，想着舅舅的模样。

"你舅舅这次是来找你的，他没有见到你，便嘱咐我把你家里当年发生的悲剧告诉你。"养父嘴里"吧嗒"着烟斗，对埃尔温说道。

"悲剧？我家当年发生了什么悲剧？"埃尔温急不可耐地问着养父。

"据你舅舅说，你家住在中国湖南省的一座大山里。他当年亲眼看见，是你的父亲将你母亲推下了山崖。他当时非常害怕，就带着你逃到了德国，把你寄养到了我家。"养父不住地"吧嗒"着烟斗，头也不抬地说着。

"这是真的吗？我父亲为什么要把我妈妈推下山崖？"埃尔温疑惑不解地问着。

"你舅舅说你父亲是一个当官的，他的官越做越大，瞧不上你妈妈这个乡下的农村妇女了，就采取了这种激情杀人的手段。"养父慢腾腾地说。

"不可能！这不是真的，舅舅在说谎。"埃尔温激动得险些跳了起来。

"你舅舅还说，你父亲现在已经逃到了美国西雅图，与一个叫露西的情妇生活在一起。他给了你这个地址，还给了你一笔钱，希望你能去美国复仇，用你父亲的鲜血祭奠你的母亲。他还给你画出了你母亲墓地的位置，希望你能回到中国去祭扫她的墓。"养父说着将一个厚厚的大信封，递给了几乎要发疯的埃尔温。

"你舅舅还说，你的外公外婆也被你父亲绑架了，他们目前仍然是生死未卜。"养父站起身来，眼望着窗外不再言语……

"哦！我明白了。你急三火四地从德国回到中国，又马上要飞往美国，就是要找你爸爸复仇！"尤塔听了埃尔温的叙述，好像明白了一切。

"对，我就是要去找他复仇！"埃尔温斩钉截铁地说道。

"埃尔温，你和我爸爸为什么不早一点把真相告诉我？要是早告诉了我，我是不会同意你去报仇的。等我们到了西雅图，见到了你爸爸，你可千万不要冲动，我绝对不相信是你爸爸杀了你妈妈。他杀害自己妻子的理由既不充分，又不合常理，他不会那么没有人性！"尤塔脸上泛着红晕与埃尔温争辩着。

"尤塔，我相信你爸爸的话，他说的话一定不会错。"埃尔温仍然坚持着自己的判断。

"亲爱的！你怎么犯起了糊涂？我爸爸的话是听你舅舅说的，你舅舅说的话，难道就千真万确吗？万一你舅舅对我爸爸说了谎话呢？你妈妈在 20 年前就去世了，她是你舅舅的姐姐，复仇应该也有他的份儿，弟弟给姐姐报仇也是天经地义的事儿，为什么他 20 年间都不去为姐姐报仇，而偏偏让你去报仇？这里面难道没有其他原因吗？反正我不允许你去杀害你的爸爸。"尤塔瞪着眼睛劝说着埃尔温，眸子里闪动着蓝色的光芒。

埃尔温静静地听着尤塔的分析，心底也泛起了波澜。在埃尔温的脑海里又浮现出儿时对父亲的美好记忆。

"'小兔子'，今天是星期天，爸爸领你去公园坐高空缆车去！"贾放抱着儿子，坐上了高空缆车。

高空缆车的封闭车厢内，"小兔子"欢快地雀跃着，眼睛不停地张望着缆车下面渐渐变小的人群。

"'小兔子'，高空缆车好玩儿吗？"贾放指着高空缆车的窗外问着儿子。

"好玩！爸爸，我们坐着这个缆车能上天吗？""小兔子"见缆车继续在升高，便天真地问着贾放。

"不能上天。等你长大了，爸爸带你坐飞机，飞机才能飞上天。"贾放又指着蓝天，对儿子说着。

"我现在就要坐飞机上天，天上有玉皇大帝，还有孙悟空。孙悟空一个跟头能翻出十万八千里，我要是上了天，就能找到孙悟空。我要与孙悟空做朋友，让他教我翻跟头，我也要腾云驾雾，一个跟头翻出十万八千里。""小兔子"说着，在高空缆车的车厢里翻起了跟头。

贾放"哈哈"笑着，他抱起了儿子，用胡茬轻轻地在儿子脸上不停地蹭着。"小兔子"急忙用稚嫩的小手，捂住了贾放满是胡茬的嘴巴。

贾放带着儿子又坐上了海盗船，儿子兴高采烈地对贾放说道："爸爸，这就是海盗船吗？我知道海盗是大海上最坏的强盗，我要去与海盗做斗争！"

　　贾放看着儿子天真的表情感到很惊讶，于是又故意问着儿子："你怎么知道海盗是个大坏蛋？"

　　"我妈妈经常给我讲海盗的故事。我妈说，海盗有一个嗅觉非常灵敏的鼻子，只要他连吸三下，就能闻出船上有没有财宝。大家都害怕海盗的鼻子，便把财宝都装进铁皮箱里藏起来，可到头来，还是被海盗抢掠了过去。爸爸，你说是不是呀？""小兔子"眨着眼睛，在海盗船上蹦蹦跶跶地问着贾放。

　　"海盗只是一个传说，妈妈给你讲的故事是神话。"贾放"呵呵"笑着对儿子做着解释，他感觉儿子的想象力非常出色。

　　"我妈说她也有着一个和海盗一样灵敏的鼻子，不论你把钱藏在哪里，她都能闻出来，是吗，爸爸？""小兔子"躺在贾放温暖的怀抱里撒着娇，他扬起小脸，又问起了一个令贾放啼笑皆非的话题。

　　"这个……"贾放看着儿子白胖胖的小脸蛋，听着儿子纯真幼稚的话语，勉强地对儿子笑着。

　　埃尔温努力回忆着孩提时，父亲带着他到公园里玩耍时的情景，父亲的音容笑貌仿佛就在眼前，他感到父亲是那样和蔼可亲；他又想到了母亲慈祥的面容，当母亲抱着他，一次次地将他高高举起的时候，母亲的笑靥是那样甜蜜、那样温馨。

　　尤塔见埃尔温的脸上露出了一丝璀璨的笑容，赶忙轻轻地拽了一下他的衣袖："亲爱的！你在想什么？"

　　"哦！我在想我的爸爸和妈妈。我真怀念我的童年，我要是一直能生活在父母身边该有多么的幸福！"埃尔温遗憾地摇着头。

　　"亲爱的！我总觉得你爸爸不像你舅舅说的那么坏，我不相信他会杀了你妈妈，我倒是觉得你舅舅不像个好人，我不喜欢舅舅。"尤塔皱起了眉头，摇晃着飘逸的金发说道。

　　波音飞机经过十几个小时的飞行，在美国西雅图塔科马国际机场徐徐降落。埃尔温和尤塔随着人流走出了机舱，他抬头仰望着碧空如洗的蓝天，无法想象这次来美国的"复仇行动"，将是一个什么样的结局。

第 26 章
迷雾重重

———————

李彪和田媛芳在湖南的调查工作持续了一个星期，这一天他们风尘仆仆地从湖南赶回了秦川市，他们要把在湖南获得的线索向铁权书记汇报。

当天下午，两辆黑色奥迪轿车徐徐驶入了北江省委大院，北江省公安厅刘厅长、安全厅陈厅长应邀来到北江省纪委小会议室。

会议室内，纪委书记铁权面带笑容地与两位厅长打过招呼以后，又关切地问候李彪和田媛芳："李彪同志，媛芳同志，你们刚下飞机，还没有吃午饭吧？"

"铁权书记，我们在飞机上吃过了。"李彪和田媛芳热情地与三位领导一一握了手，坐在了会议桌旁。

"李彪同志、媛芳同志，我今天请来了两位高参，请他们一起听听你们二位了解到的情况，也好确定下一步的侦查方向。"铁权书记简要地做了开场白。

"铁权书记好，二位厅长好！我和田媛芳按照铁权书记的部署，首先去北京财经大学进行了走访。我们在北京财经大学家属区大门外的早市上，走访了许多贾放当年的同学和同事，不经意间了解到了贾放当年在财经大学工作和学习期间许多不为人知的事情。据这些老同志介绍，贾放是在 1979 年从湖南湘西地区考入北京财经大学的，在大学学习期间，贾放的学习成绩非常优秀，后来被学校选派到德国留学，回国后留校任教当了一名讲师。他当讲师没有几年，便被湖南省委组织部选调到湖南湘西地区的一个县级市，当上了主管财经工作的副市长。据他当年的同事讲，贾放在大学毕业后就在湘西成了家，他的妻子是湘西的一个农村姑娘，婚后他们还有一个儿子。"李彪郑重其事地开始了汇报。

"同志们，需要说明的是，在李彪他们去北京之前，我曾经翻阅了贾放所有的档案材料，并没有发现他的这一段婚史。由此可见，贾放是故意向组织隐瞒了他的这一段婚史。"铁权微皱着眉头插话道。

"对，铁权书记说得很对，为了确定贾放的这段婚姻是否真实存在，我们又到了贾放上大学之前生活的湖南省湘西地区，调查结果证实，贾放确实有过一段婚姻。"李彪十分肯定地说道。

"我们在湘西的一座大山里，找到了贾放曾经生活过的一个侗族村寨。在侗寨里，我们又找到了贾放当年结婚的见证人，证实了贾放曾经在1983年9月，与当地一个叫赵月娥的农村姑娘结了婚。赵月娥出生于1962年，比贾放小3岁，贾放考入北京财经大学时，赵月娥刚上高中。贾放在家里是独生子，父母靠上山背石头挣钱来供他读大学。在他上大学期间，他的父母在一次地质灾害中发生了意外，他母亲在这次灾害中遇难，他父亲也被山上滚落的石头砸断了腰，邻居赵大叔见贾放的父亲很可怜，就把他接到了侗寨自己的家中来照顾。贾放从北京赶回家乡，在赵大叔的帮助下处理了母亲的丧事，他见父亲无依无靠，就想退学回家来侍候瘫痪在床的父亲。这时，赵大叔提出要让自己的女儿赵月娥退学，来侍候瘫痪的贾放爹，以此来支持贾放继续在北京读书。就这样，赵月娥成了贾家的过继女儿，从那时开始一直到贾放爹去世，赵月娥都在无微不至地照顾着他。"田媛芳接过李彪的话茬，介绍了贾放结婚的经过。

"这么说，贾放是出于感恩赵月娥，才娶她为妻吗？"公安厅刘厅长停下了手中的记录，他抬起头问着田媛芳和李彪。

"是的，据贾放的邻居讲，贾放的父亲当年曾以死相逼，让儿子与赵月娥成亲，贾放是迫于父亲的压力，才勉强答应要娶赵月娥的。贾放的婚礼是按照当地人的习俗，举办的侗族式婚礼。婚礼结束后，贾放便去德国留学，留学结束后便回到北京财经大学任教，他的儿子应该出生在他回国任教期间。"田媛芳看了看刘厅长，接着说道。

"刚才李彪他们介绍的情况，就是贾放步入仕途之前的经历。这段经历说明贾放的本质是好的，他和许多穷苦人家的孩子一样，都有着苦难的童年，有着奋发有为的学生时代。一个从湘西大山里走出来的穷苦孩子，能够被湖南省委组织部选中，提拔为副县级领导干部，证明他还是有着许多过人之处的。所以，他也有一个蜕变的过程。"铁权书记见两位厅长都在全神贯注地听着田媛芳的介绍，便又插着话。

"贾放当了副市长以后，就带着妻子赵月娥和他瘫痪的父亲，还有他两岁多的儿子，举家迁到了县级市。贾放家的生活条件改善了，生活环境变化了，赵月娥也发生了蜕变。据贾放当年的秘书许龙同志介绍，他接触到的赵月娥，是一个贪婪成性的泼妇，她找出各种借口向贾放的下属和她的邻居们'借钱'，而且数目都不小。贾放为此很恼火，他多次与赵月娥争吵，可换来的却是赵月娥对他实施的家暴。赵月娥这个人非常没有城府，她有时还追到政府办公室，对贾放大打出手，贾放毕竟是受过高等教育的人，为人厚道并且很有涵养，面对赵月娥的家暴，他选择了一再的忍让。许龙同志曾亲眼看见过贾放身上被打过的伤痕。"李彪又补充介绍了贾放的婚姻状况。

"这期间，贾放把所有的精力都用在了工作上，他的能力也得到了淋漓尽致的发挥。后来，贾放所在的县级市被升格成为地级市，贾放先是当上了这个地级市的副市长，后来又当上了市长。"铁权又在插话。

李彪见铁权书记见缝插针地介绍了贾放的背景，便又接着说道："可就在这个时候，湘西发生了一起命案，贾放的妻子赵月娥离奇地死亡了。"

"赵月娥死亡了？她是怎么死的？"刘厅长被赵月娥的死讯惊得一愣，他忍不住地问道。

"关于赵月娥的死亡，有很多版本的传说。当时，组织部门正在考核贾放，准备外派到我们省来任职，在这个时候死了妻子，所以传出了贾放'杀妻说'，还有赵月娥'自杀说'、赵月娥'失足坠崖说'等等。"李彪抬起头对刘厅长解释道。

"当地警方没有确定赵月娥的死因吗？"刘厅长又在追问。

"我们看到了湘西公安部门当年的现场勘查记录，赵月娥的尸体是在她坠崖三天后在山崖下面被发现的，尸体上没有钝器伤、锐器伤，也没有任何掐痕和勒痕。由于当时赵家人和贾家人都没有报案，警方也没有查到身源，就保留了她的DNA样本，10天后，当成无名尸体火化了。后来，我们历尽千辛万苦，在一家条件比较好的疗养院里，找到了赵月娥的父母，但他们已经患了老年痴呆症，完全丧失了记忆。我们将赵月娥父亲的DNA样本，与她尸体的DNA样本做了比对，证实当年坠崖的女尸确是赵月娥，由此可以确定赵月娥已在20年前坠崖身亡，至于她的死因嘛，只能说是一个谜。"李彪将赵月娥的死亡情况原原本本地向大家做了汇报。

"二位厅长，说一说你们的见解，分析一下赵月娥的死因是什么吧？"铁权表情轻松地问道。

"书记，没有证人证言、没有尸体解剖、没有现场勘查，你让我们怎么分析死因？这只能说是一个谜。"刘厅长冲着铁书记笑了笑说道。

"铁书记，刘厅长说得很对，赵月娥之死直到今天都是一个谜。没有任何证据表明，她是死于自杀还是他杀？但是，在赵月娥死亡之后，有六个与贾放有关系的人相继失踪，这就使赵月娥的死亡，变得扑朔迷离起来。在这六人当中，有四人与贾放有直接关系，有两人与他有间接关系。"李彪又翻看着第二个记录本，准备继续向大家介绍。

"什么？有六人失踪，这也太离奇了吧！"安全厅陈厅长皱着眉头说道。

"这四个与贾放有直接关系的人，分别是贾放七八岁的儿子；贾放的内弟赵月亮和赵月亮的父母。那两个与贾放有间接关系的人，是市医院的护士陆湘湘和她的母亲。"李彪说出了六个失踪人员与贾放的关系。

"这六个人现在的下落呢？"陈厅长急切地问着李彪。

"关于贾放的内弟赵月亮和贾放的儿子，我们查遍了所有适龄人口的档案，也没有找到这两个人的任何信息，这两个人从人间蒸发了。赵月娥的父母可能是受到了女儿之死的刺激，患了痴呆症，不知道是被什么人送到了疗养院，也不知道是什么人经常给疗养院送钱。后来，我们经过反复调查，虽然没有发现送钱人的任何信息，但却发现了给他们寄生活费的一个人，这个人便是我们省中医院的药品采购科科长宋雅萍。"李彪在介绍着失踪人员的下落。

"宋雅萍是北江省中医院的科长，她怎么认识的赵月娥父母？又为什么跨省给他们寄生活费？"铁权皱了皱眉头问道。

"经过我们周密的调查，宋雅萍不但给贾放的岳父、岳母寄生活费，她还给陆湘湘的母亲也寄过钱。后来我们又调查了省中医院，宋雅萍早在一年多之前，逃到了国外，这条线索就这样也断了。"李彪面向陈厅长摊开了双手。

"蹊跷，太蹊跷了！陆湘湘和她母亲又是怎么失踪的？她与贾放有什么关系，这个情况你们了解吗？"陈厅长往前欠了欠身子问着李彪。

"我看这个问题还是由田媛芳同志汇报吧！"李彪微笑着看了一眼铁权，又瞥了一眼身旁的田媛芳说道。

"李彪同志，你的口才比我好，你接着说吧！"田媛芳故意与李彪打着趣，她是要放松一下大家紧张的情绪。

"赵月娥死亡之后，贾放曾经在市医院住过一段院，护理贾放的护士，正是我们刚才提到的这个陆湘湘，她当年只有 25 岁。后来，贾放外派到了我们北江省的秦山市当书记，陆湘湘也同时失踪了。"田媛芳说出了陆湘湘与贾放的关系。

"陆湘湘失踪的情况，我们是从许龙主任嘴里意外获得的，他说者无意，我们听者有心。于是，我们接着走访了市人民医院，医院的院长证实了贾放在住院期间确实与陆湘湘有过短暂的接触。贾放离任了，陆湘湘失踪了！我们觉得这不是一个简单的时间巧合，所以我们便对陆湘湘开展了调查。陆湘湘毕业于湖南省医学院，她父亲去世的比较早，从小便和母亲生活在一起。她失踪以后，她的母亲也搬了家，不知了去向。我们调阅了大量的资料，找了好多熟悉她的人，最后终于在一个偏远的农村，找到了陆湘湘的母亲。她现在仍然一个人生活，对女儿的失踪她始终三缄其口，一个字也不愿意往外说。后来，我们打听到陆湘湘的母亲经常给希望小学捐钱，这又引起了我们的怀疑，她自己过着清贫的日子，哪来的钱去捐给学校？我们带着疑问继续开展调查，后来竟发现给陆湘湘母亲寄钱的人也是宋雅萍。我们经过调取宋雅萍的银行卡记录，发现她有好多笔钱都是从美国西雅图打过来的，我们又经过查询，从西雅图给她打钱的人叫露西。于是我们重新返回来询问陆湘湘的母亲，这才得知陆湘湘当年不知跟着什么人去了美国，现在是美国一家公司的老板，她的名字已经由陆湘湘改成了露西。"田媛芳生动地讲着调查的经过，大家听得更是一头雾水。

"厅长，露西的名字我很熟悉，她是我们秦山市元亨制药厂被外商收购以后的厂长。元亨制药厂原来是一家国有企业，后来被美国公司以一元钱收购了，收购人就是这个露西。露西接手元亨制药厂后，曾经向厂内的职工集资，她集资了几百万元以后，带着钱回到了美国西雅图。后来，元亨制药厂改制，成立了元亨制药有限责任公司，她又回来接受了公司的股份，此后，一直下落不明。"李彪一口气将调查到的情况汇报完毕。

"李彪同志，你是怎么了解露西的情况的？"陈厅长带着疑虑问道。

"厅长，我弟弟在元亨制药公司当车间主任，露西非法集资的情况是他告诉我的。"李彪对陈厅长做着解释。

"哦，我明白了，在与贾放有关系的六个失踪人员中，有四个人有了下落，只有贾放的内弟和儿子至今还下落不明，对不对？"刘厅长说着，看了看李彪，又看了看田媛芳。

"厅长，是这样的。"李彪回答着。

"还有一个情况很重要。几天前，就在我们向贾放原来的秘书许龙同志询问情况的时候，有一个女人向我们房间的门缝里塞进一张字条，上面写着'杀害赵月娥的凶手是贾放，他已经逃往美国。我要杀了他！'"田媛芳说着，将那张字条递给了铁权书记。

"贾放杀了赵月娥？"陈厅长接过字条问道。

"贾放杀人的这个信息不太可信，根据许龙同志的介绍，贾放是听到赵月娥的死讯以后，才回家处理丧事的，他应该没有作案时间。问题是什么人给我们送的字条？他又是怎么知道是贾放杀了赵月娥？经过当地公安部门的工作，现已查明给我们送字条的人是一对德国夫妇，丈夫叫埃尔温，1987年生人，居住地是德国法兰克福；妻子叫尤塔，1993年生人，她也是德国人，居住地和埃尔温是一致的。"李彪瞧了瞧三位领导的表情，停止了汇报。

"一对儿德国人不远万里来到中国，给你们送来了一张字条，举报贾放杀害了赵月娥，然后又要到美国去杀贾放？这个情节不可思议，看来又是一个谜呀！"刘厅长深沉地说道。

"贾放失联是个谜，与他相关的人员接连失踪还是谜，埃尔温夫妻的神秘行踪更是谜，这谜团一个接着一个，真是迷雾重重啊！"陈厅长自言自语道。

"既然迷雾重重，我们不妨一个一个地解谜，你们先看看李彪和媛芳带来的埃尔温护照的复印件，我怎么看都觉得他像是个中国人，他会不会是贾放失踪的儿子？"铁权将复印件递给了两位厅长传看。

"我刚才听李彪他们说，贾放到湘西县级市当副市长那会儿，他的儿子才两岁多，他在湘西工作前后有五六年，也就是说，赵月娥死的时候，贾放的儿子应该七八岁了。七八岁的儿子失踪了，父亲会无动于衷？这不合常理呀！所以，我认为贾放是应该知道他儿子的下落的。埃尔温生于1987年，从年龄和长相上看，他与贾放还有些相像，我也怀疑埃尔温是贾放的儿子。"刘厅长端详着手中复印的护照，说出了他的怀疑。

"我们假设埃尔温是贾放的儿子，那他是怎么到的德国？"陈厅长也发出了疑问。

"在贾放儿子失踪的时候，他的内弟不是也失踪了吗？所以最大的可能就是贾放的内弟带着他的儿子一起去了德国。如果这个推理也成立的话，贾放也知道他内弟的下落，既然他知道儿子和内弟的下落，那还有一种可能，就是贾放把这两个人送到了德国。大家不要忘了，贾放可是在德国留过学的呀！"刘厅长若有所思地说道。

"当当当"，一阵轻轻的敲门声打断了刘厅长的话，只见铁权的秘书进来，将一张查询记录交给了铁权。

"你们看看这个查询记录：2007年5月，贾放随考察团去德国慕尼黑考察，其间他曾经私自去过法兰克福，考察团并没有安排去法兰克福，他为什么要从慕尼黑私自前往法兰克福，是去见什么人还是去办什么事？埃尔温的护照可是清清楚楚写着，居住地是法兰克福啊。"铁权说着，将手里的查询记录放到了会议桌上。

"哈哈，经书记这么一启发，不就解开了第一个谜团嘛！"刘厅长看罢查询记录，笑着说道。

"刘厅长，现在还不能急着下结论。不过，我们已在迷雾里面隐隐约约地看到了一点点方向，这使我们的侦查思路变得清晰起来。贾放标榜自己做事踏雪无痕，可经过我们的侦查，却发现了他的蛛丝马迹，只要我们寻踪觅迹，就不愁找不到他的痕迹。下一步，我们就要开始踏雪行动，跟着贾放的痕迹走，去拨开层层迷雾，解开他留给我们的一个个谜团。"铁权书记挥着手说道。

"书记，您的意思是？"田媛芳似乎明白了铁权的用意，她故意问道。

铁权书记向会议桌前探了探身子，双肘伏案，伸出了两个指头，果断地说道："我的意思是开辟第二战场，把我们的侦查方向转移到国外。我准备派你和李彪去一趟德国，先从埃尔温这条线索查起，把他的身份搞清楚，寻找贾放儿子和他内弟的下落，揭开贾放12年前去法兰克福的秘密。"

铁权书记神情自若地做着部署，李彪认真做着记录，他觉得铁权的思路非常清晰，判断也十分准确。他从铁权书记洪亮的声音和沉稳的手势中，感觉浑身充满了力量，他觉得，铁权书记就像一个能征善战的大将军，既有敏锐的洞察力，又有高瞻远瞩的预见性；既有运筹帷幄的智慧，又有决胜千里的勇气。他通过铁权书记坚定的目光，仿佛看到了破获"踏雪有痕"专案的曙光。

"李彪同志，我们安全厅在德国有朋友，我会安排人接应，全力配合你们在德国的踏雪行动。"李彪的思绪被陈厅长的说话声所打断。陈厅长说着，马上要去拨打电话。

"陈厅长，你还有一个任务，就是通过你们的关系网，同时在美国西雅图也开展工作，搞清楚露西在美国的一切情况。"铁权又对陈厅长做着部署。

"同志们，贾放失联快一个月了，他失联的原因是个谜，他的下落更是个谜，虽然我们没有发现他的出境记录，但也不能排除他化装出逃国外的可能性。从目前掌握的情况分析，如果他逃往了国外，不是去了德国就是去了美国。"铁权做着分析。

"书记，您说得没错，但我觉得贾放出逃德国的可能性不大，因为，那个叫埃尔温的德国人正在追杀他，所以我判断他还是去美国西雅图，去投靠露西的可能性更大一些。"陈厅长也在做着判断。

"好吧，既然两位厅长都同意我的意见，李彪同志、媛芳同志，你们两人马上启程飞往德国，到法兰克福去'踏雪'。"铁权把手一挥，果断下达了命令。

第 27 章
德国寻踪

————

李彪和田媛芳搭乘德国爱莎航空公司的国际航班，飞往了法兰克福。飞机经过 10 多个小时的飞行，于当地时间早晨 7 时到达了法兰克福梅茵机场，李彪和田媛芳下了飞机，拉着行李箱并肩走出了机场。

"彪哥，我们这次德国之行会顺利吗？"田媛芳瞥了一眼仍有些睡意的李彪问道。

"当然会顺利啦！如果把贾放比作狡猾的狐狸，我们就是足智多谋的猎人。中国有一句经典的谚语，狐狸再狡猾也是敌不过好猎手的。所以，他藏得再隐蔽，我们都会发现他露出的马脚。"李彪揉了揉惺忪的眼睛，胸有成竹地说。

"彪哥，你说的对，我看你一上飞机就睡觉，现在还没睡醒吗？"田媛芳瞧了一眼满脸倦意的李彪，与他开着玩笑。

"我实在是太累了，本来想在飞机上打个盹，没承想越睡越困，越困越想睡，伴着美梦就来到了德国。"李彪自嘲地给自己一个台阶。

两人有说有笑走出了机场出口。

"媛芳，我在这里！"田媛芳刚走出出站口，就听见接机人群中有人在喊着她的名字。

"媛芳，媛芳！"田媛芳顺着声音望去，只见一位西装革履的年轻人正在向她挥手。

田媛芳紧走几步，顺着声音向年轻人走了过去。

"你是……"田媛芳觉得年轻人有些眼熟，她拍着脑门想着他的名字。

"媛芳，你记不得我了？我是伊泽呀！你忘了，在读高中的时候，我们两人可是前后桌的同学呀。"伊泽笑呵呵地说着。

"哦，老同学，我想起来了，咱们两个确实是同班同学。我们分别这么多年，能在异国他乡见面真是太巧了，我们互相留个电话，回头再聊。"田媛芳说着，便向接机的人群里张望，她在寻找着陈厅长安排的接机人。

"媛芳，你找什么呢？我是按照陈厅的指示，专程来接你们的。"伊泽说着，伸手接过了田媛芳的行李箱拉手。

"媛芳同学，这位就是大名鼎鼎的李彪大哥吧！陈厅已经把你们两人的信息发给了我，我一看他让我接待的人竟是我心中的女神，高兴得我一宿都没有睡着。"伊泽说着，又用另一只手接过了李彪的行李箱。

"我说伊泽兄，你就别贫嘴啦，我什么时候成了你的女神？谁不知道你的女神是芳芳，可不是媛芳。"田媛芳"咯咯"笑着说道。

伊泽一手拉着个行李箱，带领着李彪和田媛芳来到了机场地下停车场，"嘟"的一声，用遥控器打开了一辆黑色奔驰轿车。

"上车吧！"伊泽说着，拉开轿车门让媛芳和李彪上了车。

"伊泽同学，你这是要拉我们去哪儿？"田媛芳坐在轿车后排的座位上，探着身子问道。

"先吃早饭，然后去宾馆。"伊泽一脚油门，开着"大奔"驶离了梅茵机场。

"伊泽兄，我听说你毕业以后，不是跟着你的女神去了澳大利亚吗？怎么会在德国？"田媛芳笑盈盈地问着伊泽。

"当年，我和芳芳是去了澳大利亚，后来她家又来德国做起了生意，我就和芳芳跟着她家来到了法兰克福，这一晃都快10年了。"伊泽从倒车镜里瞥着田媛芳，头也不回地说道。

"那你和陈厅长是？"田媛芳欲言又止，她把话说到一半，又停了下来。

"媛芳，你可是出自国家安全部门，不该问的是不是应该不问？"伊泽"嘿嘿"笑着，机智地岔开了话题。

"媛芳，这是一家快餐馆，我们就在这里吃早餐吧。"伊泽说着，将"大奔"停在了一片绿草坪中间的白色木板屋前。

"伊泽，我们这次来的任务你知道吧？"田媛芳喝着热牛奶，轻声问着伊泽。

"陈厅让我全力配合你们的工作，同时还兼任你们的翻译。你指到哪儿我就打到哪儿，绝不后退半步！"伊泽仍在与田媛芳耍着贫嘴。

"我们这次来到法兰克福是要调查一个叫埃尔温的年轻人。据我们掌握，他现在不在德国，他和他的妻子去了美国西雅图。"田媛芳说着，将埃尔温和尤塔的照片递给了伊泽。

"媛芳，这两个人的情况我都替你调查完了。"伊泽瞅了一眼田媛芳递过来的照片，狡黠地对她说道。

"调查完了？"田媛芳放下了牛奶杯，有些不相信伊泽的话。

"我接到陈厅长给我发过来的资料一看，让我配合工作的人竟是你和李彪大哥，就替你把工作做在了前头，谁让你是我的女神呢。"伊泽说着，将一块夹肉面包塞进了嘴里。

"去你的，我才不是你的女神呢！不过，你能为本宫考虑得如此周全，本宫还是要表扬你的。"田媛芳又发出了"咯咯"的笑声。

"媛芳，你要是自称本宫，那我得叫你娘娘才对吧。"伊泽狼吞虎咽地吃着面包，嘴里还在不停地逗着田媛芳。

吃罢早餐，伊泽背着手，领着李彪和田媛芳在餐馆门前歇了歇脚。田媛芳一会儿抬头仰望碧空如洗的天空，一会儿又目视远方一望无际的绿茵，她感到眼前别致的田园风光，就像一幅绚丽的油画，令她心旷神怡。

"伊泽兄，这个地方怎么这么清静？简直像是世外桃源。"田媛芳问着伊泽。

"德国地广人稀，自然环境相当好，像这样的自然景观随处可见。走，我送你们去宾馆休息一下吧。"伊泽说着，上了轿车。

"伊泽老弟，我们还是先工作吧，可别把这一整天的时间都浪费在了休息上。"李彪坐在副驾驶的位置上，十分着急地对伊泽说着。

"好呀，那我就带你们去埃尔温的养父家，到了那里，你们就能了解到一切情况啦。"伊泽说着，打开了汽车音响。

"这不是电影《冰雪奇缘》中的《回忆之河》吗？你怎么喜欢听这首曲子？"田媛芳听着音响里放出的钢琴曲，惊叹地问着伊泽。

"这首曲子是吉娜·爱丽丝演奏的，她是郎朗国际音乐基金会的精英青年钢琴家，出生在德国威斯巴登市，她经常在法兰克福出席德国著名钢琴演奏家的音乐会。她每次来这里演出时，我会来接受艺术熏陶，我都快成了她的'铁粉'啦。"伊泽开着车，拉开了话匣子。

"看不出来，你还是个文化人！我还以为你就是一个油嘴滑舌的'富二代'呢。"田媛芳打趣地说道。

"伊泽老弟，你不是帮我们了解到了埃尔温的情况吗？能不能给我们介绍一下。"李彪见田媛芳没完没了地与伊泽唠个不停，便岔开了他们的话题。

"你们说的这个埃尔温情况非常简单，他是个德籍华人。由于他从小被一个姓皮埃尔的德国人收养，所以他也姓皮埃尔，名叫埃尔温，全名就叫埃尔温·皮埃尔。他现在的工作地点是黑森州 SV 牧羊犬俱乐部，职业是工作犬驯犬员。据俱乐部的人介绍，埃尔温平常少言寡语，为人也忠厚老实，就是脾气比较暴躁，是那种沾火就着的火暴性格。前几年，他和皮埃尔的女儿尤塔·皮埃尔结了婚，最近他向公司请假去了美国。"伊泽见李彪的心思一直放在埃尔温身上，便将他调查的结果一一道来。

"他是什么时候来到德国的？"李彪接着问。

"哈哈，李大哥，这个问题俱乐部怎么能知道？我刚才说了，想了解他的情况只能去找皮埃尔。皮埃尔家住在法兰克福的郊外，一个小时以后我们就能见到他。"伊泽轻松地对李彪说着。

"皮埃尔是什么职业？"李彪又问着伊泽。

"皮埃尔是当地的农民，主业是种地、副业是养犬。由于种地是靠机械化，用不着他怎么操心，所以他的主要精力都放在了饲养德国牧羊犬上。一百多年前，德国人用狼和土狗交配，繁殖成了新型狼犬，这种狼犬的智商很高，差不多能与四五岁的儿童相比，所以德国人都用这种犬来看护羊群，于是便有了牧羊犬的雅号。上个世纪，两次世界大战都爆发在德国，这种牧羊犬被军方征用，参加了战争。在战争中，牧羊犬在很多方面起到了代替人的作用，一下子声名显赫起来。现在，德国很多家庭都有很大的犬舍，他们饲养的德国牧羊犬在全世界都享有很高的声望，世界各地的犬业协会经常来这里，参加 SV 俱乐部组织的德国牧羊犬比赛，在 SV 大赛上拿过名次的德国牧羊犬，身价都在百万欧元以上。"伊泽滔滔不绝地说着。

"哦，德国牧羊犬这么值钱？"田媛芳瞪着眼睛问道。

"那当然了，要不你也买一条带回去饲养吧。"伊泽又与田媛芳开起了玩笑。

"不行，不行，我天生怕狗，我可不敢养。"田媛芳连忙摆手。

"德国牧羊犬还有一个通俗的名称，叫德国'黑背'。德国'黑背'对主人非常忠诚，又有很强的服从性，现在世界各地已经把它当成工作犬来饲养，很多国家的军队、警察还将它作为优良种犬来繁殖，并将其训练成了自己国家的军犬和警犬。我们中国的昆明犬就是德国'黑背'繁育的后代。"伊泽又在向田媛芳和李彪讲解着德国"黑背"俗称的由来。

"你们看，前面那个木栅栏的大院子就是皮埃尔的家，到了他家你们想问什么就问什么，我给你们当翻译。"伊泽转过一个小弯，来到了皮埃尔的家。

"谁呀？"一位60左右岁的德国老人来到院门口，老人的身后跟着一条脊背黝黑发亮的大"黑背"。

"大叔，我们是埃尔温的朋友，可以让我们进去吗？"伊泽礼貌地对老人说。

"埃尔温的朋友？我怎么没有见过你们？"老人疑惑地打开栅栏门。他身边的"黑背"伸着粉红色的舌头，冲着伊泽"汪汪"地叫着。

"您是皮埃尔先生吧？"伊泽问老人。

"我是皮埃尔，你们跟我进来吧。"伊泽向李彪和田媛芳使了一个眼色，他们跟在皮埃尔的身后，径直来到了房屋后面的大院。

皮埃尔将伊泽一行人让到了一把遮阳伞下的石桌、石凳前，他伸手做了一个请坐的手势，嘴里说道："请坐吧。"

伊泽坐在了石凳上，在他眼前出现了半个足球场大的绿草坪，在距离石桌前面不远的草坪上，四条半大"黑贝"正一声不响地端坐在草坪上，立着耳朵警惕地看着他们。

"皮埃尔先生，您在驯犬吧？"伊泽问道。

"嗯，你们找埃尔温有什么事吗？他不在家。"皮埃尔一边说着，一边冲着草坪上的"黑背"吹了一声口哨。

四条正在静坐的"黑贝"听见了口哨声，几乎同时抬起了屁股，像战士听到号令一样，飞奔着来到皮埃尔眼前。

"哇！这么听话！"伊泽冲皮埃尔说着德语。

"这算什么。连站、立、卧、靠、来，这些基本功夫要是都不会，那还能叫德国牧羊犬吗？"皮埃尔自豪地说着。

"你们谁要买犬？"皮埃尔斜了一眼伊泽问道。

伊泽心里一阵好笑，他凑到田媛芳和李彪跟前，眨着眼睛问道："皮埃尔拿我们当成买狗的了，他问你们谁要买他的狗？"

田媛芳和李彪互相对视了一下，又看了皮埃尔一眼，转身对伊泽说道："你对'黑背'有研究，还是你去买吧。"说罢，李彪和媛芳会心地笑出了声。

皮埃尔虽然听不懂中国话，但他从三人的表情变化中已经看出来，他们并不想买他的犬，于是露出了失望的表情。

"我刚才不是说了嘛,埃尔温不在家,你们有什么事情,等他回来再过来吧。'霍恩',送客。"皮埃尔说着站起身来,一边吹着口哨,一边带着四只"黑背"向草坪场地走去。

跟在皮埃尔屁股后面形影不离的"霍恩",听到了皮埃尔的说话声,从刚才的坐姿立即改成了站姿,它冲着伊泽"汪汪"地叫着,好像在催着他们离开。

伊泽尴尬地站起身来,他冲着"霍恩"龇龇牙,紧走几步跟上了皮埃尔。

"皮埃尔先生,这四条犬几岁了?"伊泽轻声问着皮埃尔。

"你要买犬吗?"皮埃尔停住脚步,侧过脸问着伊泽。

"是的,我想买一条公犬,要一岁以内的。"伊泽说着,又回过头来向李彪和田媛芳挤了挤眼睛。

"我这四条犬是三公一母,现在刚好八个月,你要是看上了就过去随便挑选一只。我家的犬血统和灵性不用说,整个法兰克福也是数一数二的。"皮埃尔说着,领着伊泽走到了草坪中间的一棵两个人都抱不住的大树下。

"他们说什么呢?"田媛芳问李彪。

"我哪里知道?我又不懂德语,不过,刚才我可感觉皮埃尔绷着脸,在向我们下逐客令。"

"汪汪汪!""霍恩"仍冲着李彪和田媛芳在叫。

"霍恩!"皮埃尔站在草坪中央叫着"霍恩"的名字,然后抬起右腿自然弯曲成了90度。"霍恩"听到了叫声,垂着尾巴飞快地跑进场地,左腿一搭皮埃尔的膝盖,右腿"嗖"地一下飞上了皮埃尔的肩膀,身体向一条流线一样,从皮埃尔的身后跳到了草坪上。

"怎么样?'霍恩'的反应不错吧!那四个小家伙儿都是它的崽子。"皮埃尔说着,伸手拍了拍"霍恩"的脑门,"霍恩"仰着脑袋,欢快地摇着尾巴。

"非常棒!一会儿我把定钱给您留下,明后天我过来挑一只。"听了伊泽的话,皮埃尔脸上露出了一丝笑容。

皮埃尔卖给了伊泽一条犬,脸上也挂上了笑容,他高兴地带着"霍恩"又回到了石桌前。

"皮埃尔,我的朋友想跟你打听一下埃尔温的情况。"伊泽对皮埃尔说着德语。

"你说吧,要打听什么?"皮埃尔与伊泽用德语做着交流。

"埃尔温是哪一年到您家的?"李彪冲伊泽说,伊泽翻译给皮埃尔,就这样,在伊泽的翻译下开始了对话。

"大概是他8岁那一年，具体哪一年我可记不大清楚啦。今年他28岁，那就是20年前呗。"皮埃尔慢慢回忆着。

"他是怎么来到您家的？"李彪又在问。

"那年，他的舅舅通过我一个养犬的朋友来到我家，说这个中国孩子是个孤儿，问我能不能收养他。我看这孩子挺可怜，就收留了他。"皮埃尔将一支烟斗叼在了嘴里说道。

"埃尔温当年叫什么名字？"李彪又问。

"忘了。他叫什么有什么用，来我家就得姓我的姓，我给他取了新名字叫埃尔温·皮埃尔。"皮埃尔"吧嗒"着烟斗说着。

"他一直生活在您家吗？"李彪问。

"没错，他是在我家和我女儿一起长大，前几年，我把女儿嫁给了他。"皮埃尔说。

"您女儿叫什么名字？"李彪问。

"她叫尤塔·皮埃尔。"皮埃尔答。

"我们怎么没有见到他们？"李彪又故意问。

"他们回中国去啦。"皮埃尔警惕地看了看李彪说道。

"好啦，我要去驯犬了，就说到这儿吧。"皮埃尔站起身来又要送客。

"皮埃尔先生，您知道埃尔温的舅舅叫什么名字吗？"李彪仍然在追问。

"恕我无可奉告，我不能说出别人的事情，只能告诉你们这么多。"皮埃尔说着叫了一声"霍恩"，"霍恩"马上瞪着眼睛、张着嘴冲着李彪"汪汪"地叫了起来。

"皮埃尔，我们是中国警察，专程来德国找您，就是想了解埃尔温和他舅舅的情况。埃尔温要去杀人，我们必须阻止他。"田媛芳急切地说道。

"你们是警察？埃尔温杀人了？"皮埃尔惊异地问。

"据我们掌握，埃尔温去美国就是要杀人，不信你看看这是他写的字条。"田媛芳说着，将埃尔温写的字条递给了皮埃尔。

皮埃尔接过字条看了看又递给了伊泽："我不认识中文，上面写的是什么？"皮埃尔问着伊泽。

"皮埃尔先生，上面写的是他要去美国杀一个叫贾放的人。"伊泽用德语念着字条。

"唉，这孩子，临走时候我千叮咛万嘱咐，让他回家给母亲扫完墓就回来，可他还是那么任性。"皮埃尔叹着气。

"埃尔温的舅舅叫施罗德，前不久他来到我家，让我转告埃尔温，20年前是他爸爸将他妈妈推下了山崖摔死的。施罗德给埃尔温一笔钱，让他回中国去给他妈妈扫墓，还让他去美国西雅图杀了他爸爸，为他妈妈报仇。我如实对他讲了他舅舅的话，但我嘱咐他一定不要杀人，我怕他冲动，就让尤塔陪他一起去啦。"皮埃尔使劲地"吧嗒"着烟斗说道。

"施罗德住哪儿？他还在德国吗？"李彪接着问。

"这个我不知道，我就见过他两次面，20年前一次、前不久一次。20年前他十分寒酸，最近我看他十分阔绰。我问他在哪儿发财？他说把鲁尔生产的无轨电车转手卖给了中国北江省的一个什么市，他好像赚了很多钱。"皮埃尔说着。

"您还了解什么情况？"伊泽翻译着李彪的话。

"我不喜欢施罗德，与他说话也不投机。当年他一句德语都不会说，是一个叫史密斯的中国人给他当的翻译，现在他已经能说一口流利的德语啦。"皮埃尔又在补充着他的话。

"埃尔温到中国是去的哪座城市？"田媛芳也在问。

"记不住啦，是他舅舅给他的地址，好像他妈妈的墓地在一座很高的大山里，对了，我想起来了，是在一座悬崖上。"皮埃尔用手比划着高高的样子。

李彪和田媛芳互相对视了一眼，如释重负地松了一口气。

"喂，小伙子，你叫什么名字？别忘了过来取犬！"皮埃尔拉着伊泽的手，将三人送到了大门口。

第 28 章
秘密协定

——————

李彪和田媛芳在德国确定了施罗德的身份，而此时，在距离皮埃尔家100公里以外的法兰克福郊外，穿着一身休闲装、戴着遮凉帽的施罗德，正在莱茵河畔的一条河叉边，悠闲地钓鱼。

莱茵河水很清，施罗德眼见一条硕大的河鱼正缓慢地向他的鱼漂游来，他慢慢地站起身来，将鱼竿向河鱼游走的方向轻轻地延伸了过去。

"咬钩了！"施罗德嘴上嘀咕着，手用力摇摆着鱼竿，在河水中欢快地戏耍着已经咬了钩的河鱼。

贪吃的河鱼咬住了鱼饵，它还没有来得及品尝鱼食的滋味，便被弯曲的钢钩刺穿了嘴巴。河鱼在水中奋力挣扎，嘴巴里流出了鲜血。

"哈哈！看你还贪不贪吃？"施罗德嘴里说着，将鱼竿在河水里不断地划着弧线。

过了一会儿，硕大的河鱼被施罗德的鱼竿摇得精疲力竭，乖乖地被拽上了岸。

施罗德伸手抓住乱蹦的河鱼，小心翼翼地摘下了鱼嘴里的鱼钩。他看了一眼拼命摆着尾巴，还在垂死挣扎的河鱼，自言自语地说道："记住，这次我饶了你，下次要是再贪得无厌，我就把你碎尸万段，摆上餐桌！不要忘了，鱼饵有风险，吃食需谨慎！"

施罗德得意地笑着，将刚钓上来的河鱼，又扔进了冰冷的河水里放生了。

河鱼庆幸躲过了一劫，"跐溜"一下钻进水底，头也不回地游向了河水的深处。

施罗德又坐回到了河边，眼睛紧紧地盯着平静的水面，水面中竟出现了姐夫贾放的身影……

"施罗德，我已经到了法兰克福，就住在欧罗巴宾馆的405房间，你过来，我们一起吃晚饭。"施罗德耳边仿佛听到了贾放的声音。

这声音还是在 12 年前，在施罗德来到德国的 8 年之后，那一年，贾放已经是北江省副省长了。

施罗德如约而至，一进房间，便一屁股坐在了贾放对面的沙发上。他用近乎嘲讽的语调挖苦贾放："贾副省长，你是来找我吗？你该不会是认错人了吧？"

"月亮，瞧你说的！我不是来找你，还能是找别人吗？我们好多年不见，你在德国生活得还好吧？"贾放推了推架在鼻梁上的金丝边眼镜，面带笑容地问。

"对不起，我不叫月亮，我现在是德国人，我叫施罗德。"施罗德瞥了一眼贾放，轻蔑地说。

"哦，瞧我这臭记性，你不说，我差一点给忘记了，我的月亮弟弟现在叫施罗德。施罗德先生，你好！"贾放满脸堆笑地说道。

施罗德嘴角微微动了一下，没有理会贾放。

贾放仍然保持着笑脸，将一杯茶水递给了施罗德："老弟，这是我从国内带来的'君山银针'，快尝尝还是不是家乡的老味道。"

"对不起，我不喝茶，我是一条你豢养在德国的正宗德国'黑背'，'黑背'不知道什么是老味道。"赵月亮坐在沙发上跷起了二郎腿，傲慢地说道。

"月亮，不，施罗德先生，你怎么跟姐夫这么说话，你什么时候成了我的'黑背'？我们都 8 年多没有见面了，这些年我一笔一笔地托人给你捎钱，不要刚一见面就这么不友好嘛！"贾放虽然对赵月亮傲慢的举止感到不爽，但还是又给他倒了一杯咖啡，笑容可掬地递了过去。

"我爹妈呢？他们是不是被你杀了？"赵月亮将贾放递过来的咖啡往茶几上用力一蹾，抬头问贾放。

"月亮，你不能这么说话，我怎么能杀害他们？我安排他们住进了湘西最好的养老院，还有专人侍候他们，你就放心吧。"贾放摘下眼镜，揉了揉眼睛，轻声回答着赵月亮。

"我姐的尸体找到了吗？她的坟墓在哪里？"赵月亮将跷着的二郎腿互换了一下位置，后倾着身子问道。

"我把她安葬在了家对面一个风水最好的山顶崖洞内。她面朝西方，每天都能看到你，她的灵魂时刻都在保佑着你！"贾放故意隐瞒了没有找到赵月娥尸体这一情节，将赵月娥衣冠冢的位置告诉了赵月亮。

赵月亮一听姐姐的坟墓面对着自己，顿时火冒三丈。他大声呵斥着贾放："贾放，你也太不厚道了吧！你让她面对着我，怎么不让她面对着你？你应该让她的在天之灵附在你身上，天天'保佑'你，天天鞭挞你，看你的良心能不能得到安宁？"

贾放听了赵月亮的呵斥，"激灵"打了一个冷战。他强忍着心中的怒气，没好气地对施罗德说道："我说赵月亮，你能不能讲些道理，我不远万里来到德国，好心好意地来看你，就是来听你的讽刺挖苦吗？把你姐姐推下山崖的是你，又不是我，你何必跟我过不去？"

"贾放，你怎么这么没良心？当年你哭丧着老脸对我说，你要去北江省当大官，怕我姐跟着你碍了你的前途，让我帮你'教训'我姐。我姐死后，你又怕被公安机关追查，让我隐姓埋名逃到异国他乡。当时，你答应要管我一辈子，让我荣华富贵，这些话难道你都忘了？你现在顺风顺水，当了副省长又娶了新婆娘，却还让我孤苦伶仃地守在这个陌生的世界。你说，你还是不是人？"赵月亮"腾"的站起身来，指着贾放的鼻子发起了疯。

贾放被赵月亮问得哑口无言，他低着头，静静地听着赵月亮对他的数落，竟没敢用正眼去看一看他那张愤怒的脸。

"弟弟，不要激动！你对姐夫的好，姐夫一辈子都不敢忘记，也不能忘记！"贾放也站起身来，伸出手臂轻轻地按着赵月亮的肩膀，要让他坐回沙发原座。

"贾放，八年来，我天天在痛苦与绝望中挣扎。夜里做噩梦时，总看见姐姐在大声呼喊着我的名字：'月亮，我冷！月亮，我怕！月亮，快救我上来！'她声嘶力竭地喊着我，让我把她从山崖下拽上来。她那痛苦凄惨的表情，一整夜一整夜地浮现在我的眼前。我闭上眼睛，听见她在喊，睁开眼睛，看见她在哭。你说说，我过的是人的生活吗？"赵月亮奋力甩开了贾放的手臂，冲着贾放怒吼着。

"姐姐，弟弟对不起你！姐姐，弟弟错了！弟弟不是人！弟弟将你推下山崖的那一刹那，弟弟就后悔了！弟弟每天都在受良心的谴责，过着生不如死的生活。姐姐，弟弟不想活了，弟弟要跟着你去，去为你偿命！在阴间地府为你当牛做马侍候你！姐姐，你原谅弟弟吧！"赵月亮冲着贾放咆哮着，他感到站在他面前的不是贾放，而是姐姐赵月娥。他"扑通"一声跪在地上，双手捂着脸竟"呜呜"地哭了起来。

赵月亮痛哭流涕地说着，他那刺人心肺的心里话，像晴天霹雳在贾放头上炸响；他那发自内心的忏悔，像钢针一样扎在了贾放的心上。

贾放被赵月亮的话感动了，他一想到妻子赵月娥，便也情不自禁地跪在了地上。

"月娥，都是我不好，让你在九泉之下都不能瞑目，我真是追悔莫及呀！"贾放跪在地上，捶胸顿足地哭着。

"月亮，都是姐夫不好，姐夫对不住你，更对不住你姐姐！姐夫现在真后悔，当时为什么不去阻拦你？姐夫爱你，一辈子都爱你！姐夫管你，一辈子都管你！"贾放一把抱住了赵月亮，两人跪在地上哭作了一团。

哭了好半天，贾放突然想起了儿子，他拉起赵月亮坐回到了沙发上，急切地问："月亮，兔子呢？我的小兔子呢？你怎么没有把他给我带来？"

"兔子丢了！这辈子你也别想再看到他了。"赵月亮抹了一把眼泪，毫无表情地对贾放说道。

"丢了？这不可能！月亮，我的好弟弟，你一定是把他藏了起来不让我见他。姐夫求你了，快带我去看看我的兔子吧！我都有8年多没看见我的宝贝儿子了，兔子现在也该是一个十七八岁的大小伙子了吧？他长成什么样了？是不是很像我？"贾放又从沙发上站了起来，他使劲地摇晃着赵月亮的肩膀，苦苦地央求着。

"贾放，你还有脸想儿子呀？我问你，八年了，你怎么不过来看看他？他跟我刚到德国的时候，天天哭喊着找爸爸、妈妈，那时候你在哪儿？这些年来，我既当爹又当妈，含辛茹苦地把他养大，你又在哪儿？现在孩子长大成人了，你却来认亲了，你想的太美了！我告诉你，这辈子你都休想见到'兔子'。"赵月亮恶狠狠地数落着贾放。

"月亮，别怪姐夫心狠，那时候姐夫刚刚调到北江省，我要是过来找你们，肯定会被人怀疑。事情一旦败露了，你就得被抓回去伏法，我不能因小失大，我是在保护你。现在'兔子'没了妈妈，可不能让他再没有爸爸呀！弟弟，我求你了，快把'兔子'还给我吧！"贾放声泪俱下地哀嚎着，舐犊之情跃然脸上。

"不行，你让我失去了姐姐，我就得让你失去儿子；你绑架了我的父母，我就绑架你的儿子。咱们一还一报，你这叫罪有应得！"赵月亮止住眼泪，一把将贾放推了一个趔趄。

"月亮，我没有绑架你的父母，你的父母就是我的爹妈，我怎么会绑架他们呢？我不是告诉了你，他们现在生活得很好嘛！"贾放抓着赵月亮的手，拼命地摇晃着。

"你说你没有绑架我父母，可你为什么不告诉我，你把他们藏在哪里了？"赵月亮指着贾放的鼻子问道。

"你把我儿子还我，我就告诉你他们在什么地方。"贾放在与赵月亮讨价还价。

"无耻！"赵月亮说着，抢起了胳膊"啪"一声，给了贾放一记响亮的耳光。

"赵月亮，你竟敢打我？你不要命了？你忘了我可是一省之长啊！"贾放捂着火辣辣的腮帮，大声训斥着赵月亮，他平生还是第一次被人扇了耳光。

"贾放，你少给我摆副省长的臭架子，我告诉你，这是在德国，不是在你们北江省，这里没有人会听你吆三喝四。"赵月亮轻轻揉着手腕，咧着嘴对贾放叫喊着。

"我不管是在德国还是中国，你必须立即交出我的儿子。"贾放指着赵月亮的鼻子狂叫着。

"我不是告诉你，你儿子丢了吗？"赵月亮露出了一副无赖相，他说着谎话，就是不肯将"小兔子"的下落告诉贾放。

"我马上报警！你绑架了我的儿子，我要让警方来抓你。"贾放凶相毕露，挥舞着拳头就要打赵月亮。

赵月亮一个闪身，躲开了贾放打过来的拳头。"好哇，你报警吧！咱们两个到警察局里去说理，看看咱俩谁更怕警察！"赵月亮将着贾放的军。

贾放扑了个空，一个趔趄险些栽倒在地。

"贾放，你不是要报警吗？你等着，我这就去找警察。法兰克福的警察说德语，他们根本听不明白你的辩白。"赵月亮说着，甩开贾放向门外走去。

"月亮，你回来，有话咱们哥俩慢慢说。"贾放一听赵月亮说的有道理，赶忙起身拉住了赵月亮，他像一个泄了气的皮球，瘫倒在了沙发里。

"贾放，你少跟我来这套，警察要是来了，我看你也就回不去了，所以我根本就不怕你！"赵月亮虽然嘴上强硬，心里也在敲鼓，两人如麻秆打狼一般，各自都在心虚，谁也没有再去激怒对方。

贾放毕竟是见过世面的人，两人沉默了一会儿后，他首先打破了僵局。

"弟弟，你是我儿子的舅舅，儿子在你手上我非常放心，谢谢你对我儿子的关照！"贾放话锋一转，不再与赵月亮继续纠缠儿子的下落，他要先稳住赵月亮。

"哼！"赵月亮没好气地哼着。

"月亮，你有什么打算？是回国？还是继续留在德国？"贾放换了一张和蔼可亲的面容，关心起了赵月亮。

赵月亮见贾放换成了笑脸，也借坡下驴说道："我不想留在德国了，我要回国，再待下去我都快憋死了。"

"回国好哇，我在北江给你找一个院校，让你去当教师，你性格内向，很适合当教师。唉！人的一生就是阴差阳错，我本来就是一个当教师的命，悠闲自在地做学问该有多好。可上天却跟我开玩笑，偏偏让我当了官，弄得我一辈子身不由己、身心疲惫，可怜得像个孙子。"贾放对赵月亮说着，他在想，只要你回到了国内，老子有的是办法收拾你，看你交不交出我的儿子。

"不，我不愿意当教师，我要回国经商挣钱。我这辈子不能没有钱，我不能手心朝上总靠你的施舍过活！"赵月亮不假思索地拒绝了贾放。

听了赵月亮的话，贾放心里一惊，如果让这小子回国经商，他要资金没资金，要关系没关系，到头来吃苦头的还是自己。再说了，他一旦做起了生意，满世界就会知道我与他之间的特殊关系，或许还会节外生枝。如果真是那样，注定要影响到自己一路上升的官运。

"弟弟，你不适合做生意。做生意要有经商头脑，要有资金支撑，情商也要高。你性格内向，不善人际交往，不适合经商做生意。"贾放赶忙阻止赵月亮。

"不行，我偏要经商，我不但要经商，还必须在你的地盘上经商，你得罩着我，让我在你的大树下面好好乘乘凉。当年我将姐姐推下万丈深渊之前，就已经想好了，我圆你的当官梦，你圆我的发财梦，我们来个无间道，所以我才下了狠手。现在，我又在德国韬光养晦忍了八年，该到出头露面的时候了，刚才你不是说，要管我一辈子吗？你信守诺言吧，我敬爱的贾副省长！"赵月亮露出了狰狞的面目，他开始向贾放摊牌了。

"弟弟，我可以管你，但你自己也得靠本事吃饭，你大学毕业，又在德国留过学，到学校去教书育人不好吗？"贾放预感到眼前的这只恶虎要张嘴吃人，但仍要试图劝阻赵月亮，不让他经商。

"哈哈哈，我还能教书育人？你可别开玩笑了！你见过一个丧失了天良、丢掉了人格，将自己的姐姐推下山崖的教师吗？贾放，我是个杀人犯，我有什么资格为人师表？"赵月亮"哈哈"一阵狂笑，他咬着牙说，听得贾放汗毛都竖了起来。

"贾放，我今天实话告诉你，我已经和德国的一个哥们儿商量好了，我们要把德国的轨道交通项目引进中国。不，贾放，我是要把轨道交通项目卖给你，你买也得买，不买也得买，这件事没有商量的余地，何去何从，你看着办吧！反正，你若要让我对我姐的死守口如瓶，就得无条件答应我的所有要求。否则，我们两人就鱼死网破，你不要忘了，是你让我杀了我姐姐的，不！我亲眼看见，是你亲手将我姐姐推下悬崖的。你要仔细想一想，是你的官命值钱？还是我这烂命值钱？"

赵月亮张开血盆大口威胁着贾放，他这番丧心病狂的威胁把贾放听得心惊胆战。

"你这个无赖，你要陷害我！"贾放气急败坏地骂道。

"贾放，我不是陷害你，我姐是你的妻子，我是你的小舅子，她坠崖死了，我证明是你把她推下山崖的，有本事你到警察局去申辩吧，看看警察是相信你的狡辩，还是相信我的证言？"赵月亮终于撕破了脸皮，露出了一副无赖相。

"你，你就是丧尽天良的人渣。"贾放气得浑身发抖。

"贾放，你这个道貌岸然的伪君子，少给我摆出正人君子的臭架子。你说我是人渣，我看你才是人渣呢，你拍拍良心想一想，你之所以能有今天，不都是我们赵家给的你阳光，让你灿烂的吗！现在你荣光了，当上副省长了。狗屁！没有我们赵家，你今天还在大山里背石头呢，还会在我面前人五人六地吆三喝四吗？你为了你的官途，竟能暗示你的小舅子去杀害你的妻子，你他妈的良心何在？你不是人，你就是一个魔鬼。魔鬼！魔鬼！"赵月亮扯破嗓子喊着。

贾放气得两腿一蹬，倒在沙发里差一点背过气去。

"赵月亮，你这是敲诈！是讹诈！"贾放蜷在沙发里，浑身颤抖，不住地叫骂着。

"哈哈哈！如果是这样，你不要悲哀，风光的道路上有你血染的风采！"赵月亮看见贾放刚才还是威风凛凛，转瞬便成了一摊烂泥，便得意地怪笑起来，还手舞足蹈地唱起了他自己改编的歌曲。

贾放双手捂住耳朵，一声长叹，闭上了眼睛——真的背过了气。

也不知道过了多长时间，贾放呻吟着慢慢睁开了眼睛："哎呀，疼死老夫了！"在他眼前，赵月亮正背着手在屋里踱着脚步。

"姐夫，你醒了？"赵月亮凑过脸去，猫哭老鼠般地戏耍着贾放。

"他妈的，你小子快扶我起来！"贾放撕去了伪装，他粗鲁地骂着赵月亮，往日的斯文一下子变得荡然无存。

"姐夫，我挣了钱不就等于你挣了钱一样吗！咱哥俩谁跟谁呀！"赵月亮嬉皮笑脸地将一杯热水递给了贾放，滑稽的表情如同戏剧中的小丑一样可笑。

"赵月亮，我可以答应你的要求，不过，我们两人得订下一个秘密协定，我对你必须约法三章。"贾放喘着粗气说着，脸上一点血色都没有了。

"可以呀，你说怎么订就怎么订。请你放心，我一定遵守。"赵月亮见贾放已经就范，便眉飞色舞地在他面前拍起了胸脯。

"赵月亮，你给我听好了，从今天开始，我和你再也没有亲情关系，我们割袍断义。"贾放挺直了腰板，站在了赵月亮的面前大声呵道。

"这个不行，你是我姐夫，我不能没有你。"赵月亮赶忙摆手说不。

"从今天开始，你跟任何人、在任何时候都不能说出你姐是怎么死的！你姐的死，跟你我都没有任何干系，她就是意外坠崖而亡！"贾放颤抖着嘴唇继续说道。

"这个没问题。"赵月亮爽快地答应着。

"我只给你办这一件事，以后任何事不要再向我开口。"贾放的声音都有些沙哑。

赵月亮脸上笑成了一朵花儿，他一把抱住贾放，不住地亲着贾放的腮帮子："行，行，行！我的好姐夫，你说什么都行！"

贾放一把将赵月亮推到了一旁，他咬着牙，从牙缝里往外挤着字："一个月以后，你去找北江省秦山市的钱同市长。你要以施罗德的名字，以德国商人的身份，在德国注册一个跨国公司，你们公司可以与秦山市就'轨道交通'这个项目进行全面合作。"

"谢谢姐夫，这才是我的好姐夫！"施罗德滑稽地向贾放扮着鬼脸。

一阵微风轻轻吹拂着莱茵河的水面，水面上泛起了一层层涟漪。施罗德在鱼竿上换上了一团新的鱼饵料，又将鱼竿高高抛起，鱼饵带着铅坠应声落入河内。

施罗德从回忆之中又回到了现实，他饶有兴趣地在河边甩着鱼竿，他在等着埃尔温在美国西雅图刺杀贾放的好消息。

第 29 章
副城计划

————

12 年前，贾放在法兰克福"接受"了施罗德交给他的"任务"。

为了使这个"轨道交通"项目能够在秦山市落地，他苦思冥想了好几天，思来想去，他决定去一趟秦山，亲自去游说钱同市长。

"钱同啊！我前几天刚从德国考察归来，给你带了一件礼物，下午我要去秦山市，你安排个地方我们见个面。"贾放在电话里对钱同说着。

"好的，首长！晚上，我在秦山大饭店设宴，给您接风！"钱同爽快地答应着。

"小钱，不要兴师动众嘛！我们两人有好久不见了，下午，我们一起到秦山湖高尔夫球场打一会儿高尔夫，让我看看你的球技有没有长进。晚上我还要返回到秦川市，就不要惊动其他人了。"贾放慢声慢语地说着，他之所以把会面地点选择在了高尔夫球场，是因为那里有借题发挥的条件。

放下电话，钱同的眉头微微一皱。他心里在想，贾放副省长怎么突然要到秦山市来专程打高尔？他有这么高的兴致吗？

秦山湖高尔夫球场，修建在秦山市的秦山与秦河之间，这是一块既有丘陵、又有平原的天赐宝地。设计者按照国际高尔夫球场的标准，匠心独运地对宝地进行了绿植覆盖,使碧绿的草坪蜿蜒在了"河川""水塘""沙坑"之间。球场里的"河川"和"水塘"都是引秦山湖水而入，湖面波光粼粼、湖水清澈见底，18 个标准的球洞分布在风吹草低的"深草区"和绿毯茵茵的"球道"之中。站在发球区向远处眺望，湛绿色的"果岭"与金黄色的"沙坑"交相辉映，终点的白色三角旗，在蓝色的天空下迎风舞动，让人对成功充满了无限的渴望。

"首长，您的球杆和球衣都准备好了,看您今天的气色不错,恐怕能打出'双鹰'吧？"钱同背着贾放的专用球杆包，笑盈盈地奉承着贾放。

"哈哈，过奖，过奖！能打出个'小鸟'就不错了，要是再能打出个'老鹰'，就更心满意足了，打出'双鹰'恐怕只是奢望喽！"贾放谦虚地连连摆手，他从钱同的肩上接过背包，背在了自己的身上。两人有说有笑，漫步走向了更衣室。

贾放和钱同换好了行头，踏着松软的草坪，走进了高尔夫球场。

"小钱，你到秦山市感觉怎么样？比跟我在一起的时候有什么不同？"贾放与钱同一边走，一边与他聊着天。

"首长！就是感到肩上的担子太重，唯恐辜负了您对我的希望。"钱同矜持地说着。

"哈哈，还是那么会说话，不要谦虚嘛！如果你不具备当市长的能力，我怎么会把你派到秦山市来，又怎么能安排你到这么重要的岗位上？"贾放看了一眼身旁的钱同，脸上露着慈祥的笑容。

"首长，我说的都是心里话。"钱同低着头，不好意思地说道。

"小钱，你知道，我是非常器重你的，我希望你能在秦山市市长的岗位上大有作为，干出一番轰轰烈烈的事业来，将来好到省里接我的班，我相信你干得一定会比我还要好。"贾放深情地望着钱同，眼神里流露着上级对下级的殷切希望。

"首长，您给我安排市长这个位置，我都感到诚惶诚恐，唯恐哪件事做得不能让您满意，哪还敢有其他的奢望？"钱同嘴上虽然在说，心里却一直在揣摩，贾副省长一定是有什么要紧的事情，需要与他单独交代。

"小钱，老话儿说得好：青出于蓝而胜于蓝。我看你还是具备超过我的能力的，好好干！干出政绩来自然就会水到渠成。"贾放与钱同一边走，一边鼓励着钱同，心里却始终在想着如何向钱同市长开口，说出在秦山市兴建"轨道交通"的事情。

说话间，两人已经走到高尔夫球场的发球区。

"开球喽！"贾放轻轻喊了一声，挥起了开球木杆。银白色的小球在蓝色的天空中，飞出了一道漂亮的弧线后，滚落到了地毯一般的绿色球道上。

"漂亮！"钱同拍着巴掌叫着好。

"哎哟！"贾放突然叫了一声，紧接着便用手去捂腰。

钱同正拍着巴掌看着球的落点，耳边却传来了贾放轻轻的呻吟声。钱同一回头，只见贾放正双手捂着腰，脸上露着痛苦的表情。

"首长，您怎么了？不舒服吗？"钱同赶忙转身来搀扶贾放。

"小钱，不要紧！刚才可能用力过猛，好像闪了一下腰，休息一会儿就会好的！"

贾放放下了球杆，在钱同的搀扶下，坐在了球场的休息椅子上。

"首长，要不要去看医生？"钱同关心地问着贾放。

"不用，休息一会儿就会好的。"贾放漫不经心地回答着钱同。

"小钱，你感觉这个高尔夫球场怎么样？"贾放环视着童话世界一般的高尔夫球场，问着钱同。

"首长，那还用说？这是您在秦山市的时候，由外商修建的国际一流的高尔夫球场，秦山市能有这么好的娱乐场所，其他城市都很羡慕！"钱同嘴上赞美着贾放。他通过察言观色，已经觉察出贾放是在绕着弯子找借口谈正事儿，不再想打高尔夫了。

"哈哈，我听得出来，你这是在恭维我。不过，你有没有想过，你也要在秦山市创造一项全国一流的业绩？"贾放表情平静地说着。他在借着高尔夫球场来说业绩，他要从外围入手，循序渐进地切入正题。

"首长，我的智慧与您有着天壤之别，哪能创造出全国一流的业绩？"钱同仔细掂量着贾放话语的分量，他预感到贾放一再提醒他，要创造业绩是另有他图。

"你要想做出政绩，就要有大思维，要有大手笔，要有大项目，只有这样，才能有惊人之作。"贾放思维敏捷，他两句话便把业绩改成了政绩。

"首长，看您出口便成章，我哪里会有您这'三大'的境界？"钱同不愧是秘书出身，他总能恰到好处地理解领导的讲话意图，第一时间读懂领导的讲话精神，进而总结出领导讲话的精髓，做到吹捧领导不留痕迹。眼下，钱同已经隐约感到，贾放鼓励他做出政绩的用意，就应该是在"大项目"上。

"哈哈哈，小钱，你总结得不错！当领导就要站位高，当领导要有会当凌绝顶，一览众山小的气魄，做事才能高瞻远瞩。山高人为峰，高度不同、角度就不同，所以做事要做到高起点、高决策、高布局，具备了这'三高'，才能鹤立鸡群、大有建树，才能脱颖而出、大有作为。"贾放绕着弯儿，继续为自己做着铺垫，他要让钱同顺着他的思路走，慢慢地进入他挖好的陷阱。

"首长，那么怎样才能做到您说的'三大'和'三高'呢？"钱同谦恭地问着，他听得出来，贾放反复强调让他做出政绩，一定与"大项目"有关。

"小钱，我说了这么多，其实就是在激励你不要辜负我对你的期望。"贾放瞥了一眼钱同，最后埋着他的伏笔。

"小钱，我在秦山市当了快五年的书记，我一直在思考着秦山市未来的发展方向。今天，我要把我的想法说给你听，希望你能够理解我的意图，实现我的夙愿。"贾放觉得他的伏笔已经埋得差不多了，便要切入主题。

"首长，小钱洗耳恭听您的教诲。"钱同预感到贾放说的夙愿非同小可，于是他挺直了腰板，将贾放对他的谈话当成了最高指示来听。

"小钱，秦山市虽然是个地级市，但它的地理位置非常优越，是北方最适合人居的城市。秦山市依山傍水，公路、道路、水路交通都十分发达，唯一缺少一个星罗棋布的轨道交通网络。你应该顺应时代发展需求，在秦山市大力开展轨道交通建设，让秦山市的几百万市民出行更快捷、更便捷、更舒适，把秦山市打造成为令人神往的北方大都市，让世人对你交口称赞，让世人对秦山市刮目相看。"贾放终于说出了自己的战略构想，这是他为完成施罗德交给他的"任务"，费尽心机"憋"出来的新思维。

"轨道交通"？钱同瞪大了眼睛。他突然明白，这个"轨道交通"原来就是贾放说的"大项目"。

"没错，就是轨道交通！"贾放坚定着语气重复道。

钱同终于明白了贾放的来意，原来，贾放副省长亲临秦山市与他绕着弯子说的"大项目"，就是要让他做轨道交通项目。

钱同内心并不想做这个项目，一来，他刚当市长不久，正处在韬光养晦的阶段，不想大兴土木；二来，他对这个"轨道交通"知之甚少，生怕这里面有什么猫腻，自己将来背黑锅。

"首长，我们秦山市目前已经完成了四横四纵的城市道路交通建设，并规划了两横两纵四条地铁线路，建成后基本可以覆盖全市，哪里还有空闲道路来建设轨道交通？"钱同也终于看透了贾放要把"轨道交通"项目落地在秦山市的用意，他不好正面拒绝贾放，而是拿城市规划与贾放说难处。官场上的事情就是这样：看破不说破，只可意会不可言传。

"小钱，我知道，目前秦山市的道路交通通行状况是全国最好的，但是我劝你还是不要满足现状，要想到城市的长远发展，既要胸怀祖国，又要放眼世界。我这次去德国考察，德国发达的轨道交通网络就令我大开眼界，回国后，我就一直在想，在我们省哪个城市适合搞轨道交通项目？思来想去，觉得还是把这个项目放到你们秦山市更合适。因为，秦山市有我的大秘在当市长，肥水哪能流到外人田里哟！"贾放绕来绕去，把施罗德的"轨道交通"蓝图展示给了钱同。

"首长，您这个项目虽然令人向往，可确实没有地方实施呀！"钱同面露难色地说着。

"哈哈，钱大市长！你理解错了，我可不是让你在城区内布局轨道交通网络。"贾放笑着，对钱同说道。

"哦？首长，轨道交通项目不建设在市内，难道还要建设到荒郊野外去吗？"钱同在与贾放开着玩笑，可哪承想，他的这句话正中了贾放的下怀。

"对、对、对！钱市长理解得很对，我就是想让你们在荒郊野外建设'轨道交通'项目。"贾放直截了当地说。

"首长，在荒郊野外建设'轨道交通'，这怎么可能？"钱同见贾放语气坚定，一点儿开玩笑的意思都没有，便惊讶地问道。

"小钱，在秦山机场与秦山市之间，有着百十平方公里的平原，我建议你在这一区域，建设一个秦山市的副城，也就是未来城。并将这个副城与主城进行有效的连接，吸引更多的外来人口落户秦山市，再造出一个人口超千万的中心城市，使秦山市真正成为北方的国际化大都市。"贾放先是给钱同画"饼"，进而又画成了一张宏伟的蓝图。

"首长，要建设副城，这可真是个大胆的设想，绝对是高瞻远瞩的大手笔哟！凭我的能力恐怕接不住吧！"钱同听了贾放的宏伟蓝图，有些不知所措。

"有什么接不住的？在主城之外建设副城，全国很多城市都在搞，是有经验可以借鉴的。世上无难事，只怕有心人。凡事既要敢想又要敢做，只要有咬定青山不放松的韧劲儿，就没有做不成的事情。你想想看，几年以后，当一座由你亲手建立起来的崭新城市屹立在世人面前时，你将会何等的自豪。"贾放抑扬顿挫地说着，他在给钱同鼓劲儿。

"首长，即便我在市政府办公会议上提出这一大胆的设想，其他副市长恐怕也不会响应，因为这件事太超前了，操作起来难度非常之大呀！"钱同又假借班子成员反对，委婉地拒绝贾放。

"小钱，你是在担心会没有人接盘吧？"贾放看了一眼脸色难堪的钱同问道。

钱同没有做声，只是默默地点了点头。

"小钱，你的担心并不是没有道理。不过，办法总会比困难多，你要改变思维，为办成事想办法，不要为不办事找理由。你可以将副城划分成四个区域，在每个区域内完善其功能，突出现代工业产业园区域、现代农业高科技示范区域、科技商城物流集散区域、市民休闲娱乐生活区域的各自特点，让其他副市长各抓一个区域。然后再将这四大区域按照国家级、省级开发区的行政级别普遍提格，让副城的行政级别和工资待遇都高于主城区，对愿意来副城参与建设的干部一律高配，到时候恐怕就有人挤破脑袋，争着抢着、来求你这个能给他们带来好处的好市长了吧！"贾放又使出神来之笔，举重若轻地为钱同支招。

"首长，这……"钱同默不作声地按照贾放的思路，想着建设副城的可能性。

钱同拄着腮帮子思考了良久，觉得贾放的构思也不无道理。一个城市的发展，确实需要前瞻性设计和创造性思维，贾放高屋建瓴、放眼未来的魄力和勇气，着实令他刮目相看。于是，他十分敬佩地对贾放说道："首长，我想了想，您的副城计划确实深谋远虑、寓意匪浅！"

"小钱，做一位平庸无为的市长很容易，可要做一个创新有为的市长，可就不那么简单了！是无为，还是有为？是安于现状，还是大胆创新？这需要你的勇气和智慧！"贾放又在"将"着钱同的军。他知道，只有钱同认可了他的副城建设方案，施罗德的轨道交通项目，才能在他所能操控的秦山市顺利上马。

钱同是个聪明绝顶的人，他很快就识破了贾放的良苦用心：他绕来绕去，无外乎就是要把"轨道交通"项目引进秦山市，才精心推出了这个兴建副城的计划。

"首长，您刚才不是说要在秦山市建设轨道交通吗？怎么又勾勒出了副城计划？您的思维跳跃得太快，我一时半会儿还真的有些跟不上您的思维。"钱同仍然摆出了装傻充愣的样子，十分谦卑地继续向贾放请教。他要让贾放把事情说个明白，即使实施了，也要让贾放领他一个很大的人情，以免日后出了麻烦为他背黑锅。

"小钱，有了副城，轨道交通项目就可以顺利上马了。你用轨道交通将四大区域巧妙地连接在一起，形成畅通的轨道交通网络，这不是顺理成章、一举两得吗？"贾放没有看出钱同在给他挖坑，他仍耐心地向钱同推送着施罗德的"轨道交通"计划。

"哦！我明白了。"钱同假装顿开茅塞地点着头。

"我就说小钱是个聪明人吧，我喜欢你这种一点就透的聪明劲儿！"贾放站起身来用力地拍着钱同的肩膀，十分满意地夸着钱同。

"首长，您说的这个'轨道交通'到底是什么样子？我听说德国磁悬浮轨道列车的技术在世界都处于领先的地位，您要我做的'轨道交通'是不是指磁悬浮轨道列车？"钱同此时才想起，他与贾放刚才一直在周旋做不做的问题，可是要做的是什么还没有搞清楚，于是，他笑呵呵地问贾放。

"不是，我说的不是磁悬浮轨道列车，磁悬浮轨道列车技术虽然世界领先，可造价太高，不太适合北方城市，我说的是一种有轨电车。"贾放见钱同问起了"轨道交通"项目的具体内容，便帮施罗德做推介。

"有轨电车？您说的轨道交通难道就是指的有轨电车？"钱同瞪大眼睛，露出异样的表情。

"有轨电车怎么了？有轨电车难道不是轨道交通？"贾放见钱同还在犹豫，赶忙假装撂下了脸子。

"不、不、不，首长，我说的不是这个意思，我是说北方的冬天经常下雪，雪到地上又会冻成冰，铁轨里的冰雪无法清除，会影响有轨电车正常运行的。"钱同实在搞不明白，贾放出差去了一趟德国，怎么就非要引进这个技术含量并不高的"轨道交通"项目？而且为了引进这个"轨道交通"，还绞尽脑汁生出了个副城建设计划？

贾放见钱同对他的"轨道交通"仍然顾虑重重，便立即使出了最后的杀手锏。"小钱，跟你说句不该说的话，这个项目是上级领导交办的，考验的是我们的忠诚与服从，要求我们既要有极强的理解能力，又要有果断的执行能力。理解要服从、不理解也要服从，边服从边理解，在服从中理解，在理解中服从。"贾放见他说了好半天，钱同还是不愿意接受，便语气强硬地用忠诚派生出来了服从。

钱同见贾放有些生气，立即满脸堆笑地连连道歉："首长息怒，首长息怒！您还不知道吗？小钱对您绝对忠诚、绝对服从。您让我向西，我不敢向东，您让我打狗，我不敢骂鸡，对您一百个忠诚、两百个服从，绝不会有半点含糊。"贾放听着钱同的表态，嘴角上露出了一丝不易察觉的微笑。

第 30 章
扫除障碍

————

送走了贾放，钱同呆坐在市长办公室内，反复回味着贾放与他说过的每一句话。

钱同清楚地意识到，贾放是铁了心要在秦山市兴建"轨道交通"了，他心里十分清楚，修建轨道交通这样的城市基础建设，是应该根据城市发展需要，由专家进行反复的论证，然后按自下而上的审批程序逐级申报，获得国家审批后还要进行工程项目招标。一切运作都是要严格履行程序，禁止暗箱操作，更不能上级安排下级搞项目指派。贾放以私下"打招呼"的方式直接插手工程项目，并指定非要引进德国的轨道交通，这不是利用职务影响谋取利益又是什么？贾放冒着被查处的风险搞暗箱操作，这背后不是巨大的利益驱动又会是什么？

如今，钱同正面临着一个艰难的抉择：接这个项目或者不接这个项目？如果不接这个项目，贾放肯定不会答应，那就意味着两人要翻脸。看贾放对他说话时摆出的那副"战斗脸"，就差拍桌子、摔杯子了。钱同给贾放当了五年多的秘书，贾放使用这样强硬的语气与部下说话，他还是第一次看到。当官要有当官的情商，不喜形于色、不溢于言表，贾放既然能这样做，就是在无声地警告他：市长的职务既能上也能下！如果接了这个项目，前提是需要建设秦山副城，建设一个大城市的副城，需要大量的资金投入，此事非同小可。凡事都要讲一个可能性与必要性，平心而论，钱同觉得此时要在秦山市建设副城，既不可能、更不必要。退一步说，即使有这个可能性，也绝对没有必要性。

怎么办？钱同在办公室内反复踱着脚步，他在权衡利弊，此时此刻，他已经被贾放逼到了进退两难的境地。前进一步，皆大欢喜；后退一步，必"死"无疑。钱同知道，贾放是一个只要结果不看过程的人，现在，结果已经呼之欲出，可这个过程又是何等艰险？此时的钱同，像一只热锅上的蚂蚁一样焦躁起来。

钱同坐在沙发上，挠着脑袋想办法，突然，他想到了电影《徐九经升官记》。钱同自幼就喜欢唱京剧，很多京剧唱段他张口就来，此时他灵光一现，将自己目前的处境与徐九经联系在了一起，他大脑飞快地转动，眨眼间，便改编了徐九经"当官难"经典唱段的唱词。

钱同站起身来，学着徐九经的模样，背着手在屋子里转起了圈，他一边转圈一边"哼"着"钱同版"的"当官难"。

"当官难、难当官，钱同如今做了一个受气的官，一个窝囊的官！原以为，此番升官，我能做个管官的官，又谁知，我这官的头上还压着管我的官。我这被管的官儿，怎能不听那个管官的官！我若是成全了贾放，做一个昧心官，就还能升官！我若是拒绝了贾放，做一个良心官，怕的是，刚做了官又要被罢官！我是升官，还是罢官？做一个良心官，还是做一个昧心官？升官？罢官？大官？小官？清官？赃官？好官？坏官？官管官、官被管、管官、官管，官官、管管，管管、官官！叫我怎做官？"

钱同摇头晃脑、津津有味地唱着，眼前又浮现出那个相貌丑陋的县令徐九经。他感到徐九经的相貌虽然丑陋，可心地却十分善良，徐九经刚正不阿，不愿做一个昧心官，在侯爷百般威胁和利诱下，他宁可辞官不做，也不出卖自己的良心，这是一位多么令人敬佩的父母官呀！在孩提时，他曾把徐九经视为自己的楷模，他发誓长大要做一个徐九经式的清官，一个有良知的好官，可眼下，做一个良心官，还是做一个昧心官？做一个清官，还是做一个赃官？钱同真不知道该做何选择？

钱同从《徐九经升官记》的故事情节中回到了现实，他又想到了贾放。他将贾放与徐九经背后那个包藏祸心的侯爷做了对比，他感到贾放与侯爷有着惊人的相似之处：嘴上讲着仁义道德，心里却肮脏龌龊。钱同有些茫然，他虽然敬佩徐九经辞官不做的勇气和胆量，但他还是下不了"回家卖红薯"的决心；他虽然内心蔑视贾放，但还不得不昧着良心取悦于他。

钱同收住了唱腔，他推开窗子向远处眺望。连绵起伏的秦山，像一幅层林尽染的画卷，展现在他的眼前。

巍巍秦山峰、滚滚秦河水，好一派北国风光。钱同被秦山壮丽的景色所感染，他仿佛身临其境地走进了这美不胜收的画卷之中。

钱同仰望苍穹，只见天空中忽然出现了滚滚盘旋的乌云，紧接着，便传来一阵阵呼啸的风声。风声越来越大，如虎啸山林一般凄厉逼人；乌云越来越密，大有黑云压顶之势。

钱同觉得他周围风声肆虐，他在呼啸的狂风中战栗，每一根神经似乎都在风声中颤抖。

"咔嚓"！一道闪电划破天空，紧接着又传来一阵"轰隆隆"的雷声。钱同预感到一场暴风雨就要来临，他在风的怒吼和雷的震慑声中胆怯了，他要在暴风雨来临之前，把自己装扮成一只企鹅，将身子躲在悬崖下面，在惊涛骇浪之中独自呻吟。

"丁零零，丁零零。"钱同的手机又传来悦耳的交响乐声。

"钱市长，刚才走得急，竟把给你的礼物忘在了车上。"贾放在电话里对钱同说着他的礼物，他在说"礼物"二字时的语气很重。钱同听得出来，贾放这是一语双关。

"首长，请您放心，我明天就去北京，我要亲自到北京勘测设计院去沟通，请他们帮我规划一下秦山副城的宏伟蓝图；我要在秦山干出轰轰烈烈的业绩，到时候再当之无愧地收您的礼物。"钱同经过思考，决定听命于贾放，他在电话中痛快地向贾放表态，同时也加重了"礼物"二字的语气。

两人在电话里心照不宣地笑了，官场上的语气，此时被贾放和钱同演绎得淋漓尽致，两人都领悟到了"礼物"的弦外之音。

北京勘测设计院要来秦山市考察副城建设了，消息不胫而走。

市建委主任于得水第一个跳出来反对："乱弹琴，搞什么名堂？他才来秦山几天哪，就要大兴土木劳民伤财。"

于主任在秦山市是一位举足轻重的头面人物，他连续当了两任的市建委主任，在城建系统说一不二，只要他在城东一"哼"，城西立即就会跟着一"抖"。由于很多大小官员都在他手中"拿过"工程项目，因此，他的牢骚话很快就得到了更多人的响应，旋即在秦山市形成了"蝴蝶效应"。

"蝴蝶"的翅膀扇到了市公安局，市公安局局长鞠胜金在一次公安业务培训会议上，一脸严肃地对与会人员说道："公安机关的职责是捍卫国家法律的尊严，严禁基层民警从事一切非警务活动。"

鞠胜金的讲话向基层民警传达出了一个明确的信息：在没有得到他的指示之前，不准从事非警务活动。非警务活动指的是什么？拆迁算不算非警务活动？这些聪明的公安民警心里再清楚不过了。

在秦山市谁都知道，于得水和鞠胜金是两个位高权重的"大佬"级人物，他们的一言一行，就如同风向标一样在给官场做着导航。

于得水之所以反对"副城建设"，倒不是"副城建设"对自己没有诱惑。长期以来，全市的城建计划和工程项目招标都归口市建委，正是这个原因，他于得水在秦山市才能呼风唤雨。钱同现在绕开了建委，直接联系北京勘测设计院去搞"副城建设"设计方案，就等于在挑战于得水的权威，在他的"蛋糕店"里公开抢走属于他的"蛋糕"。于得水虽然暂时还看不出钱同葫芦里卖的是什么药，但暗中较量的劲儿，他还是有的。

鞠胜金是一言九鼎的公安局长，眼看着周围城市的公安局长都挂上了副市长的头衔，而他却只是秦山市的公安局长，他心里愤愤不平。眼看着自己快到了退休的年龄，他要为自己退休后积攒一些"家产"，想要积累"家产"，就离不开于得水。

于得水是鞠胜金的铁哥们儿，这些年，他没少"关照"鞠胜金。鞠胜金在于得水的"关照"下，拿到了许多工程项目，早就赚得盆满钵满，所以他也不希望钱同打破由于得水控制城建的格局。钱同搞"副城建设"架空了于得水，这是鞠胜金不能接受的，如果于得水丧失了权力，那他岂不是再也分不到了羹。于是他迅速选边站位，与于得水来了一个一唱一和，两位"大佬"的珠联璧合，立即在秦山市的上空刮起了阵阵旋风。

钱同听到了许多版本的反对声音，他的耳朵里灌满了各式各样的牢骚话儿、风凉话儿。他知道，这些牢骚满腹的反对之声，大多出自于得水和鞠胜金。

"一上高城万里愁，蒹葭杨柳似汀洲。溪云初起日沉阁，山雨欲来风满楼。鸟下绿芜秦苑夕，蝉鸣黄叶汉宫秋。行人莫问当年事，故国东来渭水流。"

钱同倒背着手，在办公室里吟诵着唐代诗人许浑的《咸阳城东楼》诗。他觉得眼前秦山市的形势，与1400年前唐代诗人许浑描写的咸阳一点都不差。

"山雨欲来风满楼，树欲静而风不止！不'摆平'鞠胜金和于得水，今后我还怎么在秦山市一手遮天？'副城建设'岂不成了泡影？"钱同嘴里念叨着，他在思忖着对付于得水和鞠胜金的办法。

几天以后，钱同想出一条妙计，他要再现周瑜诱"蒋干盗书"的计谋，让于得水乖乖就范。

这一天，钱同走进办公室，对秘书吩咐道："你让建委于主任到我办公室来一趟。"秘书心领神会，赶忙去给于得水打电话。

"当当当，当当当"，钱同的办公室传来了敲门的声音，秦山市建委主任于得水来到了钱同的办公室。

"市长，您找我？"于得水忐忑地坐在了钱同办公桌对面的椅子上，他猜想，钱市长一定是听到了外面的风言风语，找他前来训话。

"当当当，当当当"，还没等钱同开口说话，秘书推门而入。

秘书走到钱同的身后，声音很轻地对钱同说道："市长，您邀请的记者到了，正在会议室等您。"

"好吧！"钱同应了一声。

"于主任，稍等片刻，我出去接待一下记者。"钱同站起身来说道，然后又冲着于得水点了一下头。

"他邀请记者来做什么？"于得水心里犯着嘀咕，他从座位上站了起来，准备找一个烟缸抽烟。

于得水大大咧咧地在钱同办公室里寻找着烟缸，竟忘记了这是在市长的办公室。显然，他并没有把钱同当回事。

于得水的眼睛落在了钱同办公桌上的一个牛皮纸信封上，信封上"秦山市纪律检查委员会"的红色宋体字格外醒目。

"这是举报信吗？"于得水敏感地意识到这是一封举报信，他环视了一下四周，下意识地从信封里抽出了信瓤。

"于得水出卖市政工程、索贿 50 万元罪不容恕！"于得水看了一眼举报信的标题，拿着信纸的手立即开始抖动了起来。

"举报我的？"于得水飞快地浏览着举报信的内容，举报信的字里行间清清楚楚地举报了他索贿的经过。

眼下出现了十万火急的危险局面，我应该采取特殊手段立即应对，趁着纪委现在还没有介入，得先"摆平"举报人。对，把收的那 50 万块钱退给举报人，再让他按照我的"吩咐"改口。于得水一边拿着主意，一边将信瓤迅速塞回信封，把举报信又放回到了原处。

这封举报信怎么会在这里？钱同找我来就是要与我谈这件事吗？不行，钱同这边也需要"摆平"。这封举报信放在了他的办公桌上，说明他肯定看过了这封信，既然是举报我的信，他找我来谈话怎么不把举报信收起来，难道是疏忽吗？不对，凭钱同的聪明，是不会犯这种低级错误的。难道他是故意让我难堪吗？不对，这可不是难堪不难堪的事，这是受贿、是要坐牢的。如果真的坐了牢，可就不是这区区 50 万的事情了，这些年自己受贿的数额累计起来，都能超过千万，搞不好还不得掉脑袋！于得水越想越害怕，他手里的香烟滑落到地板上，他都没有发觉。

哦！我明白了，钱同故意露出空当，是为了让我能够看到这封举报信，这说明他是在给我敲警钟，给我一个"摆平"他的机会。看来钱同可是一位绝顶聪明的高人，自己与高人过招千万不能心存侥幸，更不能在高人面前耍小聪明。于得水看出了钱同使的计谋后，周身浸透了冷汗，他决定立即放下武器，向钱同缴械投降，不再与钱同作对。

"哈哈，于主任，不好意思，让你久等了！"钱同满脸堆笑地走进了办公室。

于得水像一个经验丰富的"演员"，他看见了钱同，立即来了一个一百八十度大转弯，低头向他认着错："市长，我错了！我对不起您！"于得水向钱同低着头。

"老于，你工作兢兢业业，为秦山建设呕心沥血，我感谢你还来不及，何错之有啊？"钱同敲打着于得水。

于得水一听钱同在挖苦自己，立即"扑通"一声跪在地上，鸡鹐碎米似的在地上磕着头，往日的威风顷刻间荡然无存。

"市长，我马上退钱，并当面向举报人诚心认错。您大人有大量，就原谅我一回，今后，我再也不敢跟您作对了！"于得水哭丧着脸，一会儿磕头、一会儿作揖，他不住地哀求着钱同。

"于得水，记住你说的话，起来吧。"钱同背着手冲着窗外站着，头也不回地对于得水说道。

"钱市长，从今往后，我于得水全力支持您的工作，唯您马首是瞻！"于得水仍然跪在地上，他看到的是钱同高大的背影。

"今晚我要请北京勘测设计院的工程师吃饭，你也一起参加，以便今后与他们对接。"钱同转过头来，伸手拉起了跪得笔直的于得水。

于得水感激涕零地站起身来，一步一回头地走出了市长办公室，他觉得眼前的钱同是那样和蔼可亲。

"哈哈哈！"望着夹着尾巴、如丧家之犬的于得水离去的背影，钱同朗声大笑了，他笑得无比开心。

钱同"摆平"了于得水，又拿起电话，拨通了贾放的电话。

"哈哈，小钱。我听说了，最近你正在紧锣密鼓地实施'副城计划'，办法很多、效果也很好嘛！"贾放一接通电话，便夸奖起了钱同。

"谢谢首长的肯定，为了保障'副城建设'的顺利进行，我最近制定了一个'放、管、服'的方案，需要您帮忙实现。"钱同见贾放已经了解了自己的行动，便趁热打铁地向他提出要求。

"哦，什么是'放、管、服'？"贾放问钱同。

"简单说就是放走鞠胜金，管住于得水，让沈寒冰为我们服务。"钱同言简意赅地对贾放说道。

"哦，方案很具体嘛，说下去。"贾放似乎很高兴。

"秦山市公安局长鞠胜金已经到了快退休的年龄，我想请您给他解决一个副厅的虚职，将他'放'走，把沈寒冰'空降'到秦山市来做公安局长，来为我们服务。"钱同又进一步解释着他的"放"和"服"。

贾放听着钱同的话，没有马上表态。

"首长，公安局长位置很重要，如果得不到公安局强有力的支持，下一步的拆迁工作恐怕寸步难行，所以我想到了沈寒冰。"钱同见贾放不表态，便又跟进了一句话。

"哪个沈寒冰？"贾放犹豫了一会儿，故意问钱同。他怎么会不知道，正是钱同和沈寒冰当年在秦山市上演了陷害华博的精彩好戏，才使元亨制药有限责任公司又回到了自己的手中。

"首长，沈寒冰是省公安厅经侦总队的副总队长，这个人的能力非常强，办法也很多，是一位能够主政一方的优秀公安局长人选。"钱同故意对贾放强调了沈寒冰"办法很多"的特点。他是在提醒贾放，当年正是沈寒冰为于清华开脱了承担医疗事故的责任，才保住了于清华市人民医院院长的位置。

"哦！小钱，我想起来了，这个人的办法是很多，能力也非常强，回头我去与有关部门沟通一下，争取让她早日'空降'到秦山，为你保驾护航。"贾放爽快地答应了钱同。

"首长，我还有一件事，您能不能帮忙将夏宇副市长上位成为常务副市长。我想让他担任秦山副城建设的前线总指挥，他在没当副市长之前在建委工作过，重用他，可以牵制于得水，让于得水服服帖帖任我摆布。"钱同见贾放愉快地答应了他的"放"和"服"，便又提出了"管"住于得水的想法。

"哈哈，这个'放、管、服'的点子不错，夏宇这个人也很有干劲儿，看来你选人、用人的标准还不错嘛！"贾放在电话里笑着说。

第 31 章
空降局长

————

"钱市长,您好! 我是沈寒冰,向您报到!"沈寒冰刚一走出省委组织部的大门,便急着拨通了钱同的电话。此时,她那俊俏的眉毛已经舒展成了一对儿弯弯的月亮。

"钱市长,组织部刚刚找我谈过话,我的任命即刻就会发到秦山市,明天我就去秦山市报到。"沈寒冰抑制不住内心的喜悦,她第一时间将被正式任命为秦山市公安局长的消息,汇报给未来的顶头上司。她怎么会不知道,此次自己之所以能够被"空降"到秦山市,破格提拔成为秦山市的公安局局长,都是钱同的功劳。

"恭喜沈局长! 祝贺沈局长!"钱同也是在接到沈寒冰来电话之前的几分钟,才接到她的任职通知,他在电话中向沈寒冰连连道喜。此时,他由衷地感到沈寒冰的"空降"对他来说意义重大。

"钱市长,我这次能够'空降'到秦山,多亏了您的抬爱,我该怎么感谢您呢?"沈寒冰"呵呵"笑着,一种喜出望外的心情溢于言表。

"沈局长,你不用感谢我,你应该感谢贾省长才对,是他向组织部推荐了你。"钱同话不多,但却一语道破了天机。

"我想也是贾省长帮我说了话。组织部的领导刚才对我说了,我是钱市长非常看重的公安局长人选,虽然他没有提到贾放副省长,但我心里明白,一定是钱市长在贾省长面前举荐了我,否则,秦山市下多大的雨,也浇不到我这个远在天边的和尚哟。钱市长,俗话说远来的和尚好念经。请您放心,我这远方来的'和尚'一定为您念好经,今后为您和贾省长冲锋陷阵、唯马首是瞻。"沈寒冰在电话里向钱同表决心,她实实在在将钱同和贾放的恩情铭记在了心里。

"沈局长,过一会儿你再给贾省长打一个电话,向他表个态,不要失礼。"钱同点拨着沈寒冰,他感觉自己的肩膀瞬间便坚实了起来。

"钱市长，可是我不认识贾省长，也没有他的电话啊！"沈寒冰早就想搭上贾放这条船，她一听钱同的提醒，立即委婉地向钱同要贾放的电话。

"好的，过一会儿，我把电话发给你。"钱同也听懂了沈寒冰的话外之音。

"沈局长，明天你来秦山以后，先到市政府报到，你的任命书上已经写明，你是秦山市副市长的推荐人选，所以你到市政府报到以后，再去接手市公安局。"钱同对沈寒冰做着安排，此时的他感到了从来没有过的踏实，副市长兼公安局长如果是自己的心腹，他这个市长必将如虎添翼。

第二天，沈寒冰起了一个大早，她换上了一身崭新的警服，坐着省公安厅的轿车，威风凛凛地赶赴秦山市去上任。

"沈总，不，该称您沈局长，哦，还不对，该称您为沈市长才对！"司机笑着与沈寒冰开着玩笑，沈寒冰感到自己的身价一下子提高了好几倍。

轿车出了省会秦川市，便疾驶在秦川通往秦山的高速公路上。沈寒冰望着车窗外一排排不断掠过的楼盘和田野，一种心旷神怡的畅快立即袭上心头。

沈寒冰出身寒门，父母都是秦川市的普通工人，她小的时候住在一个军工厂大墙外的一个大杂院里，大杂院里居住的人家都很贫困，生活条件也十分艰苦。当时，正值"文化大革命"期间，每家每户都靠供给维持温饱，买粮食用粮证，买副食用副食本，买油、买肉、买鱼都凭票供应，就连买布做衣服、买棉花做棉被，也要用布票、棉花票，根本达不到丰衣足食的程度。

大杂院里唯一一个比较富裕的家庭，是那个军工厂的食堂管理员，别看管理员的官职不大，但他"用权"的本事却非常高。他给车间食堂采购时，总会留一点"后手"，因此，他家生活用的柴米油盐、冬天的秋菜、取暖用的块煤应有尽有。大杂院里的人家都羡慕他家，更羡慕这个管理员能把有限的权力，淋漓尽致地发挥到极致。那时候，沈寒冰幼小的心里就在萌发着一种对权力的渴望，她在想：只要有了权力，才会生活得比别人好；只有会使用权力，才会赢得别人羡慕的目光。

轿车一路飞奔，很快就到了秦山市境内。沈寒冰的眼前出现了一片绿树掩映下的厂房和鳞次栉比的家属楼，她远远地看见了高大的建筑物上醒目的钢架广告牌。广告牌上的大字耀眼夺目："元亨制药　人人需要""吃了哮喘灵　健康有精神"。看着巨大的广告牌，沈寒冰嘴角露出了一丝得意的微笑。

轿车飞快地行驶着，转眼就看到了元亨新厂区的正门，只见开阔的厂区大门旁立着一块 10 米高的青石，巨大的青石上面，雕刻着遒劲有力的红色大字："元亨制药有限责任公司"。

沈寒冰隔着车窗，望着渐渐被她甩在身后的元亨制药公司，内心的感慨油然而生。想当年，如果不是自己亲自出马，抓捕了元亨制药公司的总经理华博，元亨制药会有今天的辉煌吗？青山依旧在，几度夕阳红。转眼间，元亨制药已物是人非、今非昔比了，沈寒冰慨叹岁月流逝得如此无情，她暗自庆幸自己当时能果断地搭上了钱同的战车。如果当年不选择与钱同密切配合，她哪里会有今天的喜从天降。良心，昧心，是对还是错？真是说也说不清楚。沈寒冰心里像打碎了的五味瓶，说不上是个什么滋味。

轿车一停进市政府大院，沈寒冰就看见钱同率领着市政府班子成员，迎在了轿车的车门前。

"欢迎！欢迎！"钱同第一个走上前来，热情地与沈寒冰握着手。沈寒冰英姿飒爽地走下轿车，与钱同握手，脸上洋溢着灿烂的微笑。

"沈局长，你的副市长职务，还要等两个月以后的'人大'选举。你要向我和市政府保证，在两个月内，将秦山市公安局打造成为一支让政府放心、让人民满意的队伍；一支召之即来、特别能战斗的铁军。"钱同摇晃着沈寒冰的胳膊，意味深长地说着。

钱同这句话的弦外之音只有一个，那就是在两个月内，让公安局听我的话。沈寒冰心领神会，她也要在公安局内迅速立威，她要挥动贾放和钱同赐给她的"尚方宝剑"，给全局民警上上下下来一个"下马威"。

"同志们，近一个时期以来，个别公安民警找借口刁难市民，接受吃请、收受贿赂；个别公安民警工作时间擅离职守；个别公安民警开假牌、套牌车辆；个别公安民警工作时间喝酒、酒后驾车；个别公安民警参与非法经营活动；个别公安民警到涉'黄、赌、毒'场所消费等问题十分突出，广大市民对此反映十分强烈。为此，市公安局制定了《六项禁令》，严惩违反禁令的民警，全局上下都要将《六项禁令》视为高压线，谁也不能触碰。对违反《六项禁令》的基层民警，坚决给予纪律处分；各级领导干部要带头执行《六项禁令》，不管什么级别的干部，只要违反了《六项禁令》，一律免职。"在秦山市公安局的干部大会上，沈寒冰慷慨激昂地宣布了《六项禁令》。

干部大会结束以后，沈寒冰局长找来了市公安局督察长，她低声对督察长耳语了几句，督察长会意地点着头。

当天晚上，城东公安分局局长程前端坐在酒桌的正中，正在与几位女下属喝着花酒。

程局长兴致很高，他指着一杯啤酒，对身边一位打扮时髦的美女下属说道："来，来，来，这一圈酒该轮到你喝了，你把这杯酒干了，你喝完就轮到我。酒杯里不许剩下一滴酒，要是杯中有剩酒，我的酒就由你来喝！"

美女用迷离的目光瞥了一眼程前，娇嗔地说道："老大，我要是一滴酒都不剩，全'甩干'了呢？"

"哈哈，那我连干三杯！"程前拍着胸脯，豪迈地说道。

"好的！您可要说话算数！"美女说着，便用右手端起酒杯，左手在空中遮挡着酒杯，一扬脖子，将满杯的啤酒喝了一个干干净净。喝罢，她又把喝光了的空杯往自己头上一扣，睁着一只眼，微闭着一只眼，努着嘴戏弄着程前："老大，该您喝三杯了吧！"

程前被美女耍的怪态逗得"哈哈"大笑，他端起桌上的酒杯一饮而尽。程前连干了两杯，正要去喝第三杯时，衣兜里的电话响起了悦耳的铃声。

"老大，刚刚接到市局通知：今天晚上9点，在市局局长会议室召开各单位'一把手'紧急会议，沈局长要求不准迟到、不准请假。"值班员在电话里，向程前局长报告刚接到的会议通知。

"知道了！"程前没好气地"哼"了一声，他放下电话看了看手表，将酒杯往桌上一推，沉着脸对大家说道："市局通知马上开会，我们改日再聚，失陪了！"程前站起身来对大家说，不情愿地离开了酒桌。

"同志们，现在开始开会。"沈寒冰坐在局长会议室长条桌子的中央，她环视了一下正在面面相觑、交头接耳的各位"一把手"，又看了看手表，便宣布开会。

"同志们，今天的会议只有一个主题，含有两项内容。一个主题就是现场检查《六项禁令》的贯彻落实情况。"沈寒冰言简意赅地做了开场白。

"我还以为是出了什么要紧事呢？闹了半天是落实沈局长的讲话精神啊！"程前小声"嘟囔"着，他的声音虽然很低，可大家还是听得清清楚楚。

沈寒冰局长瞥了一眼阴阳怪气的程前，向门外大声喊道："请警务督察人员进入会场。"

与会的各位分局长顺着沈寒冰的喊声望去，只见会议室的大门"哗"的一下被从门外打开。紧接着，十几名穿着整齐制服的警察，在督察长的率领下，迈着整齐的步伐走进了会场。

"立正，向前看！"督察长一声令下，十几名警察齐刷刷地站在了"一把手"们的身后，他们在等候沈寒冰的命令。

与会的各位"一把手"一看这阵势，瞠目结舌，不再有人咬耳朵了。

"现在进行会议的第一项内容，由我带头接受酒精测试。"沈寒冰板着脸，对站在她对面的执法警察下达了命令。

程前身后的警察向程前敬了一个标准的军礼，然后将酒精测试仪递到了程前的嘴前："局长，请您接受酒精测试！"

程前看了一眼坐在他对面的沈寒冰，又扭头瞥了一眼督察长，心里在琢磨：你沈寒冰搞突然袭击，派督察来测试我们局长的酒精含量，这也太不像话了。难道你不知道，除交警以外，其他警种是没有使用酒精测试仪的执法资格的？于是，他把眼前的酒精测试仪往旁边一推，冲着拿酒精测试仪的警察大声训斥道："你有什么资格对我们搞酒精测试？"

"报告局长，我是城东区交警大队的岗勤民警，我有酒精测试的执法资格。"民警又向程前敬了一个军礼，再次将酒精测试仪送到了他的眼前。

程前见他有关执法权的质疑在沈寒冰那里事先有了准备，觉得自己自讨了个没趣，便撇开身边的交警，直接冲着沈寒冰放起了炮："沈局长，你这是搞的什么名堂？我们可都是各区的副区长呀！你搞突然袭击来查我们的酒精含量，有些不妥吧！"

"同志们，需要向大家阐明一下，我今天不是对大家查酒驾，《六项禁令》刚刚颁布实施，我希望各位领导都能严格遵守，给全局干警做个表率。《六项禁令》中明确规定：除星期日、节假日以外的时间，民警不能饮酒。在座的领导都是带兵的，打铁需要自身硬，所以，我要提醒大家不能拿'局规禁令'当儿戏。"沈寒冰向大家做着解释，她再次环视四周，观察着大家的表情。

"局长，我的酒局是早已定好的，没有办法推掉呀！"程前被沈寒冰伶俐的解释顶得哑口无言，便理屈词穷地又在找着为自己开脱的理由。哪承想，他的话刚一出口，引来的竟是一阵哄堂大笑。

"好了，经过酒精测试，今天参加会议的人，只有程前一人喝了酒。现在我宣布，对程前局长做出免职处理。"沈寒冰果断地宣布了对程前的处理决定。

"你敢！我是城东区'人大'选举出来的副区长，你有什么权力免了我的职务？"程前一拍桌子，冲着沈寒冰大声吼道。

"程前，你虽然是副区长，但你更是秦山市公安局城东分局的局长。公安局是半军事化的队伍，是有铁的纪律的，你身为公安局的领导干部，不遵守'局规禁令'，竟带头顶风违纪，免职是轻的。如果你再敢胡闹，就对你展开违纪调查。你看看这封举报信反映的内容，你还有没有个局长的样子？"沈寒冰说着，从皮包里抽出一封举报信，扔在了程前的面前。

"你……"程前听着沈寒冰对他的训斥，脸色红一阵白一阵，恨不得有个地缝都能钻进去。

"现在进行会议第二项内容，请各位'一把手'跟着我们的督察人员，对全市派出所民警值班在岗情况进行突击检查，看看有没有人在值班期间脱岗？散会！"沈寒冰站起身来一挥手，宣布结束了只有10分钟的紧急会议。

分局长们离开了会议室，驱车赶往了各个派出所。

会议室内，程前像一只泄了气的皮球，瘫坐在椅子上"呼呼"地喘着粗气，一时间没了脾气。

"沈局长，城东门派出所值班所长鞠晓松擅离职守，正在花园酒店喝酒。"沈寒冰接到了督察长的汇报。

"你马上赶到花园酒店，把鞠晓松'请'到局里来。"沈寒冰故意用对讲机下达着她的命令，她要杀鸡做猴，让全局都知道她的厉害。

"局长，鞠晓松从酒店的后门逃离了现场。"没多大一会儿，督察长也使用对讲机向沈寒冰继续做着报告。

"你们兵分两路，一路在派出所守候，一路去他家里找，一定要把他带到局里来，我要亲自问问他，为什么胆敢顶风违纪？"沈寒冰刚刚打下了程前的嚣张气焰，她要再拿鞠晓松杀一儆百。

"局长，鞠晓松不在家，他妻子说他在派出所值班，可派出所直到现在还没有看见他的人影。"一小时以后，督察长再次向沈寒冰做了报告，沈寒冰阴沉着脸，思索着对付鞠晓松的应急办法。

"丁零零，丁零零。"沈寒冰的手机突然传来清脆的铃声。

沈寒冰接通了电话，听筒里立即传来刚刚卸任的老局长鞠胜金的声音："寒冰呀，我是鞠胜金，我们可是老朋友了，你来秦山上任，我心里由衷的高兴，过几天我给你接风。"

沈寒冰听着鞠胜金的寒暄，她感到有些莫名其妙。鞠胜金这么晚打来电话，难道就是要给她接风吗？

沈寒冰冷静了一下，问鞠胜金："哦，是鞠局呀！您太客气了，这么晚了，您有什么指示吗？"

"寒冰，你可能不知道，鞠晓松是我的儿子，他在发高烧，一直躺在我家。要是没有急事，等他明天烧退了，我让他去你办公室向你负荆请罪。"鞠胜金强装着笑脸，向沈寒冰通报了鞠晓松的下落。

"鞠局长，鞠晓松是您的儿子？"沈寒冰这时候才恍然大悟，这个敢擅离职守的派出所所长，原来是鞠胜金的儿子呀！

"鞠局，我们是老朋友了，不是我不给您面子，鞠晓松在值班期间外出饮酒破坏《六项禁令》，是要被免职的，我劝您还是让他马上回到局里来接受处理。否则……"沈寒冰在电话里耐心地劝说着鞠胜金。

"否则什么？难道你还敢到我家来抓人吗？"鞠胜金在电话里发起了脾气。

"鞠局，我没有必要到您家去请他，鞠晓松值班期间外出饮酒已经证据确凿，刚才与他在一起喝酒的人都写了证实材料。我现在处理他是依据'局规禁令'，如果他今晚还不到岗，明天我将依据《警察法》，以擅离职守对他做更加严厉的处理。"沈寒冰义正辞严地说着。

鞠胜金听得出来，沈寒冰并不想买他的账，准确地说，一点面子都没有给他。

本报讯：昨晚，秦山市公安局对贯彻市公安局《六项禁令》的情况，开展了"不打招呼"的突击督察。城东区公安分局局长程某、城东门派出所所长鞠某某，因违反《六项禁令》被免职。

第二天，秦山市的主流媒体都在显著位置，刊发了这条转自《秦山日报》不足百字的消息。

"寒冰，你干得不错！有办法、有魄力，效果不错。我没有看错你！"钱同手里拿着《秦山日报》，当面表扬着沈寒冰。

一时间，沈寒冰铁面无私、秉公执法，铁腕治警、不徇私情的佳话，在秦山市飞快地流传开来，沈寒冰一下子成了秦山市的新闻人物，人们背后都褒奖她为"铁娘子"。

沈寒冰听到"铁娘子"的雅号后，自鸣得意地冷笑道：不给他们点厉害看看，他们也不知道马王爷几只眼；不让他们有切肤之痛，又怎么能够让他们听命于我，我又怎能为首长……

第32章
再造新城

沈寒冰成功了！

沈寒冰果然不辱使命，她在钱同给她规定的两个月内，煞费苦心地想出了许多招法，开始在公安内部进行"整顿"。她以铁腕治警为法宝，完全"平息"了秦山市公安局内部对她的各种微词，在秦山市公安局取得了极高的支持率，顺利当选秦山市副市长兼公安局长。岂不知，她在秦山市公安局所踢的这头三脚，目的只有一个：立威，让民警听话，为她以后能够获得更多的"实惠"铺路。

于得水得意了！

于得水被钱同"智取"以后，立即成了见风使舵的墙头草，心悦诚服地靠上了钱同这棵大树。两个月以来，他积极配合北京勘测设计院，完成了秦山副城的整体规划和设计，一向"嗅觉"灵敏的他，从中也"嗅"到了潜在的商机。他暗自庆幸自己没有与钱同继续作对，虽然在钱同的面前丧失了尊严，可能够保留住建委主任这个头衔，他也算心满意足了。头脑灵光的于得水知道，只要有了这个头衔，在未来的秦山副城建设中，获得更大的经济利益也只是个时间的问题。

钱同如释重负了！

两个月以前，当贾放向他布置"任务"时，他感到了前所未有的压力。那时候的秦山是四面楚歌，在当时的外部环境下，他是很难完成贾放交给他的"轨道交通计划"的，所以无论是"副城建设规划"，还是"轨道交通计划"，都只是一个概念而已。时间仅仅过去了两个月，经过钱同"三箭齐发"的大手笔，秦山的形势可谓枯木逢春，一切都在向有利于自己的方向发展。于得水发挥"余热"，协助他反复论证和修订了"秦山市副城建设规划"和"轨道交通计划"两个《纲要》，这两个《纲要》只要在市政府办公会议上通过，就会立即进入实施阶段；沈寒冰在公安机关大开杀戒，为他收复了失地，为日后的征地拆迁做好了必要的准备；紧接着，钱同又向贾放推荐将排名靠后的副市长夏宇推上了"常务"的位置，在领导班子中有了自己的心腹。钱同见自己的"大手笔"取得了实效，才由衷地感到如释重负。现在，距离完成贾放交给他的光荣任务只有半步之遥，他心里悬着的石头就要落地了。

钱同坐在办公室里，思量着要召开市长办公会，他要在会上推出"秦山市副城建设规划"和"轨道交通计划"这两个《纲要》。

"当当当"，传来了一阵敲门声。

"夏副市长，是你呀！快请坐。"钱同见是常务副市长夏宇应邀而至，便将夏宇让到了办公桌前的座椅上。

"夏副市长，我找你来是要与你商量一下召开市长办公会的事。"钱同直白地向夏宇表明了意图。

钱同知道，要想在市长办公会上顺利通过两个《纲要》，夏宇这个"常务"的表态十分重要，钱同深谙官场上主要领导之间上演"双簧"的重要性，所以他要先与夏宇做好沟通。

"钱市长，您有什么吩咐就只管说，我是您提拔上来的，一切听您的！"夏宇对钱同表着态，自打他被钱同推荐当上"常务"以后，他与钱同的心就已经跳到了一起。

"夏副市长，我要让大家讨论一下'秦山市副城建设规划'和'轨道交通计划'这两个《纲要》，我还要成立一个秦山副城建设指挥部，准备让你去担任这个建设指挥部的总指挥。"钱同一边说，一边观察着夏宇。

"市长，这两个《纲要》，您都给我看过了，我完全赞同。至于由我来担任总指挥，我觉得我不太合适，我认为还是由您亲自来担任这个总指挥更适合。"夏宇表面上谦虚地做着推辞，其实暗地里却心花怒放。

城市建设总指挥！这是一个谁也不可小觑的职务，这个职务虽然不在政府职务序列中，属于临时机构中的临时职务，但这个临时职务的权力可是相当大，是整个副城建设的"一把手"。这个"一把手"，既容易干出成绩，又能捞到"好处"，这其中的奥秘不言而喻。但官场上的规矩是欲擒故纵，你越是想做，越不能表露出过分的积极，太直白就显得自己没有城府，因此夏宇假装推辞着。

"夏副市长，你就不要推辞了，你是一步步被提拔上来的本地干部，秦山市的情况要比我熟悉得多，有些事情由你出面，反而会更好办些。"钱同摆着手说着，他表明着重用夏宇的理由，以打消他的顾虑。

"你刚当上'常务'，正是需要干出政绩的时候，副城建设搞好了，政绩也就出来了，所以你要大刀阔斧地干，我给你当后盾。你要干出一番轰轰烈烈的事业，将来好接我的班。"钱同又如法炮制了贾放对他说过的话。

钱同是一个很有心计的人，他之所以提拔夏宇，并让他来担任秦山副城建设的总指挥，是有"一石三鸟"之用意的：一来夏宇是"建口"出来的干部，搞城市建设有一定的经验；二来重用夏宇可以遏制于得水的势力；三来他是怕贾放的"轨道交通计划"一旦出了问题，自己难辞其咎，所以他火速提拔了夏宇来为自己充当挡箭牌。

"市长，既然您主意已定，那您就运筹帷幄，我替您决胜千里。"夏宇见钱同执意要自己来做这个总指挥，也就顺水推舟应了下来。

"同志们，今天我们召开市长办公会议，专门研究秦山市的副城建设相关事宜。"市长办公会议按时召开，钱同做了开场白。

"副城建设？"连日来，尽管建设秦山副城的小道消息流传甚广，但此话由钱同市长亲口说出，还是令与会的各位副市长吃惊不小。

"市长，什么是副城建设？"主管交通的副市长首先发问。

"副城建设就是要在秦山市区与秦山之间再造一个新城，以适应不断发展的城市需要。"钱同泰然自若地做着解释。

"有这个必要吗？"主管交通的副市长继续问道。

"城市建设必须具有前瞻性，建设副城需要用两三年以至于更长的时间，不能等城市发展到了应该建设时再进行规划。我们要为子孙后代着想，要高瞻远瞩展望未来。"夏宇接过主管交通副市长的话茬，抢先替钱同做了解释。

"市长，建设副城需要大资金投入，建设资金从何而来？"主管财政的副市长也算着自己的财务账。

"秦山副城建设得到了亚洲开发银行的全力支持，资金由他们来具体筹措。"钱同像在召开记者会，他一问一答地回答着副市长们的提问。他要在拿出秦山市"副城建设规划"和"轨道交通计划"这两个《纲要》之前，先向市长们下一下毛毛雨，目的就是统一思想，将反对之声消灭在萌芽，然后再和盘托出他的秦山市"副城建设规划"和"轨道交通计划"。

"这么大的项目，征地拆迁可是一个老大难的问题呀！"又有副市长在自言自语。

"我们公安系统会全力支持市政府的开发建设计划的。"不等钱同回答，沈寒冰立即做了"抢答"。

沈寒冰在关键时候率先表明了自己支持钱同的立场，此时的秦山公安局早已不是鞠胜金时代，"禁止公安民警参与非警务活动"的规定，已经被沈寒冰扫进了历史垃圾堆，因此，她此时的表态起到了定海神针的作用。

钱同美美地欣赏着沈寒冰的表情，他心里在想，看来工欲善其事，还真得先利其器。

钱同的目光从沈寒冰的身上又移向了坐在他身旁的夏宇，他脸上虽然没有表情，但内心已经充满了喜悦，他感到夏宇和沈寒冰就仿佛是自己的"哼哈二将"，有了这"哼哈二将"为他镇守山门，自己今后才会高枕无忧。

钱同见其他副市长都不再发言，觉得推出《纲要》的时机已经成熟，便转身对坐在他身后的秘书说道："让候会的于主任进来汇报两个《纲要》吧。"

秦山市建委主任于得水，在秘书的引领下，精神抖擞地走进了会议室。为了能够在市领导面前展示自己的才华，他为自己的汇报做了精心的准备；为了体现对这次会议的重视，他将穿习惯的白衬衣、蓝夹克，换成了庄重的西装革履。于得水高昂着头，白净的面庞容光焕发，双目炯炯有神，充满了自信。

"钱市长好、各位副市长好！我现在汇报一下秦山市'副城建设规划'和'轨道交通计划'这两个《纲要》。"于得水落落大方地走向了会议室的汇报席，他展开了厚厚的规划图纸和一张张彩色效果图，清了清嗓子开始了汇报。

"在秦山市与秦山之间，有着200多平方公里的土地，这片土地上有平原和丘陵，还有我们的母亲河——秦河，优越的自然环境为我们未来的副城建设提供了前提条件。我们的古人在建城之初，首先是找水，《诗经》里描述的'蒹葭苍苍，白露为霜，所谓伊人，在水一方'的浪漫生活景象，就是很好的诠释。因此，我们的副城选址就借鉴古人的智慧，依秦山而建城、傍秦水而居住。"于得水偷眼瞅了一眼钱同，见钱同正眯着眼睛全神贯注地欣赏着他的开场白，立即像打了一针强心剂。

"秦山副城的建设理念是：要把副城建设成为文化之都、科技之都、产业之都、魅力之都，一个最具活力的崭新城市，一个令世人瞩目的宜居城市。我们要吸引国内外的有识之士来此地投资创业，来此地安家落户，我们要将老城和新城连接在一起，将大秦山建成国际化的大都市。未来的大秦山一定会以它独特的魅力昭示天下，秦山是个好地方，风景这边独好！"于得水抑扬顿挫地挥着手，他的表情简直能与一位出色的演说家同日而语。

"啪、啪、啪。"沈寒冰带头鼓起了掌，她神采飞扬的表情，一下子把于得水的演说推向了高潮。

"我们既然要建设文化之都，就要追溯中国的文化之源。大家都知道，中国文化的起源是与中国人的起源有着一脉相承的密切关联的，中国文化的生成过程，也是人类认知不断丰富和经验不断积累的过程，所以我们考察文化的起源，就应该从人类产生那天开始。据史料记载：中华民族的人文始祖是伏羲，伏羲是中国最早的创世神，是三皇五帝之首，是中国人的祖先，因此我们要在副城建设中体现中国文化，就不能离开伏羲。"于得水慷慨激昂地讲起了文化的起源，就像是一位学者在向人们倾泻着他的满腹经纶。

"嗯、嗯。"一位副市长觉得于得水扯得有点儿远，便一边喝水，一边轻轻地"嗯"着，他在提醒于得水别把话题扯远了。

于得水明白了这位副市长的意思，他话锋一转，旋即就将他讲文化的伏笔落了地："那么，我们在建城过程中，如何体现中国文化呢？既然我们想到了创世神伏羲，就要把伏羲请到我们身边来。中国的文化推崇的是天、地、人的和谐与共生，所以，我们在未来的城市中心，设计了大型市民休闲广场，我们要让市民在休闲与娱乐中接受潜移默化的文化熏陶，因此，我们在市民休闲广场中央设计了人文始祖伏羲的石雕像，把伏羲雕像确定为城市中心点，从中心点起始向东西南北各延伸10公里，形成南北、东西两条中轴线，然后以10公里中轴线为半径画圆，确立秦山副城的城市规模，这就是未来秦山副城的城市雏形。"

"哈哈，真是一个很奇妙的构想，不错，不错！于主任，看来你们还真是动了一番脑筋了，这个城市规模的创意不错，你接着说。"钱同不等于得水说完，就急着肯定了于得水的设计，其实，在这个吸引眼球的设计中，也凝聚了他的心血。

"伏羲氏是华夏的人文始祖，也是文化始祖，他创立的'八卦'对中华民族的文化做出了巨大的贡献。从'八卦'诞生那天开始，八卦理论被应用到各个领域中，使中国古代文化在八卦理论的基础上蓬勃发展起来。伏羲'一画开天、文明肇启'，为中华文明开辟了一片新的天地，中华民族从此走向了文明与发达。因此，我们今天将新城市的设计理念体现为再现伏羲八卦城，就是要以此来传承和弘扬中国文化，把秦山市打造成为未来的文化之都。"于得水循序渐进地说着，大家饶有兴趣地听着。

"我们的'八卦城'就是从'伏羲广场'出发，将南北、东西两条中轴线修建成为城市的两条主要城市道路，在两条主要道路中间再交叉修建两条道路，这样，就完成了从'伏羲广场'向南、北、东、西、东南、东北、西南、西北延伸的八条各10公里长的主要城市道路。这八条城市道路的走向是和'伏羲八卦'中离、坎、乾、坤、兑、震、巽、艮八个方位相对应的，这就是我们未来的'八卦城'的城市规模。"于得水口若悬河地说着。

"太壮观了！"夏宇认真地听着，情不自禁地夸赞道。

"有了'伏羲广场'，又有了'八卦城'的雏形，接下来就要将文化的内涵注入到城市建设中来了。"于得水卖弄起学问来。

"我们的'伏羲广场'为方形广场，它长、宽各为400米，这两个'四'的数字谐音，有预祝秦山人'事事如意'的寓意；方形广场与八个方位的延伸，寓意秦山是个四平八稳的城市。它将以海纳百川的姿态，迎接来自四面八方的友好宾朋。"于得水越说越兴奋。

"'伏羲广场'中央的伏羲神雕像总高度为31.8米，其中，伏羲坐像高度为31米，雕像底座高度为0.8米，这个高度来自伏羲的生辰之日。据传说，伏羲的出生日为农历三月十八日，因此，我们不但设计了和他生辰之日数字相同的城市主题雕塑，将来还可以在每年的农历三月十八日举办文化节，在我们的'伏羲广场'来祭祀中华民族的人文始祖伏羲，这其中的文化内涵不言而喻。"于得水神采飞扬地继续说着。

"这个创意太好了！如果每年都能搞一届文化节，我们的城市就会充满魅力与活力，这个'伏羲广场'就是我们城市未来的一张文化名片哟！"主管文化、教育的副市长听了于得水的介绍，禁不住"啧啧"称赞。

于得水见他的推介已经引起了大家的共鸣，瞬间便将声音提高了八度。他接着说道："伏羲广场中心的伏羲摩崖石雕像，为人面蛇身的伏羲坐像，这个形象是人们公认的伏羲形象。在坐像的背后是中国龙的图腾雕刻，当年，伏羲取蟒蛇的身、鳄鱼的头、雄鹿的角、猛虎的眼、鲤鱼的鳞、巨蜥的腿、苍鹰的爪、白鲨的尾、长须鲸的须，创立了中华民族的龙图腾，我们在摩崖石上雕刻了巨龙，也寓意着我们是龙的传人。伏羲坐像的底座石雕为'河图'和'洛书',据传,上古时期,伏羲在洛阳孟津县境内的黄河中,看见一龙头马身的神兽浮出水面,神兽的背上负着'河图';大禹治水时代,伏羲又在洛阳的洛河中看见了浮出河面的一只大龟,龟背上驮着'洛书'。'河图'是由黑点和白点排列成的数阵,其中蕴藏着我们现代人难以解开的奥秘;'洛书'实际就是我们常说的九宫格,九宫格由1到9排列而成,横、竖、斜三个数相加之和都等于15。伏羲从'河图'和'洛书'中悟出了天地万物的变化规律唯一阴一阳而已,于是,伏羲依此而演成了八卦,也就是伏羲八卦。人们普遍认为,中国的文化起源于《周易》,而《周易》又起源于伏羲八卦,所以我们将'河图'和'洛书'雕刻在了伏羲坐像的底座之上,以纪念伏羲对中国文化的伟大贡献。"

"哈哈,这样一来,新秦山可真就被打造成为'文化之都'啦!"钱同兴奋地说着,他的表态几乎已经肯定了这个设计方案。

"我们还将在伏羲雕像的外围,修建一条24米宽的护城河,方形的广场、圆形的护城河,寓意着天圆地方。天圆地方是中华文化的精髓,因此,我们要在'伏羲广场'中再现这一文化内涵。此外,我们还考虑在圆形护城河以内、伏羲雕像周围的地面上,雕刻成巨大的伏羲八卦图。在护城河中的水面里安装两米高的十二生肖动物兽首,每个动物兽首代表一个时辰,它们按照子鼠、丑牛、寅虎、卯兔、辰龙、巳蛇、午马、未羊、申猴、酉鸡、戌狗、亥猪的顺序,每一个时辰都有一个兽首在喷水,兽首喷泉流到24米宽的护城河内,点亮护城河内24盏音乐喷泉彩灯,龙吐天浆与泉涌玉液交融在一起,给秦山人民送来了福祉,祝愿他们在每年的二十四个节气中,都会风调雨顺、五谷丰登。"于得水将中国历史文化与市民现代生活结合在了一起,大家听了都开心地点着头。

于得水的秦山市"副城建设规划"汇报结束后,立即获得了一阵热烈的掌声,大家用掌声通过了这个规划。

"于主任,你今天不是要汇报两个《纲要》吗?另一个'轨道交通计划'是什么内容?"钱同假装还不知道轨道交通的内容,他故意问于得水。

"市长,'轨道交通计划'非常简单,我们将城市道路按照东西为路、南北为街的国际惯例,采用伏羲八卦中的方位,将街路命名为天乾大街、地坤大街、泽兑大街、山艮大街,火离大路、水坎大路、风巽大路、雷震大路,在这八条各10公里长的双向八车道路中间,开辟上下双行有轨电车轨道,有了有轨电车,就会让市民的出行有更多的选择，我们的立体化城市道路交通网络也就形成啦。"于得水一口气就将轨道交通和盘托出。

"哦，我听明白了！大家感觉这个'轨道交通计划'怎么样？"钱同好像在征求着大家的意见。

"市长，这个'轨道交通计划'的构想很不错，我看可以采纳。"夏宇不等其他副市长表态，率先做了肯定。

钱同的脸上露出了一丝得意的微笑，他一锤定音通过了两个《纲要》，结束了市长办公会。

第33章
暗流涌动

————

"首长，向您报告一个好消息，秦山市'副城建设'和'轨道交通计划'两个《纲要》，在市长办公会议上顺利通过了。"钱同拨通了贾放副省长的电话，第一时间将好消息报告给了贾放。

"好哇，小钱，我向你表示祝贺！我马上把这个好消息通报给德国的施罗德先生，过几天他就会去秦山与你对接。"贾放在电话里夸奖了钱同一番，又对钱同做了下一步的安排。

贾放挂断了钱同的电话，立即联系了远在法兰克福的施罗德。他在安排施罗德去秦山找钱同对接"轨道交通"项目的同时，还一再提醒他要遵守他们之间的"约法三章"。

贾放安排好钱同与施罗德对接以后，他感到悬在心里的一块石头终于落了地。按说项目落了地，贾放应该高兴才是，可贾放却一点也高兴不起来，此时，贾放的心情像一只被打碎了的五味瓶，不知道是酸楚还是畅快。他不知道自己此时是如释重负，还是背负枷锁？他预感到施罗德的到来，对他来说不是一件好事，一种引狼入室的感觉，不禁袭上心头。

自打他在法兰克福见到施罗德以后，一种大祸临头的直觉，始终萦绕在他的心头，施罗德的狰狞面目像一个凶神恶煞的影子，总是在他的眼前晃动。他心里十分清楚，施罗德是一个十恶不赦的"狠角儿"，一个丧心病狂的屠夫！试想一下，哪怕有一点人性的人，又怎能将自己的亲姐姐推下山崖？贾放非常憎恨施罗德，因为施罗德杀害了自己的结发之妻；贾放又非常惧怕施罗德，因为施罗德曾放言要豁出命来与他决斗。贾放深谙斗则两败俱伤的道理，所以他不敢与施罗德决斗，他明知施罗德是在敲诈他，威逼他出卖灵魂，但他又不能不就范，原因就是施罗德绑架了他的亲生儿子。

亲情！友情！这是人世间难舍难分的两种情缘，贾放觉得自己深深地陷入情缘之中不能自拔。在这两种情缘中，贾放与儿子是有着永远也割舍不掉的骨肉亲情的，为了儿子，他可以赴汤蹈火。贾放与施罗德固然也有着一份情缘，不过，这种情缘充其量也就是一种亲情当中的友情罢了，为他做出牺牲？贾放实在不是心甘情愿。

贾放推开了窗子，一股冷风迎面吹拂着他的面颊。贾放徘徊在窗前，他觉得远处的山谷中，有一个声音在对他召唤，他仿佛看见儿子正在向他招手。

贾放非常想念儿子，他已经有八年没有见到自己的宝贝儿子了。8 年来，他时常在梦境里见到儿子，儿子婴儿时在他怀抱里牙牙学语的憨态；儿子幼儿时在他眼前活蹦乱跳的神态；儿子小时候与他共舞时顽皮怪笑的姿态；在他心中一刻也没有消失过。儿子 8 岁失去了亲爱的母亲，又离开了慈祥的父亲，背井离乡被施罗德绑架到了异国他乡，他的冷暖由谁来关心？他的饥饱由谁来关照？他生病时又由谁来呵护？

儿子呀！8 年来，你的酸甜苦辣都向谁倾诉？小兔子呀！你如今已经 16 岁了，爸爸一直在牵挂着你；你的笑容一直在爸爸的眼前浮现；你的笑声始终在爸爸的耳畔回荡。贾放念叨着儿子，一抹老泪夺眶而出，他想抑制一下自己的情绪，但眼泪像断了线的珠子，从眼角滚落。

儿子！爸爸知道你孤苦伶仃流落他乡。爸爸知道你从小就过着失去母爱又得不到父爱、孤儿一般的生活。爸爸想和你生活在一起，爸爸何尝不想和你妈妈也厮守在一起？贾放在与儿子说着心里话。

儿子！你可知，自从爸爸失去了你妈妈以后，有多少个夜晚，爸爸捧着你妈妈的照片孤独地哭泣；有多少个夜晚，爸爸躺在你妈妈睡过的床上孤枕难眠。

儿子！你可能想不到爸爸过去的孤独与惆怅，也想不到爸爸现在的风光与得意，更不会想到爸爸已被舅舅逼上了一条不归路。贾放在向儿子表露着他所面临的困境。

儿子！苍天在上，如果让我重新活一回，我甘愿与你和你妈妈在一起，过着她浇水我劈柴那种无忧无虑的田园生活；我甘愿选择在大山里陪着你一天天地长大，也不愿意被人绑架良心。儿子，你在哪里，你能听到爸爸内心的独白吗？

儿子！爸爸爱你！爸爸为了你，只好铤而走险了！贾放哽咽着一遍遍地叫着儿子，他从心底迸发出了一阵阵哀号。常言道：人之将死其言也善，鸟之将死其鸣也哀。贾放面对即将上马的秦山副城建设发出的声声哀鸣，让人听了不寒而栗。

沈寒冰"空降"到秦山市以后，一直住在秦山市，她很少回家。这天，她在被钱同委以秦山副城征地、拆迁工作负责人以后，抽空回了一次家。

"老婆回来了！接到你的电话，我就风风火火地往家里跑！"沈寒冰一进家门，就被丈夫魏青山"火爆"地抱着进了屋。

"轻点，快把我放下，别让保姆看见！"沈寒冰娇嗔地说着，脸上立即泛出了一片红晕。

"保姆被我撵走了。"魏青山头也不抬地说着，顺势将厚厚的嘴唇贴到了沈寒冰薄薄的红唇上。

沈寒冰软软地倒在了卧室温暖的大床上，两人的身体纠缠在一起，享受着久别胜新婚的快感。

魏青山结束了"运动"将头靠在了床头，揽着沈寒冰说道："冰冰，你已经有一个多月没回家了，我天天搂着你的照片睡觉，这滋味真是太难受了！"

"老公，我刚调到秦山市工作，许多事情都焦头烂额，忙得很！"沈寒冰瞥了一眼丈夫，一边理着云雨过后的一头乱发，一边柔情地说。

"理解！理解！"魏青山赶忙坐直了身子，开始帮妻子理着纷乱的秀发。

"不是你理解我，而是我理解你，不然我是不会将保姆小琴留在家里的。你说你把她撵走了，鬼才会相信，不过你要记住，不要让我看见。"沈寒冰懒懒地躺在了魏青山的身边，她在与丈夫说着家里的保姆小琴，这是两人心照不宣的秘密。

沈寒冰和魏青山风雨同舟，在一起生活了20多年，她与丈夫的爱情是风雨还是彩虹？真是有些说不清楚。

魏青山出生在一个高干的家庭，20世纪末，他毕业于北江政法大学，毕业后被分配到省法院当了一名法官。

沈寒冰与魏青山的相识，是在她闺蜜的一次生日宴会上。当年，魏青山是一个风流倜傥的法官，而沈寒冰则是一位小鸟依人的警花。魏青山观察女人的眼光非常犀利，在那天的酒桌上，他一眼就看中了气质高雅的沈寒冰，魏青山替她喝酒、给她夹菜，对沈寒冰表现出的那副殷勤劲儿，让沈寒冰的闺蜜都产生了嫉妒。

接下来，魏青山使出了浑身的解数，一波又一波地向沈寒冰开展"攻势"。沈寒冰不了解魏青山，她感到眼前这位帅哥有些轻浮，所以她选择了"退守"。沈寒冰越是"退守"，魏青山越是"强攻"，时间一长，沈寒冰在魏青山的"死缠"下，有些招架不住了。本来就贪慕虚荣的沈寒冰觉得魏青山风度翩翩，出手又很阔绰，嫁给这样的"官二代"，既有面子又不缺钱花，也就心甘情愿地嫁给了魏青山。可哪承想，魏青山天生是个花花公子，他得陇望蜀的劲头还真是无人能比，他们刚结婚不久，就传出了魏青山与前女友之间的绯闻。紧接着，办公室的女同事又"意外怀孕"，女同事天天与魏青山"一哭二闹三上吊"，魏青山的领导实在没有办法，只好以生活作风有问题，对魏青山做了离职的处理。人常说：上帝给你关上一扇门以后，一定会给你留一扇窗。魏青山虽然没当几天法官，可做生意却呼风唤雨，他离职后的生意越做越好，沈寒冰的腰包也越来越鼓。

　　魏青山与沈寒冰是一对儿绝配的夫妻。沈寒冰爱财，魏青山能想方设法地为她赚到钱；魏青山好色，沈寒冰也能做到睁一眼闭一眼。魏青山常对人说："我在外面彩旗飘飘，在家里红旗不倒。"沈寒冰也曾对闺蜜说："婚姻就是将就，取其长容其短，糊涂当中才有爱。"因此，沈寒冰与魏青山就这样在"相互理解"中，续写着充满传奇的爱情故事。

　　"青山，我可警告你，你与小琴的事情不能传出风言风语，你们更不能有孩子。我现在已经是副市长了，你要顾及一下我的脸面，我装糊涂可以，但不能把家'装'丢了。"沈寒冰知道魏青山除了喜欢老牛吃嫩草以外样样都好，于是便一再提醒魏青山不要出大格。

　　"不能，亲爱的！我现在早就不行了，我只爱江山不爱美人了！"魏青山不好意思地对沈寒冰表着态，他说起谎来从来都不会脸红。

　　"哼！谅你也不敢！"沈寒冰明知道魏青山在"忽悠"自己，但她还是选择了眼不见心不烦。

　　"青山，跟你说一个重要的事情。"沈寒冰穿上了睡衣，一本正经地坐在了沙发上。

　　"老婆，你说，老公听。"魏青山坐在了沈寒冰的身旁，他搂着沈寒冰的肩膀乖乖地说道。

　　沈寒冰像突然想起了什么，她站起身来在屋子里找来找去，又查看了一下门口，然后才放心地回到了魏青山的身旁。

魏青山知道沈寒冰有疑神疑鬼的职业病，每遇到要跟他说重大事情的时候，她都要这样先在屋里搜查一番。

魏青山见沈寒冰又回到了他的身旁，便安慰着沈寒冰说道："放心吧！小琴真的让我撵走了！"

"老公，最近秦山市要兴建秦山副城，马上要开展大规模的征地、拆迁工作，这项工作由我负责，我觉得这是一个赚钱的大好时机！"沈寒冰忽闪着美丽的眸子，对魏青山说着。

"哦！这可真是一个千载难逢的大好事，我即刻成立一个拆迁公司，让老六、老八他们去四川多招一些民工，四川民工工资便宜，他们干活还实诚，拆迁这活儿手拿把掐。老婆，拆迁可是一个挣钱最快的'肥活'呀！"魏青山"嘿嘿"笑着，眼睛笑成了一条缝。

"老婆，我再注册一个运输公司，租赁一些大货车，你把拉土方的活儿也揽下来，运土方挣钱最快！我们既拆迁又拉残土，这'一条龙'可就大赚了！"魏青山的经商头脑就是厉害，他从拆迁又扩展到了运输，他在捕捉一切可能的赚钱机会。

"好，你做好一切准备，招标之前我会把标底告诉你的。"沈寒冰说。

"好的，我们这回又要赚大钱了。老婆，等赚够了钱，我们俩就去国外，和女儿生活在一起。"魏青山面露喜色，他顺势又抱起了沈寒冰走进了卧室。

于得水最近非常繁忙，自打他当上了副总指挥以后，天天有人找他要工程。

"老大，今天晚上我们哥们儿小聚一下，您可一定要赏光。"秦山市公安局交警支队副支队长甄实，在电话里诚恳地邀请于得水。

在秦山市谁都知道于得水有四个铁哥们儿，这四个铁哥们儿和于得水加在一起，并称秦山市的"五虎上将"。

前段时间，于得水反对钱同搞秦山副城建设时，甄实和鞠胜金赤膊上阵，帮着于得水大造舆论，为此得罪了钱市长。钱同把鞠胜金局长"挂"起来以后，又让沈寒冰来清洗甄实，吓得他只好假装生病住进了医院。住院期间，他多次给沈寒冰写信，揭发一手提拔他的老领导鞠胜金，沈寒冰靠着他的揭发材料"镇"住了鞠胜金，甄实就这样靠出卖老领导搭上了沈寒冰。

挖空心思赚钱的甄实，听说秦山副城建设方案获得通过以后，马上邀请于得水吃饭。

秦山市花园酒店贵宾包房内，甄实端着酒杯，笑眯眯地吹捧着于得水："老大，听说您在市长办公会上舌战群儒，通过了秦山副城建设规划。"

"哈哈，小事一桩！钱市长让我搞秦山副城建设，我不费吹灰之力就将这个项目给拿下了！"于得水"哈哈"笑着，也在吹着牛皮。

"哎，鞠局呢？你不是说今晚吃饭有鞠局参加吗？怎么不见他的人影？"于得水环视了一下酒桌周围，他见秦山市的"五虎上将"中唯独缺少了鞠胜金，便板起脸问着甄实。

"鞠局说他最近身体不太好，就不参加今晚的哥们儿聚会了。"甄实红着脸说着，于得水听得出来，甄实是在说谎话。

"老大，秦山副城建设可是一个百年不遇的赚钱机会呀，您可得想着我们哥们儿哟！"甄实说着，端起酒杯走到于得水的身后，毕恭毕敬地去向于得水敬酒。

"哈哈，好说！好说！"于得水将酒杯里的酒一饮而尽，他连连点着头。

"唉！要是在过去，我马上就能答应你们：拆迁给老鞠，土方给你甄实。可现在不同了，钱同成立了副城建设指挥部，夏宇担任了总指挥，我这个副总指挥说话不那么好使了。"于得水放下了空酒杯，酸溜溜地说着。

"老大，夏宇原来是您的手下，他还不得处处看您的脸色行事？"甄实一边"将"着于得水的军，一边又再一次向他敬酒。

"哼！今非昔比喽！"于得水自言自语道。

"不过请哥几个放心，我们是多年的铁哥们儿，没有谁赚的钱，也得有你们赚的钱，我会见缝插针让你们赚得沟满壕平的。来，喝酒，喝酒。"于得水答应着甄实，哥几个的酒杯碰得"叮咚"作响。

"老大，有您这句话我就放心了！甄实一辈子都为您服务，绝无半句假话。"甄实拍着胸脯对于得水发着誓。

"我才不相信你有真话，你们说，老甄他说的哪句话不是假话？"于得水与甄实开着玩笑，他的话引来大家一阵哄堂大笑。

了解甄实的人都知道，甄实本姓并不姓甄而是姓贾，他原来的名字叫贾石。贾石、假实，不就是假装实惠嘛！贾石不喜欢他的这个贾姓，于是他干脆背弃了祖宗，将贾石改成了甄实。

甄实随着大家的笑声也在"哈哈"大笑，他才不管别人对他如何嘲讽，只要能让他获得利益，辱没祖宗都不在话下。

"丁零零，丁零零。"连日来，夏宇的电话总是响个不停。

"夏市长，恭喜您！"

"夏总指挥，祝贺您！"

夏宇每次接到这样的问候电话，不等来电之人把话说完，夏宇就能猜出这些人都是来向他要工程的，拆迁、拉土方、盖楼、建广场，什么工程都想要，最让他啼笑皆非的是，副城建设还八字没有一撇，竟有人来向他要起了亮化工程。

"夏宇，下班后到我这里来一趟，我有事情找你。"这天，夏宇接到了秦山市商业局局长陈梅的电话，她是与夏宇一起长大的发小。

当天晚上，夏宇应邀来到陈梅的私人会所，他一走进会所的四合院，陈梅便热情地拉着他的手，走进了一间茶室。

陈梅示意夏宇坐在了那张金丝楠木的茶台前。

"市长，自打你当了'常务'以后，怎么也不到我这里来了？你是不是怕我吃了你？"陈梅手里拿着一个民国绿的紫砂壶，像是一位柔情似水的茶艺师，给夏宇倒着陈年的普洱茶。

夏宇端起茶杯抿了一口茶汤，他一边品着陈年普洱茶的"回甘"滋味，一边嗅着茶杯里酒红色茶汤"挂杯"的味道。

"嗯，感觉茶汤下到这里了！"夏宇指着自己的喉咙，对陈梅"啧啧"称赞着陈年普洱的"喉韵"，老茶友之间最青睐的就是这种品茗给他们带来的畅快。

陈梅用右手端着茶杯，又用左手挡住茶杯，微红着脸轻轻地品着茶。

"市长，您可真是一位品茗的高手啊！"陈梅也品味到了"回甘"之后的"喉韵"，她笑盈盈地称赞着夏宇品茗的能力。

"哈哈哈，品味着陈梅的好茶，享受着陈梅的茶艺，夏某乐不思蜀喽！"夏宇眯起眼睛欣赏着楚楚动人的陈梅，笑着说。

"去你的！跟你说一件正经事，听说你当了秦山副城建设工程的总指挥，你看看我能给你干点什么活儿？"陈梅妩媚地笑着，她直来直去地向夏宇开口道。

"陈梅，你是商业局局长，怎么对副城建设也有了兴趣？"夏宇瞪大了眼睛，不解地问着陈梅。

"夏市长，夏总指挥，前所未有的商机摆在了眼前，谁能不动心呢？我可是第一次向你开口，你一定要在秦山副城建设中给我安排一个挣钱的工程。我不能当一辈子商业局长，我得为将来出国积攒财富。"陈梅十分认真地对夏宇说着。

　　夏宇听了陈梅的话一愣，他赶忙追问道："陈梅，你说你要出国吗？"

　　陈梅看着夏宇惊讶的表情，立即觉得自己说走了嘴，于是她红着脸给自己打着圆场："夏市长，看把你吓得这副模样，我是在跟你开玩笑呢！"陈梅说着，将了将额头的刘海，极力掩饰着自己的心事。

第34章
不速之客

———

　　一架波音飞机从德国法兰克福机场起飞，飞往了中国的北江省秦川市。机舱内，施罗德正在与他的德国密友史密斯窃窃私语。

　　"史密斯，你感觉我们这次北江之行的前景如何？"施罗德探着身子问史密斯。

　　"风险与利益共存！"史密斯微闭双目，不冷不热地说道。

　　"哦？风险在哪里？"施罗德不解地问。

　　"我认为，风险来自于一明一暗的黑白两道。明面上的事情倒是好办些，我这次带来了大笔启动资金，扫清官场上的道路或许会容易一些。我担心的是那些'啃地皮'的黑道人物，他们可是见钱眼开、无孔不入呀。"史密斯晃着头，摆出一副江湖军师的派头。

　　"官场那边用不着摆平，贾放会全力以赴帮助我们的，我想这老小子已经把我们的项目安排妥当，不然他也不会让我来秦山找钱同市长对接。"施罗德底气十足地说道。

　　"施罗德，我劝你对贾放要放尊敬一些，别动不动把'老小子'挂在嘴上。我感觉他能把'轨道交通'这个项目交给你做，对你还是蛮不错的，你不要辜负了他。"史密斯认真地说着。

　　"史密斯，你不知道我和他的关系，八年前我给他办过一件很大的事，他欠我一个人情，所以只要我一张口，不管是什么事儿，他准给我办。"施罗德夸着海口。

　　"施罗德，你不要高估你自己的作用，更不要把人情总挂在嘴边上。其实，世界上最难偿还的就是人情，能一还一报的那还是人情吗？所以，我劝你做人做事都要厚道，不要强迫别人做他不喜欢做的事情，更不能威胁别人做你喜欢的事情。"史密斯不屑地看了一眼施罗德说。

"史密斯，你的意思是？"施罗德盯着史密斯问。

"施罗德，我的意思是，到了秦山就不要再打出贾放的招牌了，他是我们背后的靠山，不到万不得已不要搬出他。他这条线是我们的生命线，我们要捍卫这条线不能出任何问题，他要是倒了，我们就兔死狐悲了。所以，我们得另辟蹊径，用金钱在秦山杀出一条血路，编织我们自己的保护网。只要有了自己的关系网，才能保证这个项目的顺利实施。"施罗德听着史密斯给他讲的道理，他这才想起了贾放还给他订了"约法三章"。

"你是说我们要拿下钱同市长，让他给我们当保护伞，对吗？"施罗德好像听懂了史密斯的意思。

"对！必须拿下钱同，不拿下他，我们在秦山将寸步难行。贾放帮我们拿下了轨道交通这个项目，只是万里长征走出了第一步，今后的路会更长、道路也会更艰难，这就是攻城容易守城难的道理。"史密斯拍着施罗德的肩膀说道。

"好的，等我见了钱同，送给他一张卡，只要他接受了我的卡，我们就可以高枕无忧了！"施罗德诡秘地笑着。

"施罗德，你太天真了！你以为钱同会收你的臭钱吗？我当年在国内官场上也混了多年，我十分了解内地那些当官的，他们都有'瘾大胆小'的毛病。他们不是不收钱，也不是不敢收钱，关键是看收的是什么钱，什么人给的钱。所以，给钱同送钱得讲策略，得给他一个收钱的理由，千万不要轻举妄动、弄巧成拙。"史密斯狡黠地说道。

"那你说我们该怎么办？"施罗德问着史密斯。

"我订的机票是飞往秦川市，而不是直接飞到秦山市，我们要在秦川多花一点时间，做足钱同本人和他家庭的功课，找到了他的软肋才好下手。"史密斯深谋远虑地说着。

"大哥，你想得真周到，我就佩服你的足智多谋。这次回国创业，你就是我的军师！"施罗德被史密斯说得茅塞顿开，他闭着眼睛，将头靠在座椅的头枕上，想起了他和姐夫贾放的往事。

25 年前，他跟着姐姐赵月娥从山区来到了城市，住在了姐夫贾放家。别看姐夫与姐姐整天吵吵闹闹，但对他这个小舅子却比一奶同胞的弟弟还要亲。他能到最好的高中去读书，是姐夫的安排；他没有考上大学，还是姐夫安排上的大学；

就连他每月的零花钱也都是姐夫私下里给他。他非常感谢姐夫，在感情上也比对自己的姐姐亲。

赵月亮平常少言寡语，但内心却充满了对姐夫的崇拜，每当贾放被自己姐姐欺负，他都为贾放打抱不平。他看不惯姐姐的贪婪，更无法接受姐姐对姐夫的家暴。一个堂堂的市长，在外面呼风唤雨，在家里则要忍气吞声，赵月亮心里很不是个滋味。

那天，赵月亮看着贾放无精打采地抽着烟，便凑上前去关切地询问着贾放："姐夫，你怎么抽烟了？"

"唉！人生不易呀！"贾放一脸愁容地叹着气。

"姐夫，您怎么了？"赵月亮看着贾放痛苦的表情，心里紧张得"怦怦"直跳。

"唉！"贾放一声长叹，眼圈竟红了起来。

"姐夫、姐夫，您别吓唬我，快告诉我发生了什么事情？"赵月亮不住地摇晃着贾放的胳膊问着。

"弟弟，你以后要找对象可得看准人，不是门当户对、不是志同道合，千万不要轻易结婚，你看姐夫这日子过的，都快憋屈死了。"贾放说着撩开了衣服。赵月亮看着姐夫青一块紫一块的后背，心疼得直想哭。

"姐夫，姐姐为什么总打你？"赵月亮问着贾放。

"你姐姐现在变了，她变得除了钱以外，谁都不认啦。她总是变着法儿的向我要钱，我拿不出钱，她就非打即骂，好像我这个市长有印钞机似的，她这不是在逼我受贿吗！弟弟，你想想，我要是受贿，这个官能当长远吗？我要是丢了官，你们还能跟我沾上光吗？你姐不光向我要钱，还向邻居和我的下属'借'钱。唉，我这张脸都让她给丢尽了！"贾放说着，掩面抽泣起来。

"她这个不要脸的东西，她也太过分啦！看来我得教训教训她啦。"赵月亮嘴里发着狠。

"唉！你姐到处'借'钱的风言风语传到了上级领导的耳朵里，今天，领导找我谈话，说组织部门正在对我考核，准备派我到外省去当市委书记，让我管教好家属。可我回家对你姐刚一开口，她却一脚把我踹到了床上，转身带着小兔子回娘家了。"贾放唉声叹气地说着。

"她回湘西了？什么时候走的？"赵月亮若有所思地问着贾放。

"没有多大工夫，你们两个也就脚前脚后。"贾放抽了抽鼻子说道。

"姐夫，你要去外省当书记的事情当真？"赵月亮看着贾放问道。

"我看领导的表情不像是和我开玩笑，不过，这件事也挺令我闹心。如果我不带你姐过去，怕她胡闹；带她过去吧，又怕她把恶习带到外省。如果她还是那副德行，我这一生就让她给彻底毁了呀！"贾放说着，抽泣得更加厉害。

"姐夫，我要是帮了你，你管我不？"赵月亮用鼻子"哼"着。

"弟弟，你要是帮我把她给制服了，你要什么，我就给你什么。"贾放毫不犹豫地说着。

赵月亮听着贾放的哭诉，看着他可怜巴巴的样子，从牙缝里挤出几个字："我看这个财迷是不想活了！"说罢，发了疯似的跑出了贾放家。

赵月亮一路追赶着赵月娥，他们前后脚坐上了车，直到将要翻过最后一道山梁，他才追上了姐姐。

"姐姐，你等我一会儿，我有话跟你说。"赵月亮大声喊着前面不远处的赵月娥。

"'小兔子'都跑下山去了，我得赶紧追上他。"赵月娥头也不回地说着，转眼就到了山顶。

"姐姐，我姐夫又要升官了，你就别逼他要钱了。好不好？"赵月亮气喘吁吁追上了赵月娥，他一把拽住了她的胳膊，对她说道。

"我不管他要钱，你给我钱啊？你少管闲事。"赵月娥奋力甩脱赵月亮的手，只听她"妈呀"一声惊叫，脚下一滑、整个身子都掉到了悬崖下面。

"月亮，快拉我上去。"赵月娥两只手抓住了悬崖下垂的藤条，一边喊着赵月亮，一边奋力向上爬。

"姐姐，你答应我今后不再欺负姐夫，我就拉你上来。"赵月亮一把抓住藤条，威胁着赵月娥。

"赵月亮，你这个小兔崽子胆敢威胁我？"赵月娥嘴里骂着赵月亮，使劲地攀着藤条。

赵月亮又气又恨，他摇晃着藤条大声叫道："姐，你答应我不？"

"你个小兔崽子，等我上去非把你扔下山崖不可。"赵月娥不服气地说着狠话。

"你要是再不答应，我就把你晃下去。"赵月亮说着，开始使劲地晃动着藤条。

"小兔崽子，你是不是不想活了？"赵月娥身子一晃，险些悬在了半空中，她一股急劲奋力攀上了悬崖。

"小兔崽子！看我……"赵月娥嘴里不依不饶地骂着，脚跟还没站稳，一把抓住了赵月亮的手。

赵月亮咧着嘴，掰开了赵月娥抓他的手，只听赵月娥"啊"的一声惨叫，滚落到了悬崖下面。

"姐姐，你欺人太甚，我只好对不住你啦！等姐夫当了大官，我再逼他帮我赚钱！姐姐，等我有了钱，给你上坟烧纸都用人民币。"施罗德颤抖着身子，嘴里嘟囔着。

"施罗德，你在想什么？"史密斯见施罗德神情恍惚，便赶忙用手捅了他一下。

"哦！我想起了我们在法兰克福机场相遇时的情景。"施罗德从回忆中清醒过来，随口说道。

"是啊！当年你带着个七八岁的小男孩，孤苦伶仃地在机场徘徊，我看你挺可怜就收留了你。如果我不收留你，还真说不上你有没有今天。"史密斯冲着施罗德说道。

"史密斯，要不是当年你收留了我，我可能早就投莱茵河自尽了。"施罗德想起了当年他将姐姐推下悬崖后，逃到德国遇到史密斯时的情景。

"施罗德，当年我见到你的时候，也是刚从中国逃到法兰克福不久。我原来在南方一家银行当业务经理，我的权力是放贷款。那时候我们银行资金过剩，银行就鼓励我们多找客户放贷，我给客户放贷从来不白放，谁给我的'好处费'多，我就给谁放贷。可哪承想，钱放出去容易可收回来难，那时候，我放出的贷款大多要不回来，反正我拿了'好处费'，受损失的是银行又不是我，我才不心疼呢！可后来没承想，我们银行向警方报了案，我实在没办法了，只好跑到了法兰克福，用'好处费'在德国做起了生意。"史密斯对施罗德炫耀着自己的过去。

"女士们，先生们，本次航班就要在秦川机场降落了，请大家系好安全带！"随着空姐的一声提醒，波音飞机经过长途飞行，稳稳地降落在了秦川机场。

施罗德和史密斯并肩走出了秦川机场，开始了他们这次北江之行。

一个多星期以后，施罗德和史密斯在秦川市做足了钱同的"功课"以后，开着一辆崭新的奥迪轿车，来到了秦山市。

"钱市长吗？我是德国的施罗德，我现在住在秦山大饭店，晚上有空过来我房间，我们见个面吧！"施罗德向钱同发出了邀请。

当晚，钱同准时赴约。

"钱市长，您好，我是施罗德。"施罗德说。

钱同见他高高的个子，魁梧的身材，浓眉大眼，鼻直口方，竟像是一个北方大汉，惊讶地问道："施罗德先生，你是中国人？"

"哦！尊敬的市长大人，我确实是中国人！"施罗德热情地与钱同握手，请钱同坐在了沙发上。

施罗德打量一眼钱同，钱同虽然个子不高，但体态却非常匀称，清瘦的面庞、白皙的皮肤，高高的鼻梁上架着一副金丝边眼镜，像是一位刚出道的书生。

"钱市长，请问您想喝点什么？"施罗德用手指了指茶几上的茶盘，微笑着问着钱同。

"不用麻烦！随便坐一会儿，聊一聊你的轨道交通有什么可取之处？"钱同将身子靠在了沙发上，习惯性地架起了二郎腿。

"哦！不急，不急。"施罗德递给钱同一支香烟说道。

"施罗德先生，你是怎么认识贾省长的？"钱同想知道施罗德与贾放的关系，于是，他直截了当地问着施罗德。

"钱市长，贾副省长只是引荐我们互相认识，我今天请您过来是要与您交个朋友，并不想与你谈轨道交通，更不想谈贾副省长。"施罗德吐了一口烟雾，慢吞吞地开了腔。

"交朋友？我没有这个兴趣，请你把你们公司的资料送到市政府外事办，等我们看过了资料再与你取得联系。"钱同说着，站起身来就要离开房间。

施罗德并没有去阻拦钱同，他从茶几上的文件袋子中抽出几张照片，站起身来递给了钱同："市长，你看看，这是你的宝贝女儿吧？"

钱同瞥了一眼施罗德递过来的照片，立即愣住了神儿。"你在哪儿弄到我女儿的照片的？"钱同一脸紧张地问。

"市长，这是一份你女儿的入学通知书，我看你女儿在秦川市的普通高中读书心里很不安，就顺便给她办了一个外资学校的学籍。在这所外籍学校里读书，毕业后就可以直接去澳洲留学。"施罗德又将一份学生档案和学籍递给了钱同。

"外资学校？顺便办的学籍？"钱同看着女儿的入学通知书，又仔细看了看女儿的学籍，心里敲起了鼓。

钱同知道，这所外资学校地处风景秀丽的海滨城市，是外商独资的一所私立高中，每年在这里毕业的高中生，大多都考入了世界前100名的世界名校。从这些世界名校出来的学生，将来即使不当总统，最起码也得当个总裁呀！女儿能进入这所学校读书，他连做梦都没有梦到过，就更不用说拿到了录取通知书了！

"这！"钱同拿着女儿入学通知书的手微微颤抖了一下，慢慢又坐回了原位。

"这是你女儿名下的验资证明。"施罗德说着，又将一个信封递给了钱同。

钱同没有去接这个信封，他了解这所学校的验资要求，明码实价是 50 万美元，他又怎么敢去接？

"钱市长，你的女儿虽然天资出众，在校成绩也名列前茅，可她所在的学校每年高考最好成绩也就是考取北江大学，所以我就在没有征求你的意见的前提下，为她办理了这所外资学校的学籍。我想不论是孩子、还是孩子的妈妈，都会高兴地接受这所学校的录取通知书的。"施罗德慢吞吞地说着，他从钱同微微抖动的手上，已经发现他的这发"炮弹"恰好打中了钱同的要害。

钱同茶呆呆地听着施罗德说话，心里七上八下地翻腾着："这个施罗德怎么这么了解我？是贾放告诉他的吗？贾放从来没有问过我有关女儿上学的事情，也不会了解我女儿的学习成绩，肯定不是贾放告诉他的。难道他去了女儿的学校？对了，他一定是去过女儿的学校，不然他又怎么会知道女儿的姓名？不知道女儿的姓名，又怎能为她办理入学通知书？"

钱同不敢继续想下去，他将学籍往茶几上轻轻一放，再次站起身来对施罗德说道："施罗德先生，谢谢你的好意，你的心意我领了，这些资料还是请你退回去吧！"说罢，他又要转身出门。

施罗德细心观察着钱同丢下入学通知书的细微动作，他知道钱同对这份入学通知书已经很感兴趣，只是不敢接受而已。看来，他和史密斯精心准备的第一发"炮弹"，已经准确地命中了目标。

"钱市长，请您不要误会，你女儿上学的事情，与我们两个人的合作没有关系。"施罗德又乘势而上，向钱同发出了第二发"炮弹"。

"合作？"钱同瞪大了眼睛问着施罗德。

"是的，轨道交通是我们之间的合作项目，与任何人都没有关系。"施罗德加重"任何人"这三个字的语气，言外之意是贾放对"合作"一无所知。

"我们合作的前提是由你配合我们把这个项目做好，合作的结果是你将在海外拥有一栋海边别墅，你退休了可以与家人一起在海外安度晚年。"施罗德慢条斯理地说着，他在观察着这第二发"炮弹"打出去的效果。

说话听音，钱同听出来，施罗德是一个明白人，他做事周全、又出手大方，这两份"见面礼"哪一个都是他梦寐以求的，更何况施罗德还在明示自己，此事他是背着贾放做的。

钱同的大脑在迅速转动，施罗德是个外籍人，即使收了"见面礼"也不会有人知道。再说了，轨道交通是贾放引进的，自己只不过是奉命行事罢了。想到这儿，钱同像小兔子一样乱蹦乱跳的心脏慢慢平静了下来，脸上也露出了不易察觉的一丝笑容。

"施罗德先生，你太客气了！"钱同回到了座位上，他从茶几上的香烟盒中抽出一支香烟递给了施罗德，自己也点燃了香烟。

"哈哈，尊敬的钱市长，祝我们的合作成功！祝您女儿学业优秀！"施罗德笑了。

"好！祝我们合作愉快！"钱同伸出手来，两双大手紧紧地握在了一起。

专案代号

踏雪有痕

下

刘忱 著

辽宁人民出版社

目 录

第 35 章
各怀心计

————

施罗德用糖衣炮弹击中了钱同，使钱同成为自己的盟友，他的轨道交通项目也顺利地中了标。

施罗德的"德国罗德轨道交通建设经营管理有限公司"在秦山市正式挂牌开张了，施罗德和史密斯紧锣密鼓地招兵买马，开始了施工前的各项筹备。然而，施罗德并不满足目前中标的八条轨道线路，他要增加轨道线路里程，还要拓展工程范围，他要把钱同当成"摇钱树"，往自己怀里"哗哗"地掉钱。

"钱市长，我们'德国罗德轨道交通建设经营管理有限公司'在秦山市购买了一栋闲置的四层楼房，又做了重新装修，现在整个装修已经结束，您什么时候有时间，过来视察一下我们公司吧！"施罗德经过精心准备，开始摇晃起了钱同这棵"摇钱树"，他要看看"摇钱树"上是否能够掉下钱来。

"好吧，今天下班以后，我晚一点过去看看。白天人多眼杂，过去有些不方便。"钱同在电话里答应着施罗德。

"市长，您来的时候不要走公司的正门，我们公司正门直通一、二层的公共办公区域，这里往来人员比较杂。我在公司的后门专门为您设计了一条专用通道，通道的自动门能识别您的车辆号牌，您通过自动门可以将车子开到地下停车场，然后通过地下停车场的专用电梯直接上四楼，我给您准备的休息室就在四楼。"施罗德在电话里向钱同做着介绍。

当晚，钱同开着车来到了施罗德的公司，施罗德已在地下停车场等他。施罗德让钱同将指纹输入到了专用电梯的门禁识别孔中，专用电梯便将他们送到了四楼。

"钱市长，这个 200 多平方米的私人空间，是我给您准备的休息室和会客室，必要的生活物品都在里面，您可以放心使用。为了隐蔽和安全，房间内没有安装任何监控设备，专用电梯也只能识别您一个人的指纹。"施罗德说着，和钱同走出了电梯，直接进入了房间。

钱同背着手环视着宽敞明亮的客厅，不禁暗自赞叹。他发现这个房间的装修非常有特点，既有古典艺术的遗风，又有现代艺术的生动，美轮美奂，艺术气息浓厚。

"钱市长，您家在省城秦川市，不能经常回家与家人团聚，我不能看着您整天住在市政府的招待所里，所以我就在办公楼上给您腾出了一块儿地方，并且简单收拾了一下。今后，这里就是您的家，您工作累了就回家休息。"钱同听了施罗德的话，感到一股暖流顷刻便涌遍了全身，一种感激之情顿时在他心里萌发。

钱同仰望着客厅天顶中栩栩如生的人物雕塑，又用手摸了摸墙上古典油画的油彩，他感到这些雕像与室内的壁画完美地结合在了一起，欣赏这些顶级作品，简直就是一种艺术享受。

钱同十分感慨施罗德匠心独具的设计，一阵惊讶过后，他又将目光停留在了餐桌那套精美的皇家餐具上。他拿起一件金黄色的酒杯，在手中晃了晃，酒杯中竟隐隐约约的浮现出了一条小虫的影子。

"施罗德先生，这些都是你的杰作？"钱同惊诧地问着施罗德。

"钱市长，我在德国生活了很多年，对巴洛克式的艺术装修与装饰很有研究。在给您装修这间房子时，我将欧洲传统艺术与现代文化进行了有机的结合，既讲究艺术性，也照顾到舒适性；给您搭配的酒具也都是选自欧洲皇家的专用器皿，不知道是否适合您的口味？"施罗德用手把玩着皇室酒具，又向钱同推荐着皇家的生活方式。

"不错！不错！"钱同使劲地点着头，他在肯定施罗德艺术修养的同时，心里暗想，如果我在澳洲的别墅也是这种装修风格，那该有多好！

"钱市长，看来您很喜欢欧洲文化，那我就把这种文化理念结合到您在澳洲别墅的装修当中去，让您在艺术殿堂里享受生活。"施罗德见钱同陷入了遐想，猜想钱同一定是在想象着他的海边别墅，于是，施罗德又恰到好处地向钱同展望着未来，他要拿海边别墅继续给钱同画饼充饥。

"哈哈哈，让您费心了！"钱同笑着，他透过施罗德给他装修的豪华休息室，仿佛嗅到了南太平洋海风的味道，还听到了惊涛拍岸的浪涛声。

"钱市长，这是悉尼海边的别墅区，您的别墅是这一座。"施罗德拿过一本别墅区的画册，他指着其中的一栋别墅对钱同说着。

"施罗德先生，我相信您的眼光。"钱同的眼睛眯成了一条缝，他显然已经接受了施罗德的贿赂，此刻，他早已将对施罗德的称呼尊敬地改成了您。

施罗德与钱同一起坐在了客厅宽大的美式真皮沙发上，两人架着二郎腿开始了轻松的对话。

"钱市长，我还有一件事情需要与您商量。"施罗德将头靠在了沙发上说道。

"施罗德先生，有什么事尽管说，不必客气。我们已经是朋友了，你的事就是我的事嘛！"钱同与施罗德的神态都很放松，两人已经到了无拘无束的程度。

"钱市长，我们的轨道交通马上就要开工建设了，开工前，我想要对轨道交通的设计方案做些修改。"施罗德点燃了一支香烟，假装犹豫了一下，对钱同说道。

"没关系，你想怎么改就怎么改！修改不就是为了更好的完善嘛！"钱同斜了施罗德一眼，也点燃了香烟。他心想，招标都结束了，你还不至于将中标方案推倒重来吧。

"哈哈，市长，让您见笑了！我想将现在设计的八条轨道交通路线连接起来，使通行更加快捷方便。"施罗德慢慢地说着。

"好哇！这个想法很好，我支持你！"钱同爽快地答应着施罗德。此时，他的心已经飞到了澳洲，他仰望大厅的天顶，似乎看到了太平洋上湛蓝色的天空。

"钱市长，您还没有听我说完呢！我是要把目前被批准建设的这八条放射型道路，在伏羲广场地下进行立体连接，实现东西贯通、南北贯通、东南与西北贯通、东北与西南贯通。这样，在总里程基本不变的前提下，便可以将原来规划的八条放射型道路，改建成为'米'字形道路，然后再以伏羲广场为中心，以 5 公里和 10 公里为半径，进行两个圆形连接，形成两条环路，这样就形成秦山新城轨道交通网格化布局了。"施罗德一口气说完了他的想法。

"你……"钱同听着施罗德的布局，脸色在红白之间交替转换着，一时间竟有些语滞。

"施罗德先生，我不能不佩服您丰富的想象力，可是，经您这么一改，平面轨道交通就会升格为立体轨道交通，整个布局需要追加的投资可不小啊！"钱同被施罗德气得喘着粗气，他的脸色不再交替变化，而是一白到了底。

"市长，我也没有办法呀！我的投资太大了，仅您在澳洲的别墅，再加上室内的装修、装饰，就得超过两千万，这还不包括您女儿留学的费用。"施罗德嘴上吐着烟雾，他的话虽少，但对钱同来讲，每一句听起来都很要命。

"这……"钱同来之前虽然也预料到了施罗德可能又要与他谈条件，但他万万没有想到，施罗德这张嘴，张口就要吃人。他后悔刚才还没有听完施罗德的话，就过早地答应了他，他更后悔不应该让女儿去那所无底洞的贵族学校了。

"钱市长，您现在虽然是市长，将来也有可能当省长，可最终都会有退休养老的那一天。您可以想一想，您远离家庭、远离亲人在异地做官，夜以继日地操劳是为了什么？您以后离开了市长的位置，又能留下多少积蓄？您女儿长大成人以后，又能得到您多大的帮助？您生病了可以住进干诊病房，享受高级干部的医疗保障，可您的父母要是生病了，您又要用什么来保障他们的治疗？您将来退休以后，又要用什么来供养您的子孙后代？又要用什么来孝顺您的四位老人？"施罗德掰着手指在给钱同算着账，他的每一句话都像钢针，直接扎在了钱同的要命之处。

"钱市长，我施罗德一生无儿无女，我的父母至今还不知道身在何处，您可以想一想，我要那么多钱有什么用？我这次回国做生意，绝不是只为自己赚钱，我就是要实现自身的价值。我们是朋友，我要处处为您着想，我要让您过上天堂一般的生活。"施罗德动情地说着，他在循序渐进地开导着钱同。

"钱市长，我知道您有后顾之忧，您是怕我们的合作一旦败露，会给您带来杀身之祸，我今天可以把话挑明，我是一个德国人，我们两个人的合作关系，只有天知地知、你知我知。将来即使真的有了麻烦，我一抬腿就飞到了欧洲，我就不相信他们会满欧洲去找我？您现在有权有势，随便动动嘴，都能往外吐银子，由我帮您守着银罐子，还有什么不放心的吗？"施罗德一针见血地说出了钱同的顾虑，马上又给他打消了这种顾虑。

听了施罗德的话，钱同像一只被霜打过的茄子，顿时蔫了下来。他觉得自己已经被施罗德绑上了"战车"，想要下来比登天还难，他在心里抱怨着贾放：首长啊，首长！您这是从哪儿给我请来的一位尊神呀！

"钱市长，我刚才跟您说的都是心里话，何去何从您看着办吧！"施罗德说着站起身来，在屋子里踱起了脚步，他感觉他的话已经深深刺痛了钱同的每一根神经。

"施罗德先生，您的一腔肺腑之言令我十分感动。这样吧，您把您的想法写一封信寄到市政府，我接到信以后，召开一个协调会来解决这件事。"钱同思索了良久，终于想出了办法。

一个星期以后，钱同在市政府召开了协调会。

"同志们，我们秦山副城的轨道交通就要开始兴建了，这是一件利国利民的千秋伟业。前几天，我接到了德国罗德轨道交通建设经营管理有限公司施罗德总裁的来信，他要修改一下轨道交通施工方案，所以我今天邀请到了施罗德先生，让他把修改意见向大家通报一下，也好进一步完善这个方案。"钱同手里晃动着施罗德写给市政府的信，在协调会上冠冕堂皇地做了开场白。

施罗德清了清嗓子，将他修改后的轨道交通方案和盘托了出来。

于得水坐在了施罗德的对面，他强忍着耐心听着施罗德的修改意见，他两眼狠狠地向施罗德怒射着凶光。他心里在暗暗骂：施罗德，你小子也太不知道天高地厚了，秦山副城的地下空间，是我于得水预留开发的空间，你中标的轨道交通在地上，工程还没有开工，你就把手从地上伸到了地下，你小子的胃口也未免太大了吧。

"我不同意这个修改意见，我认为还是应该按照原来中标的内容来组织施工为妥。"于得水实在听不下去施罗德的话，他马上进行了反驳。

钱同见于得水又公开跳出来反对，他的脸"唰"的一下沉了下来，还不等于得水把话说完，便立即摆着手做了阻拦："于主任，我今天召开这个协调会，不是来征求你意见的，我是要与有关部门达成共识，尽快促成这个项目在秦山落地。"钱同说着，一脸不悦地宣布协调会到此结束。

会议结束以后，于得水意识到施罗德修改轨道交通的方案已经木已成舟，钱同开这个协调会，只不过是走个过场而已。于是，他立即拨通了他铁哥们甄实的电话，他要与甄实商量一下，如何应对这一突然变化的局面。

"妈的，钱同到底收了施罗德多少好处，竟然敢修改中标合同、增加项目？他们之间要是没有勾当，鬼都不会相信。"于得水与甄实一见面，劈口便骂起了钱同。

"大哥您别生气，我有办法对付这小子，我不管他在地上还是在地下，只要我不配合他，他一车皮土方也别想拉出去。他开工以后，我会派交警大队天天设卡堵截，我就不相信他的货车会不超载？"甄实心怀叵测地说着。

"嗯"于得水点着头，他伸出手来轻轻地拍着甄实的肩膀说道："哥们儿，好样的，你有种！不愧是秦山的五虎上将，我就喜欢你这种敢打敢拼的冲劲。我今天请你过来就是要与你商量这件事，我要让你出手，替我'收拾'一下施罗德，让他知道秦山市的钱不是那么好赚的。"

"大哥，您说怎么个'收拾'法儿？"甄实问道。

"老弟，我想到了一个一箭双雕的好办法。长期以来，货车超载运输的违法现象比较突出，秦山市的老百姓对此深恶痛绝。你就以整顿货车超载为由，将施罗德公司拉残土的货车都给我扣下来，将货车驾驶人给我抓起来。这样，既灭一灭施罗德的嚣张气焰，又可以逼着钱同出来给施罗德求情。一个市长如果能替违法车辆说情，他们之间的秘密便可昭然若揭，这样，钱同的小辫子就抓到了我们的手中，我们一旦掌握了他们之间的勾当，就会有办法对付他们。"于得水急不可耐地对甄实说出了他的想法。

"大哥，你为什么要这么做？"甄实有些顾虑。

"老弟，钱同这个人表面上看一本正经，内心里都是花花肠子，他之所以要兴建秦山副城，其实就是为了引进施罗德的轨道交通项目。他为了能够促成这个项目，'拿下'了咱们的大哥鞠胜金，还暗中让人给我写举报信，今天开会还让我当众下不来台。我们要是再不给他点颜色看看，他就会得寸进尺，今后还不一定生出什么幺蛾子呢。"于得水对甄实做着解释。

"大哥，这么做对咱们有什么好处吗？"甄实又问于得水。

"老弟，如果这个施罗德要真是把他的触角延伸到了地下，那我们开发地下商城的计划就要泡汤了，开发地下商城，可是我们共同的利益呀。"于得水气急败坏地说着。

甄实一听于得水要与他共同开发地下商城，立即来了精神："好吧，我听您的，只要他开始运输，我马上采取行动。"甄实向于得水做出了承诺。

施罗德通过修改轨道交通实施方案，满足了他个人利益的最大化。他的这个改动不光直接触动了于得水的利益，还间接影响到了沈寒冰的利益，就在于得水与甄实商量对策的同时，沈寒冰也与丈夫魏青山商讨着应对的措施。

"老公，你今天晚上在家里等我，我有重要事情与你商量。"沈寒冰与魏青山通了电话以后，马上返回了秦川市。

"老婆，什么事儿这么急？"沈寒冰刚一进家门，魏青山便急不可耐地问道。

"我听说施罗德修改了轨道交通方案，将原来的八条轨道线路改成了下穿'伏羲广场'的直线路线，这样他们就把工程从地上延伸到了地下。我听说，他还要再修建两条环线，这样，我们原来中标的拆迁地段就所剩无几了，我们的利益空间也就被挤没了，这可怎么办呢？"沈寒冰着急地问着魏青山。

魏青山听了沈寒冰的话，头上渐渐渗出了冷汗，一时间没了主意。

"老公，你说钱市长为什么对施罗德言听计从，他们之间会不会有什么猫腻？"沈寒冰疑惑地问着魏青山。

"世界上没有无缘无故的爱，也没有无缘无故的恨。俗话说得好，水是有源的，树是有根的，所以，钱同能对施罗德言听计从，肯定也是有原因的。"魏青山皱着眉头说着。

"这个原因不言而喻，无外乎一个行贿，一个受贿罢了。"沈寒冰没好气儿地说着。

魏青山听着沈寒冰的话，点点头。

"老婆，我有办法啦。"过了好半天，魏青山突然有了主意。

"哦？老公，你有办法啦？"沈寒冰瞪大了眼睛问着魏青山。

"嗯，我有办法了，既然他们跟我们玩阴的，那我就跟他们玩黑的。你不是说施罗德与钱同之间有秘密吗？我要通过黑道手段获取他们之间行贿受贿的证据。有了证据以后，别说在他们的碗里分羹，就是在他们的盆里抢食，他们也得干瞅着，一点辙也没有。"魏青山"嘿嘿"笑着说道。

"老公，你的意思是？"沈寒冰被魏青山弄得有些莫名其妙。

"我的意思是，我要雇用黑社会绑架那个该死的德国人。"魏青山咬牙切齿地说着。

"老公，你疯了？这怎么能行？"沈寒冰把脑袋摇得像个拨浪鼓。

"老婆，你放心，我让黑社会绑他，只给他身上留点记号，不会留下任何痕迹物证。我就是要把他和钱同的关系弄清楚，好借机敲他的竹杠，从他手里赚钱。"魏青山得意地冷笑着。

"老公，你可不要弄出人命啊。"沈寒冰嘱咐着魏青山。

"老婆，你就放心地等着我的好消息吧。"魏青山蛮有把握地说。

第 36 章
绑架人质

————

　　魏青山决意要在施罗德碗里抢食吃，他雇了两个黑道上的打手秘密地来到秦山市，要实施绑架施罗德的计划。他要用赌场上抽老千儿的办法，给自己留一手"好牌"，有了这手"好牌"才能确保他成为"赌神"，不费吹灰之力就能赚到钱。

　　这天早晨，施罗德的心情格外好，他哼着小曲驾驶着他那辆崭新的奥迪轿车，疾驶在由秦山市通往秦山副城的公路上。

　　突然，一辆墨绿色的丰田吉普车打着右转的指示灯，紧擦着他的奥迪轿车驶到了他的车前。

　　"嘎吱"，施罗德一个急刹车，险些与吉普车追了尾。吉普车的驾驶室里向他伸出了一个"停"的标志牌，将他的轿车别到了公路的路边上。

　　施罗德的轿车被逼停在了丰田吉普车的车后。

　　"怎么回事？"施罗德脑子里画着问号，他被眼前发生的紧急险情惊得愣了神儿。

　　"砰、砰"，随着响声，吉普车两侧的车门被从里边推开，只见一高一矮两名身穿警察制服的彪形大汉，迅速从吉普车内跳下了车，快步向他走了过来。

　　施罗德按下了他的电动车窗，还不等他张口问个究竟，高个子警察便将手伸进了施罗德的车窗内，"砰"的一声拉开了他的轿车门。

　　"我们是警察，请你下车接受检查。"矮个子警察一边对施罗德呵斥着，一边将施罗德拽出了驾驶室。

　　"你们要干什么？"施罗德有些发蒙，他大声叫着，与警察做着理论。

　　"闭嘴，少废话！"两名警察不由分说，连推带搡将施罗德拽上了停在奥迪轿车前面的绿色吉普车。

施罗德被推进了吉普车，还没等他反应过来到底发生了什么事儿，便被车内另一个戴着墨镜的男子，套上了事先准备好的一只黑色头套。

"墨镜男""砰"的一声关上车门，吉普车载着施罗德，一溜烟儿地消失在了公路上。

吉普车很快开下了公路，转了一个弯后，开进了一个寂静的破旧小院。

施罗德戴着头套，在两个"警察"的推搡下，跟跟跄跄地走进了院内的一个二层小楼。

两个"警察"将施罗德拽到了楼上的一间空房子内，三下五除二便将他按倒在了一张四条腿的木制办公桌上。

"你们要干什么？"施罗德喊着。

"闭上你的臭嘴！"高个子"警察""啪嚓"一声，给了施罗德一记耳光。

施罗德仰面朝天地被绑在了办公桌的桌面上，他的两只胳膊下垂着，被绑在了办公桌的两只桌腿上；两条腿弯曲着，也被牢牢地捆在了办公桌的另两只桌腿上。

"墨镜男"从后面摘掉了施罗德头上的头套，又给他戴上了黑色的眼罩，"咔嚓"一声，又将一个摩托车头盔扣在了他的头上。两个"警察"掏出事先准备好的绳子，将施罗德五花大绑地捆在了桌面上。

施罗德平躺在办公桌的桌面上，身子被捆绑了一个结结实实，他就像一只等着被屠宰的肥猪，牢牢地被捆在了"手术台"一般的案板上，一点都动弹不得。他只觉得眼前漆黑一片，不知道什么时候挨刀子。

"你们是什么人？为什么要绑架我？"施罗德张着嘴，透过头盔奋力叫喊着。

"你老实一点，再大喊大叫，就割掉你的舌头。"大个子"警察"脱掉了警服，掐着腰，命令着施罗德。

"你们要干什么？"施罗德不敢再大声喊叫，他放低了声音，喘着粗气小声嚷着。

"把他的嘴堵上，让他在'手术台'上等着'过堂'。""墨镜男"说着，从施罗德的衣兜里掏出了他的手机和轿车钥匙，示意"大个子"跟着他离开了房间。

"你们两个过去把他的轿车开到附近村庄外，隐藏好了再回来。""墨镜男"压低了声音说道。

"墨镜男"安排好了以后，又回到施罗德的身旁，翻看着他手机里的通话记录和短信。

施罗德的嘴被贴上了胶带，连喘气都十分吃力，他不明白自己为什么遭到了绑架。自己刚刚到秦山市不久，除了与钱同市长打交道，没有得罪过任何人，怎么会被警察绑到了这里？施罗德的大脑在飞快地转动，他在问着自己：这两个人是真警察还是假警察？如果是真警察，他们应该将我带到警察局去问话，可这里的环境根本就不像是警察局呀！看来，他们不像是真警察，如果他们不是真警察，又为什么冒充警察来绑架我？

施罗德躺在手术台一样的木桌上，百思不得其解。

屋内一片寂静，施罗德试着动了动胳膊，他觉得胳膊已经和桌腿捆绑在了一起，一点活动空间也没有；他又试着动了动腿脚，他感觉到两条腿也被绳子勒在了桌腿上。他又活动了一下脖子，脖子虽然还能活动，但他的整个身子已经被绑在了桌子上，想抬起头都非常艰难。施罗德闭着眼睛，用鼻子勉强做着呼吸，他觉得自己仿佛躺在了坟墓里，不知道是否还能活下去。

"老大，我们回来啦。""大个子"将施罗德的车钥匙往"墨镜男"手里一扔说道。

施罗德忽然听到了身旁的说话声，他在眼罩里翻动着眼皮，不知道昏昏沉沉了多长时间。

"把他嘴上的胶带撕下来。"施罗德又听到了说话声，他感到嘴上的不粘胶封条也被人撕了下来。他大口大口地喘着气，贪婪地呼吸着屋内的空气，浑身一点力气也没有了。

"施罗德，你是怎么认识钱同市长的？"施罗德感觉到有人在向他问话。

"给我点水喝，让我坐起来再说。"施罗德渴得要命，他张开嘴痛苦地提出要求。

"施罗德先生，只要你乖乖回答我的问题，我就给你水喝，还给你松绑。""墨镜男"拉过一把旧椅子，坐在了施罗德的身边，他晃着"二郎腿"，对躺在"手术台"上的施罗德说着。

"我不认识他，你们快把我放开。"施罗德有气无力地说着。

"施罗德先生，我从你的手机里已经查到了你和钱同市长有过多次通话，你怎么还说不认识他？""墨镜男"手里摇晃着施罗德的手机问道。

"我不认识钱同市长。"施罗德挣扎着被捆绑的四肢、喘着粗气回答道。

此时，施罗德在纳闷：他们是什么人？为什么要用绑架的手段来了解我和钱同市长的关系？施罗德虽然一时半会儿还弄不明白这是一些什么人？但他现在已经清楚，这些人并不是想要他的命，只是想采取折磨他的手段，来弄清楚他与钱同的关系。

"给我水喝，我要喝水。"施罗德使出全身的气力拼命叫着，他要借着喝水的短暂时间想一想对策。

不能说，一定不能说出自己与钱同的关系！一旦说出了自己和钱同有关系，这些人就会刨根问底，一追到底来获取钱同受贿的证据，有了证据他们就能搬倒钱同，如果钱同被搬倒了，自己的一切努力就会前功尽弃，煮熟的鸭子也会飞掉。施罗德知道他和钱同是唇亡齿寒的关系，他更知道兔死狐悲的道理，所以他横下一条心，他要咬牙硬挺。

"说完了再喝！""墨镜男"死死地盯着施罗德说道。

屋内仍然是一片死一般的寂静，只能听到施罗德"呼呼"的喘气声。

"我跟你们说过了，我不认识钱同市长。"施罗德转动了一下头盔里的脖子，上气不接下气地说道。

"看来不给你一点厉害，你是不会说实话了。来呀，施罗德先生的手指不太灵便，你们过来帮他恢复一下他的记忆！""墨镜男"说着站起身来，冲着刚才那两名已经脱掉了警服的"警察"挥了挥手。

两名"警察"一左一右，站在了施罗德的两侧，他们蹲下身子，使劲地扭动着施罗德的手臂。

"妈呀！不要！不要！"施罗德疼得"嗷嗷"号叫，他拼命地摇摆戴着头盔的头，头盔撞击着桌面，发出了"咚咚"的响声。

"停！""墨镜男"见施罗德发出了痛苦的惨叫，便挥着手叫停了"警察"。

"说吧！何苦遭这份罪呀？""墨镜男"又凑到了施罗德的身旁，他"啪啪"地拍打着施罗德的头盔，狞笑着问。

"你们是法西斯，我要控告你们！"施罗德奋力地挣扎着，发出声嘶力竭的吼叫。

史密斯找不到施罗德，他反复地打着他的电话，电话始终是关机状态。施罗德到哪儿去了？难道是失踪了？史密斯顿时慌了神儿，他急得团团转，一时间没了章法。

"丁零零，丁零零。"两天以后，史密斯的电话突然传出了一阵清脆的电话铃声。

"史密斯先生，刚才秦山市公安局交警大队给公司打来电话，他们在树林里发现了施罗德的奥迪轿车，他们通过车辆牌号查到了我们公司，和我们核实是不是我们公司的车？"史密斯放下电话，立即驱车赶往交警提供的车辆停放地点。

施罗德的轿车停放在公路边下面的一片树林中，车内没有任何被翻动和打斗的痕迹。

史密斯仔细地检查着施罗德的轿车，果断地做出了判断："施罗德一定是被绑架了！"于是他迅速向警方报了案。

"市长，刚才，市政府办公厅接到市公安局指挥中心的报告，德国罗德轨道交通建设经营管理有限公司的施罗德总裁被绑架了。"钱同的秘书拿着一份《重大事件情况专报》，第一时间将施罗德被绑架的消息报告给了钱同。

"施罗德先生被绑架了？"钱同听了秘书的报告，简直不敢相信自己的耳朵。他一把抢过秘书手里的《重大事件情况专报》，吃惊地问着秘书。

"报告市长，我经过核实，施罗德先生确实被绑架了。"秘书小心地回答着。

"他是什么时候被绑架的？"钱同上下浏览着《重大事件情况专报》上的内容，稳定了一下情绪，故作镇定地问着秘书。

"两天前，施罗德先生自己开车离开公司后，就与公司失去了联系，被绑架的具体时间还不能确定。他现在下落不明，手机也处在关机状态，所以他们公司才报了案。"秘书表情严肃地对钱同说着。

"光天化日之下胆敢绑架外商？还有没有王法？你马上把沈寒冰给我叫过来。"钱同气得脸色发白，他拍着桌子命令着秘书。

"市长，您找我？"沈寒冰接到钱同秘书的电话，没多大工夫，便来到了钱同的办公室。

"沈局长，德国投资商在我们秦山市遭到了绑架，你为什么不向我报告？"钱同从座位上站起身来，他指着沈寒冰的鼻子厉声呵斥道。

"我，我也是才接到的报告，正要向您汇报！"沈寒冰狡辩道。

"沈局长，在秦山的地面上，竟能出现绑架外商的恶性案件，秦山市还有没有安全感？我把你调到秦山来当公安局长，就是让你给我制造如此恶劣的营商环境吗？"钱同强忍住怒气，劈头盖脸地质问着沈寒冰。

"市长，您息怒！这件事我有责任，我立即组织刑侦人员开展侦破。请您放心，我一定尽快侦破此案。"沈寒冰僵直着身子站在钱同的面前，向钱同做着保证。

"尽快、尽快，请你告诉我，尽快是多长时间？难道还要等绑匪撕了票才能破案吗？"钱同稍微冷静了一下自己的情绪，他从牙缝里往外挤着字。

"市长，三天之内我一定破案。"沈寒冰被钱同的表情吓得有些发蒙，她还是第一次看见钱同市长发这么大的火。此时，她倒是有些后悔，当初没有及时阻止魏青山绑架施罗德了。

"不行！我限你24小时之内，必须把施罗德先生给我找回来，把绑匪也给我抓回来，这是我对你的命令！"钱同愤怒地对沈寒冰吼着。

"是！我保证完成任务！"沈寒冰"啪"地向钱同敬了一个礼，转身离开了钱同的办公室。

沈寒冰回到了自己的办公室，她关上门，用一个专用电话迅速与魏青山通了话。

当她听说魏青山已经将施罗德折磨得昏死过去以后，立即痛骂起了自己的丈夫："青山啊，青山，你就是不听我的话，你要是弄出人命来，我和你都得去坐牢。"

"老婆，没事儿，我马上就能把他弄醒，你就放心吧。"魏青山安慰着沈寒冰。

"钱市长刚才把我叫过去，狠狠地训了我一顿，他限令我24小时之内必须找到施罗德。"沈寒冰急赤白脸地说着。

"好，我马上放人。"魏青山答应着。

"不行，你不能这样放人，你如果这样放了他，就给了他单独接触警察的机会，警察一旦了解了内情就会迅速破案，你的小命还要不要了？"沈寒冰提醒魏青山。

"那你说怎么办？"魏青山听了沈寒冰的提醒，顿时慌了手脚。

"你要要个嫁祸于人的花招，然后马上脱身，我亲自带人过去解救他。我到了现场以后，再见机行事。"沈寒冰给魏青山出着主意。

"老婆，我懂你的意思了。你告诉我，把这件事嫁祸给谁？"魏青山在电话里问着沈寒冰。

"于得水！钱同和于得水有矛盾，只有嫁祸于他才能合情合理。"沈寒冰安排了魏青山以后，放下了电话。

魏青山放下沈寒冰的电话，急忙吩咐他雇来的两个假警察："用凉水浇他的头，把他弄醒！"

"哗哗"两盆凉水浇在了施罗德的头上。

"唉！"施罗德长长地叹口气，慢慢地从昏迷中苏醒过来。

魏青山见施罗德已经清醒，便轻轻地拨通了自己另一部手机的号码。

"丁零零，丁零零。"魏青山的手机响起了清脆的铃声。

魏青山瞥了一眼正在活动着脖子的施罗德，他确信此时的施罗德已经清醒，便按照沈寒冰与他密谋的细节，接听了自己的电话。

"哦！于主任，您稍等！我现在说话不方便，过一分钟给您回过去。"魏青山压低了声音接听着自己的电话，这声音只有他和躺在"手术台"上的施罗德才能够听得清楚。

魏青山故意将"于主任"三个字说得很轻，他在效仿皇太极设计陷害袁崇焕的方法，巧设离间之计，将这次绑架行动嫁祸给于得水。

过了一会儿，魏青山在屋外假装接完了电话，又回到了施罗德的身旁。

"施罗德先生，刚才我接到了我老板的电话，他对你的表现十分敬佩，所以让我转达他对你的歉意和问候。"魏青山轻轻地拍打着施罗德戴着的头盔，对他编着瞎话。

"快把我放下来，我撑不住了！"施罗德闭着眼睛，浑身无力地说道。他通过魏青山"无意"间透露给他的信息，已经知道了绑架他的幕后指使人是于得水。

施罗德心里在骂：好你个于得水，咱们走着瞧！我连亲姐姐都敢杀，你算个屁！此仇不报，我就不是杀过人的施罗德。

魏青山演完了这出离间计后，赶忙给施罗德松了绑，但并没有取下施罗德的眼罩。

"好、好、好，放下来谈。"魏青山换了一副笑脸对施罗德说道。

"施罗德先生，我们老板被你侠肝义胆的人格魅力所感动，他很敬佩你视死如归的大无畏精神。他让我转告你，他也要与你交朋友，我祝贺你在秦山又有了新的朋友。"魏青山说着，"噼里啪啦"地胡乱拍起了巴掌。

"你们为什么要绑架我？"施罗德知道自己的"黑暗日子"即将结束，便活动着身子挺直了腰板，质问魏青山。

"哎！施罗德先生，不要较真儿嘛！你经受住了我们老板的考验，应该高兴才对。"魏青山皮笑肉不笑地哄着施罗德。

"唉！"施罗德叹着气不再说话，他坐在了魏青山对面的椅子上，眼睛上仍然被蒙着眼罩。虽然他看不见坐在他对面的魏青山，但他还是要听一听于得水绑架他的目的是什么？

"施罗德先生，你虽然是中国人，但你常年生活在国外，一点都不懂得国内商场上的清规戒律。你虽然中标了轨道交通项目，但施工起来却比登天还难，各行各业都有自己的潜规则，大家都是出来混饭吃的，你吃肉也得给别人留一碗汤喝，是不是？虽然上面有人帮衬着你，可你不能遇到任何事情都去找市长解决吧？多一个朋友多一条路，钱财如粪土、友情值千金。你只要让出一点利益，大家跟着你混事，手头都能宽裕宽裕，到头来还不是皆大欢喜嘛！我们老板已经表态，今后，他会全心全意地罩着你，帮你解决一些施工中遇到的各种麻烦事儿。施罗德先生，你是聪明人，何乐而不为呢？"魏青山油腔滑调地晃着脑袋，对施罗德讲着道理。

施罗德现在终于明白，于得水绑架他的目的，就是要在他的汤碗里分一杯羹。他细细地品味着魏青山的话，他觉得如果有于得水入伙，帮他摆平一些意想不到的麻烦，也未必不是一件好事。俗话说，好汉不吃眼前亏，可别在钱上面与他斤斤计较啦。想到这儿，施罗德冷冷地问道："你们让我拿出多少利益？"

"不多、不多，百分之十就行。"魏青山诡秘地笑着，终于向施罗德开出了价码。

"我可以答应你们的要求，但你们得派人过来，在我们公司担任副总，帮助公司解决一些施工中的意外之事。"施罗德灵机一动，想到了一个让于得水自投罗网的办法，于是，他向魏青山提出了要求。

"施罗德先生，不必搞得那么复杂，你在这个项目上能挣多少钱，我们是清楚的，到时候我们会派人找你联系，你把现金准备好，放在我们指定的地方就行啦。"魏青山看破了施罗德的诡计，赶忙拒绝了他的要求。

"朋友，请把我的眼罩解下来，让我看看你们的尊容吧！"施罗德见对手没有上当，又提出了新的要求。

"施罗德先生，你这个要求可有点过分了，道上有道上的规矩，不该看的不要看，不该问的不要问，不该说的不要说。一会儿，你还得受点委屈，不过，只要你的手机一开机，很快就会有人来解救你，但是，希望你对我们之间发生的事情守口如瓶，千万不要节外生枝，再给你惹来杀身之祸！至于你怎么和警方解释你遭绑架的事儿？我相信你是有这个智慧的。"魏青山说着，又示意彪形大汉将施罗德重新"全副武装"起来。

"去你妈的！"施罗德嘴里骂着，"咣当"一脚踢翻了椅子。他听着魏青山渐渐远去的脚步声，一屁股又瘫坐在了地上。

第 37 章
一场乌龙

施罗德的手机开机了。

刑侦技术人员立即锁定了施罗德所在的位置，他们打电话向沈寒冰局长做了汇报："报告局长，我们发现人质的手机信号了！"

"在什么位置？"沈寒冰在电话里急切地问着。

"手机定位显示，他现在在市郊一处小楼内。"刑侦技术人员又将施罗德的具体位置，向沈寒冰局长做了详细地描述。

"通知市公安局指挥中心，立即派特警支队前去解救人质，在确保人质绝对安全的前提下，将绑匪一网打尽，不能让任何一名绑匪漏网。"沈寒冰下达了解救人质的指令。

一阵尖锐刺耳的警铃声过后，特警支队长向正在备勤的特警队员下达了命令："紧急集合！"

"同志们，现在有一名国际友人遭到了匪徒的绑架，绑匪目前正躲在郊外的一处小楼内。局长命令我们马上出击，抓获匪徒、解救人质。"特警支队长向已经集合完毕的特警队员部署了任务。

"出发！"随着特警支队支队长的一声令下，全副武装的特警队员"呼啦"一下跳上特警运兵车。

运兵车闪着红蓝相间的警灯，冲出了特警支队的大院，急速向郊外驶去。很快，运兵车就来到了囚禁施罗德的那栋小楼。

特警支队长将十几名特警队员列成了一横排，向刚刚赶到的沈寒冰局长做着报告："报告局长，特警队奉命赶到，请您指示！"

"你们马上包围这栋小楼，既要保护人质安全，又要抓获绑匪。"沈寒冰站在队列前，用拿着对讲机的手指着那栋破旧小楼，向特警支队支队长下达了命令。

"楼里的人听着，我们是秦山市公安局特警支队，你们现在已经被包围了，赶快放下武器立即释放人质，否则，我们就要向你们发起进攻了！"特警支队支队长拿着高音喇叭，开始向楼内喊着话。

寂静，小楼里死一般地寂静，一点动静也没有。

"你们能确定人质仍然在楼内吗？"沈寒冰抱着双臂，徘徊在小楼院内，焦虑地询问着特警支队长。

"报告局长，这栋楼的楼上是三间封闭的房间，房间里没有窗户，房屋内是什么情况，目前还无法判断。手机定位显示，人质目前仍在楼上东侧的房间内，我们喊话后屋内没有任何动静，是否发起冲锋？请指示！"特警支队长身穿防弹衣，提着微型冲锋枪，表情严肃地向沈寒冰做着请示。

"让狙击手做好掩护，你带人去解救人质！"沈寒冰一挥手，果断地向特警支队长下达了进攻的命令。

施罗德手脚被反绑着躺在地上，他听到了高音喇叭的喊话声，还隐隐约约地听到了屋外有人在说话。他知道这些特警是前来解救他的，于是，他"呜呜"地叫着，想要向屋外报信儿。可嘴上贴着不干胶封条，一点声音也发不出去，急得他只好在地上不停地打着滚儿。

特警支队长向特警队员做了一个下蹲的手势，他弯着腰率领特警队员，半蹲着身子鱼贯前行，疾步来到了楼上房间的门口。

"咣当"，特警支队长一脚踹开了屋门，特警队员"呼"地一下冲进了屋内。

"不许动！我们是警察！"特警支队长高声喊着，特警黑洞洞的枪口指向了屋内所有的角落。

"报告局长，我们发现了人质，没有发现绑匪！"特警支队长用手台向楼下的沈寒冰报告。

沈寒冰紧跟着特警队员，快步冲进了屋内，她一眼就看见了躺在地面上反绑着手脚的施罗德。

"快解救人质！"沈寒冰冲着特警队员吩咐着。

特警队员扶起了蜷缩在地、浑身还在瑟瑟发抖的施罗德，麻利地解开了绑在他手脚上的绑绳，又撕下了他嘴上的封条。

施罗德被摘下了眼罩，他眨了眨眼睛，顿觉得眼前金星闪烁，险些又栽倒在地。

"施罗德先生，你不要睁开眼睛，你要慢慢适应光亮，突然接受强光的刺激，眼睛会瞎的。"沈寒冰对施罗德喊着。

施罗德背靠着墙，用双手捂住了双眼，两条长时间被弯曲的双腿在不停地颤抖着。

过了一会儿，施罗德慢慢睁开了眼睛，他发现这是一间破旧的空房子，屋内除了几名威风凛凛的警察以外，什么摆设都没有。他在寻找着折磨过他的"手术台"，可那张"手术台"连同他戴过的头盔，早已不翼而飞。

"施罗德先生，你是怎么到这里来的？"沈寒冰背着手，眼睛紧盯着惊魂未定的施罗德问道。

施罗德顺着声音望去，他看见了站在他面前穿着警监制服的沈寒冰。

"你是？"施罗德颤抖着声音问沈寒冰。

"施罗德先生，我是秦山市公安局局长沈寒冰。"沈寒冰在施罗德的眼前踱着步，做着自我介绍。

"哦！您就是大名鼎鼎的沈局长呀！"施罗德不冷不热地说着。他虽然与沈寒冰是第一次见面，但仅凭沈寒冰与他说的第一句话，便对她产生了厌恶。

我是怎么到这里来的？施罗德觉得沈寒冰这个问题很可笑。我是被绑匪绑到这里来的，这话还用问吗？施罗德活动着双臂，他实在不明白沈寒冰怎么会问出这么荒唐的问题，他在思考着应该如何回答沈寒冰的提问。

突然，他感到胳膊一阵阵剧痛，疼痛使他顷刻想起了绑匪对他的警告："希望你对我们之间发生的事情守口如瓶，千万不要节外生枝，再给你惹来杀身之祸。"施罗德想到了绑匪的威胁，立即惊出了一身冷汗。

"我，我出现了梦游，稀里糊涂就到这里来了。"施罗德吭哧了半天才挤出几个字。

"梦游？好奇怪呀！"沈寒冰嘴角上露出一丝不易觉察的冷笑，她知道施罗德是在编瞎话，她甚至觉得施罗德编的瞎话很牵强。梦游？多么有趣的解释！既然是梦游，那就是一个乌龙，与被绑架丝毫扯不上关系。

沈寒冰惬意地笑着，她意识到施罗德编的这个瞎话儿，是魏青山教给他说的。她现在要做的事就是如何让他编出的假话，能自圆其说地成为令人信服的真话。

沈寒冰在来的路上就一直在琢磨，怎么能使这起由她丈夫实施的绑架案，合情合理地化为乌有，给她一个撤销绑架案的理由。否则，她还要组织公安人员侦查破案、追捕逃犯。如果真是那样一追到底，魏青山迟早都会浮出水面，魏青山一旦露了馅儿，那她沈寒冰岂不是作茧自缚。

"施罗德先生，你说你是因为出现了梦游的情况才来到这里的，可你又怎么能够捆绑上了自己的手脚？"沈寒冰问施罗德。她的问话有着明显暗示的意图，那就是我虽然接受了你的"梦游说"，但是还需要你能够把被捆绑的情节，再编出一个说法来。

施罗德听着沈寒冰的问话，心里感到一阵恶心。他心想："梦游说"本来就是假说，可她竟能信以为真，难道是这个沈局长智商有问题？施罗德转念又一想，既然自己已经配合着绑匪编出了假话，那就一编到底算了。于是，他无可奈何地继续对沈寒冰编瞎话："我喜欢恶作剧，是我故意让人给我上的绑绳。"

"你为什么要这么做？"沈寒冰继续问道。她心里在催促着施罗德：只要你能再圆出这个为什么，这场风波就算平息了。

"没有为什么，我就觉得恶作剧好玩儿。"施罗德把脸一扭，带搭不理地说道。

"哈哈哈，有意思！你喜欢恶作剧，可却把我们折腾得够呛，我们还以为你真是遭到了绑架呢！"沈寒冰"呵呵"笑着，她觉得施罗德的"恶作剧"一说，尽管听起来有些离奇，但也能算得上自圆其说了。

"施罗德先生，你这恶作剧玩得可不太有趣呀！你失踪以后，很多人都非常着急，赶快回去休息休息吧，今后有什么事情？你可以随时联系我。"沈寒冰爽快地说着，向在场的公安人员一挥手，说了一声"收队"，便带着特警转身向楼下走去。

"报告市长，我们找到了施罗德先生，他现在已安全地回到了公司。"沈寒冰在收队的路上，第一时间向钱同市长做了汇报。

"好！绑匪抓到了吗？"钱同一听施罗德已经安全地被解救了，心里的石头落了地，于是，他又向沈寒冰问起了绑匪的情况。

"报告市长，这起绑架案是个乌龙。在我们解救施罗德先生的时候，没有发现绑匪，也没发现绑匪绑架施罗德先生的任何痕迹。施罗德先生自己解释说，他是在搞恶作剧，没有人绑架过他。"沈寒冰一脸得意地对钱同说着。

"那好吧！代表我问候大家，同志们辛苦了！"钱同的脸色一沉，怎么会是乌龙？他半信半疑地挂断了沈寒冰的电话。

施罗德回到了罗德公司，他的脑海里不停地闪动着沈寒冰的身影。一种直觉告诉他，沈寒冰好像与他被绑架这件事或多或少有一些关系，否则，她为什么不向我了解有关绑匪的情况？而是直接相信了我编造的"梦游说"和"恶作剧说"。

当天晚上，钱同急匆匆地来到了他在罗德公司的"休息室"，他要向施罗德当面了解一下到底发生了什么事。

"施罗德先生，沈寒冰局长向我汇报说，您这次被绑架是个恶作剧，真是这样的吗？"钱同盯着施罗德，疑惑地问道。

"钱市长，没有办法呀！绑匪对我进行了人身摧残，他们还威胁我，想要活命就得配合他们编瞎话。"施罗德无奈地摇了摇头。

"施罗德先生，是什么人绑架了你？他们在摧残你的时候，都问了你一些什么？"钱同关切地问着施罗德。

"他们对我动了刑，逼着我说出与您的关系。"施罗德伸出双手，将他被绑在"手术台"的情况，一五一十地告诉给了钱同，但他还是对钱同隐瞒了绑匪要入股工程的事儿。

"他妈的，简直是一帮丧心病狂的土匪。"钱同心疼地握住施罗德的双手，愤愤地骂道。

"钱市长，你觉得是谁绑架了我？又为什么硬逼着我说出与您的关系？"施罗德将疑问抛给了钱同。

"我怀疑绑架你的人是于得水！他对轨道交通项目始终持反对意见。前一段时间被我'收拾'了一顿以后，一直怀恨在心，所以他要通过绑架的方式撬开你的嘴，以此来获得我们两人关系的一些证据，以便日后给我下绊子，这小子好阴险啊！"钱同认真地做着分析。

"钱市长，您分析得一点不错。我在被他们绑在'手术台'上的时候，绑匪好像也接到过一个叫于主任的电话，所以我怀疑绑架我的元凶就是于得水。"施罗德也将他获得的信息告诉给了钱同。

钱同听了施罗德的话，重重地点着头。

"钱市长，我还在怀疑一个人，不知道这件事儿与她是否也有关系？"施罗德闭上了眼睛，他又在回想着沈寒冰对他说过的话。

钱同现在开始从心里往外敬佩起了施罗德，身体遭受酷刑折磨，却不出卖朋友这种英雄气概，他只是在电影里看到过。钱同从施罗德身上，看到了一种为朋友两肋插刀的牺牲精神。

"你说，你还怀疑谁？"钱同急着问。

"我怀疑沈寒冰。"施罗德轻轻地揉着他受伤的手指说道。

"哦？你怎么怀疑她？你有什么证据吗？"钱同不解地问道。

"我现在还没有什么证据，就是有一种直觉。不过，我从她不易觉察的表情和问话中，觉得她和那帮绑匪或许有着什么瓜葛！"施罗德对钱同说出了他的揣测。

"她是我从省厅亲手调过来的公安局长，怎么也不应该与绑匪勾结在一起，收集我的黑材料吧？"钱同有些不相信施罗德的怀疑。

"钱市长，我只是怀疑而已。我编的瞎话破绽百出，可她却信以为真，如果她不是心里有鬼，那她就一定是个智障。"施罗德坚信着自己的判断。

"这……"钱同也陷入了沉思。

"钱市长，你对这个于得水有什么打算？"施罗德见钱同怀疑他的判断，便岔开了话题。

"我还没有想好，不过我可以告诉你，我一定为你报这个仇！"钱同揉了揉施罗德肿得老高的手指，握紧了拳头。

"钱市长，报仇的事情先不急，他还有利用的价值，我们要利用他完成轨道交通建设，等他的余热耗尽以后，我要亲自动手收拾他。我要让他知道我施罗德的厉害，让他尝尝死无葬身之地的滋味。"施罗德双手握紧了拳头。

施罗德发泄了一番以后，慢慢地平静了下来。突然，他又像想起了什么，于是赶忙向钱同提出了一个要求："钱市长，我还有一件事想求您帮忙。"

"你说。你的事就是我的事儿，不用求，我也给你办！"钱同内心十分感激施罗德，没等施罗德把话说完，他就立即表着态。

"钱市长，你还记得被沈寒冰免了职的那个派出所所长吗？"施罗德问着钱同。

"你是说鞠胜金局长的儿子？他好像叫鞠晓松吧。"钱同想了想，问着施罗德。

"对，就是鞠晓松。我想给他求个人情，求你帮他官复原职，让他担任秦山副城地区的派出所所长。我知道这件事你可能会很为难，但重新起用他，对我们的项目施工会有很大的帮助。"施罗德慢条斯理地说着。

"他能给我们项目带来什么帮助？"钱同不解地问着施罗德。

"钱市长，我不知道你对秦山市'五虎上将'是否有耳闻？"施罗德眯起了眼睛问着钱同。

"我听说过。'五虎上将'有市公安局的原局长鞠胜金、有刚刚被提拔为交警支队支队长的甄实，还有工商和税务的两个副局长，他们的核心就是建委主任于得水，对吧？"钱同边在记忆中搜寻有关"五虎上将"的信息，边回答着施罗德的问话。

"没错！秦山市的'五虎上将'就是这五个人，这五个人看起来是铁板一块的铁哥们儿，但自打您将鞠胜金打入冷宫，'空降'来了沈寒冰以后，他们之间便开始出现了矛盾。"施罗德说着。

"哦！什么矛盾？说说看！"钱同马上追问。

"鞠胜金因为与于得水穿一条裤子被你罢了官，而于得水却华丽转身靠向了您，于得水和鞠胜金之间，自然就产生了矛盾。甄实是个墙头草，他见风使舵一脚踹开鞠胜金，又抱住了沈寒冰的大腿，靠出卖鞠胜金升了官，自然也得罪了鞠胜金，所以甄实又与鞠胜金产生了矛盾。"施罗德对钱同做着分析。

"他们之间有矛盾又能怎么样？"钱同还是没有理解施罗德的用意。

"沈寒冰来秦山的头三脚，就踢倒了鞠胜金的儿子鞠晓松，她免了鞠晓松的职，所以鞠家父子都记恨沈寒冰。您虽然给了鞠胜金一个副厅的虚职，但他从心里往外并不稀罕这个虚职，所以，鞠胜金在内心里也记恨您。秦山市的'五虎上将'内部之间有矛盾，而他们又都与您和沈寒冰这正、副市长之间也有矛盾，因此，您只要重新启用鞠晓松，您和鞠胜金就会化干戈为玉帛，这爷俩儿肯定会唯您马首是瞻。这样，您不费吹灰之力就能在'五虎上将'阵营里安插上了钉子，于得水虽然在'五虎上将'中处于核心地位，但他对鞠胜金也是惧怕三分的，所以……"

"好！施罗德先生，您可真是一位善于发现矛盾，又善于利用矛盾的'智多星'呀！"心领神会的钱同还不等施罗德把话说完，就"哈哈"笑着，打断了施罗德的话。钱同和施罗德心有灵犀地共同笑出了声。

当天晚上，落荒而逃的魏青山，急忙给沈寒冰打了电话："老婆，我绑架施罗德的案子怎么样了吗？"

"老公，绑架案撤销了！老公作案，老婆破案，这可太戏剧啦。我没想到这个施罗德还真是一个能编瞎话的高手，他编的'梦游说'和'恶作剧'合情合理，连钱同都信以为真了。"沈寒冰"呵呵"笑着，脸上洋溢着灿烂。

"老婆，钱同能那么轻信你的话吗？他可是与施罗德有着特殊的关系呀！"魏青山仍然心有余悸地问着沈寒冰。

"我为了把撤案做得有根有据，又派人对施罗德录了口供，白纸黑字写得明明白白，签字画押真真切切，他若是想翻案要比登天还难喽！"沈寒冰得意地说道。

"太好了！我在撤离现场之前，又将现场做了清理和伪装，也没有留下任何证据，即使他想反悔也无证据可查，让他哑巴吃黄连有苦难说吧！"魏青山"嘿嘿"笑着，也在回味着他的得意之作。

"老公，施罗德承认他与钱同的关系了吗？他答应让你入股了吗？"沈寒冰还没有忘记她与魏青山策划绑架施罗德的目的，她急着要听到结果。

"这小子嘴巴很硬，任凭我对他如何摧残，都矢口否认与钱同有任何关系，但入股的事情他倒是答应得很痛快。他答应给我百分之十的干股，这样我们的目的就达到了。"魏青山兴高采烈地向沈寒冰述说着绑架施罗德的结果。

"好，达到目的就好！虽然有了一点风险，但有了收获就好，利益险中求嘛！"沈寒冰如释重负地笑了。

第 38 章
"顶层设计"

————

一起绑架案销声匿迹了，秦山副城开始建设了，工地上到处都是人欢马叫、车水马龙的沸腾场面。

这一天，于得水的心情非常不错，他参加了市政府召开的秦山副城建设媒体通报会，凭着敏锐的嗅觉，他发现了一个潜在的巨大商机。他要与铁哥们儿甄实联手来做这个项目，他要利用手中掌握的城市建设的权力和信息资源，不显山不露水地做好"顶层设计"，为牟取暴利铺设道路。

"甄支队长，晚上到我家里来一下，我有重要情况与你单独谈谈。"于得水走出了市政府新闻发布会的会场，急忙给刚刚上任的秦山市公安局交警支队支队长的甄实打了电话。

甄实放下于得水的电话，立即兴奋起来，他知道于得水说的重要情况一定是与秦山副城建设有关。与秦山副城建设有关，不就是与工程项目有关，与工程项目有关，不用多问，就是与挣钱有关。甄实与于得水是十几年的好哥们，他十分了解于得水，只要是他分管的工程项目，不管工程有多么严密，他都能见微知著发现商机。

"老甄呀！一看你春风得意的样子，就知道这'一把手'的宝座已经让你坐得很稳喽。"于得水笑盈盈地与甄实打着招呼，拉着甄实走进了秦山市运河边一栋五层楼的"办事处"。

"大哥，您就别恭维我了，要我说还是当副手好，当副手多省心，当'一把手'累心呀！"甄实"嘿嘿"笑着，跟在于得水的身后走进了楼内。

"大哥，这个办公楼不是省国土资源厅驻秦山办事处的办公楼吗？你说让我到你家去，可怎么把我邀到这里来了？"甄实是第一次应邀来到于得水的家，他刚才在门口分明看见这栋办公楼门前挂着"北江省国土资源厅驻秦山市办事处"的牌子，于是他不解地问着于得水。

"老弟，孤陋寡闻了吧！门口的那块牌子是假的，掩人耳目用的，这个大楼才是你大哥的家呀！"于得水哈哈笑着，牵着甄实的手进了会客厅。

"大哥，这整栋楼都是你的家吗？大哥是不是在与老弟开玩笑？"甄实站在一楼的电梯旁，他东张西望地环视着楼内的陈设，竟像刘姥姥初进大观园。

"老弟，这栋楼紧靠河边，原来是一个私人产权房，我在市郊给房主批了一块地，又给了他一个工程，他就把这个房子转让给了我。这栋楼共有四层，每层楼都有100多平方米，我经过改造将一层装修成了客厅、餐厅、麻将室和保姆间；二层是我的健身房、孩子的琴房、书房和书画室；三层是卧室和洗浴室；四层是我的私人储藏室和展览室。你看到的这部电梯是通往三层的，那边背景墙后面还有一部可以从地下车库直接升到四层的电梯。"于得水站在甄实的身边，用手指指点点，介绍着楼内的分布情况。甄实听着于得水的介绍，艳羡不已。

甄实被于得水让到了一楼的客厅，这个客厅非常宽敞，装修也特别豪华。客厅的正中是一圈高大的单人沙发，每个沙发的扶手上都有一个电动按钮，能够按照客人的需求自动调节座椅的纵深，使人坐着更加舒适。

甄实肥胖的身体坐满了美式真皮沙发，沙发的对面是一个120寸的电影屏幕，屏幕上正在播放着美国枪战大片。他瞪着细长的眼睛紧盯着荧屏，圆圆胖胖的脸上露出了惊奇的表情。

"老甄，我的客厅是一个多功能的会客厅，既能会客又能看电影，影院的音响有国际一流的杜比音效，前面有中置功放、背后有环绕立体声音响，电影屏幕后面还有个低音炮，看起枪战片是最过瘾不过了，音响模拟枪声的音效声，会让你有着身临战场的感觉。我的家庭影院屏幕也不是一般影院的2D荧屏，而是3D立体荧屏，戴上这个眼镜看电影就是立体效果，如果看A片，你仿佛伸手都能摸到女主角的皮肤。哈哈，不错吧！"于得水说着递给甄实一个眼镜，他一按遥控器，屏幕立即切换成了A片，音响效果也由"啪啪"的枪声，转换成了裸体女郎"呀呀"的呻吟声。

甄实不由自主地将身子靠在了沙发靠背上，"哗"的一声，沙发座椅立即伸长，沙发靠背也跟着后仰，甄实感觉就像躺在了沙发床上。

"哈哈，大哥，您也太会享受了！"甄实偷瞄了一眼荧屏，忍不住地直流口水。

"老弟，人生在世不容易，要想活得精彩，就得想办法提高生活质量。你可以算一算：一年有365天，就算你能活到100岁，也就是36000多天。如果不享受生活，岂不白来这世上？"于得水掐着手指给甄实算着天数，甄实一听还真是这么回事。于是，他重重地点着头。

"精辟，精辟！大哥，老弟领教了！领教了！"甄实点着头，"啧啧"赞道。

"老弟，我们言归正传，我今天找你来，是要与你谈一个非常重要的事情。"于得水话锋一转，伸手按下了手中的电影遥控器开关，眼前的银幕"哗"的一声自动卷了起来，升上了屋顶下的装饰框内，银幕背后的墙壁上出现了一张俄罗斯乡间风光油画。

"大哥，您说！有什么需要老弟跑腿的事情，您尽管吩咐。"甄实坐直了身子，沙发又恢复了原来的样子。

"老弟，秦山副城建设已经开工了，罗德公司的轨道交通项目也已上马，这个项目是钱市长的工程，我们谁也插不上手。今天，钱市长在新闻发布会后，无意间流露出了一个秘密，他说将来要重新规划秦山地铁的路线，我从他的话语中敏感地意识到，他对轨道交通还有更高的顶层设计。"于得水给甄实倒了一杯茶，他一边品着茶香，一边慢条斯理地对甄实说道。

"大哥，这个轨道交通，到底是一个什么玩意儿？"甄实问。

"哼！这个轨道交通说白了就是有轨电车。"于得水简单明了地说道。

"有轨电车？那不是已经过时的东西吗？二三十年前，秦山到处都是有轨电车，后来不是都被拆掉废弃了吗？怎么又给弄回来了？"甄实有些惊讶地说道。

"唉！"于得水叹着气，欲言又止。

"大哥，这个项目并不先进，钱市长为什么这么热衷这个项目？"甄实问着于得水。

"钱市长说他是出于环保的考虑，才引进这个德国的先进技术，并由德国的罗德公司来建设。由外国公司来做这个项目，没有透明度，他们说多少钱就是多少钱，这里面的猫腻可想而知，所以钱市长才要积极推动这个项目。"于得水意味深长地说。

甄实经过于得水的点拨，终于明白了其中的含义。

"说实话，我认为这个轨道交通项目虽然有利于环保，但是有利也有弊呀！有利的地方是，比地铁施工的工期短，见效会快一些。由于有轨电车是靠电力驱动，对环境污染确实也轻一些，噪声也会小一些。但它的弊端也很明显，由于它是平面交通，无疑将占有很大的土地资源。你是搞交通管理的，你可以想一想，按照国家修建城市道路的标准，一条双向 10 车道的马路至少需要 35 米宽，如果在 35 米宽的道路上再修建上两条双向铁轨，就得占用 10 米宽的路面。我们目前的平面交通都是靠交通信号灯来调控的，路面上又多了上下行的有轨电车以后，是不是还要给有轨电车预留转弯的通行时间？是不是会影响到其他机动车的通行时间？这还不包括要在路中间设立乘车站台，乘客上下车要横穿马路出现的交通事故隐患；也不包括北方冬季下雪以后，有轨电车的出行安全；更不包括日后高昂的维护成本。"于得水深入浅出地给甄实算着账。

"大哥，既然轨道交通有这么多的弊端，为什么还要劳民伤财，把这个弊大于利的玩意儿拿到秦山副城来？"甄实皱着眉头问着于得水。

"唉！钱市长将有轨电车偷换概念说成是轨道交通，其实就是在掩人耳目，是掩耳盗铃的伎俩。但是，市政府既然作出了决定，我们都得无条件执行，刚才的话算我没说，千万不要外传哟！"于得水赶忙摆着手，打断了甄实的思路。

"大哥，您刚才说钱市长无意间透露了一个秘密，是什么秘密？"甄实又想起了于得水说的秘密，于是他眨着眼睛追问着于得水。

"钱市长无意间说起，将来或许要改变秦山市地铁的线路，我就觉察出他可能对轨道交通另有打算。"于得水微闭着眼睛，慢腾腾地说着。

"大哥，秦山市的老百姓谁都知道，秦山地铁是由秦山市内通向秦山机场的，这个消息早在地铁施工之前，就在媒体上公布过了，为什么还要改变既定的路线？"甄实听了于得水的话以后更加迷惑。

"老弟，我刚才不是说了吗，我仅仅是觉察。我大胆猜测：钱市长最终是要将有轨电车的路线引入秦山机场。目前，有轨电车上已经贴上了轨道交通的标签，这就等于拿到了轨道交通进机场的牌照，有轨电车要是进了机场，一个机场又不能同时有两条轨道交通线路，地铁不就得改变线路，为他的有轨电车让路吗？"于得水铺垫了半天，最后说出了他的揣摩。

"大哥，有轨电车进机场与我们又有何关系？"甄实听着于得水的猜测，心里顿时凉了大半截，他觉得有轨电车进不进机场，与他真是毫无关系。

"老弟，怎么能说与我们没有关系呢？你想一想，施罗德的轨道交通未来要是通往了机场，是不是要经过秦山湖？电车的轨道总不会在湖面上通过吧？如果我把原来地铁进机场的线路提前做了改变，是不是会迎合钱同市长让有轨电车进机场的意图？钱同心里虽然有了这个想法，但他嘴上却不说，他或许是在考验我的理解能力和智商呀！"于得水仍然在与甄实卖着关子。

"大哥，我怎么越听越糊涂？您成全了他，会对我们有什么好处？您可别再跟我绕圈子了？老弟都让您给绕蒙圈了。"甄实确实让于得水给弄得越来越糊涂，他急着要知道答案。

"哈哈哈，我敬爱的甄支队长，看把你急成的样子，我跟你把话挑明了吧，既然我理解了钱市长的意图，就要尽快拿出将秦山地铁改线的方案，腾出有轨电车进机场的空间来让钱市长满意。"于得水呵呵笑着，仍在打着最后的伏笔。

"大哥，我还是没有明白您的用意？"甄实将头靠在了沙发上，他觉得于得水的话越来越磨叽。

"老弟，你不要着急，大哥现在就给你揭开谜底。钱同是一个权力欲很强的人，为达到目的他会不择手段，既然我已经理解到了他的意图，你就要趁着他还没有以政府的名义出台规划之前，抢先买下秦山湖的使用权，然后将秦山副城的建筑垃圾排放到湖内，填湖造地、使秦山湖变成陆地，而后再进行植被覆盖建成林地。等市里征用这块地的时候，你既能得到土地的补偿，还能得到地上物的补偿。至于究竟能得到多少补偿款，我连想都不敢想啊！"于得水终于一语道破了天机。

"哈哈哈，我尊敬的于大哥，您可真是太有才了！老弟这辈子跟着您混，真是长了见识。"甄实听罢于得水揭开的谜底，再也抑制不住内心的喜悦，肥胖的大圆脸乐得像是开了花的肉包子。

第二天正好是个周末，甄实起了一个大早，他换好了一身运动套装，亲自驾车赶往距离秦山市 50 公里开外的秦山湖，他要亲自考察一下于得水所说的填湖造地计划的可能性。

秦山湖地处秦山市以西的秦山脚下，是一个连绵几公里长的淡水湖湿地，湖面东西长近 5 公里，南北宽也差不多有 3 公里。如果再加上湖面延伸的沼泽和湿地，整个面积似乎还要比湖面大上许多。

甄实将轿车停在了山脚下，徒步登上了几百米高的半山坡，他要俯瞰秦山湖，亲自领略一下即将给他带来巨大财富的"聚宝盆"。

秦山湖的水面一望无际，在初升的朝阳映衬下，波光粼粼泛着橙色的光芒。湖面烟波浩渺、一眼望不到边际；湖中千岛耸立，像冒出水面的山峰壮观无比。

甄实看到了湖面上捕鱼的白帆，似乎还看到了水面上翻腾跳跃的白鲢和鲤鱼。养鱼人撒网捕鱼的欢快场景，使他联想到了小时候的冬令营，那时候，学校组织学生在广袤的冰面上体验如何破冰冬捕，当地村民砸开了一个又一个的冰窟窿，一条条带着冰碴的鱼儿，被渔网捞到了冰面上，鲜活的鱼儿蹦跳着在冰面上翻滚，不大一会儿就被冻到了白皑皑的冰面上。当地村民在厚厚的冰湖上架起了大铁锅，鱼儿在铁锅里张着嘴、摆着尾，不多时就成了鲜嫩的美味佳肴。

填湖造地！多么奇妙的构想，又是多么宏伟的工程啊！甄实感叹于得水匠心独运的顶层设计，如果不事先把这片湖面填成平地，还真没人敢为了轨道交通来填充湖面。好吧，别人不敢我敢，我甄实今天就当一回前无古人、后无来者的恶人，我要借助上天赐给我的风水宝地，实现发财的梦想。甄实闭上了眼睛，湖面上的小岛仿佛变成了金灿灿的金山，整个湖面也顷刻变成了白花花的银海，金山银海就在眼前，既可望又可及！哈哈，我要让美梦成真。

甄实将秦山湖所在村的村主任请到了餐桌上，他在给村主任描绘着宏伟蓝图，他要用欺骗的手段先"承包"下秦山湖，然后再先斩后奏实施填湖造地的计划。

"主任，我的一个朋友要承包秦山湖，他要在湖中养殖河蟹和河虾，大力发展养殖经济，给村民带来福祉。"甄实对村主任说着瞎话儿。

"好哇！开发秦山湖、大搞养殖业，这是带动大家致富的大好事呀！支持！支持！"村主任兴高采烈地答应了甄实的承包要求，接下来他们还要按照惯例，再谈一谈承包的具体条件。

"主任，我们承包以后，该上缴的承包费一分不少，除此之外按'三七开'给你留下干股。"甄实拍着村主任的肩膀说着，村主任心领神会地笑了。

甄实说干就干！他昼夜兼程将秦山副城工地上堆积如山的残土，按照他让交警设立的指路标志牌，一车车地倾泻到了冻着冰碴的秦山湖。一个冬天下来，碧波荡漾的秦山湖，就被工地的残土连成了平地。

浩浩荡荡、横无际涯，朝晖夕阴、气象万千的秦山湖，永远失去了往日的壮丽；待到春和景明之时，秦山湖上波澜不惊、一碧万顷的湖光景色，将再也不复存在；沙鸥翔集、锦鳞游泳的美丽画卷，从此消失殆尽。

"这是谁干的？秦山湖是秦山人民的绿肺，是秦山人民赖以生存的水资源，是谁胆大包天，敢冒天下之大不韪填了秦山湖？这件事一定要彻底追查！"钱同接到了市民的举报，他将举报信往桌上一摔，声嘶力竭地叫喊着。

"丁零零，丁零零。"钱同的手机响起了清脆的铃声。

"钱市长，晚上有时间过来一下，我有事情与您商量。"施罗德在电话里又在邀请着钱同。

"妈的！光天化日之下，竟敢有人把秦山湖给填上了，这不是在给我上眼药嘛！"钱同在罗德公司的"休息室"里，仍然余气未消地骂着街。

"市长大人，息怒！息怒！"施罗德微笑着递给钱同一支香烟，安慰着钱同。

"哼！"钱同点燃了香烟，长长地喘着粗气。

"市长，我看填了秦山湖也未必不是一件好事。"施罗德斜着眼睛对钱同说道。

"什么？我他妈的都快成了千古罪人了，你还说是好事？"钱同"啪啪"地敲着茶几，愤怒地叫着。

"市长大人，秦山湖被填成陆地以后，我们将来可以在上面铺上铁轨，这样，我们的有轨电车就可以直通到秦山机场了，有轨电车能顺利地开进机场，不正是你我的共同心愿吗？别看你今天被骂成千古罪人，可明天就会被捧为万世功臣！"施罗德在启发着钱同。

"施罗德，难道这件事是你干的？"钱同惊讶地问着施罗德。

"不是，绝对不是我干的！钱市长，我是讲规矩的人，不经过您的允许，我是不敢越雷池半步的。"施罗德连忙摆着手做着否定。

"钱市长，听说秦山湖被填的消息以后，我也感到很震惊，我一直在想，是什么人能够把我和您的心事揣摩得如此准确？思来想去，我觉得还是于得水有这个头脑。他可能早已预料到我们最终是要将有轨电车引入秦山机场，所以才下了这一步先手棋，目的是想得到高额的征地补偿款。"施罗德做着分析。

"施罗德先生，有轨电车线路进机场是无中生有、是空穴来风，我做事一向有底线，我是绝对不能允许以牺牲我们母亲湖为代价，来让有轨电车进机场的。"钱同将正在燃烧的香烟往烟缸里一扔，愤愤地说道。

"所以，于得水才给您挖了一个这么大的坑，逼着您跳进坑里。他让你在明面上赚钱，他要在暗中狠捞一把，这样，您就成了他的挡箭牌，他这招阴险得很哪！"施罗德眯着眼睛，抑扬顿挫地说着。

"他给我挖坑，我就得往里跳吗？他以为我是傻子吗？"钱同激动地说道。

"钱市长，我为您想好了一个以静制动的策略，您从今往后再也不提及有轨电车进机场的设想，您要让于得水自己挖坑自己往里跳。等他跳进深坑以后，您再落井下石，将所有罪过都安在他的头上。到那时候，我们就能坐享其成、渔翁得利喽！"施罗德向钱同献着计策。

钱同听着施罗德精心设计的以静制动之策，刚才还在冲动的神情渐渐舒缓了下来。

第 39 章
四面楚歌

────────

钱同按照施罗德的主意，施展了手中的权力，将鞠晓松恢复了原职，鞠晓松换了一个岗位，当上了新组建的秦山副城公安派出所所长。

施罗德之所以要让钱同给鞠晓松官复原职，是在打着他的如意算盘。经历了这场他被绑架的风波以后，他越发感到要在秦山市立足，只靠钱同这一把保护伞是远远不够的，他要借助钱同的权力，在各个领域内部都安插上自己的亲信，形成自己的势力。与其授人以鱼，不如授人以渔。施罗德深谙其中内含的道理，因此，他先把触角伸向了公安内部。

鞠晓松接到了施罗德的邀请，他诚惶诚恐地来到罗德公司，见到了他的恩人施罗德。

"晓松啊！在秦山市被免职的公安领导当中，能在这么短的时间内官复原职的，你鞠晓松可能是唯一一个吧？"施罗德煞有介事地问着鞠晓松。

"大哥，我知道这是您帮的忙，晓松是个明白人，更是知恩图报的人，今后您就是我的亲大哥，不论什么事？您只要吭一声，晓松定为您效犬马之劳。"鞠晓松说着站起身来，"啪"的一声，向施罗德敬了一个标准的军礼。

"哈哈，晓松啊！你不要客气！都是自家兄弟了，还有什么见外的。来日方长、来日方长。"施罗德见鞠晓松如此识相，抿着嘴开心地笑了起来。

"晓松啊，大哥问你一件事，秦山湖在你的管辖范围之内，你一定知道秦山湖是被什么人填上的吧？"施罗德收起了笑容，板着脸问着鞠晓松。

"大哥，省环保厅成立了调查组，正在组织人员开展调查，我也参加了这个调查组，目前还没有查出来是什么人填的秦山湖。"鞠晓松拘谨地说着，他在琢磨着施罗德问话的意图。

"按说这件事情调查起来也不难呀！村主任难道不知道是什么人承包了秦山湖？只要把村主任抓起来，不就真相大白了吗？你们警方怎么不去抓捕村主任？"施罗德带着疑问对鞠晓松说着。

"大哥，在调查组进村之前，村主任就带着家眷不知了去向，只有他才能知道是什么人填了秦山湖。不过，我正在组织人员追查村主任的下落，等村主任一到案，案件即刻会水落石出，到时候我再向您做汇报。"鞠晓松见施罗德如此关注秦山湖被填的案件，便毫不隐瞒地将他知道的情况介绍给了施罗德。

"村主任跑路了？那还应该有其他线索可查呀？我怎么听说有人在秦山副城的各个路口，都设立了指示牌，指引着几百辆拉残土的运输车，将建筑垃圾往秦山湖里倾泻？如果不是有组织、有计划、有步骤地清运这些建筑垃圾，这么大的一个秦山湖，能在几个月的冬季里被填满吗？你们派出所为什么不去追查这个世人皆知的'指路牌'？"施罗德又在向鞠晓松提供着线索。

"大哥，这件事您说的一点也不假，也有村民向我反映过，路口确实有过设立指示牌这件事，可那些牌子现在早已不翼而飞。为此，我还专门询问过交警大队，可大队的人都说不知道有此事。后来，我又私下向交警大队的哥们儿了解，是什么人设立的指示牌？我的哥们儿偷偷告诉我，是奉了支队领导的指示。我一想，这件事十有八九与甄实有关。"鞠晓松将他了解到有关交通指路牌的情况，又一五一十地向施罗德做了通报。

施罗德听了鞠晓松怀疑甄实的话，感到有些惊讶。当他听说秦山湖被填以后，就一直怀疑这件事是于得水干的，现在听鞠晓松这么一说，也觉得甄实的嫌疑确实很大。

施罗德微微闭上眼睛思考了一会儿问道："你在怀疑是甄实填的秦山湖？"

"是的，我怀疑是他干的。"鞠晓松面无表情地说道。

"甄实不是你父亲的铁哥们儿吗？我听说在秦山市有一个被称为'五虎上将'的小圈子，甄实和你父亲都在其中，有这件事吧？"施罗德又在问着鞠晓松。

"大哥，您听到的这些都是社会上的传闻。秦山原来是有这么个小圈子，他们五个人的关系也算密切，可现在这五个人各怀心腹之事，圈子早已名存实亡了。"鞠晓松连连摆着手说道。

"哦！"施罗德轻轻地"哦"了一声，算是回应了鞠晓松。

"晓松，既然你怀疑是甄实干的这件事，就应该想方设法获取证据。私填秦山湖是违犯国家环境保护法，是犯罪的行为。你是派出所所长，有责任查到元凶，破获此案哪。"施罗德一本正经地对鞠晓松说道。

"大哥，村主任一跑路，这件事就变得扑朔迷离了，不过，我正在着手开展侦查。过一段时间，我会拿到证据的。"鞠晓松略微皱了一下眉头说道。

"晓松，我知道你父亲与甄实是铁哥们，也知道你会顾及他们之间的感情。不过，大哥还是要劝你不要徇私情、要秉公执法。"施罗德对鞠晓松说道。

"大哥，您不用担心，我会毫不留情的。甄实这小子为人处事很不地道，据我掌握，他与于得水的关系倒是很密切，我父亲当年之所以提拔他当了副支队长，也是给了于得水的面子。可这小子却恩将仇报，在沈寒冰来秦山市当公安局长以后，他反戈一击，给我父亲凑了很多黑材料，他是靠出卖我父亲才当上了支队长，所以，我是不会徇私枉法的。"鞠晓松赶忙澄清了甄实与自己父亲的关系。

"老弟，你说甄实给你父亲凑了很多黑材料，你能不能向我透露一下，那些黑材料都有那些具体内容？"施罗德微微动了一下眉毛问道。

"唉，能有什么内容？无外乎是把我父亲这些年提拔的下属，都拉成了黑名单交给沈寒冰呗。"鞠晓松毫不掩饰地说着。

"哈哈，既有家仇又有国法，这回我就放心了！"施罗德拍了拍鞠晓松的肩膀，冷笑道。

鞠晓松通过与施罗德的交谈，觉察到施罗德似乎对秦山湖被填一事很感兴趣，于是，他直截了当地问道："大哥，我冒昧地问一句，您与秦山湖被填一事有什么关系吗？"

"没有，一点关系也没有，我就是看着秦山湖遭到破坏，心里疼得慌。"施罗德摆着手做着澄清。

"大哥，您真是个菩萨心肠，如今像您这样善良的人越来越少啦，您可真是一位充满正义感的好人啊！小弟今后就跟着您混了。"鞠晓松赞扬着施罗德。

鞠晓松出了施罗德的门，长长出了一口气。他原以为施罗德找他来是要给自己施加压力，为填秦山湖的人开脱罪责。如果真是那样，他还真是有些犯难，毕竟破坏秦山湖是一件惊天动地的事儿，他不能在侦办这起重大案件中栽跟头。可施罗德又是他的恩人，如果恩人真向他开口求情，他还真是不太好办。

鞠晓松回到办公室，他闭上眼睛，苦思冥想着一切破案的线索。他刚刚恢复派出所所长的职务，在他管辖之地发生了这样引人关注的惊天大案，他有必要展示自己的能力，迅速破获此案。

"当当当"，一阵敲门声打断了鞠晓松的思绪，他应了一声抬起了头。

推门进来的是鞠晓松在交警支队办公室当文书的小学同学李天。

李天一进门就热情地与鞠晓松套起了近乎："晓松，我们好久不见了，我还没有来得及祝贺你官复原职，就来给你添麻烦，真是不好意思！"

鞠晓松被李天打断了思路，很是生气，他沉着脸不耐烦地冲着李天说道："李天，你有什么事情就直说，别跟我来虚头巴脑这一套，一会儿我还要到局里开会呢。"

"晓松，我的一位亲属想在秦山副城落户口，我们是从小一起长大的好哥们儿，你无论如何也得帮我这个忙啊！"李天坐在了鞠晓松的面前，开门见山地说。

"哥们儿，秦山副城的户口早已经被冻结，里不出外不进，这件事不太好办！"鞠晓松打起官腔。

"哥们儿，我知道这件事很难办，才亲自过来求你。"李天说着，将一个厚厚的信封放在了鞠晓松的办公桌上，笑着向鞠晓松作揖。

"李天，我们虽然是从小一起长大的好哥们儿，可我也不能违反原则，你不能让我犯错误吧？"鞠晓松说着，又将信封推给李天。

"哥们儿，违反原则的事情，我又不是没给你办过。咱们是发小，又都是警察，不看僧面也得看佛面是不是？这是我的一点小意思，你就收下吧，是不是嫌少？"李天说着，又将信封推到鞠晓松面前。

鞠晓松为难地看着李天，不知道如何应对才好。

他看了一会儿嬉皮笑脸的李天，突然像想起了什么，于是他换了一副面孔问李天："哥们儿，你还在交警支队当文书吗？"

"是呀！我这活儿太没有意思了，整天给支队领导送报纸、文件，都快烦死了。"李天一把拿起鞠晓松办公桌上的香烟，毫不客气地抽了起来，他要软磨硬泡，非让鞠晓松把户口落上不可。

鞠晓松听李天这么一说，心里立即生出一个坏主意，他随手将信封往李天怀里一扔，对李天说道："哥们儿，你把这钱拿回去，咱哥们儿之间办事用不着这个。你把户口材料放在我这里，我想办法一定把户口给你落上。"

"鞠所，你够哥们儿！"李天收起了信封，脸上顿时乐开了花。

"哥们儿，你在交警支队当文书，一定有机会进入甄实支队长的办公室吧？"

鞠晓松将身子凑到了李天的身旁，坏笑着问李天。

"嗯，支队领导办公室的钥匙都在我手里，我想什么时候进去就能什么时候进去，你有什么事情需要我帮忙吗？该不是让我从甄支队长的抽屉里给你偷钱吧？"李天与鞠晓松开起了玩笑。

"李天，你帮我在甄实的办公室里安上一个针孔摄像头和录音笔，行不行？"李天听了鞠晓松这没头没脑的话心里一惊，他赶忙摆起了手。

"李天，在我的管辖区内发生了秦山湖被破坏的重大案件，上级领导给我下了限期破案的死命令，现在种种迹象表明，填湖的人就是胆大包天的甄实，所以我要获得他填湖的证据。你是我最信任的人，我们又是发小，你就帮我这个忙，事成之后，我会帮你安排一个中队长的职务，怎么样？"鞠晓松趴在同学耳朵边上悄声说着。

"这……"李天一脸难堪地低着头。他虽然听说了秦山湖被填的事情，也曾在甄实办公室的桌子底下，看到过那个指引残土车的指路牌。但让他对甄实搞窃听，他还确实没有这个胆量。

"哥们儿，我不是跟你吹牛，有谁能够前脚被免职，后脚又被官复原职？别看我父亲不当局长了，可我上面还有更硬的关系，我答应让你当中队长的事情，绝对能够办得到。晚上咱哥俩出去喝点小酒，哥们儿再给你拿个'信封'奖励你。"鞠晓松见李天有些犹豫，便急忙用中队长的官职和"奖金"来刺激他。

李天知道，甄实是一个见钱眼开、贪得无厌的人，自打他当上交警支队的支队长以后，就私下将交警的官职都标上了价码。什么职务该给他拿出多少钱，几乎是明码实价。在交警支队，不给他送钱就想当官？门儿都没有，现在他不需要出钱买官，科级职务却送上门来了，他还真是有点喜出望外。

李天做梦都想当中队长，中队长虽然只是一个科级干部，但这个职务的含金量还是很高的。面对鞠晓松送给他的这个"肉包子"，他真是既想吃又怕烫了嘴。

甄实坐在办公室的沙发上，一根接一根地抽着烟，想着心事。曾几何时，于得水的"顶层设计"曾让他欣喜若狂；于得水给他描绘的宏伟蓝图，又曾使他心动过速。甄实虽然想到填充秦山湖会给他带来巨大的风险，他甚至还预见到也许会有一些危险，但他相信于得水的"顶层设计"，能给他带来难以想象的收益，更相信自己有填湖的实力和战胜风险的能力。

蓝汪汪的秦山湖，转眼就能变成白花花的银子，这个诱惑对甄实来说确实是太大了。

甄实喜欢钱，他经常做梦都梦到自己屋里到处都是钱，他渴望自己能成为亿万富翁，所以不放过任何赚钱的机会。自己肩不能担担、手不能提篮，什么手艺都没有，靠什么赚钱？只能拿手中的权力去换钱。他刚当上交通民警在马路上站岗那会儿，就对过往车辆的驾驶人索贿，他站在马路中央索贿的本事都出了名，一盒烟不嫌少、一条烟不怕多，反正他拿着这些烟，到旁边的小卖部里就能换到钱。没本的生意积少也能成多，他就是靠着这些飞来的小钱，最终积攒出了大钱。

甄实贪钱，他什么钱都敢收，不给就要，张嘴三分利不要白不要。他就是靠着厚脸皮积攒家业。

甄实贪得无厌，他不光会利用权力索贿，还会运用权力卖官收钱。古人千里当官只为钱，他足不出户就能得到钱，何乐而不为呢？甄实能卖官又能买官，折腾来倒腾去，一路飙升当上了支队长，于是便把他能控制的所有官职都贴上了明码实价的标签。虽然卖官没有风险，但他却觉得来钱太慢，即使把支队的干部职位反复卖上几遍，也不如填上秦山湖卖地来钱快。甄实通过到于得水家里做客，看到了他与大哥于得水之间的差距，同样是在秦山市为官，于得水为什么能够住上几百平方米的房子？同样是哥们儿，为什么于得水活得又那么潇洒？甄实不止一次地问过自己。

荣华富贵、宝马香车能说来就来吗？自己退休以后，不是有着一个到国外安度晚年的理想吗？要实现这个梦寐以求的理想就得去创造，就得不择手段地去捞钱。只要有了钱，才能够活得更加滋润；只要有了钱，才能够过上令人羡慕的生活。所以，甄实才下定了决心，要与秦山湖共存亡。

甄实虽然预料到了风险，但他却忽视了危险。眼下，秦山湖被他迅速填成了平地，可政府动迁还没有个时间，补偿款更是遥遥无期，他想等，可不知道需要等上多久。甄实等着、盼着，哪承想却盼来了省厅调查组，他看着满街张贴的抓捕村主任的通缉令，觉得危险大于了风险，他如今就像热锅上的蚂蚁岌岌可危啦。

"支队长，支队门前来了好几十名民工，他们打着横幅堵住了支队的大门。"支队门卫的电话打断了甄实的思路。

"这种事情还需要我去亲自处理吗？让保安把他们轰走不就完了吗？"甄实恼怒地在电话里发着火。

"支队长，保安轰了好多次了，这些人就是不肯走，他们非要见您不可。"门卫的说话声一声比一声大，一声比一声急。

"我不见，谁惹的祸让谁去处理！"甄实"啪"的一声挂断了电话，他还不知道这飞来横祸，竟是他自己招引过来的。

"向甄实讨还血债！让甄实还我们血汗钱！甄实不给钱我们就不走！"一阵阵口号声此起彼伏地响彻交警支队大门，传进了甄实的耳朵。

甄实隐隐约约地听到了楼下的喊叫声，他来到窗前向大门口张望，只见几十名民工正高举着拳头，奋力呼喊着口号。

"向甄实讨还血债！让甄实还我们血汗钱！甄实不给钱我们就不走！"甄实听清楚了楼下的喊声，他心里一惊，狂跳的心脏险些蹦了出来。

甄实急忙掏出手机打着电话："哥们儿，你马上把民工撵走，中午到我办公室来，我们有话好商量。"甄实打完了电话，一屁股瘫坐在沙发上，连手机都忘了关机。

甄实没有心事再去吃午饭，他坐在沙发上焦急地等着他打电话要约见的人。他要利用午休的空当时间，迅速摆平支队门前发生的上访事件，免得引火烧身。

"当当当"，随着一阵敲门声，一胖一瘦两名穿着休闲装的男人，笑嘻嘻地推门而入。

"你们这是干什么？是给我施加压力吗？我们还是不是哥们儿？"甄实关上办公室的屋门，厉声呵斥着来人。

"大哥，我们也实在没有办法了，上百名工人辛辛苦苦地给您干了好几个月，您一分钱工钱都不给，他们也需要养家糊口哇！"胖子站在甄实的面前，苦着脸说。

"老弟，我当初跟你们说得很明白，你们都是有股份的，等政府征地以后，按股份给你们分成。你们现在管我要钱，让我到哪儿去给你们生钱？"甄实说着，无可奈何地摊开了手。

"大哥，您就别忽悠我们了，现在调查组都进驻到村里了，政府猴年马月也不能再征地了。我们打电话管你要钱，你两句话不说立马就关机，有这样的大哥吗？"瘦子不等甄实把话说完，立即打断了甄实的话。

"我不是在开会嘛，没法接电话呀！"甄实无奈地摇着头，假装说着自己的苦衷，其实他就是不想接他们的电话。

"大哥，不跟你说这些没有用的事情了，您什么时候能给我们工钱？您给我们一个时间，只要给了我们工钱，我们立马走人。不然，我们就天天来支队找您，反正我们是光脚不怕穿鞋的。"胖子不依不饶地说着。

"老弟，你们得容我时间呀！"甄实搓着手说着。

"大哥，您要是不给钱，我们干脆就去找调查组要钱去，反正我们豁出去了，我们可不怕把事情闹大，给不给钱您看着办吧！"胖子威胁甄实。

"你们……"甄实头上冒出了冷汗，他确实感到有些害怕，他闭上了眼睛在思量着对策。

如果真像胖子说的那样把事情闹大，自己还能再当这个支队长了吗？村主任拿了自己给他的一笔安家费跑路了，能不能被抓回来还是个未知数，可不能再让这些民工给自己添乱了。甄实想到了后果，他决定马上想办法还钱。

"三天！你们给我三天时间，我想办法还给你们钱。"甄实闭着眼睛说着，挥手撵走了这两个"催命鬼"。

甄实轰走了两个"催命鬼"，还没有缓过神来，被他扔到一边的手机又响起了急促的铃声。

"甄实支队长吗？我们已经打听清楚了，是你让人回收了我们工地的残土，卸到了秦山湖，请你马上把残土钱付给我们，否则，我们就要举报你！"

甄实拿着手机的手又开始剧烈地抖动起来，他虽然不知道给他打电话的是什么人，但他此时已完全清楚，又有一个股东出卖了自己。

屋漏偏遭连夜雨！甄实顿感腹背受敌，不知道该如何是好。

第 40 章
反目成仇

———————

甄实抓起电话，拨通了于得水的号码。

"老甄呀，我现在很忙，你就不要再给我打电话了。"于得水没好气地对甄实说着，挂断了电话。待甄实再将电话拨打过去的时候，于得水的电话已经关机了。

"妈的，不理我了！哼，拿我当猴耍是不是？"甄实嘴里骂着，头上的冷汗一股股往出冒。

当天晚上，甄实换了一身便装，守候在于得水家的门前。当他看见于得水的轿车开进了地下车库，过了一会儿按响了于得水家的门铃。

听到门铃声，于得水打开了屋门，他看见了等在门口的甄实，脸色一沉，不情愿地说了一声："你怎么来了？"

"大哥，您的电话关机了，我没办法，只好亲自来您家了。"甄实说着，跟在于得水的身后走进了客厅。

"老甄，坐吧！找我有什么事？"于得水跷着二郎腿，坐在甄实的对面，冷冷地问道。

"大哥，今天有一帮民工打着横幅来交警支队上访，逼着我给他们付工钱，我实在没有办法才来找您帮忙。"甄实一屁股坐在沙发上，对于得水说明来意。

"哦？你欠农民工的钱吗？"于得水面无表情地问甄实。

"大哥，填秦山湖的时候，我的一个股东雇了 100 多名农民工，昼夜不停地往秦山湖填残土，干了好几个月，算起来工钱就得上百万。"甄实哭丧着脸说着。

"哦！老弟，自古以来欠债还钱都是天经地义的事情，农民工挣得都是血汗钱，你付给他们工钱也理所当然。农民工挣钱不容易，我看这个钱你应该给他们付！"于得水一本正经地说道。

"我没说不付，可我拿不出这些钱，这不就来求您了吗！"甄实一脸愁容摊牌道。

"老弟，100多万的工钱，你还不至于拿不出来吧？"于得水瞥了一眼挠着脑袋的甄实，有些不耐烦地说道。

"大哥，可不是100万的事儿！提供残土的工地也在要钱，还得几百万。村主任跑路之前，我给他提供了好几十万，这些费用加起来少说也得四五百万，我哪里能拿出这么多钱？所以我才来向您求助。"甄实面无血色地瘫在了沙发上，声音沙哑着说道。

于得水听着甄实的报账吃了一惊，他还真没承想，甄实已经欠了这么大的一笔外债，于是，他摊开双手摇着头说道："你来求我有什么用？我又不欠你钱！"

"大哥，话可不能这么说，秦山湖的工程是与您有关系的，您是股东，所以您也应该出钱！"甄实坐直了身子，他瞪着眼睛看着于得水，开始与他理论。

于得水看着甄实那张难堪的面容，心里在想：出了这么大的事儿，我是不能再与甄实搅和在一起了，得尽早与他划清界限，明哲保身才是当务之急，否则将后患无穷。

于得水拿定了主意，他紧盯着甄实，慢腾腾地问着："我是股东？我怎么不知道！我什么时候成了股东？"

甄实万万没有想到，于得水竟能矢口否认他的股东身份，他意识到于得水是要与他划清界限。

这小子翻脸怎么比翻书还要快？不能就这么稀里糊涂地让他给耍了。想到这儿，甄实"腾"的一下站起身来，冲着于得水嚷了起来："大哥，您是不是在与我开玩笑？当初是您把我约到家里来，让我无论如何也要抢占商机，去承包秦山湖，我可是按照您的指示，逼着村主任一步步地接受了我们的条件，才承包下了秦山湖。你见我真的承包了秦山湖，又对我说要与我共同开发，请问大哥：共同开发的意思是不是合伙？既然我们已经是合伙人，那填充秦山湖所发生的费用，您是不是也应该承担？"

"老弟，我看你是在与我开玩笑吧！我什么时候让你承包秦山湖了？我又什么时候让你往秦山湖里卸残土了？"于得水抬高了声调，不甘示弱地冲着甄实嚷着。

"大哥，您怎么能这么说话？没有你的指令，我会冒着风险承包秦山湖吗？"甄实的脸色越来越白，说话的声音都有些颤抖。

"老弟，你说是我让你去承包的秦山湖，我与你签过委托合同吗？你说是我要与你共同开发，我们之间有合作协议吗？你拿出来给我看看，我们之间的合同都在哪儿？"于得水展开双手问着甄实。

于得水的话像一颗炸雷，一下子将甄实炸得天旋地转。这种只可意会不可言传的事情，难道还需要签合同吗？甄实心里骂着于得水，他感到于得水平时笑容可掬的脸，一下子变得无比丑陋起来。

甄实强忍着心中的怒火，从牙缝里挤出几个字："大哥，做人要厚道，做事要讲良心。现在，省厅调查组已经进驻秦山市，正在到处调查取证，我都成了热锅上的蚂蚁，急于用钱来平事儿，您不能见死不救吧？"

于得水晃着二郎腿，仰着头看着有些激动的甄实，不冷不热地问道："你说，你让我怎么救你？"

"拿钱呗！您得出钱，您先拿出200万，让我先把农民工的工钱和残土钱付了。"甄实僵硬地站在于得水的面前，冲着他伸出了两个指头。

"笑话！我凭什么拿钱？我再跟你说一遍，这件事与我没有任何关系，你自己的梦自己去圆，少在这里跟我耍臭无赖！"于得水愤愤地说道。

"你……"甄实一听于得水说他在耍无赖，气得浑身发起抖来。

甄实"呼"地一下往于得水身前迈了一步，用手指尖指着于得水的鼻子吼了起来："你说谁是无赖？我看你才是无赖！"

于得水见甄实要动粗，也"腾"的一下站起身来，一巴掌将甄实的手指打到了一边，冲他大声吼道："甄实，别给你脸不要脸，你还想动手打人吗？"

甄实被于得水的巴掌打了一个趔趄，他回过身来又往前上了一步，在于得水眼前挥舞着拳头，颤抖着声音喊道："姓于的，你要是再敢碰我一下，我立马就把你打趴下，你信不信？"

于得水下意识地往后退了几步，他感到甄实的拳头在他眼前"嗖嗖"地冒着寒气，他甚至还隐约听到了甄实攥拳头发出的"咯咯"响声。他转念一想，要是真的动起手来，自己还真不是他的对手，吃亏的无疑是自己。

于得水稍微镇定了一下情绪，强装出了一副笑脸，皮笑肉不笑地对甄实说道："老弟，你不要激动嘛！有话坐下来说。"

甄实"呼呼"地喘着粗气，他收起了拳头，哽咽着对于得水说道："大哥，咱哥们儿一场，多少年来，我在您面前都是低三下四为您牵马坠镫。现在要出事儿了，你却把你自己撇得一干二净，让我一个人拿着炸药包去上前线。您的心太狠了！"

您太让我伤心了！"

于得水低着头，他没有去看眼泪汪汪的甄实，而是点燃了一支香烟吐起了烟雾。

于得水没有被甄实的话所打动，也不同情他，更没有被他的威胁所吓倒，但他要缓和一下眼前的紧张气氛，化解一下剑拔弩张的危险局面。

于得水站起身来轻轻地拍着甄实的肩膀说道："老弟，我能理解你的难处，可你也得理解大哥的难处呀！200万可不是一个小数目，我拿不出来呀！"

"哼，姓于的，你听好了，既然你把话说得这么死，把事情做得这么绝，可别怪我做出对不起您的事儿啦，咱们走着瞧！"甄实一把将于得水的香烟打掉在地，"咣当"一声踹开了屋门，转身离开了于得水的家。

"老甄，慢走！不送了！"于得水冲着甄实的背影咆哮着。

于得水的头上冒着冷汗，他从地上捡起了还没有熄灭的香烟，贪婪地吸着，嘴里嘟囔道："想要敲诈我？你他妈的也不睁眼看看我是谁？"

于得水的妻子一直躲在卫生间里，偷听二人的对话。刚才，于得水与甄实的大吵大闹，她已经听得一清二楚，她见于得水仍然余怒未消，便从卫生间里走了出来，安慰着自己的丈夫："老公，消消气！别跟这条疯狗一般见识。实在不行就给他拿出200万，帮他渡过难关。你帮助了他，其实也就帮了咱自己，息事宁人的道理你比我懂的，现在是小心驶得万年船的时候，不要因小失大。"

"老婆，我凭什么给他拿钱，难道我还怕他不成？"于得水将烟蒂往烟缸里一扔，拍着茶几仍在撒着气。

"老公，我知道你不怕他，可他也不怕你呀！你们两个是多年的老朋友了，因为一点钱闹掰了不值得。"于得水的妻子拿过湿巾，一边给于得水擦着冷汗，一边柔声细语地劝着于得水。

于得水静静地思索了一会儿，他望着柔情似水的妻子说道："嗯！老婆，你说得也有道理，毕竟是这么多年的哥们儿了！可在当下的严峻形势下，我真的不能被他绑在一条船上，我得离他远点儿，别让他连累到我。"于得水心存疑虑地说着，挽着妻子的胳膊向卧室走去。

甄实气冲冲地出了于得水的家门，立即给他另一个股东哥们儿打电话："老黑，你马上到我办公室里来一趟，我有事情找你商量。"

甄实的办公室内，他的铁哥们儿老黑如约而至："大哥，什么事情这么急？"

"老黑，刚才我去了于得水的家，我想让他出点钱平息一下农民工。可他是属铁公鸡的，一毛都不拔，气得我差一点要揍他。"甄实仍然带着怒气在说。

"大哥，这就是你的不对了，越是焦头烂额的时候越要冷静，我们得拉着他一致对外，不能在内部互相咬群呀！"老黑对甄实说着。

"唉！我也是一时冲动，没有压住火儿。可是，不给农民工钱，他们要是真把我告到专案组，那我这辈子就完蛋了！"甄实拍着脑门儿，不住地叹着气。

"大哥，现在我们的资金缺口太大了，即使于得水给你拿了200万，也是杯水车薪。你想想，农民工向我们要钱，卖我们残土的工地也向我们要钱，你虽然给了村主任一笔钱让他跑路了，可他要是回头继续向我们要钱，你还给不给？拿什么给？"老黑掰着手指，一笔一笔给甄实算着账。

"是啊！这些外债几百万都打不住，大哥现在真是一点办法都没有啦。"甄实唉声叹气没了主意。

老黑见甄实一脸的愁容，顿时也蔫了下来。他站起身来眼望着窗外，思量着办法。

甄实像一摊烂泥堆在了沙发里，他后悔不该听信于得水的"顶层设计"，下这么大的赌注，来获取那笔虚无缥缈的征地补偿款了。

"大哥，我有主意了！"老黑回过头来，冲着甄实小声说道。

"老黑，你有什么主意了？快说！"甄实茫然的脸上露出了一丝渴望。

"大哥，你应该换一种思维，别在钱上较劲，你还得去求助于得水，他是建委主任，又是秦山副城建设的副总指挥，让他以建委的名义给我们出一个承诺书，答应我们尽快促成政府征地。这样，我们可以拿着承诺书与债主谈判，债主们看到了建委的承诺书，就会相信我们迟早都会得到征地的补偿款。届时，我们连本带利还给他们钱，一切难题不就会迎刃而解了吗！"老黑咧着嘴说出了他想出来的主意。

"不行，不行！你当于得水是傻子？打死他也不会给你出这个承诺书的，你就别做美梦了。"甄实连连摆手，刚刚出现的希望之光瞬间化为了泡影。

"大哥，你刚才说打死他都不会给我们出这个承诺书，对吧？我不能打死他，但我能折磨死他。我能把他折磨得生不如死，让他主动拿着承诺书来向你求情。"老黑"嘿嘿"笑着，露出了一口白牙。

一轮明月高挂在了灰暗的天空，星星眨着眼睛窥视着大地。夜深了，整个城市都进入到一个万籁俱寂的世界。

"嗖、嗖、嗖",一个个黑色的石子,在夜空里飞着抛物线。

"啪、啪、啪",玻璃破碎的响声,在宁静的夜空里发出了清脆的响声。

"老公,你听是什么声音?"于得水的妻子听到了响声,她惊愕地摇晃着熟睡中的于得水。

"怎么了?"于得水被妻子的声音所惊醒,他打着"哈欠"懒懒地问妻子。

"老公,你听,好像有人在砸我们家的玻璃。"妻子被砸玻璃的响声吓成一团,她蜷缩在于得水的怀里。

"老婆,我听到了,是砸玻璃的声音。"于得水说着,一骨碌爬了起来,穿上睡衣就往楼下跑。

"嗖、嗖、嗖……"

"啪、啪、啪……"

于得水站在客厅里,眼见着一个个石头"嗖嗖"地飞进了屋内,耳朵听到了玻璃被打碎的"啪啪"声响。

于得水躲在屋内楼梯扶手的后面,悄悄地观察着黑漆漆的窗外,一股股冷风透过被打碎的窗户"呼呼"吹进室内,于得水身上打着冷战。

"什么人?"于得水嘴里喊着,他鼓足了勇气,借着灯光向屋外张望,可此时的屋外一片死寂。

"老公,一楼的玻璃全都被打碎了,我好害怕!我们报案吧。"于得水的妻子身子在瑟瑟发抖,她拿起手机就要拨打"110"。

"老婆,不行。不能报案!"于得水一把抢过妻子手中的电话。

"老婆,不能报案!你一报案警察就会来出现场,我们的家能让他们来勘查吗?"于得水此时显得异常的冷静,他一把抱起柔若无骨的妻子转身上楼,他就是用脚指头猜,也能猜出这件事是谁干的。

于得水吃了一个哑巴亏,他嘴上祖宗八辈地骂着甄实,却只能窝窝囊囊地换好了被砸碎的玻璃。

第二天晚上,于得水刚一进屋,随后便跟进了几个蒙面大汉。

蒙面大汉进屋后便开始奚落着于得水:"于主任,你家玻璃被砸了,怎么不去报案?"

"你们是什么人?究竟要干什么?"于得水壮着胆子问道。

"于主任，我们是砸玻璃的人，向您投案来了！"蒙面大汉笑嘻嘻地挑逗着于得水。

"你们私闯民宅，还有没有王法？"于得水故作镇定地训斥着蒙面大汉。

"于主任，这里是我们的办事处，您不经允许私闯我们办事处，我可得报案啦！"蒙面大汉背着手环视着屋内，挑衅地说道。

于得水听出了蒙面大汉话语中的含义，立即蔫了下来。

过了一会儿，他换了一张笑脸，将一条中华烟递给蒙面大汉说道："兄弟，都是一家人，可别大水冲了龙王庙，一家人不认一家人呢！"

"老大，这娘们儿长得太好看了，我们哥几个可要开荤了！"楼上传来一阵阵狞笑声。

"老公、老公，快来救我！"楼上传来妻子娇滴滴的喊声。

"别、别、别。"于得水扯着嗓子叫喊着，转身就要往楼上冲。

"于主任，请你不要乱来，我这把刀可不是吃素的！"蒙面大汉将一把大刀横在了于得水的面前。

"兄弟，有话好说！不就是200万块钱嘛，我明天就给！只要你们不伤害我妻子就行。"于得水双手合十，颤抖着声音向蒙面大汉作着揖。

"于主任，您当我们是要饭的吗？为了200万，我们能搞这么大的动作吗？"蒙面大汉手里舞动着大刀，像是项庄在舞剑。

"兄弟，只要你们不碰我的妻子，你们要多少钱，我就给多少钱！"于得水心里惦记着楼上的妻子，不想与这帮流氓讨价还价，他慷慨地表着态。

"我们一分钱都不要，等我们玩儿够了楼上那娘们儿，然后再杀了你，最后一把火烧了这个办事处，让这里成为你们夫妻的坟墓。"蒙面大汉咬牙切齿地说，将大刀架在于得水的脖子上。

"老公、老公！"于得水的妻子挣脱了楼上大汉的撕扯，疯一般跑到了于得水的身前，她裸露着上身，却试图用身体为丈夫挡住蒙面大汉的刀锋。

"兄弟，只要放了我们，什么条件我都答应。"于得水一把搂住妻子颤抖的身体，哆哆嗦嗦地对蒙面大汉说道。

"哈哈哈，既然于主任把话都说明白了，就按于主任说的办。您只要在这个承诺书上签个字，再盖上建委的公章，我们就再也不来骚扰您！"蒙面大汉说着，将一个牛皮纸袋扔给了于得水，转身离开了"办事处"。

第41章
作茧自缚

————

于得水双腿颤抖，眼看着蒙面大汉一个个地离开了自己家，他慢慢地脱掉了自己身上的睡衣，将妻子裸露的上身裹了起来，内疚的眼泪止不住地流淌下来。作为一个丈夫，没能保护好自己心爱的妻子，他感觉十分羞耻。

于得水颤抖着手，慢慢地梳理着妻子纷乱的头发，带着哭腔对妻子说道："老婆，真后悔前天没有听你的话，才让你受了这么大的委屈，老公对不起你！"

惊魂未定的妻子眸子里闪着晶莹的泪花，浑身仍在不停地发抖，一句话都说不出来。

第二天一大早，于得水来到了办公室，他按照蒙面大汉的要求，在承诺书上签上了自己的名字，又让文书在承诺书上加盖了秦山市建委的公章。

"老甄啊，你派人到我办公室来取你要的东西吧！"于得水给甄实打了电话。

"大哥，我还有话跟您说……"甄实还要对于得水说什么，可电话听筒里已经传出了挂断电话后的"嘟嘟"声。

甄实派人从于得水那里取回承诺书，一页页地翻看着承诺书上的内容。当他确信于得水并没有改动承诺书上的内容之后，如释重负地松了一口气。

"老黑，东西拿到了！太感谢你啦！"甄实抑制不住内心的喜悦，急忙给老黑打了电话。

"大哥，用不着客气！你平常也没少关照我，要不是你罩着我的车队，我早就喝西北风去了。于得水这小子死猪不怕开水烫，不跟他玩黑的，他是不会乖乖听话的。"老黑在电话里"嘿嘿"地笑着。

甄实靠使用流氓手段要挟住了于得水，他凭着这份承诺书暂时摆平了债主。他犹如一个掉进泥潭里的鸭子，经过拼命的挣扎，扑棱着翅膀又爬出了泥潭。

于得水被甄实"收拾"了一番之后，精神受到了刺激，总感到有人在威胁着他。他整日担心妻子的安危，神志出现恍惚，性格渐渐发生了变化，以往笑容可掬的面容，变得异常冷峻起来；平常谈笑风生的样子，也被沉默寡言所代替。

这一天，于得水六神无主地坐在办公桌前，痴痴地想着心事。

"咣当"，于得水的耳边仿佛又听到了甄实踹门的声响。他与甄实相处十几年，十几年来，甄实在他面前的表现始终都是阿谀奉承，他心里知道甄实的谄媚都是假象，真实的用意无外乎是想在他这里获得工程项目。

于得水了解甄实的为人，他原以为甄实只是贪财并无坏心。通过这场家庭浩劫，于得水彻底领教了甄实阴险毒辣的手段，他从心底颠覆了对甄实的认识。什么只贪不坏？他就是一个头上长疮、脚下流脓的流氓；一个满嘴仁义道德、满肚子坏水的无赖。他不想跟甄实这样的人继续纠缠下去，他要与甄实割袍断义，老死不相往来。

于得水拿起桌上的香烟，一根接着一根地抽着，一片片烟雾在他眼前缭绕。他想到了自己的家产，想到了在国外生活的儿子，更想到了娇美贤惠的妻子。妻子光着膀子钻在他怀抱里，瑟瑟发抖的一幕，让他想起来就心惊胆战。怎么能够避免这伙人再卷土重来，不再来干扰自己美满幸福的家庭生活？于得水思来想去，觉得最好的办法就是兑现承诺书上的内容，促进秦山地铁改线，使施罗德的有轨电车通过秦山湖开进秦山机场。只有这样，政府才能征收被甄实填湖造地的地块，自己才能过上消停的日子。

"当当当"，一阵敲门声打断了于得水的思路，他抬头一看，只见文书拿着一个会议通知来到了他的面前。

"于主任，下午市政府要召开一个新闻发布会，钱市长要向媒体通报秦山副城建设的进展情况；他还要问计于民，向社会征集完善秦山副城功能的方案。会议通知要求各单位'一把手'必须亲自参加会议。"文书轻声向于得水读着会议通知。

"好，我知道了！"于得水接过会议通知，他开始揣摩着钱同召开新闻发布会的意图。

新闻发布会上，钱同口若悬河地向媒体宣读着他"问计于民"的想法。

新闻发布会后，于得水紧跟在钱同市长的身后，殷勤地对钱同市长说着奉承话："钱市长，听了刚才您的讲话，我怎么有一种热血沸腾的感觉？"

"是吗？"钱同停住脚步，他回过头来看着诚惶诚恐的于得水，有些吃惊地问道。

"是的！您能虚心地向老百姓问计，这可是架起了一个政府与市民沟通的桥梁，开辟了一个尊重民意的先河。您的大思维构想、大手笔实施、大气魄布局，真是令人可钦可佩呀！"于得水笑容满面地奉承着钱同。

"哦！看来还是于主任能理解我的意图。这样吧，我把收集市民建议的工作交给你们建委，你归纳汇总建议以后再向我汇报。"钱同拍了拍于得水的肩膀，转身离去。

于得水内心一阵狂喜，他凭着敏捷的思维和聪明的智慧，终于创造出了一个直接与市长沟通的渠道，他要把握住这一难得的机会，为钱同勾勒出一幅秦山副城的精彩画卷；他还要游说钱同接受他的构想，为征用秦山湖地块铺平道路，以满足甄实这伙流氓的要求，兑现他自己的承诺。

这天，施罗德的心情很不错。鞠晓松把他在甄实办公室内获取的音像资料交给了他。他通过观看这些视频，获取了甄实填充秦山湖的罪证。

施罗德反复观看这些视频资料，他觉得这个发现太及时了。一来发现了甄实填湖的证据；二来从中看到了于得水的影子。于得水呀，于得水！果然是你在背后兴妖作怪，你还不知道你的把柄已被我抓在手里了吧！施罗德得意地冷笑着，他恨于得水恨得牙根都痒，要报复于得水的念头一刻也没有停止过。君子报仇，十年不晚。没想到还不到二年，报仇的机会就来了！

"钱市长，晚上过来聊一聊，我有一个新情况需要向您汇报。"施罗德想出了一条报复于得水的妙计，他要在第一时间将他的妙计兜售给钱同。

"钱市长，我用您给我的鱼竿钓上了两条'大鱼'，您看了保准震惊。"钱同刚一见到施罗德的面，就听见了他兴高采烈的笑声。

"施罗德，我怎么不明白你的意思？"钱同莫名其妙地问。

"钱市长，被您官复原职的鞠晓松在甄实支队长的办公室里，偷偷安上了录音、录像设备，获取了他填充秦山湖的证据。"施罗德将鞠晓松向他提供的视频资料在电脑上放了出来。

"他妈的，这个甄实真是太可恶了！你把这些资料交给我，我马上让人把他抓起来，将他绳之以法。"钱同看罢视频，拍着电脑桌大声叫道。

"钱市长，别急呀！现在还不到收拾他的时候，接下来晓松还会向我提供越来越多的证据。等这些证据全都掐在了我们手里，他就像案板上的肉，你想怎么剁就怎么剁。"施罗德眯着眼睛对钱同说着。

"嗯！"钱同"呼呼"喘着粗气。

"钱市长，我经过深思熟虑，想出了一个借刀杀人的点子，我要让甄实手下那帮流氓来'收拾'于得水；我要借甄实这把刀，千刀万剐了于得水，以解我的心头之恨，抚平我心灵上的创伤。"施罗德咬牙切齿地说着。

"哦，借刀杀人？你说说看！"钱同翻着眼皮问道。

"市长，您刚才看了监控视频应该明白，甄实之所以敢填湖造地，是受了于得水的指使。于得水为什么要打秦山湖的鬼主意？是因为他估计到了我们会有把地铁改线，给无轨电车让路的思路，同时他也十分清楚，我们最终要把无轨电车引入到秦山机场的构想，所以才做了具有前瞻性的填湖行动。"施罗德说着。

"老弟，问题是我们的这个想法，他是怎么猜到的？难道他是孙悟空，钻进了我们的肚子里？"钱同疑惑地问。

"市长，这就是他绝顶聪明的过人之处。我觉得他不仅看出了我们要把无轨电车修建到机场的打算，还早就看穿了我们两人之间的其他秘密，所以才想通过绑架我，用给我上刑的方式，来撬开我的嘴，从而获得你我秘密的证据。他这样做的意图非常明确，就是要抓住您的把柄，以备将来与您翻脸之时，给自己留下杀手锏。"施罗德挑唆着钱同。

"这小子太阴险了。"钱同嘴里骂着。

"您说得一点儿不错，他就是个阴险歹毒之人，所以我才想到了借刀杀人的办法。我从视频当中看到甄实手里有一份承诺书，虽然看不清承诺书上的内容，但可以想象，这份承诺书肯定是甄实胁迫于得水写的。我们只要静观于得水下一步的行动，就可以知道于得水给甄实做了什么承诺啦。"施罗德慢吞吞地说着。

"哦，我明白了，他也可能从'问计于民'的活动中嗅出了风向。难怪新闻发布会后，他急着对我示好呢。"钱同联想到发布会后于得水的表现，一下子恍然大悟了。

"他主动向您示好就对了，他这不就开始行动了吗！所以，我建议您要给他摆一个迷魂阵，让他既能读懂您、又看不透您，自动进入我们为他精心设计的圈套里。"施罗德向钱同献计。

"老弟，这一点我们俩英雄所见略同，今天我已经把收集市民建议的工作交给了于得水，我就是要看看他有什么动议。我当时就发现他接受这项工作时特别高兴。"钱同对施罗德说着。

"钱市长，还是您英明！既然他乐于接受这项工作，就说明他急于借'问计于民'的契机，来推出他无轨电车进机场的方案，胁迫您征用他们填湖造的这块地。这时候您就要稳住阵脚，他越是要急于求成，您越欲擒故纵，在时间上消磨他的耐心。人常说，皇上不急太监急。我们虽然不着急，可那帮逼债上门的'催命鬼'却急得不得了，他们不会给甄实那么多的时间，甄实也不会给于得水太多的时间，一旦甄实失去耐心就会自乱方寸，到时候我们就可以坐山观虎斗，看着他们狗咬狗了。我倒要亲眼瞧一瞧，那帮流氓是怎么要了于得水的命的！"施罗德眼睛里喷出了复仇的火焰。

于得水接受了市长钱同交给他的"神圣使命"后，感到由衷的兴奋，他夜以继日地谋划着秦山副城建设的宏伟蓝图。

"钱市长，您在新闻发布会上发出'问计于民'的倡议以后，引起了秦山市民极大的热情，连日来，广大市民纷纷来信、来电，用各种方式盛赞市政府建设秦山副城的英明决策，称赞您要把秦山打造成'文化之都''魅力之都'的伟大构想。"于得水来到了市长办公室，屁股还没有坐稳便给钱同戴着高帽。

"哦，是吗？广大市民参与'问计于民'活动非常踊跃吗？"钱同看着于得水的眼睛问道，那眼神就像家长在看自己说谎的孩子。

"是的，这是我收集整理的市民建议。"于得水将他事先编好的市民建议册递给了钱同。

"哦？这么短的时间就整理出了市民建议？效率蛮高嘛！"钱同随手翻看着问道。

"市长，建议虽然很多，但是意见也不少。"于得水委婉地说着。

"哦，你说说市民都有什么意见？"钱同不动声色地问。

"市长，市民的意见主要集中在轨道交通建设方面。很多市民认为，轨道交通不应该是规划在秦山副城内的环线，而是应该再延伸出两条支线，使环线插上两翼。我归纳了一下市民的建议，设计出了'太阳鸟轨道交通网络图'。这个轨道交通网络，在空中俯瞰好似是一个展翅的太阳鸟，环线是太阳鸟的身躯，两翼是太阳鸟的翅膀，秦山就是太阳鸟高昂着的头。这两个翅膀，一端连接秦山机场，另一端延伸到秦山市老城区，这样的轨道交通网络才会彰显其作用、实现其功能、完善其布局。"于得水说着，将他假借民意精心谋划的"太阳鸟轨道交通网络图"，一张张地展示在了钱同的面前。

"太阳鸟形状的轨道交通网络布局？"钱同听了于得水的介绍先是一愣，他仔细地审视着一张张轨道交通效果图，觉得于得水的太阳鸟设计，既有着网络交通的概念，又有着历史文化的底蕴。

"市长，前不久考古发现，早在6000年以前，秦山人就有了太阳鸟的图腾，我将古人的智慧与市民的建议结合在了一起，突显了秦山副城未来成为'文化之都'的文化内涵。"于得水又趁机卖弄着学问。

"于主任，你的这个设计诠释了'文化之都'的含义，这正是秦山的魅力所在，这个设计很有创意。这样吧，方案我先留下，让我再仔细考虑一下。"钱同收下了于得水的"太阳鸟轨道交通实施方案"和网络图，他既没有表态同意，也没有说不同意。

钱同不冷不热的态度令于得水吃惊不小，他原本以为钱同看到他匠心独运的设计方案后会大加赞赏，令他出乎意料的是钱同不屑一顾的态度。钱同为什么不表态？于得水的大脑在飞快地转动，他一时没弄明白，自己费尽九牛二虎之力向他抛出的"橄榄枝"，他竟会不接受。

"钱市长，您的意思？"于得水又试探着问着钱同。

"于主任，我是说我再研究研究。"钱同虽然从心里往外欣赏于得水的设计方案，但他要像施罗德说得那样欲擒故纵。欲擒故纵，在此时的意思还不明白吗？那就是表面上不屑而内心却已接受。

于得水悻悻地离开了钱同的办公室，他精心设计的"太阳鸟轨道交通实施方案"，被钱同放到了办公桌上。

于得水在等着钱同市长的回复，一等就是一个多月，于得水有些坐不住了。这期间，市政府开了若干个由各部门"一把手"参加的会议，每次会议结束时，于得水都主动走到钱同市长的身边，热情地与钱同打招呼。可钱同有时候微微地冲他点点头，有时候干脆对他视而不见。于得水感到有些失望！

怎么回事？钱同市长的工作作风一向是雷厉风行，为什么对他提出的这个"太阳鸟轨道交通实施方案"置之不理？这可是广大市民的建议，总该有个回音吧！

于得水一时间被钱同弄得有些蒙了。

"钱市长，我又有了一个新的方案，想向您汇报。"于得水实在沉不住气了，他干脆直接来到了钱同的办公室，他不好问及"太阳鸟轨道交通实施方案"被搁置的原因，又向钱同抛出了第二个"橄榄枝"。

"哦？又有新想法了？说说看！"钱同漫不经心地说。

"市长，继'太阳鸟轨道交通实施方案'以后，我又搞了一个'秦山地铁改线方案'，作为'太阳鸟轨道交通实施方案'的补充。具体内容就是将秦山地铁原计划通往秦山机场的路线改为通往秦山脚下。"于得水又向钱同推介他的第二套方案。

"地铁改线方案？什么意思？"钱同假装惊愕地问道。

"市长，我们秦山地铁的终点原来是通往秦山机场的，我觉得这个规划时间太长，不如让德国的有轨电车进入机场，来得更快一些，所以原来的地铁线路就得改线。因为，就目前秦山机场的载客容量，没有必要让两条轨道交通线路同时进入机场，因此，我又拿出了这个'秦山地铁改线方案'。"于得水思前想后，觉得钱同不理他的原因，是因为他没有把地铁改线方案一并拿出，为此，他熬了几个通宵，又拿出了自认为能让钱同满意的地铁线路改建方案。

于得水偷偷看着钱同在翻看"秦山地铁改线方案"时的表情，他心想：我已经将你的心思完全看透，你需要的不就是这个方案吗？只是想利用市民献计这一载体，借我的嘴说出而已。今天我和盘托出，看你这回还有什么说的？

"哦！说说依据。"钱同"哦"了一声，他想继续听听于得水"秦山地铁改线方案"的依据。

"市长，既然要把秦山市打造成为'文化之都'和'魅力之都'，就要有吸引世界眼球的亮点。我们把秦山地铁线路的终点从机场调整到秦山脚下，这样就为下一步开发秦山提供了先决条件。秦山冬季有非常好的冰雪资源，海拔不是很高，山势走向平缓且有起伏，是个天然的高山滑雪场地。如果将地铁修到秦山脚下，就解决了交通问题，这无疑会吸引海内外的高山冰雪爱好者前来秦山。所以，我建议在秦山建设具有国际标准的天然雪道，建立冰雪大世界，并且在地铁沿线建立各种冰雪项目训练和比赛场馆及运动员村。有了这些基础设施，秦山将来申办冬奥会、亚冬会都是可能的，秦山扬名天下也就指日可待了。"于得水绘声绘色地向钱同市长描绘着他规划的秦山未来前景。

"哦！"钱同一边"哦"着，一边伸手接过了于得水的"秦山地铁改线方案"。

"市长，您认为'秦山地铁改线方案'和'太阳鸟轨道交通实施方案'是否具有操作性？还需要做什么修改和补充？"于得水谦卑地问着钱同，他在等待着钱同的答复。

"于主任，感谢你为秦山建设所做出的努力，两个方案都放在我这里，让我再好好斟酌斟酌。"钱同仍然不置可否地敷衍着于得水。

于得水又等了钱同将近一个月的时间，仍然没有得到钱同市长的答复，却等来了甄实的催命电话。

于得水的幻想一天天地在破灭。希望越大失望就越大，此时的于得水有些绝望了！

第 42 章
操场埋尸

———

于得水实在忍受不了钱同对他的冷落，主动给钱同打了电话："钱市长，我的那'两个方案'您看得怎么样了？还有哪些方面需要我完善吗？"

"哦！暂时还不需要完善。"钱同的态度仍然是冷冷冰冰。

"那……"于得水还要继续说着什么，钱同已经挂断了电话。

于得水恼怒了！他放下电话，气鼓鼓地在屋里踱着脚步。钱同葫芦里卖的什么药，难道他在戏耍自己吗？两个几千字的方案至于看了两个多月，都不给个回音吗？行还是不行，总得给个答复吧？这种无情的冷落令于得水深感受到侮辱。

于得水出身贫寒，20世纪末，他以优异的成绩考上了北江省建筑大学。在校学习期间，他是城市规划与管理系的高才生，他的《城市建设应放眼100年》的论文，曾经被全国性学术刊物转载；他的《文化交通是城市管理的魂》一文，曾经被《北江日报》刊发。他大学还没有毕业，北江省建设厅和北江省城市建设设计院已经开始关注他，两个省级单位同时看中了他这个既有广博知识，又有创新思维的高才生。

于得水大学毕业以后，他没有去省建设厅从政，而是选择到设计院搞城市规划。在设计院期间，他的城市规划理念和城市道路交通设计方案，被南方多个新兴城市所接受，于得水被誉为"城市规划设计师"，还被授予了"五一劳动奖章"。

秦山市被升格为副省级城市以后，于得水被上级机关派到秦山市当建委主任，他在学术界享有很高的声望，在官场上更是一帆风顺。

在于得水办公室的墙上，挂着"伏清白以死直，固前圣之所厚"的条幅，这是书法家按他的要求书写屈原《离骚》中的一句。于得水深谙此中的寓意，将这句话当作他人生的座右铭，激励自己要干净做人、扎实做事，上承继古代圣贤所崇尚，下尊崇母亲教导之期望。

于得水站在座右铭前，他想到了屈原，更思念起母亲，母亲慈祥可亲的面容仿佛就在眼前，母亲对他的谆谆教诲仿佛就在昨天。

做人要干净，这是于得水母亲对他朴素的教诲。在于得水小的时候，妈妈不厌其烦地向他灌输做人要干净的理念，母亲一生勤劳并且爱干净。当年，于得水的家里虽然没有什么像样的摆设，但每件东西都摆放得整整齐齐，即使是家里的灶台都是一尘不染。母亲要求于得水从小养成穿戴整洁的好习惯，不允许他邋里邋遢；母亲让他一年四季都用冷水洗脸，说这是磨炼他战胜困难的意志。母亲虽然让他穿着补丁摞着补丁的衣服，但却不允许他的衣服脏兮兮的。有一次，于得水在外边玩的时候，把衣服弄得都是泥，母亲竟把他关在了屋外，让他把衣服清洗干净才允许他进屋。

"水娃，妈妈一再告诉你，要养成干干净净的好习惯，对自己的恶习不能迁就，要学会约束自己。穿衣服要这样，做人同样也该是这样，养成好习惯得从一点一滴做起。"母亲从穿衣戴帽中启发着他要干净做人的大道理。

"哥们儿，这是我给您买的领带，这条领带是国际大品牌，是最新款式，你从电视上可以看到，美国总统系的就是这种款式的领带。"

有一次，于得水的朋友从国外回来，送给于得水一条漂亮的领带。于得水非常喜欢这条领带，他将领带展开拿在手上，白色花点在蓝色地子的映衬下，像是蓝天中闪烁的繁星，于得水爱不释手地欣赏着这条领带。

"水娃，不要收人家的东西，从小你敢收人家的铅笔橡皮，长大就敢收人家金山银山，东西再好要靠自己的劳动获得，不是自己的劳动所得，用起来不舒坦。"

于得水的耳边响起了母亲的叮嘱。

"好啦！你的领带我欣赏过了，好意我也领了，请你拿回去吧！"于得水想起了妈妈的教诲，第一次将有目的的礼物拒之门外。

"哥们儿，这是我给你儿子买的金锁。"于得水的儿子满月了，哥们儿送来了贵重的礼物。

"水娃，今天放学后，为什么没有回家吃晚饭？"于得水的母亲表情严肃地问着于得水。

"同学约我到他家去吃饭了。"于得水放下书包，向母亲解释。

"水娃，老话说得好：'吃人家的嘴短、拿人家的手软。'不要养成无功受禄的坏习惯，'千里之堤，毁于蚁穴'就是这个道理。"母亲借机会教育于得水。

"好哥们儿，你的心意我领了，这个金锁我不能收。"于得水想到了母亲的教诲，他谢绝了哥们儿的好意。

刚参加工作那会儿，于得水还是能做到独善其身的，他的口碑也相当不错。可时间一长，尤其是在他有了权力之后，来自四面八方的诱惑接踵而至，他有些招架不住了，母亲的谆谆教导也不知什么时候被他渐渐淡忘了。

"于主任，我们是好哥们儿，你给我的工程让我挣了好多钱，这点小意思一定得收下。"包工头带着钱来感谢他。

"这是我让他送过去的，你连我的面子都不给吗？"老领导在电话里训斥于得水。

"老师，您在设计院时手把手地教我设计，现在我得了大奖，当然有您的功劳，您不收下我的'小意思'，让我以后怎么见您！"当年的学生拿着"信封"，眼泪汪汪地对他说。

"小于，你帮助了我的儿子，这点'小意思'都不收，让我怎么走出你的家门。"于得水的恩师说话的声音都有些哽咽。

于得水面对花样翻新的"小意思"，耳边再也听不到母亲的声音了。

"于主任，这是您的'回扣'。"

"于主任，这是您的股份。"

"于主任，这是我给您的票子。"

"于主任，这是我给您买的房子。"

于得水自打听不到母亲的声音以后，连母亲严肃的表情都渐渐淡忘了。

"丁零零，丁零零。"于得水的手机响起了清脆的铃声。

于得水以为是钱同市长打给他的电话，急忙掏出手机。甄实！于得水看了一眼手机屏幕上显示的名字，感觉晦气，将手机扔在了一边。

"丁零零，丁零零。"甄实仍在不停地呼叫。

"催命鬼又上门了！这家伙就是一块膏药，粘上了就别想甩掉！"于得水嘴上骂着，一屁股坐在了沙发上，黄白净的脸顷刻变成了土灰色。

"老公，我上下班时，总感到身后有人在跟着我，我好害怕呀！"妻子的声音又响在了于得水的耳边。

于得水如坐针毡，他心里如同一团乱麻理不出个头绪。他的心情坏到了极点，有些不知所措了。

"钱市长啊，钱市长！您的葫芦里到底卖的是什么药？"于得水在心里一遍遍地问着钱同。

"丁零零，丁零零。"于得水的电话又响了起来，电话是《北江日报》一个记者哥们儿打来的。

"于主任，我来秦山市采访，晚上一起吃个饭吧。我们很久没有见面啦，我都想你了。"记者哥们儿向他发出了邀请。

"好哇，我也想你了，晚上见！"于得水接受了邀请。

"大哥，干吗愁眉苦脸的，遇到什么难事了吗？"敏感的记者似乎看出了于得水的心事。

"唉，一言难尽啊！"于得水委婉地说出了他目前面临的处境。

"嗨，我还以为出了多大的事情呢，你把那两个方案给我带回省城，回头我在《北江日报》上发一篇稿子，你们市长在省报上见到了稿子，也就高兴了。然后我再给他搞一个专题采访，让他谈谈'问计于民'产生的效果，我掐头去尾把专访一发表，你的'两个方案'不就木已成舟了吗！"记者哥们儿"哈哈"笑着，给于得水出着主意。

于得水眨着眼睛琢磨了一会儿，脸上露出了久违的笑容。

"市长，今天的《北江日报》刊登了我们秦山副城的长远规划。"秘书将当天的《北江日报》递给了钱同。

"他这是在借助媒体给我施压！"钱同浏览着《北江日报》，气得他"啪啪"地直拍桌子。

"沈局长，你到我办公室来一趟。"钱同给沈寒冰打了电话。

"沈局长，于得水泄露国家机密，你立即派人把他抓起来。"钱同失去了理智，他将《北江日报》往沈寒冰的眼前一扔，拉着脸对她下着命令。

于得水被传唤到了秦山市公安局。

"于得水，你未经市领导的批准，擅自将城市建设的机密文件泄露给媒体，是泄密行为。现在境外媒体都转载了《北江日报》上报道的内容，给市政府造成了很大的被动，你涉嫌泄露国家机密……"公安办案人员按照沈寒冰的指点，开始对他讯问。

"'问计于民'本身就带有大讨论的性质，各抒己见，有什么不能登报？"于得水与办案人员进行争论。

"你未经市政府主要领导同意，就把城市建设规划泄露给了媒体，造成了严重后果，不是泄密是什么？"办案人员厉声斥问。

"警官同志，我对这篇报道产生的不良影响，愿意承担全部责任，但据我了解，这篇报道目前还没有什么不良影响。至于你说的泄密一说，我认为没有那么严重，这'两个方案'是我写的建议，不是带有密级的内部文件，我的做法顶多是不妥，并不是泄密。"于得水振振有词地向办案人员讲着道理。

"不妥？你这是泄密。"办案人员还在对他上纲上线。

于得水秀才遇见了兵，他觉得有理也说不清了，于是，他选择了一言不发。

沈寒冰拿着不足一页的讯问笔录向钱同做了汇报。钱同知道，仅凭这份讯问笔录，检察机关是不会对于得水下达逮捕令的。

于得水被取保候审了。

"老公，看来钱市长要对你动真格的了，上次他拿举报信来要挟你，我们及时将50万元钱退给了人家，才避免了摊官司。这次他又拿新闻报道来说事儿，还把你带到了公安局，你们之间的梁子就算结大了。人家钱市长有权有势，我们小胳膊是拧不过大腿的，你就不要与他争斗了！"妻子温柔地劝说着于得水。

"是啊！看来这小子真要对我下手了。可是我思来想去，没有什么事情对不住他呀？他跟我哪来的这么大的仇呢？"于得水百思不得其解。

"老公，下一步他会不会派人追查我们家的财产，我们的房子，还有那些存款，可是经不起调查的呀！"妻子的声音都有些发抖。

于得水闭着眼睛听着妻子的话，一时没了主意。

"老公，忍一忍海阔天空，让一让风平浪静。要不咱们不干这个主任了，辞职算了吧！钱同手里掌握着生杀大权，我们斗不过他，咱们惹不起躲得起吧。"妻子又在苦口婆心地劝着于得水。

"不行，我要是辞职了，他就会乘胜追击。我越是对他退让，他越是得寸进尺。我宁可让他打死，也不能被他逼死。"于得水哭丧着脸说着。

"老公，不要，我怕！我真的好害怕呀！"妻子带着哭腔说着，一头倒在于得水的怀里，"呜呜"地哭出了声。

"老婆，你刚才说什么？"于得水听了妻子的话，像是受到了启发。于是他急促地问着妻子。

"我说我怕！"妻子哭哭啼啼地说道。

"你怕什么？"于得水又在追问妻子。

"我怕那天晚上进入到我们家的那帮蒙面歹徒，我怕他们再来家里。"妻子一提到那帮歹徒，浑身就开始发抖。

"老婆，不光你怕那帮歹徒，其实我也怕他们。老话说得好：'横的怕愣的，愣的怕不要命的！'这是一帮不要命的歹徒，所以我们才怕他们。你这句话倒是提醒了我，如果我也不要命地与他死磕，我想钱同也会害怕，他要是害怕了，就能批准我的'两个方案'。'两个方案'要是被批准了，我们的困境就会立即变成通途，人们常说：狭路相逢勇者胜，与其坐以待毙，不如奋起抗争。"于得水攥着拳头说。

"老公，我们两个人在一起生活了这么多年，你是什么样的人，我还能不了解吗？你的本性是书生意气，虽然你收了人家许多好处，但你是不具备那种打打杀杀的匪气，更没有杀人越货的勇气，所以我劝你惹不起还是躲吧。"妻子劝慰于得水。

"老婆，我不敢打打杀杀，他钱同就敢吗？"于得水愤愤不平地说着。

"他手中有权力，权能换来钱，有钱能使鬼推磨，要钱不要命的人有的是。"妻子温柔地提醒着于得水。

"老婆，我这不是被甄实他们逼得一点办法都没有了吗！"于得水的脸色越发难看，两道浓重的眉毛都快凑到一起了。

"老公，大不了我们一走了之，我们可以到美国去，我们去西雅图和儿子生活在一起。钱再多都是废纸一堆，官再大到头来还不是都得退休养老，这些年你收的那么多块金表，你戴过几次？你给我的各种项链、手链有上百条，我敢戴过一次吗？我们两人住着好几百平方米的大房子，可天天睡觉不就是一张两三平方米的床嘛！你在这四层楼里辛辛苦苦积攒的家业，哪一样能随着我们一起走？到头来还不是生不带来、死不带去的身外之物？老公，跟你说句实话，你给我的房子、车子、票子，我都不稀罕，我就是想让你天天能陪在我身边，手牵着手散步、聊天。为了我们的平安快乐，为了我们的家庭幸福，我劝你别再争斗，我愿意把所有的财产都送给他们，求他们不要再干扰我的生活就行，我都快要崩溃了！"妻子声嘶力竭地说着，"呜呜"地哭出了声。

"老婆，你不知道这帮家伙有多么凶悍，我们即使逃到天涯海角，他们也不会放过我的，倒不如一不做、二不休，扳不倒葫芦洒不了油，舍不得孩子套不住狼。我要跟他们做最后一搏，只有斗赢了才会风平浪静。"于得水十分坚定地说道。

"市长，有人在网上发了帖子，说你大搞权钱交易，将国家资源出卖给德国商人，收取了巨额贿赂。"秘书又将网上出现的舆情向钱同做了汇报。

钱同听了秘书的汇报，立即上网查看，他知道，这肯定是于得水向他发起的挑战，于是他通知施罗德，让施罗德出面去平息这场风波，以免这个帖子发酵。

当天晚上，施罗德将钱同约到了他的休息室，还不等钱同落座，施罗德便面带喜色地对他说道："钱市长，我按照您的吩咐，找到了那个发帖人，给了他30万块钱的封口费，现在，他已经把帖子删掉了。我在给他钱的时候，留下了音像资料，你可以让沈寒冰以敲诈勒索的罪名把他抓起来，以此来狠杀于得水的锐气。"

"哈哈，施罗德，你小子真是诡计多端，再难的事情也难不倒你呀！"钱同拍着施罗德的肩膀，不住地夸奖着施罗德。

"施罗德，你说于得水还会耍什么花招？"钱同坐在了真皮沙发上，他架着二郎腿问着施罗德。

"市长，他有什么鬼点子您也不要担心，常言道'兵来将挡，水来土掩'，你就把对付于得水的事情交给我，我要跟他血战到底。"施罗德说。

"施罗德，看来于得水这小子要跟我拼命了，他要是真掌握了我们之间的秘密，到省里、到北京对我实名举报，到那时我就得锒铛入狱了。我要是进去了，你也跑不了！你得赶快想个办法让他闭嘴。"钱同威胁施罗德。

"钱市长，您放心！我有办法让他明天就闭嘴！"施罗德发出阵阵狞笑。

第二天晚上，两个黑影躲进了于得水家的地下车库，于得水刚一下车，就被黑影从身后堵住了嘴、捆绑住了手脚，紧接着又被装进一条大麻袋里。

夜深人静，黑黢黢的秦山副城死一般的宁静，只有由施罗德援建的一所希望小学还在紧张地施工。

在通往这所小学的公路上，几辆拉着碎石的载重车队，开着车灯鱼贯驶入小学的操场。

　　行驶在最前面的一辆载重自卸卡车"哗"的一声，将自卸车上的碎石倾倒在一个深深的大坑内，一条还在蠕动的麻袋翻滚在碎石中，落入坑底。

　　"哗哗哗"，一车车碎石纷纷滚落，深坑很快就被填平，麻袋内的呻吟声不大一会儿就被轧道机的轰鸣声所淹没。

　　于得水躺在操场地下的碎石中，永远停止了呻吟。

　　施罗德站在距离操场很远的高坡上，他端着红外线望远镜，目睹于得水离开人世的最后时刻。

　　施罗德活动着手腕，他感到身体已经不再疼痛，他甚至觉得身上有一股无穷的力量瞬间便传遍了他的全身。

　　"丁零零，丁零零。"于得水家里的座机响起了急促的铃声，预感有些不妙的妻子，哆哆嗦嗦地抓起了电话。

　　"你是于得水的妻子吗？你丈夫在我们手里，你要是敢报案？我们立马就让你看到他的尸体，你若是远走高飞，说不定哪一天你们还会团聚。"电话里瞬间便传来凶狠的声音。

　　于得水的妻子蜷曲着身子，躲到了卧室的角落，她瞪着眼睛看着窗外漆黑的夜色，她不知道这个夜还会有多长。

　　秦山高又高，秦河水常流。群燕低飞遇到了乌云，大地向天呼唤着光明。于得水妻子嘴里哼着她自编的小调，苦苦地盼望着天明。

第 43 章
风云突变

——————

于得水失踪的消息，像长了翅膀飞遍整个秦山市，成了街谈巷议的焦点，人们猜测着他失踪的各种原因。一时间，于得水成了人们茶余饭后的话题。

"于得水失踪啦，他的妻子也下落不明，这两口子准是潜逃啦！"

"于得水在秦山市当了 10 年的建委主任，这小子一定是'捞'足了油水儿，跑到国外去啦！"

钱同急匆匆地来到"休息室"，直接问施罗德："老弟，你是不是把他弄死了？"

"他作恶多端，死有余辜！阎王爷一生气，就请他去了阴曹地府。"施罗德耷拉着眼皮说道。

"你？"钱同刚要嗔怒，无意间竟发现施罗德的眼珠都快鼓出了眼眶。

"钱市长，您说怪不怪？于得水一死，我的胳膊怎么一点都不疼了？"施罗德欢快地活动着肩膀，眼睛仿佛都在放光。

"施罗德，我让你教训他，并没有让你要了他的命，你这样做未免太过分了吧！"钱同压了压怒气，胆怯地说着。

"钱市长，我认为一点都不过分，他就是我们碍脚的路障，该清除就得清除。别说是他了，就是我亲姐姐挡我的路，我都一样会要了她的命。"施罗德满脸杀气地说着。

"你还杀过你姐姐？"钱同听了施罗德的话，头发跟儿都在发立。

"哪里，哪里，我只是打个比方而已。"施罗德见自己说走了嘴，赶忙往回收着话儿。

"钱市长，于得水生前给您设计了那么好的'太阳鸟轨道交通方案'，您就继承他的遗志，让他死得瞑目吧！我期盼着无轨电车开进机场的那个激动人心的时刻。"

钱同看着一脸凶相的施罗德，内心充满了恐惧。

钱同按照于得水为他设计的"太阳鸟轨道交通方案"，利用两年多的时间，终于完成了秦山副城的基础建设，施罗德的无轨电车也全线通了车。

时间像流水一样在飞快流逝，经过秦山市政府近10年的开发建设，秦山副城与主城区终于连在了一起，秦山已经初步形成了大都市的城市规模。持续多年的招商引资，使国内一些龙头地产商先后涌入秦山；花样翻新的政策引诱着国内各大名牌教育机构纷纷落户秦山副城。国际、国内各项冬季体育比赛接踵而至，秦山以崭新的城市面貌吸引了八方来客；又以深厚的文化魅力迎来了四海宾朋。如今，大秦山已经巍然屹立在了中国的北方。

转眼到了2019年初，一场不期而至的大雪覆盖了秦山，使整个城市都披上了银白色的盛装。

这一天，钱同市长正在参加市政府的一个会议，秘书蹑手蹑脚地走到了他的身后，向他低声耳语着，钱同站起身来走出了会议室。

"市长，有一个重要情况需要向您报告。刚才，互联网上出现了一段5分钟的现场直播视频，在我们秦山副城一个小学校操场的地下，挖出了一堆尸骸。"站在会议室门口的沈寒冰小声向钱同做着报告。

"挖出了尸骸？"钱同心里一惊，他立即想到了10年前"失踪"的于得水。

"市长，今天上午，在学校的操场地下，地铁施工队的挖掘机挖出了一条装有尸体的破麻袋，麻袋中的尸体虽然已经高度腐败，但累累尸骸还是依稀可见。施工队立即向警方报了案。"沈寒冰向钱同做着汇报。

"不就是发现了一堆烂骨头吗？这有什么可大惊小怪的，当无名尸体处理了不就完了，怎么还直播了出去？"钱同似乎在埋怨着沈寒冰。

"市长，当时市电视台的记者正在学校采访，那些敏感的新闻记者立即打了一个《操场地下发现尸骸》的标题，将挖掘现场的视频传到了网上，并且用手机来了一个线上直播，围观、转发、评论铺天盖地，想控制舆情都来不及。"沈寒冰急切地说。

"这件事影响太坏啦，得赶快平息，千万不要影响到'冬奥委'对我们市的项目考察。"钱同对沈寒冰做着安排。

"好，我马上立案侦查，然后召开一个记者会，将警方做出的反应迅速通报给媒体，以避免引发不良炒作。"沈寒冰对钱同汇报她的想法。

"立案侦查？秦山市埋过死人的地下多了去啦，难道你都需要立案侦查吗？"钱同有些不高兴地说。

"市长，网上直播后，省公安厅的刘厅长立即给我打来了电话，他指示我们马上立案侦查，并且要正面回应媒体的关注，以避免发酵引起'蝴蝶效应'。"沈寒冰说。

钱同正要对沈寒冰说些什么，他的电话响了起来。

"钱同，你是怎么搞的？秦山市怎么出现了操场埋尸案？"省政府领导在电话里厉声斥问钱同。

钱同面如土灰，他不耐烦地向沈寒冰挥了挥手，转身回到了会议室。

当天晚上，钱同约见了施罗德，10年的岁月沧桑已使钱同的脸上爬满了皱纹，而施罗德仍是红光满面，连一根白头发都没有。

施罗德笑嘻嘻地迎接着钱同。此时，"罗德轨道交通建设经营管理有限公司"的职能，已经由建设轨道交通项目，转向了经营管理有轨电车，说得明白一点，他仍然在赚着秦山市的钱。

"施罗德，今天网上的直播视频你看到了吗？"钱同不等落座就急着问。

"看到了，我猜测那堆骨头肯定是于得水的。我也在纳闷：他在地下沉睡了10年，怎么又忽然醒了过来？"施罗德并没有惊慌，表情异常冷静。

"于得水的尸骨曝光以后，引起了各级领导的高度重视，公安机关已经开始立案侦查，用不了多久就能鉴定出死者就是于得水，你还是趁早逃命去吧！"钱同面无表情地对施罗德说。

"不行，我不能走，我还没挣够钱呢。"施罗德连连摆手。

"施罗德，10多年来，你在秦山赚的钱都过了亿，总该有个知足的时候吧，非得等到沈寒冰破了案，亲自过来抓你不成？"钱同言辞中带着几分威胁。

"她破案得讲究证据，能在那个操场地下挖出遗骸，傻子都能想到是我干的。你忘记了？10年前，那个学校可是我修建的，操场也是我填坑修建的，所以他们有一万个理由怀疑我。但是，有一万个理由怀疑，也不如有一个证据。我当年买通的那帮家伙，早就被我送到了国外，任何人也拿不到我雇凶杀人的证据，你就放一百个心吧。"施罗德自负地说着。

"施罗德，你已经死到临头了，怎么还执迷不悟？非得拉上我去给你垫背，是不是？"钱同情绪有些失控。

"钱市长，不是我要拉上您垫背，事情没有你想象的那么严重。"施罗德替钱同解着宽心。

"施罗德，你当时不是说一旦出了事儿，你就远走高飞，随便躲到一个国家销声匿迹吗？现在到了逃亡的时刻，你还犹豫什么？"钱同紧张地说着。

"我不走，我就是不走，我喜欢您，更离不开秦山！"施罗德开始耍无赖。

"施罗德，算我眼睛瞎了，鬼迷心窍看中了你，你可以搭上我给你陪葬。可贾放副省长是无辜的，你要是出了事儿，不把他也牵扯进来了吗？所以，我求求您，赶快离开秦山吧！"钱同见自己苦口相劝，施罗德仍无动于衷，便又提及将他引荐给自己的贾放。

"钱市长，您怎么突然提起了他？"施罗德听到了贾放的名字，猛地抬起了头。

"嗨，我能认识您，还不是他的安排嘛，他好不容易当上了'常务'也许还有机会更上一步呢！"钱同无奈地甩着双手。他虽然是在拿贾放说着事儿，实际也是怕施罗德一旦出了事儿，会影响到他的仕途。

"钱市长，您是不是怕我被抓进去，会交代出您？您是不是说，您一旦进去以后，又会交代出贾放？"施罗德紧盯着钱同说。

"唉，我的祖宗，你到底要说什么？"钱同急得直跺脚。

"钱市长，我有主意啦。贾放今年60岁，快到退休的年龄了，副省长也算是干到头了，而你我的日子还长着呐。您可以出面去劝说贾放，让他到美国去找他的那个小娘们儿安度晚年，只要他一走，我们即刻就会平安无事。"施罗德眨着眼睛，想出了鬼主意。

"他走不走，跟我们有何相干？我们两个才是一条绳上的蚂蚱。"钱同使劲地摇着头。

"市长，您说得不对，只要他一走，雇凶杀人的罪名就是他的啦。"施罗德挤着鼠眼说道。

"您什么意思？我不明白。"钱同稍微镇定了一下情绪问道。

"只要您能把他老人家忽悠出境，我就可以把雇凶杀人的罪名给他安上，是他将我介绍给您的，您权当什么事情都不知道。万一我被抓了，我的口供就是他雇凶杀人的证据，您和我不就摆脱困境了吗！"施罗德抖着稀落的眉毛对钱同说着。

"唉，你说得轻松，他又不是傻子。"钱同还是不住地摇头。

"钱市长，您是他老人家最信任的人，他不听旁人的话，可您的话他还是要相信的，是不是？只要您能把他骗出国，我立马回德国忽悠他儿子去美国杀人灭口，贾放要是一死，你立马就可以让沈寒冰宣布破案。"施罗德在给钱同打着气。

钱同静静地听着，脸上的愁云渐渐散了下去。

一个星期以后的一个晚上，钱同事先没有与贾放打招呼，便直接来到了他的家。

"叮咚，叮咚。"钱同按响了贾放家的门铃。

"这么晚了，是谁又来登门拜访？"贾放心里泛着嘀咕，披上外衣前去开门。

"哦，是小钱啊。"贾放打开屋门，他看见了站在门外的钱同。

"首长，这么晚来打扰您，真有点不好意思。"钱同说着，跟在贾放的身后走进了客厅。

"小钱，事先也不来个电话，是不是有什么急事？"贾放从茶几上拿起金丝边眼镜，轻轻地吹了一下镜片说道。

"首长，确实有一件急事，需要向您当面汇报。"钱同忐忑地坐在了贾放对面的沙发上。

"什么急事？说吧。"贾放戴上了眼镜说道。

"首长，秦山市出了一件大事儿。上星期，地铁施工队在校园操场的地下挖出了一堆尸骸。"钱同低声说道。

"哦，这件事我听说啦。"贾放靠着沙发点着头。

"今天下午，沈寒冰局长向我报告说，经过 DNA 鉴定，这具尸体的尸源是 10 年前失踪的秦山市建委主任于得水。"钱同压低了声音对贾放说。

"什么？你当年不是说于得水全家潜逃到国外去了吗？怎么还挖出了他的尸骸？"贾放吃惊地问。

"当年的种种迹象表明，他一家人确实是潜逃了，可现在 DNA 鉴定结果已经出来了，完全可以证明于得水 10 年前是被人杀害了。"钱同支支吾吾地说着。

"钱同，建委主任被害，你却上报他潜逃，你欺上瞒下胆子不小啊！我看你这个市长恐怕是当到头了吧！"贾放坐直了身子，一脸严肃地说道。

"首长，当年大家都这么说，我又没有证据能够证明不是，就只好按照大家的说法上报啦。"钱同头上冒着冷汗解释道。

"钱同,我不听你解释,有理由明天你到纪委去解释。你回去吧,我要休息了!"贾放把脸一沉,气愤地挥手下了逐客令。

"首长,您先别生气,听我把话说完。"钱同纹丝没动地继续说道。

"我不听,我不是告诉你了吗,你到纪委去说。"贾放说着站起身来就要撵钱同出去。

"首长,杀于得水的人不是别人……"

"难道是你杀的人?"贾放不等钱同把话说完,立即瞪大眼睛问。

"首长,他不是我杀的。"钱同把头摇得像个拨浪鼓。

"不是你杀的人,你紧张什么?"贾放觉得钱同有点古怪,于是他又坐回了沙发里。

"首长,杀于得水的人您认识。"钱同面露难色地卖着关子。

"什么,我会认识杀人犯?你该不会认为是我杀了于得水吧?"贾放被钱同的话气得脸色铁青。

"于得水虽然不是您杀的,可杀人的是……他就是施罗德呀!"钱同吞吞吐吐地说出了施罗德的名字。

贾放一听到施罗德三个字"腾"的一下站起身来,头上的青筋都要崩裂。

"首长,他不是……"钱同本来是想说:他不是您给我介绍过来的嘛。可他刚把话说到一半,便看到贾放的脸上已经没有了血色,便立即收住了想要说的话。

贾放并没有意识到钱同的话没有说完,他分明听到了钱同在说:他不是您的小舅子吗!于是,他一屁股坐回到了沙发里,差一点背过气。

"施罗德呀,施罗德!你小子终于给我闯下了大祸,两条人命死在你手里,你让我这老脸往哪儿搁?你非得把我拽进监狱不成吗!"贾放闭上了眼睛"呼呼"喘着粗气。

钱同静静地观察着贾放的表情变化,他心里也犯起了狐疑:怎么他一听到我说出施罗德的名字,立刻就变成了一具活尸?难道他们之间也有着什么不可告人的秘密?难怪施罗德让我来逼他出逃,原来他们俩也是一根绳子上的蚂蚱呀!

"首长,施罗德还对我说……"钱同故意停顿了一下话语。

完了!施罗德这小子一定背弃了我给他订的"约法三章",把什么事情都告诉给了钱同。钱同掌握了我的所有秘密,才敢不打招呼深夜造访。贾放心里想着,浑身的骨架瞬间坍塌,他像一摊烂泥堆在了沙发里。

"怎么办？"贾放暗暗问着自己。

"首长，您应该……"钱同又说了半句话，他继续在察言观色。

您应该去投案自首！贾放在心里接着钱同的话，他的神经瞬间崩溃。

钱同冷静地观察着贾放，他从贾放呆滞的目光中似乎看出了端倪。

"首长，您应该拿个主意呀。"几分钟以后，钱同又把他要说的话完整地说了出来。

贾放呆若木鸡地看着钱同，心想：既然你什么都知道了，还让我拿个屁主意。看来，你和施罗德早已串通一气来向我逼宫，既然如此，你们想怎么办，就怎么办吧。

贾放沉默不语了。

"首长，您给我们指一条路吧。"贾放竖起耳朵听着钱同的话。

沉默，贾放依然沉默。

"首长，要不我给您指一条路？老话儿说得好，与其坐以待毙，不如铤而走险。"贾放面无表情地听着钱同的表白。

"首长，您在美国不是还有亲人嘛！"钱同有意加重了"亲人"二字的语气，他在暗指露西。

"首长，您已经接近了退休的年龄，您得保持晚节呀！"钱同煞有介事地说着，他的话好像是在给贾放指点着迷津。

"首长，我这也是为了您着想，一旦施罗德被抓，您想走可都来不及啦。到那时候，您即使有一千张嘴也说不清楚，这可是毁尸灭迹的惊天大案呀！"钱同继续吓唬贾放。

望着钱同离去的背影，贾放像一具僵尸，直挺挺地倒在了沙发里。

贾放失眠了！他在反思着自己60年的人生之路，有喜、有忧、更有痛。

贾放从小就幻想着能够出人头地，这是他一生的追求。一个从大山里走出来的穷孩子，在他60岁到了退休年龄的时候，能跻身成为一个省的常务副省长，达到仕途的顶峰，这条人生之路令他十分满意。

贾放曾经幻想能有一个幸福美满的家，但上苍却始终没有满足他的这个心愿。赵月娥为了贪钱，施展各种手段变着法儿去敛财，让他丢尽了颜面；而本不是当官料的于清华，更是千方百计让自己为她托人情求仕途，害得他到处为她惹的祸去"买单"。

贾放觉得自己一个人很孤独，还曾幻想有个互相照应的好弟弟。赵月亮是他的内弟，但却是一条怎么也喂不饱的狼，一个丧心病狂、十恶不赦的恶魔。

钱同是他精心培养的小弟，他把自己未来的希望都寄托在了这个小弟身上，可到头来，这个一向唯他马首是瞻的小弟，却来向他"逼宫"。

贾放在自责，如果20年前自己将赵月亮送交公安机关绳之以法；如果12年前，自己不给他来秦山"挣钱"的机会；这两条鲜活的生命就不能过早消逝。如今，赵月亮背上了两条人命官司，自己怎么能甩清干系？

贾放感到自己坐在了火山口，随时都会被熊熊的火焰所吞噬；他觉得自己已经来到了悬崖边，随时就会被人踹入万丈深渊；他预感到了自己即将成为帮凶，被五花大绑押赴刑场。他甚至还听到了耳边清脆的行刑枪声。

贾放感到有些迷茫，他心里在流血，周身上下到处都在痛。此时的贾放心灰意冷、万念俱灰，他思来想去，觉得眼下除了出逃，也实在没有什么更好的办法了。

第 44 章
拨云见日

———

　　贾放带着内心的伤痛，逃离了这座令他还有一丝眷恋的城市，把重重迷雾留给了需要破解他出逃之谜的人。

　　在北江省纪委的小会议室内，铁权书记又将刘厅长和陈厅长邀请了过来，他们要把李彪和田媛芳在德国了解到的情况再做分析判断，以确定下一步侦查方向。

　　刘厅长一进会议室，就看到了铁权的笑脸，他笑呵呵地与铁权握手："铁权书记，看到你脸上的笑容，就知道一定是有好消息要与我们分享吧。"

　　"那当然了，李彪和媛芳这次德国之行收获蛮大，他们获得了贾放儿子和他小舅子的下落，揭开了这层迷雾，拨云见日的时刻离我们不远啦。"铁权兴冲冲地说着。

　　"是啊，当我和李彪从皮埃尔先生那里证实埃尔温就是贾放儿子的时候，我的心跳都在加快，我们在湘西的这层迷雾顿时消散了许多。"田媛芳脸上也挂着喜悦。

　　"媛芳，说说你都揭开了哪些迷雾？"陈厅长落了座，问田媛芳。

　　"前不久，当我和李彪走进赵月娥的悬崖墓地的时候，李彪就发现在我们之前，有人去过那个悬崖墓地，还在墓地里面立了一块刻着赵月娥名字的墓碑。是什么人推倒了贾放当年给赵月娥立的无字碑，又立了一块新墓碑，一直是我们心中的一团迷雾，现在这个迷雾解开了，原来是贾放儿子给他妈妈立的墓碑。"田媛芳兴奋地说着。

　　"当我们在湖南湘西宾馆收到那张字条时，更是一团雾水。是什么人要去报复贾放？他与贾放又有着什么关系？我们当时百思不得其解，现在也搞清楚了，是贾放的儿子受了他舅舅的挑唆，才要去找贾放复仇。"田媛芳继续说着。

　　"我们在湘西的时候还获知，在贾放妻子坠崖以后，他的儿子和小舅子双双失踪，这个谜底现在也揭开了。20 年前，他小舅子的名字叫赵月亮，是他把贾放的儿子带到了德国，我们还知道了这两个人现在的名字叫施罗德和埃尔温。"田媛芳说着，慢慢收起了笑容。

刘厅长仔细地听着田媛芳揭开的谜底，不住地点着头。当他听到施罗德这个名字的时候眉头一皱，立即警觉地问道："你说的是施罗德吗？这个名字我怎么这么耳熟？"

铁权见刘厅长话里有话，也赶忙问道："你怎么会认识施罗德？"

刘厅长想了一会儿，突然眼前一亮："哦，我想起来了，前不久，秦山市发生的'操场埋尸案'，警方摸排出的嫌疑人就叫施罗德。"

"秦山市'操场埋尸案'的犯罪嫌疑人怎么会是施罗德？"铁权听了刘厅长的话先是一愣，他马上追问着刘厅长。

"我从舆情通报上看到秦山市发生'操场埋尸案'后，就立即指示沈寒冰要立案侦查，并让她随时向我汇报侦查进度。上个星期，沈寒冰向我报告：经过对遗骸的 DNA 鉴定，认定被害人是 10 年前失踪的秦山市建委主任于得水。而发现于得水尸骨的那所学校，又是当年由施罗德援建的，运送残土填埋操场的运输车，也是施罗德公司的。在没有其他单位的参与下，操场地下发现了埋藏 10 年的遗骸，当年的施工人员和公司的主管，都被确定为嫌疑人进行排查。在排查过程中，警方还了解到施罗德和于得水之间，好像还因为工程的事情闹过矛盾，因此怀疑这是一起雇凶杀人案，施罗德有条件、有动机作案，所以，他就被列为了犯罪嫌疑人。"刘厅长想着沈寒冰对他报告的内容，向大家做着介绍。

"刘厅长，侦破案件要让证据说话，怀疑犯罪嫌疑人更要'疑罪从无'，可不能用'疑罪从有'的思维去主观臆断呀！"陈厅长对刘厅长半开玩笑地说着。

"那是当然了，不过，这个施罗德身上也确实存在着很多疑点。12 年前，秦山市要兴建副城，他拿到了轨道交通的项目，从建设到经营管理，他的公司在秦山一干就是十多年，据说挣了一个多亿，所以有人质疑他是怎么拿到这个项目的。10 年来，施罗德一直都在秦山市，几乎就没有回去过德国，可就在'操场埋尸案'发生后不久，他却突然回德国了，难道不蹊跷吗？"刘厅长加重了语气在说。

"施罗德是贾放的小舅子，秦山市的市长又是贾放原来的秘书，这个工程项目显然就是贾放暗箱操作给他的，至于贾放在里面得到了多少好处？鬼才知道！你们还记得吗？12 年前，贾放有过去法兰克福的飞行记录，至于他到法兰克福去干什么，就不得而知啦。20 年前，施罗德把埃尔温送给皮埃尔先生收养，皮埃尔的家也在法兰克福，这些时间和地点都互相吻合，难道仅仅是巧合吗？"铁权书记也在质疑着。

"我们侦查破案讲究以案查人。案件发生后，我们通过案件线索查到了嫌疑人，而且嫌疑人的疑点越来越大，就说明我们的侦查方向是正确的。至于能不能破案？什么时间能破案？可就要看我们的侦查能力啦。"刘厅长意味深长地说道。

"刘厅长，按照你的推论，假设施罗德是 10 年前杀害得水的凶手，那么贾放在这起案件中又扮演了什么角色呢？难道他出逃的原因就是这起谋杀案吗？"陈厅长又在问着刘厅长。

"你这个问题我不好回答。不过，20 年前，赵月娥坠崖一案不仍是一个谜吗？凭我的经验判断，赵月娥之死虽然不能确定他杀，但也不能排除他杀的可能。如果赵月娥也是他杀，那施罗德则是唯一的犯罪嫌疑人，两起命案一个作案嫌疑人，这绝不是偶然。所以，一旦获得了施罗德的犯罪证据，我马上就联系公安部，向国际刑警组织申请，对他发出红色通缉令，在全球追捕施罗德。"刘厅长语气坚定地说道。

"可是，我还有一个新的疑团，施罗德为什么让埃尔温去美国西雅图去刺杀贾放？他是怎么知道贾放去了西雅图？难道贾放临走之前会把自己的去向告诉给施罗德？"李彪又说出了自己的疑惑。

"如果他能将行踪告诉给施罗德，他就没必要偷偷摸摸地与我们捉迷藏了。他想去美国，什么时候去不行？所以，既然他选择神秘失踪，绝不会把行踪告诉给任何人。"刘厅长冷静地分析着。

"媛芳，你不是善解疑团吗？你把这个疑团给大家解一解吧！"陈厅长又把话题转给了田媛芳。

"我认为，我们之所以要破解一个又一个的谜团，最终目的都是要揭开贾放失联之谜，解开了这个谜团，其他迷雾就会烟消云散。"田媛芳思考了一会儿说道。

"媛芳同志说得很对，前几天，贾放的妻子于清华还来纪委反映情况，她怀疑贾放和省中医院的宋雅萍，有不清不楚的男女关系，她还怀疑贾放很有可能是去投奔宋雅萍了。对于这个情况，我们驻省中医院的调查组正在核实。"铁权对大家说着于清华反映的情况。

"书记，省中医院派进调查组了？"李彪问道。

"是的，前不久，省中医院的院长孟云长借出国考察的机会，与考察团失去了联系。据知情人透露，他也逃到了西雅图。"铁权"哼"了一声说道。

"孟云长？他不是大名鼎鼎的'反腐院长'吗？他当上省中医院'一把手'以后，治理了医院收红包的顽症，赢得了社会的一片赞扬。《北江日报》还以整版的篇幅，报道了他的先进事迹，他是全省医疗系统的优秀院长，怎么也玩起了失联？"刘厅长问着铁权。

"没错，就是他！他外表给人的印象谦虚随和，对医护人员也经常是嘘寒问暖，十分关心体贴下属，谁家有个大事小情、红白喜事，都少不了他的身影，这一点他与贾放又何尝不是有着惊人的相似之处。贾放在人们心中的形象不也是和蔼可亲，笑容总是挂在脸上吗？所以别看他们衣冠楚楚，摆出一副副道貌岸然的正经相，其实都是笑里藏刀的伪君子，包藏祸心的衣冠禽兽。"铁权表情严肃地回答道。

"唉，这帮家伙真是太可恶啦，再不把这帮祸国殃民的家伙揪出来，我们的国家就会被他们掏空，人民就会对我们失去信心。"陈厅长愤愤地说。

"唉，你们有所不知，孟云长这个'反腐院长'的桂冠是贾放给他戴上的，他是在贾放主管医疗卫生系统期间，树立的反腐典型。孟云长的主要事迹是在省中医院杜绝了医生收红包的现象，当时，我派人到医院进行过暗访，确实没有人敢收红包。可他跑到国外以后，医院内部有人向调查组揭发了孟云长的很多问题，这个'反腐院长'才露出了真面目。"铁权说着。

"孟云长出逃和贾放有什么关联吗？"刘厅长问道。

"现在还不十分清楚，不过，他当院长可是贾放一手提拔的。他当上医院'一把手'以后，依仗有贾放这个靠山一手遮天，在医和药两大领域大搞所谓的创新，实际上是用创新来为他收受贿赂作掩护。"铁权铁青着脸说着。

"孟云长在医院进行的所谓医药改革，实质就是搞创收，用患者的救命钱来满足他们的私欲。在药品这个领域，他给每个医生都规定了开药的指标，完成指标就奖励，完不成指标就要被约谈，于是医生们就按照医院提供的药品目录，变着法儿地给患者开大额药方。有些中药治疗的效果并不理想，可药厂给他们的加价幅度却很高，医生们就把这些中药转嫁到了患者身上，医院和医生都挣到了钱，最后买单的不是国家医保，就是患者本人。你们想一想，医生每个月开药方，能够公开得到奖金，而且奖金比收红包还不知道要多上几倍，谁还能冒着被举报的风险再去收红包？"铁权揭着"反腐院长"孟云长的老底。

"他在医疗领域也大做文章，孟云长也不知道在哪儿'赊账'，引进来了各种

CT 检查设备，中医不再给患者号脉诊病，有没有必要，都得做 CT 检查。他们为什么要这么做？我们现在才知道，原来给中医院'赊账'的医疗器械厂家，是要按检查费的比例收取'提成'的，厂家、医院、医生都在这个'提成'当中'分成'。这帮坏家伙，他们把医院当成了赚钱的工具，把病人当成了摇钱树，天理何在？成何体统！"铁权气得拍案而起。

"这个败类，他打着一切为了患者的招牌，所作所为却是在坑害患者，还有没有个医德？还有没有个道德？"陈厅长气愤地说道。

"铁权书记，你能确定孟云长现在在西雅图吗？如果能确定，我就派人去做工作把他遣返了，决不能让这样的坏人逍遥法外。"陈厅长问着铁权。

"孟云长去西雅图也只是听中医院有人这么说，理由是他有可能去找宋雅萍。我们查了宋雅萍的飞行记录，她一年前确实到了西雅图。"铁权回答道。

"他们都逃到西雅图？他们把西雅图当成了什么？逃避法律制裁的避风港吗？露西去西雅图的时候还是一个二十几岁的护士，如果没有金钱做支撑，她在西雅图喝西北风吗？如果没有贾放在背后的运作，她凭什么能够用一元钱收购一个国有企业？说来说去，一切罪恶的根源都在贾放身上。我认为，贾放当年就是钻了国家国企改革的政策空子，把国有企业变成了他的私有财产。他看中了单纯无知的露西，把她弄到了美国，成了自己的'白手套'。他们盗窃了国家资产，将劳动人民的血汗钱偷偷转移到了美国，这是阳光下的罪恶，贾放就是一个丧心病狂的盗国贼，一个侵吞国家资产的蛀虫。"刘厅长义愤填膺地说着。

"我同意刘厅长的定性。"铁权斩钉截铁地表着态。

"铁权书记，上次我们召开碰头会以后，我通过在西雅图的关系，对露西的情况进行了调查，发现她和大陆去美国的一个演员生活在西雅图，他们还有了一个六七岁的女儿，具体住址还在调查中。"陈厅长说着，打开了他的公文包。

"你们在国外的关系网发现贾放的踪迹了吗？"铁权急着问道。

"贾放的踪迹没有发现，却发现了一个叫李博的人。据关系网了解，他也是从北江省逃到美国，'黑'在西雅图的。"陈厅长一边说，一边从公文包里面拿出了李博的照片，传给大家看。

李彪接过照片一看，立即惊叫了起来："这不是华博吗？"

"华博？你没有看错人吗？"铁权扭过脸看着李彪问道。

"没错，我和华博接触过好几次，他的模样早就深深印在了我的脑海，怎么会看错人。"李彪十分肯定地说道。

"李彪，华博是什么人？"刘厅长问道。

"说来话长，华博曾经当过秦山元亨制药厂的厂长，14年前，他接手了露西跑路以后留下的乱摊子，他将制药厂改制成立公司，只用了一年多的时间，便将一个负债累累的制药厂扭亏为盈。他还在企业内部搞了股份改革，将工人们被露西骗走的集资款，转变成了工人们入股企业的股权，接着又搞了股份融资，元亨制药公司一下子便壮大了起来，成了秦山市举足轻重的大企业。可就在元亨制药公司如日中天的时候，华博却因为生产销售假药锒铛入狱啦。"李彪向大家介绍华博的情况。

"进去了？他判了几年？他是出狱以后去的西雅图吗？"刘厅长端详着华博在西雅图的照片，问着李彪。

"他还没有等到被判刑，就越狱逃出了看守所。他脱逃以后，我组织追捕小分队，到他可能落脚的熊瞎子村去蹲坑守候。可惜，那天夜里我与他擦肩而过，他在我的视线里消失了。"李彪向刘厅长讲述着他追捕华博的经过。

"他家住在熊瞎子村吗？"刘厅长追问道。

"他家不住在熊瞎子村，他是要去找凌丽，凌丽的家住在熊瞎子村。"李彪做着解释。

"怎么又冒出来个凌丽？我都让你把我给弄蒙圈了。"刘厅长拍着脑门儿，风趣地笑了。

"凌丽是原来元亨制药厂的副厂长，制药厂转制后她当了副总经理，当年，是她作伪证才使华博锒铛入狱的。"李彪继续做着介绍。

"凌丽现在在哪儿？你该不会告诉我，她也在西雅图吧？"刘厅长微笑着与李彪风趣地说着。

"厅长，您真是料事如神，凌丽有很大可能也在西雅图。"李彪认真地说道。

"哦，还真让我给蒙对了！"刘厅长爽朗地笑了起来。

"李彪同志，你有什么根据说她也在西雅图？"陈厅长瞅着李彪问道。

"八年前，我在泰国见到过她，是她亲口告诉我，她要去西雅图找露西。她怀疑威胁她陷害华博的幕后黑手是露西，而露西的背后又是贾放，所以她只能找到露西才能澄清事实，为华博洗清冤屈。"李彪一口气又把他判断凌丽去西雅图的依据说给了陈厅长。

"好吧，你把有关凌丽的详细情况发给我，我安排在西雅图的关系网了解一下她的近况。"陈厅长对李彪说道。

"既然凌丽怀疑露西和贾放是陷害华博的幕后黑手，说明她是有依据的，只是不知道她是否去了西雅图？是否能够找到了露西，又是否能获得她要得到的证据？"铁权沉思了一会儿说道。

"老陈，看来西雅图的风浪不小啊！你境外侦查的任务可不轻啊！"刘厅长拍着陈厅长的肩膀说着。

"同志们，既然我们要找的人都云集到了西雅图，我们不妨也过去凑凑热闹，所以，我建议马上组织一个追逃小组，即刻飞往美国。刘厅长不是说西雅图的风浪很大嘛，那我们就乘风破浪，借来好风快行船，把反腐战场转向西半球，在那里开展一场抓捕、劝返大行动！"铁权挥舞着拳头说道。

"我同意书记的意见。"刘厅长立即表态。

"好，我马上联络西雅图华侨商会和我们的关系网，给追逃小组提供保障。"陈厅长也在做着保证。

"好，既然我们意见一致，我现在就宣布，追逃小组由李彪和田媛芳两位同志负责，由公安厅和安全厅负责选派得力干将全力配合，即刻飞往美国西雅图，去追踪贾放的痕迹，寻找贾放的下落。一旦发现贾放，一定要想方设法劝返他回国，接受人民的审判！"铁权书记语气坚定地说道。

会议室内一下子静了下来，大家目光一下子聚焦在了铁权铁青的脸上。铁权控制了一下情绪，一手掐腰一手指着前方接着说道："同志们，我最近一直在思考着一个问题，贾放为什么能够肆无忌惮地侵吞国家资产，大肆腐败犯罪？归根结底是因为他手中有权力还善于伪装。现在，贾放的伪装被撕破了，他的罪恶被揭穿了，可我们身边还有没有李放、张放？他们是不是还像蛀虫一样继续侵蚀着我们国家健康的肌体？为了根治腐败，让腐败分子不敢腐、不想腐、不能腐，我们必须要把权力关进制度的笼子！"

第45章
绝处逢生

————

　　陈厅长提供华博在美国的这一信息一点也不错，正当李彪和田媛芳带着追逃小组踏上去美国征程的时候，华博正在西雅图华侨商会的"追思堂"里，为他逝去的爱妻英子做着祈祷。

　　"英子，今天是2019年的清明节，你离开我已经有八年啦。在我颠沛流离的这些年中，我每时每刻都在思念着你，每年清明都来和你说说话。"

　　十年生死两茫茫，不思量，自难忘。千里孤坟，无处话凄凉。纵使相逢应不识，尘满面，鬓如霜。

　　夜来幽梦忽还乡，小轩窗，正梳妆。相顾无言，惟有泪千行。料得年年肠断处，明月夜，短松冈。

　　"英子，你听到我给你朗诵的诗词了吗？"华博一遍遍地朗读着苏轼的《江城子》，他觉得苏轼这首悼亡词，诠释了他怀念英子的心情。"八年，生离死别的情感，怎能被岁月的长河所淹没！14年，我如今逃离秦山已有14个年头，我的亲人们都是否安好？14年前把我当垃圾捡回家，救了我一命的那对老夫妻还是否依然健在？"

　　华博思念着亡妻，惦念着亲人，想念着他的救命恩人。他回顾着人生，眼前仿佛出现了秦山市看守所的高墙、牢房，还有那条阴暗幽长的地下排水沟，又浮现出了那对捡垃圾老夫妻和蔼可亲的面庞。

　　那还是2005年春天的一个夜晚，华博昏死在垃圾车的自卸车厢内，被拉出了看守所，倾泻在秦山市郊一个垃圾场内。

　　当天早晨，正在捡拾垃圾的老太太，在用二齿钩子刨垃圾的时候，一下子勾

住了华博的脚，

"哎呀！老头子，垃圾堆里躺着个人！"她惊恐地呼叫着老伴儿，声音传出去好远。

正在哈腰捡垃圾的老头听到老伴儿的喊声，赶忙从一旁跑了过来问道："你说什么？垃圾堆里有人吗？"

老太太扔掉了二齿钩，开始在华博的身上扒着垃圾。扒了好半天，垃圾堆里渐渐露出了华博的身体，老人伸手一摸华博的鼻孔，感到他还有着微弱的呼吸。两位老人抬起奄奄一息的华博，用平板车将他拉回了家。

三天以后，在老夫妻的精心调养下，华博长叹一声恢复了知觉，他微微睁开眼睛，眼前模模糊糊出现了两位老人的身影。

"这是什么地方？"华博喃喃地问着。

"老头子，他醒了！"老太太轻声惊呼着，她高兴地跺着脚，脸上的皱纹都乐得舒展开来。

"孩子，你在我这儿睡了整整三天三夜呀！我们老两口给你洗了澡，天天给你喂稀粥，盼着你能够早点醒过来。还是老天爷看你年轻没有收留你，你才闯过了鬼门关呀！"老头子见华博已经苏醒，笑呵呵地与华博说着话。

"谢谢二老救了我！你们是在哪儿找到我的？"华博环视着老两口居住的简易房，他不知道自己是怎么来到这对儿好心老人的家。

"我们是在捡破烂的时候把你捡到的，我们见你还有一口气，就把你拉回了家里。当时你身上腥臭腥臭的，连老鼠都能被你熏倒。"老头子呵呵笑着，向华博讲述了他们发现华博的经过。

"孩子，你是怎么跑到垃圾堆里的？"老头子扶着华博坐了起来，他也一直没有弄明白，怎么能在垃圾堆里捡到一个大活人。

华博渐渐恢复了记忆，他想到了自己在看守所里躲藏的地下管道沟，还想到了自己钻进垃圾车时的情景。

"我迷路了，躺在垃圾车里睡着了，可能就被垃圾车扔到垃圾堆里了。"华博无奈地对老人说着谎，他不能把自己越狱的事情告诉给救命恩人。

"老人家，你们救了我的命，你们就是我的再生父母，请受我一拜。"华博一骨碌滚下地来，"咚咚"地给老两口磕着头。

"快起来！快起来！我们老两口一辈子无儿无女，可不敢受此大礼呀！救人一命胜造七级浮屠，我们捡了一辈子破烂，到了垂暮之年能救活你一个大活人，这辈子也算积了大德喽！"老头子说着，又呵呵地笑了。

"孩子，你是哪儿的人？家住在哪儿？家里人一定会很惦记着你，赶快给家里人送个信吧！"老太太端着一碗热乎乎的白米粥，送到了华博的眼前。

华博接过白米粥，"咕咚咚"一口气将稀粥喝了个精光。他确实感到有些饿了，自打他绝食以来，已经有一个多星期没有进过一粒米了。要不是当年跟父亲练武术时，修炼过辟谷的功夫，他早就命丧黄泉了。

"谢谢！谢谢二位恩人！"华博喝完稀粥，觉得浑身有了一些力量，他不住地感谢着二位恩人。

"恩人，这是什么地方？附近有公用电话吗？我得给家里打个电话，向家人报个平安。"华博感到身体已经并无大碍，便急着要去找李大虎。他知道，这次能够从监舍中成功出逃，是受到了李大虎哥哥李彪对他的暗示，这背后肯定有李大虎的功劳。

"这里是秦山市的郊区，离市区远得很，哪有什么公用电话啊！"老人与华博说着话，他仔细地端详着骨瘦如柴的华博，心里一阵酸楚。

"我明天去捡破烂的时候，去找一个公用电话，帮你联系家人，你就好好休息吧！"老人热心地安抚着华博。

华博听了老人温暖的话语鼻子一酸，眼泪一下子滚落下来。

第二天，李大虎接到了老人的电话，到了晚上，他悄悄地来到了老人家。

"华总，你受委屈了！"李大虎刚一进屋就看见了躺在床上的华博，他一个箭步扑到了华博的身上，心疼地哽咽起来。

"谢谢你，谢谢你哥！"华博脸上布满了泪花，两人抱头哭泣在了一起。

"我给你送来了衣服，还给你拿了5000块钱。钱虽然少了点，可我家也就这么点积蓄啦，以后有什么事情尽管找我，我会尽力帮助你的！"李大虎说着，将一包衣服和一摞现金递给了华博。

"谢谢！你要是不给我送衣服，我连门都出不去，衣服我可以收下，可这钱我不能要。"华博穿上了李大虎送来的衣服下了床，将钱又塞给了李大虎。

"你还跟我客气什么？我妈有病的时候，你还给我送过钱呢。我当时以为你拿的是公款就收下了，可后来才知道你送给我妈的看病钱，是你自己的私房钱。现在你身上分文没有，不留点钱你吃什么、喝什么？不吃不喝你怎么活？"李大虎又把钱塞给了华博。

"大爷、大娘，这钱留给你们，你们生活也很艰苦，买点需要的东西吧！"华博转身又把钱递给了二位恩人。

"你这是干什么？我们救你命可不是图钱，你看我满院子的小动物，你就会了解我们的爱心啦。有时候看见街上的小猫小狗生了病，我们都把它们带回家饲养，更何况像你这样的大活人了。你现在身体已经恢复好了，一会儿吃过饭你就赶紧回家吧，免得家里人惦记。"老人说着转身出去做饭，门口传来一阵阵流浪猫狗的叫声。

吃罢晚饭，老两口送华博和李大虎出了门，临行前华博又给老两口磕了几个头，挥泪告别了这对救命恩人。

今晚的月光甚是皎洁，华博仰望天空，看着夜空中闪烁的繁星和那一弯明月，他感到今后也只有天上的月亮和星星，能够时刻陪他在一起了。

华博和李大虎并肩走在郊外的小路上，千言万语竟不知从何说起。"华总，你下一步准备去哪里？"李大虎轻声问着华博。

"我得先找到凌丽，是她陷害的我，我要让她给我洗清冤屈。"华博对李大虎说着。

"你上哪儿能找到凌丽？要不还是到我家住一段时间再说吧。"李大虎拉着华博的手说道。

"不行，我是越狱的逃犯，哪里也容不下我，我就是浪迹天涯也不能再连累你。大虎，替我谢谢你哥哥，多亏了他对我的暗示，我才想到了越狱。他现在怎么样？肯定为我受了处分吧？"华博关切地问着李大虎。

"华博，你说这件事情怪不怪？看守所跑了犯罪嫌疑人，这么大的事竟被上面压了下来。我哥哥只是被局长叫过去狠狠训了一顿，回头整顿了一下监舍秩序，此事就不了了之了。不过我哥哥倒是跟我说过，秦山市公安局组织了追逃小分队，分几路人马，在你可能落脚的地方对你展开追捕，你可得时刻小心啊！"李大虎将从哥哥那里得到的信息告诉了华博。

"他们是心里有鬼，怕上面派人来调查。如果上面继续追查我越狱的原因，可能就会查出此案中的隐情，说不定还会查出有人在办假案，所以他们才内紧外松。我现在已经预感到，这件事情的背后有一只黑手在操控。"华博向李大虎说出了他的推测。

"华总，我还有一件事情要告诉你，让我哥暗示你越狱的人是凌丽。"李大虎又把凌丽找他的经过告诉了华博。

"凌丽？她怎么知道有人要在看守所中害死我？"华博有些不解。

如果不是凌丽当着公安厅来人的面，指出那份假合同是原始的真合同，我又怎么会银铛入狱？凌丽一边作伪证，一边又给我送信越狱，她居心何在？华博越发糊涂起来。

"大虎，置我于死地的这份合同肯定是一份伪造的假合同，我们公司原来委托生产的厂家是光明制药厂，怎么突然变成了雨景制药厂？是什么人制造了这份假合同？凌丽又为什么作伪证？这一系列的怪事我实在弄不明白。"华博与李大虎边走边说，不一会儿就来到了大路口。

"大虎，送君千里终须一别，你就多保重吧，我们该分手了。"华博说着又拥抱起了李大虎。

李大虎默默无语地蹲在了地上，他看着华博远去的背影，一根接着一根地抽着烟。他对华博为何会有现在的结局，也是百思不得其解。

"师傅，我的脚崴了，让我搭一段您的车吧。"华博一直走到天亮，才搭上了一辆拉煤的货车离开了秦山市。他知道自己现在又多了一个越狱的罪名，就犹如一只惊弓之鸟，已到了无处藏身的境地。

华博不敢乘坐火车和长途汽车，更不敢住旅店，他就这样一路搭着顺风车离开了北江省，从邻省上了开往黑龙江省的火车。他要一路北上，到中俄边境的熊瞎子村去找凌丽，因为只有找到了凌丽，才能解开心中的种种疑团；只有找到凌丽才能真相大白。他要当面质问凌丽：你为什么要作伪证？为什么要陷害我？你的良心何在？

夜深了，华博坐在绿皮火车的过道上，他靠着车门、枕着自己的双腿迷迷糊糊地睡着了。他只有在这个时候才能放心地睡上一会儿，也好为第二天的步行积攒些体力。为了能避开白天铁路乘警对他的盘查，他必须在天亮以前下车继续步行。

天亮了，华博在火车站台里买了一些干粮和水。为了避免与人接触，他沿着铁路线一路前行，饿了吃一口干粮，渴了喝一口水，就是这样减少着可能遇到的各种麻烦。

华博昼夜兼程躲避着警方的追捕，向着凌丽的家乡熊瞎子村行进。几天以后，他历尽千辛万苦，辗转来到了地处中俄边境的一座大山。

华博登上这座大山的半山腰，隐蔽在一片树林中，展开了他在站台上买的一张地图。他从地图上清楚地辨认出来，眼前的村庄就是熊瞎子村，村子对面那条宽阔的江，就是中国和俄罗斯的界河乌苏里江，而乌苏里江中心那座江心岛，正是闻名遐迩的珍宝岛。

华博站起身来远眺着珍宝岛，只见岛上绿树成荫，当年解放军的哨所如今依稀可见。他想到了20世纪60年代末那场著名的珍宝岛战役，耳边似乎听到了36年前的枪林弹雨声。华博又想起了课本上那些战斗故事，守岛英雄抛头颅洒热血的英勇事迹仿佛就发生在眼前。华博触景生情，又想到了自己目前的尴尬处境，一种"时来天地皆同力，运去英雄不自由"的感慨油然而生。

华博的目光从珍宝岛又移到了眼前的熊瞎子村。熊瞎子村面积不大，村口有一条蜿蜒流淌的小河，河边生长着挺拔的白杨树。这里的房屋是那种经典的俄罗斯木板房，木板房外面的院墙是高低不同的木栅栏，看上去竟是一幅美不胜收的画卷。难怪凌丽每次提起她的家乡时，都会手舞足蹈无比自豪。

一阵清风吹过，华博感到了一丝的凉意，他知道秦山市的警察正在为他设下天罗地网，只要稍一疏忽就会被缉拿归案，甚至被乱枪打死。他不敢贸然下山，他要登高望远，再领略一番令人心旷神怡的北疆风情。他要选择一个隐蔽的山洞作为落脚点，在夜深人静的时刻，才能进村寻找凌丽的蛛丝马迹。他认为只有在人们熟睡的时候进村，才会安全一些。

午夜时分，华博整理了一下背包，走出了山洞。他看了一眼夜空中一直在陪伴他的一弯明月和点点繁星，借着月光开始向山下走去。

他顺着山间小路径直向前走着，很快就穿过了一片山林，眼前是一条能看见河底石头子的小河，华博挽起裤腿脱掉鞋子，蹚过了不太宽的小河，眼前出现了一片白桦林。华博穿上鞋，穿过了这片白桦林，走进了熊瞎子村。

村内一片寂静，一点响动都没有，华博顺着村中小路慢慢走着。月光下他只能看到每家每户几乎一个模样的木栅栏，还有那一排排整洁的木板房，根本无法判断哪一户才是凌丽的家。

眼前是一间十分陈旧的木栅栏小院，院内的屋门紧闭，一点光亮都没有，就连窗户也都关闭的严严实实，一点缝隙都没有。华博知道这家人正在熟睡，于是他蹑手蹑脚地走进了这家小院。

院内放着堆积如小山的木材和房梁，木材散发着松树油沁出的清香。华博在木材堆前止住了脚步，他感觉这堆木材好像是刚刚砍伐不久的新木材，他透过木材堆，还看到了一个用木板搭起的香案，香案上摆放着一颗血淋淋的牛头，牛头前面的供香升着青烟，一看就知道这户人家是要盖房子，在用牛头祭祀。

"什么味道这么香？"突然，一股香气扑鼻而来，华博借着月光顺着香气望去，只见香案旁边摆放着两口铁锅，铁锅里正在炖着牛肉。华博闻到了牛肉的香味，他悄悄地来到铁锅前，准备从铁锅里偷块牛肉解解馋，他已经好久没有吃过这么味香扑鼻的牛肉了。

"哞儿、哞儿。"随着几声公牛的吼叫声，华博眼前突然出现了一个牛群，牛群在一头威猛的公牛率领下，一路狂奔跑到了这家院子的木栅栏跟前。

"咣当、咣当"，牛群发了疯一般，用牛头死命地撞击着木栅栏，没用几个回合，木栅栏就被愤怒的牛群撞倒。

"呼啦"，随着木栅栏的倒塌，几十头牛猛地冲进这家院内，华博被眼前发生的一切惊呆了，他不知道这群发疯的牛群要干什么？于是赶紧躲在了屋后，偷眼观瞧着眼前发生的一切。

那头领头的公牛在院内转了一个圈，直接冲到了摆放牛头的香案前，两只前腿一弯，"砰"的一声跪在了地上，公牛"嗷嗷"地嚎叫着，牛眼里流出了滚滚的泪水。

紧随其后的牛群也和公牛一样，前腿着地跪在了地上仰天哀嚎，有的牛在用牛蹄奋力刨着脚下的土地，还有的牛在舔地上的牛血。

"哞儿，哞儿"，牛群痛哭流涕，哀嚎着哭成一团。

华博被眼前的一切震惊了，他知道这是牛群在用自己的方式，为死去的同伴祭祀。他瞬间感到"人非草木孰能无情"这句话，此时改为"牛非草木却有真情"才更适合。

突然，华博看见木板房的窗户里，伸出了一支支黑洞洞的枪口。

"啪、啪、啪"，祭祀的牛群的上空响起了驱赶它们的枪声。

牛群听到了枪声，仰起头"哞儿、哞儿"叫着，迎着枪声冲向了这家木板屋。牛群将木板屋前围了个结结实实，它们微弓着身子开始用牛头撞击木屋。

"咣当，咣当"，木板屋在牛头的猛烈撞击下开始摇晃，华博感到他脚下的大地都在颤抖。

"咣当，咣当"，此时的牛群发出了怒吼，撞击声更加猛烈。

"哗"屋门被撞开了一条缝，华博清楚地看见从屋里冲出两个提着手枪的黑影。

"啪、啪、啪"，黑影继续向牛群头顶胡乱地开着枪。

"住手！不许向牛群开枪，如果再打死一头牛，牛群就会和我们拼命，我们都会被牛群撞死。"随着喊声，屋内又冲出一个老汉，他手中挥舞着铁锹"嗷嗷"叫着轰赶着牛群。

"哥们儿，我刚才看见了一个黑影，我感觉像是华博。"一个黑影提着仍然在冒着硝烟的手枪说道。

"我也看见一个黑影进了院子,可仔细一看是一群牛。"另一个黑影与他对着话。

两个拿着手枪的黑影互相说着话，又开始向空中鸣枪吓唬着牛群。

"啪、啪、啪"，枪声再次响起，子弹带着火星飞向了夜空。

"哞儿、哞儿！"，惊恐的牛群听到了枪声，受到了惊吓，在院子里疯狂地跑了一圈以后，嚎叫着转身逃出了院子。

"哞儿、哞儿！"牛群嚎叫着，三步一回头，五步一停留，慢慢地离开了木板屋，每头牛眼里都含着泪花。

华博心里一阵酸楚，他被眼前壮怀激烈的牛群所感动，他发誓今后再也不吃牛肉了。

"出去看看，那个黑影躲到哪里去了？"两个黑影提着手枪，又来到了院外，东张西望地在黑夜里寻找了一会儿，转身回到了屋内。

"太危险了！差一点就会被生擒活捉。"华博心里一阵侥幸，他已经从黑影的对话中获得了信息，这两个黑影就是守候在凌丽家抓捕他的警察，他们正守株待兔地等着自己送上门来。

"真悬啊！"华博听了黑影的对话倒吸一口凉气，他庆幸自己能再一次绝处逢生，于是赶忙趁着夜色逃回了深山里。

第 46 章
从长计议

————

华博在天亮之前回到了他藏身的山洞，他仰望着天上的点点繁星，开始评估着这次有惊无险的下山行动。

华博感到这次行动虽然冒险，但却大有收获，这个收获就是，他从这次冒险的行动中，意外地确定了凌丽家的位置。他断定那个从屋里出来，拿着铁锹驱赶牛群的老汉，就是凌丽的父亲，而那两个开枪吓唬牛群的黑影，就是千里迢迢前来抓捕他的警察。既然已经确定了凌丽的家，这次的冒险行动就非常值得，他判断这两个警察不会永远守候在此，凌丽也早晚会有露头的时候，于是他开始思索从长计议的办法。

"在农村什么人能盖房子？"华博在自问着自己。

"有钱的人才能盖房子，哪怕是重新修缮。"华博自问自答。

"怎么早不盖房晚不盖房，偏偏在我出事以后盖房子？李大虎不是说凌丽也逃离了秦山市吗？她一定是回了家，要给家里盖房子。"华博从凌丽家院内堆积的新木料和祭祀天神的仪式中，已经确定凌丽肯定回到了熊瞎子村。

凌丽回家了，她有了钱，要给父亲改善一下居住条件，这本来是一件无可厚非的事情，就是她自己要改善居住环境，也在情理之中，但是这个时间太巧合了！华博认为凌家的这笔修缮款，很有可能就是凌丽出卖他的赏钱，至于她现在是否还住在家里？华博实在拿捏不准。

"飞来山上千寻塔，闻说鸡鸣见日升。不畏浮云遮望眼，只缘身在最高层。"华博非常喜欢王安石这首《登飞来峰》，更崇拜北宋政治家王安石，他每次吟诵这首诗的时候，对诗人的处境和诗的意境都会有着不同的理解。

王安石登山既有不畏浮云遮望眼的气势，又有只缘身在最高层的无奈。如今他华博也在登山，但自己的身份却是一个被警察追捕的逃犯，并没有了只缘身在最高层的担忧。王安石是一个有着崇高理想的人，他自己又何尝不是一个有理想有抱负的人！华博在用王安石的诗激励着自己：即使身处险境也不能放弃理想和追求。他横下一条心要在熊瞎子村坚守下去，直到见到凌丽，澄清事实真相为止。

第二天，天色大亮。华博沿着这座无名山脉向着乌苏里江的上游走去，眼前出现一座废弃的碉堡，碉堡修建在山脚下的土丘上，居高临下可以俯瞰乌苏里江。这是第二次世界大战时期，日军侵占东北后，为防御苏联红军从苏联境内过乌苏里江进攻自己的后方而修建的江边城防工事，如今早已破烂不堪。华博感觉这个碉堡是一个不错的落脚点，一来，这里距离下游的熊瞎子村不太远，他可以化装成捡破烂的人，时不时地去熊瞎子村观察凌丽家的动静。二来，这座碉堡附近还有一个村庄，一旦被警察发现还可以进村躲避。

华博走进这座用钢筋水泥修筑的碉堡，他发现碉堡内的空间很大，中间是一条 100 多米长的暗道，暗道两侧是一个挨着一个的洞穴，临江的洞穴中都有一个半米见方的窗口，这些窗口既可以瞭望乌苏里江，也可以用来射击敌人。华博沿着暗道摸索着走了一个来回，他发现这条暗道阴森寒冷、潮气袭人，根本无法藏身，他又走进了洞穴，洞穴内凌乱不堪，堆放着许多被人扔弃的破旧衣裤和几辆破旧的自行车，他找了一个非常隐蔽的小洞穴，在里面搭起了地铺，决定就在这里安家。

华博坐在了他新搭建的地铺上，饥肠在他的肚子里"咕咕"地打着架。他找了一件破旧的衣服穿在了身上，又将碉堡内的几辆破旧自行车拼装到了一起，决定以收破烂为名进村讨饭。

"收破烂喽！"华博推着破旧的自行车走出了碉堡，开始收破烂讨生活。虽然拼装的自行车推起来"稀里哗啦"哪儿都响，但作为装破烂的工具，还是再合适不过了。

华博在附近村里走街串巷，除了能讨要到一些吃的东西填饱肚子之外，还将村内家家户户丢弃的东西用自行车驮回碉堡内，一来二去，大家都与他这个"破烂王"混了个脸熟，而他真正的名字谁也不知道。

这天，华博推着破自行车驮着收来的破烂儿，正走在回碉堡的山路上。突然，背后传来一个姑娘的声音："'破烂王'，你快帮我把这头牛赶到碉堡里，你没有看见天要下雨了吗？"

华博回头一看，只见一个长着一张娃娃脸的姑娘，正在吃力地赶着一头大肚子花牛。

"轰隆隆、轰隆隆！"天空中雷声大作，眼看一场大雨就要降临。华博赶忙放下自行车，紧跑几步去牵这头花牛的牛鼻子。

华博牵着牛鼻子，姑娘用树枝使劲抽打着大花牛的屁股，可这头大花牛"哞哞"叫着，就是原地不动。

"孩子，这头牛要下牛犊子啦！"华博从这头大肚子母牛翘起的尾巴中，已经看到了凸显的产道。他回过头来对女孩说道。

"你管谁叫孩子呢？我都26岁了！"姑娘脸一红，不好意思地噘起了嘴。

"哦，对不起，我看你长得太小了，还以为你是一个孩子呢！"华博也有些不好意思，他笑呵呵地向姑娘道歉。

"咔嚓"，天空一道闪电，黑压压的乌云立即翻滚着罩在了头顶，一场大雨即将来临。

"不好，要下雨了！"姑娘惊呼着，不停地吆喝着大花牛。

"你去牵牛鼻子，我推牛屁股！"华博冲着姑娘大声叫喊着，两人换了位置，继续催赶着大花牛。

"轰隆隆、轰隆隆。"天空中的雷声越来越大，一道道闪电划破乌云，倾盆大雨顷刻便从天空中倾泻而下。

"大花牛，倒是快走啊！没看见下雨了吗？"姑娘带着哭腔央求着大花牛，她使劲牵着牛鼻子，可大花牛还是纹丝不动。

华博急了，他顺势冲着牛屁股猛击一掌，这一掌打得非常有力量，大花牛疼痛难忍，它弯下牛头"哞哞"叫着，"腾腾"地连跑带颠地跟着姑娘跑了起来。

姑娘一只手抹着脸上的雨水和汗水，另一只手使劲地牵着牛鼻子，连人带牛跑进了碉堡。

"破烂王，你真有办法！"姑娘头也没回地夸奖着华博。

"哈哈哈，瞧你这副德行，都成落汤鸡了。"姑娘止住脚步，回过头来看了一眼满身满脸都是泥水的华博，"咯咯"地笑出了声。

"你的模样也不比我好看到哪儿。"华博看着跟自己一样成了泥人的姑娘，"哈哈"地笑了起来。

被大雨淋得透心凉的姑娘，"激灵灵"地打了一个冷战，她笑着问华博："'破烂王'，你刚才使的什么把戏，才把'大花'赶走的？"

"我哪有什么把戏？'大花'欺负你，它欠揍！"华博撩起湿漉漉的衣服，擦着满脸的泥水，开心地对姑娘说着。

姑娘也学着华博的样子，撩起衣服擦着脸问道："你叫什么名字？"

"我叫'破烂王'，你呢？"华博没敢告诉姑娘他的名字，他倒是想知道姑娘的名字，于是他一边擦脸，一边问着姑娘。

"我叫英子，飒爽英姿的英，孔子的子！"英子擦干了脸回答着华博。

"你念过几年书？学问不错嘛！"华博看着一身湿淋淋的英子和那张被雨水洗过的娃娃脸，觉得她又好笑又可爱，于是他与英子开起了玩笑。

"我念过高中，可惜高中没毕业就回家种地了。"英子的脸色略显难堪，她认真地回答着华博的问话。

"你家离这里远不远？快回去换换衣服吧，别感冒了！"华博关切地对英子说着。

"你想让雷把我给劈死呀？你听听外面的雷声，再看看外面的大雨，都下冒烟了。"英子顺着碉堡的射击窗口向洞外瞧了瞧说道。

"你的衣服都湿透了，裤脚都往下淌水，我怕你被雨水淋感冒了！"华博也顺着碉堡洞口向外瞥了一眼，一股股雨柱被狂风猛烈地吹进了碉堡，碉堡内的水泥地上已经开始有了积水。

华博转过身去，抱起一堆劈柴块儿，在附近一个洞穴中点起了篝火。

"英子，你过去烤烤衣服吧。"华博叫着英子。

"好吧，不过你可不许过来偷看呀！"英子爽快地答应着，紧跑几步去隔壁洞穴烤火。

"我的衣服烤干了，你也过去烤烤衣服吧。"过了一会儿，英子烤干了衣服，她又往篝火中添了几块劈柴，过来催促华博也去烤火。

"听口音你不像是本地人，快跟我说说你为什么在这里捡破烂？"英子和华博烤干了衣服，并肩坐在了大花牛的身旁，他们一边避雨一边聊着天。

"我喜欢捡破烂。"华博站起身来一边回答着英子的问话，一边撩起了大花牛的尾巴，仔细地端详着大花牛产道的开放程度。

"你看'大花'什么时候能下牛犊子？"英子双手托着下巴，全神贯注地看着华博的举动，轻声问道。

"是的，根据我的判断，'大花'明天天亮以前就能下牛犊子。"华博说着又坐在了英子身旁。

"你是兽医？"英子一脸天真地问着华博。

"我不是兽医，不过我学过医。"华博笑着说道。

"你是医生？那你为什么住在这个破碉堡里？"英子瞥了一眼华博用木板搭成的地铺，惊讶地问着华博。

"你怎么知道我住在这里？"华博笑呵呵地问着英子。

"我天天在山脚下放牛，看你从碉堡里早出晚归的，还能不知道你住在这儿？"英子坏笑着说道。

"哦！"华博"哦"了一声，又把目光投向了洞口外。

"大哥，外面的雨好像已经停了，我回家给你取点吃的东西，顺便告诉我爹一声，免得他惦记，你先帮我照看着'大花'吧。"英子见外面的大雨已经停了，就赶紧回家去取吃的东西。

过了一个多小时，英子拿着饭盒、脸盆和暖壶回到了碉堡。

"大哥，过来吃饭吧，你猜我给你带来了什么好吃的？"英子人还没有进碉堡，爽朗的笑声就已经传进了华博的耳朵。

华博看到英子回来了，赶忙喊着英子："英子，你过来看看，'大花'难产，生不下牛犊子，这样下去会有危险的！"

英子一听大花牛难产，赶忙跑到了大花牛的身旁。此时，大花牛带着巨大的肚子，正不停地在铺着厚草的地上折腾，英子看着难受的大花牛，急得直跺脚。

"英子，你帮我按住牛头，我给它扶正胎位，再帮它把牛犊子生出来。"华博说着，用力挪动着大花牛笨重的身体，开始在大花牛的肚子上做着胎位扶正按摩。

"前蹄出来了！"英子欢快地叫着。

华博看到大花牛的产道里已经伸出了小牛犊子的两个前蹄，知道是他的胎位扶正按摩起到了一些作用。可不管大花牛如何用力，牛犊子的前蹄就卡在产道里纹丝不动。

华博急了，如果再不进行人工助产，小牛犊子很快就会憋死在大花牛的肚子里，大花牛的生命也会有危险。

"我还是下手掏吧。"华博一边嘟囔着，一边将两只手伸进大花牛的产道里，抠住小牛犊子的屁股，拼命往外拽小牛犊子。

"一二三、一二三！"华博双膀较着劲，使劲地往外拽小牛犊子。几分钟以后，小牛犊子的两只前蹄已经全部被他拽出了大花牛的产道，紧接着小牛犊子的头也慢慢地探了出来。

"一二三、一二三！"华博又抱住了湿漉漉的小牛头，使出全身的力气用力拽着小牛犊子。几分钟过后，小牛犊子的后腿连同整个身子都被华博拽出了大花牛的产道。

"扑腾"，小牛犊子应声落地。

"扑通"，华博也一屁股瘫倒在地，浑身已经被汗水打透。

"哞哞"大花牛长出一口气，扭头开始舔着小牛犊子身上的羊水。

英子兴奋地拍着手叫着："出来了，出来了！母子平安，母子平安！"

华博看着英子欢呼雀跃的样子，心里也有一种喜滋滋的成就感。

几天以后，英子领着华博，带着"大花"和"小花"回到了家。

她人还没有进屋，声音早已传到了屋内："爹！就是这位大哥帮咱家的'大花'下了'小花'。如果没有他帮忙助产，'小花'就生不下来，'大花'也会有生命危险，他是咱们家的救牛恩人。"

"谢谢！"英子爹听了英子的话，笑得合不拢嘴，他拖着行动不便的双腿，出门来迎接华博。

"大叔，您的腿？"华博看着一脸喜悦的英子爹，指着英子爹的腿轻声问道。

"我爹是脑血栓后遗症，说话走路都很费劲。这是我弟弟，他叫虎子，虎子，快过来叫大哥。"英子一脚门里一脚门外地喊着。

一个虎头虎脑的小男孩从英子爹的身后跑到了华博面前，扭捏地叫了一声："大哥哥好！"

"快进屋，快进屋。"英子爹说话虽然有些不利索，但意思表达的还是十分清楚。他热情地招呼着华博，华博跟着英子爹走进了屋内。

"大哥，我给你炒几个菜，你陪我爹喝两盅吧。"英子撒着欢儿去给华博做饭。

华博也没客气，他按照当地人的礼节，脱了鞋坐到了英子家的炕上，盘着腿与英子爹拉起了家常。

"大哥，我爹好喝酒，只要他高兴就要喝两盅，他说酒能活血化瘀，平常都是我陪我爹喝酒，今天你就替我陪我爹喝几口吧。"英子兴高采烈地将两个小酒盅摆到了华博和她爹的面前。

"一会儿，我给你烧点热水，你洗洗澡烫烫脚，今晚你就睡在我住的西屋，我们一家都睡在东屋。"英子脚不停步地忙活着。

华博没有拒绝英子的盛情，他笑呵呵地吃了一顿好久没有吃过的饱饭，他已经很久没有感受到家的温暖了。华博陪着英子爹喝了点酒，躺在西屋美美地睡了一个囫囵觉。

第二天早晨，华博刚刚睁开眼睛，就听到了英子亲切的召唤："大哥睡醒了？快吃早饭吧！"

"大哥哥，你带我上山去打鸟行吗？邻居家小孩儿总去山上打鸟，可我姐从来都不带我去，烦死了！"虎子见姐姐领回来这位大哥哥既随和又亲切，不等华博放下碗筷，就开始缠上了华博。

"好、好、好，一会儿大哥带你去上山，虎子几岁了？"华博拍了拍虎子的小脑袋问着虎子。

"我10岁，你几岁？"虎子眨着天真的大眼睛，机灵地反问着华博。

"哈哈，虎子蛮机灵嘛！"华博冲着英子爹笑着，嘴里夸奖着虎子，却没有说出自己的年龄。

一连几天，华博每天都骑着破旧的自行车驮着虎子，拿着他自制的弹弓子上山打鸟。华博从小跟着爷爷上山打过鸟，弹弓子打得很准，不管是麻雀、黄雀还是铜嘴、蜡嘴，只要有鸟儿落在树上，他保准是弹不虚发，就这样，他们每天都能带回一些战利品。

上山打鸟玩够了，虎子又开始磨着华博带他去骑马，江边有一个养马场，可是养马场的马倌不让他们骑。华博灵机一动，他用李大虎给他的钱，给马场买来了一马车草料。马倌一看华博出手很大方，还帮助他解决了草料，高兴得不得了。他将一匹大青马的缰绳递给了华博。

华博抱着虎子飞身上马，欢快地唱起了歌儿："蓝蓝的天上白云飘，白云下面马儿跑……"

华博抱着虎子骑在膘肥体壮的大青马背上，一边唱着歌、一边策马扬鞭。大青马高昂着头"哼哼"地叫着，翻蹄亮掌在广袤的草地上欢快地奔跑着。虎子倒在华博的怀里，开心地笑着。

"大哥，虎子长这么大，还从来没有这么高兴过。这几天他半夜睡觉都在'呵呵'地笑。"虎子笑了，英子也笑了，就连英子爹的眼睛都笑得眯成了一条缝。

"英子，带虎子玩儿的是你男人？"英子的脸上成天挂着喜悦，邻居看得真真切切,他们故意问着英子。每当这个时候,英子只管憨厚地笑,她才不管别人怎么说。

华博和英子又带着虎子来到山脚下的小溪边,他挽起裤腿,站在一尺多深的小溪里用树杈子叉鱼,叉到的江鱼在篝火上一烤,老远都能闻到鲜香的味道。

三个人围坐在了篝火旁,华博将一条烤鱼递给了虎子,接着又给英子烤好了一条。

"英子,跟你商量一个事儿,过几天我得走了,不能总这样住在你家,你还是个大姑娘,我听有人风言风语的说闲话,时间长了会影响你今后的生活。"华博翻动着篝火上的江鱼,对英子说道。

"我不让你走,不让你走!"虎子正投入地吃着烤鱼。他一听华博要走,一下子扑到华博的怀里"哇哇"地哭了起来。

"我也不让你走!你来我家这阵子是我们全家最开心的日子,别人爱怎么说就怎么说,我又不是给他们活着。"英子深情地瞅着华博,依依不舍地说道。

华博见英子姐俩对他都有些难分难舍,就换了一个话题:"英子,我学过中医,治疗半身不遂非常拿手,我给大叔扎针灸吧!免得白吃你们家的饭。"华博半开玩笑地对英子说着。

"那可太好了,你要是能把我爹的腿给治好了,你就不光是我家救牛的恩人,还是救命的恩人了!"英子破涕为笑,轻轻地在华博的脸蛋上亲了一口,害羞地跑开了。

第 47 章
惊弓之鸟

吃罢晚饭，华博坐在院子里的牛棚旁，正在欣赏着活蹦乱跳的“小花”，英子不知什么时候已经来到了他的眼前。

“大哥你真厉害！你看我爹的腿脚已经一天比一天地好了起来，我得好好感谢你呀！”英子说着，兴高采烈地搂住了华博的脖子，华博羞得直往后退，身子都靠在了牛圈杖子上。

“英子，别别、别这样，有人在偷看。”华博的脸一下子红到了脖子根儿。

“我才不怕看呢！看你还往哪儿躲？”英子柔柔地说着，两片温暖的嘴唇已经贴到了华博的嘴上。

“英子，是它们在偷看我们！”华博说着，用手指了指天空。

“那不是星星和月亮吗？”英子顺着华博的手指方向看了一眼夜空，伸出柔弱的拳头轻轻地敲打着华博：“你坏，你坏死了！”英子娇嗔着，两人开心地笑在了一起。

华博和英子终于抱在了一起，两人热烈地亲吻着。牛圈里的“大花”见此情景，赶忙撵着“小花”躲到了牛圈的一旁，它们不想打扰这一对儿幸福的有情人。

华博双手捧着英子那张火热的红脸蛋，仔细地端详着，他看到了英子眸子里已经充满了晶莹的泪花。此时，华博心里非常矛盾，英子的纯情和真挚深深打动了他，他本想接受英子的爱，但又一想，自己现在的处境又有什么资格谈情说爱？他想逃避，又怕伤害到英子，他再也不敢正视英子那张痴情的脸，他不能让眼前这位纯真善良的好姑娘，跟着自己受半点的委屈。

华博沉默了良久，颤抖着声音说道：“英子，我迟早都会离开这里的，我不值得你爱！”

英子天真地凝视着华博，眼泪像断了线的珍珠"扑簌簌"挂满了面颊："大哥，我知道你有心事，你可能还有没有办完的事情；我也知道我留不住你，我不能把我的幸福建立在你的痛苦之上。可是我的心已经被你牵走了，不管你走到天涯海角，我这颗心都是要为你永远跳动的。大哥，英子爱你！"

华博听了英子的话，一股暖流立即涌上心头，他觉得不能再对英子隐瞒自己的身份，于是，他鼓足勇气大声说道："英子，我对不起你，一直在瞒着你，我真的不值得你爱。你还不知道，我是一个被警察追捕的人！"

"你是被警察追捕的人？那我就是你的同谋！"英子颤抖着声音说着，毫不犹豫地紧紧抱住了华博。

英子对华博的话一点都不感到惊讶，她知道，一个大男人舍家撇业来到这个闭塞的边陲，甘愿捡破烂为生，不是跑出来的逃犯还能是什么？

夜光下，华博向英子讲述了自己的遭遇，英子静静地听着，伤心地为华博流着泪。

"华博哥，你一个人的力量再大也是孤掌难鸣，两个人的力量再小也是齐心合力。从今天开始，你就不是一个人在奔波了，我要永远和你在一起，与你同甘共苦、共渡难关。我家在熊瞎子村有亲戚，明天我就去熊瞎子村去为你探听凌丽的消息，我一定帮你把这个忘恩负义的'狐狸精'揪出来！"英子将身子扑到了华博的怀里。

"谢谢英子，你真是一个好姑娘！"华博感动得泪流满面，他张开双臂紧紧地抱住英子。

"大哥，我今天去了熊瞎子村，凌家的警察已经撤走了，不过治保主任还是时不时地去监视凌家。我怕引起他们的怀疑就先回来了，明天我还过去。我就不信了，就是老虎不也有打盹的时候吗！"英子一边擦着头上的汗水，一边把她去熊瞎子村的情况告诉了华博。

英子和华博在西屋里说的话，被正在门口活动腿脚的英子爹听了个正着。他的腿经过华博特殊的针灸疗法，现在已经活动自如了。

"你们刚才说什么呢？"英子爹推门进了西屋，大声问道。

华博见已经无法再继续瞒着英子爹，就对英子爹说了实情。

"哈哈，原来你叫华博呀，我就觉得你小子有些来路不明嘛。不过大叔看得出来，你是一个大好人，要不我早就把你撵走了。现在大叔的腿脚也快好利索了，明天就让英子把我送到熊瞎子村，我在表弟家住几天，找凌丽的事情，你就交给我这老头子吧。"英子爹拍着胸脯向华博表着态，满脸的皱纹都舒展开来。

"爹，我怎么把您老人家给忘了？我爹原来就是我们村的治保主任，这件事情交给他办，是再合适不过了。"英子高兴得一跳老高，欢快地跑了出去。

几天以后，英子爹从熊瞎子村回到了家里，一进家门就招呼英子炒几个菜，他要和华博喝上几盅。

"华博，你的分析一点都没错，那个凌丽确实在你出事以后回过熊瞎子村，她给她爹留了一笔钱以后就不知去向了。"英子爹端起酒杯兴奋地对华博说着他打探到的情况。

"您见到凌丽她爹啦？"华博听了英子爹的话以后顿感意外，他马上端起酒杯向老人家敬酒。

"有一天半夜里，我在我表弟的陪同下去了凌家，你说巧不巧？我和凌丽她爹还是老相识，于是我干脆就直截了当地向他说明了来意。凌丽他爹是个复员军人，当年参加过珍宝岛战役，转业以后他没有回家乡，他说要天天陪着那些在战场上牺牲的战友，就自愿在熊瞎子村落了户。老头子一辈子无儿无女，凌丽是他收养的一个牺牲战友的遗孤，老爷子含辛茹苦地把凌丽从三四岁一直养大成人，还上了大学。后来他听说这丫头在上大学期间出了点事儿，还进了监狱，老爷子就天天以泪洗面，等着、盼着她能够早一点回到他的身边。凌丽出狱以后回到了家，这不，还没过上几天团圆的好日子，这丫头又不知道出去惹了什么祸？前不久回家后，她给老爷子留下了一笔钱，又给老爷子买了木材，还雇了人要给老爷子盖新房子，安排好了以后又不知道去了哪里。"英子爹难过地说着凌丽的身世，华博默默地听着，英子的眼圈都有些湿润。

"凌丽没跟她爹说她要去哪儿吗？"华博向英子爹追问着凌丽的下落。

"凌丽临走之前抱着老爷子哭了好半天，老爷子也没听清楚她要去哪儿，只记得她说过要从云南到外国去。对了，凌丽临走之前还留下了一个油纸包，说是如果有一个叫华博的人来找她，就将这个纸包交给他。"英子爹说着，从怀里掏出了一个用油纸包裹的纸包，交给了华博。

华博一层层打开油纸包，见里面是一个信封和3万块现金，华博将现金交给了英子，轻轻地打开了信封。

"怎么是一张白纸？"华博仔细地翻看着连一个字也没有的信纸，惊讶地发现凌丽留给他的竟是一封无字信。

"不行，我得去云南去追赶凌丽，我一天找不到她，就一天得不到安宁。找不到凌丽，我一辈子都洗不清冤屈！"华博一口酒下肚，拿着这封无字信回到了西屋。

华博躺在床上辗转反侧，久久不能入眠，他无法破解这封无字信里面的含义。凌丽留下这封无字信的用意是什么？是诀别还是留恋？她留下的3万块钱又是什么意思？是精神补偿还是名誉损失？难道她是在效仿武则天的无字碑，千秋功罪让世人评说？华博想不出更好的答案。自己历尽千辛万苦，九死一生地追赶到了熊瞎子村，难道就是为了这3万块钱和这封让他评说她功过是非的无字信？华博失眠了！

华博失眠了，英子和她爹也失眠了。

"看来这小子真是冤枉啊！你看他刚才那副铁青的脸，就会知道他是铁了心要去追赶凌丽了。既然他去意已决，如果执意留他住在这儿，会把他憋出病来的。英子，我劝你还是让他回去吧！唉，爱情这个东西需要两相情愿，不能剃头挑子一头热，权当是做了一场梦吧！"英子爹喃喃地说着，一口接一口地抽着老旱烟。

"爹，这几天我的右眼皮就总是跳个不停，华博一走是福还是祸，谁能预料得到？他这一生太坎坷了，风雨飘摇了半辈子，连个亲人都不在身边。他要去找凌丽，可凌丽又在哪儿？他还不得继续过着颠沛流离的日子吗？如果我不在他身边，他死了连个收尸的人都没有。人不能没有良心，不能不知恩图报，他为您治好了病，给虎子也带来了快乐，又给了'大花'和'小花'新的生命，我要报答他！"英子说着，眼泪止不住地流淌了下来。

英子爹一声不响地抽着烟，他在掂量着英子的肺腑之言。过了好半天才慢慢地张开嘴说话："孩子，既然他去意已决，你也决心已下，那爹爹就成全你们，你就陪他去吧！孩子，人这一辈子都会遇到七灾八难，记住爹的话，没有过不去的火焰山，所以不管多难的事，只要挺一挺就会过去。英子，以后你们过上了好日子，千万别忘了给爹送个信儿，我好告诉你妈一声，免得她在九泉之下惦记着你！"英子爹老泪纵横地说着，他已经泣不成声。

"当当当"，英子穿好了衣服，打好了背包就去敲华博的屋门。

东方渐渐露出了鱼肚白。一直陪伴着华博的星星，眨着眼睛静静看着他，仿佛要有话叮嘱他；月亮弯着腰在笑，好像也在祝福着他和英子。

华博将凌丽留给他的钱，偷偷地留给了英子爹和虎子，带着英子悄悄走出了家门。他们跪在院内，向屋里的爹爹"咚咚"地磕着响头，一步三回头地离开了英子家。

"华博哥，我们去哪儿？"英子抹了一把眼泪，拉着华博的手，轻声问。

"我们先去火车站，不过我们得分开走，我走在前面你走在后面。我一旦被抓了，你好知道我的下落。"华博压低了声音嘱咐英子。

英子按华博的吩咐走在了华博的身后，两人一前一后沿着山间小路走出了大山，三拐两拐就来到了一条公路旁。

一辆大马车响着马铃铛来到了英子身旁，赶车的大叔叫着英子："英子，你去哪儿？我捎上你一块儿走吧。"

英子见赶车人是村子里的大伯，一问才知道大伯要去虎林火车站接人，就一骗腿上了马车。

"这位大哥，你上哪儿？我们捎上你吧。"马车没有走出多远，就看见了路边快步行走的华博。英子假装不认识华博，向他使了一个眼神，招呼着他也上了马车。

"驾！"赶车的车老板一甩马鞭，大马车一溜烟跑得飞快，车后荡起了一片片尘土。

华博和英子坐了半天的大马车，来到了虎林火车站。

"你去买车票，我们去哈尔滨。"华博和英子坐上了去哈尔滨的绿皮火车。

第二天早晨，英子和华博下了火车，走出了哈尔滨火车站，来到了市区。

"华博哥，我们下一步去哪儿？"英子问着华博。

"先吃饭，然后我去办个假证。"华博伸手从路边电线杆子上撕下了一张办假证的小招贴，转身进了一家公用电话亭给办假证的人打电话。

英子和华博找了一家小吃部去吃早餐，一会儿工夫，办假证的人就把一个假户口本送到了华博的手中。英子接过户口本一看，户口本的户主不是华博而是李博，于是她笑呵呵地对华博说道："华博哥，你真行！我看这个假户口本和真的也没有什么区别呀？"

"我们拿着这个户口本马上到对面照相馆去照一张结婚照，然后再办个结婚证，这一路就不怕被检查了。"华博说着拉着英子就往照相馆里走。

"华博哥，这回有了户口本，还有了结婚证，我们不就是合法夫妻了吗？我们再也不用分开走了吧！"英子拿到了结婚证，虽然她知道这个结婚证是假的，但她还是异常的兴奋。

"英子，我对不起你，给你办了一个假的结婚证，可这也是没办法的办法，如果没有证件，我们出不了黑龙江就会被抓。等我找到了凌丽，洗清了不白之冤，我们再补办一个真的结婚证，到时候我们风风光光地办一场婚礼，好不好？"华博笑着向英子做着承诺。

"好，我等着那一天，我要让我爹和全村的人都看到这一天。"英子说着，笑得合不拢嘴。

华博和英子经过五六天的昼夜奔波，终于从东北边境黑龙江来到了西南边陲云南。

华博和英子一走出昆明火车站，就感觉到了一股股的热浪迎面扑来。

"云南的天气可真热啊！"英子擦着脸上的汗说道。

华博买了一张云南省的地图和一张昆明市的地图，他和英子按照地图的指引来到了一家旅游宾馆。华博向服务台递上了结婚证和户口本，服务员在结婚证上打量了一番后，就顺利地给他们办理了入住手续。

"华博哥，不，李博大哥，你领我住这么好的房间啊！我长这么大，还是头一次住宾馆呢。"英子兴奋地说着，她往柔软的沙发床上一躺，整个身子都软在了床上。

华博也倒在了沙发床上，一个多星期以来，他和英子一直是坐着硬板座，一路颠簸地来到云南，浑身的骨头都要散了架，一见到大床，两人顷刻就瘫倒在了床上。

"太累了！这床好舒服！"英子的身体软成了一团，她搂着华博，嘴里喘着粗气。

"洗个澡吧！"华博说着抱起了洁白如脂的英子进了卫生间，卫生间里立即传来了"哗哗"的流水声和两人欢快的笑声。

"哥，今晚就是我们的新婚之夜吗？"英子和华博的身体紧紧地贴在了一起，大床发出了"咯吱、咯吱"的响声。

"哥，英子爱你！"英子轻声呻吟着。

"英子，哥也爱你！我们一辈子都不再分开！"华博的呼吸都在加快。

第二天，太阳都升得老高，两人还懒懒地躺在床上。华博现在也在犯难，他所能获得凌丽的唯一线索就是她从云南出境，可经过几千公里的艰苦行程，一路追踪来到云南后，却无法判断她从哪里出境，更不知道下一步她将去往何方？

"英子，云南省与三个国家有着2000多公里的边境线，这三个国家分别是越南、老挝和缅甸，你说凌丽能去哪一个国家呢？"华博搂着英子，眼睛盯着云南省地图问着英子。

"这个我可不知道，反正英子已经是你的人了，你走到哪儿，英子就跟你到哪儿。一刻也不分开！"英子趴在了华博的身上，娇滴滴地说着。

"越南和我国曾经发生过中越战争，她不可能去越南；去老挝的路很不方便，我想她也不会去那里。缅甸的东部和北部与云南省的边境线最长，缅北的果敢地区常年内乱，对边境地区的管理不是很严格，我们还是去缅甸吧。"华博分析着凌丽的去向，他决定还是去缅甸。

"英子，你今天就待在宾馆里哪也不许去，我出去打听一下应该走哪条路去缅甸？"华博起身下床，去寻找到缅甸的出境路线。

"英子，我打听清楚了，我们从昆明到缅甸有好几条路可以选择，从打洛镇去缅甸果敢虽然比较方便，但我觉得从临沧的南伞镇过境会更安全一些，所以我经过反复考虑，我们还是去南伞镇吧。我们今晚出发，如果一切顺利，明天就可以到达南伞，到了南伞找到当地的蛇头，蛇头就会带我们进入缅甸的果敢地区了。只要到了果敢，我们就安全了，再也不用担心警察从天而降了。"华博胸有成竹地说着，看来他已经做好了去缅甸的一切准备。

当晚，华博和英子登上了从昆明去临沧南伞的汽车，汽车一路颠簸，第二天到达了南伞镇。

"哥，这个镇子就是中国和缅甸的边境吗？"英子觉得同样是边境小镇，可这里与她的家乡中国和俄罗斯的边境却截然不同，不光是气候的原因，就是繁华程度也不可同日而语。

"是的，云南的南伞与缅甸的果敢同属于云贵高原，陆地相通、山水相连，汹涌澎湃的怒江流经缅甸后就叫萨尔温江了，所以中国在江之头，缅甸在江之尾，中缅是共饮一江水的友好邻邦。"华博借机会给英子恶补着地理常识，英子从华博身上感觉到了一种知识的力量。

华博和英子来到了一家写着"绿色通道"的小旅店，旅店老板热情地与他们打着招呼："你们要去那边吗？今天就住在我这里，明天天亮之前，我就可以带你们过去。"老板说着，用手指了指对面的缅甸，然后伸出了一个手指头。

"1000 块钱吗？"华博心领神会地问道。

"不，每人 1000 块钱！"老板板着脸，做出了不讲价的动作。

"成交！"华博和老板的目光对视了一下，心照不宣地笑了。

第 48 章
进入缅甸

———

华博和"绿色通道"的小旅店老板做好了交易,就等着次日凌晨越境去缅甸了。

傍晚时分,华博和英子出了小旅店来到街上,他们要吃点东西,顺便再买两套当地的傣族服装,准备越境的时候穿上,权当入乡随俗。

"英子,这儿有一家东北菜馆,我们进去吃点东北菜吧。"华博看到路边有一个二层竹楼的东北菜馆,他拉着英子走进了竹楼。

"来了二位,楼上请!"跑堂的伙计一声高喊,将华博和英子领到了楼上紧靠窗户的餐桌前。窗户对面是一片郁郁葱葱的群山,群山由云南起伏连绵到了缅甸境内。

"伙计,我向你打听一下,你们这块儿哪有卖傣族服装的地方?"华博和英子吃罢了晚饭,准备去买傣族服装。

"我们店里就有卖啊!"伙计收拾了碗筷,就去给华博和英子拿傣族服装。

过了一会儿,一位看上去和华博年龄相仿的中年人,手里拿着几套傣族妇女穿的筒裙以及束裙腰带,还有傣族男子穿的圆领对襟褂子和头巾,笑呵呵地问着华博和英子:"是你们二位要买衣服吗?"

华博和英子在几套各种颜色的服装中挑选着自己喜欢的颜色。

"这就是当地的民族服装吗?"华博问着中年人。

"听口音你们是东北人吧?我是这家菜馆的老板,我叫洪虎,我也是东北人,我家住黑龙江的佳木斯,你呢?"洪老板上下打量着华博问道。

"我们也是黑龙江人,我们是老乡哟!"英子快言快语地说着,他乡遇故知的表情立即写在了她的笑脸上。

"太巧了!在这儿能遇上老乡真是太亲切了,伙计,把我的好茶拿过来。"洪虎吩咐着伙计，他搬过一把竹椅坐在了华博的对面。

"你是黑龙江哪个地方的人？"洪虎给华博和英子倒上了一杯正宗的云南大树普洱茶问道。

"我家住在乌苏里江畔，离虎林不太远。"英子爽快地说着。

"那我们可是越来越近了，既然我们都是老乡，老乡见老乡、两眼泪汪汪。你们要的这两套衣服，我就白送给你们了。"洪虎显得非常高兴，他慷慨地说着。

洪虎见了老乡感到很亲切，话也多了起来，于是他关心地问着华博："你们来南伞几天了？住在哪儿？"

"我们住在离这儿不远的'绿色通道'旅店。"华博见老板为人热情，就把住处告诉了洪虎。

"怎么住在那儿？你们要偷渡越境？"洪虎的脸色渐渐严肃了起来。

华博见洪虎欲言又止，便追问起来："我们刚到南伞，不熟悉这里的情况，那个旅店有什么问题吗？"

"我看在老乡的分上，就跟你们说实话吧。那个旅店是一个黑店，老板是一个专门输送偷渡人员的蛇头，他只管挣钱不管偷渡人的死活。他是不是要明天天亮之前送你们过境？"洪虎压低了声音问着华博。

"没错，他是这么说的。"华博听了洪虎的话，心里开始有些紧张。

"我们这个地方管偷渡叫走小路，他领你们偷渡走的就是这样的一条小路，他的路线是把你们送到5公里以外的香蕉林里。你们沿着那片香蕉林一直往前走，就会进入一片森林，那片森林与果敢境内的原始森林是相连的，林子中间有中国和缅甸的界碑，过了界碑就是缅甸了。"洪虎喝了一口普洱茶，又点着了一支香烟接着说道。

"果敢地区位于缅甸的北部，是地方政权高度自治的地区。生活在果敢地区的人，民族成分非常复杂，除了当地的缅甸人以外，还包括土著掸族人，除了掸族人以外，还有二战时期遗留在果敢的远征军老兵以及当年偷渡过去的知青。"洪虎很健谈，他向华博和英子介绍着果敢的现状。

"果敢地区历来都是兵家必争之地。上个世纪40年代的二战时期，中国远征军与英国军队在这一带与日军有过多次战斗，曾经的战场上尸横遍野，在那片原始森林中，到处都有死去的冤魂，所以很少有人敢去那里。尤其是雨季的连雨天，脚踩在林子里的沼泽地里，想拔都拔不出来，就是大白天都能听到四面传来的战马嘶鸣声，吓都能把你们吓死，就别说走出这片原始森林了。"洪虎使劲地抽着烟，绘声绘色地描述着他所知道的这片神奇的原始森林。

"那我们应该怎么办？"英子脸色瞬间变得惨白，说话都带着哭腔。

"唉！我看你们两个也不像是坏人，干吗非要走那条路？那可是一条死亡之路啊！"洪虎不解地摇着头。

"哥，我们不去了，我们回去吧！我还要和你过好日子，还要给你生儿子，我不想死！"英子颤抖的声音说着，眼泪"扑簌簌"地滚落在了脸上。

"大哥，你给我们指一条活路吧！我是一名医生，我有本事，我会报答你的。"华博额头上也沁出了豆大的汗珠，他一边给英子擦着眼泪，一边恳切地对洪虎说道。

"你是医生？是中医还是西医？"老板一听说华博是医生，立即来了精神。

"我是中医，针灸和推拿是我家祖传的绝活！"华博说着，目不转睛地看着洪虎。

"我男人的针灸可厉害了，我爹的半身不遂就是他给扎好的。"英子不等华博把话说完，就抢过华博的话茬，眉飞色舞地描述着他爹走路的样子来。

"那可太好了！"洪虎自言自语地说着，转身下楼吩咐伙计去重新上菜。

洪虎叫了几个店内拿手的东北菜，又打开了一瓶陈年的哈尔滨老酒，招呼着华博和英子。

"这瓶酒是我从黑龙江带过来的，珍藏多年了都没舍得喝。这个地方喝白酒的人很少，我自己又不愿意自斟自饮，今天遇上了老乡，我们还这么投缘，就与你们喝上几杯。"洪虎高兴地打开了哈尔滨老酒，三人兴高采烈地喝了起来。

"兄弟，不瞒你说，我父亲也是中医，他一直希望我子承父业。可我对中医就是不感兴趣，这不实在没有办法了，才舍家撇业来到这里开起了酒馆。我有缅甸护照，在果敢也生活过好多年，对那里的情况十分了解，那里的风土人情和云南差不多。这也难怪，同根同族嘛！"老板说着，端起酒杯和华博碰了一下杯。

"大妹子，不，应该叫弟妹才对吧？东北女人都能喝酒，我给你也倒上酒，咱们三个老乡一起喝几杯。"洪虎扭头看着英子说道，三人觥筹交错碰起了酒杯。

"你们是出来逃婚的吧？我看你们两人恩恩爱爱的样子，就知道一定是家里反对你们的婚姻，才千里迢迢跑到这里，对不对？"洪虎"嘿嘿"地笑着，不住地偷看着华博和英子。

"对对对，大哥真是好眼力，就是这么回事。"华博借坡下驴，端起酒杯开始回敬着洪虎。

"你既然是中医又有绝活,我倒是想给你们指一条生路。"洪虎停顿了一下话语,有意卖着关子。

"大哥你快说,是什么生路?"英子脸上露出了喜悦的笑容,她拿出在家陪老爹喝酒的本领,举起酒杯主动与老板碰着杯。

"我有一个姓刀的傣族大哥,常年住在果敢,在当地很有实力。他现在成立了果敢华侨商会,一直想在果敢开一家中医馆,就是没有遇上合适的中医。如果我把你们介绍给他,他一定会很高兴的,他身上有着一种强烈的爱国情怀,就是想在缅甸弘扬中医文化。"洪虎对华博说出了自己的想法。

"让我去果敢开中医馆?我又听不懂当地人说话,他们也听不懂我在说什么,医生和病人之间无法交流,怎么开中医馆?"华博笑呵呵地说着,不停地摇着头。

"哈哈哈!我不是跟你们说过了嘛,果敢地区华人非常多,他们都说汉语,也会写汉字,就连商铺的牌匾也都是汉字,人民币在当地更是硬通货,你就不要有顾虑了吧!"洪虎"哈哈"笑着,打消着华博的疑虑。

"大哥,我还没问过你的年龄和姓名呢?你别看我长得老,又是满头白发,其实我是少白头,我今年38岁,你呢?"洪虎不好意思地挠了挠头发,笑呵呵地说着。

"我叫李博,今年41岁。"华博虽然对洪虎已经有了充分的信任,但还是没有把真实姓名告诉他。

"我还以为我比你的年龄大,刚才一直称嫂子为弟妹,现在马上改口叫大嫂。来来来,让我敬大哥、大嫂一杯!"洪虎说着,举起酒杯先饮为敬。

"大哥、大嫂,这亲戚也认了,你们就该听老弟的安排了。你们先在我这里住下,我的后院有个空房子,一会儿让伙计给你们收拾一下,你们千万不要再回那个'绿色通道'旅店了。"洪虎毫不客气地安排着华博和英子。

"不行,我得回去管他要钱去,不能便宜了这小子。"英子愤愤地说着。

"大嫂,不要因小失大,你要去管他要钱,他就会说你们偷渡,还能喊警察来抓你们。这帮小子坏着呢,他知道你们怕什么。"洪虎一本正经地劝说着英子。

"明天,我去托人给你们办边境通行证,我们大大方方地从南伞口岸过境,过境以后距离果敢首府老街市就只有七八公里了,刀大哥会开车来接我们的。我们一路唱着歌、看着风景去老街,你看怎么样?"洪虎兴奋地喝着酒,三人越唠越投缘。

华博和英子没有再回"绿色通道"旅店,他们住在了洪虎给他们安排好的房间,焦急地等候着洪虎的消息。

两天以后，洪虎拿着托人办好的边境通行证、健康证和其他相关证件，来到了华博和英子的面前："大哥、大嫂，出境的一切手续和证件都办好了，明天我们就可以去缅甸了。"

次日上午，洪虎带着华博和英子通过安检，顺利地从南伞口岸进入了果敢。

"洪虎，我在这儿！"洪虎一行人刚一进入缅甸境内，就看见一辆灰色的商务车停在路边。一位戴着金丝边眼镜、穿着黄色对襟丝绸衫、头上扎着黄色头巾的长者，正站在车前向他们挥着手。

洪虎带着华博和英子上了商务车。

"大哥，这就是我在电话里跟你说的李博大哥和嫂子。大哥、大嫂，这位就是果敢华侨商会的刀会长。"洪虎将他们互相做着介绍。

商务车沿着萨尔温江边飞快地行驶着，十几分钟以后，就来到了果敢首府老街市。

果敢华侨商会是一个紧靠路边的青砖灰瓦的二层小楼，小楼的楼下是特色餐厅，楼上是几间休息室和会客茶室。

刀会长为人很热情，他将洪虎一行人带到了楼上的一间茶室，热情地招呼着："李博医生，这儿就是我的华人同乡会，我们到家了。"

"李博老弟，我听洪虎弟弟说你是国内的著名中医，是这样吗？"刀会长倒上了一杯当地的普洱茶，问着华博。

"我是从小和爷爷学的中医，谈不上著名，只不过有一些祖传下来的特殊手法和针法而已。"华博没敢说出自己的真实姓名，更没敢报出是在哪个医学院毕业的，现在他的身份还是一名被警察追捕的逃犯，所以还得继续隐姓埋名。

"祖传的东西就是精髓，我一直有个想法，就是在缅甸弘扬中国中医文化，我缺少的就是中医，这不今天你们就送上门来啦。好哇！我在楼下给你们准备好了房间，你们就吃住在这里，需要什么东西尽管提。我们合作开一家中医馆，收入各半，好不好？"刀会长用生硬的汉语爽快地说着。

"没问题，都听会长大哥的。"华博脸上露出了久违的笑容，他庆幸自己遇上了洪虎和刀会长这样的好人。

"老街这地方不算大，吃的用的东西什么都有，一会儿让洪虎老弟带你们到街上走一走、看一看，买一些日用的东西，你们就在这儿安心开中医馆吧！"刀会长一边喝着茶，一边做着安排。

在刀会长的大力支持下，华博的中医馆顺利开张了。尽管华博的针灸技法和推拿手法都不错，可前来就诊的患者却是寥寥无几，中医馆开了一年多，挣的钱也就勉强能够维持华博和英子的吃喝。

"这样继续下去怎么能行？时间一长我们两人不成了吃闲饭的人了吗？"华博一脸愁容地对英子说。

"是啊！人家刀大哥倒是没有说什么，可如果再没有人来就诊，中医馆早晚也有支撑不下去的那一天，到时候我们两人还得去喝西北风。"英子也感到了危机，可她确实也拿不出一个解决的好办法。

"英子，我倒是有个好办法，可这需要投资，我实在不好意思向刀大哥提及，况且我也不敢保准这个法子就能立竿见影。"华博无奈地摇着头叹着气。

"哥，要我说只要有办法就得试一试，死马当活马医呗！"英子鼓励着华博。

"好，那我就去找刀会长说说我的想法。"华博得到了英子的鼓励，壮了壮胆子就去找刀会长。

"刀大哥，我想向你推荐研发一个新的产品，推广一个全新的营销模式。"华博鼓足了勇气将自己的想法说给了刀会长听。

"什么产品？"刀会长一听华博要研发新产品，立即来了兴趣。

"我们的中医馆生意不好，我抽空去了旁边的玉石批发市场转了转，这一转不要紧，可令我大开眼界。"华博喝着茶，捋着自己的思路。

"哈哈哈！兄弟，难道你要改行去卖缅甸玉石？"刀会长"哈哈"笑着，与华博开着玩笑，他还没有揣摩出华博的心事。

"哈哈，大哥，我不是要去卖玉石，我是要买玉石。"华博认真地说。

"这卖和买有什么区别吗？"刀会长有些不解地问着华博。

"大哥，我是想让你把玉石市场加工玉石的废料买回来，用粉碎机将这些废料研磨成玉石粉，然后再加工成玉石床垫子和玉石粉。我在玉石粉里再加上几味除湿的中草药，咱们加工制作成'国粉'。这个'国粉'如果再经过十几分钟的高温加热以后，会释放出增强人体免疫力的微能量，我们采取木桶泡浴或者汗蒸的方式，可以将这种微能量浸透到人的体内，达到除湿排汗养生健体的多种用途。身体亚健康的人经过我的药浴以后，躺在玉石床垫子上休息排汗，体质就会发生改变，能起到有病治病、无病防病的大作用。"华博将他的想法一股脑地说了出来，刀会长已经听得入了神。

"我们这个地区湿热多雨，人体内都有寒湿，所以亚健康的人很多。经过你的这种特殊疗法来改变体内湿热程度，会起到意想不到的防病治病的效果，对吧？"刀会长眉开眼笑地问着华博。

"没错，我就是这个意思，不过'国粉'的受众人群绝不是在这个地区，它适合所有亚健康人的群体。"华博见刀会长已经接受了自己的建议，笑得合不拢嘴。

"这就是你研发的新产品？刚才你还说要形成一个新的营销模式是什么？"刀会长显然已经接受了华博研发的新产品，于是他要继续听一听华博的营销新模式。

"我的营销新模式就是直销，我们把'国粉'和玉石床垫打包成我们的特色产品进行直销，组织上线团队去发展下线队伍，再推广到内地进行分销，在内地就会形成市场，这个生意可是一本万利呀！"华博有板有眼地说着自己的想法，他发现刀会长的眼睛已经眯成了一条缝。

"好哇，李博。你可真是个大能人，我还差一点小瞧你了！"刀会长已经深深领悟了华博的新产品和新模式的含义，他开始重新审视起了眼前的华博。

"缅甸是产玉的地方，原料不成问题，生产玉石床垫和'国粉'也不难，我可以立即投资。可营销我是一窍不通，所以我得组建一个营销团队，将玉石床垫和'国粉'，根据不同的受众人群分开营销。玉石床垫适合资金大的人群，而'国粉'适合小投入的人群，这样分开营销产品就会有针对性。"刀会长站起身来，拍着华博的肩膀做着补充，看来他已经下定了决心。

"大哥，我跟你说的这些想法，可都是商业机密呀！千万不要跟任何人说。"华博也站起身来，两人会心地笑了起来。

刀会长办起了玉石加工厂，他回收了果敢地区的玉石废料，研磨成了玉石粉，玉石粉再经过二次加工，一张张精美的玉石床垫就如同汉代的金缕玉衣一样美轮美奂。华博又将玉石粉加入了一些中草药，调配出了除湿的"国粉"，一个个印着缅甸文和中文标识的玉石床垫礼品盒，连同一袋袋精致的"国粉"分别出笼，缅甸玉石系列产品就这样在华博的精心创造下，进入了批量生产。

华博在缅甸开始了新的事业，他要寻找合作伙伴了。

第 49 章
创造神话

———

　　"洪虎老弟，你马上到老街来一趟，我们有重要事情找你商量。"刀会长拨通了洪虎的电话。

　　洪虎接到了刀会长的电话后，赶忙来到了刀会长的果敢华侨商会。

　　"洪虎老弟，今天，我和李博请你过来，就是要和你商量一件很重要的事情。"刀会长表情虽然轻松，但语气却十分坚定地对洪虎说道。

　　"大哥，您说，需要我做什么？"洪虎毫不犹豫地表着态。

　　"洪虎老弟，你在家乡的亲属中有官场上的人吗？"刀会长一边品着茗茶，一边问着洪虎，洪虎被刀会长莫名其妙的问话弄得有些蒙了头。

　　"我舅舅在黑龙江一个县的中小企业局当局长，我还有……"洪虎掰着指头数着亲戚的名字，他不知道刀会长问话的用意是什么？

　　"有这个局长大人就够了！"华博不等洪虎将他家在官场上的亲属罗列完毕，就急忙打断了洪虎的话。

　　"太好了，洪虎老弟，你舅舅的职务对我们这个项目会有很大的帮助。有了他的加盟，我们就等于有了一只雄鹰，雄鹰展翅飞，不怕风雨骤，我们未来的前景一定是一片光明。我建议你立即联系你舅舅，请你这位局长舅舅出面，组织当地做生意的人来缅甸旅游考察，相信他们对我们这个项目一定会感兴趣。"华博说着，踌躇满志地笑着。

　　洪虎给舅舅赵局长通了电话，赵局长一听说洪虎有生意找他做，满口答应。一个小微企业赴缅甸果敢考察团旋即成行。

　　一架波音飞机载着黑龙江某县赴缅甸考察团的 10 位小老板，在洪虎舅舅赵局长的亲自带领下飞到了昆明。

考察团成员一下飞机，就看见两名身着傣族服饰的迎宾小姐，正举着红色的迎宾牌在等候着他们。

"热烈欢迎远方的客人，请大家上车。"迎宾小姐笑容可掬地将考察团一行人请上了一辆考斯特中巴车。

中巴车上，迎宾小姐向大家介绍着云南的风土人情："大家好，欢迎大家来到我们美丽的云南，云南的意思就是'彩云之南'。云南，以美丽、富饶、神奇而著称于世，一向被外界称为'秘境'；云南，地大物博风景如画、民族众多风情各异。云南的秀美风光就连云南人自己都很难一一游览过，所以云南一直被称为旅游者的天堂。欢迎各位到云南，来感受云南的壮丽与神秘！"

大家一边听，一边看着车窗外的隽秀景色，没过多长时间就来到了昆明香格里拉国际大酒店。

"欢迎大家来到云南，我是缅甸果敢华侨商会市场开发部的总监，我叫郭美池。今后几天，就由我来负责接待大家，安排大家的行程，各位有什么要求就尽管向我提。"香格里拉国际大酒店的迎宾大堂内，郭美池将客房卡发到了每个人的手里。

"赵局长，我们先到房间休息一下，一小时以后在酒店八楼贵宾包间，我们刀会长要请大家吃饭。"郭美池又向洪虎寒暄了几句，有说有笑地带领着大家走进了电梯。

在赵局长下榻的套间客房内，郭美池毕恭毕敬地将一份旅游行程安排表递到了赵局长的手上："赵局长，这几天我准备带领大家，分别在云南和缅甸开始参观和游玩，这是我们的旅游行程，您看看还有什么要求？"

"不错，不错，安排得很周到。"赵局长接过行程安排表看了看后，又还给了郭美池。

郭美池笑盈盈地坐在了赵局长对面的沙发上，给赵局长倒上了一杯云南普洱茶，双手举到了赵局长的眼前。

"您是第一次来云南吗？"郭美池轻声问着赵局长。

"第一次来云南，云南真是一个好地方啊！谢谢你们周到的安排。"赵局长与郭美池寒暄着。

"听洪虎说，你们有一个发财的项目要与我们合作？"赵局长是一个急性子人，他见郭美池递给他看的只是一个旅游的行程安排，并没有提及考察投资项目一事，便开门见山地问着郭美池。

"哦，是这样，我们这个项目对您是合作，对其他人都只是参与。"郭美池一字一顿地说着。

"哦，是这样，方便介绍一下是一个什么项目吗？"赵局长玩味着郭美池话中的含义，急不可耐地追问着。

"这是一个能使大家共同致富的好项目，投资小、见效快；风险小、收益大。收益能大到让您不敢相信的程度。"郭美池诡异地卖着关子。

"什么好项目，竟能使我不敢相信？"赵局长笑呵呵地问着郭美池。

"您知道金字塔吧？假如您现在是站在塔尖上的人，站在您下面的人都在为您挣钱，您说这个收益能有多大？"郭美池用双手比划了一个三角形金字塔的形状向赵局长飞了一个眼神儿。

"哦？您说的难道是一座金山吗？"赵局长"哦"了一声，面带疑惑地望着郭美池。

"赵局长，我给您打个比方吧，比如说您就是金字塔塔尖上的 H，您下面分别有 A、B、C 三个人，而 A、B、C 三个人下面又各有三个人，他们分别是 E、F、G、S、M、N，和 O、P、Q。按照这种三三制的排列组合进行下去，您就是第一代；您下面的三个人是第二代；他们下面的九个人就是第三代；这九个人下面的 27 个人就是第四代；依次排列到第五代就是 81 人，第六代就是 243 人。这个金字塔的人员结构是六代封顶，您是第一代，您下面还有五代，也就是最多是 243 人。"郭美池从茶几上拿过一支铅笔，在酒店便笺上画着金字塔的人员组成结构图。

"赵局长，我再给你讲个故事。有一个国王要奖励他的宰相，于是，他就问宰相想要什么？宰相拿出一个画有 64 个格子的棋盘对国王说：我要你在第一个格子内放上 1 粒米；第二个格子内放上 2 粒米；第三个格子内放上 4 粒米，然后按照倍数增长，直到将 64 个格填满。国王见宰相的要求并不高，便按照宰相的要求，开始往 64 个格里放粮食。放着、放着，他惊讶地发现，就是把全国的粮食都拿出来，也填不满这个棋盘里的格子。赵局长，这个故事告诉我们一个道理，那就是级数增长规律。"郭美池绘声绘色地给赵局长讲着故事。

赵局长眨着眼睛，听入了神。

"赵局长，这是一张人员结构图，下面我再给您计算一下奖金分配的情况。这个奖金分配制度由直接奖金和间接奖金组成，如果您花 5 万块钱布局了第一代，您又直接介绍了 A、B、C 三个人，您就完成了第二代布局，他们每个人也都拿出了 5 万元来占点位，您直推第二代的奖金就是每人 1 万元，共 3 万元，这就是直接奖金。第二代 A、B、C 下面，又由他们各直推三个人，就完成了第三代的 9 个人的点位布局；第二代和您一样，也会从第三代每个人身上，得到了 3 万元的直推奖金，依次类推，每一代人都能从他们的下一代身上拿到直推的奖金，这就是直接奖金。间接奖金就是在您布局的这个金字塔结构中，还可以从第三代、第四代、第五代、第六代每个人身上都间接地拿到提成奖金，也就是您可以从您下面这 243 人中的每个人身上，都拿到数额不等的奖金，这个奖金就是间接奖金。"郭美池在金字塔人员结构图中，认真计算着奖金分配比例，她一边计算，一边偷眼观察着赵局长的表情变化。

"哇，这得能挣到多少钱啊？"赵局长眼睛瞪得老大，他惊讶地叫出了声。

"我们的这个奖金制度对每一位投资人都是公平的，只要每一位投资人能直推 3 个人参与金字塔布局，您作为第一代所能得到的收益，就可以达到几百万甚至上千万元，而其他各代的参与人也都会得到数额不等的巨额奖金。您说这个项目是不是一本万利的好生意？是不是共同富裕的好项目？是不是会使您惊喜到不敢相信的好生意？"郭美池由表及里地给赵局长算着账，赵局长越听越兴奋，眼睛都笑成了一条缝。

"我们县里共有十几个乡镇，每个乡镇又都有几十个大小不同的企业，就是说我的这个金字塔，在我管辖的一亩三分地里是可以搭建成功的，对不对？所以，从理论上说我是能成为千万元户的，我的任务就是如何将理论变成现实，我理解的没错吧？"赵局长也学着郭美池的样子，在酒店便笺上连写带画，他越写脸上的笑容就越多，画着、画着他的心里就乐开了花。

"赵局长果然聪明，您真是既有能力又有魄力，尤其是您的魄力，让我十分钦佩。"郭美池笑呵呵地恭维着赵局长，赵局长开心地笑个不停。

"赵局长，您既然已经完全明白了我的意思，接下来您可就要发挥您局长大人的作用啦，我说出天花乱坠不如你的一道指令，您只要……"郭美池坏笑地看着赵局长，赵局长会心地"哈哈"大笑了起来。

"为了迎接赵局长和朋友们不辞劳苦来到云南，我们缅甸果敢华侨商会的刀会长，精心准备了今天的晚宴，下面有请刀会长致辞！"香格里拉国际大酒店的贵宾包间内，一场正规的欢迎酒会，在郭美池的主持下拉开了序幕。

郭美池今晚的打扮很是抢眼，她上身穿了一件白色的束胸短衫，下身穿着一件淡绿色的傣族筒裙，筒裙上刺绣着色彩斑斓的孔雀羽毛。郭美池的身材原本就高挑俊俏，再配上这身艳丽的孔雀长裙，就宛如一只活泼可爱的孔雀耀眼夺目。

"赵局长，为了迎接您和客人的到来，我给大家跳一支我们傣族的孔雀舞吧！"郭美池说着拍了一下手，贵宾包间内的照明灯光立即熄灭，屋顶亮起了舞台追光灯，追光灯下，郭美池开始翩翩起舞。

郭美池在葫芦丝舞曲《月光下的凤尾竹》的伴奏下，含胸翘臀弯曲着身子，均匀地抖动着柔软的身体，她的身体和手臂每个关节都自然成了流线，形成了特有的"三道弯"舞姿造型。她的手型和手臂模仿着孔雀的姿态，动作栩栩如生，神态优美典雅，舞姿轻盈而又充满了动感。她如同一只欢快的孔雀，一会儿飞跑下山，一会儿又漫步森林，一会儿饮泉戏水，一会儿又追逐嬉戏，将人们带入了美妙绝伦的梦幻世界。

伴奏音乐渐渐停了下来，赵局长不等照明灯光亮起，已经带头鼓起了掌："好！太美了！"

"谢谢赵局长，谢谢大家！"郭美池收起了舞姿，向大家鞠躬谢幕。

"我提议，为了郭小姐美丽动人的舞姿干杯！"赵局长满面春风地举起了酒杯一饮而尽。

"郭小姐，谢谢你的孔雀舞，谢谢你的'金字塔'，请允许我代表大家敬'孔雀'一杯！不，我连干三杯。"赵局长"哈哈"笑着走到郭美池的面前，一杯接一杯地喝着酒。

"局长，您说什么？什么叫'金字塔'？您有什么发财的好事儿，可别忘了我们大家呦！"小老板们见赵局长眉飞色舞地喝着酒，也一起笑逐颜开起来。

"不会忘了你们的，我们大家一起发财、一起发财！我提议，请全体起立，敬一下盛情款待我们的东道主刀会长和这位能给我们带来幸福吉祥的'小孔雀'。"赵局长说着，带领大家开始轮班敬酒。

刀会长看着手舞足蹈的赵局长一行人，偷眼与郭美池对了一个眼神，开心地笑了起来。

第二天，中巴车在美女导游的带领下，从南伞口岸进入了缅甸境内，来到了果敢的首府老街市。

"大家好，我下面就给大家普及一下缅甸玉的常识。玉石按照硬度可以分为软玉和硬玉，缅甸是世界上硬玉存储量最大的国家，这里说的硬玉就是人们通常说的翡翠。翡翠的产地主要分布在缅甸北部的乌龙河流域，翡翠矿呈带状分布，不同地段可以开采出不同质量的玉石，所以才形成了不同的厂口、坑口。根据缅甸政府的法律规定，矿区是不允许被参观的，因此我们要了解缅甸的玉石，就得到玉石交易市场和玉石精品店里去参观鉴赏。"美女导游说着，将大家领到了老街的一个玉石交易市场，这里到处都堆积和摆放着大小不等的毛石。

美女导游伸手从交易货架上拿起一块小石头对大家说道："这些石头看起来很普通，可这里面却藏着比黄金还要贵重的玉石。人们常说'黄金有价玉无价'就是在说玉石的珍贵。大家看到我手里的这块毛石，就是包有皮壳的原矿石头，是我们常说的'老坑种'原石。由于氧化作用，皮壳现已成为褐红、褐黑或其他各种杂色，一般情况下，仅从外表是不能一眼看出其'庐山'真面目的，即使到了科学发展的今天，也没有一种仪器能通过这层外壳检测出其内部是'宝玉'还是'败絮'。原石的买卖是珠宝行业最神秘的一种交易，神秘就神秘在'赌'字上，所以买主又有赌玉、赌石的说法，这种买卖的过程就是买家与卖家，有没有玉石缘分的较量过程。由于玉石形成的地质环境很复杂，皮壳在不同厂口、不同情况下也会有变化，因此买卖风险很大，风险越大'刺激'就越大，故称为'赌'。赌赢了利润很大，赌输了血本无归，正是这样，这种'赌石'从古到今才经久不衰。"

美女导游说着，又与大家开起了玩笑："各位大哥，你们有谁要去碰一碰运气吗？一刀穷、一刀富，玩得就是惊心动魄！"大家入迷地听着美女导游的介绍，谁也没敢去感受那种惊心动魄。

刀会长安排赵局长一行的缅甸境外游，一共是三天时间。一连两天，赵局长一行游玩了果敢的玉石交易市场，参观了上座部佛教佛塔、寺庙和一些宗教场所，他们还去果敢的赌场、歌厅、掸邦原始部，开心地"潇洒"着，最后一天才转入正题。这个正题就是接受洗脑，构筑金字塔世界。

老街国际酒店内，郭美池来到了赵局长的房间："赵局长，明天就是我们的果敢之行的最后一天了，我们要在这最后一天里完成'金字塔'的布局，你看怎么样？"郭美池坐在了赵局长对面的沙发上，她要就与赵局长的合作，开始做最后的商定。

"我对你们的这个'金字塔'项目非常感兴趣，这两天我也让和我一起来的我小舅子，与同来的这几个小老板做了沟通，可他们大多数人对你们的这个项目并不是太感兴趣。"赵局长面露难色地说着，遗憾地摇着头。

"局长，我早就跟您说过，我们与您是合作，他们只是参与，您是这个'金字塔'的塔尖，您的受益才是最大的。因为您是中小企业局的局长，所以您可以利用您的影响和权力，为他们搭建一个共同致富的平台，他们参与了、挣到钱了，您就会赢得口碑和实惠。"郭美池见赵局长对他们精心设计的金字塔生钱之道产生了动摇，就立即施展浑身解数来说服赵局长。

"我倒是不太懂得这里面的奥秘，不就是5万元钱吗？我可以出，看在你给我跳的孔雀舞的分上，我愿意出这5万元钱。"赵局长十分慷慨地说着。

"谢谢局长，他们就都不参与了吗？"郭美池神情紧张地看着赵局长。

"他们的事情我也做不了主，我听他们有的人说，你们这个'金字塔'布局是传销，是违法的！既然是违法之事，你让我怎么强迫他们？"赵局长无奈地甩着手，不情愿地对郭美池说着。

"哈哈哈，我说赵大局长，我实话告诉您，我们的'金字塔'不是传销而是直销，我们是有直销执照的正规生产企业，不是违法的。"郭美池轻轻地拍着将赵局长摊在膝盖上的双手，笑着说道。

"传销和直销有什么不同吗？"赵局长缩回双手，不解地问着郭美池。

"传销是上线通过发展下线的方式，让下线交一部分钱来获取身份和资格，是获取暴利的行为。直销可就不同了，简单说，直销是不需要中间销售环节，直接将产品销售到消费者手中的一种营销方式。您只不过是在您的地区，取得了代理我们产品的直接销售权，又为我们直销企业招募了直销员而已。我敬爱的赵大局长，这回您听明白没有？"郭美池三言两语，用最简短的语言打消了赵局长的顾虑。

"郭小姐，这回我听明白了！"赵局长"哈哈"地笑了起来，一脸的疑惑迅速消失了。

"局长，这条翡翠项链我已经戴了好多年，是在仰光大金塔开的光，是纯正的满绿冰种。俗话说得好：男戴观音女戴佛，虽然有点舍不得，但还是送给您，权当是送给嫂子的一份见面礼吧！"郭美池说着，从脖子上摘下了佛像项链，双手捧到了赵局长手中。

"这我可不敢收，受之有愧呀！"赵局长嘴上说着，却已经伸手接过了项链，仔细端详起来。

在果敢华侨商会的一个接待室内，华博身着一身掸邦民族服饰站在了讲台上，他身后的投影屏幕中出现了晶莹剔透的玉石床垫照片，华博指着大屏幕开始了他的产品推介。

"缅甸是世界上的产玉大国，因为玉石美，所以人们都把它称为珠宝；因为玉石稀少，所以它才价值连城；因为玉石象征着吉祥，所以它才有着极高的收藏价值。玉石除了外在的精美之外，它还与人的生命息息相关，玉与人最亲也最近，它的奇妙特性在于它具有稳定情绪、平衡生理机能的作用。金银是钱，钻石是价，而玉则是生命，在你的生命历程中，当你拥有了一件玉器后，生活自然平添了一份玉的感受，无论佩戴、收藏或馈赠，都会惜玉如命、珍爱不已。"华博滔滔不绝地向大家讲着玉石文化。

"玉石床垫利用电热的原理使天然玉石受热，玉石受热后，以水波纹形式放射出远红外光波，促使人体细胞运动并产生热量，避免身体水分的流失。人躺在玉石床垫上，全身都能接受远红外线的能量，就像冬天里晒着太阳一样，满足人体的各种需求量，提高人体自身的免疫力，用后不上火、不口干、皮肤会更加光滑。玉石健康床垫产生的运动波，能与人体细胞产生共振，激活人体细胞组织，从而达到促进血液循环、增强新陈代谢，及时排除体内湿气的作用。当你舒舒服服地躺在玉石床垫上睡觉，醒来会头脑清醒、心情舒畅，一生一世都轻松自在。"华博绘声绘色地讲着，迎宾小姐已经将打着精美包装的玉石床垫，送到了每个人的眼前。

"我买一个！"赵局长站起身来，从迎宾小姐手中接过了床垫。

"我也买一个！我不但要受益，还要让我的亲戚朋友都从中受益。"赵局长的小舅子也站起身来，从迎宾小姐手中接过床垫。

"我也要一个！"

"我要两个！"

"我们的床垫是采取直销的方式，通过在座各位走入国内市场，请大家用身份证实名登记，每人需要交纳5万元的代理费！"郭美池满面春风地走上讲台，向大家又详细讲起了她的"金字塔"。

华博笑了，他在困境中创造了辉煌，再现了神话！

第 50 章
梦醒时分

———

近一段时间,刀会长处于无比兴奋之中,由于走活了华博和郭美池这两枚棋子,他营销战略这盘险棋一下子活了起来。华博的金字塔构想给他带来了无法想象的收益,郭美池的能力也得到了淋漓尽致的发挥,如今的华侨商会已经开始日进斗金了。

"会长,我们华侨商会这个月的销售业绩,迅速增长成了天文数字。赵局长在国内创造了奇迹,他现在的布局已经延伸到了金字塔的第四代,我们每天都在向国内大量发货,'金字塔'真是太神奇了!"郭美池笑盈盈地拿着财务报表,在刀会长眼前晃个不停,刀会长眯着眼睛欣赏着郭美池兴奋的表情,心里美滋滋的。

"小郭,你说得没错,在国内,权力的力量就是无法想象的神奇,如果赵局长不是局长,他是不会在这么短的时间内创造奇迹的。"刀会长晃着头,开心地笑着。

刀会长伸手从抽屉里拿出一张支票递给了郭美池:"这是你的奖金,我请你前来助阵,就是看中了你的能力。记得我对你的承诺吗?只要你'拿下'了赵局长,我会重奖到让你手热,我没有食言吧?"

郭美池从刀会长手中接过支票,她下意识地瞥了一眼支票上的阿拉伯数字,脸"腾"地一下红到了脖子。

"会长,瞧你说的,你就是不给我重奖,我也会尽心尽力唯您马首是瞻的。会长,你的奖金太高了,我可有点受之有愧哟!"郭美池嘴上说着客套话,欣喜地收起了支票。

"会长,这个赵局长对我们的'金字塔'确实很上心,不管是谁请他吃饭,他第一件事就是宣传我们的金字塔营销模式;来求他办事的人如果不加盟'金字塔',他就会绷起脸,一点面子都不给。他现在在县里已经有了一个外号,人们背地里就叫他'金字塔'。"郭美池说着，脸笑得就像盛开的芙蓉花。

"会长，下个月我准备去一趟佳木斯，再去会一会这位赵大局长，请他出面开个场子，我要给他们彻底洗洗脑。如果能把佳木斯的营销渠道打开，就不愁整个黑龙江省，您就等着瞧好吧！"郭美池胸有成竹地说着，她的话正好说到了刀会长的心坎里。

华博在缅甸的金字塔直销战略大获成功，创造了金字塔圈钱的神话，他自然成了果敢华侨商会的"摇钱树"。

华博在果敢为刀会长支撑着金字塔一般的直销生意，一晃就是四五年。这期间，刀会长看到了直销的魔力，他不断追加投资，生意越做越大，他不光在果敢地区成了举足轻重的商业精英，就是在内地也是直销模式的第一人。

刀会长成功了！他为了笼络华博，在果敢给华博买了房子，华博在果敢过上了富裕安稳的生活。华博虽然无忧无虑，但他却没有乐不思蜀，五年来，他一刻也没有忘记凌丽，他始终念叨着凌丽的名字，他坚信总有一天，凌丽会出来"冒泡"，甚至会奇迹般地出现在自己的眼前。

"凌丽，你别跑，我看见你了！"华博正在大屏幕前给前来加盟的学员讲着"国粉"和玉石床垫的医用价值，却无意中发现了坐在后排的凌丽。此时，凌丽穿着一件很不起眼的紫色傣族筒裙，正聚精会神地接受着他的洗脑。

"凌丽！"华博大声喊着凌丽的名字，他拨开人群直接冲向了角落里的凌丽。

凌丽听到喊声抬头一看，只见华博正箭步走向了自己，于是，她站起身来，推开屋门转身就跑。

"凌丽，你站住！"华博见凌丽已经跑出屋门，便拔开双腿紧追了过去。追着、追着，华博追着凌丽跑到了一条清澈见底的小溪边。

"呼呼"一阵狂风吹过，小溪的水位开始猛涨，顷刻山洪暴发，清澈的小溪瞬间就变成了一条混沌的大河，华博眼看着凌丽被卷入了大河的巨浪当中。

"华博，你不要追我，你不要追我！"凌丽在咆哮的洪水中拼命呼喊着。

"凌丽，你上来。你告诉我，为什么要害我？为什么要做伪证？你的人性在哪里？"华博在洪水前止住脚步，他冲着滔滔的洪水，一遍遍地高声喊着。

"华博，请你原谅我，我实在没有别的办法了，我不陷害你就有人要杀死我。我不想死呀！我不想死呀！"凌丽在洪水中一边挣扎，一边叫喊着。

"凌丽，你撒谎。谁敢杀了你？谁能杀了你？"华博在岸边跺着脚。

"华博，快拉我一把，救命呀！救命呀！"凌丽声嘶力竭地叫喊着。

华博在岸边顺着急流拼命奔跑着，他只能听到凌丽的喊声，却看不到凌丽的踪影。

"凌丽，你在哪里？你在哪里？"华博越喊声音越大，他不停地翻滚着，脸上、身上都已经被冷汗打透。

"华博哥，你醒醒！醒醒呀！"英子坐在华博的身旁使劲地摇晃着华博，华博一骨碌坐了起来，整个身子像被水浇过一样成了落汤鸡。

"华博哥，你又做噩梦了！"英子嘴里一边念叨着，一边拿过一条毛巾轻轻地给华博擦着身上的冷汗。

"英子，我刚才又梦到了凌丽，我感到她现在就在缅甸，而且就在离我们不远的地方，我似乎能够感觉到她存在的气息了。"华博"呼呼"喘着粗气，他的思维仍停留在梦境中。

"哥，你就听我一句话，别整天想着复仇了！我们现在的生活也已经安定下来，今后咱们再生个儿子，一家人过上美满幸福的生活，不比什么都重要嘛！"英子眼圈湿润了，柔声安慰着华博。

"不行，这辈子不找到凌丽我安定不下来。这些年来，我一直想着她对我的好来安慰自己。我想她也可能是遇到了什么过不去的坎儿，否则她怎么能陷害于我？英子，我找凌丽不是为了复仇，我就是想亲口问问她，你的良知在哪里？你丧尽天良加害于人，难道良心就没有受到过鞭挞？你毁了别人的一生，难道自己就能安生？"华博恢复了平静，他激动地对英子说着似梦非梦的话。

"哥，你就听我一句劝，茫茫人海，你到哪儿才能寻觅到她？你和她冤冤相报，何时才能了断？"英子心疼地望着华博，她每次看到华博从噩梦中惊醒，心里都像刀绞一样难受。

"英子，我们现在的生活虽然暂时有了着落，但我仍然是一个有家不能回，有国不能归的逃犯。不找到凌丽我怎么才能洗清身上的冤屈？怎么能够堂堂正正地做一个男人？又怎能光明磊落地做你的丈夫？将来我们有了儿子，你让我又该如何面对他？难道我们一辈子都要瞒着他，不让他知道他爸爸曾经是一个偷渡到国外的逃犯？难道你就情愿跟我过一辈子动荡漂泊的逃亡生活？"华博越说越激动，眼角里闪动着一串串晶莹的泪花。

"哥，你放心，英子既然是你的女人，就要一辈子和你漂泊在一起，不管你漂泊到哪里，英子都和你在一起。英子只是担心你，怕你郁闷、憋坏了身子。"英子用毛巾擦掉了华博的泪痕，软软地倒在了华博的怀里。

"英子，凌丽就是一个无耻的小人。从古到今，人们最为不齿的就是那些为了满足自己一时私欲，陷害忠良的小人，这种小人就连封建皇帝都十分痛恨。"华博对英子说着。

"武则天当皇帝以后，她为了虔心礼佛，曾下令禁止屠杀牲畜。右拾遗张德因为喜得贵子，杀了一只羊宴请好友，结果被他的好友杜肃告发给了武则天。武则天不屑杜肃的做法，她在朝会上将杜肃的告密信交给了张德，警示张德不要把真心拿出来喂了背后咬人的狗。凌丽就是杜肃这样的小人，我要找到凌丽不光是要洗白自己，而是要斩断她陷害忠良的魔爪，免得她再去陷害更多的好人。"华博给英子讲了一个流传至今的历史故事，其实是借题抒发自己痛恨小人的心情。

"华博哥，英子支持你！"英子紧紧地依偎在华博的怀里，双手勾住了华博的脖子，轻轻地闭上了眼睛。

华博感到英子的身体和她的话语异常的温暖，他抱起了英子不停地亲吻着她。

"英子，刀会长给我的钱，你给你爹寄走了吗？"华博突然想起了刀会长给他钱的事儿，于是他放下英子的身体问了起来。

"我这几年都是按照你的吩咐，求洪虎大哥从云南按时给我爹寄钱。他老人家有了这些钱，晚年的生活一定会很幸福，虎子弟弟也一定会上了好学校。虽然我不能在我爹身边尽孝，但能让他老人家生活幸福，我也就知足啦。华博哥哥，你说是不是？"英子趴在了华博的身上动情地说着。

"华博哥，有一件事情，我一直想不明白，你为什么就那么自信凌丽就在缅甸，又为什么能确信她迟早会浮出水面？"英子问华博，眸子里闪动着疑惑的目光。

"这是我的直觉，我之所以为刀会长献上金字塔赚钱的计策，就是在打赌，我预感到了凌丽的存在，我在诱惑她早一天'冒泡'。我在请她来秦山给我当副厂长的那天，她就曾经向我介绍过传销和直销的奥秘，在我和她合作最愉快的时候，她还向我推荐过一本她十分珍爱的书《金字塔的生财之道》。那是一本英国人写的关于营销战略的书，书中将'金字塔'的生财之道描写得淋漓尽致，凌丽深谙这本书中的精髓，她一旦有机会就一定会施展她的才华，构筑她理想中的金字塔的。我之所以向刀会长推介金字塔赚钱的方式，一来是当时生活所迫，不得已而为之；

二来就是在告诉她我已经到了缅甸。所以我坚信，只要是她来到了缅甸，了解到了果敢华侨商会的直销模式，就会想到是我在兴妖作怪，迟早她都会露头的。"华博对英子说出了他的推测，此时，他似乎已经隐约看到了凌丽在缅甸的足迹。

"华博哥，即使她来到了缅甸，又怎么会知道我们在果敢？"英子仍然天真地问着华博。

"你没看见今天的中文报纸吗？果敢商会的经营之道上了报纸，如果凌丽要是还在缅甸，我相信她是会看到文章里面透露出来的直销信息。"华博说着，将他带回来的缅甸中文报纸递给了英子。

华博的判断一点都没有错，就在华博在果敢创造了神话的同时，凌丽在几百公里以外的缅甸密支那阳光制药厂，也嗅到了华博的踪迹。

这天晚上，凌丽吃罢晚饭，手里翻看着当天的缅甸华人报纸，她敏锐地意识到报纸上刊登的果敢华侨商会的经商之道中，有着华博的影子。金字塔的神话再现在了果敢，这绝不是简单的巧合，她深谙金字塔魔咒的奥秘，她更了解华博，她相信果敢华侨商会创造的神话，一定与华博有关。

凌丽将华人报纸轻轻地盖在了脸上，微微地闭上了眼睛，陷入了沉思，在她眼前又浮现出她与华博在一起共事时候的美好时光……

凌丽是一个非常重感情的女人，在她的情感世界中，第一个闯进她心扉的男人是华博，让她内心永远忘不掉的男人也只有华博。

30多年以前，在她刚考入北江省医学院不久的那个夜晚，她在学校外"篷街"的咖啡屋里遇见了外国流氓。一个从偏远村庄来到大城市的农村女孩，面对两个龇牙咧嘴的外国流氓，她吓得浑身发抖陷入了绝境。正在她即将遭到外国流氓强暴的千钧一发之时，是华博一脚踹开了咖啡屋的房门，当她看到华博挥拳打倒流氓的一刹那，她周身的血液瞬间便燃烧了起来；当她与华博并肩走回学校的时候，她借着月光，仿佛看到了自己心中的白马王子就在身边；当她与华博在学校"葆光湖"边林荫小路上，说着悄悄话的时刻，她曾幻想着华博一生都能够伴随在她的左右。

凌丽非常忌恨医学院的学生处处长孟云长。当她遭到孟云长的羞辱之后，她恨不得有个地缝都能钻进去；她怨恨远去非洲援外的华博，为什么视她的鸿雁传情而不见；她眼睁睁地看着自己心爱的华博，被孟云长招为乘龙快婿，而自己却无计可施，她的心碎了！但她从没有对自己为华博伸张正义而身陷囹圄感到过后悔，她把对华博的敬仰与爱慕，深深地埋在了心里。她发誓，她的心一辈子都会属于华博，她为了华博可以舍出一切，甚至是生命。

她刑满释放回到熊瞎子村以后，整日牵挂着心上人华博。当华博给她发来电报时，她兴奋得整夜未能入眠，恨不得马上就"飞"到华博的身边；当她得知华博失去了孟欣欣以后，曾经暗自庆幸苍天有眼，又把已经失去的心上人还给了她，让她几乎僵死的爱心又复活了过来。她为华博走南闯北，帮助他救活了元亨制药厂，她幻想着能够投入到华博温暖的怀抱，她觉得自己才是世界上最幸运的女人，她在憧憬爱情的旅途中享受着幸福。

凌丽万万没有想到，当她终于住进华博为她构筑的爱巢，向华博吐露心声的时候，当她以为一生的追求即将梦想成真的时候，华博竟然拒绝了她。那一夜，她望着华博远去的背影，几乎要发疯！那一夜，她捶胸顿足，号啕着一直埋藏在心底的委屈。

后来，凌丽才理解了华博，才知道当时的华博已经陷入了钱同精心设计的圈套而不能自拔。如果不是自己在宾馆里受到了钱同的威胁，如果不是自己亲眼看见家中夜闯"不速之客"；如果自己的合同不是被黄凯窜改，她能委曲求全去"陷害"华博吗？生活没有假设，生活不相信眼泪！凌丽只能将愧疚埋藏在内心深处……

凌丽从脸上又拿下了那张介绍果敢华侨商会经商之道的中文报纸，她的脑海中又浮现出在她逃离秦山之前那个令她万分恐怖的夜晚。

那天夜晚，那一高一矮两个凶神，再一次闯入她的住处，那对儿凶神对她的威胁声，就像"嗡嗡"的钟声，始终响在她的耳边："凌丽，限你三天之内，必须离开秦山市。你的护照和生活费都放在地上的背包里，你要是不赶快离开这里，就会和华博一样死无葬身之地。"

凌丽清楚地知道，这两个凶神之所以敢两次用万能钥匙打开房门，闯入她的住所，一定是是受了钱秘书的指使，凌丽也了解到钱秘书背后的势力有多么强大。于是，她冒着生命危险，将李大虎的哥哥李彪约到了火车站前的小旅馆，把有人要暗害华博的信息告诉给了李彪，然后登上了逃离秦山的火车。

凌丽躺在床上翻来覆去久久不能入睡，她望着满天的星斗，又开始回忆起她来到缅甸之前的往事……

凌丽逃离了秦山，回到了从小长大的熊瞎子村，她抱着对她有着养育之恩的养父，挥泪向老人做着最后的告别。

"爸爸，女儿对不起您！这次去秦山市元亨制药厂工作，本来以为可以重新开始新的生活，我当时想，只要安顿下来就把您接到我身边，为您养老送终。可哪承想却又得罪了权贵，一帮丧尽天良的家伙威胁要杀了我，我被他们撵出了秦山市，而且还要远渡重洋，到异国他乡去颠沛流离。女儿这一走不知道何年何月才能再见到您的面，女儿舍不得您呀！"凌丽跪在了养父面前，声泪俱下地向养父哭诉着。

"女儿，你是成年人，自己走什么样的路要靠自己选择。老爸在熊瞎子村里待久了，外面的事情一点都不懂，老爸从来就没有想过要跟着你享清福。我就喜欢咱们的熊瞎子村，住在这里可以天天看到老爸的那些战友，他们为国捐躯了，需要老爸陪他们。"凌丽的养父泪流满面地说着。

"爸爸，我这次离开您是要到国外去，什么时候能够再回来也说不准，女儿给您留点钱，算是对您的一点孝心吧！"凌丽说着，将包着5万块钱的纸包，双手递给了养父。

"孩子，这钱老爸不能要！老爸也不希望你流落他乡。我劝你放弃一切杂念，咱们安安稳稳在熊瞎子村里当一辈子农民，还能天天陪伴你亲爸爸，不是也挺好嘛！"养父抹了一把眼泪，哽咽着说道。

"爸爸，女儿何尝不想陪着您和我牺牲了的爸爸呀！可树欲静而风不止，他们是不会放过我的，我不想坐以待毙，更不想牵连到您！"凌丽想到了钱同曾经拿养父来威胁她的话，她不想让养父受到她的牵连，也没有向养父说出她为什么要远走他乡。

"爸爸，我买了一些木材，准备给您翻新一下房子。您的房子年久失修，夏天漏雨、冬天漏风，您就接受女儿尽的一点孝心吧！"凌丽抽泣着，给养父磕着头。

"爸爸，这个纸包是女儿留给一个朋友的，如果有一个叫华博的人来找我，您就把这个纸包交给他。"凌丽说着，又将另一个纸包交给了养父。

"我需要跟他说什么吗？"养父似乎明白了女儿的心事，他接过纸包，问着凌丽。

"您就说凌丽对不起他，凌丽早晚都要为他伸冤的。"凌丽想了一会儿，深情地对养父说道。

"我走以后，警察有可能来家找我，您就说我回家看了一眼，就不知道去了哪里。"凌丽又对养父嘱咐道。

"孩子，老爸还要对你说一句话，你是烈士的女儿，你父亲为了保卫国家牺牲在了珍宝岛，你身上流着烈士的鲜血，到什么时候都不能背叛国家，更不能做出卖良心的事情。"养父伸手拉起了一直跪在地上的凌丽，他抖动着布满青筋的老手，抚摸着她的头，激动地说道。

"爸爸，女儿记住了！"凌丽站起身来深深地向养父鞠躬。她就这样惜别了养父，辞别了家乡，开始了逃亡的生涯。

凌丽带着内心的沮丧和悲伤，离开了熊瞎子村，离开了养育她成人的这片黑土地，准备奔向一个她完全陌生的世界——缅甸。

第 51 章
机场脱险

———

"呜呜呜——"火车一声声鸣着汽笛，凌丽的心里一阵阵发酸。

凌丽坐上了开往昆明的火车，钱秘书恶狠狠的话，一遍遍在她耳边响起："凌丽，你的护照和机票都准备好了，今晚会有人给你送过去，你马上离开秦山市到缅甸去，永远也不要再回来！"

凌丽的眼前又出现了深夜闯进她家的那两个凶神，那两张狰狞的脸就像烙在了她的脑海里，怎么也挥不去。

一个堂堂的副省长秘书，为何要施展黑社会的手段，让她做伪证来陷害华博？公安厅的警官又为何敢明目张胆地制造冤假错案？这背后一定有一只黑手在兴妖作怪，来达到他们不可告人的目的。凌丽一路想着，她不断地问着自己。

自己与华博往日无怨、近日无仇，当年还是华博"英雄救美"，将她从外国留学生手中解救出来，如今自己却恩将仇报，反倒陷害起了救命恩人。凌丽呀，凌丽！你的良心何在？你当年为伸张正义，敢于削掉流氓"祸根"的血性，又到了哪里？你为华博抱打不平，宁愿蹲监坐牢的勇气，又丢到了何处？凌丽怨恨自己屈服于权贵，拜倒在黑恶势力的淫威之下；她痛恨自己丧失了尊严，与黑恶势力同流合污，成了诬陷华博的帮凶。一失足成千古恨！凌丽知道自己的将来，只能苟且地活在异国他乡，永远地背负令千夫所指、万夫唾弃的骂名了。

绿皮火车经过几天的颠簸，终于来到了西南边陲，凌丽走出昆明火车站，她叫了一辆出租车直接赶到了昆明机场。

昆明国际机场候机大厅整洁明亮，搭乘国际航班的人并不是很多，大厅显得有些空旷。

凌丽戴着一副宽边的墨镜，仍然穿着她那件有些发旧的米色风衣，长长的披肩发潇洒地搭在她竖起领子的风衣上。她提着一个装满衣物的黄色旅行包，站在了由云南昆明飞往仰光航班的安检口。

安检的边防警察是一个年轻漂亮的女警官，她看了看凌丽递过来的护照，又核对了一下她的身份证，上下打量着她问道："你是凌丽？"

"我是凌丽。"凌丽摘下了墨镜，微笑着冲女警官点着头。

"请你跟我到办公室来一下。"女警官从座位上站起身来，指了一下身旁的安检办公室，两人一前一后走了进去。

安检办公室是一个面积不算大的套间，两米高的玻璃隔断将办公室隔成了里外两个区域，外屋是接待室，里屋是安检人员的办公室。

凌丽将旅行包放在了门口旁边的一张长椅上，轻声问道："这位警官，请问我的护照有什么问题吗？"

"你的护照没有问题，你的身份证倒是有些问题。你先在这儿坐一会儿，我再进一步核实一下。"女警官一边回答着凌丽的问话，一边在电脑上搜寻着凌丽的名字。

"你的身份证怎么是注销状态？"女警官从里间屋出来，紧盯着凌丽问道。

"注销状态？这不可能呀！我这个大活人直挺挺地站在你面前，怎么会是注销状态？"凌丽不解地问着女警官。

"你再等一会儿，我去联系一下秦山市公安局，看看是不是弄错了。"女警官礼貌地对凌丽说着，又回到里屋去打电话。

"秦山市公安局吗？"凌丽一听秦山市公安局几个字，不由得心里一惊，难道……

"我是昆明国际机场负责边防安检的警官，有个叫凌丽的女士所持的身份证被你们注销了，请问是怎么回事？"女警官向秦山市公安局询问着。

"什么？她的身份证是假的？她是涉案的逃犯？好吧，请你们给我传真一份羁押通知书，我们立即扣留她。"女警官在里屋认真做着电话记录。

"逃犯？我怎么成了逃犯？"凌丽隔着安检办公室的玻璃幕墙，将里屋女警官的电话听了一个真真切切，她"激灵"打了一个冷战，知道她即将被扣留在此。于是，她动作敏捷地拉开旅行包的拉链，从旅行包中拿出一个红色的挎包，弯着腰，悄悄地溜出了安检办公室。

机场卫生间内，凌丽拦住了一位穿着花格筒裙的傣族大姐，颤抖着声音说道：

"大姐，门口有个流氓要调戏我，麻烦你跟我换一下衣服，求你救救我吧！"凌丽说着从红色挎包中掏出一叠人民币，塞到了傣族大姐手中。

"你们赶快去查找一个穿米色风衣、戴着墨镜的披肩发女郎，我去调监控录像，看看她跑到哪里去了！"女警官放下电话，发现凌丽已不知了去向，便跑出安检办公室，她向候机大厅内的机场保安吩咐着。

凌丽在卫生间内换好了傣族大姐的花格筒裙，将披肩发往头上一盘，戴着傣族大姐的大草帽出了卫生间。她在保安的眼皮子底下，十分冷静地走向了候机大厅的出口电梯。

"封闭候机厅，赶快去拦截一个穿米色风衣的披肩发女郎！"女警官喊来了正在大厅执勤的边防警察。边防警察立即用手台，向候机大厅内的所有警察和保安发出了指令。

边防警察和机场保安紧急出动，在机场内的各个角落里开始了搜寻。而此时，乔装改扮的凌丽已经走出了候机大厅，上了一辆出租车。

"既然给了我护照和机票让我出境，为什么又设圈套在机场拦截我？"凌丽的大脑飞快地转动着，她坐在出租车的后座上，回头瞥了一眼身后的机场，慢慢地松了一口气。

凌丽担心警察追上自己，一连换了好几辆出租车，绕路回到昆明市内。她在一家服装店里买了几套颜色不同的当地民族服装，换掉了傣族大姐的花格筒裙，扔掉了大姐的草帽，就近进了路边的一家旅行社。

"这位大姐，您要去哪里旅游？我们一共有六条旅游线路可供你选择。"导游小姐给凌丽倒了一杯水，又将一摞云南省旅游线路图递到了凌丽手中，热情地向她介绍着每一条旅游线路的特色。

凌丽稳定了一下情绪，从挎包中掏出一叠人民币，递给了导游小姐说道："我要去腾冲，我的身份证丢了，请你帮我办一张身份证吧，免得路上被检查。"

导游小姐从凌丽手上接过钱，心领神会地笑了笑，对凌丽说道："好吧，你再加一点钱，我把边防证也帮你一起办了吧！"

当天晚上，凌丽拿着导游小姐给她办理的身份证和边防证，坐上了去腾冲的大巴车，她此时的名字已经改成了尤美红。

一路上，凌丽凭着尤美红的身份证和边防通行证，两次躲过了边防检查，有惊无险地来到了中缅边境腾冲。

腾冲位于云南省的西部，与缅甸山水相连，从腾冲到缅甸克钦邦首府密支那，有200多公里的路程。这条历史上的古西南丝绸之路，如今已经成了通往缅甸密支那的必经之路。

凌丽在腾冲的一家中介机构办理了出境手续，她租了一辆老旧的吉普车，顺利地出了猴桥口岸，进入了缅甸境内。

"大姐，去密支那的路很远，路面条件非常不好，需要大半天的时间。我看你有些疲惫，就先睡上一会儿吧。"吉普车司机用不太流利的汉语与凌丽说着话。

"好吧。"凌丽回头来看了一眼被她甩在身后的中国口岸，长长吁了一口气，只有走出了国门，她才获得了一丝安全感。

"为什么？他们为什么把我列入逃犯的黑名单？"凌丽闭着眼睛想着，她越发感到钱秘书一伙人，陷害华博只是一个开始，对她和华博实施斩首行动，才是他们要达到的最终目的。

"为什么？他们为什么要将我和华博同时置于死地？"凌丽的思绪像脱缰的野马一刻也没有停止过思考，她不停地思索着最近发生在元亨制药公司的种种怪事：黄凯偷改合同、钱秘书威逼她作伪证、华博被警方逮捕、黑社会威胁她离开秦山，她的身份证被注销。眼前发生的这一切事件，哪一起不是精心策划？这背后难道不是在孕育着一个巨大的阴谋吗？

凌丽继续捋着她的思路，她在一个个地破解她心中的疑团：贾放副省长之所以让华博下海经商来当厂长，就是要用华博发明的"哮喘灵"来拯救危难之中的元亨制药厂。元亨制药厂是美籍华人露西花一元钱购买的私人企业，你华博搞股份制改革通过她了吗？你把工人们被她骗走的集资款，转化成了工人入股企业的股权，工人们是高兴了，露西会赞成吗？你又搞资金入股，引进了大股东，你虽然把你技术入股的20％股份预留给了露西，可她要的可是全部股份，而非部分股份，所以她是不会放过你的！我现在终于想明白了，露西之所以要对你我实施斩首行动，原因就是她要夺回日益壮大的元亨制药有限责任公司，才让你我这两个知道内幕的人闭嘴。可是，令人费解的是，露西远在美国，她又为什么能够搬动副省长的大秘，亲自操刀上阵来充当除掉你我的急先锋？

梳理这件事的前前后后，凌丽渐渐看清楚了一直躲在钱同背后的那只黑手。贾放，只有贾放出手，才能做到呼风唤雨；只有贾放上阵，才能立竿见影。可贾放又与露西有什么关系？难道只是常人理解的那种龌龊的男女之情吗？此时的凌丽已经彻底觉醒了。

华博，你在哪里？你能看清他们的阴谋吗？你能逃脱贾放的魔爪吗？凌丽又开始担心起了华博。

华博，我已经将你要遭遇不测的消息，告诉给了李大虎的哥哥李彪，你是否能够成功越狱？华博，吉人自有天相，我早就看出你是一个有福之人，我更相信你能够成功越狱。华博，你一定看到了我给你留下的无字信了吧？我在无字信中可把我的猜测都告诉给了你，也把我要到缅甸的信息留给了你，我相信，凭你的智慧是会获取信中的内容的。

"嘎吱！"吉普车突然来了一个急刹车，凌丽的头在惯性的冲击下撞到了吉普车的前风挡玻璃上，她的思路被这突如其来的险情所打断。

"对不起，让你受惊了！我们现在走的这条公路，是二战时期著名的史迪威公路中的一段，这条公路不仅有绝美的风光，还有着厚重的历史，当年中国远征军就是从这里进入缅甸境内对日寇作战的。只可惜，现在这条公路年久失修，路面有些破损，一不小心就会遇到危险，刚才车子差一点就掉进沟里，我不得已才踩了急刹车。您没受伤吧？"吉普车司机关切地询问着凌丽的伤情。

"没关系，我的头只是被碰了一下，没什么大碍。我能走上当年中国远征军走过的道路，真是太幸运了！"凌丽用手揉着头上被撞出的筋包，轻声说道。

"这位小弟，你叫什么名字？家住哪里？你怎么知道这么多关于远征军的历史？"凌丽听着司机给她讲的中国远征军的历史，感到很亲切。她顿觉得这个司机十分可爱，于是便与他聊了起来。

"我叫星巴，家就住在你要去的密支那，那里有着古老的历史和纯朴的民族风情。"星巴看起来很健谈，说起话来脸上带着红润，给人以一种纯朴憨厚的感觉。

"你是缅甸人？"凌丽有些惊讶地问道。

"不是，我是云南景颇族，从小出生在缅甸。我们从腾冲到密支那要走200多公里的滇缅公路，这条滇缅公路共有1000多公里长，分为南线和北线，南线和北线都从昆明出发，密支那是个交会点。我们现在走的是北线，道路非常艰难危险，还有许多山路，如果遇到雨季道路就更难走了，所以腾冲当地人都不愿意在这条路上开车。我们不矫情，条件再艰苦，我也愿意开这段路。挣钱嘛，不吃苦怎么能行！"星巴瞅了一眼身旁的凌丽，有说有笑地说着。

"密支那有什么好吃和好玩的地方吗？"凌丽见星巴为人很热情，就又向他询问起了密支那的情况，她即使到了密支那，也还不知道下一步还要去向何方。

"密支那的风光非常好，到处都是原生态的森林和热带雨林风光，很适合游玩。如果你愿意，到了密支那我还可以继续给你当导游，保证让你在密支那玩得开心。"星巴用手指着车窗外的一片片芭蕉林，又向凌丽介绍起了沿途的风光。

"星巴，你家里还有什么人？"凌丽眨着眼睛，又问起了星巴家庭的情况。

"我家里有父亲、母亲，还有爷爷。我母亲在家种地，我父亲在密支那开了一家制药厂。我家最了不起的就是我爷爷，他是二战时期中国远征军的排长，作战非常勇敢，当年他亲手打死的鬼子都不下一个排。"星巴一说起爷爷，脸上笑开了花，充满了自豪。

"你爷爷是远征军？太巧了，我爷爷也是远征军，我爸爸说，爷爷也是抗日英雄，可他当年就牺牲了，现在还不知道尸骨埋在缅甸的哪座坟茔里。"凌丽嘴上说着，心里也在思念着爷爷。

凌丽的爷爷是远征军战士，这还是她前几天回到熊瞎子村时，听养父说起的。

那天晚上，凌丽知道自己即将踏上去异国他乡的流亡征程，知道自己与养父这一别将是永别时，她抱着养父哭成了泪人。她不敢向养父说出自己"陷害"华博的真相，那一夜，她只好用泪水来表达与养父难分难舍的复杂心情。

养父似乎看出了凌丽的心事，他抚摸着凌丽纷乱的头发，老泪纵横地说道："孩子，老爸看出你有心事，你要走就走吧。老爸也老了，能把你抚养成人，也算能够告慰你牺牲的父亲了。孩子，不管你走到哪里，都不要忘记你是英雄的后代，你身体里流淌着英雄的血脉，你父亲是珍宝岛战斗的英雄，他牺牲在乌苏里江里；你爷爷是中国远征军的抗日英雄，他牺牲在缅甸。"养父说着说着已经泣不成声。

"老爸，我爷爷是中国远征军战士，您怎么不早告诉我？"凌丽紧紧抱着骨瘦如柴的养父，号啕大哭起来。

"你爷爷是远征军，是你父亲牺牲前告诉我的，他委托我将你养大成人，不让我告诉你爷爷曾经是远征军。你爷爷当年是被国民党抓壮丁当的国军，当兵后他就去缅甸与日本鬼子作战，牺牲前，委托战友将他当兵时拍的一张照片捎回了家。你爸爸牺牲后，你妈妈在整理他的遗物时发现了这张照片，她把这张照片交给了我以后，就撇下你离家出走了。孩子，那时候你还不到3岁，你妈妈在那个年月也是怕你受到当国民党兵的爷爷牵连，才不得不撇下你的呀！"养父说着双手捂着布满皱纹的老脸，像一个孩子一样"哇哇"大哭起来。

"孩子，这张照片上的英俊小伙子就是你爷爷，我把照片交给你，告诉了你家的身世，我对你已经没有任何隐瞒，就是死了也能瞑目了。"养父拥抱着凌丽，爷俩哭成了一团。

星巴开着吉普车在崎岖不平的公路上继续前行，他看了一眼身边眼泪汪汪的凌丽，猜想着她是不是想到了什么使她伤心的事儿。

"你爷爷也是远征军战士？他是哪个军的？等到了密支那，我领你去见我爷爷，说不定我爷爷还能认识你爷爷呢！"星巴与凌丽拉着话。

"唉，没名没姓的，怎么可能会认识！"凌丽叹着气。

经过差不多一天的行程，星巴终于在天黑之前到达了密支那。星巴兴高采烈地将凌丽带到了他的家，一进屋门就大声喊爷爷："爷爷，家里来客人了！"

"爷爷，我今天遇到这位姐姐的爷爷也是远征军，你认识他爷爷吗？"星巴将凌丽介绍给了爷爷。

凌丽站在了星巴爷爷的面前，她发现星巴的爷爷身体虽然消瘦，但腰板却笔直的。尽管老人的年龄已经80开外，但那双炯炯有神的目光还是异常的坚毅，浑身上下都透着军人的气质。

爷爷接过凌丽递过来的那张已经旧得发黄的老照片，仔细端详着说道："当年我们远征军进入缅甸以后，给好多战士都照了这样的照片，我原来也有这么一张照片，可惜现在已经找不到了。孩子，我和你爷爷是远征军的战友，他为国家捐躯了，我们都要缅怀他！孩子，你的爷爷虽然不在了，可是还有我在，我就是你的爷爷！一会儿爷爷给你做芭蕉叶包饭，再让你尝尝我亲手制作的腌菜。"

星巴爷爷呵呵笑着，热情地招呼着凌丽。

凌丽在异国他乡感受到了家一样的温暖，她开心地笑了，嘴边上的美人痣越发衬托出她的俊俏。

第52章
告慰英灵

———

"孩子，吃饭喽！"星巴爷爷招呼着凌丽，他已经为凌丽做好了可口的晚餐。

凌丽来到餐桌前，只见四四方方的竹桌上，摆满了大小不同的嫩绿色的芭蕉叶，芭蕉叶片上摆放着各色美食，勾得她馋虫都快爬到了嘴边。

"爷爷做的密支那烤鱼，皮焦肉鲜，柠檬鸡肉酸甜有度，还有这腌制的木瓜丝和香蕉片，这可是爷爷的绝技呀！"星巴站在凌丽的身旁，指着桌上的美味佳肴，向凌丽一一做着介绍。

凌丽看着满桌的美味和那盆散发着香气的缅甸香米饭，早已流了口水。

"星巴，快叫你爸妈过来一起吃饭。"星巴爷爷吩咐着星巴，星巴赶忙跑到隔壁院子里去请他的父母。

"爸、妈，这位姐姐是我从腾冲接过来的客人，她叫尤美红，美红姐的爷爷当年也是远征军战士。"星巴将凌丽介绍给了自己的父母，凌丽礼貌地向星巴的父母鞠躬行礼。

"老爸今天怎么这么高兴？把拿手好菜都亮出来了，我可好久没有吃过老爸做的烤鱼了，老爸真是偏心。"星巴妈看见星巴爷爷亲手做了密支那烤鱼和柠檬鸡肉，就知道老爷子一定是遇到了什么高兴的事，于是她眯着眼睛冲着星巴爷爷开着玩笑。

"儿媳妇，美红的爷爷和我是老战友，我看到了她，就像又回到家乡见到亲人一样高兴。我80多岁又多了一个孙女，你说我能不高兴吗？"星巴爷爷开心地说着，他高兴地拉着凌丽，坐在了自己的身边。

"孙女，你别只是看着，动手吃呀！"星巴爷爷满脸的皱纹都像是在笑，他热情地将一个鲜嫩的芭蕉叶子递给了凌丽。

凌丽傻傻笑着，她看着满桌的芭蕉叶，就是没有发现饭碗在哪里。沉默了片刻后，她撒着娇开口问道："爷爷，没有碗怎么盛饭吃呀？"

"哈哈哈，孙女，吃我们的饭菜是不用碗的，你想吃什么就用筷子把它放到芭蕉叶子里，这芭蕉叶子就是上天赐给我们的天然饭碗。我们用芭蕉叶子包饭，既能吃到米饭的香甜，又能嗅到芭蕉叶子的清香，这种美味妙不可言哟。"星巴爷爷说着，夹起了一块鸡肉，连同香米白饭一起放到了芭蕉叶子上，他用手托着芭蕉叶子，大口大口地吃了起来。

凌丽学着星巴爷爷的样子，将一块烤鱼和香米饭也一同放在鲜嫩的芭蕉叶子上，烤鱼的煳香和香米饭的清香，夹杂着芭蕉叶子的鲜嫩，一起沁入到凌丽的肺腑，那种香味简直就是大自然的恩赐。她大口地吃着，沁入心肺的感觉竟让她停不下来。

"孩子，你多大了？是做什么工作的？"星巴爸爸看着凌丽狼吞虎咽的样子觉得可爱，于是他也笑呵呵地与凌丽说着话。

"我今年35岁，在内地的一家药厂工作过几年，后来药厂倒闭了，我就一直在家读书。古人说读万卷书、行万里路，我知道我不能读万卷书，所以我要行万里路，行万里路也如同读万卷书，我要在行路中体会人生。"凌丽忽闪着漂亮的睫毛娓娓道来，声音好听得都能绕梁三日。

"你在药厂是做什么工作的？"星巴父亲一听凌丽在药厂工作过，似乎产生了兴趣，他接着凌丽的话茬追问道。

"我在药厂是销售，其实就是一个卖药的。"凌丽大口大口地吃着星巴爷爷做的烤鱼，不假思索地回答星巴父亲的问话。

"你住在哪个酒店？准备在密支那待多长时间？"星巴父亲捧着芭蕉叶包饭，津津有味地吃着，他感到凌丽的药厂经历，也许会对他已经陷入困境的药厂有所帮助。

"我今天刚到密支那，还没有住宾馆，就被你儿子给'绑架'到你们家里来了。"凌丽脸上泛起了漂亮的红润，她不好意思地笑着。

星巴爷爷当年阔别家乡，随远征军到缅甸与日本鬼子作战，远征军撤退回国的时候，他与部队走散了，就留在了缅甸，如今他已经在缅甸生活了大半辈子。今天，他看见凌丽就如同见到了久别的亲人，所以他要把一肚子的酸甜苦辣都说给凌丽听。

"孩子，今天晚上就不要住酒店了，你就住在家里，听爷爷给你讲讲你爷爷当年打鬼子的战斗故事。我保证你根本就不了解，我们当年是在什么样的艰难困苦条件下，同小鬼子打仗的。"星巴爷爷挽留着凌丽说道。

星巴爷爷的话正中凌丽的下怀，她这次能够一路坎坷来到昆明，又险些在机场被截获，侥幸从昆明机场脱险，才历尽艰险逃到缅甸。她不知道在缅甸还会不会再被追杀，所以根本就不想去住宾馆，生怕在宾馆再遇到什么意想不到的麻烦，她见爷爷要留她住在家里，心里格外高兴。于是，她故意矜持着说道："那怎么行呢？我明天可以再过来听您讲故事，我还要让您领我去远征军的墓地，给爷爷扫墓呢！"

"好哇，孙女！你能千里迢迢到缅甸来给爷爷扫墓，爷爷很高兴，你就听爷爷的话，今天就住在我这儿，明天我一定带你去见你爷爷。"星巴爷爷执意要留下凌丽，凌丽便顺水推舟应了下来。

星巴爷爷住的是一栋独立的二层小楼，房屋虽然有些破旧，但屋内打扫得却是一尘不染。

爷爷领着凌丽上了二楼，凌丽立即被屋里的陈设惊呆了。只见面积不大的阁楼上，一面墙上搭满了竹架，竹架上摆满了书籍、报刊和一个个大小不等的竹篓，竹架前面是一个木制的书桌和椅子，书桌上摆放着一摞摞整齐的手写书稿。

"爷爷，这是您的书房吗？"凌丽惊奇地叫出了声。她怎么也不能想象，眼前这位慈眉善目爷爷的简陋房间里，竟会藏着一个文山书海。

"孙女，你可高看爷爷啦，我这里可称不起书房。"爷爷笑着说道。

"爷爷，您是作家呀？"凌丽看着一摞摞整齐的书稿问道。

"我哪里是什么作家哟！我只是一个军人，一个没有喝过墨水的大头兵。"爷爷笑呵呵地说着，将凌丽带到了书架前。

"这些书籍都是中国远征军当年同日本鬼子英勇作战的故事，有缅甸文的，还有中文和英文的，这些书籍从不同侧面诠释了中国远征军的历史，这段历史再现了中国军人可歌可泣的英雄事迹。我作为一名战争的亲历者，深深地为中国军人感到自豪，50年来，我不断收集着这些书籍和报刊，准备等我死后就留给你们后人了。"爷爷动情地对凌丽说着。

爷爷说着，从书架上随手拿过几本已经发黄的英文版旧书，他一边翻看着，一边给凌丽讲解着书中的内容："这些书都是美国人抗战胜利后写的人物传记，这本书是《卫立煌传》，这本书是《杜聿明传》，这本书是《廖耀湘传》，这本书是《战神孙立人》。孙将军当年被美国人称为'丛林之狐''东方的隆美尔'。日寇要亡我中华民族，作为军人就应保家卫国，就应该有一种同仇敌忾的血性，只有拼尽了最后一滴血，才不愧为一名中国军人，中国军人都是了不起的抗日英雄！"

凌丽听着爷爷慷慨激昂的话，周身的热血都在沸腾。她从星巴爷爷身上仿佛看到了自己爷爷的身影，耳边也仿佛响起了战马嘶鸣和嘹亮的军号声。

"爷爷，您真了不起，孙女向您致敬了！"凌丽颤抖着右手，向爷爷行了一个不太标准的军礼。

凌丽从爷爷手中接过《战神孙立人》，她发现书中的字里行间都用钢笔做着注解，于是，她瞪大了眼睛问着爷爷："爷爷，您还会英语？"

"孙女，我在缅甸已经生活了大半辈子，英文、缅甸文我都学会了，可就是忘不了我们自己祖先的方块字，不管到了哪里，我都不会忘记，我身上流淌着的是中华民族的血脉。"爷爷一本正经地说着。

"爷爷，您还在写回忆录吗？"凌丽又在爷爷的书桌前止住脚步，她伸手拿起一摞稿纸，只见上面密密麻麻写满了中文书稿。

"哈哈，孙女过奖了！我这点文化底子，能写什么回忆录？我只是将我看书、看报纸后的心得体会，都记录了下来，让后人远离战争，让后人更加珍惜这来之不易的和平生活，让后人更热爱自己的国家。我乱七八糟写了半辈子，钢笔都被我写坏了50支。你看，这些用坏了的钢笔，我一支都没有舍得扔，全都在这儿呢。"爷爷说着，从书架上的竹篓里"哗啦啦"倒出一堆新旧不同的钢笔。

凌丽的眼睛湿润了，她拿起一支已经被磨平了笔尖的旧钢笔，放在鼻尖闻着钢笔水的气息，她又将爷爷的书稿放在了胸前，默默体味这位老军人的爱国情怀。

这一夜，凌丽躺在爷爷书房的竹床上辗转反侧，久久不能入睡。她从爷爷朴实的话语和深邃的目光中，已经看到了海外华侨那种爱国思乡的伟大情怀；她从爷爷那一摞摞字迹斑驳的笔墨中，更看透了中国军人不屈不挠的勇敢精神。

第二天早晨，凌丽起了一个大早，她走出爷爷的书房来到院子中，想领略一下大自然的清新。

凌丽刚刚走出屋门，就看见爷爷身穿一套宽松的白色麻布衣裤，正在舞剑，爷爷看到了凌丽，做了个收式。

"爷爷，您起得这么早啊？"凌丽礼貌地打着招呼。

"我每天早晨起来都要舞剑，上午上山去看那些牺牲的战友，与他们说说话儿，免得他们寂寞。下午回来还要记录我和战友们的对话内容，年复一年，每天如此。我就是想多活几年，多陪陪我的战友们，当然还有你的爷爷，他们太孤独了！"

爷爷说着，将宝剑放进布袋中，进屋去做早点。

"孙女，走喽！爷爷带你去看你爷爷。"吃罢早饭，爷爷领着凌丽开始登山，一路上，爷爷不停地给凌丽讲着他的经历。

"孙女，爷爷出生在广西，小日本侵略中国的时候，我正在上高中，那时候，日本鬼子的轰炸机经常往我的家乡扔炸弹，我们都恨透了小日本。爷爷清楚地记得，1941年的一天，学校动员学生参军去打鬼子，面对战争的召唤，爷爷义不容辞地报名当上了一名汽车兵。爷爷随着部队来到了桂林培训基地，刚学会了开汽车，就跟随中国远征军开赴到了云南前线，那一年爷爷还不到17岁。"爷爷绘声绘色地对凌丽讲起了他当兵的经历。

"爷爷开上军车的第一天，是随车队运送军用物资从昆明到畹町，当时，滇缅公路刚刚建成，道路非常不好走。这条公路是中美工程部队和十万当地父老乡亲，用血泪和汗水筑就的一条抗日生命线。当年，我们的父老乡亲，将泥土和石块一捧捧、一筐筐、一担担，人拉肩扛运送到茫茫原始森林中，硬是用血肉之躯，在崇山峻岭之间筑起了一条贯穿中、缅、印三个国家的抗日通道，那条公路的每一公里，都流淌着劳工们的鲜血。"爷爷动情地回忆着往事。

"这条道路崎岖不平，到处都是坑坑洼洼，在这样的路上开车，颠簸得连肠子都能吐出来。一路走过，爷爷亲眼看见尸骨遍野，有的是累死的，有的是饿死的，还有的是被蚊虫叮咬后病死的。他们都是开山修路的乡亲们，爷爷就像是在坟墓里开车，现在想起来都毛骨悚然。抗日战争的胜利真是来之不易呀！"爷爷说着，眼睛开始有些湿润。

"我们走的最艰险的一段山路叫24拐道，一连24道弯，汽车一辆紧跟着一辆，稍一疏忽就会连人带车滚到山下，那种惊险的程度真是难以想象。说出来不怕你笑话，走出了24拐道，我的手心里全是汗，腿肚子都朝前，大家只有一个信念：只要活下来就去打鬼子！"爷爷说着"哈哈"地笑了起来，凌丽从爷爷的笑声中，仿佛看到了中国军人那种视死如归的豪情。

"爷爷，前面那所房子里住的是什么人？"凌丽的眼前出现了一座木屋，木屋在山顶上高高耸立，竟像是一座坟茔，掩映在苍松翠柏之中。

爷爷缓步走上石阶，石阶是用碎石板铺成的简易的碎石路，路的尽头便是那座木板屋。

爷爷带着凌丽走进了木屋，木屋是用木架子支起来的简易灵堂，灵堂的中央插着一面破碎的军旗，灵堂两侧的木架上整齐地摆放着上百个木盒，盒子里安放着阵亡军人的遗骨，盒子下面放着残缺不全的步枪、子弹、帽徽和已经破烂的军衣、军帽，还有一支被压瘪了的冲锋号。这些遗物有的已经烧焦，有的已经腐烂变形。

"孙女，你爷爷就住在这里，你给爷爷上炷香、磕个头，祭奠一下这些马革裹尸的亡灵吧！"爷爷跪在地上烧着香，炷香燃烧着升起一缕缕烟雾，缭绕的烟雾仿佛再现着当年血雨腥风的战斗场景。

"孙女，这些盒子里安放的都是我的战友，他们为国捐躯，牺牲在了异国他乡，他们的灵魂多么想回家呀！"爷爷说着，拿出一条长长的白布，开始在每个盒子上擦着灰尘。

"爷爷！"凌丽感到一阵心酸，她再也抑制不住悲伤，跪在地上大声哭了起来。

"战友们，你们的孙女来看你们来了，你们安息吧！"爷爷一遍遍地念叨，凌丽一声声地喊着"爷爷"，撕心裂肺的哭喊声，震得苍松翠柏都发出"哗哗"的响声，仿佛也在跟着落泪。

"孙女，木盒子里的这些遗骸，还有那些军人的遗物，都是爷爷在山谷野地里找到的，有的还是爷爷在别人家院子里挖到的，他们当年牺牲的时候还不到20岁。他们为了打鬼子，献出了年轻的生命，我们活着的人都不要忘记这些还没有魂归故里的十万英灵啊！"爷爷挺着腰板，端端正正地向战友们敬着军礼。

凌丽被震撼了！她被眼前的一切深深地感动了！她流着眼泪，站在爷爷的身后，举起右臂向英雄们敬着军礼。

"爷爷，您刚才说这些军人的遗骸都是您捡来的，他们的尸体难道没有得到安葬吗？"凌丽有些疑惑地问着爷爷。

"在第一次入缅甸作战中，中国远征军牺牲的人数就超过5万，其中很多是在大部队撤退途中非战斗死亡的。他们在原始森林里长途跋涉，蚊虫叮、蚂蟥咬，破伤风、疟疾到处流行，官兵们一旦染上传染病，过不了几个小时，就会倒在丛林中，再也没有人能爬起来。他们就这样暴尸荒野，没于荒野，从来无人掩埋，至今也未获安葬。"爷爷摆着手说着，默默地流着泪。

"爷爷，这里没有烈士墓地吗？"凌丽已经哭成了泪人，她颤抖着声音问爷爷。

"中国远征军两次出兵缅甸，前后阵亡了大约10万人，缅甸原来至少有十几个墓地，现在都被毁掉盖上了房屋和学校。八莫地区最大的一个墓地，现在也只剩下半块残碑，尸骨也不知所终。他们的亡灵没有得到安息，每到雨季都能听到英灵的哭泣。他们想家的哭声悲悲切切；他们的哭声感天动地；他们的哭声壮怀激烈。"爷爷老泪纵横地说着，轻轻地唱起了岳飞的《满江红》：

"怒发冲冠，凭阑处，潇潇雨歇。抬望眼，仰天长啸，壮怀激烈。三十功名尘与土，八千里路云和月。莫等闲，白了少年头，空悲切。

靖康耻，犹未雪，臣子恨，何时灭。驾长车，踏破贺兰山缺。壮志饥餐胡虏肉，笑谈渴饮匈奴血。待从头，收拾旧山河，朝天阙。"

爷爷双手给自己打着节拍，歌声在山谷里回荡。

"军歌应唱大刀环，誓灭胡奴出玉关。只解沙场为国死，何须马革裹尸还。"爷爷走在凌丽的前面，默默地背诵着徐锡麟的《出塞》诗。

凌丽一言不发紧跟在爷爷的身后，山顶上那座"坟茔"已经深深地印在了她的脑海中，爷孙俩一前一后回到了家。

回到家里，凌丽的心久久不能平静。远征军、志愿军、珍宝岛、老山前线，她不断默念着这些名词，心中充满了对战死沙场英雄们的无比崇敬！

"爷爷，我想陪着您一起为爷爷们守灵，行吗？"凌丽思前想后，终于颤抖着声音，对爷爷说出了心里想说的话。

第 53 章
误入圈套

———

　　凌丽跟着爷爷回到了家中，她被爷爷为远征军战士遗骸搭建的灵堂所震撼。她觉得爷爷虽然是一个再平凡不过的小人物，但他完成的却是一个壮举，他建的这个灵堂也是一个划时代的丰碑。她觉得爷爷身上处处闪耀着平凡而伟大的光辉，她视爷爷为一本教科书、一部编年史，她要接近他，更要读懂他。爷爷虽然是抗日战争时期的普通战士，但他确实是一位顶天立地的英雄。爷爷的一生历经坎坷、饱经沧桑，但他身上却从来没有泯灭那种思念家乡、热爱祖国的情怀。凌丽经过深思熟虑，决定要留在爷爷身边，她要和爷爷一起守护烈士的英灵，她还要让自己静下心来，帮爷爷完成写回忆录的愿望。

　　当天晚上，凌丽来到了爷爷的书房，她见爷爷正在笔记本上聚精会神地写着心得，她不想打扰爷爷的思路，便悄悄地向屋外退去。

　　"孙女来啦。"爷爷听到响动，抬头看见了凌丽，便停下笔来，笑呵呵地招呼着凌丽，凌丽紧走两步来到了爷爷的身旁。

　　"爷爷，孙女刚才一直在想，我们不能让远征军的孤魂再成为飘在异国他乡的幽灵了，我们来发起一个'让远征军亡灵魂归故里大行动'，向国内招募志愿者来缅甸，共同收集远征军英灵的遗骸，然后把他们的遗骸运回祖国去安葬，让亡灵回到故里安息。同时还可以通过 DNA 检测，寻找逝者的家属，让他们的亲人永远缅怀他们，让爱好和平的人们永远纪念他们。"凌丽将自己的想法说给了爷爷听。

　　爷爷听着、听着，目光由惊讶慢慢变成了惊喜。他从座位上站起来，紧紧拉着凌丽的手，嘴唇颤抖着对凌丽说："好哇！孙女，这个行动感天动地，爷爷支持你！"

　　"孙女，爷爷老了，一时半会儿还跟不上你的思路，快告诉爷爷，怎么才能发起这个大行动？"爷爷饶有兴致地问着凌丽。

"爷爷，缅甸有中文报纸吗？"凌丽问着爷爷。

"有啊，我还认识那个报社的一位记者，他几年以前来采访过我，让我给他讲当年远征军对日作战的故事，后来他还把我给他讲的故事登了报纸呢。"爷爷说着，从书架上找出了一张中文报纸递给了凌丽。

"爷爷，太好了！您可以联系他，请他把我们'让远征军亡灵魂归故里大行动'的倡议登在报纸上，这样不就会有志愿者来参加'大行动'了吗！"凌丽给爷爷出主意。

爷爷听了凌丽的建议，心里在想：这姑娘的主意是不错，也正合我的心意。可这个行动难度太大，哪是一天两天、一年两年能够完成的。爷爷琢磨了一会儿，似乎看懂了凌丽想留下来的心事，但他转念一想，这姑娘孤身一人来到缅甸，也可能是遇到了难以启齿的麻烦，让她留下来帮我完成写回忆录的夙愿也未尝不可，于是他点点头，同意了凌丽的建议。

凌丽如愿以偿地留在了爷爷的身边，她开始帮着爷爷整理那些堆积得像小山一样的心得笔记。

爷孙俩徜徉在了历史的长河之中，用了两三年的工夫，终于完成了一部50万字的鸿篇巨制《听爷爷讲远征军的故事》。爷爷的回忆录出版了，他一下子成了令人敬慕的名人，前来听他老人家讲故事的人越来越多，就连国内的著名作家和成功人士也接踵而至。

"让远征军亡灵魂归故里大行动"活动，在著名作家和成功人士的推动下，国内志愿者纷至沓来，他们在星巴爷爷和凌丽的带领下，在缅甸开始了收集远征军遗骸的行动。又经过两年多的挖掘、寻找，收集行动终于获得了成功，一列载着远征军遗骸和遗物的专列，从缅甸开往了中国。

凌丽和星巴一家人站在火车站的站台上，望着徐徐启动的列车，心里充满了自豪和欣慰。

"美红，今天晚上我要专门请你吃顿饭，感谢你为老爷子完成了他老人家一生的夙愿。"星巴握着凌丽的手，激动地说道。

"这都是我应该做的，我在您家吃住了好几年，我还没有专门请过您吃饭呢。"凌丽客气地说。

爷爷久久凝视着远去的列车，放下了举酸的手臂，他转身对凌丽说道："孙女，这几年你陪着爷爷没白天没晚上的忙活，我都没对你说过一句感谢的话，现在我的心愿实现了，是应该庆祝一下啦。”

凌丽听了星巴爷爷的话，脸一红，不好意思地低下了头。

“孙女，今天爷爷还有一事要求你帮忙，等我死了以后，请你帮爷爷在家乡找一块一米宽、两米长的墓地，我也想葬在家乡，能经常感受家乡的气息，听到家乡的歌，以免做了漂泊在外的孤魂野鬼！”爷爷紧紧握着凌丽的手激动地说着。

凌丽听着、听着，潸然泪下。

“美红，我也有一事相求，你帮着爷爷实现了愿望，这回也该轮到我了吧！我想请你帮我打理阳光制药厂，我的制药厂最近陷入了困境，我看你很有本事，想请你帮忙。”星巴父亲十分恳切地对凌丽说着。

凌丽听了星巴厂长的话，连连摆手拒绝着：“不行，不行，我可没有那么大的本事，我帮爷爷做完了事，也该回家啦。”

“美红，不瞒你说，我们这个地方原来有很多罂粟种植地，我这个阳光制药厂就成了以罂粟为原材料的加工厂。现在国际社会都在打击毒品犯罪，摧毁了罂粟种植地，所以制药厂也需要转型、转产。我看你精明能干，又在内地的制药厂做过营销，或许能对我的制药厂有所帮助。”星巴父亲说着。

一段时间以来，星巴父亲一直在寻找能够帮助他将药厂起死回生的能人，他确实相中了凌丽。

“叔叔，您过奖了！不是我不想帮忙，虽然我在药厂工作过，也有一定的营销经验，但在这里人生地不熟，我怕帮不到您反而给您添麻烦。”凌丽委婉地拒绝着。

“美红，能不能帮上忙我们先不说，先请你到我的厂子看一看，给叔叔出个主意总该可以吧？”星巴父亲诚恳邀请道。

“叔叔，既然您这么信任我，美红就跟您到厂里看看。”凌丽顺水推舟地说着。

“好、好、好，一言为定！”星巴父亲高兴地握住了凌丽的手说道。

星巴父亲带着凌丽在阳光制药厂转了几天，凌丽在熟悉了阳光制药厂的生产环境后，感觉目前阳光制药厂急需要开发一个新产品，才能解决制药厂的窘境。

“叔叔，我有一个设想，不知道该说不该说？”凌丽对星巴厂长说道。

“美红，你有什么就直说。”星巴父亲通过观察凌丽的神态，他感到凌丽可能有了使药厂摆脱困境的好办法，于是他急切地问着凌丽。

“叔叔，我觉得目前阳光制药厂面临的最大困难是没有拳头产品，一个企业如果没有一个响当当的产品，怎么能够立足商海？"凌丽一边说一边看着星巴厂长。

"美红，你说得一点都不错，药厂现在就是没有像样的产品，干的活也都是来料加工，只能凑合维持工人的工资，你有什么解决的好办法吗？"星巴父亲见凌丽一眼就看出了企业存在的问题，估计凌丽对解决问题已经胸有成竹。

"叔叔，我倒是想了一个办法，不知道您是否感兴趣？"凌丽停顿了一下问道。

"感兴趣，感兴趣！快说说你的想法。"星巴父亲不等美红把话说完，便十分着急地问着凌丽。

"我在密支那生活这几年，发现这里的森林和玉石矿山比较多，如果能利用好这些天然的原材料，或许能设计出一个带有地方特色的独特产品。"凌丽思考了一会儿，向星巴厂长提出了建议。

"好哇！美红，你快说说你的想法。"星巴父亲兴奋地问。

"我们可以将廉价的木材加工成小型茶台，茶台下面封闭成一个足底按摩仓，在按摩仓的下面布上玉石接触点，通过远红外线波谱，作用到人体皮下深层组织，就可以达到增强细胞代谢能力，提高人体免疫力的作用。也就是说我们制作成一个作用于人体足底的频谱治疗仪，取名为人体'能量仓'。人们坐在'能量仓'前，一边喝茶一边接受足底频谱，在品茶中完成频谱治疗的全过程，达到有病治病、无病防病的作用，您说这个产品是否可行？"凌丽一边说，一边用手比划着"能量仓"的形状。

"我们这个地区是热带，温度高、湿度大，喝茶是大家的生活习惯，所以制作一个造型精美，方便实用的茶台，这个创意是完全能够被用户接受的。我们这个地方又是木材和玉石的原产地，原材料取之不尽，生产成本会很小，加工制作茶台不成问题。你说要在茶台中增加远红外线频谱，将它制作成能增加人体免疫力的'能量仓'，可这个'能量仓'将会对人体产生多大的作用？我就不太明白了。"星巴父亲眨着眼睛，一边说一边想，他在想象着这个"能量仓"到底能发挥什么作用。

"星巴叔叔，健康的人体组织细胞和不健康的组织细胞，具有截然不同的波谱。'能量仓'可以利用现代电子仪器，来模仿健康组织细胞的固有频率，并使其作用在不正常的组织细胞上，通过外界的频率诱导，打通人体经络，使其逐步向正常频率靠近，能起到疏通经络、调和气血，治疗风湿和关节炎的作用。"凌丽眉飞色舞地介绍着她设想的"能量仓"的原理。

星巴父亲听着凌丽的介绍，眼前好像出现了"能量仓"的形状，他已经初步的了解到了"能量仓"的功能，对"能量仓"的前景充满了期待。

星巴父亲接受了凌丽的建议，聘请她担任阳光制药厂的副厂长，凌丽很快就完成了"能量仓"的设计。

凌丽的"能量仓"虽然制作成功了，可销路却成了问题，望着积压的"能量仓"，星巴厂长急了，他整天愁容不展；凌丽也急了，她看着星巴父亲一脸的愁容，也是一筹莫展。

夜已经很深了，凌丽躺在床上，怎么也睡不着，她蹑手蹑脚来到院子里，望着满天的星星发起了呆。

凌丽想到了华博，华博呀，华博！你现在在哪里？是否已经逃离了秦山？如果有你在，你一定会拿出一个走出困境的好办法。

凌丽十分敬佩充满睿智的华博，华博在历次艰难困苦面前，总能想出解决难题的好办法。她喜欢华博眉头一皱，计上心来的样子，她觉得与他在一起的日日夜夜是她最快乐的时光。不知道为什么，凌丽只要一想到华博，浑身就会充满力量。

想着想着，凌丽突然眼前一亮，她一下子想起了过去在听传销课时的一个经典故事：假如你能这样启动你的汽车，在第一分钟里，车速提高到 2 公里；第二分钟里，车速提高到 4 公里；第三分钟里，车速提高到 8 公里；也就是每过一分钟车速加倍，……如此下去，你大概想不到，只要不到 19 分钟，你的车就可以超过每秒 30 万公里光速。这个故事讲的就是数学上的级数增长原理。

有啦！用传销的方式再造一个有产品的直销模式，不就可以为积压的产品找到销路吗？凌丽一下子来了精神，她回到房间，拿起桌上的笔和纸，在上面画起了一个大大的金字塔。

"叔叔，我有办法把'能量仓'销售出去了，但这个办法需要利用您的人脉关系。"凌丽兴奋地向星巴叔叔介绍着金字塔传销理念。

"你借鉴传销的理念搞直销的办法很不错，我正好有个人脉很广的台湾朋友，据说他在东南亚地区有个很大的销售网络，他就住在仰光，我明天就请他过来。到时候你把'金字塔'讲给他听，他要是参与了，我们身边不就有了'老鹰'了嘛！"星巴父亲仔细地看着凌丽的"金字塔"图解，脸上终于露出了久违的笑容。

两天以后，密支那椰林度假酒店的客房内，星巴父亲将一个叫苏玉柱的台湾商人介绍给了凌丽："美红，这位就是台湾的苏老板苏玉柱先生，他是我多年的好朋友。"

星巴叔叔带着凌丽见到了苏老板，凌丽坐在苏老板对面的藤椅上仔细地端详着苏玉柱。

苏玉柱个子高挑、身材魁梧，充满阳刚之气；他面庞白净、举止文雅，看上去又像是一位文静的书生。

"这位美女，你是做什么生意的？"苏老板见凌丽打量自己，便主动开口说话。

"苏大哥，我是搞营销的，我想向您推荐一个营销的模式。"凌丽见苏老板和蔼可亲，又是星巴叔叔多年的好朋友，便毫无顾虑地对苏老板讲起了她的"金字塔"构想。

"苏大哥，我把这个营销模式比作一个金字塔，您就是金字塔最顶层的 H，您下面分别有 A、B、C 三个人，而 A、B、C 三个人下面又各有三个人，他们分别是 E、F、G，S、M、N，和 O、P、Q，按着这种三三制的排列组合进行下去，您就是第一代；您下面的 3 个人是第二代；他们下面的 9 个人就是第三代；这 9 个人下面的 27 个人就是第四代；依次排列到第六代……"凌丽从茶几上拿起事先画好的金字塔图解，递给苏玉柱看。

"苏大哥，这是一张人员结构图，也就是我们有奖销售'能量仓'的销售模式。我们的奖金分配形式是这样的，我们的奖金由直接奖金和间接奖金组成，如果您花 5 万块钱申购了我们的产品'能量仓'，您就是第一代；您又直接介绍了 A、B、C 共 3 个人来购买'能量仓'，也就是您完成了第二代布局，他们每个人也都拿出了 5 万元来购买'能量仓'，您直推第二代的奖金就是每人 1 万，一共是 3 万元，这就是您的直接奖金。依次类推，每一代人都能从他们的下一代身上拿到直推的直接奖金。间接奖金就是在您布局的这个金字塔结构中，您还可以从第三代、第四代、第五代、第六代每个人身上都间接地拿到提成奖金，也就是您可以从您下面这六代人群中的每个人身上，都拿到数额不等的奖金，这个奖金就是间接奖金。"凌丽在金字塔人员结构图中，认真计算着奖金分配比例，她一边计算，一边偷眼观察着苏老板听到她的介绍后会有什么反应。

苏玉柱微笑着听着凌丽的讲解，嘴角却露出一丝不易觉察的冷笑。表面上看他好像在认真地听，可心里却在暗自嘲笑着凌丽：美女呀，美女！你在我面前给我讲"金字塔"，这不是关公面前耍大刀嘛！你小家雀想骗老家贼？你也不打听打听我苏玉柱是谁？你到整个东南亚去访一访，传销是谁发明的？你可能还不知道，传销是我苏玉柱的专利，我苏玉柱才是传销的祖宗。

苏玉柱感到凌丽既可笑又可爱，他狡黠地瞥了一眼表情认真的凌丽，不露声色地笑了笑说道："美女，你说的'金字塔'不就是传销吗？"

"苏老板，我向您介绍的不是传销而是直销，是一种省去中间环节，直接将产品销售出去的营销模式。"凌丽忽闪着漂亮的眼睫毛，更加认真地辩解。

"美女，苏某不得不佩服你的聪明，表面上看，你是在推销你的产品'能量仓'，但是你借用的却是传销的理念。你的奖金分配制度，就是靠提成下级会员的销售利润来挣钱，这是卖产品挣钱与发展会员挣会费钱的结合，最终都取决于你的会员能卖产品的多少。会员卖得多了，你就会财源滚滚，你挣的是会员的利润，所以直销是离不开传销的，关键是看你能占有多少会员，这是一个级数增长的定律。"苏玉柱跷着二郎腿，一语点破了迷津。

"苏老板，您对传销和直销都如此精通，佩服，佩服！"凌丽见苏玉柱一语道破了天机，立即对他肃然起敬起来。

"美女，你现在有多少会员？"苏玉柱见凌丽已经对自己产生了敬佩，便开始卖弄起来。

"我，我没有会员。"凌丽不好意思吐了下舌头。

"美女，你猜猜我能有多少会员？"苏玉柱故弄玄虚地问着凌丽。

凌丽不知所措地摇着头。

"10万，我在内地北江省就有10万会员。"苏玉柱伸出两个食指，做了一个10字的手势。

"你没有会员还指望别人去给你创造奇迹？那是不可能的。你可以想一想，靠你、靠我，靠星巴，能卖出去几个'能量仓'？所以你要想挣钱，就得依靠传销公司现有的成熟网络，靠公司的会员口口相传，去推销你的产品。你的产品如果有吸引力，推销的速度就会快，但到最后你还会发现，口口相传的结果是人们对你的产品会越来越不感兴趣，而此时他们早已经是你的会员，再想撤出去已为时过晚啦。"苏玉柱声情并茂地卖弄着传销的模式，凌丽呆呆地听入了神。

"大哥，既然您这么在行，就赶紧给我们指点迷津吧！"此时凌丽对苏玉柱已经佩服得五体投地。

苏玉柱听着凌丽的说话声音，感觉凌丽的说话声就如同百灵鸟一般动听；他端详着凌丽精致的面庞，觉得比电影明星还要迷人。

苏玉柱摇晃着跷起的二郎腿，凝视着凌丽足足有一分多钟，心里在打着一石二鸟的算盘。他要抛出诱饵引凌丽上钩，让凌丽充当他的洗钱工具；他还要将眼前这位既精明强干，又如花似玉的美女收入怀中。

"我看这样吧。不如我把内地的传销网络推荐给这位美红女士，让她做我们缅甸大区的总裁。我看凭她的智慧和能力，会创造优秀业绩的。"苏玉柱笑盈盈地说。

凌丽和星巴父亲听罢，顿时心花怒放。

凌丽对苏玉柱送给她的"大礼包"深感意外，她涨红了脸，惊讶地看着苏玉柱，竟觉得苏玉柱的举止和声音怎么那么像华博，甚至达到了酷似的程度。

第 54 章
露出马脚

————

"厂长，为了我们合作愉快，我请你们二位到宾馆餐厅去喝一杯吧。"苏玉柱站起身来招呼着星巴和凌丽，三人谈笑风生地一起来到了餐厅。

"星巴厂长，我准备过几天把我的公司搬到密支那来，你帮我找一个办公的地点，我要在密支那大干一番。来，为了我们事业的成功，干杯！"苏玉柱笑容满面地与星巴厂长碰起了杯。

苏玉柱与星巴厂长碰过了酒杯，转身又对凌丽微笑着说道："美红小姐，苏某走南闯北见多识广，还从来没有见过你这样才貌双全的绝代佳人。苏某今天能在缅甸结识美红，也算三生有幸，让我也敬我们缅甸的大区总裁一杯。"苏玉柱又开始与凌丽碰杯，他目不转睛地欣赏着凌丽的姿色，情不自禁地咽着唾沫。

"美红小姐，这是我的银行卡，银行卡的密码写在了卡的背面，你把卡里的钱转到你的账户上，权当大哥对你事业的支持。你有了资金，就可以按照你的想法去大胆布局，你就是'金字塔'的第一代，你下面第二代的加盟商，就是我和星巴厂长；至于第三代、第四代会有什么人加盟，我会随时通知你的。"苏玉柱将一个银行卡递给了凌丽，他爽快地喝光了酒杯里的酒，脸上绽放着喜悦的光芒，他用金钱向凌丽射出了一支"丘比特"箭。

凌丽接过苏玉柱的银行卡喜出望外，她兴奋地端起酒杯回敬着苏玉柱。不知怎么的，凌丽总觉得苏玉柱的举止做派很像华博，就连两个人的长相也十分相像。自从她见到苏玉柱，就有一种把他当成华博的错觉。

几天以后，星巴厂长带着苏玉柱来到了密支那的一栋二层小楼。小楼独门独院，院内绿树成荫，高大的芭蕉树摇晃着硕大的叶子，遮住了小楼的屋顶，使整个院子都掩映在绿色的世界中，也使小楼显得异常神秘。

"美红，我看这个房子不错，过几天我让人把这里的房间收拾一下，这就是我给你的金屋子，我把你藏在这里，就是在金屋藏娇。今后，你就在这金屋子里面，构筑你的'金字塔'世界吧。"苏玉柱拍着凌丽的肩膀说着，凌丽顿觉有些晕晕乎乎。

苏玉柱把凌丽当成了"陈阿娇"，缅甸版的"金屋藏娇"转眼就成为现实。凌丽住进了这栋小楼，配上了"大哥大"，她的生活也安定了下来。凌丽没有了后顾之忧，她开始专心致志地直销起了她的"能量仓"，她要在缅甸构筑她的"金字塔"世界。

苏玉柱的能量确实很大，凌丽从他的会员中看到了灿烂的曙光，一段时间过后，加盟"能量仓"的人越来越多。不到两个月的光景，星巴厂长积压的"能量仓"已经销售一空，凌丽账号上的阿拉伯数字打着滚的往上翻。

凌丽的业绩增长了，星巴的工厂的效益提高了。看着不断上长的营销记录，凌丽犯起了狐疑：苏玉柱到底是一个什么人？为何能够如此呼风唤雨？他出手阔绰一掷千金，对自己也关心备至，莫非……

凌丽猜想苏玉柱是要吃她的"天鹅肉"，但却没承想，苏玉柱对她使出的却是一个一箭双雕的计谋，她不知不觉地坠入了苏玉柱为她挖好的陷阱。

苏玉柱是一个搞女人的高手，他认为女人都喜欢金钱，她尤美红也不会例外。于是他既给凌丽金钱，又让她当"陈阿娇"，目的就是要打动凌丽的心，将她收入怀中。他编造了一个又一个假姓名，自己出资购买"能量仓"，转手将自己的钱，变着法地打到了凌丽的账户。他的这一举动既完成了洗钱，又把凌丽当成了诱饵，他的一箭双雕计谋可谓用心良苦，可凌丽却一直蒙在鼓里。

苏玉柱是台湾黑社会组织驻缅甸的"老大"，长期从事着跨国贩毒的行当。最近几年，国际社会重拳出击，共同打击"黑三角"贩毒组织，罂粟种植地遭到了毁灭性的摧毁。苏玉柱丧失了毒品的来源，便又在泰国和组织起了一个庞大的传销集团，利用发展会员在中国内地大肆开展传销和诈骗活动。

这个集团在泰国设立了传销总部，诱骗内地来泰国旅游的人员到他们的"购物中心"来购物，他们在"购物中心"中安排了"大讲堂"，游客拿着"购物中心"赠送的"优惠券"，进入"大讲堂"免费获听金融大咖向游客灌输"生财之道"，实际这些"大讲堂"就是推广传销模式的洗脑课堂。

从秦山市公安局局长岗位上退休下来的鞠胜金，就曾经在"大讲堂"中被洗了脑，成了内地传销的头目。鞠胜金回到秦山市后，靠他多年积累下来的人脉关系，在秦山副城办起了各种名目繁多的协会，将"生财之道"又都传输给了一拨又一拨被他洗脑的会员。鞠胜金以秦山副城为中心，搞起了跨国传销，在内地发展了近10万人的下线队伍，自己也实现了日进斗金的梦想，秦山副城也成为了中国内地传销网络的中心。

这天早晨，苏玉柱正在仰光一栋豪华的别墅里，搂着漂亮的越南美女做着美梦，放在床头的"大哥大"响起了清脆的铃声。他披上睡衣，拿着"大哥大"来到楼下客厅接电话。

"苏总，密支那这边的效益非常好，你的朋友非常帮忙，他们纷纷加盟，我们的生意想不到的红火！"电话听筒里传来凌丽喜悦的声音，这声音听起来既悦耳又甜蜜。

"我把公司都交给你了，挣多少钱都是你的喽！"苏玉柱知道凌丽并没有识破他的诡计，便在电话里向凌丽继续放着"风筝"。

"这么多的钱，你就不怕被我卷走了？"凌丽的声音依旧是那么动听。

"钱上又没有名字，在谁的手里就是谁的，我的钱放在你的手里就是你的钱，我才不怕被你卷走呢！"苏玉柱在电话里爽快地笑着。

苏玉柱感到他放的"风筝"就飘在他的眼前，不管飞得多远，只要他一拉线绳，"风筝"就会自动回到他的手中。他从最近与凌丽的通话中已经有所察觉，凌丽已经开始对他产生了好感，似乎有了那么点"意思"，他预感到凌丽就要成为自己的囊中之物啦。

"叮咚！"苏玉柱按响了客厅茶几上的电铃。

一分钟以后，一个西服革履的年轻人，站在了他的面前。苏玉柱整理了一下睡衣，从茶几上拿起一支香烟，又将一支细细的沉香插在香烟里，年轻人赶忙哈着腰，给他点燃了香烟。

"密支那那面的情况怎么样了？"苏玉柱看了一眼年轻人问道。

"星巴生产的'能量仓'目前已经断货，他们正在扩大生产，而我们库房里已经堆积如山，他们要是再继续生产下去，我们的库房就要装不下了。"年轻人向苏玉柱做着汇报，他还不知道苏玉柱收购星巴"能量仓"的用意是什么？

"你马上把一部分'能量仓'发往中国内地，让我们在长江以南的公司给长江以北的公司放出风去，就说境外需要大量'能量仓'，让北方公司去找买家，来做转口贸易的生意，我们用信用证为他们做资金担保。我要让'能量仓'在内地飞来飞去，这样我们不但销售出了'能量仓'，还能赚到开具信用证的水子钱。中国人既天真，又赚钱心切，我们编的故事到了他们那里，就会成为他们传播的故事，中国人喜欢听故事，我们只要打出境外的招牌，那些故事就会像长了腿，想上当受骗的人，你拦都拦不住。"苏玉柱狡黠地冷笑着，嘴里吐着夹带着沉香味道的香烟雾气，他要拿"能量仓"编故事，来使更多的人受骗上当。

"老大，真有您的，我想用不着几天，内地就会漫天飞起'能量仓'，您可真是我们的财神呀！"年轻人拍着巴掌，殷勤地恭维着苏玉柱。

"老大，那个叫尤美红的女人账上的资金太多了，能不能出现什么意外？"年轻人又对苏玉柱将资金都打到凌丽的账户上感到担心，于是，他又在提醒着苏玉柱。

"这个你不用担心，我已经安排了黑人保姆，整天和她形影不离。她逃不出我的手掌心儿，她只不过是我的一个储蓄罐而已。"苏玉柱又吐出了一个大大的烟圈，烟圈在年轻人的眼前慢慢升空，飘向了屋顶。

年轻人似乎又想起了什么，他从皮包里拿出几份缅甸果敢当地的中文报纸，递给了苏玉柱说道："老大，还有一件事，我也得向您汇报。"

"说吧，什么事情？"苏玉柱掐灭了手上的香烟，对年轻人说道。

"老大，果敢的华侨商会的经营之道上了报纸，他们在内地的黑龙江开发了直销市场，目前做的也是风生水起。我怕他们的影响扩大了以后，会直接影响到我们在秦山市的声誉和渠道，毕竟他们做的是有产品的直销，而我们在秦山市做的是没有产品的传销。直销和传销虽然一脉相承，但内地打击的是传销，而对直销还是有些暧昧的。"年轻人指着报纸上整版的宣传内容，向苏玉柱做着分析。

"果敢华侨商会怎么也会有这种理念的能人？难道他们都是经过秦山市鞠胜金培训出来的吗？"苏玉柱看完了报纸，眯起了眼睛自言自语地说着。

"我了解了一下，开发这款直销产品的人叫李博，也是内地过来的人，是不是秦山人？我就不清楚了。"年轻人翻看着报纸，指着报纸上的一幅黑白照片继续说道："这个侧影就是李博。"

"果敢搞直销、密支那也搞直销，而搞直销的人又都是内地过来的，用的也都是同一个套路，你说他们会不会是一伙的？"苏玉柱听了年轻人的话，心里也犯起了狐疑，听起来他是在问年轻人，其实也是在问自己。

"你把报纸给我，今天晚上我就去一趟密支那，把这份报纸给尤美红看看，试探一下她的反应。然后你去一趟果敢华侨商会，设法把咱们产品的宣传单拿给李博看，宣传单上有美红的照片，如果他们真是一伙的，肯定会露出马脚。我仔细想了想，这件事的后果还真是挺可怕，千万不能让他们在内地搅了我们的大局，我们苦心经营的内地市场就是我们的命根子，卧榻之旁岂能容忍他人酣睡？"苏玉柱站起身来，系上睡衣的扣子转身上了楼。

"美红，我今晚就到密支那，你在公司等我吧！"苏玉柱给凌丽打了电话，他准备起身去约会她。

当天晚上，凌丽见苏玉柱开车进了院子，便来到门口迎接苏玉柱："苏总，您可真是神龙见首不见尾，把我寄存在这里都两个多月了，也看不见您的身影，您是雇我在给您看房子的吗？"

"哈哈，美红，看样子你是想我了吧？我最近的生意很忙，这不过来看你了吗！"苏玉柱脱掉了外衣，坐在了客厅的沙发上。

"怎么样？这个地方住得习惯吗？黑人保姆做的饭菜好吃吗？"苏玉柱环视着房间，又细细地端详起了凌丽问道。

"挺好的。"凌丽端庄地坐在了苏玉柱的对面，笑着说道。

"我的女神怎么又漂亮了？看上去性感十足哟！"苏玉柱色眯眯地看着凌丽，故意挑逗着她。

凌丽脸色一红，腼腆地轻声说道："去你的！你的夸奖太虚伪了。"

"美红，我可是真心实意呦！要不要我把心掏出来给你看看？"苏玉柱把手放在了自己的胸前，继续引诱着凌丽。

"我才不稀罕你的心肝烂肺子呢！快说说这两个多月你跑到哪里去了？"凌丽含情脉脉地看着苏玉柱，她眼前的苏玉柱仿佛就是她日思夜想的华博。

"我不是出去给你挣钱去了嘛！男人是挣钱的耙子，女人是装钱的匣子，我们两个就是珠联璧合。"苏玉柱有意识地将凌丽和他往一块儿扯，他招呼着凌丽坐在了自己的身边，将手搭在了凌丽的肩上。

凌丽理了理散落在眼前的秀发，大大方方地坐在了苏玉柱的身旁。苏玉柱感到了凌丽身上的香气，他一边嗅着凌丽身上香水的气味，一边上下打量着凌丽，仿佛要穿透凌丽的衣着，洞察到她那洁白如玉的肌肤。

苏玉柱的眼睛透过眼镜片，看到了凌丽那双颀长的双腿和如凝脂一般的玉脚。凌丽雪白的脚趾，如同嫩藕一般冰肌玉骨，苏玉柱暗自赞叹着：真是一个美人，沉鱼落雁也不过如此吧！

"我给你们煲了石锅饭，快趁热吃吧！"黑人保姆将散发着香气的石锅饭，端到了餐桌上，她招呼着凌丽和苏玉柱来到了餐厅。

苏玉柱从皮包中拿出那张果敢中文报纸，一边吃着石锅饭，一边假装津津有味地看起了报纸："这个刀会长，怎么也做起了直销？"苏玉柱自言自语地说着，头也不抬地继续翻看着报纸。

"吃了饭再看不成吗？"凌丽凑到苏玉柱的身旁，低头瞥了一眼他手中的报纸，报道果敢华侨商会直销模式的一组照片，立即映入到了她的眼帘，凌丽一眼就看见了照片中华博的侧影。

"你认识照片中的人吗？"苏玉柱漫不经心地问着凌丽。

"不认识，报纸里刊登的是什么呀？"凌丽故作镇定地问着苏玉柱。

"啊，缅甸果敢也在做直销，华人报纸在介绍他们的经验呢。"苏玉柱抬起头瞅了瞅凌丽，他见凌丽的表情并无异常，便放心地合上报纸，又将报纸推到了一边。

吃罢晚饭，苏玉柱回到了自己的房间，没过一会儿，房间里便传来苏玉柱的喊声："美红，你到我房间来一趟！"

凌丽坐在餐桌前，她飞快地浏览着苏玉柱留在餐桌上的报纸，不一会儿便听到了苏玉柱在房间里的喊声。

"我要洗个澡。"凌丽大声地回答着苏玉柱，转身进了浴室。

她拍了拍狂跳不止的心脏、闭上了眼睛，她努力地控制着自己的情绪，她要冷静思考一下，如何面对突如其来的华博。

通过浏览报纸，凌丽已经确信华博也来到了缅甸，而且就在缅北的果敢。华博在果敢创造的直销神话令她欣喜若狂，她真想一下子就飞到华博的怀抱，去向华博诉说衷肠。

华博啊！华博！你终于虎口脱险，逃离了危险的境地，可你又是怎么来到的缅甸？你来缅甸难道就是来寻找我的吗？

"哗哗哗"凌丽拿着淋浴喷头往自己的头上浇着热水。

我要去果敢，我要马上去见华博，我要向他解释我为什么要做伪证，我要让华博知道陷害他的人不是我，而是贾放和钱同。凌丽迅速打定了主意。

华博会相信我的话吗？我又有什么证据来证明，贾放就是幕后黑手？如果拿不出证据，我即使有一千张嘴，又怎么能够自圆其说？她知道，自己目前还真拿不出真凭实据，来证明是贾放陷害了华博。华博视贾放为恩人，他每次在自己面前提及贾放时，都对贾放感激涕零，在没有任何证据的前提下，华博这个"犟骨头"能相信我吗？华博现在最恨的人应该就是我，他肯定一直认为，是我作伪证陷害了他。我现在已经是跳进黄河也洗不清的罪魁祸首了，我才是陷害他华博的千古罪人，无论我怎么分辩也难说清是非。凌丽想着，又打消了要去果敢见华博的念头。

"哗、哗、哗！"浴室里的热水尽情地在凌丽身上流淌，凌丽的思绪更加混乱：苏玉柱拿这张报纸给我看的目的是什么？难道他知道了我的身份？知道了我和华博这种剪不断理还乱的复杂关系？不会，我的身份不会暴露得这么快！

"美红，洗完了吗？"浴室外又传来了苏玉柱的喊声。

"哗、哗、哗……"凌丽又加大了淋浴的流水量，眼泪顷刻被流水淹没。

凌丽感到自己已经清醒了一些，她继续想着：我能在缅甸发现华博的行踪，华博也会很快发现我的落脚点。不行，我不能和他在缅甸做过多的纠缠，毕竟我是潜逃出来的"黑人"，在此地纠缠下去，不论对他还是对我，都是很危险的，此地不可久留，我必须想办法赶快脱身。

淋浴室外，苏玉柱仍在催促着凌丽；淋浴室内，凌丽眉头一皱，计上心来。

何不利用苏玉柱的关系离开缅甸？我要到美国的西雅图去，露西就住在西雅图，贾放之所以要陷害华博，还要加害于我，不都是在暗中保护露西吗？只要找到了露西，我就会寻觅到她与贾放之间的蛛丝马迹，还能获取他们犯罪的证据，让真相大白于天下。想到这儿，凌丽一咬牙，决定以身相许，她要利用苏玉柱来完成她的赴美复仇计划。

华博呀，华博！请你理解我近在咫尺，不能相见的苦衷吧！等我利用苏玉柱去美国找到露西，再为你洗清冤屈吧！

华博呀，华博！你可真是命大，你能在看守所里成功越狱，创造了人间奇迹。你一路艰辛，又历经了多少艰难困苦，才九死一生地越境来到缅甸！

华博，你一定吃尽了人间苦难吧！凌丽想着，推开了苏玉柱的卧室门……

第 55 章
血色追踪

————

果敢华侨商会内，苏玉柱派去的那个年轻人见到了华博，他以一个加盟商的身份与华博攀谈了起来。

"我要加盟你们玉石床垫项目，但是又不想购买玉石床垫，你看行不行？"年轻人向华博提出了他出钱加盟的要求。

"你是做什么生意的？"华博警惕地看着年轻人问道。

"我是密支那阳光制药厂的销售员，我们可不可以联合起来，一同做直销生意？"年轻人说着，将阳光制药厂的一份介绍"能量仓"的宣传单递给了华博。

"你是密支那阳光制药厂的？你们有'能量仓'？"华博问道。

他上下打量了一眼年轻人，接过宣传单认真地看了起来。突然，华博的眼前一亮，他的目光一下子盯住了宣传单上副厂长尤美红的照片。尽管照片不是很清楚，但他还是看清楚了凌丽的脸庞。

"你认识我们尤厂长？"年轻人看到华博的表情有些异样，赶忙问道。

"不，不认识。"华博看着凌丽已经如缅甸人打扮的照片，努力抑制着自己跳动得越来越快的心脏，揣摸着这位年轻人给他看凌丽照片的用意。

"李博先生，你看我们两家能不能合作？"年轻人又与华博继续聊起了合作的话题。

"你留一个电话吧，回头我请示一下我们会长再答复你。"华博将阳光制药厂的宣传单又递给了年轻人，不露声色地转身离开了。

华博一进家门，便迫不及待地一把抱住英子的双肩，大声说道："英子，我找到凌丽了！"

"华博哥，你找到凌丽了？快告诉我是怎么找到的？"英子握着华博的手，急切地问着。

"今天下午，商会来了一个要与我们合作的商人，他是缅甸密支那阳光制药厂的销售员，他给我看了一份他们厂生产'能量仓'的宣传单，宣传单上面有凌丽的照片。虽然她已经改名换姓，但我还是一眼就认出了她，她现在是密支那阳光制药厂的副厂长，名字叫尤美红。"

"华博哥，这可太好了，终于找到她了！这回你的冤屈就可以洗清了吧？这回我们就不用东躲西藏地待在缅甸了吧？这回我们就可以回家了吧？华博哥，我想家了！我想我爸，也想虎子！"英子兴奋地问着，她一头扎进华博的怀里，"呜呜"地哭出了声。

"英子，你别哭，这些年你跟着我受苦了，不过，我们能在缅甸找到凌丽，咱们俩的苦也算没白吃。我们的黑夜即将过去，天就要亮了！"华博紧紧地抱着英子，哽咽着说道。

"华博哥，我陪你去密支那吧！我见到了凌丽，非抽她几个耳光不可，这个娘们儿真是太可恶了，她陷害了我的男人，我跟她没完。"英子破涕为笑，她一边擦着眼泪，一边在华博的眼前挥舞着柔弱的拳头。

"英子，先别急，让我想想我们应该怎样去见凌丽？"华博放开了英子，他抹了一把眼泪，在屋里踱来踱去。

"凌丽现在是一家华人制药厂的副厂长，这家制药厂的'能量仓'无疑就是她的发明，利用'能量仓'搞直销，也一定是她的主意。我不是跟你说过吗，要说起搞直销，我还是受了她的启发呢。"华博对英子说。

"英子，我从凌丽的照片上可以看得出，她在密支那生活得还不错。可这家阳光制药厂在当地有着多么大的势力，她和这家制药厂的关系又到底怎样？我还不好做出判断。凌丽既然胆敢做伪证来陷害我，说明她和我早已割袍断义，我们早已成为了仇人。俗话说得好，仇人相见分外眼红。如果我们现在就贸然前去密支那找她，说不定还会遇到什么意想不到的危险，这件事不能操之过急，等我想好了办法再去找她也不迟。"华博将英子拉到了身旁，十分冷静地对英子说着。

"那她要是跑了呢？"英子忽闪着漂亮的眸子，天真地问着华博。

"我估计她现在正陶醉在销售'能量仓'的喜悦之中，她又不知道我知道了她的下落，暂时还不会跑。"华博分析着凌丽的处境，对英子继续说道。

"华博哥，我们去找刀会长商量一下怎么样？他毕竟是缅甸人，对当地的情况也该有个了解,请他帮我们出出主意吧?"英子听了华博的分析,也觉得很有道理。于是,她给华博出了一个找刀会长商量对策的主意。

"刚才我也想到了刀会长,可我担心一旦对刀会长说出了实情,他还能不能继续收留我们?他要是赶我们走,那我们又该去哪里?"华博对英子又说出了他的担心。

"华博哥,我觉得刀会长是个好人,他不会赶我们走的。如果他真的赶我们走,我们就回国,反正我们现在身上也有钱。华博哥,英子真的想家了。"英子说着,眼泪又在眼圈里开始打转。

"好吧,既然如此,我也没有什么更好的办法,我们明天一早就去找刀会长商量。"华博安慰着英子。

第二天一大早,华博和英子来到了刀会长的办公室。

刀会长听了华博讲述的经历,吃惊地看着华博问道:"李博,你说你叫华博?你说的都是真的?你真是被那个尤美红陷害的?"

"刀会长,华博在您面前不敢说谎,如果您不信任我,可以赶我们走。不过,今后不管华博走到哪里,都会牢记您的知遇之恩。"华博说着,站起身来向刀会长深鞠一躬。

刀会长听了华博的话陷入了沉思。良久,他抬起头,紧皱着眉头问着华博:"华博,假如你见到了尤美红,你想怎么办?"

"会长,我要问她为什么做伪证来诬陷我,还有没有良心?"华博十分激动地大声叫喊着,仿佛眼前的刀会长就是凌丽。

"华博,你冷静一下,你觉得你的问话有意义吗?"刀会长瞪大了眼睛问着华博。

"我……"华博被刀会长问得哑口无言。

"我要让她把作伪证的经过写出来,我要带着她的亲笔供词回到秦山市,把她的供词交给公安局,这样我就会洗清了冤屈。到那个时候,我和英子再光明正大地回到缅甸,侍候您老人家一辈子。"华博激动地说着。

"华博,你的想法太天真了,你以为警方会相信你这个越狱的逃犯吗?你觉得警方会仅凭一张白纸就会特赦你?"刀会长将身子靠在了沙发上,不住地摇着头。

"会长,那您说我该怎么办?"华博问着刀会长。

"华博,如果你不把尤美红带回国内,你的一切努力都无济于事,到头来只会是前功尽弃,说不定你还得回去蹲监狱。"刀会长说着。

英子见华博的脸色有些难看，急忙插嘴道："会长，那您给我们出个主意吧？"

"密支那是缅甸克钦邦的首府，克钦邦是缅甸的一个自治区，那里的情况非常复杂，我就是陪着你过去，也不敢说就能把尤美红带回来。即使能将她带到老街，我也没有办法能把她送到你们秦山市，所以这件事还真有些难办。"刀会长一脸的愁容，他摊开双手表示着无奈。

"这么办吧，看在你给我们华侨商会做出巨大贡献的分上，我去找掸邦的警察局长，请他与密支那警方取得联系，如果他能派人同我们一起去一趟密支那，那可是再好不过了。华博，顺便说一下，这次去密支那的费用，我全给你出了。"刀会长思索再三，决定去找点掸邦的警察局长帮忙。

两天以后，两辆警车一前一后开到了星巴家的院子，从第一辆警车上跳下来的是几个全副武装的克钦邦警察局的警员，紧随其后的是掸邦警察局的警员，刀会长带着华博和英子跟在警察的身后进了院子。

"谁叫尤美红？"警长提着手枪，一脚门里一脚门外地大声问道。

"我们家没有叫尤美红的人。"星巴厂长见冲进来一队全副武装的警察，连忙摆手对警长说道。

"没有？给我搜！"警长一挥手，几个警员不由分说便开始了搜查。

"警长，这里没有尤美红。"警员向警长做着报告。

"没有？把他们统统带到警察局去问话。"警长说着，向警员挥了挥手，下达了命令。

"警长先生，我是说我们家里没有尤美红，我可以带你们去她的住处去找她。"星巴厂长见警察要带走媳妇和父亲，就赶紧拦住了警长。

"那好吧，你马上带我们去找尤美红，全体，收队！"警长一声令下，警员立即拽着星巴厂长上了警车。

警车很快来到了那栋神秘的小楼，警员"呼啦"一下包围了小楼，警长带着星巴厂长下了车，示意他去敲门。

"美红，我是星巴，你开门呐！"星巴厂长轻轻叩响了楼门。

"吱嘎"随着一声开门声，黑人保姆打开了楼门。警长一挥手，荷枪实弹的警员们一窝蜂地冲进了楼内。

"尤美红呢？"警长厉声呵斥着黑人保姆。

"她今天早晨就走了。"黑人保姆不知道发生了什么事情，她哆哆嗦嗦地对警长说着。

"她到哪里去了？她和什么人走的？"警长连珠炮似的发问。

"她和苏老板一起走的，我不知道他们去了哪里？"黑人保姆双腿不住地打着战。

"苏老板是什么人？他住在哪里？"警长像泄了气的皮球，在屋里来回转着圈，他预感到刀会长答应他的那笔奖金要泡汤。

"苏老板名叫苏玉柱，我有他的电话。我问问他，是不是和美红在一起？"星巴厂长一听尤美红是和苏玉柱一起走的，便要主动给苏玉柱打电话，他生怕警长再继续向他要人。

"苏老板吗？我是星巴，我问你一下，美红是不是跟你在一起？"星巴厂长像什么事情也没有发生过似的，拨通了苏玉柱的"大哥大"，他声音平和地问着苏玉柱。

"哦，星巴呀！我没有看见美红，也没有和她在一起。"苏玉柱冷冷地说着，挂断了电话。

"你们把这个黑人保姆带到警察局去录口供，全体，收队。"警长再一次向警员们挥了挥手，沮丧地将手枪装进了枪套。

"警长先生，请你把这个黑人保姆交给我们掸邦警察局吧。"刀会长紧走几步追上了警长，从他手上要回了黑人保姆，他要从她口中了解更多的有关尤美红的情况。

缅甸仰光五星级宾馆内，苏玉柱躺在舒适的大床上，抚摸着凌丽细腻的肌肤，柔着声音对凌丽说道："宝贝儿，刚才我接到了星巴厂长的电话，他问我是不是和你在一起？我怀疑是李博到密支那找你去了。"苏玉柱眼睛直勾勾地盯着凌丽说道。

"李博？他怎么知道我在密支那？"凌丽假装惊慌地问道。

"我曾经让手下人拿着'能量仓'的宣传单，到果敢华侨商会找过在那里搞传销的李博，他在宣传单上看到了你的照片呗。"苏玉柱对凌丽做着解释。

凌丽见苏玉柱前天拿着登载着华博照片的报纸故意给她看，今天又说出了李博的名字，她立即意识到华博在缅甸的名字叫李博，她还看出了苏玉柱已经怀疑起了她与李博的关系，此时，如果不承认与李博有关系，反而会使苏玉柱对自己更起疑心，还不如编个瞎话让他信以为真为好。凌丽想到这儿，决定不再对苏玉柱隐瞒她和李博的关系，反正现在华博叫的是李博，又不是叫华博。

"你们见到李博了？他也来到缅甸了？"凌丽又假装吃惊地问着苏玉柱。

"美红，你认识李博？"苏玉柱听了凌丽的话一愣神儿，他翻着眼皮问着凌丽。

"他是我的男朋友，死皮赖脸地非要娶我，我不想和他结婚才跑到这儿来的，没承想他还真追来了。"凌丽对苏玉柱开始编瞎话。

"美红，前天，我从你浏览报纸时表情的细微变化，就发现你们之间肯定认识，当时我就怀疑你与那个李博一定有着特殊的关系，才派人去了果敢。现在你跟我说了实话，我才知道他是你的男朋友啊！虚惊一场！虚惊一场！"苏玉柱如释重负地对凌丽说着，直到现在他才打消了对凌丽的怀疑。

"坏蛋！都是你惹的祸，要不是你派人到果敢，李博怎么会知道我在密支那？"凌丽假装生气地数落着苏玉柱。

"我又不知道他是你男朋友，又怎么会知道他会追到密支那来？"苏玉柱没好气地说道。

"老公，快带我离开缅甸吧！我要你带我去美国，我要去西雅图去找一个亲属。"凌丽趴在了苏玉柱的身上，她使劲地摇晃着苏玉柱的肩膀，娇嗔地重复着不知说了几遍的话。

"你到西雅图该不是又去找男朋友吧？我好不容易才得到了你，是不会轻易把你交给别人的。"苏玉柱一把将凌丽揽在了怀里，使劲地亲吻着凌丽。

"丁零零，丁零零。"苏玉柱的"大哥大"想起了急促的铃声，苏玉柱伸手接通了电话。

"老大，不好了，刚才密支那警局的哥们儿来电话告诉我，掸邦的警察带走了你雇的黑人保姆，黑人保姆把你的情况都告诉了警察，他们正在到处抓你。你赶快离开缅甸吧，这个电话也不要再用了。"电话听筒里传来了苏玉柱马仔的声音。

苏玉柱应了一声，急忙关掉了"大哥大"。

"美红，看来那个李博真的和你较上劲了，他肯定是买通了掸邦的警察，警察正在发通缉令抓你。我们马上就得离开缅甸，先去泰国躲一躲，等我处理完公司的业务，就陪你去西雅图。"苏玉柱说着，起身下地仓促地穿着衣服。

第二天上午，华博被刀会长叫到了办公室。

刀会长看了一眼面容憔悴的华博说道："华博，掸邦警察局长给我来电话，昨晚他们审讯了那个黑人保姆，据她交代，尤美红确实是和苏玉柱一同走的，苏玉柱他在东南亚很多国家都有落脚地点，说不定他已经逃离了缅甸。不过，黑人保姆还交代了一个重要线索，在我们抓他们之前的那天晚上，尤美红不断地央求苏玉柱，让苏玉柱带她去美国西雅图，她说要去西雅图去找一个亲属。"

华博听了刀会长的话，顿觉五雷轰顶，他急着问道："她要去西雅图？黑人保姆会不会是在说谎？"

"黑人保姆是在走廊里偷听到他们说话的，应该不会错。所以，我判断尤美红逃离了我们的追捕后的下一个去处是西雅图。"刀会长做着分析。

"华博，情况就是这样，你回家休息休息，安心留在我这儿吧。将来一旦发现她在西雅图的落脚点以后，我会通过美国朋友帮你找到她的。"刀会长安慰着华博。

华博悻悻地走出了刀会长的办公室。

凌丽要去西雅图做什么？我历尽千险来到了缅甸，好不容易发现了她的踪迹，可她却又要远渡重洋去美国，看来我的冤屈一辈子都无法得到澄清了！华博一路想着，垂头丧气地回到了家。

华博刚推开家门，就看见英子躺在地上，浑身抽搐地呼喊着他："华博哥，快救救我，快救救我吧！"

"英子，英子，你怎么了？你怎么了？"华博三步并作两步将英子抱上床，他拼命地呼叫着英子。

"华博哥，昨天在密支那去找凌丽的时候，我的脚被毒蛇咬了一口。"英子艰难地说着话，紧接着便大口呕吐起来。

华博急忙撩开英子的裙子，只见她的双腿都已经红肿得发了黑，华博大声埋怨着英子："英子，你为什么不早点告诉我？"

"华博哥，当时我只是感觉被什么东西蜇了一下，见你正在为没找到凌丽而心急如火，我怕给你添乱，就没有告诉你。今天，你出家门没多久，我就感到身子滚烫，脚面也开始红肿，就知道准是被毒蛇咬伤了，英子想去找你，可还没等走到门口就昏倒在地……"英子头上冒着大汗，说话都有些有气无力。

"英子，被毒蛇咬了也不怕，只要把毒汁吸出来就没事儿啦。"华博说着，捧起英子的脚，用嘴拼命地吸吮着伤口中的毒液。

"华博哥，我听我爹说过，人被毒蛇咬了以后，有时当场发作，有时几个小时以后发作。当场发作的，毒汁还没有进入到全身的血液中，这样的人，吸出毒汁还可能保住命，像我这样过后发作的，肯定就没命啦。"英子喃喃地说着。

"唉！英子呀，英子！你可疼死哥哥了！"华博号啕着，不顾一切地一口一口往外吸着毒汁。

"华博哥，英子可能不行了，英子不能陪在你身边了。英子想家了，想我妈妈了！"英子脸色苍白，周身颤抖个不停，说话声音越来越微弱。

"英子，你可不要吓唬哥哥，你要挺住，哥哥正在往外吸毒液，过一会儿就会好的。"华博疯了似的叫喊着，他感到英子的气息越来越弱、越来越弱。

英子眼睛里噙着泪花，她无力地指着自己的脚面，慢慢地闭上了眼睛。

"英子，英子，你可要挺住呀！你可千万不要扔下哥哥呀！"华博一边拼命地吸着英子身体中的毒液，一边惊呼着英子。

此时，英子的脸色更加惨白，柔软的身体渐渐开始僵硬，没过多大一会儿，手脚也开始发凉。

"英子！英子！"华博将英子抱在了怀里，他拿起英子冰冷的双手放在自己的脸上，号啕大哭着；他俯下身子，不住地亲吻着英子毫无知觉的面颊，捶胸顿足着；他将英子面带痛苦的脸，紧紧贴在了自己的脸上，眼泪像断了线的珠子，扑簌簌地流在了英子的脸上。

时间静止了！空气凝固了！华博眼睁睁地看着自己心爱的女人，在自己的怀里长眠于世，他的心被撕裂了！

华博目光呆滞，眼窝深陷，他哭干了眼泪，僵直地站在英子的尸体前，咬着牙从心底发出了誓言："英子，我要为你报仇，我要将凌丽碎尸万段！"

华博愤怒了！

他向刀会长深深地鞠了一躬说道："刀会长，谢谢您安葬了我的英子，我要离开缅甸了，我要去西雅图，我要去向凌丽讨还血债，这辈子不抓住凌丽，我华博死不瞑目！"

第 56 章
逃出魔爪

────────

苏玉柱得知黑人保姆出卖了他以后，顿时慌了手脚，他换了一部手机，给他的马仔黑子打了电话，他让黑子马上送他离开缅甸。

"美红，我刚刚接到电话，警察过来抓你来了，你赶快收拾一下东西，我们马上出发去泰国躲一躲。"苏玉柱一边仓促地穿着衣服，一边故弄玄虚地吓唬着凌丽。

"这么晚了，我们怎么去泰国？"凌丽听了苏玉柱的话，心里一阵紧张，她惊慌失措地问着苏玉柱。

"我哥们儿黑子马上过来接我们，他开车送我们去泰国，一切顺利的话，明天上午就能到达泰国的清迈。"苏玉柱穿好了衣服，他看了看手表，拉着凌丽来到了酒店的门口，躲在黑暗处等着黑子。

"苏总，都是我不好，害得你跟我东躲西藏，还在担惊受怕。"凌丽不断地自责，她也不知道苏玉柱刚才是接了个什么电话。

"没关系，等我把泰国的生意处理一下，就带你去西雅图。"苏玉柱将手搭在了凌丽的肩上，强装笑脸地安慰着凌丽。

一阵凉风吹过，两道汽车灯光由远而近驶进了宾馆大院。躲在黑暗中的苏玉柱借着灯光看清了车牌号，他拉着凌丽紧走几步来到了车前。

黑子也看清了车灯下的苏玉柱，急忙停下了轿车。

"老大，上车！"黑子按下车窗，招呼着苏玉柱。苏玉柱打开副驾驶的车门，坐在了司机的身旁，凌丽提着挎包跟在苏玉柱身后上了轿车的后座。

黑子见苏玉柱和凌丽已经上车，便一脚油门驶离了仰光宾馆。

"老大，我们从缅甸的大棋力口岸出关，在泰国梅塞口岸入境，这样就可以到达清迈，你看这条路线行不行？"司机黑子一边开车，一边问苏玉柱。

"黑子，就按你的路线走。"苏玉柱回头对凌丽点了点头，对黑子说道。

黑子全神贯注地开着车，苏玉柱微闭着眼睛听着车载音乐。过了好半天，苏玉柱忽然好像是想起了什么，他侧过脸问着黑子："黑子，你车上还有喝的吗？"

"老大，车后备厢里有饮料。"黑子歪着头，看了一眼苏玉柱说道。

"嘎吱"黑子将轿车停在了路边，下车去后备厢里去取饮料。

凌丽坐在车后座上，正好看到了苏玉柱和黑子互相对视目光的瞬间，她微微皱了一下眉头，下意识地看了一眼身旁后车门边筐里放着的饮料，心里泛起了一丝狐疑：轿车的车门里分明放着饮料，为什么还要停车到后备厢里去取饮料？他们又为什么诡异地相互对着眼神？难道他们要对自己有什么企图？凌丽想着，不由自主地打了一个冷战。

黑子从后备厢里取出了饮料，又回到了驾驶室，将饮料递给了苏玉柱。

苏玉柱从黑子手中接过饮料，转身又递给了凌丽："美红，坐夜车很辛苦的，你渴了吧？喝点饮料吧。"

"谢谢苏总！"凌丽伸手接过饮料，她敏感地证实了自己的疑惑。

凌丽用眼睛斜了一眼车门边筐里的饮料，又看了看苏玉柱递过来的饮料，两听饮料竟一模一样，凌丽立即警觉了起来。她的大脑飞快地转动着，这个饮料里面会不会有问题？凌丽在司机后背椅的掩护下，用左手拿起车门边筐里的一听饮料，左右手里的饮料瞬间就调了包。

"喝吧！喝完了你就睡一会儿，反正还有很远的路呢。"苏玉柱头也没回地对凌丽说着，眼睛直勾勾地看着车内的倒车镜，他在不露声色地从倒车镜里观察着凌丽。

凌丽也从倒车镜里看到了苏玉柱正在注视着自己，于是，她"啪"的一声打开饮料，毫不犹豫地"咕咚咚"将饮料喝了个精光。过了一会儿，她慢慢地倒在后车座上，假装睡着了。

轿车在公路上疾驶，司机黑子和苏玉柱都从倒车镜里，观察着凌丽喝完饮料后的反应。

"美红、美红！"苏玉柱回过头来，轻轻地呼叫着凌丽。

"老大，她睡着了。"黑子回头看着凌丽倒在车座上熟睡的样子，对苏玉柱说道。

"嗯，是药劲起了作用，这个药能持续多长时间？"苏玉柱轻声问着黑子。

"十几个小时之内，她是不会醒的。"黑子回答着苏玉柱的问话。

"黑子，她没有护照，一会儿过口岸怎么办？"苏玉柱回头瞅了一眼假装熟睡的凌丽问着黑子。

"老大，你有她的照片吗？"黑子问着苏玉柱。

"我让她准备过照片，应该在她的挎包里。"苏玉柱说着，伸手从凌丽身旁拿过了凌丽的挎包，在包里面翻动着照片。

"老大，我手里有一本泰国华人的护照，将她们的照片互换一下就可以了。"黑子说着，从轿车整理箱里拿出了一本假护照递给了苏玉柱。

苏玉柱从凌丽挎包里拿出凌丽的照片，熟练地贴在了黑子准备好的那本过期护照上，给凌丽做好了假护照。

凌丽"激灵"打了一个冷战，他们要干什么？怎么连护照都给我准备好了，这是要把我弄到哪里去？凌丽想着，仍在装睡。

"嘎吱"不知又过了多长时间，轿车再一次停了下来。

"请出示护照！"缅甸大棋力口岸的安检人员，用缅甸语在与司机黑子对话。

黑子递过了他们三个人的护照，安检人员查看后顺利地让他们过了关。

黑子驾车出了缅甸，很快就开进泰国境内的梅塞口岸。泰国安检人员与黑子又在说着泰国语："请出示护照，全体下车接受检查。"

苏玉柱和黑子下了车，安检人员对黑子和苏玉柱搜身以后，又要求凌丽也下车："她怎么不下车？让她也下车接受检查。"

"警官，她病了，现在还在昏迷中。"黑子向安检人员做着解释。

"不行，带她下来接受检查。"安检人员将手按在了腰间的手枪套上，大声说道。

"警官，她得的是传染病，不信你可以过去看看。"黑子说着拉开了轿车的后门。

"传染病？"警官将头探进车内看了看凌丽，赶忙关上了车门。

"她是泰国籍华人吗？"安检人员翻看着凌丽的护照问着黑子。

"是的，警官，她是泰国华人，家就住在清迈。"黑子回答着。

"好吧，既然是泰国人又是病人，就不用下车了，放行！"安检人员，抬起了手，轿车慢慢地驶离了口岸，进入到泰国境内。

黑子开着轿车安全地进入了泰国清迈境内，苏玉柱一直悬着的心这才放了下来。黑子又回头瞅了瞅仍在"熟睡"的凌丽，对苏玉柱诡异地说道："老大，跟你说个事儿，你得马上和我去一趟中国，我在那边钓上了一条'大鱼'，那条'鱼'都咬钩了，你得帮我去摘钩。"黑子与苏玉柱说着暗语。

"没说的，正好我也要找个地方避一避风头，你说说，是多大的一条‘鱼’？"苏玉柱无精打采地问着黑子。

"老大，这条鱼挺肥，他是北江省秦山市红木家私厂的老板，他是主动上钩的，这件事儿听起来就像是一个故事。"黑子笑嘻嘻地对苏玉柱说道。

苏玉柱一听黑子钓的是一条"大鱼"，顿时来了精神："好哇，黑子，你是我一手带出来的关门弟子，我倒要看看你小子是怎样甩的这个钩？"

"老大，前不久，我以新加坡华人商会会长的名义，去了一趟中国北江省，我要实地考察一下我们在那里的直销网络，却意外结识了秦山市红木家私厂的费厂长。他向我吹牛说他们厂的红木家私是中国最好的工艺，还非得拉着我去参观他们的工厂。我一听他有货，就故意说我在东南亚的华人圈里很有威望，海外华人又非常喜欢红木家私，将来有机会帮他打通在东南亚的销路。可没承想，他对我的话信以为真，天天请我吃大餐，还安排‘小姐’陪我玩，非让我帮他联系买家不可。"黑子口若悬河地对苏玉柱吹嘘着。

"我看他急着找买家就甩了‘鱼钩’，想钓住他。我当着他的面，给我弟弟打了电话，让他了解一下东南亚市场对红木家私的需求。我弟弟心领神会，没过几天就把需求传真给了费厂长。费厂长刚刚接手这家红木家私厂，正愁没有销路，看到传真后立马就迷信上了我，非要让我帮他把买家联系成不可。我越说有困难，他越不相信，还私下给了我一笔中介费。我回来以后，让我弟弟又去了一次秦山市，我弟弟经过与他几个回合拉锯谈判，他们谈成了交易，最后签了购买200套花梨木家私的订单。"黑子眉飞色舞地向苏玉柱讲述着他们兄弟联手，诈骗秦山红木家私厂的经过。

"黑子，我看你越来越长能耐了，真是青出于蓝而胜于蓝了。"苏玉柱听了黑子的话，一脸的喜悦。

"老大，我钓上了这条‘大鱼’，现在该你出手给我摘钩了。只要我陪你再去一次秦山，我们就能骗他个来回，不光这单生意能做成，还能再骗他买木料，两单生意少说也能赚1000万人民币。"黑子向苏玉柱伸出了一个手指头，喜笑颜开地说着。

"这还用说吗？我摘钩的手艺你又不是不知道。"苏玉柱"呵呵"地笑着。

"老大，他们卖了我100套家私后，又急需买花梨木原料，就又向我求助，让我帮他介绍卖家。我‘买’了他的家私，你再‘卖’他木料，你说这两单生意怎么样？"

黑子"嘿嘿"地笑个不停,他一点也没有留意到凌丽正在偷听着他的话。

"没问题,我保证把钩给你摘得干净利索,一点血都不让它淌。"苏玉柱也在吹嘘着自己。

"老大,内地人怎么就那么实在?他们是不是傻?他们不相信国内市场,只要听说与境外做生意,就像喝了兴奋剂一样,竟一点也看不出来我的骗术。这次去秦山,我将你介绍给费厂长,你一看便知道他有多么'可爱'。"黑子边说边偷眼观望苏玉柱。

"黑子,我在缅甸有林场,这件事你是知道的呀!我的林厂可是广袤的原始森林,别说花梨木,就是大红酸枝和黑檀木也是应有尽有哇!"苏玉柱不假思索地编瞎话,上演着他的骗术,毫不掩饰地露出了一张骗子的嘴脸。

"老大不愧是老大,你编瞎话都不用打底稿,咱们两个才真正是珠联璧合。不过我倒是担心他打给你定金以后,你用什么东西给人家发货?人家不看见海关报关单和货船离港货运单,是不会给你打全款的。"黑子板着脸说出了他的担心。

"这个你不用担心,我的美红小姐早就给我备好了货源,而且货源非常充足。"苏玉柱说着瞥了一眼车后座上睡得正香的凌丽说道。

"老大,你是说她?"黑子不解地问道。

"她发明的'能量仓'被我全部收购了,现在就在仰光的库房里放着。只要重新打上包装运上船,谁能说这不是木材?"苏玉柱"嘿嘿"冷笑着说道。

"老大,我见过你的'能量仓','能量仓'的重量和缅甸花梨木的重量可有着天壤之别呀!你可不要以为费厂长真是傻子!"黑子撇着嘴说着,显然他不同意苏玉柱用"能量仓"来代替花梨木。

"黑子,我说你是不是傻?配重你懂不懂?'能量仓'虽然没有重量,可是它有体积,只要在'能量仓'里加上配重,重量不就出来了嘛!"苏玉柱一语道破了天机,黑子听后一拍巴掌竟笑出了声。

苏玉柱和黑子狂笑着,凌丽紧张得心都快要蹦了出来。我还拿苏玉柱当成活菩萨,以为他就是我的救世主,原来他是一个大骗子呀!我怎么这么傻,咋就没有识破他的阴谋诡计?我的命怎么这么苦?前门驱虎后门来狼,这还有没有一个活路?凌丽预感到危险在她身上随时都会发生。

"老大,我来接你之前,已经给你订好了飞北江省的机票,你到了秦山还得亲自去接见一下我们秦山大区的鞠胜金老先生。他在秦山建立了国内最大的传销中心，已经有近 10 万人在接受他的洗脑，仅收取的会员会费，就够我们花到下辈子的。"黑子想起了秦山的鞠胜金，于是他赶忙提醒着苏玉柱。

"我说黑子，你说那个鞠胜金怎么有那么大的能量，还不到两年竟能发展了有10 万人加盟的传销大军？我看他真能与中国的大军区司令相媲美了！"苏玉柱皱了一下眉头问着黑子。

"老大，你对鞠胜金不太了解，他原来是秦山市公安局的局长，去年他来泰国旅游，我见他气度不凡，就亲自陪他听了我们的传销课。课后，我见他对传销并不反感，就请他出去喝酒。酒桌上，我又给他讲起了中国的成语'一传十，十传百'的道理。我问他，按照一传十、十传百这样的步骤口口相传，传到多少步能传遍10 亿人？他听了我的话有些发蒙。我见他惊恐地看着我，头发根都立了起来，于是我趁热打铁地告诉他，只需要九步就可以传遍 10 亿人。接着我又启发他，假如第一步有人给你 1 块钱，你通过九次的倍数增长就能得到 10 个亿。他听了我的话，眼珠子都要冒出来了。我顺势用手比划着 1，然后又在 1 的后面加上 9 个 0，我问他是多少？他个、十、百、千、万地数着，当他数到 10 亿的时候，差一点没坐在地上。"黑子"哈哈"笑着，笑得前仰后合，竟流出了眼泪。

"我见他有些动心，就趁热打铁地给他讲起了'连锁信'的游戏故事。我问他，您年轻的时候一定玩过'连锁信'的游戏吧？他默默地点着头。我说，您收到第一封'连锁信'的时候，发信人会告诉你照抄此信 6 份，分别寄给 6 个人，如果你中断此信将大祸临头。他马上回答我，说他没敢玩下去。我接着又对他说，假如你玩了这个游戏，第一步传给了 6 个人；第二步由 6 个人又传给了 36 个人；第三步再由 36 个人传给了 216 个人；每一步都是由收信人再传给下面的 6 个人，如此不中断地传到第 12 步的时候，就足以传遍全中国的人口，传到第 13 步时，就可以传遍全世界的人口。他掐着指头算了半天，这回才彻底被我征服了。我告诉他数级增长的速度就是这样超乎人的想象，这就是传销的魔力。"黑子"嘿嘿"地奸笑着。

"鞠胜金就是这样被你忽悠成功了呗！"苏玉柱听了黑子的介绍，也大笑不止。

"是啊！鞠胜金动心了，他回到家里与他当派出所所长的儿子一商量，他儿子马上告诉他，秦山副城有的是闲置的宾馆和洋房，还给他出了一个'招商引资'的主意，就这样鞠胜金打着我们泰国华侨商会的招牌，在秦山副城明目张胆地做起了传销的生意。靠着他的影响力和政府急于启动闲置楼盘的背景，鞠胜金在几个月的时间，就由几百人发展到几千人，后来就形成了万人的传销大军，进而发展到现在的10万人马。老大，你想想，有这10万大军进驻秦山，一天人吃马喂的消费是多少钱？10万人租房子得花多少钱？秦山政府能不高兴吗？所以政府对他们传销也是持暧昧态度的。"黑子一语道破了鞠胜金传销获得成功的奥秘。

"这个鞠胜金更有能量，也不知道他从哪儿弄来了不知道真假的'秦山政府扶持项目工程批文'，他靠着这个批文，以入股楼盘为诱饵，大肆招收会员参加传销，想发财的人不计其数，我看10万人可是打不住的哟！"黑子得意地夸耀着自己的杰作，摇头晃脑地哼起了小调。

"黑子，前面有个服务区，我要去一趟卫生间。"苏玉柱指着公路边的指示牌对黑子说道。

黑子一打方向盘，轿车旋即驶进了服务区。

哦？秦山有这么多的传销大军，那受骗的人又该有多少？不行，我得赶紧想办法离开这两个大骗子逃命，我得把这个内幕立即报告给秦山市公安局，等苏玉柱这个大骗子一入境，就把他们抓起来。凌丽微微睁开眼睛，她见苏玉柱和黑子一前一后下了车，马上就要趁机逃跑。

"咔！"凌丽刚刚欠起身来，就听到了黑子用遥控器锁车的声音。

不行，只要我一开车门，轿车马上就会发出"滴滴"的自动报警声。这荒郊野地我人生地不熟，我能跑到哪里？凌丽旋即又放弃了逃跑的念头，她伸手从挎包里掏出一大把现钞，连同黑子给她做好的护照，一并藏在了自己的内裤里，又重新躺在车座上，寻找着下一个可能逃跑的机会。

黑子解手回来一开车门，月光正好照在了凌丽从车后座滑落下来的大白腿上，黑子使劲地咽着唾沫，恨不得马上爬到凌丽的身上。

"老大，这娘们的大腿太白了，她也太性感了。"黑子垂涎三尺地说着。

"性感吧？喜欢吗？"苏玉柱看出了黑子的心事，他不怀好意地问着黑子。

"嘿嘿，老大的女人，黑子不敢喜欢！"黑子嘴里说着，眼睛却目不转睛地一直停留在凌丽细嫩的大腿上。

"黑子，既然你喜欢这娘们儿，哥哥就把她送给你了。"苏玉柱伸手拍了一下黑子的肩膀，慷慨地说着。

"苏玉柱，你不得好死！看老娘怎么剥了你的皮，吃了你的肉。"凌丽心里骂着苏玉柱，气得浑身都在颤抖。

"老大，前面不远就是清迈了，既然你把她送给了我，我就先把她存放在前面宾馆的客房里，她一时半会儿也清醒不过来，我们就直接去清迈机场。过一会儿，我让人来机场取车时，顺便再到宾馆把她带回去看押起来，等我从秦山回来再要了她。"黑子说着，下车搀扶着"熟睡"的凌丽进了一家宾馆。

　　他将凌丽安排到宾馆的一间客房内，又在凌丽的大白腿上亲了又亲，吹着口哨兴高采烈地开车赶往了清迈机场。

　　凌丽躺在床上，感觉黑子和苏玉柱已经走远，便一骨碌坐了起来。

　　"混蛋！流氓！"她嘴里骂着，从内裤里掏出现钞和护照，悄悄地溜出了宾馆。

　　凌丽打了一辆"的士"，直接去了清迈火车站，坐上了开往曼谷的火车。

　　上了火车，凌丽感到有了一丝安全，她坐在了座位上，双手捂着脸，她感到自己的人生是那样凄惨。"地也，你不分好歹何为地？天也，你错堪贤愚枉做天！"凌丽默默地吟诵着关汉卿《窦娥冤》中的句子，她为自己多舛的命运哽咽起来。

　　这大千世界难道就没有我的容身之地？朗朗乾坤就没有谁能听到我的哭诉？凌丽来到了曼谷，她来到了一个公用电话亭，拨通了元亨制药厂车间主任李大虎的电话。她要将苏玉柱这伙大骗子的行踪报告给警方，她要立功赎罪，她要揭露犯罪，她要向世人宣告，再也不要相信骗子的谎言。

　　"大虎吗？我是凌丽，你快把你哥哥的电话告诉我。"凌丽通过华博能够来到缅甸，就知道他的成功越狱有李彪的功劳，因此，她感觉到李彪才是一个可以信赖、有正义感的好警察。

第 57 章
一段往事

────

　　载着赴美追逃小组的波音飞机在万米高空中翱翔，李彪坐在舷窗旁，望着远处的朵朵白云，回想起了六年前他与凌丽见面时的前前后后。

　　"李大哥，我是凌丽。"听到凌丽的声音，李彪感到很突然。掐指一算，他与凌丽在秦山火车站前小旅馆分手，已经整整过去了6个年头。

　　"凌丽，你现在在哪里？华博找到你了吗？"李彪来不及多想，他急切地问着凌丽。

　　"李彪大哥，我现在泰国。我想问问你，秦山市是不是又建设了副城？秦山副城里是不是还有一个运动员村？"凌丽在电话里核实着苏玉柱的话，她说话的声音如同6年前一样，还是那么动听。

　　"没错，你说得一点都不错。可你离开秦山都6年了，怎么知道秦山市发生的巨大变化？"李彪问着凌丽，他心里也犯起了狐疑：一个流亡在外的人，她问这些与她毫无相关的事情要干吗？

　　"李彪大哥，我听说在秦山副城运动员村里、村外，住着10多万的外地人，是这样吗？"凌丽继续问着李彪。

　　"好像是有很多外地人住在运动员村，怎么了？"李彪听了凌丽丈二和尚摸不着头脑的问话有些发蒙，他暗自问着自己，凌丽问这些事情要做什么？

　　"李彪大哥，秦山市是不是有一个退休的公安局长，名字叫鞠胜金？"凌丽接着又问。

　　"是啊！鞠胜金是我们的老局长。"李彪答道，他敏感地意识到凌丽的问话一定有着隐情。

　　"李彪大哥，你马上到泰国来一趟，我有重要情况需要当面跟你说。你到了曼谷就给我打这个电话，我在曼谷只等你三天。"凌丽证实了苏玉柱的话，她向李彪发出了邀请。

李彪放下了凌丽的电话，觉得情况有些紧急，他赶忙要去向沈寒冰局长汇报。李彪来到沈寒冰局长办公室的门前正要去敲门，却又止住了脚步。六年前抓走华博的人可就是这位沈大局长啊！当年她在省厅经侦总队负责侦办华博涉嫌生产、销售假药的案件，结果是嫌疑人华博越狱、证人凌丽出逃、案件卷宗也不翼而飞，连一张白纸都没有留下。李彪活动了一下心眼儿，他不能再把凌丽的下落告诉给沈寒冰，于是，他转身下楼直接到省公安厅去向刘厅长汇报。

"报告刘厅长，我是秦山市公安局刑侦大队的副大队长李彪。我有一件十分紧急的情况，需要越级向您报告。"李彪向刚刚上任的北江省公安厅刘厅长敬了一个礼说道。

"好，你说吧。"刘厅长示意李彪坐下，李彪开始了汇报。

"刘厅长，我今天接到2011年逃离秦山市的一个证人从泰国打来的电话，她约我去泰国，要向我反映一个重大情况。她在电话里还提到了秦山副城的运动员村和老局长鞠胜金。"李彪原原本本地向刘厅长汇报了凌丽的电话内容。

"凌丽是什么人？她为什么要向你反映这些情况？"刘厅长微微皱了一下眉头，问李彪。

"厅长，在2005年，秦山市元亨制药公司的总经理华博，被省厅经侦总队以涉嫌生产、销售假药刑事拘留了，他被批捕以后，又从看守所脱逃了。我当时在秦山市看守所当所长，在追捕他的过程中发现，此案的唯一证人凌丽也逃离了秦山，凌丽在逃离秦山之前是元亨制药公司的副总，她曾约我在火车站前小旅馆里见过面。见面时，她亲口告诉我，华博案件是一起冤案，她之所以要给华博作伪证，是受到了威胁。我觉得这起案件可能有问题，就找办案人了解情况，办案人说这起案件是由省厅经侦总队直接办案，任何人都不了解案件的细节。我又去检察院想查看批捕卷，可检察院的办案人却说案卷丢失了，所以我一直在怀疑此案的真实性。今天，在泰国给我打电话的人，就是当年的证人凌丽。"李彪简明扼要地向刘厅长汇报了凌丽的情况。

"你与凌丽有过交往吗？"刘厅长问。

"在小旅馆与她见面之前，只是听说过她的名字，与她并无交往。我弟弟在元亨制药公司当车间主任，对他们厂里发生的事情，我或多或少有过耳闻。"李彪答道。

"六年前，省厅经侦总队负责办案的是沈寒冰吧？"刘厅长问道。

"是的。"李彪回答。

"哦，我明白你要越级报告的原因了。那秦山副城运动员村又是什么情况？怎么又和鞠胜金扯上了关系？"刘厅长接着问道。

"秦山副城是2007年开始建设的，建成以后大量楼盘都是闲置的，包括运动员村。我听说鞠胜金局长退休后，利用闲置的运动员村办起了培训班，后来又接到举报说，他办的培训班是搞传销的洗脑班。我们局当时把这个情况向钱同市长做了汇报，可钱市长的态度却十分暧昧，原因就是鞠胜金的培训班聚集了全国各地好几万人来副城，既激活了楼市，又拉动了副城其他经济，还给财政带来了不少的税收。钱市长的态度暧昧，使我们没有及早取缔这些培训班，各地来秦山培训的学员越聚越多，现在保守估计也该有10万、8万人吧。"李彪向刘厅长做着背景介绍。

"哦，我也听说过秦山有10万传销大军，可就是不知道真假。我还派刑侦人员去化装侦查过，可这个组织架构非常严密，无法打进他们内部，也就不知道这里面的内幕啦。"刘厅长若有所思地说着。

"厅长，传销的社会危害性特别大，传销人员抱着发财的梦想，你骗我、我骗你，他们互相忽悠，每个人的出资少则几千元、多则几万元。他们忽悠来、忽悠去，最后都是血本无归、倾家荡产。"李彪又在对刘厅长说着自己的看法。

"没错，可凌丽是一个一直潜逃在外的人，她又是怎么对此了如指掌？莫非这个传销组织与境外有什么关系，被她发现了？"刘厅长问着。

"厅长，我也是这么怀疑的。"李彪肯定地说着。

"好吧，你反映的情况非常重要，我马上派省厅刑侦处长与你一起去泰国，听一听凌丽要对我们传递什么重要的信息。"刘厅长马上做出了决定。

李彪和刑侦处长立即飞到了曼谷，在凌丽安排的地点见了面。

"李彪大哥，我们秦山一别又有五六年了，你还好吧？"凌丽在缅甸发现了华博的踪迹以后，就知道他之所以能够成功越狱，是李彪给了他帮助，因此，她对眼前这位有着正义感的好警察充满了敬意。

"凌丽，你也好吧？这些年，你跑到哪儿去了？怎么又来到了泰国？"李彪关心地问着凌丽。

"李彪大哥，我与你在秦山火车站分手以后，回老家去告别了养父，然后就去了缅甸。在缅甸生活了五六年，这不就来到曼谷了嘛。"凌丽向李彪简单地介绍着她的逃亡路径。

"这些年你是怎么过来的？"李彪又问着凌丽。

"唉，历尽坎坷、九死一生、一言难尽。"凌丽欲言又止地形容着她的经历。

李彪见凌丽不愿意提及往事，便没有再继续追问下去。

"凌丽，华博找到你了吗？"李彪换了一个话题，他直截了当地问着华博的下落。

"我没脸见他，我也不敢见他，不过，我知道他现在在缅甸的果敢华侨商会。"凌丽对李彪说出了华博的下落。

"凌丽，你在电话里对我说，你要在泰国待三天，是专门为了等我吗？"李彪问着凌丽。

"李彪大哥，我这次约你到曼谷来，是要向你揭露一个国际诈骗集团的黑幕。这个诈骗集团在秦山组织了一个有10万人参加的传销大军，而且还有向其他地区扩军的趋势，这伙人还在编织谎言诈骗秦山红木家私厂。"凌丽对李彪说着。

"你怎么知道他们是传销大军？又是怎么知道他们骗了红木家具厂？"李彪赶忙追问凌丽。

"李彪大哥，秦山市的传销大军，是受境外黑社会控制的地下传销组织，这个地下组织的头头就是鞠胜金，他的上线是传销老大，名字叫苏玉柱。鞠胜金以有政府扶持项目为诱饵，以他当过公安局长的特殊身份，召集了几万人参加他的培训班，培训班里有专业人员给学员洗脑。这些人被洗脑以后，又在国内大肆招收会员开展传销活动。台湾的黑社会组织仅靠收取这些会员的加盟费，就获利上亿元，受他们蒙蔽被骗想要发财的人员，已达到十几万人。他们这些人绞尽脑汁地发展下线，共同做着'金字塔'的发财美梦，很多人都已经倾家荡产了。"凌丽说着，将她从苏玉柱手中获得的一个记录本递给了李彪。

"李大哥，这个记录本是苏玉柱登记的鞠胜金发展会员的名单，这些会员将所有的会费，都转到了苏玉柱的账户，然后又由苏玉柱给鞠胜金按比例返钱。你把这个记录本带回去，这个地下组织的内幕便可一目了然，这也算我立功赎罪的一个表现吧！"凌丽指着李彪手里的记录本，解释着记录本中记录的内容。

"凌丽，你从哪儿弄来的这个记录本？又是怎么获得他们的内幕的？"刑侦处长半信半疑地看着厚厚的记录本问道。

"唉，一言难尽！我在缅甸偶然结识了苏玉柱，他把这张会费收入的银行卡放在了我的手里，卡里有多少钱我会不知道吗？可我昨天发现这张卡已经被修改了密码，我把这份证据也交给你。"凌丽说着，将苏玉柱给她的银行卡交给了李彪。

李彪接过银行卡和记录本，他与刑侦处长对视了一下，似乎明白了一切，他们不再怀疑凌丽说过的每一句话啦。

"凌丽，你知道鞠胜金是怎么结识这伙黑社会的吗？鞠胜金传销组织的内幕你又了解多少？"李彪又向凌丽问起了鞠胜金的情况。

"鞠胜金是在泰国旅游期间，被苏玉柱的马仔相中的，他们收买了鞠胜金，给他洗了脑。鞠胜金在泰国经过'培训'后回到了秦山，便开始编织传销组织。至于我是怎么知道这个内幕的？你们还是别问了，但我保证我说的每一句话都是有根据的。"凌丽犹豫了一下，并没有将她与苏玉柱之间乱七八糟的事情告诉给李彪。

"你今后就准备住在曼谷吗？"李彪想知道凌丽下一步的去向，于是他问起了凌丽的打算。

"不，我明天就去美国西雅图，我要去找露西，找不到露西，我心中的很多疑惑解不开，我就没有脸面去见华博。我离开缅甸之前，将我要去西雅图的信息有意透露给了黑人保姆，我想华博是会追到西雅图去找我的。"凌丽将自己的打算和对华博行踪的判断告诉给了李彪。

李彪回忆着凌丽在泰国与他见面的经过，心想既然华博到了西雅图，那凌丽也应该还在西雅图。

"李彪，想什么呢？莫非你还要一觉睡到西雅图吗？"田媛芳伸手拽了一下李彪的衣襟，将他的思绪从回忆中又拉到了眼前。

"哦，媛芳，我在想八年前的一段往事。"李彪扭过头来看了一眼坐在身边的田媛芳轻声说道。

"八年前的往事？你是不是想凌丽啦？"田媛芳故意简化着她的问话，她在与李彪开着玩笑。

"媛芳，这次还真让你猜对了，我是想到了凌丽，不过，我不是想凌丽，我是判断她现在也会在西雅图。"李彪认真地纠正着媛芳说的话。

"李彪，你少跟我咬文嚼字，'想'和'想到'不都一样吗？"田媛芳调皮地说道。

"唉，真拿你没办法。好好好，就按你说的，想了！这回你该满意了吧。"李彪无可奈何地摇着头。

"李大哥，既然你承认了，快如实招供，你想到哪儿了？"田媛芳欠着身子，探着头问着李彪。

"我，我想到她约我到曼谷那件往事了。"李彪歪着头对田媛芳说道。

"我不要听这段故事，这个故事你像祥林嫂似的，不知道跟我说过几遍了，我耳朵都快磨出茧子来了。今天，我想听听你是怎么当上副局长的，最好让我一直听到西雅图。"田媛芳"咯咯"笑着对李彪眨着眼睛。

"好，我给你讲，否则我又得像去德国一样，一觉睡到西雅图啦。"李彪"呵呵"笑着，拉开了话匣子。

"我和省厅刑侦处长在曼谷见到了凌丽，从她嘴里获得了台湾黑社会操纵秦山传销大军的内幕。回国之后，我们即刻向刘厅长做了汇报，刘厅长当机立断，异地调警员化装侦查，按照凌丽提供的线索，打入了鞠胜金传销组织的内部，抓获了该组织核心成员，一举摧毁了这个全国最大的传销组织，10万传销大军顷刻土崩瓦解，一夜之间便消失得无影无踪啦。"李彪对田媛芳有声有色地讲着。

"摧毁地下组织？太刺激了！抓捕场面一定很精彩吧？"田媛芳好奇地问着。

"我没有参加这次抓捕行动，我的任务是抓捕台湾黑社会的老大苏玉柱。我带人首先抓获了秦山红木家私厂的费厂长，此时，费厂长已经将300万元的订金打到了苏玉柱的银行卡里，不管我怎么开导他，这小子就是不肯告诉我们苏玉柱的下落。"李彪又开始讲起了他抓捕苏玉柱的经过。

"费厂长死活不说出苏玉柱的下落，刘厅长便通过海关缉私警察总队，堵截从缅甸离港的运输船，缉私警察上船开箱一看，费厂长从缅甸进口的黄花梨全是贴着标签的'能量仓'，'能量仓'里面装的都是一些配重的石头。费厂长这才傻了眼，知道是上当受了骗，才把苏玉柱的下落告诉我。"李彪绘声绘色地说着。

"然后，你就轻而易举地抓获了苏玉柱呗。"田媛芳又在"咯咯"地笑。

"哪有那么容易！苏玉柱这时候已经离开秦山，他带着一个文工团的女报幕员去了厦门。"李彪摊开了双手说道。

"跑啦？故事挺离奇呀！"田媛芳又在逗着李彪。

"获得了苏玉柱的下落以后，我们立即将苏玉柱的信息通报给了厦门警方，厦门警方查遍了全市的宾馆，也没有查到他的住宿记录。于是，我们又在全市的文工团查找请假外出和失踪的报幕员，费尽九牛二虎之力才查到了那位报幕员是谁。我们立即通过她的家属了解，才知道苏玉柱已经带着她去了广西北海。这样我们一路追踪到了北海，在北部湾一艘游艇上抓到了苏玉柱。"李彪停顿了话语，示意田媛芳，故事讲完了。

"这么离奇？你们抓苏玉柱的过程都能拍成电影了。"田媛芳敬佩地向李彪伸出了大拇指。

"可不是嘛！抓获了台湾黑社会的苏玉柱，追回了企业被骗的300万元资金，又破获了全国特大传销案，公安部通令嘉奖了北江省公安厅，还给我记了个人一等功。刘厅长建议破格提拔我，就这样我就当上了秦山市公安局的副局长。这就是我当副局长的经过，你还有什么疑义吗？"李彪故意问着田媛芳。

"没有疑义，只有祝贺。"田媛芳轻轻地拍着巴掌。

"你们那个老局长鞠胜金后来怎么处理的？他可是这个地下传销组织的核心啊！"田媛芳又问起了鞠胜金的结局。

"遗憾的是，在抓捕他的时候，老局长鞠胜金跳楼自杀啦。"李彪遗憾地说道。

"他怎么会自杀？"田媛芳皱着眉头问道。

"他当了一辈子警察，经他手里抓获的犯罪嫌疑人、破获的案件成百上千，到头来自己却成了犯罪嫌疑人，也许是他感到无颜见江东父老，就选择了绝路。"李彪不再做声。

"真是一个悲剧。"田媛芳也沉默了下来。

"鞠胜金的结局可能是个悲剧，他的下场也令人不齿。可你再想想被他骗的成千上万妻离子散、家破人亡的家庭，怎能用一个悲字了却。"李彪不住地叹息着。

"这些骗子太可恶了！"田媛芳气愤地说道。

"是啊！骗子固然可恶，但受骗上当的人不是既可怜又可气吗？他们总是幻想发大财，总梦想天上能掉馅饼，于是，人间悲剧总是前仆后继地在上演。"李彪愤愤地说着。

"骗子是靠花言巧语，编造虚假事实来行骗。可贾放呢？他正襟危坐地端坐在主席台上，冠冕堂皇地对手下人讲着大道理，他以搞活经济为借口，肆意挥霍着人民的财富，来满足个人的私欲。他表面上维护着国家的利益，暗地里却在盗窃着国家的资产；他口里宣称着以人民的名义，所作所为却在亵渎着人民的名义。如果他的罪恶不暴露在阳光之下，善良的人民还在把他奉若神明，不知道还要被他欺骗到何时！"李彪意味深长地说着，目光移向舷窗。

"贾放就是道貌岸然的败类，他代表不了人民，他是人民的公敌。"田媛芳愤愤不平地说着。

"没错，华博把股份分给了纯朴的产业工人，他立即撕去伪装，不惜制造冤假错案陷害好人；他的小舅子杀人越货，他不但任其逍遥法外，还助纣为虐，帮他打造出一个'新城'，来满足他们的贪欲。他的行为不是盗国贼还能是什么？"李彪说着，表情变得越来越冷峻。

"女士们，先生们，本次航班马上就要在西雅图塔科马国际机场降落了，请调整好座椅、系好安全带。祝大家旅途愉快！"飞机的广播中传来了乘务员优美的声音。

波音飞机在西雅图塔科马国际机场徐徐降落，李彪和田媛芳整理了一下行装，带领着追逃小组走下飞机，踏上了美国缉凶的征程。

第58章
美国缉凶

————

李彪刚走出机场，他的手机便响起了清脆的铃声。李彪一行人按照电话里的指引，来到了机场外面的停车场，坐上了等候在那里的商务旅行车。

旅行车驶离了机场，在公路上行驶了一段时间之后，来到了一座绿草茵茵的深宅大院门前。

李彪下了车，首先映入他眼帘的是两棵参天古树掩映下的一座高大石门楼，门楼两侧是长长的青砖灰瓦中式院墙。

远望门楼，高耸的飞檐下面顿开着两扇老式木门，木门两侧是一对动感十足的龙头石鼓。石鼓上的龙头高高仰起，宛若是历尽风霜雪雨的无言老人，在昭示着这里是龙的故乡。

在牌楼高高翘起的屋檐下面，站着一位满头银发的老妪。她个子虽然不高，身材也比较清瘦，但气质却异常高雅。

李彪紧走两步上前与老人打着招呼，老人笑呵呵地伸出手来，与李彪一行人一一握手。

"你是李彪，你是田媛芳吧？陈厅长给我打过电话，我代表西雅图华侨商会，对你们的到来表示热烈的欢迎。"老妪说话的声音很轻很柔，金丝边眼镜里闪着睿智的目光。

"我叫程雪，是西雅图华侨商会的会长，你们在美期间有什么事需要我帮忙，就尽管吩咐。"程雪站在了李彪和田媛芳的中间，她看着李彪和田媛芳，落落大方地做着自我介绍。

"李先生，在西雅图能够看到原汁原味的中式庭院，我相信你一定会想不到吧？"程雪说着，将李彪一行人带到了刻着"葆光堂"木匾的会客厅。

会客厅是一间十分宽敞的中式厅堂。厅堂的屋顶举架很高，房梁粗大的方形枕木上，雕梁画栋布满了栩栩如生的人物造型。厅堂的正中并排挂着伏羲、女娲和神农三位人文始祖的人物画像，画像两侧是一幅遒劲有力的翰墨对联。上联写着：敬人文始祖天地同力，下联写着：畏世间生灵四海归心。画像下面横放着一个2米多长的长条书案，书案上摆放着大小不同、高矮各异的古代瓷瓶。书案前面是一张四四方方的八仙桌，桌子的两旁摆放着两张官帽椅，官帽椅前面是两排顺向摆放的8张仿古圈椅，每两个圈椅中间都有一个小茶几。

　　李彪和田媛芳伫立在"三皇"画像前，他们默默地读着画像两侧的对联，感悟到上下联的字首连在一起竟是"敬畏"两个字。李彪和田媛芳向"三皇"画像鞠着躬，他们在领略着"敬畏"的真谛。

　　程雪端坐在了八仙桌左侧的官帽椅上，八仙桌的右侧官帽椅上坐着李彪。

　　"大家好！"程雪推了推架在鼻梁上的金丝边眼镜，目光在每一位追逃小组成员身上扫视了一遍，笑盈盈地向大家问着好。

　　"我们这个华侨商会是由我爷爷创立的，我的爷爷是清朝晚期来美国的留学生，他在美国生活了一辈子，一直在美国传播着中国文化。我的父母都是在美国出生的老华侨，中华人民共和国成立的时候，我的父母欣然回到祖国报效国家。我出生在国内，是他们唯一的女儿。30年前，我的父母年事已高，我们一家又回到了西雅图。初到西雅图那会儿，我对国外的生活很不适应，除了家人以外，连个说话的人都没有，那时候我感到很孤独。后来，在爷爷这个"葆光堂"里接触到了许多当地的华人，我才发现原来移居在海外的华人，是那样酷爱中国的传统文化，他们时刻都没有忘记自己是龙的传人，于是，我就把全身心的精力都投入到了传播中国文化的事业上了。"程雪语速平缓地向大家介绍着西雅图华侨商会的由来。

　　"我们这个商会的院落是个三层递进的中式庭院，我们现在的堂屋是一层宅院的'中堂'，爷爷给它取名为'葆光堂'，后面还有名为'杏坛苑'的'学堂'和名为'追思堂'的'祠堂'。'中堂''学堂'和'祠堂'，都孕育着经久不衰的中国文化，而'三堂文化'又是承袭儒家思想的文化根源。世界上只有黄皮肤黑眼睛的中国人，才能读懂中国文化。'葆光堂'的葆光二字源于《庄子·齐物论》，原意是隐蔽其光芒的意思，爷爷取名'葆光堂'是在告诫当地华人，不管身在何地，都要韬光养晦！不管有了多少钱，都不要过分张扬！"程雪的口才很好，她引经据典向大家讲着。

"程会长，什么是'三堂文化'？我怎么第一次听说还有'三堂文化'？"田媛芳眨着漂亮的眸子，好奇地问着程雪。

　　"呵呵，'三堂文化'就是'学堂''中堂'和'祠堂'，这是三种文化形式，从古到今，'三堂文化'，一直都是中华文明的文化精髓。'三堂文化'伴随着我们的生活，生生不息地传承到了今天，早已被华夏子孙所接受。可惜，经过'破四旧'的扫荡，国内的很多'学堂''中堂'和'祠堂'早已经被人为地毁坏了，'三堂文化'除了'学堂'以外，也都销声匿迹了。"程雪讲着"三堂文化"的现状，她无奈地摇了摇头。

　　"在古代，我们随便去一个乡村，就会发现几乎每个村里都会有'学堂'，那时候的'学堂'叫'私塾'。'私塾'是由没有考取功名的秀才们开办的，孩子们从小在'私塾'里，接受着儒家思想的启蒙教育，儒家思想也通过'私塾'得到了传承，'私塾'起到了今天学校的作用。现在国家的办学能力和办学水平都有了突飞猛进的提高，孩子们从出生开始就接受与时俱进的幼儿、小学、中学、大学教育，这些成熟的教育就是现代化的'学堂文化'。"程雪如数家珍地向大家介绍着"学堂文化"的变迁。

　　"'学堂文化'虽然得到了传承，可'祠堂文化'和'中堂文化'就没有那么幸运了。你们在电影、电视里可能经常看到古代的'祠堂'，在许多旅游景点也还完整地保存着一些'祠堂'。这些'祠堂'不仅是同族乡亲共同祭祀祖先的场所，还是在家族中树立族风正气，惩治家族成员罪恶，弘扬家族成员良善的地方。如果一个家族成员做了恶事，是进不了祠堂的，所以说'祠堂文化'在某种程度上也是道德文化。在我们今天的法治社会里，虽然不能再用家族的清规戒律来惩罚、体罚族人，道德教育也有了多种多样的形式，但'祠堂'中传播的尊敬师长和孝敬父母的道德伦理，还是很有现实意义的。"程雪见她讲述的"学堂文化"引起了大家的兴趣，便又向大家推送着"祠堂文化"。

　　"现在，我们常说教育要潜移默化，这潜移默化就是说的'中堂文化'。'中堂文化'其实就是当下每家每户的'客厅文化'，传承着家长对家庭成员言传身教的影响。客厅是家庭成员每时每刻集聚的地方，家长的一言一行都在潜移默化地影响着每一位家庭成员。我们现在每家的客厅，在古代都是家家户户的'堂屋'，每家的'堂屋'都要供奉'中堂'，逢年过节还要在'中堂'香案前烧香磕头，跪天、跪地、跪君、跪师、跪双亲，家长教育家庭成员，在堂前要谨言慎行，出堂门也要心存敬畏，时刻告诫家庭成员抬头三尺有神灵，让家人从小就心存敬畏，人只要有了敬畏之心，才能萌发内在的谦卑；才能产生正能量的精气神；才能懂礼貌、讲文明，才能遵纪守法，做一个对社会有用的人。"程雪向大家津津乐道地讲着"中堂文化"，大家饶有兴趣地听入了神。

"我在国外传承'三堂文化'，目的只有一个，那就是继承中华民族的优良传统，让海外华人对中国文化充满自信，只有对自己的文化有了自信心，才能不受外来文化干扰，才能感到祖国的阳光是那样温暖，国外的月亮也有阴晴圆缺。懂得了这个道理，广大华人就会更加爱家、爱国、爱社会，才能不盲目地崇洋媚外。我们这些海外华人都是华夏民族的子孙，都有一颗拳拳的爱国之心，我们要向世人展示中华民族的高尚品德和博大胸怀，在异国他乡，更要树立中国人的良好形象。我们提倡互帮、互助、互敬、互爱，一人有难大家帮，只有我们团结一心了，只有我们自食其力了，只有我们内心强大了，才会受到外国人的尊重。"程雪饱含深情地说着，李彪仿佛在程雪的身上看到了一位海外华侨饱经风霜后的一颗赤子之心。

"程会长，您的话让我肃然起敬。我们的一些贪官之所以贪得无厌，正是缺少您说的这种敬畏之心，他们丧失了起码的道德与良知，甚至丢掉了做人的底线。他们榨取了我们同胞的血汗钱，来到国外挥霍无度，丢尽了中国人的脸。我们就是要将他们揪出来，让他们接受人民的审判；让他们知道国外并不是他们的避风港，谁欠下了人民的血债，都要用血来还的。"李彪有感而发地说着。

"李彪先生，你说得很对！你们苍蝇老虎一起打的决心和勇气令世人钦佩，我会全力支持你们的。"程雪听了李彪的话也显得很激动，她站起身来紧紧地握着李彪的手，对李彪充满了敬意。

"程会长，我们这次来到西雅图，是来执行一项特殊的任务。我们北江省的贾放常务副省长，一个多月前突然失踪了，经过我们周密的调查，确信他已经来到了西雅图，来找一个叫露西的女人，所以大家就一路追踪来到了西雅图。我们要找到他们，劝返他们，让他们受到法律的制裁。"李彪平复了一下情绪，直截了当地向程雪说明了来意。

"李彪先生，嫒芳女士，我虽然远离中国，但对国内的反腐斗争是坚决支持的。在你们来之前，陈厅长给我打过电话，简单介绍了露西和她的公司在国内圈钱的一些情况。经过我的了解，露西的公司在美国并没有注册，我们商会的人也没有人认识露西，因此我断定，她在美国的公司很有可能是一个假的离岸公司。如果你们能确信露西确实生活在西雅图，我可以通过在西雅图的华侨，进一步了解露西的情况。国内来西雅图生活的华人有好几万之多，了解起来得需要一定的时间，况且还不知道她的真名是不是叫露西。"程雪理了理花白的头发，面露难色地向李彪做着解释。

"程会长，给您添麻烦了！让您费心了！"李彪说着站起身来，很有礼貌地向程雪鞠了一躬，他对眼前这位慈祥可亲的老妈妈已是无比敬重。

"李先生，田女士！露西的情况虽然不太乐观，但有个叫李博的人也是来自北江省，我已经把他的信息发给了陈厅长。"程雪对李彪说起了李博。

"程会长，陈厅长把李博的情况告诉给了我们，我们确认李博真正的名字叫华博，您能把他的情况给我们介绍一下吗？"李彪对程雪说着。

"李博是在七八年前来到美国，'黑'在西雅图的。李博刚来西雅图时，在一家华人餐馆打工，后来也经常到我们商会与大家一起交流中医文化，前不久，他在商会还巧遇了自己阔别多年的岳父。他的岳父也是刚来西雅图不久，那天他第一次来到我们商会，就遇见了李博，你说这世界还真是一个地球村，到处都有无巧不成书的事情发生。有意思的是，那天他也许是过于激动，在见到李博的刹那，竟突然狂躁起来，疯疯癫癫说话也有些语无伦次。李博见他得了癫痫病，便将岳父接回了他的住处，用神奇的'鬼门十三针'针法，治好了他岳父的癫痫病，后来，他岳父又患了脑梗，生活不能自理，李博就在家里端屎端尿侍候他，现在是什么情况就不太清楚啦。"程雪又将她了解到的有关华博的情况，向李彪和田媛芳一行人做了介绍。

"程会长，你知道华博住在哪儿吗？我们马上就能见到华博吗？"李彪一听说有了华博的线索，立即追问起了程雪。

"我听说他一直住在租的公寓里，如果你们想去找他，我可以安排人带你们过去。"程雪用手指推了推金丝边儿眼镜，爽快地答应着李彪。

"谢谢程会长，我现在就想见到华博。"李彪说着，站起身来就想去找华博。

"哗哗哗，哗哗哗。"正当李彪站起身来要去见华博的当口，厅堂后面传来了一阵又一阵的热烈掌声。

李彪听到掌声愣了愣神儿，他瞅了瞅屋后，又瞧了瞧程雪，露出了惊愕的表情。

"哈哈，李先生，你先不要着急。你听到的掌声是从屋后的'学堂'里传出来的。我刚才不是向你介绍了'三堂文化'吗？'学堂'里正在开办国学大讲堂，我可以带领你们直观感受一下我们的'学堂',让你们亲耳聆听海外华人讲的经典国学。"程雪说着站起身来,带着李彪一行走出了"葆光堂",来到了二进院的"学堂"。

"我们这个'学堂'名叫'杏坛苑',也就是西雅图的孔子学院。'杏坛讲学'是一个典故,相传孔子当年坐在杏坛上弦歌讲学、教弟子读书,坛前有四棵杏树,谓之杏坛。爷爷将他的'学堂'取名为'杏坛苑',也是在纪念孔夫子,发扬光大着儒家文化。"程雪站在"杏坛苑"的木匾下,用手指着"杏坛苑"里席地而坐的人群,说着"杏坛讲学"的故事。

"那个正在台上讲演的老先生姓陈,他曾是国内的一名小学语文教师。他刚来西雅图的时候,曾被邀请到西雅图的一所学校,去给美国小学生讲中国故事。那天他讲的故事名叫《半夜鸡叫》,他的故事讲得非常生动,翻译将他的故事准确地翻译成了英文,可在师生交流的时候却有美国学生问:'老师,常识告诉我,公鸡只有在天亮的时候才会发出'嗝嗝'的叫声,半夜时分到处都是漆黑一片,公鸡怎么会发出叫声呢?'陈老先生面如土色,一时竟无法用语言解释。出了学校,陈先生对我说:'我在国内讲了半辈子的《半夜鸡叫》,今天还是第一次被小学生问得哑口无言。'我告诉他,善于思考、善于发现,可能就是中西方文化对小学生的不同影响吧!"程雪"咯咯"笑着,她用手指着讲坛上神采飞扬的老华侨,风趣地讲着他《半夜鸡叫》的故事。

离开了"杏坛苑",程雪又带领着大家走进了三进院。

"这里就是我们'三堂文化'的'追思堂',我在这里摆放了许多中华民族仁人志士的坐像,我每年都要在这里举行各种纪念活动,追忆祖先生平,重温先贤事迹,弘扬祖德精神,目的就是要让中华民族祖先的光辉,时刻照耀在海外华人的心里。山川异域、风月同天,中国和美国虽然是隔着太平洋的两个国家,但两国人民都是同天同地、心心相通的。"程雪说着,率先跨入了"追思堂"的门槛。

"李先生、田女士,你们看到刚才跪在地上追思的那位女士了吗?"程雪用手指了指刚从后门消失的一位中年妇女的背影,问着李彪和田媛芳。

"她是什么人?"李彪和田媛芳几乎是异口同声地问着程雪。

"她叫陈梅,原来是你们北江省秦山市的商业局局长,她向往美国的自由世界,于是借出访美国的机会就'黑'在了西雅图。她曾经对商会的人讲,她原以为美国的天永远是蓝的,美国的月亮永远是圆的,可她到了西雅图才知道,没有身份的人想在美国生活，是那样的艰辛。她每天要到餐馆去洗碗，每小时只能挣到六七美元，辛辛苦苦地干了一天，也就能挣到六七十美元，一个月下来，去掉休息日，她只能挣到1600美元的工钱，可去掉房租和生活费，每月赚的钱基本就所剩无几了。她想回家没有路费，精神又很空虚，所以一有空闲时间就到'追思堂'来哭泣，她想念家人，她后悔'黑'在了美国。她曾经对我们商会的人说，在美国底层生活的人，就是忙到累吐血，也无法改变日夜奔波的命运。"程雪动情地向李彪和田媛芳讲着她所知道的陈梅的故事。

"哦，对了，昨天是中国的清明节，你说的那个叫华博的人也来过'追思堂'，追思他逝去的亲人。"程雪突然想起了李博，她又将他来过这里的信息告诉给了李彪。

"华博昨天还来过这里？"李彪问着程雪。

"是的，你说的那个华博人老实厚道，又会给人看病，和大家相处得都很好。他经常给大家看个病、扎个针灸什么的，挣点小费以勉强维持着生活。"程雪又在介绍着华博的近况。

"唉，华博原来可是一个有理想、有抱负又有能力的人才，谁承想如今会是如此的窘迫。"李彪慨叹道。

"像他这样靠自己本事能维持生活的人，还是很受人尊重的。比起那些不可一世的大妈，可不知要强出多少倍呀！"程雪也在称赞着华博。

"是啊，现在国内确实有一些大爷、大妈，仗着自己有点钱，对什么事情都任性，好像谁都亏欠他们多少债似的，因为屁大一点儿的小事儿，张口就开骂，一点长辈的样子都没有，更缺乏道德水准。也不知道是坏人变老了，还是老人变坏了。"李彪有感而发地说着。

"没错，这样的人就是被国内人情社会惯坏的，在美国就没有他们的市场。前不久，西雅图发生了这样一则新闻：一位蛮不讲理的华人大妈，去一个店铺去领取免费热饮。店员让她去排队，她不但不听，反倒拿起顾客的热咖啡泼了店员一身，嘴里还骂骂咧咧很不理智。后来那个店员报了警，警方在这位大妈的家门口逮捕了她，并以'持武器伤人'的罪名正式起诉了她，等待她的可能会是高达十年的监禁。这个教训实在是太令人深思了。"程雪背着手，苦着脸对李彪和田媛芳说着。

"这样的人为了领取一块免费的骨头，使自己变得没有了骨头，真给中国人丢脸。"田媛芳也随声附和着。

"中国和美国文化不同，法律也不同。国内的人都说美国是天堂，他们向往美国的天堂生活，于是变着法儿地来到美国。但他们不会知道，美国的天堂是美国人的天堂，'黑'在美国的人，是没有任何社会保障的，即使来到美国也照样会过着颠沛流离的悲惨生活，和乞丐没有什么两样。国内还有些人来美国，是为了追求美国的自由世界，但他们哪里知道，美国的自由也是美国人的自由，你也不想一想，你到别人家来享受自由，人家为什么平白无故地给你自由？所以说外国再好，那是人家的家；你的家再不好，也是你自己的窝。你自己本来有家，可又为什么非要到别人家，来看人家的脸色过活？这一点我实在不太理解！"程雪触景生情地讲着她悟出的道理，李彪和田媛芳听着听着，陷入了沉思。

第 59 章
意外收获

————

第二天早晨，李彪和田媛芳在华侨商会人员的指引下，来到了华博居住的公寓。

华博住的公寓是一个独栋的二层老式楼房，楼上楼下有十几个房间，每个房间内都居住着从中国来到西雅图的华人。由于这些人都没有美国公民的身份，只能都蜗居在这里，成为"黑"在西雅图的人。

华博居住在这栋楼的二层，李彪和田媛芳上了楼，轻轻地叩着虚掩着的门。

"当当当，当当当"，李彪轻轻地叩着门，屋内一点响动都没有。

李彪轻轻地推了推房门，房门"吱扭"一声开了一道门缝。

"有人吗？李博是住在这里吗？"李彪轻声问着，小心翼翼地走进了房屋。

这是一个套间，房间里间屋的房门关着，外间屋里摆放着几把椅子和一张木质单人床，床上躺着一位花白头发的老人。

老人见有人进来，便侧过脸来警惕地看着李彪和田媛芳。李彪看了一眼床上躺着的老人，心里在想：难道他就是华博的岳父？他是做什么的，怎么也"黑"在了这里？

"你们是？"老人见有陌生人进屋，便欠起身来开口问话，可他刚开口说话，便又赶紧闭上了嘴巴，机警的眼神顷刻变得茫然起来。

李彪想起了程雪对他讲过华博岳父患脑梗病的情况，但从刚才老人的反应中发现，他不像神志不清。

李彪心里顿生疑窦，他走到了老人家的床前，弯下腰很有礼貌地问着老人："老人家，这是李博的家吗？"

老人的手脚下意识地动了一动，他虽然没有开口说话，却闭着眼睛在听，显然，他的神志非常清楚。

突然，李彪的身后传来了一位男中音的问话声：“你们是？”

李彪转过身来定眼观瞧，只见一个高高的个子、身体消瘦的白发老人，手里提着菜筐正站在门口。

“华博！”李彪一下子认出了华博，他惊叫着华博的名字。华博目光呆滞地僵立在李彪的眼前，与当年满头乌发、英俊潇洒的华博总经理已是判若两人，无情的岁月已经将他摧残得满目沧桑。

“你是？”华博也觉得眼前的李彪非常眼熟，但却没有一下子认出李彪。

“华博，你好好看一看，我是李彪啊！”李彪指着自己的鼻子对华博说道。

华博手里的菜筐“啪嚓”一下掉在了地上，他紧走几步，一把抱住了李彪，仔细端详着李彪的面庞问道：“你是李彪？你真是李彪？”

“没错，我就是李彪。”李彪摇晃着华博说道。

“李所长，果然是你！看我这记性，差一点把恩人都给忘记了。”华博说着，紧紧地抱住了李彪，伤心地抽泣起来。

李彪的眼睛一下子也变得湿润起来，他紧紧地抱着华博，哽咽着声音说道：“华博，我可找到你啦！你受苦了，你受苦了！”

两人的眼睛里都噙着泪花，他们互相拥抱了足足有两分多钟，千言万语谁都无法说出。

屋内一片沉寂，田媛芳的眼窝也有些湿润，她扭过脸去，偷偷擦着滚滚落下的泪珠。

“李所长，你怎么也来到了西雅图？”沉默良久，华博终于开口问着李彪。

李彪下意识地看了一眼躺在床上的老人，华博立即心领神会，他拉着李彪走进了里间屋。

里间屋的面积非常小，除了一张木桌椅和一张木床以外，几乎再无其他摆设。

华博坐在了木桌前面的椅子上，李彪和田媛芳则坐在了华博身旁的木板床边。

“李彪所长，你们为什么来到了西雅图？又是怎么找到我的？”华博满脸疑惑地问着李彪。

“李彪早就不是所长了，他现在是专案组长，你得叫他李组长才对。”田媛芳一听华博仍然称呼李彪为所长，知道他的思路还停留在14年以前，便赶忙把李彪现在的职务介绍给了华博。

“哦！冒昧了，李组长。”华博站起身来，向李彪微微哈着腰，有些不好意思地说道。

"华博，我们这次到西雅图是来寻找贾放的，一个多月以前，贾放副省长离奇地失踪了。我们经过调查，感觉他应该来到了西雅图，于是我们就追踪到了这里。"李彪压低了声音说道。

"贾放失踪了？一个堂堂的副省长竟然能神奇地失踪？你们能确定他在西雅图吗？"华博苍白着脸看了看田媛芳，又用怀疑的口吻问着李彪。

"目前还不能完全确定他是否就在西雅图，但种种迹象表明他已经来到了西雅图，来投靠你们元亨制药厂原来的厂长露西。"李彪轻声地说道。

"哦！你是说他来西雅图是来投靠露西？他认识露西吗？"华博皱着眉头，不解地问着李彪。

"你是说贾放并不认识露西？"李彪反问着华博。

"贾放副省长与元亨制药厂没有任何关系，他怎么会认识露西？我在元亨制药厂当了差不多两年多的厂长、总经理，连我都没有见过她的面，贾放更不应该认识她了。"华博摆着手说道。

"华博，你是说你不认识露西，对吗？你历尽千辛万苦来到西雅图，难道不是在寻找她吗？"李彪凝视着华博有些呆滞的目光，继续问道。

"哦，我好像听黄凯说过露西住在西雅图，可我来到西雅图不是为了寻找露西，我不认识她，也没有必要来找她。我来西雅图是为了寻找凌丽，我是被凌丽陷害的，是她作了伪证，才使我锒铛入狱。我不找到凌丽就无法洗清我的冤屈，所以我要找到她，不管她躲到天南地北，我都要把她揪出来。我在缅甸生活了五年多以后，偶然发现了凌丽在密支那的踪迹，等我带人赶到她在密支那的住所时，得知她和一个姓苏的老板跑到了西雅图，所以我就一路追踪着来到了西雅图。"华博紧锁双眉说着，言语中表现出了他对凌丽的仇恨。

李彪在处理华博出逃这件事上一直矛盾重重。那天晚上，他在秦山火车站附近的小旅馆内见到了凌丽，他从凌丽的嘴里得知华博将面临危险之后，从心里往外想搭救华博，但又不能出手相助。他知道，一个看守所的所长，私放了在押的犯罪嫌疑人是犯罪行为，所以他想出了一个暗示华博的方法，但华博究竟是怎样逃出看守所的？他还真的一点都不知道。

"华博，我一直想知道你是怎么从看守所里逃出来的？现在能告诉我吗？"李彪问着华博。

"唉！说来话长啊！那天你来到我在押的监舍，我就觉得奇怪，我在看守所里被关押了一个多月，除了看守以外是没有外人能够进入监舍的。尤其你自言自语吟诵的那两句诗，对我有了警示。你离开监舍后，我反复背诵那两句诗，发现这竟是两句藏头诗，我破译了这两句诗中越狱的含义以后，预感到了危险，于是我就采取了绝食的方法来到了医护室。我以前也因绝食被送到过那个医务室，我认为只有那个医务室，才是我能逃离看守所的唯一途径。我在医务室内反复寻找医务室的漏洞，后来发现蹲便有些松动，就撬开了便池，从蹲便下面钻进了下水道地沟。我在地沟里不知道待了几天几夜，等我爬出地沟时，正好看见了一辆运送垃圾的自卸车，我利用司机装垃圾的空当，爬上了垃圾车，就这样，死里逃生逃出了看守所。"华博双手捂着脸，不堪回首地回忆着往事。

"华博，你逃出了看守所后又到了哪里？"李彪又关切地问起了华博逃离看守所后的逃跑路线，出于职业的敏感，他要证实一个细节，那就是华博是不是去过凌丽的家？那天晚上，他在凌丽家蹲坑守候时发现的那个黑影，又是不是华博？

"我被垃圾车拉到了郊外垃圾场时，已经昏死了过去，是一对捡破烂的大爷大妈捡到了我。我苏醒以后，大爷给李大虎打了电话，李大虎给我送来了衣物和一些钱，于是我就踏上了寻找凌丽的征途。我沿着去黑龙江的铁路线，白天步行，晚上坐在火车箱的过道里，好不容易到了黑龙江的珍宝岛附近。我昼伏夜出去找凌丽的家。那天夜里，我在一家院子里闻到了煮牛肉的香味，我又饿又馋，就进了院子想偷吃点肉。可刚进院就看见了一群疯牛冲进了院子，我看着这群来给牺牲的同伴祭祀的牛，深深被这群有灵性的牛所感动，我当时就发誓，就是饿死也不能再吃牛肉。正在我震惊的时候，我听到了'啪啪'的枪声，又看到了从屋子里冲出来几个便衣，他们向天空中鸣着枪驱赶牛群，我还隐隐约约听到有人说出了我的名字。我知道这是来追捕我的警察，我还确定了这个房子就是凌丽的家。我见便衣警察正在驱赶牛群没有发现我，就赶紧借着月光逃到了山里。"华博喃喃地述说着往事，额头上的青筋不停地跳动着。

"那天夜里是我在凌丽家里守候，如果没有牛群的节外生枝，你可能早就被我抓住了。"李彪看着华博痛苦的表情，遗憾地对他说道。

"唉！这都是天意，说明我命不该绝。后来，我住在了凌丽家附近的碉堡里，以捡破烂为生，目的就是要找到凌丽。再后来，当地一个叫英子的姑娘把我领到了她家，我用针灸给她父亲治好了半身不遂，她就死心塌地地跟着我，一路追着凌丽到了云南，我们从云南出境后又去了缅甸。我在缅甸借助传销的理念做了五年多的直销生意，我做的是有产品的销售，而不是像传销那样直来直去地骗钱。"华彪对李彪讲着他寻找凌丽的坎坷经历。

"正当我在缅甸做直销风生水起的时候，有一天，密支那制药厂的采购员来到我们公司要与我们合作，我从他们厂的产品宣传单上发现了凌丽的照片，确定她在缅甸密支那制药厂当副厂长，于是我请求果敢华侨商会的刀会长，帮我去密支那找凌丽。可惜，那天我们晚到了一步，我们赶到密支那时，凌丽已经跟着一个姓苏的老板跑到了西雅图。"华彪痛苦地回忆着他在缅甸的经历。

"在去找凌丽时，我的英子被毒蛇咬了一口，她死在了我的怀里，我眼睁睁地看着她闭上了眼睛，我的心都碎了。英子死的时候才30多岁，她多么渴望生命，她还答应要给我生儿子呢！"华彪说着，"呜呜"地失声痛哭起来。

"我发誓要找到凌丽，我要给英子报仇，我要将凌丽碎尸万段。就这样我来到了西雅图。"华彪一边哭一边说，他的头"咚咚"地撞击着桌子，伤心到了极点。

华彪撕心裂肺地哭着。李彪和田媛芳的眼泪也在眼圈里打着转儿，他们被华彪的痛苦遭遇深深地打动着。

"我历尽千辛万苦来到了西雅图，在一家华人餐馆里打工，餐馆老板让我在后厨帮忙。我干的第一个活就是帮厨师切土豆，我切完了土豆，在菜盆里清洗土豆片的时候，竟发现菜盆里的水是红彤彤的血水。我感到很纳闷，后来才发现我在切土豆的时候，切掉了手指上的一块皮，我没有感觉到疼。我的心事全在凌丽的身上，我不能忘了我的英子，不找到凌丽我死不瞑目。"华彪停顿了一下，伤心的眼泪再次夺眶而出。

"华彪，你找到凌丽了吗？"田媛芳从衣兜里掏出一张湿巾，递给了华彪。她轻声地问着华彪。

"我在西雅图安定下来以后，就经常去华人聚集的华侨商会去找凌丽，我还托人到处打听她的下落，可谁都说没有见过她。我在西雅图的生活很艰难，自己都在勉强度日，渐渐地就把她淡忘啦。前不久，华侨商会约我去交流中医文化，意外地遇到了他，他是我的岳父。我见他得了癫痫病，就把他领到了这里，天天在侍候着他。"华彪说着，向外间屋躺在床上的老人努了努嘴。李彪和田媛芳这才意识到，躺在床上的老人果真是华彪的岳父。

"华博，外屋躺着的那个人原来是你的岳父啊！他叫什么名字？怎么也来到了西雅图？"李彪不由自主地将目光投向了外间屋，他在向华博做着了解。

"他叫孟云长，原来在北江省中医院当院长，现在也可能是退休了吧！我和他关系不是很好，也没问过他为什么也来到了西雅图。"华博对李彪说着。

一听到孟云长三个字，李彪和田媛芳的眼睛瞬间瞪得老大，难道他就是铁权书记说的省中医院失联的那个"反腐院长"？真是有心栽花花不开，无心插柳柳成荫，想不到在这儿能够碰到潜逃在此的孟云长。李彪和田媛芳抑制不住内心的喜悦，顿觉有了意外收获。

"唉！我的这个岳父真是让我欢喜让我忧！我真想不明白，在我和凌丽之间怎么总有他的影子？直到现在，我都不知道他到底是一个好人，还是坏人？在我上大学那会儿，他是我们大学的学生处处长。那时候，在我们大学的外面有一个叫'篁街'的酒吧一条街，那里的外国留学生很多，我们在校学生经常去那里与外国留学生交流口语，以便提高英语对话能力。来中国留学的外国留学生也是良莠不齐。有一天，刚入学的凌丽就险些被两个留学生强暴，我见义勇为从两个黑皮肤留学生手中解救了她，我'英雄救美'的故事就这样在学校流传开来。"华博的表情变得轻松起来，他又开始向李彪和田媛芳聊起了他的岳父孟云长。

"你一个人能打败两个外国留学生？"田媛芳吃惊地问着华博，心里在想着控制孟云长的办法。

"我小的时候学过武术散打，凭我的功夫对付他们两个不在话下。"华博毫不谦虚地做着解释。

"孟云长是个诡计多端的变色龙，他的独生女儿孟欣欣也在我们学校上学。当他得知是我搭救了凌丽以后，就千方百计给我下套，让我往里钻，目的就是要把他的女儿许配给我，当时弄的学校满城风雨。后来，他给我争取到了一个援外的名额，我随学校援助非洲医疗队去了Ｔ国，又遭到了那两个黑皮肤留学生家人的报复。我被遣送回国后，孟云长就千方百计地阻止孟欣欣，不让她继续与我来往。孟欣欣心地善良，人也很单纯，在我接受审查期间，她给了我无私的关怀与温暖，是她鼓起了我的生活勇气。后来凌丽设计为我洗清了不白之冤，而她自己也锒铛入狱。孟云长见我被平反了，又来了一个一百八十度大转弯，非让孟欣欣与我成亲不可，可他千不该万不该对我隐瞒孟欣欣的病史。孟欣欣产后大出血，医院却没有她对应的血型血源，于是她惨死在手术台上。孟云长见女儿去世了，马上像一条变色龙，将我逐出了家门，还不让我搞科研，到处说我的坏话，我简直被他说成了一个杀害他女儿的元凶。不瞒你们说，我还从来没有见过这样一个无情无义的父亲。"华博激动地说着。

"华博，既然孟云长对你如此不公，你怎么又把他领到了你的住处？还像侍候亲人一样侍候着他？"田媛芳问着华博。

"唉！人都有个七灾八难，也都有做错事的时候，他虽然对我不公，我也从心里往外瞧不起他，但在他遇到困难需要帮助的时候，尤其是在国外举目无亲的时候，我还能再与他计较这些恩怨情仇吗？冤冤相报何时了？以德报怨才是道德，所以，我丢掉了恩怨，用祖传的'鬼门十三针'绝技，治好了他的癫痫病，后来他又患了脑梗，我就继续用针灸疗法天天给他扎针灸，他现在早已恢复了知觉，可他仍然在我面前装病，他以为我识破不了他的这点鬼把戏，可他忘了我是一个医生啊！他这点鬼把戏能瞒得住别人，还能瞒得了我吗？他知道我鄙视他，他是怕我发现了他的病情已经痊愈以后会撵走他，就继续在我面前装病。唉！他虽然有可气之处，但还是一个可怜之人，我是不会丢下他不管的，我会像儿子一样侍候他一辈子，让他在我身上得到温暖。"华博动情地说着。

"咣当"，华博的话还没有说完，眼前一直关着的那扇门，突然被孟云长从外面用劲推开，孟云长踉踉跄跄地从外间屋闯入到了华博的身旁。

"华博，我的好女婿，你可真是一个好人啊！华博，都是我不好，是我对不起你，才让你吃了这么多的苦。如果当年我不那么势利，一门心思想往上爬；如果不是当年我为你们的婚姻作梗；如果不是我对你隐瞒了女儿的病史……"孟云长颤抖着声音，鼻涕一把、眼泪一把地哭诉着，他一把将华博抱在怀里，失声痛哭起来。

孟云长抱着华博哭了好半天，才止住了哭声。

他抹了抹眼泪，转身对李彪说道："李同志，你们刚才的谈话，我在外屋听得清清楚楚，我现在终于明白了，是什么人陷害了我的好女婿。你们不是要找露西吗？我知道她在哪儿。你们不是还要找凌丽吗？我也知道她的下落。"

第 60 章
水落石出

————

孟云长的话像平地一声惊雷，震惊了屋内所有的人。

李彪"腾"地一下站起身来，他一把抓住孟云长的双肩，剧烈地摇晃着他的肩膀，倒竖着两道剑眉问道："老孟，你说什么？你知道露西和凌丽的下落？"

"李组长，我不但知道她们两人的下落，还知道她们住在什么地方。露西的底细我全都知道，我现在就说给你们听。"孟云长平静了一下情绪，声音嘶哑地说道。

"老孟，你说的是真话？你怎么会认识露西？"李彪惊愕地瞪大了眼睛，声音急促地问着孟云长，一种踏破铁鞋无觅处，得来全不费工夫的心情，顿时便袭上了他的心头。

"唉，说来话长，一言难尽啊！"孟云长挠着他稀疏的头发，叹息一声，打开了话匣子。

"我是 14 年以前，通过贾放的秘书钱同认识露西的。那时候贾放经常到我们医院来做理疗，他每次来的时候都带着他的秘书钱同，我就是在那个时候认识了钱同。"孟云长微闭着双眼，开始在记忆中搜寻着他与钱同初次相识时的情景。

那是 14 年前的一个上午。孟云长坐在办公室内，正津津有味地浏览着当天的《北江日报》，突然门外传来了一阵轻轻的敲门声。

孟云长说了一声"请进"，头也不抬地继续翻看着他手中的《北江日报》。

推门进来的是北江省中医院药品采购科的科长宋雅萍，她毫无拘束地坐在了孟云长的对面，眯缝着眼睛对孟云长说道："孟副院长，我刚才看见贾放副省长又来我们医院做理疗了，您怎么不过去接待一下？我听说贾副省长在我们省很有威望，说话也特别管用，您为什么不趁机去结识他？我们医院的老院长马上就要退休了，您如果能得到贾放副省长的认可，他一句话就可以让您顺利地接上老院长的班。您当我们中医院院长的事情，不就是板上钉钉的事儿了吗！"

孟云长静静地听着宋雅萍没头没脑的话，他慢慢地抬起头来，目光从《北江日报》移向了宋雅萍那张漂亮的脸蛋。

"雅萍，你的意思是？"孟云长眨着眼睛问着宋雅萍。

"孟副院长，我的意思再明白不过了。难道你忘了您的女婿华博是被谁调走的？又是被谁提拔到了正科级，然后又停薪留职到元亨制药厂当上了厂长？听说华博现在将元亨制药厂改制成立了公司，他当上了总经理，他发明的'哮喘灵'已经成为北江省的品牌药品，他的月薪可能都够我几年的工资了。"宋雅萍挤眉弄眼地说着，孟云长眨着眼睛津津有味地听着。

"雅萍，你可真有心计！谢谢你的提醒，看来只有你才真正关心我。"孟云长说着站起身来，走到宋雅萍的身后，轻轻地拍了拍宋雅萍的肩膀，又整理了一下他身上的白大褂，转身向干诊病房走去。

"孟副院长，您有事要找院长吗？他正在诊疗室内陪省长做理疗，您过一会儿再来吧！"孟云长被值班护士挡在了理疗室外面的休息室内。

孟云长尴尬地笑了笑，自讨了个没趣。

"您就是孟副院长啊？我是贾省长的秘书小钱。"孟云长正要转身出去。坐在休息室内正在看报纸的秘书钱同站起身来，主动与他打着招呼。

"哦，你是钱大秘书呀？幸会！幸会！"孟云长热情地伸出双手来与钱同握手。

"钱秘书，我的办公室就在隔壁，过去坐一会儿，喝杯茶吧。"孟云长没有见到贾放，却意外地认识了钱同，他喜出望外地拉着钱同走进了自己的办公室。

进了孟云长的办公室，钱同很随便地坐在了沙发上，他掏出打火机"啪嚓"一声，点燃了手中的香烟，嘴里吐出了一条长长的烟雾。

孟云长一边给钱同倒茶，一边暗中观察着钱同的动作，几秒钟以后便心生一计。

孟云长转身打开保险柜的柜门，从里面拿出一个非常精致的棕色小皮盒，双手捧着递到了钱同的面前："钱秘书，这个打火机是我刚从国外带回来的，我看你会抽烟，就把它送给你，就当是我的一份见面礼吧。"

"孟副院长，您太客气了！我怎么能收您的礼物？"钱同一边说着，一边轻轻地打开了孟云长递过来的小皮盒。

钱同惊讶地看着孟云长的礼物，眼睛瞬间瞪得老大，他爱不释手地将打火机在手里掂了掂，轻声问道："孟副院长，这个打火机是纯金的吧？"

"没错，还是老弟慧眼识金，这是大哥的一点心意，小意思！小意思！"孟云长"呵呵"笑着说道，主动坐在了钱同的对面。

"大哥，这礼物太贵重了，小弟受之有愧呀！"钱同仍在假惺惺地推辞，眼睛却始终没有离开那个"小礼物"。

"老弟，来日方长，不必客气！"孟云长嘴上说着，心里有说不出的高兴。

"谢谢大哥！既然大哥如此诚意，老弟只好恭敬不如从命了。"钱同"嘿嘿"笑着，冲着孟云长点了点头，很自然地将纯金打火机放回了皮盒，又装进了他随身携带的皮包里。

孟云长见钱同收下了自己送的礼物十分开心，他没承想自己的第一发糖衣炮弹，竟能准确地命中钱大秘书。孟云长开始与钱同称兄道弟，两人的感情瞬间拉近，连一点距离都没有了。

孟云长投其所好，用打火机"巴结"上了钱同，两人很快就成了好哥们儿。从那以后，钱同每次陪贾放来做理疗时，都少不了到孟云长的办公室来坐一坐，看望一下大哥孟云长。孟云长也趁机不断地向钱同送着小礼物，一来二去，两人的关系越处越近。

"老弟，大哥有一事相求，你可一定要帮大哥这个忙啊。"孟云长见钱同已经被自己"拿下"，便终于对钱同开起了口。

"大哥别客气，有什么事？您尽管开口，凡是小弟能办到的事情，一定为大哥效犬马之劳。"钱同十分爽快地答应着孟云长。

"老弟，大哥不说你也许也知道，我们医院的老院长马上就要退休了，如果我能够接上他的班儿当上院长，那这个医院还不是跟咱们自己家开的一样吗？所以还是拜托老弟在贾副省长面前给大哥美言几句，大哥是不会忘记老弟的恩情的！"孟云长说着，从抽屉里拿出事先准备好的一张银行卡，塞到了钱同的手里。

"大哥，这件事儿就包在老弟身上了，我一定找机会在首长面前举荐您。贾省长也是一个很讲义气的人，我想他会帮您这个忙的。您的心意我领了，这东西老弟不能要。"钱同毫不犹豫地表着态，却没好意思收下那张银行卡。

"老弟，我们已经是好哥们儿了，你还跟我客气什么？大哥在医院有'外快'，这东西权当是大哥给弟妹买个首饰，等事成以后，大哥还会给你更大的奖励呢！"孟云长找着钱同能接受银行卡的理由，笑呵呵地直接将银行卡塞到了钱同的皮包里。钱同会心地笑了。

"丁零零，丁零零。"一个月以后，孟云长接到了钱同打来的电话。

"孟院长吗？老弟恭喜大哥荣升，您得请客了！"钱同在电话里向孟云长道着喜。

"同喜，同喜！大哥刚刚看到了我的任命，也看到了老弟的任职通知。大哥为老弟能荣升为秦山市的市长，感到由衷的高兴，什么时候回到省城？给大哥打个电话，大哥得给老弟好好庆祝一下！"孟云长"哈哈"笑着，在电话里祝贺着钱同。

"好的，等我回省城时一定联系您。"电话里传出了钱同爽朗的笑声，两人都在享受着春风得意的喜悦。

孟云长对李彪和田媛芳绘声绘色地讲着他和钱同相识的经过。

"哼！没出息。靠买官爬上去算什么本事？"华博狠狠地瞪了一眼孟云长，哼着鼻子鄙视道。

"老孟，我听明白了，原来你能当上中医院的院长是托了钱同的关系。"李彪听了孟云长的陈述，也在讥讽着他。

"李组长，你说得一点都没错，如果没有钱同的鼎力相助，我这个排名靠后的副院长，是肯定当不上院长的。为了感谢钱同，我又给他准备了礼物，这个礼物还是一张银行卡，从那以后我和钱同的关系就到了亲密无间的程度。"孟云长沾沾自喜地说着。

"老孟，别卖弄你这套买官的学问了，快说说你是怎么认识露西的吧！"田媛芳不屑一顾地白了一眼孟云长，焦急地等着孟云长的下文。

孟云长瞥了一眼有些不耐烦的田媛芳，连连摆手说道："对对对，我把话扯得有些远了，言归正传，言归正传。"

"后来又过了很长时间，有一天钱同给我打来了电话，他说有事情要我帮忙，我就把他约到了我们医院药品采购科科长宋雅萍家的私人会所，就是在那一天，我认识了露西。"孟云长欠了欠身子，又对田媛芳和李彪讲起了他与露西会面时的精彩一幕。

"大哥，我给您介绍一下，这位是我们秦山市元亨制药有限责任公司的露西董事长，她是一位华裔美国人。露西，这位是我的大哥，北江省中医院的孟院长。"钱同在会所门前见到了孟云长，他将露西介绍给了孟云长，又把孟云长介绍给了露西。

孟云长笑容可掬地与露西握着手，三人并肩走进了事先安排好的一个小包间。

三人落座以后，孟云长偷眼打量着钱同和露西。

露西个子不高，大眼睛、小脸盘，是那种小巧玲珑的玉面美女；她20多岁的年龄，留着齐耳的短发，洁白细嫩的皮肤，像羊脂玉一样润泽。钱同今晚的装束也非常端庄，他穿着一身深蓝色的西装，扎着一条黑色的领带，黑色的领带在洁白的衬衣映衬下，显得异常的潇洒。

孟云长深深地咽了一口唾沫，他感到眼前这对郎才女貌，真是一对儿绝配。

孟云长打开了两瓶红酒，他端着盛着红酒的醒酒器，给钱同和露西斟满了酒。

"钱市长，让我先敬你们这对儿才子佳人一杯。"孟云长摇晃着手中的红酒杯，殷勤地向钱同和露西敬着酒。

"哈哈，大哥，您可不要搞错，露西小姐可不是我的，我哪有这个艳福啊！"钱同"哈哈"笑着赶忙做着表白。

"钱市长，你在挖苦妹妹吗！"露西没好气地白了钱同一眼说道。

"大哥，钱同感谢您的盛情款待，老弟敬大哥一杯。"钱同不想与露西争辩，他把话题转移到了孟云长的身上，两只酒杯"砰"的一声碰到了一起。

"我也敬大哥一杯！"露西见钱同与孟云长碰起了杯子，也将酒杯举到了孟云长的面前，"砰"的一声与孟云长也碰起了酒杯。

三人推杯换盏互相敬着酒，没多大工夫，两瓶红酒便被喝了个精光。

"雅萍，再开两瓶。"孟云长叫着屋外的宋雅萍，宋雅萍赶忙又拿过两瓶红酒，进屋给钱同和露西斟了酒。

"大哥，这位是？"钱同警惕地看着宋雅萍，转过脸来问着孟云长。

"哦，他是我们药品采购科的科长，名字叫宋雅萍，这个会所就是她家开的。"孟云长说着，又将宋雅萍介绍给了钱同和露西。

"哦，她是药品采购的科长啊？我正好还有事情需要求你帮忙呢！快坐下，我们一起喝点酒。"露西一听说宋雅萍是药品采购科长，顿时来了兴趣。

"谢谢！我不会喝酒，有什么事情你就尽管和孟院长说，他让我往东，我不敢往西，他让我打狗，我不敢骂鸡。"宋雅萍微笑着与露西半开着玩笑，转身离开了包间。

"钱市长，让民女也敬我的父母官一杯，感谢您派工作组重组了元亨制药有限责任公司，收回了民女被剥夺的股份，又被股东推举成了董事长。"露西带着媚笑凑到了钱同的面前，一扬脖子将杯中的红酒喝了个精光。

"露西，你可不要胡说，谁敢剥夺你的股份？"钱同用脚轻轻地碰了一下露西的脚，纠正着她的话。露西意识到自己说走了嘴，脸色变得更加绯红。

"大哥，跟您说个正经事，露西怀孕了，需要在你们医院打胎，请大哥多加关照哟！"钱同终于切入了正题，他有些难为情地冲着孟云长说道。

"老弟，我还以为是多大的事儿呢！我不是告诉过你吗？只要我当了北江省中医院的院长，这个中医院就是你家开的，这点小事全包在我身上，你就放心喝酒吧。"孟云长也喝红了脸，他将身子往后一仰，拍着胸脯吹嘘着。

"孟院长，我也有事情要求您帮忙，您是北江省中医院的院长，我是元亨制药公司的董事长，咱们两人可以合作呀！"露西一手端着酒杯，一手托着喝得通红的漂亮脸蛋，含情脉脉地看着孟云长，眨着漂亮的眸子，声音甜蜜地对孟云长说着。

孟云长猜透了露西的心事，合作？无外乎是要向我推销她的药品而已。他不了解露西，也不想与她合作，于是他换了一个话题，大着嗓门对露西嚷道："露西小姐，我代表全医院的医护人员，热烈欢迎你来我院打胎。"

露西觉得孟云长的样子很好笑，她偷眼看了一眼正在解领带的钱同，兴高采烈地说道："哈哈哈，孟院长真是豪爽之人，露西就喜欢和豪爽的人喝酒，孟院长，咱俩喝一个交杯酒怎么样？"

"喝交杯酒？这不好吧！"孟云长看着钱同，为难地说道。

"大哥，露西是性情中人，她要跟您喝交杯酒，你就跟她喝呗！我得去一趟卫生间了。"钱同毫不介意地与孟云长打着趣，晃晃悠悠地走向了卫生间。

露西摇晃着站起身来，搂住了孟云长的脖子，一股胭脂的香气一下子便沁入了孟云长的心肺。

"孟院长，您不要忘了与我的合作哟！"露西勾着孟云长的脖子，摇晃着手里的红酒杯，眯缝着眼睛对孟云长撒着娇。

"露西小姐，你不是董事长吗？怎么也管起了销售？药品销售的事情应该归厂长管，华博不是你们的厂长吗？你让他来找我就行，他原来在我们医院当医生，我们之间很熟悉。"孟云长知道华博从心里往外瞧不起自己，可他如今已经是医院有权有势的"一把手"了，他要亲眼看到华博卑躬屈膝向他求情的样子，于是他把合作的"皮球"踢给了华博。

"哈哈哈，我敬爱的孟院长，你也太孤陋寡闻了吧！你们医院的那个傻小子华博，早就完成了他的历史使命，他蹲笆篱子去喽。"露西开心地笑着，不经意地泄露出了华博被逮捕的信息。

孟云长听了露西的话，心里"咯噔"一下，暗暗吃了一惊。他惊奇地问着露西："怎么？华博进去了？"

露西嘴里哼着小调，摇头晃脑地说道："没错！你还不知道吗？他已经锒铛入狱了。"

"他，他是因为什么进的监狱？"孟云长假装漫不经心地问着露西。在此之前，他还真不知道华博被逮捕的事情。

"他呀！他不知道天高地厚，竟敢偷吃了我的奶酪，他把我的蛋糕分给了那帮臭工人，你说我能饶过他吗？哼！就是我想放过他，我大哥也不能饶了他，他太天真喽！"露西眉飞色舞地说着，又哼起了小调，显然她已经有了一些醉意。

"露西，你此话当真？"孟云长有点不相信自己的耳朵。

"孟院长，我大哥把他送进了监狱，钱市长又帮我要回了我的股份，元亨制药厂又回到了我的手中。我现在除了挣钱以外，再也没有别的爱好喽！孟院长，你替我高兴不？"露西笑逐颜开地说着，竟手舞足蹈地继续哼着小调。

"大哥，老弟的头有些发晕，我看我们今天就到此为止吧。"钱同从卫生间里走了出来，他站在了孟云长的身后，拍着孟云长的肩膀说道。

"钱市长，我还没有喝好呢！我看孟院长也没有尽兴，我还得陪他再喝两杯。"露西说着又再给孟云长满酒。

"大哥，露西其实并没有多大的酒量，她就是胆大敢喝，而且一喝就喝多，她要是喝醉了出了洋相，我大哥非得怪罪我不可呀。"钱同似笑非笑地向孟云长揭露着露西的老底，无意间暴露出来露西并不是他的女人，而在他们的背后还有一个大哥。

"她的大哥是谁？她要打胎的那个胎儿难道是她大哥的吗？"田媛芳机警地问着孟云长。

"后来，露西住进了我们的医院，我又与她有了近距离的接触，露西是一个心直口快口无遮拦的人，并没有多少城府。由于她要向我们医院推销他们的药品，就千方百计地向我献着殷勤，我又趁机问起了她的大哥是谁？她这才告诉我，她的大哥原来是我们省的副省长贾放，她要打掉的那个胎儿也是贾放的。"孟云长沉思了一下，终于向大家揭开了露西打胎的谜底。

"好你个贾放，原来你跟这个妖精是一伙儿的呀！"华博"腾"地一下站起身来，他再也压抑不住内心的愤恨，将放在床头的一个喝水杯，狠狠地摔在了地上。

华博气愤地在屋里咆哮着。

"贾放啊，贾放！我一直拿你当好人，想不到你竟是一个道貌岸然的伪君子。你把我害得好苦啊！我怎么就没看出来你才是陷害我的元凶？原来，你当年是看中了我发明的'哮喘灵'，才把我弄到了元亨制药厂，要让我去为那个妖精去背黑锅呀！没承想，我搞股份改革使你们丧失了利益，你们这才利用凌丽来陷害我。我现在终于明白了真相，你们陷害我的真正目的是要夺回你们失去的股份呀！我怎么这么傻？怎么就没看穿你们的阴谋诡计？没有看出来你竟是一只披着羊皮的豺狼！"华博"咚咚"地踹着地板，气得直发疯。

第61章
真相大白

————

华博越说越激动，他一把抓住孟云长的衣襟，奋力将孟云长拽到了眼前，一拳将他击倒在地。

"孟云长，你也不是什么好东西，你为什么不早说？你为什么不把真相早一点告诉我？"华博怒吼着，又把孟云长从地上提了起来，伸出拳头又挥向了孟云长。

"华博，你打吧！只要你能打出心里的怨气，你怎么打我都行。你打死我吧，我不想活了！"孟云长鼻涕一把，眼泪一把地哀求着华博，瘦弱的身躯就像一堆烂泥，任凭华博甩来甩去。

李彪从背后一把抱住了愤怒到极点的华博，将他重重地按在了椅子上。

"华博，你冷静点！冷静点！"李彪使劲按着华博的肩膀安慰道。

孟云长从地上慢慢地爬了起来，他摇晃着被华博甩得险些散了架子的肩膀，喘着粗气坐在了华博对面的椅子上，两只小眼珠不停地在眼眶里打着转。

过了好半天，孟云长终于又开口说话："华博，不要埋怨老丈人不告诉你真相，我是在为你担惊受怕。你难道不知道他们都是些什么人吗？他们一个是副省长、一个是市长，你说说你能斗得过谁？当我知道真相的时候，你已经被他们抓进了拘留所。那时候，我真想站出来为你抱打不平，可思来想去，就凭我这点微薄之力，不但救不了你，还得把我自己也搭进去。孩子，你知道你老丈人一辈子都想当官，为了当这个院长，我就像一个墙头草，谁的风硬我跟着谁跑，我看着领导的眼色行事，他们放个臭屁我都得说屁是香的，他们说鸡蛋是树上长的，我都得随声附和地说，鸡蛋上长着把儿；他们谁说话我都得听，甚至有时候还得出卖自己的良心。我没有你身上那股子正气，更没有你铁骨铮铮的骨气，我是靠着身上的邪气，才积攒了一点运气。孩子，我不敢跟他们斗，我也没有勇气跟他们斗，说句实话，我舍不得我头上这顶来之不易的乌纱帽啊！"

华博不等孟云长把话说完，又"腾"地站起身来，一把抓住孟云长的衣襟愤愤地说道："岳父，今天我还叫你一声岳父。我进了监狱，你不去搭救我，这一点我能理解，可是我在西雅图遇到你这么长时间了，你为什么不能跟我说出实情？你昏迷不醒时，我一粒米一粒米地喂着你；你疯疯癫癫时，我一根一根地在你身上捻着银针；你卧床不起时，我天天端屎端尿侍候你。我为你做出的一切，怎么就换不出你一点点的回报？你还有没有真情？你的良心到哪里去了？这么长时间，你一直在我面前装病，你以为我看不出来吗？我天天给人家刷盘子洗碗来养活你，可我在给你洗内裤的时候，却发现你身上带着好几张银行卡。我就是不愿意戳穿你，给你留着尊严；我不是不想撇你走，我是心疼可怜你。可你睁开眼睛看看，你难道不觉得我比你还可怜吗？我难道不比你还值得同情吗？你看看你自己，哪还有一点人性！"华博气愤地数落着孟云长，说着说着，禁不住泪如雨下。

"华博，我对不起你！姑爷，请你原谅我吧！"孟云长说着也泣不成声，他紧走几步，一把抱住华博"嗷嗷"地大哭起来。

孟云长抱着华博哭了一会儿后，又转过脸来挺直了腰板，对李彪说道："李组长，我听到你们刚才在里屋对华博说，贾放已经出逃了，你们来西雅图是来追捕贾放的。据我了解，贾放现在就在西雅图，他肯定是来投靠露西的，你们可能还不知道，元亨制药厂的幕后老板就是贾放，露西只不过是他的一个'白手套'而已。他以露西的名义，一元钱收购了元亨制药厂，将国有资产变成了他的私人财产，露西只不过是他的一个马前卒，一个掩人耳目的挡箭牌，贾放才是一个窃国大盗，不折不扣的盗国贼。我说的话不是空穴来风，我的每一句话都是有证据的。"

"老孟，这些情况你都是怎么掌握的？"田媛芳迫不及待地问道。

"我刚才向你们介绍情况的时候，提到了一个叫宋雅萍的人，她是我们省中医院药品采购科的科长。露西第一次与我相聚的时候，就是在她家的私人会所，宋雅萍在给我们倒酒的时候，认识了露西，露西在打胎的时候，我又是让宋雅萍每天过去照顾她，一来二去，她们之间成了亲密无间的姐妹。我说过，露西是一个心直口快的人，而宋雅萍又是一个很有心计的人，有一段时间，她们相处得比亲姐妹都亲，露西什么话都对宋雅萍说，宋雅萍又什么话都对我说。就这样，我间接地获得了贾放与露西之间的秘密。"孟云长再也压抑不住内心的愤恨，他滔滔不绝地揭露着。

"老孟，宋雅萍都对你说了什么？你能确定她对你说的话，都是真实的吗？"田媛芳又在发问。

"宋雅萍不敢对我撒谎，我既是她的摇钱树，又是她的靠山，还是她的……"孟云长说着，不好意思地低下了头。

"你是她的什么？"田媛芳见孟云长停顿了话语，赶忙追问。

"唉！当着华博的面，我实在难以启齿，实话跟你们说吧，我是她的老公。"孟云长"嘿嘿"坏笑了两声，露出了难堪的表情。

"你们结婚了？"华博一听孟云长说他是宋雅萍的老公，皱着眉头问着孟云长，自打他的岳母和妻子相继离世以后，他就没有再见过孟云长，更不知道他的婚事。

"我们没有结婚，她是医院药品采购科的科长，我是医院的院长，我们要是结了婚，她就得调离重要岗位。药品采购科科长这个位置千金难买，我能把这个含金量极高的位置拱手让给别人吗？"孟云长不好意思地说着，再一次低下了头。

"宋雅萍都跟你说了一些什么秘密？你又掌握了他们什么证据？"李彪打开笔记本，一边做着记录，一边问着孟云长。

"他们之间的秘密无外乎就是一个字，那就是'钱'，他们之间都是钱的秘密。宋雅萍是我们医院药品采购科的科长，她有采购药品的权力；露西是元亨制药公司的董事长，她有向宋雅萍推销药品的愿望。露西有钱，宋雅萍贪钱，她们之间一个是卖家，一个是买家，中间人又姓'钱'，能有做不成的事儿吗？她们之间想做的事儿都是为了挣钱，如果我不同意，她们是挣不到这笔药品采购钱的，所以我自然知道了她们之间的秘密。"孟云长思路非常清晰，他一语道破了露西与宋雅萍之间的勾当。

"据宋雅萍对我讲，贾放和露西的相识也很偶然，贾放在调到我们北江省之前，在露西所在的地级市当市长，他在露西工作的医院里，认识了当时还是护士的露西。露西家境贫寒，除了一个老母亲以外，再没有其他复杂的社会关系，贾放看中了她的单纯和幼稚，就给她办了到美国的移民手续，又在西雅图给她办了一个假的离岸公司。贾放利用国企改革的政策空间，以露西的名义，用一元钱购买了元亨制药厂，露西当上了元亨制药厂的厂长以后赚钱心切，她也不知道受了什么人的蛊惑，在厂内向工人大肆集资，然后卷着几百万元的集资款跑回了西雅图，将一个濒临倒闭的烂摊子扔给了贾放。贾放就在这个焦头烂额的时候，结识了华博，他听说华博有药品发明，就火速将华博弄到元亨制药厂去救火。后来他又发现华博搞股份制改革，把露西独资的股份分配给了工人，他眼看着自己费尽千辛万苦获得的国有资产被华博给瓜分了，你说他能不憎恨华博吗？于是就想要除掉华博，这才一手制造了华博生产销售假药的冤案。华博进去了！露西回来了！贾放又把他的秘书钱同派到了秦山市当市长，钱同向元亨制药厂派进了工作组，将华博分给工人们的股份，又转到了露西的名下。就这样，元亨制药公司又回到了贾放和露西的手中。"孟云长慢吞吞地道破了隐藏在元亨制药公司中的秘密。

田媛芳静静地听着，在她的脑海里，又浮现了贾放取名"踏雪无痕"的那幅油画，她这才感到贾放做事，确实是不留痕迹。

"这就是我从宋雅萍嘴里听到的露西购买元亨制药厂的秘密，宋雅萍告诉我，这些都是露西亲口对她说的。"孟云长加重了语气，又在做着补充。

"华博被刑拘以后，露西又重新收回了股份，露西有了钱就开始给宋雅萍转钱，她一方面要贿赂宋雅萍，向我们医院推销他们药厂生产的药品；另一方面又让宋雅萍替她为贾放支付巨大的开销。"孟云长轻轻地咳嗽了几声，继续向大家介绍着他所知道的秘密。

"啊？贾放还有开销？"李彪像发现了新大陆，他紧盯着孟云长继续追问。

"宋雅萍跟我说过，露西为了不留痕迹，才将贾放这些开销委托给了她，让她向露西提供的地址打钱。"孟云长抹了一把脸上沁出的汗珠接着说道。

"贾放都有什么开销？"李彪停顿了一下记录，抬起头看着孟云长问道。

"有一笔钱是寄往湖南湘西地区一家养老院的养老费；另一笔钱是转给露西母亲的生活费；还有一大笔钱是打给了德国法兰克福一个叫施罗德的人。露西告诉宋雅萍，施罗德是贾放的小舅子，他在德国一直供养着贾放的儿子。"

李彪和田媛芳互相对视了一下目光，会心地点着头，紧锁的眉头渐渐舒展开来，脸上也露出了一丝不易觉察的微笑。

"老孟，你说的这些情况都是真实的吗？"李彪和田媛芳几乎是异口同声地问道。

"宋雅萍是一个很有心计的人，她一开始用自己的名字为露西转钱，后来她见数额越来越大，就不断变换着姓名给这些人打钱。但她每打一笔钱，都留下了转钱的记录，我还曾经看到过她的一些转钱的记录。"孟云长扭动了一下有些僵硬的脖子说道。

"这就是你说的证据吗？"李彪合上记录本问着孟云长。

"没错，这就是我说的证据。"孟云长毫不犹豫地答道。

"这些证据现在在哪里？"田媛芳紧盯着孟云长问道。

"据我了解，这些证据存放在宋雅萍在秦川市一家银行的保险箱内。"孟云长不假思索地回答道。

李彪和田媛芳又互相对视了一下眼神，他们在用目光做着沟通，从他们的表情里可以看出，他们都有一种获取证据后的轻松。

"宋雅萍在哪里？你们之间现在还有联系吗？"过了一会儿，田媛芳问孟云长。

"宋雅萍现在就住在西雅图郊外的一栋别墅内，我这次到西雅图就是来找她的。我有很多钱都放在她那里，她在西雅图买了别墅，说今后在西雅图和我生活在一起。可我到了西雅图以后才发现，这个狠心的宋雅萍一直在给我戴绿帽子，她在国内说肚子里怀的儿子是我的。可是我到了西雅图，见到宋雅萍的时候，才知道她早就跟一个原来在我们医院工作过的小白脸过上了安稳的日子。我向他们要儿子，这一对狗男女竟拿出来亲子鉴定书给我看，说这个孩子是他们的。我当时万念俱灰，一屁股瘫坐在了地上，都不知道怎样离开的那个别墅。我的老婆去世了，女儿死在了手术台上，女婿又进了监狱，我好不容易找到了一个红颜知己，又被她骗得血本无归。我的命怎么也这么苦啊！"孟云长说着，捂着脸竟"呜呜"地哭出了声。

"宋雅萍卷走了你多少钱？你的这些钱又是从哪里来的？"李彪为了获取孟云长受贿的证据，又赶忙追问。

"她卷走了我多少钱？我都没有一个具体的数目，反正这些钱也都是我和她收的各大药厂给我们的回扣钱。宋雅萍家里开了一个私人会所，她把会所变成了各大药厂医药代表的聚集地，这些药厂的医药代表都知道我和她的关系，她打着我的旗号大肆受贿，究竟她收了多少钱？我还真说不清楚。我现在是恨死她了，这个没良心的东西！"孟云长咬着牙说道。

"刚才华博说了，我的内裤兜里还有好几张银行卡，这些都是各大药厂医药代表送给我的钱，哪张卡里究竟有多少钱？我真的不知道。我知道这些不义之财早晚是要被清算的，所以我一分钱都没敢花。我把它缝在了我的内裤里，整天提心吊胆地过着亡命天涯的生活，你们说，我要这些钱有什么用？"孟云长痛苦地摇着头，抹着眼泪问着自己。

"现在我见到了你们，说出了事情的真相，我把这些银行卡全都交给你们，我向你们坦白、我向你们揭发；我要跟你们回到祖国去，我要洗心革面重新做人；我鬼迷心窍贪得无厌，我对不起国家，对不起人民，更对不起中医院那些辛辛苦苦、任劳任怨、无私奉献的医护人员们。"孟云长声泪俱下地说着，从内裤兜里掏出几张银行卡，双手捧着递到了李彪的面前。

李彪见了孟云长这副表情，心里暗喜。刚才获知了孟云长的身份以后，他就一直在琢磨如何劝返他回国接受调查，这下可好，不等他想出办法，这个老孟自己却幡然悔悟了。

"宋雅萍是什么时候来到西雅图的？你又是什么时候来到西雅图的？你们是怎么见面的？"李彪接过银行卡，详细做了登记，他又在问着孟云长。

"去年，有一家外地的药厂出售假疫苗出了事儿，那家药厂被查封了。公安机关从这家药厂的销售记录中发现，他们很多药品都销售到了我们中医院，便来到我们医院核实情况。宋雅萍见情况不妙，就销毁了所有的进药凭据，跑到了西雅图。我们约定好她在西雅图等我，等我退休之后，我们在西雅图生活在一起安度晚年。前几个月，我看风声比较紧，我想儿子心切，也等不到退休了，就借着出国考察的机会，偷偷地来到了西雅图。"孟云长一口气说完了宋雅萍和他先后跑到西雅图的经过。

"宋雅萍逃跑以后，你们还有什么联系吗？"田媛芳脑子里飞快地回放着孟云长的叙述，生怕漏掉任何可疑的情节。

"我们一直都保持着联系，我就是通过我们之间的联络，发现了凌丽的踪迹。"孟云长眨了眨眼睛，回答着田媛芳的问话。

"哦，这也太戏剧性了吧！快说说你是怎么发现凌丽的？"田媛芳急不可耐地问道。

"宋雅萍是腆着大肚子来到西雅图的，她到西雅图后经常给我打电话，打听公安机关是否查到了她？我就是在她给我发过来的视频当中，不经意地发现了凌丽的身影。我认识凌丽，她在医学院上大学的时候，我找她谈过话，我的脑海里一直留存着她的形象，不管她变化有多大，我一眼就能认出她来。"孟云长故弄玄虚地说道。

"那是一个什么视频？凌丽是怎样出现在视频里才让你一眼看出了她？"华博听到了凌丽的下落，迫不及待地追问道。

"那是宋雅萍生孩子的时候，我惦记她、更惦记我的儿子，就让她把儿子的视频发给我看。我在视频里看到我儿子正在一个白头发女人的怀抱里，我仔细看着这个女人，竟然发现她是凌丽。当时我吃惊不小，就问宋雅萍这个女人是谁？

她告诉我是她雇来的保姆，名字叫美红，她是从泰国偷渡到美国，'黑'在西雅图的华人。我又问宋雅萍是怎么认识美红的？宋雅萍告诉我是露西给她介绍的美红，美红原来一直在露西家当保姆，露西见宋雅萍要生孩子，就把美红介绍给了她，凌丽就这样到了宋雅萍的家。"孟云长细细地描绘着他发现凌丽的经过。

"老孟，打住、打住。你一会儿说你是宋雅萍的老公，她生的儿子是你的；一会儿又说她给你戴了绿帽子，儿子是你们医院同事的。我怎么越听越糊涂，都让你给弄蒙圈啦。"田媛芳机警地问道。

"唉，那个小子原来也在我们医院上班，后来他也不知道犯了什么罪进了监狱，宋雅萍告诉我，他们早就离婚啦，我就没多想过。不过，宋雅萍对我是真心的，我现在都不相信儿子不是我的。"孟云长唉声叹气地说着。

"老孟，你刚才说你去过宋雅萍在西雅图的家，那你在她家里是否见到了凌丽？"李彪表情严肃地问着孟云长。

"没有，我在宋雅萍家里只待了一小会儿，除了我们医院的那个小白脸以外，我没有见到任何人。"孟云长站起身来，晃着腰说道。

"老孟，你能确信凌丽还在宋雅萍家吗？"李彪合上了记录本，问着孟云长。

"我可以带你们去宋雅萍家，凌丽肯定还在她家带孩子。你们要是能把我儿子给我要回来，你们要什么？我就给你们什么，决不食言。"孟云长说着站起身来，就要带着李彪他们去找宋雅萍。

"老孟，你先坐下，让我们合计一下，下一步该怎么办。"李彪说着，向田媛芳使了一个眼神，田媛芳跟着李彪向屋外走去。

"李组长，我提醒你们，在去找宋雅萍的时候，千万要注意安全，跟宋雅萍住在一起的那个小白脸手里有枪。"孟云长在李彪和田媛芳的背后大声喊着。

"我上次到宋雅萍家的时候，那小子就用手枪指着我的脑袋，当时我的魂儿都吓丢了。姑爷，我可让宋雅萍把我给坑苦了，你是我姑爷，你得帮我报仇啊！"孟云长又凑到了华博的面前，对他殷勤地说着。

第 62 章
凌丽现身

———

"铁权书记，我们在西雅图的工作有了重大的突破，我们揪住了贾放的狐狸尾巴，获得了他的犯罪证据，同时又意外地发现了携款外逃的北江省中医院院长孟云长。我们还找到了逃到西雅图的华博，并知道到了凌丽的下落……"李彪给铁权书记打了电话，将他们在西雅图的工作进展情况，如实向铁权书记作了汇报。

"好！你们马上移师到西雅图华侨商会，将所有滞留在西雅图的涉案人员都安顿在那里，不要发生任何意外。你们要尽快找到露西和贾放，要尽一切努力劝返所有涉案人员，让他们接受法律的制裁。"铁权书记在电话里向李彪做着新的部署。

李彪放下了铁权书记的电话，回到了孟云长的身旁，语重心长地对孟云长说道："老孟，你现在就带着我们去见宋雅萍，我们要尽快找到宋雅萍和凌丽。按照你提供的情况，凌丽曾经给露西当过很长时间的保姆，宋雅萍又与露西有着很特殊的关系，她们对露西的情况一定都十分了解。露西长期居住在西雅图，在西雅图也一定会有着复杂的社会关系，如果我们在没有了解露西真实想法之前，直接正面接触露西，会有很大的风险，她一旦脱离了我们的视线，我们的一切努力都将前功尽弃。不过，我们要是能够得到凌丽和宋雅萍的配合，就能够了解到露西的意图，到那时我们再与她见面，也许能够得到她的配合，有了她的配合就不愁抓不到贾放。贾放现在是死是活？又是否还和露西在一起？这些仍然还是未破解的谜团，抓捕贾放要从长计议，绝不能掉以轻心。"

"李同志，我一切听从你的安排，我要戴罪立功，全力配合你的工作。"孟云长站起身来，做出了坚定的表态。

"华博，你也跟我们一起去见凌丽吧！你们两人在风雨飘摇中苦恋了人生最好的时光，在暴风骤雨中接受了一次次的考验。你历尽艰辛一路追踪着她的足迹来到异国他乡，不就是要让她还你清白吗？我相信，你只要见到她，她一定会还你这个清白的。"李彪又拍了拍华博的肩膀，深有感触地说道。

由程雪会长提供的两辆旅行车，一前一后驶离了华博的住地。李彪和田媛芳带着他们的助手，与孟云长和华博一道坐着旅行车，向着宋雅萍在郊外的别墅驶去。

宋雅萍的别墅是一座不太大的二层小洋楼，小洋楼在一片别墅区的最里面，两辆旅行车在一条笔直的大路上鱼贯前行，很快就来到了小洋楼的门前。

"叮咚，叮咚。"孟云长壮着胆子，按响了宋雅萍家的门铃。

没过多大工夫，宋雅萍家的楼门被从里面轻轻打开，身着紫色连衣裙的宋雅萍站在了门前。

"你怎么又来了？"宋雅萍一眼看见了站在门口的孟云长，她没好气地说了一声就要关门。

"我们是中国北江省纪委的，我叫李彪。"李彪一个箭步来到了宋雅萍的面前，他掏出工作证递给了宋雅萍。

宋雅萍接过李彪的工作证仔细地看着，她打量了一下李彪和站在李彪身旁的田媛芳，不知所措地问道："你们是来找我的吗？"

"雅萍姐，我们进屋里说话吧！"田媛芳紧走几步，她微笑着，挽着宋雅萍的胳膊走进了她的家。

进了屋，宋雅萍桃花般的脸"唰"的一下子变得惨白。她回头看着李彪身后的一行人，又瞥了一眼楼上，故意大声喊道："呵，来了这么多人？你们是来抓我的吗？"

听到宋雅萍的喊叫，楼上立即传来了"噼里啪啦"拉枪栓的声音。

"不许动，把手都举起来！你们在光天化日之下，竟敢私闯民宅，别怪我枪里的子弹不长眼睛。"随着喊声，一个双手握着手枪的年轻人，一磴一磴地从二楼楼梯上缓慢走了下来。

"老公，不要乱来。"宋雅萍惊叫着跑到楼梯前，她张开双臂挡住了年轻人乌黑的枪口。

"雅萍，你闪开！我是美国公民，受美国法律保护，他们闯进我家，我就敢开枪。"年轻人"嗷嗷"叫喊着，他走到了李彪的面前，用枪口顶住了李彪的胸膛。

"雅萍，我们是来看你的，不是来抓你的，快让你老公把枪放下，免得走了火儿。"田媛芳走到了宋雅萍的身边，镇定自若地对她说道。

"你们不是来抓我的？"宋雅萍瞪着眼睛，问着田媛芳。

"雅萍姐，难道你们就是用这样的方式来欢迎你们的朋友吗？"田媛芳的目光在宋雅萍和她丈夫的身上来回扫视着，她讥讽着宋雅萍。

"老公，快把枪放下，他们不是来抓我的！"宋雅萍抬起手来，用力压低了年轻人的枪口，对丈夫使了一个眼色。

宋雅萍换了一张笑脸，示意大家坐下，旋即又招呼着田媛芳坐在了自己的身旁。

"孟云长，他们是你带来的？"宋雅萍把脸扭向了孟云长，她理了理飘在眼前的"刘海儿"，故作镇静地问着孟云长。

"他们是我带来的又怎么样？我要你还我儿子！我儿子呢？你把他弄到哪里去了？"孟云长一屁股坐在了沙发里，他环视着屋内在寻找着儿子，他始终不相信宋雅萍的儿子不是自己的。

"你他妈还要不要脸？我不是告诉过你，儿子是我和雅萍的，与你没有半点关系，你赶快给我滚蛋，我不想再见到你！"还不等孟云长把话说完，一只黑洞洞的枪口又顶在了他的后脑海。

"别，别，有话好说，有话好商量。"孟云长连忙举起了双手，哆哆嗦嗦地说道。

"孟云长，上次你来的时候，我已经给你看了儿子的亲子鉴定，这个儿子确实是我和老公所生，请你今后不要再来无理取闹了。"宋雅萍阴沉着脸，又对孟云长说道。

"雅萍，你不要与我开玩笑，这孩子分明是我们的，跟他没有任何关系。你不是答应过我，要与我结婚吗？"孟云长壮着胆子说着，他也顾不上宋雅萍的隐私，开口便说出了他们之间的隐情。

"孟院长，我的话都是骗你的谎言，你也太天真了，我怎么能和你结婚呢？笑话！"宋雅萍前仰后合地笑着，对孟云长说道。

"雅萍，你……"孟云长刚要开口骂宋雅萍，他突然想到了刚才顶在他脑后的枪口，他生怕惹怒了宋雅萍的丈夫背后挨黑枪，于是他平静了一下情绪，又把骂宋雅萍的话咽了回去。

"孟院长，既然你如此执迷不悟，我今天就跟你说实话吧！我和我的丈夫是大学同学，毕业后我们一起被分配到了北江省中医院。上班后不久，我们就在西雅图结了婚，我的公公婆婆都是美籍华人。婚后我的丈夫就跟着他的父母留在西雅图做生意，我喜欢医疗事业，所以我就一个人回到了北江省中医院。后来我的丈夫违犯了美国的法律，被判了 8 年监禁，就在这期间我才和你好上了，我说的离婚是骗你的。"宋雅萍毫不掩饰地向孟云长公布了自己的婚史。

孟云长听了宋雅萍的介绍，如同迎头挨了一计闷棍立即晕了头，他迷茫地问宋雅萍："你说什么？你们两个没有离婚吗？"

"孟院长，我向你隐瞒了婚史，骗取了你对我的信任，我的目的只有一个，那就是借助你的权力，给自己铺一条挣钱的道路。我知道你对我好，也非常器重我，但我对你真的一点感情都没有，我就是跟你上了床，心里想的也是我的丈夫。恕我直言，我从来就没爱过你，我爱的是你手中的权力，我在你身上找到的快乐，就是你带给我的金钱。"宋雅萍大言不惭地说着，竟"咯咯"地笑出了声。

"两年前，我丈夫出狱了，他回到北江省秦川市来找我，我又和他住在了一起，也就在那个时候我怀了他的孩子。我骗你说这孩子是你的，就是想能够得到你的保护，从你身上获得更大的利益。"宋雅萍的脸色红一阵、白一阵地说着。孟云长顿觉五雷轰顶，垂头丧气地瘫在了沙发里。

"雅萍，这不是真的！雅萍，你快告诉我，你是爱我的！"孟云长站起身来，冲着宋雅萍大喊大叫着。

"坐下。"孟云长听到了身后传来一声怒吼，紧接着他感到有一个硬邦邦的家伙又顶在了自己的后脑勺，孟云长浑身一软，"噗"的一下又坐回了沙发里。

"叮咚，叮咚。"正在这时，门口传来了按门铃的声响。

"哈哈，我儿子回来了！"宋雅萍的丈夫将手枪往腰里一别，连跑带颠儿地前去开门。

"吱扭"，宋雅萍家的房门被轻轻地打开，一位飘逸着白色披肩发的中年妇女出现了门口。

她穿着宽松的白色连衣裙，怀里抱着一个一岁多的小男孩儿，乍看上去就如同电影中的白毛女。

小男孩伸出莲藕一般的小手，"呀呀"叫着，宋雅萍的丈夫欢快地从"白毛女"怀里接过了孩子。

"美红，快给客人们沏茶！"宋雅萍招呼着"白毛女"。

听到宋雅萍的召唤，大家的目光"唰"的一下，一起聚焦到了门口。

华博从沙发上慢慢站起身来，双腿不住的打战，他揉了揉眼睛，看清了正在弯腰换鞋的"白毛女"就是凌丽。

"凌丽！"华博惊呼着凌丽的名字，不顾一切地向着门口的凌丽冲了过去。

"你？"凌丽弯着腰侧仰着脸，斜视着向她冲过来的华博，立即僵愣了。

"凌丽，我是华博！你好好看看，我真是华博呀！"华博浑身颤抖着，站在了凌丽的面前，声音沙哑地叫着凌丽的名字，张开双臂就要拥抱凌丽。

凌丽听到了华博的喊声，也看清楚了华博的面容，突然，她猛地一转身，一只脚穿着拖鞋，光着另一只脚，踉跄着跑向了屋外。

见此情景，田媛芳不由分说，一个箭步冲到门口，她趿拉着鞋，追赶着凌丽来到了院子里。

"凌丽，你站住！我们是来救你的。"田媛芳一边追，一边喊着凌丽。

"你们认错人了，我不叫凌丽。"凌丽头也不回地喊着，几步就跑到了别墅前面的一条马路上。

"嘀嘀"一辆轿车迎面开了过来，司机不住地按着喇叭。

田媛芳眼见着凌丽就要撞到了轿车，她一个鱼跃，飞身向着凌丽扑了过去，从后面拦腰抱住了凌丽，"啪"的一声，将凌丽重重地摔倒在地。田媛芳抱着凌丽就势一个翻滚，两人"骨碌碌"滚到了路边的草坪里。

"嘎吱！"轿车司机一个急刹车，手心里冒出了冷汗。

"凌丽，你不要这样，我们真是来搭救你的！"田媛芳从车轮下挽救了即将撞车的凌丽，她搀扶着凌丽回到了宋雅萍的屋内。

"凌丽，你让我找得好苦啊！"华博一把抱住狼狈不堪的凌丽，流下了眼泪。

屋内死一般的寂静，只有华博久久不停的抽泣声。

华博一会儿端详着凌丽憔悴的面容，一会儿又抚着她银丝一般的白发，他紧紧地抱着凌丽，颤抖着声音说道："凌丽，我们回家吧！"

凌丽闭着眼睛倒在了华博的怀抱里，她此刻的心情就如大海中的波涛，汹涌澎湃地翻滚着，她怎么也想不到，会在这种场合见到她想白了头发的华博。14年来，她不止一次地幻想着华博会站在她的面前；她在幻觉中总觉得华博在拥抱着自己。如今，她听到了华博的心跳，闻到了华博身上的汗味，竟像是在梦境中。她不愿意睁开眼睛，她软软地倒在华博温暖的怀里，觉得时光如果能够倒流该有多好。

"凌丽，你睁开眼睛看看我，我日思夜想，终于见到了你！我再也不能离开你！"华博哽咽着，将凌丽越抱越紧。

"凌丽，你还记得那句老话吗？有情人千里来相会，无情人对面不相逢。你与华博之间既有深厚的感情，又有朦胧的爱情；你们之间既能相互理解，又有互相误解；在你们身上，各自都保留着清白，但又无法表白；你们虽然饱受着屈辱，但却从来没有丧失良知。你们以不同的方式离开了祖国，颠沛流离在异国他乡，但你们的内心却始终在息息相通；你们失去了青春，吃了太多的苦、遭了太多的罪；你们忍辱负重，在等待着公平与正义的到来。今天，真相大白了，正义已经来到了你们的身边。"李彪站在了凌丽和华博的身旁，他看着这一对儿生死相依的中年人，激动地说道。

凌丽慢慢睁开了眼睛，她顺着声音望去，一眼看到了激动万分的李彪，她眼窝里滚动着泪花，哽咽着声音说道："李大哥，谢谢你！你怎么也来了？"

"凌丽，我们来了，我们是来匡扶正义的！"李彪大声说道。

"华博哥！"凌丽叫了一声华博，一股暖流瞬间涌遍全身，她用头使劲地磕着华博的前胸，就像"白毛女"见到了"大春哥"；就像迷失的孩子，又回到了亲人身边。

"原来你们都认识啊！这也太巧了吧！"宋雅萍站起身来，欢快地说着。

"华博，你老了！"凌丽和华博并肩坐在了沙发里，她深情地望着华博苍老的脸，禁不住潸然泪下。

"凌丽，你虽然头发白了，可我看到的仍是在我心中飘逸的秀发，你刚才一进屋，我就认出了你。"华博脸上露出了久违的笑容，他捧着凌丽漂亮的脸蛋，就像得到了失而复得的宝贝，久久不愿撒手。

"华博，14年来，我每天都在想着你，时刻都在惦记你。刚才一进屋我看到了你，还以为你又被他们绑架了，又来追杀我呢！"凌丽温情地对华博说着。

"华博，你一定是看到了我留给你的信，才没有误解我吧？"凌丽清了清嗓子，忽闪着漂亮的眸子轻声问着华博。

"凌丽，你当年留给我的是一封无字信，我至今都不知道你写无字信的意思是什么？"华博一下子想到了凌丽留给他的那封无字信，他不解地问着凌丽，双手仍然捧着凌丽的脸。

"无字信？"凌丽稍微愣了一下神儿，很快又"咯咯"地笑了起来。

"什么无字信呀？我在信中告诉你，我受到了钱同一伙人的威胁，钱同背后的黑手是贾放。我要去找露西，只有找到了露西，才能为你洗清冤屈。"凌丽喜笑颜开地说着，白皙的面颊里露出了久违的光芒。

"哦，你写了这么多内容？可我看到的只是连一个字都没有的一张白纸呀！"华博吃惊地看着凌丽说道。

"你这个书呆子，你忘了我们一起看过的老电影吗？当年地下党传递情报时，不都是用这种写无字信的方式来保守秘密吗？"凌丽仍在"咯咯"地笑着，笑得是那样开心。

"啊？对对对，我想起来了，原来你是用白醋写的信呀！"华博突然恍然大悟，他不住地拍着自己的脑门，暗暗地责怪着自己的智商。

"是呀！你只要用蜡烛烤一烤，不就能看到信的内容了吗？"凌丽用手指点着华博的额头，竟笑出了眼泪。

"哎呀！我真呆！我真傻！"华博不住地跺着脚，羞愧的有个地缝都能钻进去。

"华博，你不是说等见到了凌丽，要问她为什么陷害你？问她还有没有良心吗？怎么不见你开口问她？"田媛芳看着这一对儿历经坎坷、仍真心相爱的情人，内心中也充满了喜悦，她当着凌丽的面，揭着华博的短。

"唉！度尽劫波真情在，相逢一笑泯恩仇！都这么一把年纪了，哪还有什么情仇？"华博不好意思地低下了头。

凌丽瞥了一眼面色难看的华博，又将目光转向了客厅内的其他人。当她的目光与坐在角落里的孟云长相碰撞时，脸色"唰"地一下子沉了下来。

凌丽板起了面孔，吃惊地问着垂头丧气的孟云长："你怎么在这儿？"

孟云长歉意地站起身来，憋红了脸才挤出一句话："我，我……我是来给你们道喜的。"

"哈哈哈。"孟云长的回答引来了大家的一片笑声。

孟云长低着头，脸"腾"地一下红到了脖子根。

第 63 章
石破天惊

———————

"李同志，我向你举报一起杀人案，算不算是我有立功表现？"孟云长翻着眼皮问着李彪。

"老孟，你怎么还和我讨价还价起来了？别废话，赶紧说是怎么回事？"李彪没好气地说着孟云长。

"李同志，我突然想起了一件事儿，你知道秦山市有一个叫于得水的人吗？"孟云长神秘兮兮地问着李彪。

"知道啊！于得水是原来秦山市的建委主任，10年前他神秘地失踪了。"李彪对孟云长点着头。

"于得水不是失踪，他是被人杀害了！"孟云长环视了一下四周，小声对李彪说道。

李彪听了孟云长没头没脑的话，大吃一惊！他一把抓住孟云长的肩膀，急迫地问道："老孟，你说什么？"

"李同志，我不但知道他是被杀了，还知道是什么人杀了他！"孟云长将李彪拉到了一边，神神秘秘地说道。

李彪听了孟云长的话，一下子愣住了。他在调到省纪委之前，一直在秦山市公安局工作，于得水失踪的那会儿，他正在刑警大队当副大队长，怎能不知道此事。一个有着"五虎上将"雅号的秦山市建委主任，一个响当当的实权人物，谁人不知？谁人不晓？李彪想起了10年前，在刑警大队值班的那个夜晚，他曾经亲自接到过于得水妻子打来的报案电话。

李彪的思绪一下子又回到了10年前，眼前仿佛又出现了那个令人疑惑不解的夜晚，于得水妻子的报案声，似乎又响在了他的耳边。

"丁零零，丁零零。"刑警大队的红色报警电话突然响起了急促的铃声。

"您好，这里是秦山市公安局刑警大队，有事请讲！"李彪迅速抓起电话，冲着电话听筒说道。

"我，我是市建委于得水主任的妻子，于得水今天晚上没有回家，他可能是被人绑架了！你们快去解救他呀！"于得水的妻子在电话里吞吞吐吐地说道。

李彪正要问个究竟，电话里却传出了"嘟嘟"的忙音。

李彪觉得有些奇怪，他和于得水虽然不是很熟悉，但于得水"五虎上将"的大名他早有耳闻，李彪感到这个报案电话有些奇怪。

"丁零零，丁零零。"过了好长时间，报警电话再次响起了铃声。

"我，我是于得水的妻子，于得水一定是被人杀害了！你们快去抓凶手呀！"于得水妻子的声音变得有些焦急，电话里同时传出了她的阵阵哭泣声。

李彪急了！他正要开口问话，电话里再次传出了"嘟嘟"的忙音。

李彪预感到于得水可能真的出了事，他连忙查看了报警电话的来电显示，发现两次报警电话竟然是两个不同的电话号码。第一个来电是一部座机；第二个来电是一部手机。李彪按这两个来电号码，分别回拨了过去，可是两个电话都没有接通。

"丁零零，丁零零。"次日凌晨，刑警大队的报警电话再次响起了急促的铃声。

"我，我是于得水的妻子，我家老于外出了！原谅我冒冒失失地给你们打了报警电话。抱歉！抱歉！"于得水妻子在电话里的声音不再是惊慌失措，她的这个电话等于是撤销了她昨夜的两次报警。

"怎么回事？怎么这么蹊跷？"李彪放下电话，觉得于得水妻子的三次来电，既莫名其妙又不可思议。

李彪放心不下，在侦办案件过程中，他总有一股子打破砂锅问到底的韧劲儿，于是他按照来电显示，再次回拨了这三个电话号码，可三个来电号码还是没有一个能够接通。李彪按照座机电话号码的登记地址，找到了于得水的家，可看到的却是门前"北江省国土资源局驻秦山市办事处"的牌子和屋内窗户挂着的厚厚窗帘……

李彪回忆着10年前他获知于得水失踪消息时的情景，紧接着，他的脑海又浮现出两个多月前，秦山市出现的"操场埋尸案"。

两个月前，李彪还是秦山市公安局主管刑侦工作的副局长，这一天，他的手机突然传来有节奏的电话铃声。

李彪接通了电话，电话听筒里立即传来了刑警大队值班员的紧急报告："李副局长，在秦山市一所小学的操场地下，挖出了一具尸骸！"李彪接到报警，立即带领刑侦技术人员赶往操场埋尸的案发现场。

秦山市惊现了"操场埋尸"案，消息不胫而走，人们街谈巷议猜测着案发的时间和死者的身份，一时间流言四起，各种版本传遍了大街小巷。

几天以后，刑侦技术人员将一份检验报告送到了李彪的眼前："李副局长，经过 DNA 鉴定，操场埋尸的尸骸是 10 年前失踪的市建委主任于得水。"

李彪仔细看着检验报告，一下子想到了于得水妻子的报案电话。

李彪从回忆中缓过神儿来，他上前一步，一把抓住孟云长的肩膀，大声问道："老孟，你快告诉我，你怎么知道于得水是被人杀害的？"

"李同志，前不久，我在西雅图见到过于得水的妻子，是她亲口告诉我的。"孟云长镇定了一下情绪，极为认真地说道。

"老孟，你在西雅图见到了于得水的妻子？你认识于得水的妻子吗？"李彪紧盯着孟云长那张苍白的脸问道。

"于得水和他的妻子都来我们医院看过病，我还是他们不错的朋友，我怎么能不认识她？10 年前，当我听说老于失踪的消息以后，曾多次给他妻子打过电话，想要打听一下他是怎么失踪的？可他妻子的电话始终是关机状态。"孟云长向李彪叙述了他和于得水认识的经过。

"老孟，你快告诉我，你和于得水妻子的见面经过？她是怎么来到西雅图的？又是怎么知道于得水被人杀害的？"李彪急不可耐地询问着孟云长。

"李同志，我和她见面纯属是一个偶然。那天，我在西雅图华侨商会的'杏坛苑'正在听一个华侨讲国学，一回头，便看到了坐在角落里的于得水妻子。当时我也很纳闷，她怎么也来到了西雅图？我想向她打听于得水的下落，就站起身来走到了她的身边。她可能也看清了我，离开座位转身离开了'杏坛苑'。"孟云长绘声绘色地对李彪讲起了见到于得水妻子的经过。

"弟妹,你慢点走,我是孟云长啊!"孟云长追着于得水的妻子,出了"杏坛苑",在后面不住地喊着。

于得水的妻子听到了身后的喊声,慢慢地停住脚步,两人在一棵高大的古槐树下对视了起来。

"弟妹,果然是你呀!我们竟然能在这里相见,太意外了,这个世界真是太小了!"孟云长笑呵呵地与于得水的妻子拉着话。

"大哥,您怎么也到了西雅图?"于得水的妻子面色灰暗,她带着沙哑的声音问着孟云长。

"我,我是来西雅图看望亲戚的。"孟云长对于得水的妻子说着谎。

"弟妹,你是怎么来到西雅图的?老于呢?我10年前听说他失踪的消息后,给你打过许多次电话,可你的电话总是关机,快告诉我老于现在在哪里?他是不是跟你一起来的?"孟云长关切地问着于得水的妻子。

"大哥,老于被人杀害了!我是偷着逃出秦山,来西雅图找我儿子的。我儿子原来在西雅图留学,现在他已经成家了,我和儿子都不相信老于会被害,可都10年了,他一点音信都没有。我和儿子相依为命,苦苦地等了他10年,他要是活着,早就应该来西雅图找我们。"于得水妻子说着,伤心地哭出了声。

"弟妹,你能确定于得水是被人杀害的吗?你快告诉我,是什么人杀害了于得水?"孟云长不敢相信自己的耳朵,他不能相信于得水会被害,于是,他刨根问底地追问着。

"大哥,你认识秦山市公安局的甄实吗?"于得水妻子止住了哭声,含着眼泪问着孟云长。

"弟妹,我不认识这个人。难道是他杀害了老于吗?"孟云长着急地问道。

"大哥,是不是他杀害了老于我不能确定,但老于之死与他脱不了干系。甄实和老于曾经是多年的好朋友,为了秦山副城的一个工程项目,他和老于反目成仇。甄实勾结了黑社会的流氓,半夜闯进了我家威胁老于,让老于动迁一个地块。那个地块原来是秦山市郊的秦山湖,甄实收了工地的垃圾填充了秦山湖,目的就是要骗政府的动迁款。老于不从,那帮流氓就当着老于的面欲强暴我,老于无奈,就只好答应了他们,可老于哪有那么大的权力,能够动迁那么大的地块呀?于是,老于就找到了市长钱同,在此之前,钱同曾经暗示过老于,让他把有轨电车以'轨道交通'的名义引入秦山机场,老于就趁机规划了有轨电车通过甄实填湖那块地,进入秦山机场的设计方案。如果钱同批准了这个方案，甄实的那个地块就能够被动迁，老于就能够不再受到甄实的威胁。"于得水的妻子对孟云长说着于得水被害的背景。

"哦，我说老于失踪有些蹊跷吗！"孟云长嘴里嘟囔道。

"我刚才说的那个'轨道交通'，是钱同勾结一个名叫施罗德的德国商人，暗箱操作获得的项目，他们之间的秘密老于是知道的。可老于将这个方案送到钱同市长手里以后，却迟迟得不到钱同的回复，而且还受到了钱同的冷落。老于实在沉不住气了，就找人在网上发布了钱同与施罗德权钱交易的帖子，钱同这个心狠手辣的家伙，他不但让沈寒冰抓了发帖人，还把老于带到了公安局要兴师问罪。老于从公安局回来以后，跟我说出了钱同与施罗德的黑幕，可第二天他就失踪了。老于失踪以后，我打电话向公安机关报了案，可没过多大一会儿，我家里又闯进了一伙流氓，他们威逼我给公安机关打电话撤案，还让我迅速离开秦山市远走高飞，否则就要杀了我。就这样，我逃离了秦山来到了西雅图。"于得水的妻子向孟云长哭诉着于得水被害的经过。

"李同志，这就是我与于得水妻子见面的经过。"孟云长一口气向李彪描绘了他与于得水妻子见面的经过。

"老孟，你说的情况是真实的吗？"李彪半信半疑地问着孟云长。

"李同志，情况是否真实？我不敢保证，但我敢保证我向你说的每一句话，都是于得水妻子亲口对我说的原话。"孟云长十分肯定地对李彪说道。

"于得水的妻子还向你说了些什么？"田媛芳在一旁插话问道。

"她向我说完这些话以后，看了看手表，唱着歌离开了我。"孟云长又在做着补充。

"她还唱着歌？她唱的是什么歌？"田媛芳更加好奇。

"她唱的就是李叔同那首著名的《送别》。"孟云长说着，站起身来竟轻轻地哼起了《送别》。

长亭外，古道边，芳草碧连天。晚风拂柳笛声残，夕阳山外山。天之涯，地之角，知交半零落。一瓢浊酒尽余欢，今宵别梦寒。

草碧色，水绿波，南浦伤如何。人生难得是欢聚，唯有别离多。情千缕，酒一杯，声声离笛催。问君此去几时来，来时莫徘徊。

孟云长学着于得水妻子的样子，一步三回头地唱着，声音由哽咽变成了抽泣。

"得水老弟，你听到了吗？你的妻子天天在以泪洗面，她在给你唱歌呢！"孟云长满脸泪水地唱完了《送别》，心中的悲伤瞬间写在了脸上。

李彪听完孟云长的讲述，眼圈红了起来，他紧锁眉头，把牙咬得"咯吱"直响。

于得水死了！他的妻子疯了！"操场埋尸案"露出了端倪，李彪把于得水妻子的话，又重新玩味了一下，觉得于得水被杀害一案，已经有了准确的破案线索。

"甄实、钱同、贾放，你们都是一帮什么货色！"李彪自言自语着，他愤怒地攥紧了拳头，"咚"的一声，将拳头重重地砸在了茶几上。

田媛芳看着李彪愤怒的表情，知道李彪要动手抓贾放了。于是，她来到凌丽的身边，向她问着贾放的下落："凌丽，贾放一个多月以前出逃了，据我们掌握的情况，他极有可能已经到了西雅图来投奔露西。宋雅萍说你以前在露西家做过保姆，她的情况你也应该有一定的了解，所以我想问问你，你听露西说过贾放这个人吗？"

"哦，原来你们是到西雅图来追踪贾放的呀！"凌丽恍然大悟。

"一个多月以前，我正在雅萍家带孩子玩儿，突然接到了露西要我去她家的电话。"凌丽说着，又回想起一个月以前，她见到贾放时的情景。

"美红，这是我的车钥匙和手机，你替我到机场去接一个朋友，他飞机落地的时候会打这个电话，这是我和他的专用电话，没有外人知道。你接到他以后，就把他送到公寓。"露西神叨叨地对凌丽说着。

"你朋友要是问起你为什么没来接他时，我怎么说？"凌丽问着露西。

"你就说我乘坐爱丽丝游轮去周游世界去了，一时半会儿回不来。我这部手机就放在你手里，他要找我，你就先替我应酬着，然后咱俩通话再说。"露西对凌丽做着安排。

凌丽按照露西的指点来到了西雅图塔科马机场，她站在接机口等着露西朋友的来电。

"丁零零，丁零零。"凌丽听见了电话铃响，她掏出手机一看，手机的来电显示竟是贾放的名字。

"贾放啊，贾放！我历经艰辛14年，吃尽了苦、遭尽了罪，好端端的一个大姑娘都被折磨成'白毛女'了，这难道不是你亲手造成的吗？我忍气吞声地在等着你，今天你终于露头了，我要活剥了你的皮，生吃了你的肉。"凌丽双手攥着拳头，在接机口来回转着圈。

凌丽想到了报警，她在左右环视寻找着警察，她看到不远处的一名白人警察，她疾步向着警察走去。

"这位女士，你有什么需要帮助的吗？"白人警察用英语问着凌丽。

"丁零零，丁零零。"凌丽手里的专用手机又响起了急促的铃声。

凌丽下意识地按到了免提。

"露西吗？我在出口呢，怎么没有见到你？"电话里传来了一个男人的声音。

"我，我也在出口。"凌丽不由自主地说着。

"露西，怎么不像是你的声音，是你吗？"男人在电话里问着。

凌丽歉意地向白人警察摆了摆手，又返回了接站出口。只见一个个子不高、身体消瘦的白发老妪手里拿着手机，正在东张西望地找着人。

"你是贾先生？"凌丽看着白发老妪手里拿着的手机，又看了看自己手中的手机，她确信眼前的白发老妪就是她要接机的贾放。

"你是？你是谁？""白发老妪"问着凌丽。

"我是露西的朋友，是她让我来接您的。"凌丽与贾放打着招呼，如果她不知道贾放是什么人，还真以为他就是一位老妪。

"哦，我们走吧。"贾放也确认了凌丽就是来接他的以后，催促着凌丽离开了机场。

"露西自己怎么不来接我？"贾放坐上了凌丽开着的轿车，开口问道。

"她现在正在'爱丽丝'号游轮上，几个月前，她就订好了周游世界的这次行程。"凌丽在倒车镜里瞅着贾放，此时，她才意识到贾放是化装出逃来到的西雅图。

凌丽将贾放送到了露西租好的公寓，她发现贾放竟然连个行李都没有带。

"你怎么把我送到这儿来啦？这也不是露西的家呀。"贾放环视了一下公寓，没好气地问着凌丽。

"这我就不太知道了，这是露西让我给您准备的生活用品，您如果没有别的需求就先休息吧，我告辞啦！"凌丽说着，转身离开了贾放，她多一句话都不想与他聊。

第 64 章
遭到软禁

————

贾放望着凌丽离去的背影，心里顿生疑窦。

"她是什么人？露西为什么会让她来接我，还把我送进了公寓？我的别墅呢？我的露西呢？难道她真的去周游世界了？不行，我得查一查爱丽丝号游艇的航海图，核实一下这个游艇上是不是有露西这个游客。"

贾放想到这儿，立即喊了一声："沈括！"

喊完了沈括的名字后，贾放自己都觉得好笑，此时，自己已经成了孤家寡人，身旁哪还有随叫随到的秘书呀！贾放在暗自嘲笑自己。

贾放一挠脑袋，发现了头上的一缕缕银丝。哎哟，怎么忘了卸妆了！贾放自然地冷笑了一下，赶忙走进了卫生间，他对着穿衣镜慢慢地摘下了伪装。

贾放卸了妆，站在了淋浴花洒下面，打开了水龙头，"哗哗"的热水冲刷着他赤裸的身体。

"现在是北京时间的星期天，美国与中国有一天的时差。"贾放嘴里嘟囔着，调整着水温。

"现在还不能有人发现我失踪，他们发现我失踪的时间，最早应该在周一早晨上班以后，他们发现以后会做出什么举动？封锁机场？全国通缉？唉！我又不是逃犯，通缉我干什么？管他呢，反正我已经平安到了自由世界，再也不必考虑那些堆在案牍上的烦心琐事啦。一想到即将开始的新生活，贾放觉得浑身上下异常的轻松。

"当当当，当当当"，贾放听到了敲门声，他披着睡衣走到了门口。

"哦，我的露西来了！"贾放心里想着露西，嘴里念叨着露西的名字，伸手去开门。

"你？"贾放打开了房门，他没有看见露西，却看见了一个身体圆润的大胖子。

"哈哈，尊敬的贾副省长，果然是您呀！"大胖子笑呵呵地说着，不用贾放说请，自己就迈进了屋门。

"你是什么人？"贾放机警地问道。

"贾省长，您肯定不认识我，可我却认识您！我听过您的报告，受过您的接见，还与您有过合影呢！"大胖子絮絮叨叨地说着。

"你到底是谁？我对你怎么一点印象也没有。"贾放皱着眉头问道。

"贾省长，我是北江省秦山市公安局交警支队的支队长，我叫甄实。当年您在秦山市当书记的时候，我只是一个科长，您当然不认识我啦。"甄实自报着家门。

"哦，是甄支队长呀！听说过，听说过！"贾放也似乎想起了甄实，于是他放松了警惕。

"贾省长，您怎么一个人偷偷摸摸地跑到了西雅图？您是不是出了什么事儿？"甄实问着贾放。

"谁说我出事儿了？我才不会出事儿呢！"贾放板起了面孔，打起了官腔。

"贾省长，您就别再跟我端架子了，不是出了事儿，堂堂正正的副省长大人，怎么能化装成一个老太太？"甄实揭着贾放的老底。

"瞎说，我什么时候化装了？我贾放行不更名、坐不改姓，还至于化装出逃吗？"贾放虽然放下了一点架子，却提高了一丝声调。

"贾省长，您就别再装腔作势了。在国内，您是一言九鼎的省长；在国外，我们都是浪迹天涯的盲流。同是天涯沦落人，相逢何必曾相识呢！刚才我也在机场接人，一个照面我就认出了您，别说您化装成一个老太太，您就是化装成美国总统，我也能辨出真伪。您可别忘了，我是公安出身，有着一双火眼金睛，什么事也瞒不过我的眼睛。"贾放见甄实揭开了自己伪装的面纱，顿时像一个泄了气的皮球，一屁股坐在了沙发里。

"甄实，你也是偷着跑出来的吗？又是因为什么事儿跑的？"贾放学着甄实刚才对他说话时的口气，问着甄实。

"贾省长，我是10年前跑出来的，您知道秦山湖被填的事情吧？不瞒您说，那件事儿就是我干的。我原以为于得水能把那块地给动迁了，我可以顺利得到补偿款，没想到他却'失踪'了。我一看事情有些不妙，就又向银行贷点款，带着老婆孩子跑到了西雅图。"甄实说着，坐在了贾放的身旁。

"哦，原来秦山湖是被你填上的呀！你小子也太坏了，我现在就通知省公安厅抓你。"贾放厉声说着，伸手就去掏手机，可掏了半天才发现自己正穿着睡衣。

"哈哈哈，贾省长，您也太有意思了，这是在美国，您在这里不是什么省长，您和我一样都是逃犯。"甄实"哈哈"笑着，差点把眼泪都笑出来。

贾放意识到自己还没有走出副省长的角色，于是，瘫坐在沙发里闭上了眼睛，"呼呼"地喘起了粗气。

"贾省长，您怎么住在这儿？您到西雅图是来投靠什么人的？"甄实瞅了瞅贾放，又瞧了瞧屋内的陈设，说着他内心的疑虑。

贾放轻轻揉着太阳穴，琢磨着该怎样回答甄实的问话，他本想说是来投靠妻子的，可他又一想，甄实既然已经认出了自己，也一定会知道于清华才是我的妻子。于是他直接说出了实话："我女朋友出国旅游了，临时在这儿住几天。"

"贾省长，刚才送您来的那位女士是谁呀？我怎么看她像是一个苦大仇深的'白毛女'！"甄实又问道。

"你见到她了？"贾放闭着眼睛问。

"我看她走了，才进来敲您的门。"甄实回答道。

"她是我女朋友派来接我的，我也不认识她。"贾放说道。

"贾省长，要不您跟我到我那边去住吧，我公司那边有不错的客房，比这儿条件好得多。我可以陪您聊天、喝茶，还可以天天请您喝酒，让您舒舒服服地过好每一天。"甄实向贾放献着殷勤。

"不麻烦你了，我在这儿休息几天，等我女朋友回来就好了。"贾放摆着手说道。

"贾省长，俗话说：老乡见老乡，两眼泪汪汪。更何况我们还都在异国他乡，到我那里认认门儿，也不耽误您见女朋友啊！"甄实恳切地劝着贾放。

贾放一想，露西还不一定什么时间回来，甄实又热情邀请，也就借坡下驴地说道："谢谢老弟，那就恭敬不如从命啦！"

甄实安排贾放住进了他的高级客房后，回到了他的办公室，立即将一位40多岁的女记者叫了过来。

"老妹，今天我在机场看见了我们北江省的副省长贾放，我把他骗到了我们公司的客房安顿了下来。你明天就去采访他，把他知道的秘密一点一点地套出来，你妙笔生花再一渲染，我们就不愁没有爆料的内容啦。"甄实神秘地对女记者说道。

"好哇，老板，您真有办法。我们最近的'华语之声'视频非常火爆，尤其是您的两次直播，在华人中产生了共鸣，流量迅速增长。如果再有了省长的爆料还不得爆款呀！只要线上流量上来了，我们的粉丝就会增加，自然而然也就会有人找我们做广告了。下一步我再推送线下配送，生意就会越做越大。"女记者咧着嘴笑着说道。

第二天一大早，甄实领着女记者来到了贾放的面前。

"贾省长，这位女士是国内过来的记者，她的文笔非常好，对您的经历也十分感兴趣，您接受一下她的采访，让她帮您写一写回忆录吧。"甄实将女记者介绍给了贾放。

"不用，不用。我在这儿住几天，我女朋友就回来了。我在西雅图有别墅。等她回来，我请你们到我家里做客。"贾放拒绝着甄实。

"贾省长，您把手机交给我，我去给手机充电，等您女朋友来电话以后，我就送您回家。"甄实说着，将贾放放在茶几上的手机揣在了兜里，又向女记者使了一个眼色，转身离开了贾放。

"贾省长，我陪您去吃早饭吧。"女记者说着，拉着贾放去了餐厅。

"贾省长，您是什么时候到的西雅图？"女记者一边陪贾放吃着早餐，一边与他聊着天。

"昨天到的，你是哪的记者？"贾放警觉地问道。

"我是'华语之声'频道的记者，我们这个频道在北美影响很大，国内也有很多听众在翻墙收听、收看我们的节目。您可以把您的经历讲给我听，在美国，公民的言论是自由的，您想说什么就可以说什么。如果您感兴趣，我还可以把您对我的谈话整理成回忆录，在美国出版发行，我相信一定会大卖。"女记者喜笑颜开地对贾放说着。

贾放一听"华语之声"几个字，脸色顿时变得苍白，他草草地吃了几口早餐，便回到了客房。

贾放曾经在一份舆情内参上看到过"华语之声"这个名字，他知道这是一家境外的自媒体，也知道这是一个辱华的节目。但他万万没有想到，这个节目竟然是甄实一伙人经营的，他不想接触境外侮辱自己同胞的媒体，更不想授人以柄，充当反对自己国家的大喇叭。

贾放躺在沙发里，枕着自己的双手，眼望屋顶的天花板思索着他的人生。

贾放在官场上游刃有余地混了30多年，能够从副处级的副市长一路飙升成为副省长，是有他的过人之处的。贾放智慧超群、能力出众，既有发现问题的能力，又有解决问题的办法；上级领导欣赏他的才华，下级公务员敬佩他的能力。他虽然性格有些孤僻，但外表看上去却平易近人，让人很难揣摩他的内心世界，更没有人能够了解他做人做事的"三准则"。贾放的"三准则"是他的处世哲学，那就是"稳、准、狠。"

贾放做事临危不惧、举重若轻；谨小慎微、不留痕迹。这是他的"稳"。

贾放看事高瞻远瞩、料事如神；审时度势、见微知著。体现了他的"准"。

贾放处事睚眦必报、不择手段；出手果断、斩草除根。暗藏了他的"狠"。

贾放稳、准、狠的作风，在他得心应手布局的三件大事中，便可窥见一斑。

露西是贾放精心培养的"白手套"。只是一个偶然的见面机会，贾放就能将露西稳稳地收入囊中，为他将国企窃为己有冲锋陷阵，为他掌握了一辈子也花不完的钱袋子。

赵月亮是贾放的内弟。他从小就在贾放的身边长大，贾放对他的脾气秉性了如指掌，贾放准确地把握了赵月亮好冲动的特点，及时为他消除了后院起火的隐患，为他平步青云铺平了道路。

华博是贾放发现的人才。用华博来元亨制药厂救火时，贾放招之即来；华博一旦触动他的利益，贾放挥之即去，对华博下起手来，连眼睛都不眨一下。

"光阴荏苒，岁月如梭，岁月真是不饶人啊！"贾放嘴里念叨着，他又想到了元亨制药厂的变迁：元亨制药厂由国企变成他的私企时，还是一个负债累累的破产企业。经过华博的精心改造，元亨制药厂变成了元亨制药有限责任公司，企业出现了转机；如今，大股东江南制药收购了元亨，元亨制药有限责任公司又改为了股份有限公司，成为资本市场的上市公司，大把大把的金票源源不断地流进了他的腰包。

贾放慨叹着沧桑巨变，他更赞叹着自己的惊人杰作。他在沾沾自喜，他在得意地等待着与露西编织美梦的时刻。

"当当当，当当当"，一阵敲门声打断了贾放的思绪。

"贾省长，我这里的生活条件是不是比您那边的公寓强多了？过两天，我再给您安排一个大办公室，按照您原来办公室的样子，给您复制一个省长办公室，不，一定得比您原来的办公室还要气派。"甄实夸着海口对贾放说着。

"不必了，谢谢你的好意，我在这儿住几天就要回家啦。"贾放冷冷地说道。

"贾省长，我怎么看您有点不高兴的样子？我们记者说了，您好像不太愿意写回忆录。不过也没关系，您能配合她采访也可以，您要是不愿意出镜，出声音也行，如果您对出声音还有顾虑，我可以把您的声音做音效处理，保证谁也听不出来您的声音。"甄实嬉皮笑脸地说着。

"甄实，你也是中国人，干吗非得干那些祸害国家的事情呢？"贾放毫不客气地说着甄实。

"贾省长，实话跟您说，我这也是被逼出来。我来西雅图都快10年了，连个身份都混不上，我带来的那点积蓄早就花光了，您让我怎么生活？头几年，我整了一个电商购物平台，圈了一点钱，可时间长了，诈骗那点把戏就被人看穿了。购物做不下去了，后来有人又给我出了主意，让我搞直播，我干这件事就是为了迎合美国的需要，就是为了寻求政治避难、混上身份，只有有了美国身份，才可以享受各种生活保障，至于祸不祸害国家？我想那么多干吗！"甄实毫无廉耻地说着。

"你想怎么样，我管不了，也不想管，反正我不参与。你把我的手机还给我，我要等电话回家。"贾放没好气地说道。

"贾省长，您不要这么固执吗！您再好好想一想，我晚上陪您喝点酒。"甄实见贾放没有答应与他配合，自讨了个没趣，一甩手离开了客房。

"看着他！告诉门卫，不能让他走出我们的院门。"甄实对手下人吩咐道。

贾放被软禁了！

餐厅与客房成了贾放的两点一线，他最多也就能在院子里面散散步。贾放身上没带钱，手里又没有电话，举目无亲地徘徊在了甄实的客房周围。除了那个要采访他的女记者以外，他不能与任何人说话。

一个星期过去了，甄实又来到了贾放的客房。

"贾省长，这几天过得好吗？"甄实问着贾放。

"甄实，你也太不仗义了吧！我这不是被你软禁了吗？"贾放板着脸问着甄实。

"贾省长，话不能这么说，我天天供您吃喝，还有女记者陪您唠嗑，怎么能叫软禁？"甄实晃动着肥胖的身体说道。

"甄实，你把手机还给我，送我回去。我不会接受什么采访，更不会和你同流合污，你就死了这条心吧！"贾放严肃地对甄实说着。

"贾省长，您先别封口呀！您看看我上次直播的爆料，我亮出了于得水给我动迁的承诺书，您说说看，动迁还八字没有一撇，建委主任却给我许下了征地的承诺，这不是暗箱操作是什么？这不是出卖土地资源的权钱交易又是什么？国外对我的揭露非常感兴趣，您看看这些上万人的留言，效果都出乎想象。"甄实翻动着手机屏幕，给贾放做着讲解。

"我不看，我也不爆料。"贾放闭着眼睛说道。

"贾省长，我们换一种方式，我买您的爆料行吗？"甄实用手做着数钱的动作，问着贾放。

"不卖！放我回去。"贾放严词拒绝。

"贾省长，您要这么不识抬举，可别怪我不够意思了。"甄实把脸一沉，恶狠狠地说道。

"哼，甄实，美国可是法制社会，你还敢在光天化日之下杀了我不成？"贾放不甘示弱地说道。

"我不敢杀您，您现在这条烂命不值得我动手，我们走着瞧！"甄实说着，使劲一关屋门，离开了贾放。

甄实前脚出门，后脚就进屋一个美女。

"贾省长，您不要生气嘛！让我来陪陪您好吗？"美女一进屋便搂上了贾放的脖子。

"出去。"贾放手指着门口呵斥道。

"不嘛！"美女撒着娇，一件件地往下脱着衣服，紧接着就有人扛着摄像机开始录像。贾放赶紧跑进里屋插上了屋门。

美女和摄像师在外屋"哈哈"地狂笑着。

贾放倒在了床上，屋外那一阵阵笑声顷刻化作了甄实丑恶的嘴脸。

贾放开始装病了，他躺在床上不停地呻吟，他在等待露西早一点露面，尽早将他接回家。

第 65 章
露西露面

————

凌丽刚对李彪和田媛芳讲完她将贾放从机场接到公寓的经过，她手里的电话铃声便响了起来。

凌丽看了一眼来电显示，对李彪说道："李大哥，露西来电话了。"

"你问她在哪儿？我马上就要见到她。"李彪吩咐着凌丽。

凌丽打开了电话的免提，电话听筒里传出了露西的说话声："美红，老公和孩子都被我安顿到了加拿大，你把我的手机和车子送到家里来，我要去接我那个朋友过来，把房子、车子给他以后，我也要回加拿大啦。"

李彪一听露西已经回到了西雅图，便立即做了安排："华博，你和老孟跟我的助手一起回我们驻地去，他们在外面车上等着你们呢。"

"凌丽，你带我和媛芳去见露西。"李彪又对宋雅萍道了谢，他和田媛芳一起跟着凌丽，向露西家里赶了过去。

凌丽开着露西的轿车，带着李彪和田媛芳来到了露西住的别墅。别墅的院门开着，他们将车直接开到了屋门口，刚一下车就听到了屋里的歌声。

马桑树儿搭灯台哟，写封的书信，与耶姐带哟。郎去当兵，姐耶在家哟，我三五两年，不得来哟。你个儿移花耶，别处栽哟！

马桑树儿搭灯台哟，写封的书信，与耶郎带哟。你一年不来，我一年年等哟，你两年不来，我两年挨哟。钥匙不到，锁耶不开哟！

"这是露西最喜欢唱的一首他们家乡的湘西民歌，叫《马桑树儿搭灯台》。我在她家住了六七年，她高兴的时候唱，悲伤的时候也唱，歌中的'钥匙不到，锁不开'寄托了她当年对贾放的一片深情。"凌丽对李彪和田媛芳说着，按响了露西家的门铃。

"进来吧！"露西停止了歌唱，她冲着门口说道。

"露西，他们是北江省纪委、监察委的李彪和田媛芳。"凌丽向露西做着介绍。

露西坐在梳妆台前，双唇抿着刚涂抹的口红，头也不抬地对李彪和田媛芳说道："你们是来找贾放的吧？"

"露西，你怎么知道我们是来找贾放的？"田媛芳问着露西。

"贾放能突然来到西雅图，我就料定他肯定是出了事儿。人作有祸、天作有雨，他这是作到头了。"露西冷冷地说着。

李彪和田媛芳互相对视了一眼，他们在体会露西话中的含义。

露西仍然坐在梳妆台前画着眉毛，她对凌丽说道："凌丽，快招呼客人坐，你去冰箱里拿点冷饮过来。"

凌丽突然听到露西在叫着她的名字，瞬间瞪大了眼睛，她吃惊地问道："露西，你在跟谁说话？"

"呵呵，我的好大姐，你就不要再给我演戏啦，我早就知道你是凌丽。"露西朗声笑道。

"露西，你怎么知道我是凌丽的？"凌丽红着脸问道。

露西看了一眼满脸彤红的凌丽，眨着靓丽的眸子神秘地说道："凌丽，尽管你隐藏得很深，但在我面前还是露出了马脚。"

"露西，快告诉我，你是怎么发现我的？"凌丽不好意思地问着露西。

"凌丽，我知道你很聪明，可智者千虑必有一失。有一次，我意外地发现了你的小记事本，尽管你的小本本上写的都是暗语，可经常出现的 YH 和 JF 却告诉我，那是元亨和贾放的汉语拼音字头，所以我就怀疑上了你。后来，我找到了一些元亨制药公司的资料，看到了你的照片，你虽然变成了'白毛女'，但凌丽副总的内在气质是隐藏不住的。"露西笑着，揭穿了凌丽的伪装。

"我的头发不是故意伪装的，我是被你们熬成的'白毛女'。"凌丽见自己在露西面前露了馅，脸色羞得更加红润，她没好气地对露西说道。

"你们二位不要介意，我和凌丽姐相处这么多年，她在我面前总是装疯卖傻，不经意地从我嘴里套着贾放的事儿。今天我也得揭穿她，要不然她还会把我当成傻子。"露西看了李彪和田媛芳一眼说道。

"好啦，既然大家都知根知底了，我们就直来直去吧。贾放上个月突然来到西雅图找我，我就料定你们不久也会追踪到此，所以，我处理完了家务事就回来等你们。说吧，你们需要从我这儿了解到什么情况？"露西开门见山地说着。

"既然这样，我们就不用绕弯子了。"田媛芳坐在了露西的身旁说道。

"你们要了解贾放，还是要了解我？我完全配合。"露西坐在沙发里，伸手从茶几上拿起打火机，"嚓"地一下点燃了手里的香烟。

"露西，你先说说，你是怎么以一元钱收购元亨制药厂的吧？"田媛芳抛出了话题。

"那我得先从我认识贾放说起，免得你们会误解我。我原来的名字叫陆湘湘，是湖南湘西一个市医院的护士，我上班时间不长，就认识了来我们医院住院的贾放市长。贾放给我的第一印象很好，他和蔼可亲，又善解人意，一点大官的架子都没有。他很有学问，在住院期间给我讲了许多处世哲学，让我懂了很多原来不懂的大道理，我打心眼里尊敬他。后来，我们之间相处的时间长了，他提出要把我移民到美国，我兴奋得好几宿都睡不着觉。他还说将来让我帮他管钱，我顿时觉得天上掉下来一个大馅饼。我是1997年来西雅图投奔贾放同学的，是他同学帮我办了一个与美国人结婚的结婚证，我才获得了美国国籍。"露西毫不隐讳地说着她到美国的经过。

"2003年，贾放当上副省长以后，他让我回国到元亨制药厂去当厂长。我一到元亨制药厂就蒙了：几百名工人要开工资，工厂要生产，工厂外面还欠着债，我哪有能力去经营这个负债累累的企业？贾放见我要打退堂鼓，就给我出了一个向工人集资的主意，让我拿集资款来维持工厂的正常运转，然后他再想办法解决工厂面临的困境。当我看到我的第一张银行卡里已经有了好几百万元的存款后，我当时就乐得不得了，有了钱，我还当什么狗屁厂长？于是，我就带着这几百万元的集资款，回到西雅图买了这座别墅。"露西笑逐颜开地讲着她集资的经过。

"露西，你说是贾放让你集资的？"田媛芳眨着眼睛问着露西。

"没错，主意是他出的，可拿钱跑的却是我。我孤苦伶仃地在美国生活了五六年，天天给人家刷盘子洗碗，吃尽了苦、遭尽了罪，不就是因为没钱吗？让我当厂长去给他挣钱？我才不干呢！所以，我就拿着钱跑路了，反正有副省长在后面撑着，我什么都不怕。"露西使劲吸了一口烟，"咯咯"地笑着。

"露西，你就没有想一想，这几百万元钱可是工人们省吃俭用、口挪肚攒的养家糊口钱，你花他们的钱，难道就那么心安理得？"凌丽抢着露西的话问道。

"我又不认识他们，我才不心疼呢！不过，我相信贾放，他既然能有办法把一个制药厂弄到自己手里，也会有办法替我还钱。"露西嘴里哼着，吐出了一团烟雾。

"我卷走了几百万回到西雅图以后，消停了不到两年，贾放又让我回国去理顺股份，我就第二次去了秦山市。这时候，元亨制药厂已经被你们变成了元亨制药责任股份有限公司，我又重新从工人们手里收回了股份。"露西冲着凌丽挤着眼，从嘴里吐出了一长串烟圈。

"哼！"凌丽气得瞪了露西一眼，没有说话。

"我就是在这次回国时与贾放有了争吵。"露西翻着眼皮说着。

"哦？你们因为什么事情争吵？"田媛芳好奇地问着露西。

"我刚认识贾放的时候，他的妻子刚刚去世。他在湖南时说让我等他在秦山安顿好了以后，就和我结婚。可我一提起要与他结婚的事儿，他却告诉我，他已经娶了于清华，还让我继续给他当地下夫人。哼，亏他还能说出口！于是，我就与他吵了起来。你们知道，我们湖南的辣妹子天生就有天不怕、地不怕的火暴脾气，我可不管他是什么省长、市长的，我是黄花大姑娘，我要的是名分。贾放见我一闹没辙了，于是答应在今后元亨公司的收入中，给我30％的利润。我一想，反正事已至此，再闹下去也没有什么好处，就这样，我心灰意冷地又回到了西雅图。"露西说着，低下了头。

"听说，你还为他打过胎？"田媛芳想起了孟云长讲过露西去他们医院打胎的事儿，于是，她又问起了露西的隐私。

"这件事你们也知道？"露西问着田媛芳。

"露西，你所做的任何事情，我们都了如指掌。"田媛芳瞥了一眼露西说道。

"他不想和我结婚，我要他的孩子干什么？我打胎又不犯法。"露西将烟头往烟缸里使劲一按，气哼哼地说道。

"露西，你知不知道，你的所作所为已经成了贾放的帮凶？"李彪接过田媛芳的话茬问道。

"帮凶？我什么事情都没有参与过，怎么会是他的帮凶？"露西瞅了瞅李彪，表情很不自然地问道。

"贾放陷害了华博，又派钱同威胁我作伪证，害得我们颠沛流离了十几年，至今还背负着诬陷的罪名，你难道不知道？"凌丽站起身来，气愤地问着露西。

"那是贾放的杰作，与我没有任何关系。贾放难道会把他的所作所为都告诉我吗？在我看来，你才是华博的帮凶呢！"露西与凌丽做着争辩。

"露西，你说，我怎么成了帮凶？"凌丽上前一步，指着露西的鼻子问道。

"华博搞股份制改革，是不是你出的主意？你们凭什么把属于我的股份白白送给了那帮臭工人？如果你们当初通过我再分配股权，能得罪贾放吗？"露西说着也站起身来，质问起了凌丽。

"露西，你错怪华博了，当年，华博曾亲口告诉我，他技术入股的股份是给你预留的，只是联系不到你而已，就连我整天为他鞍前马后地忙活，都没有得到一分钱的股份。"凌丽拍着露西的肩膀说道。

"凌丽，我倒是要听听，你鞍前马后都忙活了什么？"露西冷静了一下，又坐回了沙发里，再次点燃了香烟。

"上海江南制药厂之所以融资元亨有限责任公司，是我引进的项目。如果没有上海江南制药厂入股融资，元亨能有今天的辉煌吗？你们能像现在这样过着花天酒地的生活吗？"凌丽看了一眼桀骜不驯的露西说道。

"拉倒吧！凌丽，你不要再自以为是了，好不好？你也不是不知道，你当年引进的那个上海江南制药厂早就被贾放叫停了。"露西头也不抬地抽着烟。

"胡说，上海江南制药厂与元亨有限责任公司是有一段时间终止了合作，可是后来他们还是投资了，现在的元亨工业园区，就是他们投资建成的，你怎么能不认账？"凌丽驳斥着露西。

"凌丽，看来你们还真是蒙在鼓里，看在你侍候我多年的分上，跟你说句实话吧！此江南制药厂早就非彼江南制药厂了，后来投资的江南制药厂，只是江南制药股份有限公司旗下的一个分厂，总公司仍在贾放的控制之下，你们都被他暗中算计啦。"露西嘴里吐出了一个更大的烟圈说道。

"什么？露西，你说什么呢？我怎么听不明白？"凌丽一脸茫然地问着露西。

"凌丽，你总是自作聪明，你太不了解贾放了。我实话对你讲，贾放是个绝顶聪明的人，你们看他整天笑容挂在脸上，一副正人君子的模样，他内心的花花肠子谁也看不透。"露西一边对凌丽说着，一边又把目光投向了李彪和田媛芳。

"露西，这是怎么回事？难道这里面还有别的猫腻吗？"田媛芳机警地问道。

"田小姐，我打胎的事情是谁告诉你的？你告诉我，我就对你说出实情。"露西睁着一只眼、闭着一只眼问着田媛芳。

田媛芳看着露西天真的样子，觉得很好笑，她淡淡地说道："是孟云长告诉我们的。"

"妈的，这帮家伙没一个好东西，说好了要替我保密，最后还是把我给出卖了。"露西嘴里骂着，低头看起了自己的脚尖。

"露西，贾放失踪以后，我们对他展开了周密的调查，如果不是发现了他的蛛丝马迹，我们是不会来西雅图找你的。人过留名、雁过留声，要想人不知、除非己莫为。贾放的花花肠子，我们已经看得一清二楚，我们这次来到西雅图，就是要把他带回国内，去接受法律的审判。"李彪见露西话里有话，便趁热打铁地给露西交着底。

"你们真要把他带回去吗？"露西紧盯着李彪急促地问道。

"当然，我们一定要把他带回国内，这一点是不容置疑的。"李彪语气坚定地说道。

"那可太好了，我还正愁没有办法摆脱他呢！"露西脸上立即露出了笑容。

"他是来投奔你的，你又为他准备好了房子、车子，又为什么要摆脱他？"田媛芳赶忙追问。

"我现在有了深爱我的老公，他是我的湖南老乡，他对我可比贾放对我好多了，我们现在还有了宝贝女儿。我早就不想再与贾放纠缠下去啦，反正我手里的钱也够我们花的，我可不愿意再给他担个'白手套'的名分啦。"露西一口一口地吸着烟说道。

"你不喜欢贾放了？"田媛芳故意奚落着露西。

"唉，人都是此一时彼一时！说句心里话，当年，我对贾放确实情有独钟，我喜欢他的稳重和智慧，更愿意听他给我唱的湖南民歌。当时，他声情并茂演唱的那首《挑担茶叶上北京》，深深打动了我的心，让我听得如醉如痴。"露西美滋滋地回味着贾放唱歌的样子，深情地说道。

"我喜欢听他唱歌，他也喜欢听我唱歌，他最喜欢听我唱《马桑树儿搭灯台》了。"露西说着竟又手舞足蹈地哼起了刚才唱的湖南民歌。

"唉，贾放真是一个人才，更是一个奇才呀！"露西情不自禁地说道。

"他刚从湖南调到北江省秦山市那会儿，一直在韬光养晦，连支付他小舅子的开销，都得靠借钱来维持。他当上副省长以后，发现制药行业潜藏着巨大的商机，又看到了国家国有企业改革的漏洞，便制定了一个《北江省国有制药企业改革实施细则》，他竟能按照我的自身条件，为我量身打造了收购元亨制药厂的文件，轻而易举地把元亨制药厂收到了我的囊中。不，是他的囊中。后来，令他意外的是，这个《细则》虽然成全了我们，但也让更多的人钻了空子。一时间，北江省上百个大小制药厂都流到了个人手中，从国有变成了民营。"露西慢吞吞地说着。

"这不是国有资产流失吗？"田媛芳气愤地说着。

"就算是吧！贾放是一个很自私的人，他不能让别人在他的碗里分羹，更不想让肥水都流到外人的田里。于是，他亲自去上海，游说了江南制药股份公司的老总，建立了江南制药行业集团，通过收购的方式，又将这些流失的制药厂一个个地都收到了江南制药集团的名下。这些药厂原来是国有，现在虽然变成了民营，但仍在江南一伙人的控制下，贾放仍在暗地里操控着北江省的制药业。"露西终于道破了天机。

"啊？"凌丽惊叫了一声，差点从沙发上滑落到地下。

"还不止这些，他们控制了全省的制药业，将药品卖出了天价，又像混雪球似的开始收购北江省的中、小型医院、诊所，形成了产销一条龙的'江南系'。上游有制药厂生产药品，下游又有医院经销药品，雪球滚了几年、十几年，'江南系'几乎控制了北江省的民营药厂和民营医院，一个庞大的'江南系'业已形成了强大的势力。"露西披露着贾放的秘密。

"我说北江省的小医院怎么这么火爆？原来这些都是一个旗帜下的派系呀！"田媛芳惊讶地说道。

"不仅如此，'江南系'为了实现利益最大化，还自建了网站，整天发着虚假的网文、软文，把'江南系'的药品吹得神乎其神；把'江南系'的医院包装成能够包医百病。只要上网搜搜，无一不是'江南系'，一些患者迷信'江南系'的神医神药，经不起各种低价'套餐'的诱惑，进入了'江南系'的圈套，轻者搭钱、重者致残甚至丧命。这个秘密也就是行业内极少数人知道。"露西一口气道出了贾放的全部秘密。

"这个万恶的'江南系'，他们官商勾结，穿着合法的外衣干着坑害百姓的非法勾当。这伙人简直就是金玉其外、败絮其中的败类，是人民的公敌，是历史的罪人！"田媛芳义愤填膺地说着。

"贾放祸国殃民，真是个道貌岸然的伪君子，名副其实的盗国贼！"李彪使劲地拍着茶几，将茶杯震得"咚咚"作响。

"露西，既然你能深明大义，揭露了贾放的罪恶行径，我们还就得马上抓到他，让他回到国内去接受法律的审判。"李彪站起身来，铿锵有力地说道。

"贾放突然到了西雅图,让我一点准备都没有,其实,我早就不想蹚他的浑水了。所以,我让凌丽替我安排他住进了公寓,我马上去加拿大买了房子,将老公和孩子安顿好了才回来见他。我准备和他恩断义绝,再也不给他当什么'白手套'啦。"露西说着她的想法。

"露西,我们还需要你配合,尽早抓到贾放。"田媛芳站到了露西的面前说道。

"我知道贾放住在哪儿!"凌丽也站起身来说道。

"好吧,我配合你们!"露西说着,轻轻地弹掉了腿上的烟灰。

第66章
惊心动魄

———

"露西，你反映的情况很重要，如果贾放真像你说的那样，他的罪行除了陷害华博以外，还致使北江省整个制药行业的国有资产大量流失，让这个行业陷入了万劫不复的境地，既威胁了人身健康，又践踏了社会的公平与正义。所以我们必须马上抓到贾放，劝返他立即回国接受审判。"李彪思索了一会儿，对露西说道。

"李大哥，我和凌丽都知道贾放住的公寓，我们现在就带你们过去找他，你们把他带回中国去。"露西说着，穿上外衣就要出门。

露西刚走到门口，突然想起一件事儿。

"哎哟，瞧我这记性，还有一件事忘了跟你们说。昨天，我从加拿大回来，刚一进院，一个叫埃尔温的中国人就尾随我进了屋，他是到我这里来找贾放的，我一再追问才知道，他是贾放的儿子。我就把贾放住的公寓地址告诉给了他，说不定，贾放这会儿正和他儿子聊天呢。"露西又把埃尔温来找贾放的事情，告诉给了李彪和田媛芳。

"露西，你是说埃尔温见到了贾放？"田媛芳一听到埃尔温的名字，脑子里瞬间闪过了她在湘西看到要杀贾放的那张字条。

"呵呵，我这也是猜测。"露西轻声说道。

李彪打电话叫来了他的助手，两辆旅行车一前一后，驶向了贾放住的公寓。

"凌丽，你和媛芳先去敲贾放的门，我们紧随其后。"李彪果断地说道。

"媛芳，贾放住在二楼，我带你上楼去。"凌丽说着，在前面引着路，两人一前一后上了楼梯。

凌丽和田媛芳来到了贾放房间的门口正要敲门，身后却传来了一个男人低沉的声音："站住！"

凌丽和田媛芳被说话声吓了一跳，她们回过头来，发现在她们身后正站着一男一女两个年轻人。

男青年身高一米八开外，体格魁梧健壮，满头的卷发和举止让人看了既像中国人，还有些像是外国人。他身边的女青年高高的个子，金色的长发、碧蓝色的眸子，一看便知是个欧洲人。田媛芳迅速做出判断，这两人应该就是埃尔温和尤塔。

男青年上下打量着凌丽和田媛芳，他从两人的长相和穿着一眼就看出，她们都是中国人，便压低了声音，用中文问道："你们是什么人？"

"我们是中国人，如果我没有猜错的话，你也是中国人，她是德国人。对不对？"田媛芳冲着金发女郎努了努嘴说道。

"我们进屋里说吧！"站在男青年旁边的金发女郎对男青年使了个眼色说道。

田媛芳和凌丽跟着这对儿青年男女走进了贾放对面的房间。

"你们是来找谁的？"进了屋，男青年劈口便问。

"我们是来找你对面屋里的人。"凌丽抢先回答道。

"他没在屋里，我们也在这里等着他。"男青年搓着手回答道。

田媛芳一听说贾放不在房间，紧悬着的心才放了下来。她瞅了瞅这对儿青年男女问道："你们是贾放的什么人？"

田媛芳抛出了贾放的名字，她在验证着这两个人到底是不是埃尔温和尤塔。

"你们也是来找贾放的？你们是他的什么人？"男青年问道。

"我们是什么人你还不知道吗？不是你给我们门缝里塞的字条，指引我们来到美国的吗？"田媛芳将目光转向了金发女郎，她冲着金发女郎眨着眼睛说道。

"原来你们是中国公安啊！"金发女郎一下子变得兴奋起来，她满脸堆笑地说道。

男青年一听尤塔说田媛芳是公安，也不再亢奋，他心平气和地说道："贾放不知道跑到哪儿了，对面屋里好像一直没有人住，我们正在这里等他，只要他回来我就杀了他。"男青年坐在了沙发上，他的话语中仍带着仇恨。

"如果我没有猜错的话，你是埃尔温，她是尤塔。对不对？"田媛芳用手轻轻指点着两位年轻人问道。

"没错，你是怎么知道我们的名字？"尤塔眨着蔚蓝色的眼睛问着田媛芳。

"你是贾放的儿子，她是你的妻子。对不对？"田媛芳接着说道。

"你怎么这么了解我们？"埃尔温吃惊地问道。

"你爸爸叫皮埃尔，跟在他身边形影不离的叫霍恩。对不对？"田媛芳左右手分别比划着 V 字形状，立在了头顶，做出了一个立耳朵狗的样子。

"你怎么还知道我爸爸的名字？尤塔，她好像还认识咱家的霍恩。"埃尔温对尤塔说着，从衣兜里掏出一张霍恩挺胸弓背，站在草坪上摆 pose 的照片，递给了田媛芳。

"你是说霍恩吗？"埃尔温兴奋地指着照片问着田媛芳。

"你们家的霍恩非常聪明，它不但能听懂你爸爸的话，还能帮他送客。对不对？"田媛芳看着霍恩的照片，仍在卖着关子。

"你，你去过我们家？"埃尔温眼睛瞪得老大。

"我不但去过你家，认识你爸爸。你爸爸还让我转告你，不要意气用事，更不要行凶杀人。"田媛芳微笑着说道。

"我们没带手机，爸爸联系不上我们。"尤塔欢快地说着。

"当当当，当当当"，一阵敲门声打断了田媛芳与埃尔温和尤塔的对话，凌丽开了屋门将李彪和露西迎到了屋内。

埃尔温认出了露西，他看了一眼李彪，又看着田媛芳和凌丽，不解地问道："是你？你们……"

"我们受中国政府指派，专程来接贾放回国的。"李彪拍了拍自己的胸膛说道。

"埃尔温说，贾放好像不在房间内。"田媛芳见李彪进了屋，便将刚才发生的事情说给了他。

"露西，你马上给他打电话。"李彪严肃地吩咐着露西。

"好，我马上给他打电话。"露西拨通了她与贾放联络的专用电话。

"李大哥，电话没人接听。"露西听了一会儿电话铃声，对李彪说道。

露西连续拨打着电话，电话始终无人接听。李彪觉得有些奇怪，贾放为什么不接电话？他心里犯起了狐疑。

"我有房间的钥匙，要不要进屋去看看。"露西问着李彪。

"好，开门！"李彪向露西挥着手。

露西打开了房间门，李彪和田媛芳轻轻地走进屋内。李彪蹲在地上仔细地观察着地板上的脚印，田媛芳蹑手蹑脚地走进了卫生间。

"凌丽，我看看你的鞋底。"李彪招呼着凌丽。

"这里有情况！贾放是化装出逃的，难怪我们没有发现他的出境记录。"田媛芳在卫生间里，发现了一身老太太的装束，她拎着贾放扔下的化装用具对李彪说道。

"媛芳，这个房间里共有三个人的脚印，除了凌丽以外，还有两个人的脚印，估计一个是贾放，可能还来过另外的人。"李彪看罢了凌丽的鞋底痕迹后，对田媛芳说道。

李彪站起身来环视着屋内，屋内除了扔在沙发上的一件睡衣以外，其他摆设仍旧整整齐齐，并没有翻动的痕迹。

"贾放能不能被人绑架了？"田媛芳问着李彪。

"媛芳，地上留下的脚印并不凌乱，他不太可能被绑架。"李彪迅速做出了判断。

"露西，他在西雅图还跟什么人有来往吗？"李彪皱着眉头，问着露西。

"贾放第一次来西雅图，又是偷着跑出来的，不会有人知道他的下落，他更不能把自己的行踪告诉给任何人。"露西做着分析。

露西话音未落，她的手机"丁零零"地响起了铃声。

"你们看，贾放回电话了！"露西惊叫着接通了贾放的电话。

"露西吗？你在哪儿？"贾放在电话里急促地问着露西。

"我在你公寓呢！你去哪儿了？我过去接你。"露西大声地问着，电话却被贾放挂断了。

"不用再打了，我们在走廊里等他。"李彪说着，他与露西和凌丽躲在了角落里。

过了好半天，李彪的电话"嗡嗡"地振动了起来。

"李组长，贾放被一个胖乎乎的男人搀扶着上楼啦。"李彪安排在外围车里的助手向他做着报告。

"露西，你在哪儿？"走廊里传出了贾放的声音，紧接着就是他用钥匙开门的响动。

埃尔温在贾放对面的屋里听到了开门的响声，他透过猫眼门镜看到了正在开门的贾放。

"咣当"，埃尔温一脚踢开屋门，一个箭步冲到了贾放的面前，他大声喝道："贾放，你拿命来！"

埃尔温嘴里喊着，一哈腰从裤腿的刀鞘中抽出了一把明晃晃的尖刀，冲着正在回头的贾放猛刺了过去。

贾放"啊"的一声惨叫，吓得靠在了门板上。

李彪手疾眼快，他从角落里飞奔出来，一个腾空鱼跃，从后面拦腰抱住了埃尔温。

"住手！"李彪大声喊叫着，使出全身力气，将埃尔温抢倒在地。埃尔温的尖刀擦着贾放的前胸，在空中划了一个弧线，险些刺进了他的胸膛。

埃尔温被李彪摔在了地板上，他狂呼乱叫着，仍然在挥舞着手中的尖刀。只听"噗"的一声，尖刀带着风声刺中了李彪的后背，一股鲜血顷刻便浸透了李彪的衣裳，染红了地板。

"露西，快叫救护车！"田媛芳声嘶力竭地叫喊着，她猛扑过去抱起了李彪。

贾放被眼前发生的一切惊呆了，他一屁股坐在地上。见此情景，胖乎乎的甄实撤开贾放，撒腿就往楼下跑去。

"丁零，丁零！"救护车鸣着警笛将李彪送往了医院，贾放也被追上楼的李彪助手拽进了商务车。

医院急救室外的走廊内，大家隔着抢救室巨大的玻璃窗，焦急地看着抢救李彪的过程。

一个多小时以后，医生处理完了李彪的伤口，李彪躺在医用手推车上被送到了急救观察室。

"贾放呢？他受没受伤？"李彪慢慢睁开了眼睛，他环视着病床周围的人，在寻找着贾放。

"我在这儿！"贾放听到了李彪微弱的说话声，他从门口紧走几步来到了李彪的床前，在他的身后紧跟着看押他的李彪助手。

"贾放，你没有受伤吧？"李彪看着贾放，弱弱地问着。

"我没有受伤！谢谢你救了我！你们都是什么人？为什么有人要杀我？"贾放看着失血过多、脸色惨白的李彪，又看了看刺杀他的埃尔温问道。

"凶手在哪里？"随着说话声，两名身材高大的黑人警察提着手枪，走进了李彪的病房。

"我们是西雅图警察局的警察，我们接到了医院的报警，前来缉拿凶手，谁是凶手？跟我们到警察局去问话。"黑人警察在病房里扫视着所有的人，用英语大声命令着。

"警察先生，我们这里没有凶手，我是不小心被自己划伤的。很抱歉！给你们添麻烦了。"李彪欠了欠身子，用英文说着。

"自己划伤的？医生说了，你是被刀刺伤的，怎么会是自己划伤的？"黑人警察看着躺在床上的李彪，大声问道。

"警察先生，对不起，我确实是被自己划伤的。"李彪故意露出了笑脸，他冲着警察微微点着头。

"莫名其妙！"两名黑人警察互相对视了一下目光，他们看了看躺在病床上的李彪，又瞅了瞅屋内的人，摇着头离开了病房。

埃尔温望着两名黑人警察远去的背影，向李彪投去了感激的目光。

"李彪，你真命大！刀尖要是再往下一点就刺到了你的心脏，医生给你输了血，包扎了伤口，你现在没有生命危险了，好好休息吧！"田媛芳心疼地对李彪说道。

"没事儿，就擦破点皮，我皮糙肉厚无关大碍。"李彪冲着田媛芳微笑着说道。

"贾放，你看到了吧，都是因为你！"田媛芳冷冷地瞪了一眼不知所措的贾放，大声训斥道。

贾放紧闭着嘴唇，一声不吭地僵立在病房内。此时，他通过大家的表情，已经猜到了李彪和田媛芳的身份。

"你们是怎么发现我踪迹的？"贾放冷冰冰地问道。

"贾放，魔高一尺、道高一丈。只要你还活在地球上，我们就能找到你。"田媛芳大声对贾放说道。

"你们找到我了，又能怎么样？我告诉你们，这是在美国不是在中国，我没有违犯美国法律，你们休想带我走。"贾放傲慢地背起了手，摆出一副桀骜不驯的架势。

"贾放，请你放下副省长的臭架子，你不要以为你逃到了美国，就会太平无事了，你欠下人民的债是要被清算的。"田媛芳往前跨了一步，指着贾放的鼻子说道。

"哼！我欠了什么债？我在北江省当了15年的副省长，我为北江人民呕心沥血，做出了巨大的贡献，北江人民是要感谢我的，何谈欠债？"贾放挺直了腰板，又摆出了一副盛气凌人的架势。

"贾放，你杀了我的妈妈，我要报仇！"埃尔温不等贾放把话说完，又一步冲到贾放的眼前，一把抓住他的衣领，挥起拳头冲着贾放的面部就是一拳。

贾放被打得两眼直冒金星，他踉跄着后退了好几步才站稳脚跟。

"你妈妈是谁？"贾放瞪大了眼睛，惊恐地问着埃尔温。

"他妈妈就是你的妻子赵月娥，他是你的儿子！"尤塔一把抱住又要发疯的埃尔温，扯着嗓子对贾放喊道。

"什么？你，你是我儿子？"贾放捂着被打疼的脸，惊慌失措地看着埃尔温，颤抖着声音问道。

"你,你是'兔子'? 你真是我的'兔子'吗? 儿子,你可让爸爸找得好苦呀!"贾放奋力甩开正在抓着他胳膊的李彪助手,一个箭步冲到埃尔温的眼前,一把抱住了埃尔温"哇哇"大哭起来。

"儿子,爸爸没有杀害你的妈妈,爸爸向你发誓,你妈妈真不是爸爸杀害的。她是爸爸的结发之妻,爸爸怎么能对她下毒手呀!"贾放一会儿抬起头仔细端详着埃尔温,一会儿趴在埃尔温的怀里委屈地又哭又叫,一行行老泪像断了线的珠子,一串串地滚落在了他布满皱纹的脸上。

"你还敢狡辩? 要不是刚才那位大哥抱住了我,你早就成了我的刀下之鬼!"埃尔温一把将贾放推到了一边,扬起拳头怒吼着。

"儿子,你妈妈是坠崖而死的,她真不是爸爸杀害的呀!"贾放带着哭腔,仍旧对埃尔温做着解释。

"呸! 你胡说八道! 妈妈怎么能坠崖? 要不是舅舅亲口而说,我还以为你是一个好爸爸呢!"埃尔温又挥舞起了拳头对贾放吼着。

贾放听了埃尔温的话,一下子愣住了:"儿子,你说什么? 你是听谁说的?"

"爸爸,埃尔温从小就在我们家里长大,是他的舅舅亲口告诉我爸爸,是你杀了他妈妈。"尤塔站在了埃尔温的身前,对贾放说着。

"你是谁?"贾放听到尤塔的话,立即惊呆了! 他仔细端详着尤塔,迫不及待地问道。

"我是埃尔温的妻子,埃尔温知道是你杀了他妈妈,就追着你来到了西雅图,要为妈妈报仇,我想拦都拦不住。"尤塔板着脸说着。

"你是我的儿媳妇? 苍天有眼让我找到了儿子,儿子又给我带回了媳妇,我贾放有后了! 我找到儿子了,我有儿媳妇喽!"贾放破涕为笑,疯疯癫癫地在病房里转着圈,他竟像是一个舐犊的公牛,围着埃尔温和尤塔不停地撒着欢儿。

第 67 章
各执黑白

———

李彪派人将贾放带回了他们住的会馆，会馆顶楼的十几间客房都成了他们临时租用的谈话场所。

孟云长以及华博和凌丽等人已经先期住在了这里，他们做好了回国的一切准备，随时准备与李彪他们登机回国。

李彪的伤势并不是很严重，他心急火燎地想着劝返贾放的事情，他在医院简单处理了伤口后，便提前出院也回到了会馆。程雪通过医生给他安排了家庭病房，李彪一边接受着治疗，一边部署着遣返贾放的工作。

孟云长虽然没有与贾放见过面，但对贾放在北江省的所作所为也有了一定的了解，他猜想贾放不会心甘情愿地被遣返回国，也在想着配合李彪劝返贾放的办法。

这一天吃罢早饭，贾放背着手在房间里踱着脚步，他想到了一个月以前，钱同逼他出走的那个夜晚，正是由于钱同的逼宫，他才下定了出逃美国的决心。他又想到了一个月以来，甄实软禁他后，对他施展的一切卑鄙手段。他鄙视甄实，更不想与他同流合污，才假装称病终于等到了露西的救命电话。贾放想着，在他眼前又出现了公寓门前那个惊心动魄的刺杀场面，儿子要刺杀他，情人出卖了他，自己稀里糊涂地进了纪委监察委的布局。他料定过不了几天，纪委监察委的人就要把他带回国内去。

贾放坐在了沙发里，伸手打开了电视机，他无心浏览电视里的节目，他在思考着应对纪委监察委的对策。既来之、则安之，开弓没有回头箭，既然自己顺顺当当地来到了美国，怎么能轻而易举地让他们带走？美国是法治社会，别说是纪委监察委的人，就是中国公安也不能在美国领土上随便抓人吧！贾放知道自己的罪行目前还没有完全暴露，他还不是红色通缉令上被追捕的人物，中国和美国又没有签署引渡条约，只要他不配合，任何人也休想将自己带出美国。

"当当当，当当当"，一阵敲门声打断了贾放的思路。

贾放开门一看，只见孟云长手里拎着一个围棋盘和两罐围棋，笑呵呵地走进了他的房间。

"贾副省长，您好啊！想不到我能在西雅图见到我的大恩人。"孟云长殷勤地与贾放打着招呼。

贾放习惯地推了推金丝边眼镜，他看着孟云长问道："你是？我们好像不认识吧？"

"贾副省长，我们虽然没有见过面，可我这个院长却是您亲手提拔的，我'反腐院长'的标签也是您给我戴上的哟。"孟云长一边说着，一边坐在了贾放对面的沙发上。

"你是孟云长？"贾放嘴角微微动了一下，脸上露出了一丝难得的笑容。

"没错，我是孟云长，我陪您下盘棋好吗？"孟云长放好了棋盘，又将装着黑色棋子的围棋罐递给了贾放。

"好哇，我可有年头没下围棋了，想不到在美国还能和你下盘围棋，不可思议，不可思议！"贾放接过围棋罐，将一粒黑色的棋子摆在了"天元"星位上，在棋盘中开始了布局。

"老孟，前不久，我在一份内参上看到你借考察之际，逃到国外的消息后，我当时非常震惊。不是我批评你，你身为一个省级医院的'一把手'，怎么能做出这种有损国格的事情？不可思议，不可思议！"贾放轻轻地摇着头，仍然摆出一副居高临下的领导派头。

"贾副省长，该您落子了。"孟云长翻着眼皮白了一眼贾放说道。

我有损国格，那么您又是有损什么呢？真是五十步笑百步！孟云长心里一阵好笑。

贾放见孟云长没有接他的话茬，接着又说道："老孟，我想你一定是收的'回扣'太多了，怕被追查才跑出来的吧？你身为国家干部，不知道收'回扣'也是受贿行为吗？"贾放又用语重心长的口吻批评着孟云长。

孟云长听着贾放的批评，看着贾放强装出来一本正经的架势，心里异常不悦。他用自己的一粒白色棋子堵住了贾放黑色棋子的"气眼"，带着嘲讽的口吻说道："贾副省长，您没有接受过贿赂吗？"

贾放被孟云长的话呛得"哏喽"一声，他反问孟云长道："老孟，我提拔你当上了院长，接受过你的贿赂吗？"

"哦？你没收到我给你的钱吗？我把钱给了你的秘书钱同呀！"孟云长有些不相信贾放说的话。

"你真的给他送钱了？你这不是买官吗？就是你们这帮家伙把官场的风气都给搞坏了。"贾放一本正经地说道。

"贾副省长，买官卖官的风气不是买家搞坏的，没有卖何谈买？你们能卖官，我们就能买官，我觉得这很公平，你要是不卖，我也没有地方去买呀！"孟云长开始奚落起了贾放。

"老孟，你说我卖官？我可告诉你，我贾放当官不是买来的，所以我也没有卖过官。这些年，钱同没少向我推荐干部，你可以问问他，我从他手里拿过一分钱没有？"贾放撇着嘴说着。

"贾副省长，你没有收钱，不等于他不收钱。如果没有你这棵大树给他做靠山，谁会看得起他？又有谁会拿钱去贿赂他？他收钱、你办事儿，你们是狼狈为奸的一对儿，官场上的风气都是由你们败坏的，是你们把官场搞得乌七八糟，才让那些没有钱却有能力的人心灰意冷。你不要以为你没收钱就是好官，你纵容身边人卖官，比你自己亲自卖官还可耻！"孟云长早就看不下去贾放口是心非的这副嘴脸，他略显激动地顶撞着贾放。

贾放的脸被孟云长数落得红一阵、白一阵，他恨不得有个地缝都能钻进去，要不是在此时此刻的背景下，他非过去抽孟云长的耳光不可。抽他的耳光还不解恨，他还要将孟云长打翻在地，再踏上亿万只脚，让他永世不得翻身。要知道，在北江省还没有人敢用这种语气对他说这样的话。

"老孟，据我了解，你这个人还是不错的，你在省中医院的口碑也是蛮高的，就是不花钱也理应提拔你。"贾放不想再让孟云长数落自己，于是，他话锋一转，又给孟云长戴起了高帽子。

"副省长过奖啦！"孟云长谦虚地说着，将一粒白棋子跳着黑棋子放在了棋盘上，他故意给贾放的黑棋留了一口活气儿。

"老孟，你当上'一把手'以后，工作还是很出色的。在我们省，医生收红包的现象司空见惯，可以说是屡禁不止，可你却有办法能够杜绝此事，这本身就是一个工作亮点，所以我批示给你封了一个'反腐院长'的雅号，把你树立成了典型。实际我是有意在给你做铺垫，准备找机会将你提拔到卫生厅厅长的岗位上来。"贾放吃掉了孟云长的一粒白棋子，他以为自己还在副省长的任上，继续封官许愿、给孟云长卖着好儿。

"贾副省长，我就是你想要吃掉的一粒棋子，你提走了这粒棋子，然后再把它放进你的罐里，我就会成为你的罐中人，可是我不争气呀！我的反腐，只不过是把医生们的'暗收'变成了光明正大的'明补'，这是一层一捅就破的窗户纸，不值得推广。"孟云长借着被吃掉的棋子，说着贾放能听懂的暗语。

"老孟，你就不要谦虚了，亮点就是智慧，你既然能想出办法来解决问题，说明你还是很聪明的吗！"贾放一语双关地夸奖着孟云长。

"我这也是被逼出来的办法。医院的医生劳动强度大，工资又不高，他们也需要过上好日子，我不给他们挣钱的机会，他们就会跑到外面大大小小的中医诊所里去坐诊。我们北江的中医诊所多如牛毛，到任何一家都能挣到外快。所以，我给他们订了指标，医生开药有了高额的奖金，这样才能留住他们的心。"孟云长对贾放讲着他的理论。

"哦？有那么严重吗？中医诊所有那么多吗？"贾放不解地问道。

"贾副省长，您还不知道吧，这些中医诊所在大医院里到处挖医生，高薪聘请他们坐堂出诊，仅一个医师证一年都能卖上五六万块钱。所以，诊所越多，我们中医就越抢手。"孟云长对贾放说着中医证在市面上的价格。

"中医诊所多了，说明患者有需求，大医院看病的人多、看病又贵，有些小病小灾的，还是到就近诊所去就医，会更方便一些。再说了，开诊所是国家政策允许的，只要不偷税漏税就是合法经营，没什么大惊小怪的。"贾放眼睛紧盯着他的围棋子，头也不抬地说着。

"贾副省长，你说得不错，开诊所是政策允许，可政策是人定的，上面有政策，下面必然出对策。你仔细想一想，全省有多少中医？又有多少诊所？就是把正规中医院里的所有医生都加起来，也不够分配到各个诊所去坐堂啊！所以，这些诊所中有很多都是挂羊头卖狗肉的江湖骗子，反正看不好病也治不死人，忽忽悠悠骗老百姓钱呗！"孟云长对贾放说着中医诊所的乱象。

"老孟，你说话可要负责任，如果这些诊所都看不好病，早就该关门了，为什么还有那么多人去求医问药？"贾放抬起头，不紧不慢问着孟云长。

"贾副省长，我不是说所有的诊所都有问题，我是说个别诊所存在着江湖骗子。

在北江省，诊所庸医致死人命的事情又不是没有发生过，只是业内人士不愿意揭开这层神秘的面纱罢了。"孟云长也抬起头说着。

"哦？老孟，你说说这里面有什么神秘之处？让我也开开眼界。"贾放说着，"哗啦"一声，把围棋子往棋盘上一扔，他此时已无心恋战了。

"贾副省长，你可能不知道，我们北江省有个'江南系'，大多诊所都是'江南系'中的一颗棋子。他们就像这个棋盘，把棋子围在了条条框框当中，互相抱团取暖、形成了一股势力，一家出了事，大家一起在网上发帖力挺，什么事都能摆平。"孟云长在棋盘里收拾着棋子说道。

"出了人命也能摆平吗？"贾放瞪着眼睛看着孟云长问道。

"怎么摆不平？他们有自己的宣传网络，诊所一旦致死了人命，他们马上就会把责任推给药厂的药品；药品一旦出了事，他们又会把责任推到患者身上，说是患者用药方法不当的责任。所以，推来推去，打官司的证据就没有了，最后也就是出点钱，大事化小，小事化了，不了了之了。"孟云长语出惊人，他挑开了"江南系"这层神秘的面纱。

"怎么会是这样？"贾放故意问道。

"那还用问？人家可是强大的'江南系'啊！"孟云长神秘兮兮地说道。

"什么是'江南系'？"贾放故作惊讶地问道。

贾放当然清楚什么是"江南系"，他更清楚"江南系"的由来。如果不是他在14年前将江南先生从上海引进北江省，如今还真说不上会有"江南系"这一说。贾放想起了"江南系"的扩张历程，也想起了五短身材的江南先生，更想起了他在上海第一次与江南先生策划"江南系"时的场景。

"叮咚，叮咚。"贾放站在上海锦江大饭店一间豪华套房的门前，按响了门铃。

"您是北江省的贾放副省长吧？久仰，久仰！我就是江南，请坐，请坐！"套房内，江南满脸堆笑地与贾放握着手，做着自我介绍。

"哦，江南先生，幸会，幸会！"贾放使劲地摇着江南的手臂，他怎么也想象不到，一个著名的民营企业家，竟会是一个四方大脸、其貌不扬的矮胖子。

"贾副省长，接到您的电话，江某真是受宠若惊，江某怎么也想不到一位赫赫有名的大省长，会屈尊到江某这里来。所以，江某想起了古人言：有朋自远方来，下一句是什么来着？对，我想起来了，是乐呀乐！"江南满面红光地卖弄着学问。

贾放听着江南嘴里念叨的古人言，差一点没笑出声来。他心里在问：这位江南先生是跟哪位古人学的这句话？唉，好歹意思还对！贾放看着江南一副认真的表情，知道他并不是在开玩笑，于是，对他的文化底蕴产生了质疑。

"江总，你是生物制药科班出身吗？"贾放不想以貌取人，他礼貌地问着江南。

"哈哈，省长大人，不瞒您说，江某连小学都没毕业，从小就从农村出来跟着舅舅闯江湖。您别看我文化程度不高，做生意可是天才，就连舅舅都佩服我的智商。舅舅说我有大富大贵之福相，就用我的名字注册了江南制药股份公司，后来，上海的江南制药厂也实行公司化，他们便告我们侵权。可我们公司成立的时候，商标、名称注册的手续都十分完备，而且我们注册在先，他们更名在后。后来经过调解，我们公司的名头不能再出现上海的字样，于是上海市实际就有了两家江南制药股份公司，区别就在于江南之前有没有上海二字，还在于他们是国企，而我们是民营。"江南直来直去地对贾放讲着他经商的经历和企业名称的由来。

"江总，你还真是一脸的福相，一看就是一位天才的企业家。跟你也说句实话，我就是冲着你们民营的身份和名称而来。"贾放恭维着江南。

"省长大人，既然您这么信任江某，江某做事保证不会让您吃亏。"江南拍着胸脯对贾放吹嘘着。

"江总，上海江南制药厂要与我们省秦山市的元亨制药有限责任公司进行战略合作，这个项目被我给搁置了，我不想与国企合作，想要与你们民营公司合作。"贾放从江南的言谈话语中看出他为人挺实在，便直截了当地说明了来意。

"好哇，您是一省之长，您说怎么合作就怎么合作，不用跟我绕弯子，说吧，怎么合作？"江南快人快语地对贾放说着。

"我想让你们公司入股，与元亨制药有限责任公司进行股份合作。"贾放对江南说道。

"合作没有问题，投资也不是问题，你们有产品吗？"江南问着贾放。

"江总，我们有个专利药品，药品名字叫'哮喘灵'，这个药品在北方的销路非常好，你们投资以后可以扩大生产规模，保你赚钱。"贾放又在给江南打着气。

"能赚钱还不好吗！我愿意合作。"江南笑嘻嘻的表着态。

"江南先生，你们投资以后，我还承诺让你们逐步收购省内所有民营制药厂，在北江省立足，成为行业龙头。"贾放又继续给江南"画饼"。

"贾副省长，您给我们这么好的条件，我怎么感觉到有一点天上掉馅饼的味道。"

江南在沙发里活动了一下肥胖的身躯问着贾放。

"江总，馅饼虽然好吃，但也得一口一口慢慢吃，我的馅饼也是有成本的哟。"贾放一语双关地对江南说着。

"哦，江某明白，我每收购一家企业都给您留下干股，行不行？"江南摇晃着小短腿说着。

"我不要股份。"贾放习惯地推着金丝边眼镜说道。

"好，我给您提现，您说个数就行，一分钱都不会差。"江南眯着眼睛瞅着贾放说道。

"好！既然老弟爽快，我还有一个更宏伟的蓝图，不知道你的胃口是否能够吃得消？"贾放摘下来金丝边眼镜，揉着眼睛说道。

"省长大人，请您明示，江某洗耳恭听。"江南欠着身子竖起了耳朵。

"你收购了民营药厂以后，再把民营诊所、医院也一起收购，我保证你不出10年就能名扬海内外。"贾放展开了他的宏伟蓝图。

"此话当真？"江南听了贾放的话，立即来了兴趣。

"那当然啦！北江省国企改革的方针是由我制定的，具体实施也由我来抓，你还有什么疑义吗？"贾放毫不谦虚地说着。

"好哇，这件事就这么定了。10年，您只要给我10年的时间，我保证还您一个举世闻名的'江南系'出来。"江南两只眼睛笑成了一条缝，不仔细看还以为眼睛已经长在了肉里。

"省长大人，您说我怎么这么有福分呢？今天一大早，我的左眼皮就一直跳个不停，我的助理告诉我，左眼跳、财神到。没承想您这位大财神还真就到了，简直就是肥猪拱门呀！您说对不对？"江南爽朗地笑着。

贾放瞥了一眼笑没了眼睛的江南，心里骂着：这小子，怎么把我形容成肥猪了？还会不会说句人话。

贾放从回忆中又回到了现实，他不相信孟云长会知道"江南系"的神话中有他的影子，他更不相信孟云长会知道"江南系"的盛宴中，还有着他的一碗羹。

"贾副省长，你在想什么？咱俩这盘棋还没分胜负呢！"孟云长见贾放正在沉思，便晃动着手中的棋子问道。

"不玩了，我要休息一下了。"贾放不耐烦地摆着手说道。

"贾副省长，人生就如同一盘没有下完的棋，每一局都是新的开始；人生如同一个大大的瓦盆，只有打碎方见真空。我看你举棋不定、心神不宁，总想走一步，算到三步、五步，其实算计越多失算的概率也越大。你何不放下执着，看淡得失，重新规划你的人生？人生的大瓦盆，装的东西越多，就越容易破碎，当瓦盆被打碎以后，你才会发现一切都是空空如也，生不带来、死不带去。我就看透了这一点，所以我选择了放下，只有放下了才觉得轻快。"孟云长以棋说事儿，他在现身说法，开导着贾放。

　　"你……"贾放涨红了脸，他正要与孟云长争执，却听到了"当当当"的敲门声。

　　贾放和孟云长扭头望去，只见田媛芳推门而入。

　　"你们两个唠什么呢？这么热闹。李彪组长有请贾副省长过去聊聊。"田媛芳对贾放说道。

　　"我们这盘棋还没有下完呢！"贾放嘴里嘟囔着。

　　"我得陪贾副省长过去，一起聆听李同志的教诲。"孟云长犹豫了一下，赶忙拉着贾放，跟在了田媛芳的身后。

第 68 章
苍天作证

————

贾放跟在田媛芳的身后，向李彪的房间走去，他预想到是纪委监察委的人要与自己正面交锋了。他掐指一算，自己出逃只有一个月多一点的时间，在这么短的时间之内，即使是神仙也不能将他二三十年的所作所为查得一清二楚，更谈不上获取了证据。所以，他目前只能说是在被调查，只要自己不配合调查，他们一点辙都没有。为了不给他们留下把柄，为了不让他们把自己带回国内，自己就得死猪不怕开水烫，给他们上演徐庶进曹营，我一言不发，看他们能把我怎么着。贾放在通向李彪房间的短暂空隙时间内，便想好了一言也不发的应对措施。

李彪的伤势虽然不太重，但也是有惊无险，一把尖刀刺进他后背有 2 寸深，就差那么一点点就扎到了他的心脏，仅伤口便缝合了近 20 针，他的身体还需要一定时间的恢复。

今天一大早，李彪感觉精神状态很好，便要与贾放过一下招。能够在万里之遥的大洋彼岸找到贾放，让李彪曾一度欣喜，使他一直悬着的心暂时得以放松。可如何才能成功地将贾放劝返回国，又不是一件轻而易举的事。刚接到调查贾放的任务时，李彪两手空空，一张底牌都没有，可如今自己手里有了好牌，先出哪一张才能取胜？李彪心里一点底数都没有。牌再好，出牌也是技巧，李彪虽然审理过无数大案、要案，拿下犯罪嫌疑人的口供并不在话下，但眼前面对的可是曾经高高在上、不可一世的省领导，一个自诩"踏雪无痕"的老狐狸呀！

李彪躺在临时病床上，他看见了挺着腰板走进屋内的贾放，突然感到伤口和内心一起酸痛起来。

"谢谢你救了我！"贾放问候了一声李彪，便架起二郎腿，坐在了距离李彪不远的沙发里，他半眯着眼睛，再也不看李彪了。

李彪瞅了瞅贾放的架势，料定贾放已经做好了与自己交锋的心理准备，在这种情况下，再采用一问一答的对话询问方式，只能使场面越来越尴尬。如果与贾放的第一次交锋就陷入僵局，只能使他的气焰更加嚣张，劝返他回国也将会更加举步维艰。

　　"贾副省长，您睡得好吗？"李彪开口问起了贾放的睡眠状况。

　　贾放想到了李彪的第一句话会问他什么？他心里早就下定一言不发的决心，可令他感到意外的是，李彪为救自己身负重伤，还在关心着他的睡眠，这句问话使贾放有些始料不及。

　　贾放习惯地推了推金丝边眼镜，轻声答道："嗯，还好！"

　　田媛芳看了看李彪，又瞧了瞧贾放，眼见着他们的交锋就要停摆，她急得手心儿里都在冒汗。

　　"贾副省长，您听过牛郎织女的故事吗？"李彪问着贾放。

　　贾放看都没看李彪一眼，他将身体往沙发后背上一靠，干脆闭上了眼睛。

　　"贾副省长，我给您讲一个当代牛郎织女的故事吧。"李彪说着，整理了一下手背上的点滴针管，开始讲起了发生在身边的牛郎织女故事。

　　"我这个故事的女主人公织女，从天上下凡来到人间的时候，已经是一位美若天仙、情窦初开的大学生了。一天晚上，她遇见了两个黑人流氓要对她施暴，眼瞅着就要遭到不测，她大呼小叫拼命地挣扎，可是她叫天天不应，叫地地不灵。正在这千钧一发的危机之际，英俊潇洒、文武双全的牛郎，神奇般地降临到了她的身边。只听牛郎大吼一声：'住手'飞起一脚便将一个流氓踢翻在地，紧接着又是一记重拳，将另一个流氓也打了一个仰面朝天。织女得救了，她看着牛郎渐渐离去的背影，心里泛着波澜。"李彪讲着华博英雄救美的故事。

　　"这不是华博'英雄救美'的故事吗？怎么变成了牛郎织女？"孟云长不知道李彪葫芦里卖的是什么药。

　　"织女被救了，她本想以身相许，可突然来了一股风暴，牛郎又遭到了那两个流氓的陷害，织女得知恩人被陷害后，她挺身而出，用计谋从一个流氓嘴里了解到他们陷害牛郎的真相。于是，她横下一条心，决心以暴制暴，还牛郎清白。一天晚上，织女约出了这个流氓，她挥起事先准备好的一把手术刀，奋力削掉了黑人流氓惹祸的根苗。牛郎的冤情真相大白了，可织女却进了监狱。"李彪放平了一下还在扎着针的手臂，绘声绘色地讲着。

田媛芳心里一阵好笑，她在暗暗钦佩李彪"引经据典"的能力。

"牛郎大哥，你可得等着我啊！织女在狱中一遍遍地喊着牛郎的名字，这一喊就是整整四年的光景。四年以后，织女出狱回到了家乡，牛郎也千里迢迢找到了织女，两人开始了'你耕田，我织布；你挑水，我浇园'的甜蜜的事业。可这美好的时光没过多久，厄运又突然降到了他们的头上。牛郎被捕入狱，织女流落他乡，好端端的一对儿恩爱情人，就此天各一方，都在过着颠沛流离的生活。"李彪动情地讲着，他偷眼瞥了一眼贾放，只见贾放不知什么时候已经放下了高傲的二郎腿。

李彪顿时来了精神，他将身体向床头轻轻一靠，讲得更加入神："就在这时，牛郎得到了玉皇大帝的眷顾，他神奇般地从狱中脱逃了，他被一对儿捡破烂的老夫妻从垃圾堆里捡回了家，一口一口地给他喂稀粥，将他从死亡线上又拉回到了人间。牛郎北上中俄边境，南下中缅边境，一路寻找着织女，索性进入到了缅甸境内，天天数着星星盼着织女的出现。星星眨着眼睛，听着牛郎的难诉相思；月亮不忍心看到牛郎凄惨的面庞，躲进了乌云的背后。牛郎凄苦地熬着岁月，他一刻也没有停止对织女的思念，他在苦苦地等待着织女的出现。"

田媛芳也观察到了贾放表情的一丝变化，她配合着李彪问道："那织女呢？"

李彪会心地点了点头，接着说道："织女不敢对人说，是王母娘娘施展阴谋手段，亲手制造了人间悲剧，她带着内心的忧伤和悲愤，逃出了王母娘娘的魔掌。她惧怕王母娘娘的淫威，只能栖身海外，过着寄人篱下的悲惨生活。白天，她强装笑脸；夜晚她以泪洗面。她对着苍天不住地喊着牛郎的名字，她对着大地不停地诉说着她的衷肠；她委屈地试问着苍天：天也，你错勘贤愚枉做天！她悲愤地怨恨着大地：地也，你不分好歹何为地！她不知道何时何地才能见到她日思夜想的牛郎。如今，美若天仙的织女，已被岁月煎熬成了一个苦大仇深的'白毛女'。"

李彪慢慢地收住了话语，他继续偷眼观瞧着贾放，只见他微微睁开了紧闭的双眼，眼窝里闪动着一丝惊诧。他的目光似乎在问着李彪："你倒是接着讲啊！"

李彪又接着说道："王母娘娘怕阴谋败露，就让太平洋来阻隔他们相见，后来，玉皇大帝显了神灵，在太平洋上架起了万里鹊桥，苦恋了20年的牛郎织女，终于在大洋的彼岸相遇了。"

贾放偷看了一眼李彪，他微弱的目光恰巧与李彪刚柔相济的目光，碰撞到了一起，他赶紧又闭上了眼睛。

就在这时，"咣当"一声门开了，"白毛女"拉着"大春哥"疾步走到了贾放的面前。

"贾放，你睁开眼睛看一看，我就是当年被你逼得走投无路的'白毛女'。"凌丽说着，使劲地甩了一下垂落在眼前的洁白银发，露出了"苦大仇深"的面容。

贾放的心里一直在构筑着针对李彪的思想防线，虽然他已经意识到李彪在借王母娘娘之名来影射他，但他仍然能够以静制动，做到一言不发。可他万万没承想，半路会杀出这么个愣头青。

"你，你怎么用这种口吻和我说话？"贾放终于开口说话了。

"贾副省长，您是北江省呼风唤雨的大人物，只要您在省会秦川市吼一吼，整个北江省都得抖三抖。可我想了十多年就是想不明白，您贾大人为什么要施展小人的卑鄙伎俩，威逼、陷害我们这些无辜的小人物？"凌丽声泪俱下地说着。

"凌丽？我不认识你，何谈威逼你？"贾放对凌丽说着，尽管他的声音不大，但话语中仍有几分威严。

"您是不认识我，可我认识你！我不光认识你，还认识你的秘书钱同，就是钱同亲自跑到秦山市来，威逼我作的伪证！"凌丽抹了一把眼泪，提高了声调揭露着钱同，而且有意将对贾放的称呼从"您"改成了"你"。

"钱同威逼你，你可以去告他！这和我有什么关系？"贾放说着，露出了一副无赖的嘴脸。

"钱同是你的秘书，怎么说和你没有关系？"凌丽厉声斥问道。

"岂有此理！刚才听了你的故事，我对你还深表同情。现在我才看明白，你是在无理取闹，简直不可理喻。"贾放气哼哼地说道。

"贾放副省长，你再看看我是谁？我华博与你往日无怨、近日无仇，我听信了你的花言巧语下海经商来到秦山。我就像你的一块砖，哪里需要你就往哪里搬；我就像是你手中的一颗螺丝钉，你想往哪儿拧就往哪儿拧；你对我招之即来，挥之即去，最后竟然把我送进了监狱，你的良心何在？你做人还有没有个底线？"华博上前一步，指着贾放的鼻子吼道。

"华博，你误会我了，送你进监狱的不是我，你的案子是沈寒冰办的，你要认为有冤屈，你可以找她去申诉，你怎么指责起我来了？"贾放装出一脸的无辜相，他在为自己做着辩解。

"凌丽，华博，你们两人先别激动。威胁你作伪证的人，确实是钱同；抓你进监狱的人也确实是沈寒冰。"孟云长接过贾放的话茬，用手指着凌丽和华博说道。

"你们看看，还是孟院长讲道理吧！"贾放一见孟云长在给自己解围，他像抓住了一根救命稻草，立即随声附和道。

"贾放，他们不知道你们的阴谋，你别怪他们。"孟云长说着，又把目光从凌丽和华博身上转投向了贾放。

"老贾，你的太太是秦川市人民医院的于清华院长吧？她狗屁能耐没有，你却偏偏让她当上了市级医院的院长。她当院长没有几个月，医院接二连三地发生医疗责任事故，眼看着她就要被追究责任，甚至连院长也要保不住了，你便亲自出马，导演了一场把医疗责任嫁祸给制药厂生产销售假药的精彩好戏，这没错吧？钱同和沈寒冰也是在你的授意下，才分别对凌丽和华博下的黑手，这也不会错吧？"孟云长眨着眼睛讽刺着贾放。

贾放见孟云长像个笑面虎似的在揭着自己的老底，顿时火冒三丈地跳了起来："孟云长，你血口喷人！你诬陷好人！"

贾放的话音还没有落地，露西一脚门里一脚门外地大声说道："孟院长，你说得没错，当初他把华博当做能人，把他挖到了元亨制药厂，就是为我卷走集资款之事前来救火的。"

贾放转过头循着声音望去，他一眼看见了怒气冲冲的露西，他两腿一软，"扑通"一声坐回了沙发。

"孟院长，华博也确实是个能人，他来到元亨制药厂后，将元亨制药厂进行了改制，成立了元亨有限责任公司，将工人们被我卷走的集资款，以入股企业的形式，化作了工人们的股份。工人们通过分红不但收回了集资的钱，还会随着企业效益的提高获得更多的利益，就此也就平息了这场集资风波。"露西冲着孟云长说着。

"露西，你这个臭娘们，你疯了？"贾放倒在沙发里，语无伦次地对露西吼着，往日的斯文荡然无存。

"贾副省长，您别激动！您让他们'死'得糊涂，我今天得让他们'活'个明白。"露西用语言刺激着贾放。

"疯了！疯了！简直是个疯子，你给我滚出去！"贾放抖着颤动的手指，指着露西有气无力地叫着。

"贾副省长，你不用急着让我滚，你知道我的话并没有说完呢！"露西狠狠地瞪了贾放一眼，冷冷地说道。

贾放看着露西冷峻的面孔，知道她要与自己翻脸，于是向她投去了乞求的目光。

露西没有理会贾放，她又转向凌丽问道："凌丽，你知道你与光明制药厂签订的委托生产合同，是怎么变成委托雨景制药厂的吗？"

"我知道，是被人窜改的。"凌丽马上答道。

"哈哈哈，凌丽，华博，你们也太天真了！"露西"哈哈"笑着，轻蔑地又瞥了一眼呆若木鸡的贾放。

"露西，你给我住口！"贾放"腾"地一下站起身来，就要过去堵露西的嘴。

"贾放，你不用叫喊！我现在就要把你的'黑手'暴露在阳光之下，大家都以为我是你的'白手套'，但谁也不知道你的'权力黑手'竟戴了两只'白手套'。你的一只'白手套'是美国的我；另一只'白手套'就是上海的江南。"露西尖着嗓子大声呵斥道。

"2005年，秦川市人民医院出现了医疗事故，你为了保住你夫人于清华的院长职务，制订了'一石二鸟''丢卒保车'的恶毒计划。你舍弃了华博这颗小卒子，保住了于清华这个车；你抛出华博这块石头，既收复了元亨制药厂这个失地，又收编了两家民营制药厂。从此，一石激起了千层浪，万恶的'江南系'才开始在北江省呼风唤雨了。"露西眸子里喷着愤怒的火焰，她揭示着贾放的阴谋。

屋内的空气顿时凝重了下来，人们的呼吸仿佛都停止了。

"贾放，你让钱同威胁凌丽作伪证；你让沈寒冰将华博锒铛入狱，完成了你'丢卒保车'的计划。你让我回到元亨制药厂，收回了华博给工人们的股权；又让江南以收购光明、雨景两家制药厂为条件，让他们为凌丽挖好了陷阱，趁机收购了这两家民营制药厂，完成了你的'一石二鸟'的计划。光明制药厂隐藏了与元亨制药责任股份公司签订的真合同；雨景制药厂与黄凯串通一气，又制作了那份能置华博于死地的假合同。就这样，凌丽掉入了陷阱，成了陷害华博的罪人。"露西迈步跨到了贾放的面前，慷慨陈词地说着。

"贾放，你完成了'丢卒保车'和'一石二鸟'这两个计划以后，又完善了你出卖国有资产的所谓改革方案。你通过制定政策巧取豪夺，将北江省的国有制药厂一点点地化为了私有，然后又与上海的江南狼狈为奸，一步步将这些私有药厂又收购到了江南药业股份公司的名下，形成了自成体系的'江南系'，从此牢牢地控制了北江省的民营制药业。你说，这是不是事实？"露西尖着嗓子质问着贾放，她将贾放的"权力黑手"完全暴露在了阳光之下。

"贾放，我绞尽脑汁都想不明白，光明制药厂为什么突然对我们之间的合同拒不认账，雨景制药厂又为什么有了一份与我们厂合作的假合同？原来这是你们给我精心挖好的陷阱啊！贾放，你的手段也太卑鄙啦！"凌丽委屈地哭出了声。

"贾放，你冠冕堂皇地安排卫生厅、公安厅介入秦川市人民医院医疗责任事故的调查，暗地里却趁机将民营药厂抓到了你的'权力黑手'之中，使民营制药业逐渐成了一个黑家族，家族成员听命于谁？还不听你这个黑家长的。原来'江南系'的幕后黑手还真是你，你这个万恶之源，你就是北江人民的罪人！"田媛芳也在大声地批判着贾放。

贾放像一只战败了的公鸡，耷拉着脑袋使劲地缩着脖子，好半天才对露西说道："露西，你这个没良心的东西，我对你恩重如山，是我把你从一个乳臭未干的小黄毛丫头，培养成了一个千万富婆，到头来你却恩将仇报出卖我，你还是不是人？"

"哼哼，贾放，我 20 年前被你从湖南送到了美国，这一点都不假；我通过给你当'白手套'，挣了上千万元也是真。这就是你对我的恩重如山吗？笑话！这样的话亏你也能说得出口？ 20 年来，我失去了青春和爱情，流落到了异国他乡，为你守着那点臭钱。我有自由吗？我有幸福吗？你知道妻离子别的痛楚，可你有没有想过我的妈妈？我妈妈失去了相依为命的女儿，她整天以泪洗面的痛苦，你知道吗？你还好意思说良心？我问问你，你让我们母女分别 20 载，隔着太平洋苦苦相望，你的良心在哪里？你找到了阔别多年的儿子，可我妈妈还在整天看着月亮，呼唤着女儿，难道这就是你的恩重如山吗？"露西抹着眼泪说着，竟泣不成声起来。

贾放像一只泄了气的皮球，瘫在了沙发里，他觉得露西的声音像一颗颗炸雷，震得他天旋地转。

孟云长听了露西的揭发，实在忍不住愤怒。他凑到贾放身边，弯着腰问道："贾放，'江南系'果然是你在背后操纵吗？"

"去你妈的，少在我面前装犊子。"贾放一见孟云长在戏弄自己，气得脸色铁青，他嘴里骂着，抬起脚就想踹孟云长。

"贾放，我也一直怀疑你是'江南系'的幕后老板，你今天终于让我看清了你这个人面兽心的丑恶嘴脸。'江南系'把我省搅得乌烟瘴气，难道你就那么心安理得？'江南系'用假药图财害命，难道你会视而不见、听而不闻？你这个黑心的王八蛋！"孟云长跺着脚，骂着贾放。

贾放倒在沙发里，双腿不住地发抖，苍白的脸上一股股地冒着冷汗，很快就露出了失望的表情。没多大工夫，他的表情就变得绝望起来。

贾放沉默了好半天，终于站起身来对李彪说道："我儿子呢？"

"爸爸，我在这儿。"听到了贾放在找自己，一直躲在门外的埃尔温和尤塔一把推开屋门，来到了贾放的身旁。

"儿子！"贾放惊叫着，他"腾"的一下从沙发上跳了起来，一把抱过骨肉分离20载的儿子，"呜呜"地哭着心中的悲伤。

"爸爸，我从小就被舅舅骗到了德国，过着缺爹没妈的孤儿生活。现在好不容易才找到了您，您可别让我再失去爸爸呀！"埃尔温眼泪汪汪地说着。

"爸爸，埃尔温是爱您的！他是被舅舅蒙骗，才来杀您的，您不要记恨他，要恨您就恨施罗德吧！"尤塔在一旁愤愤地说着。

"施罗德，我这一生都毁在了你的手里，是你让我妻离子散、家破人亡，还差一点把这条老命丧在亲生儿子的手中，你简直就是一个魔鬼，我要向你讨还血债！钱同，你和施罗德沆瀣一气，杀害了于得水，还逼着我走向了叛逃之路，我要揭发你，让你受到法律的审判！甄实，你在国内犯下了滔天罪恶，逃到国外还要背叛祖国，继续与人民为敌，我要揭露你！"贾放双手紧攥着拳头愤怒地咆哮着。

"李彪组长，谢谢你救了我！是你挽救了我的生命，给了我重新做人的机会。我辜负了国家对我的培养；辜负了北江人民对我的信任！我要跟你回国去揭开'江南系'的内幕；我要惩治罪恶、戴罪立功！我要向人民赎罪！"贾放踉跄几步走到李彪的床前，向他低下了那颗高昂着的头⋯⋯

第 69 章
踏雪有痕

———

一架中国民航包机，在西雅图塔科马机场跑道上摆正了方向，扬起机头冲向了万里无云的蓝天。

我爱你中国，我爱你春天蓬勃的秧苗，我爱你秋日金黄的硕果。我爱你青松气质，我爱你红梅品格，我爱你家乡的甜蔗，好像乳汁滋润着我的心窝。我爱你中国，我要把最美的歌儿献给你，我的母亲，我的祖国。

我爱你中国，我爱你碧波滚滚的南海，我爱你白雪飘飘的北国，我爱你森林无边，我爱你群山巍峨，我爱你淙淙的小河，荡着清波从我的梦中流过。我爱你中国，我爱你中国，我要把美好的青春献给你，我的母亲，我的祖国。

飞机的机舱内播放着《我爱你中国》的歌曲，优美的歌声、悠扬的旋律沁透着人们的心田。

贾放一脸轻松地坐在了三人位中间的座位上，他的两旁坐着埃尔温和尤塔。

"爸爸，这次回到中国，您是不是要坐牢？"尤塔紧紧地抓着贾放的手，含着眼泪问着贾放。

"尤塔，爸爸能够选择回国，就已经做好了坐牢的准备。爸爸做了对不起国家的事情，违犯了国家法律，理应受到法律的制裁。"贾放轻轻地拍着尤塔细嫩的手背，平静地说道。

"爸爸，您出狱时我和尤塔来接您，我要陪着您安度晚年，把我失去的父爱再补回来！"埃尔温将头靠在了贾放的肩上，眸子里噙满了泪水。

"儿子，我还有一件事情求你，等爸爸出狱以后，你和尤塔陪爸爸一起回一趟湘西，我们一起去看看你妈妈，我想她了！我还要看望你们的姥姥、姥爷，我让他们失望了，我从心里往外对不住他们！"贾放鼻子一酸，声音也变得哽咽起来，他双手捂着脸，忏悔的眼泪瞬间便流满了他的面颊。

埃尔温为贾放擦掉了脸上的泪水，他侧着脸轻声地问着贾放："爸爸，你知道我们回到中国后，我要做的第一件事情是什么吗？"

贾放深情地望着儿子，苦笑着摇了摇头。

"爸爸，儿子做了一件对不起您的事情。我在妈妈的墓地里雕刻了一条您生肖的石狗，儿子错怪您了！儿子要把那个石狗砸碎，儿子还要告慰妈妈的在天之灵，爸爸没有杀害妈妈，爸爸也是一个有血有肉的男人，爸爸是被舅舅逼上的绝路。爸爸爱我，他也深深地爱着我的妈妈！"埃尔温说着，泪水夺眶而出。

贾放一把将埃尔温揽在了怀里，他轻轻地抚摸着埃尔温的头，抖动着嘴角，颤抖着声音说道："儿子，你真是我的好儿子！"贾放说着，将沧桑的脸扭向了机舱外的蓝天。

"爸爸，儿子一直不理解，施罗德是我的亲舅舅，可他的所作所为怎么一点亲情都不讲？"埃尔温倒在贾放温暖的怀抱里，不解地问着贾放。

"儿子，爸爸要对你说，人活在世上，都面对着亲情、友情、爱情。可你一定要记住，在这些情感的背后，还有着良知、道德、法律。20 年前，当爸爸得知你舅舅将你妈妈推下山崖，又把你骗到国外以后，爸爸的心都碎了！爸爸当时真想告发你舅舅，可爸爸转念想到了亲情，爸爸就是因为割舍不掉这份亲情，才没有亲手将他送进监狱。爸爸现在明白了：不惩治罪恶，自己就是罪人。爸爸和钱同之间有着深厚的友情，爸爸明明知道他和你舅舅会同流合污，但爸爸没有勇气尽早斩断这种扭曲的友情。爸爸现在也明白了：对坏人的迁就，就是对好人的坑害。爸爸渴望爱情，爸爸像乞丐一样，一生都在乞讨着爱情，但是可怜的爸爸在情感上却始终是一贫如洗。有时候有爱无情，有时候有情无爱，还有时候有爱有恨，甚至还有恨无爱，一辈子都没能获得过真爱。爸爸现在醒悟了：爱情不是交易，情爱才是爱情。爸爸今天看到了你和尤塔相濡以沫、有情有爱，爸爸为之动容，感情要靠情感来呵护，情感更需要感情来滋润；想要获得真爱，就先要付出真心。爱是两颗心灵的碰撞，爱是干柴与火焰的交融，爸爸真心祝福你们一生一世爱到永远！"贾放深有感触地说着，一种人之将死，其言也善；鸟之将亡，其鸣也哀的情感，跃然在了他的脸上。

"爸爸，我们分别了20多年，我整天都在脑海里想象，我的爸爸会是一个什么样的人？他为什么抛弃了我？现在儿子理解您了，儿子原谅您了！今天看到了您，我才知道您和我的想象是一样的，您过去是一个顶天立地的大男人；如今也是一个敢作敢当的大丈夫；将来一定会是一个暖意融融的好爸爸。儿子永远爱您！"埃尔温说着，静静地趴在了贾放的怀里。

"爸爸，您能再给我起一个中国名字吗？"埃尔温倒在贾放温暖的怀抱里，轻声对贾放说着。

"好呀！你跟你小的时候一样，整天都缠着爸爸给你取名字，可爸爸给你起了好多的名字，你一个都不知道。"贾放轻轻地抚摸着儿子说道。

"儿子，爸爸一生给人的假象太多了，所以希望你要弃假如真、从善如流。假作真时真亦假，无为有处有还无。我想，你就叫真心吧！大到爱国、大爱无疆；小到爱家、惜爱有为。常怀一颗赤子之心。"贾放说着，眼圈越来越红。

在离贾放不远的座位上，坐着凌丽和华博，在他们的后座上坐着田媛芳和李彪。

"凌丽，你和华博坐在一起不行吗？干吗中间还要留着一个空位子？"凌丽的身后传来了田媛芳百灵般的说话声。

"我不好意思跟他坐在一起，我总觉得我亏欠他的太多了！"凌丽低着头，她不住地摆弄着垂在眼前的秀发，十分内疚地说道。

"哈哈，你拿出实际行动来弥补，不就行了吗？"田媛芳拍着凌丽的肩膀，笑盈盈地说着。

"啊？媛芳，你说的实际行动是什么？"凌丽回过头，忽闪着漂亮的眸子，轻声问着田媛芳。

"你这个呆子，这就是实际行动！"田媛芳说着，将凌丽和华博的肩膀往一起一碰，开心地"咯咯"笑个不停。

华博和凌丽靠在了一起，他们的手也握在了一起，两颗心更跳动在了一起。

"华博，我们马上就要回家了，我们回家以后，你能不能陪我去一次熊瞎子村？我要去看望我的老父亲，也不知道他老人家这会儿怎么样了，我心里一直在牵挂着他！记得我小时候，我经常骑他老人家的大脖子，有一次，我把尿撒在了他的脖子上，可他却笑呵呵地说：暖和、暖和。我小时候非常淘气，有一次老父亲给我买了一件红色的毛衣，可我在爬树的时候，却不小心刮了一条长长的口子，我怕父亲发现，就偷偷地在毛衣里面粘上了风湿膏，可我这点雕虫小技又怎能瞒得过他老人家，父亲见我睡着了，就把他自己舍不得穿的一件红毛衣拆了，用他毛衣上的毛线一针针地将我的毛衣又织补了起来。"凌丽深有感触地说着，禁不住潸然泪下。

"老父亲知道我爱吃瓜子，在我离家出走的那天晚上，他老人家含着眼泪，一粒粒地给我嗑了一瓶子瓜子，悄悄地藏在了我的背包里。我将那瓶子瓜子始终带在身边，一粒都舍不得吃。那瓶子里装的可是他老人家的心呀！他给了我太多的爱，可却从来没有得到我对他的回报；他像一头不知疲倦的牛，一辈子在给我拉车，从来不觉得累。他好比是我登天的梯子，看着我爬上去他才开心。是我，让他老人家的脸上增添了皱纹；是我，让他老人家的心里留下了伤痕。我要回去抚平他脸上的皱纹，我要去慰藉他心灵上的创伤。"凌丽说着，捂住脸轻声抽泣起来。

"凌丽，回国后，你先陪我去一次缅甸，我要把英子的骨灰也带到她的家乡去。我要在江边的高山上给她修一座坟茔，让她能经常看到松花江里的浪花，让她永远听到乌苏里江的船歌。我要让她长眠在她所眷恋的黑土地上，与家乡的天地同在。"华博哽咽着声音说道。

"英子是一个知足常乐的人。我们刚离开黑龙江的时候，怕路上被检查的人员盘问，我就找做假证的人做了一个我和她的假结婚证。可她明明知道那个结婚证是假的，却始终把它带在身边，就连睡觉都放在枕头下面，睡梦中都在呵呵地乐。英子非常善良，她一直想给我生一个儿子。她常常对我说，等我们有了儿子，就让他叫华英，她要把我们两个人的名字都体现在儿子身上。她临死前还在后悔没有给我生儿子。她跟着我吃了那么多的苦，遭了那么多的罪，却从来都没有过一句怨言。英子特别会过日子，她拉着我的手去买菜时的情景，就像是发生在昨天一样历历在目；我和她在一起的时光虽然短暂，但她带给我的幸福，我一辈子都不会遗忘。"华博充满激情地说着，禁不住泪如雨下。

"媛芳，看到他们对家的那种留恋，对亲人的那种思念；对我们国家的那种情怀，我的心里有说不出的高兴。爱家、爱国真是一种伟大的力量，是每一个人内心迸发出的激情；这正是我们中华民族生生不息的美德。"李彪激动地说着。

"是啊，人生在世，每个人都离不开家，五十六个民族组成的大家庭就是国家，家是每个人历经风雨后的港湾，国家是每个人内心深处的丰碑，家和国一刻也分不开，只有国家才是国人心中的骄傲！"田媛芳动情地说着。

"媛芳，我们这次来到西雅图，能够顺利地完成任务，充分体现了国家的力量。只有国家强大了，我们每个人才会发挥出无穷的智慧；只有国家富强了，大家才会义无反顾地要回家！"李彪意味深长地说道。

"李彪，我想起了艾青的一首诗。"李彪一听田媛芳说起了艾青的诗，还不等她说出诗的名字，两人便默契地朗读了起来。

　　假如我是一只鸟，我也应该用嘶哑的喉咙歌唱：这被暴风雨所打击着的土地，这永远汹涌着我们的悲愤的河流，这无止息地吹刮着的激怒的风，和那来自林间的无比温柔的黎明……

　　——然后我死了，连羽毛也腐烂在土地里面。为什么我的眼里常含泪水？因为我对这土地爱得深沉……

　　李彪和田媛芳异口同声地朗读着，抑扬顿挫的声音顷刻传遍了整个机舱。

　　波音飞机经过了十几个小时的长途飞行，在秦川机场徐徐降落。

　　铁权书记带领着欢迎的人群，站在飞机的舷梯旁热烈地鼓起了掌，他们在欢迎着回家的队伍。

　　"李彪同志、媛芳同志，大家辛苦了！"铁权书记与大家一一握着手，脸上洋溢着胜利的微笑。

　　"同志们，我现在向大家宣布两个好消息。经省委批准：钱同和沈寒冰已经被纪委监察委留置审查了，等待他们的将是法律的庄严审判。就在刚才，公安部也已向国际刑警组织发出了通缉施罗德和甄实的红色通缉令，相信他们很快也会落入法网。"铁权兴高采烈地向大家宣布着好消息。

　　李彪和田媛芳听了铁权书记的话，抑制不住内心的喜悦，他们击掌相庆，热烈地拥抱在了一起。

　　"李彪同志、媛芳同志，你们的任务完成得非常出色，你们为秦山人民立了功，为共和国壮了威。在反腐战线上，你们是当之无愧的英雄，你们的光辉业绩将永载共和国的史册，人民永远会记住你们的功绩。"铁权一往情深地说着。

　　"铁权书记，我想起了您当初给我们这次任务定的行动代号——'踏雪有痕'，现在看来又是何等的英明啊！踏雪有痕这原本就是自然法则，可贾放偏要踏雪无痕，他高估了自己的智慧，低估了党的领导，低估了人民的力量，到头来只能是搬起石头砸自己的脚，最终走向自我毁灭。"李彪英姿勃勃地说着，脸上挂着喜悦的笑容。

　　"李彪同志、媛芳同志，我此时想到了伟大领袖毛主席的一首诗词《满江红·和郭沫若同志》。"铁权兴奋地对李彪和田媛芳说着，进而又用他那浑厚的男中音朗诵了起来。

"小小寰球，有几个苍蝇碰壁。嗡嗡叫，几声凄厉，几声抽泣。蚂蚁缘槐夸大国，蚍蜉撼树谈何易。正西风落叶下长安，飞鸣镝。多少事，从来急；天地转，光阴迫。一万年太久，只争朝夕。四海翻腾云水怒，五洲震荡风雷激。要扫除一切害人虫，全无敌。"

铁权握紧了他的铁拳，激动地朗诵着。

李彪和田媛芳也攥紧了拳头，将手臂奋力挥向了天空："对，有党的正确领导，全无敌！"

一个月以后，新华社播发了《警方侦破两起杀人命案》的简短新闻。

新华社北江讯：轰动北江省的秦山市"校园埋尸案"，经过警方的艰苦侦查，日前宣告破获。犯罪嫌疑人施罗德（又名：赵月亮），被国际刑警组织在德国抓获，现已被押解回秦山市。

据施罗德供认：10年前，他为报复原秦山市建委主任于某某，残忍地将其杀害，并埋尸灭迹于校园操场。同时，他还交代了曾于20年前，在湖南省湘西地区，将其姐姐赵月娥推下山崖，致其死亡的犯罪事实。

至此，沉冤10年的"校园埋尸案"、扑朔迷离20年的"赵月娥坠崖案"，终于真相大白，两起大案均告破获。

没过几天，新华社再次播发了一则《潜逃境外的甄实被国际刑警抓获》的短新闻。

新华社北江讯：10年前，为骗取国家征地补偿款，填充10万亩湿地、湖泊的犯罪嫌疑人甄实，日前被国际刑警组织在美国西雅图抓获。甄实已经被移交中国警方。

半年以后，北江省高级人民法院做出了正义的审判：赵月亮（又名：施罗德）犯杀人罪，被判处死刑；甄实犯非法盗取国家资源罪、敲诈勒索罪、叛国罪，被判处无期徒刑；钱同犯玩忽职守罪、受贿罪，被判处有期徒刑20年；沈寒冰犯玩忽职守罪、受贿罪、诬陷罪，被判处有期徒刑20年；贾放犯玩忽职守罪、受贿罪，判处有期徒刑18年；孟云长犯受贿罪，判处有期徒刑15年。

同一天，北江省高级人民法院还同时宣判："江南系"以非法手段获得的国有资产判归国家所有。

一轮红日从东方地平线上冉冉升起，给大地送来了红色的温暖。秦山，经过了一场无声的战斗，经过了血与火的洗礼、历经了血雨腥风的考验，变得更加多彩绚丽、更加灿烂辉煌。

正义可以迟到，但不能缺席。欢天喜地的人们走出家门，传送着胜利的喜讯。他们在为公平欢呼，他们在为正义雀跃，他们在为法律的尊严得到捍卫而欢欣鼓舞。

人民胜利了！他们对未来的道路更加充满了自信。